台灣の讀者の皆さんへのコメント

海を越えて旅したことのない私の書いた小説が、
海を越えて多くの讀者の皆樣のもとに届いていることを、
心から嬉しく思っています。
この作品も、どうぞお樂しみいただけますように！

致親愛的台灣讀者

從未出國旅行的我，
這次很高興自己寫的小說能跨海與許多讀者見面，
希望這部作品能帶給您無上的閱讀樂趣。

U0048739

宮部みゆき

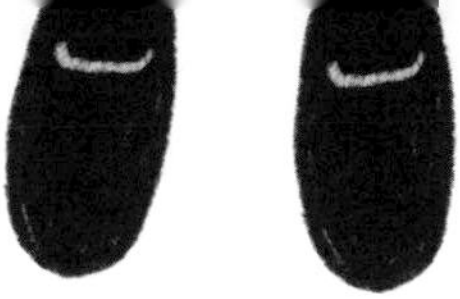

ソロモンの偽証

第I部 事件

宮部美幸

王華懋——譯

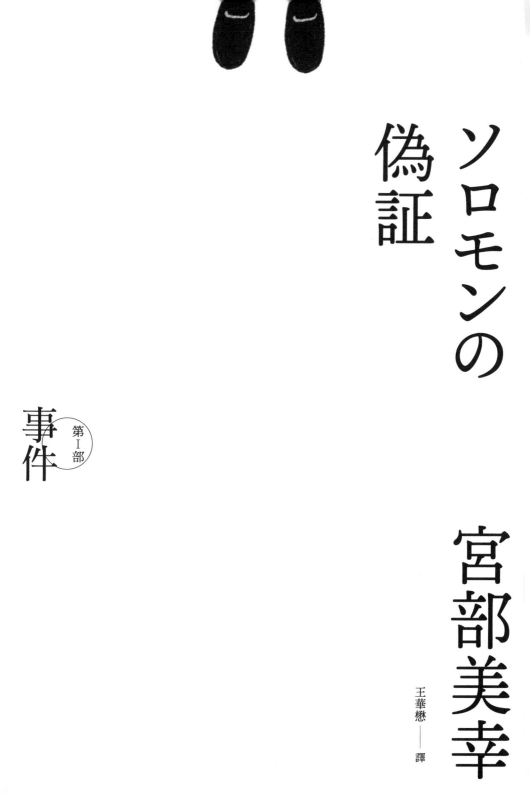

宮部美幸 作品集／43
MIYABE MIYUKI

所羅門的偽證

Contents

導讀——張亦絢

進入「宮部美幸館」，就是進入最具原創力與當下性的新新羅浮宮

宮部美幸並不是不容錯過的推理作家——她是不容錯過的作家。她不只值得我們在休閒時光中，一飽推理之福，也爲眾人締造了具有共同語言的交流平台，讓我們得以探討當代的倫理與社會課題。

在這篇導讀中，我派給自己的任務，是在高達六十餘部作品中，挑出若干作品，介紹給兩類讀者，一是還未開始閱讀宮部美幸者；二是面對她龐大的創作體系，雖曾閱讀一二，但對進一步涉獵，感到難有頭緒的讀者。

入門：名不虛傳的基本款

在入門作品上，我推薦《無止境的殺人》、《魔術的耳語》與《理由》。

《無止境的殺人》：對於必須在課業或工作忙碌時間中，抽空閱讀的讀者，短篇集使我們可以自行調配閱讀的節奏——小說其實具備我們在小學時代都曾拿到過的作文題目旨趣：假如我是×××——本作可看成「假如我是某某某的錢包」的十種變奏。擬人化的錢包是敘述者。如何在看似同一主題下，變化出不同的內容，本作也有「趣味作文與閱讀」的色彩，是青春期讀者就適讀的想像力之作。短篇進階則推《希望莊》。

從短篇銜接至較易讀的長篇，《逝去的王國之城》則是特別溫馨的誠摯之作。

《魔術的耳語》：這雖不是作者的首作，但卻是作者在初試啼聲階段，一鳴驚人的代表作。北上次郎以〈閱讀小說的最高幸福〉讚譽，我隔了二十年後重讀，依然認爲如此盛讚，並非過譽。媚工、心智控制、影像——分別代表了古老非正式的「兩性常識」、傳統學科心理學或醫學、以至商業新科技三大面向的操縱現象及後遺症——這三個基本關懷，會在宮部往後的作品，比如《聖彼得的送葬隊伍》中，不斷深入。雖是作者的原點之作，也已大破大立。

《理由》：與《火車》同享大量愛好者的名作；雖然沒有明顯資料顯示，是枝裕和的《小偷家族》受到《理由》一書的影響，但兩者除了有所相通，寫於一九九九年的《理由》更是充分顯露宮部美幸高度預見性天才的作品。住宅、金融與土地——社會派有興趣的主題，偶爾會得到若干作家略嫌枯燥的處理——《理由》則以「無論如何都猜不到」的懸疑與驚悚，令人連一分鐘也不乏味地，就看完了批判經濟體系的上乘戲劇。說它是「推理大師爲你／妳解說經濟學」，還是稍微窄化了這部小說。除了推理經典的地位之外，也建議讀者在過癮的解謎外，注意本作中，無論本格或社會派中，都較少使用的荒謬諷刺手法。

冷門？尺度特別的奇特收穫

接著我想推三部有可能「被猶豫」的作品，分別是：《所羅門的僞證》、《落櫻繽紛》、與《蒲生邸事件》。

《所羅門的僞證》：傳統的宮部美幸迷，都未必排斥她的大長篇，比如若干《模仿犯》的讀者非但不抱怨長度，反而倍受感動。分成三部、九十萬字的《所羅門的僞證》可能令人遲疑，節奏太慢？眞有必要？事實上，後兩部完全不是拖拉前作的兩度作續，三部都是堅實縝密的推理。最後一部的模擬法庭，更是將推理擴充至校園成長小說與法庭小說的漂亮出擊：宮部美幸最厲害的「對腦也對心說話」，更是發揮得淋漓盡致。此作還可視爲新世紀的「青春冒險小說」。說到冒險，過去的未成年人會漂到荒島或異鄉，然而現代社會的面貌已大爲改變：最危險的地方，就在「哪都不能去」的學校家庭中。誰會比宮部美幸更適合寫青春版的「環遊人性八十天」？少年少女之於宮部美幸，恰如黑猩猩之於珍．古德，或工人之於馬克斯，三部曲可說是「最長也最社會派的宮部美幸」。

《落櫻繽紛》：「療癒的時代劇」，本作的若干讀者會說。但我有另個大力推薦的理由，我認爲，這是通往小說家從何而來的祕境之書。除了書前引言與偶一爲之的書名，宮部美幸鮮少掉書袋。然而，若非讀過本書，不會知道，她對被遺忘的古書與其中知識的領悟與珍視。如果想知道，小說家讀什麼書與怎麼讀，本書絕對會使你／妳驚豔之餘，深受啓發。

《蒲生邸事件》：儘管「蒲生邸」三字略令人感到有距離，然而，融合奇幻、科幻、歷史、愛情元素的本作，卻可說是一舉得到推理圈內外矚目，極可能是擁護者背景最爲多元的名盤。如果對「二二六事件」等歷史名詞卻步，可以完全放下不必要的擔憂。跳脫了「你非關心不可」與「你知道也沒用」兩大陣營的簡化教條，這本小說才會那麼引人入勝。我會形容本書是「最特殊也最親民的宮部美幸」。

以上三部，代表了宮部美幸最恢宏、最不畏冷門與最勇於嘗試的三種特質，它們有那麼一點點專門的味道，但絕對值得挑戰。

中間門：看似一般的重量級

最後，不是只想入門、也還不想太過專門——介於兩者之間的讀者，我想推薦《誰？》、《獵捕史奈克》與《三鬼》三本。

《誰？》：小編輯與大企業的千金成婚，隨時被叫「小白臉」的杉村三郎成爲系列作中，業餘到專業的偵探。看似完全沒有犯罪氣氛的日常中，案中案、案外案——至少有三案會互相交織連鎖——其中還包括一向被認爲不易處理的陳年舊案。喜歡生活況味與懸疑犯罪的兩種讀者，都容易進入；宮部美幸還同時展現了在《樂園》中，她非常擅長的親子或手足家庭悲劇。動機遠比行爲更值得了解——這不但是推理小說的法則，也是討論道德發展的基本認識：不是故意的犯罪、不得已的犯罪與不爲人知的犯罪，爲何發生？又如何影響周邊的人？除了層次井然，小說還帶出了「少女勞動者會被誰剝削？」等記憶死角。儘管案案相連，殘酷中卻非無情，是典型「不犯罪外，也要學會自我保護與生活」的「宮部伴你成長」書。

《獵捕史奈克》：主線包括了《悲嘆之門》或《龍眠》都著墨過的「復仇可不可？」問題。節奏快、結局奇，曾在《魔術的耳語》中出現的「媚工經濟」，會以相反性別的結構出現。本作是在各種宮部之長上，再加上槍隻知識的亮眼佳構。光是讀宮部美幸揭露的「槍有什麼」，就已值回票價——何況還有離奇又合理的布局，使得有如公路電影般的追逐，兼有動作片與心理劇的力道。雖然不同年齡層的男人互助，也還是宮部美幸筆下的風景，但此作中宮部美幸對女性的關愛，已非零星或一閃而過，而有更加溢於言表的顯現。

《三鬼》：《本所深川不可思議草紙》的細緻已非常可觀，《三鬼》驚世駭俗的好，並不只是深刻運用恐怖與妖怪的元素。它牽涉到透過各式各樣的細節，探討舊日本的社會組織與內部殖民。以兼作書名的〈三鬼〉一篇爲例，從窮藩栗山藩到窮村洞森村，令人戰慄的不只是「悲慘世界」，而是形成如此局面背後「不知不動也不思」的權力系統。這是在森鷗外〈高瀨舟〉與〈山椒大夫〉譜系上，更冷峻、更尖銳也可說更投入的揭露——看似「過去事」，但弱勢者被放逐、遺棄、隔離並產生互殘自噬的課題，可一點都不「過去式」。雖然此作最令我想出聲驚呼「萬萬不可錯過」，不代表其他宮部的時代推理，未有其他不及詳述的優點。

透過這種爆發力與續航性，宮部美幸一方面示範了文學的敬業；在另方面，由於她的思考結構具有高度的獨立性與社會批判力，也令人發覺，她已大大改寫了向來只強調「服從與辦事」的「敬業」二字的含意。在不知不覺中，宮部美幸已將「敬業」轉化爲一系列包含自發、游擊、守望相助精神的傳世好故事。

進入「宮部美幸館」，就是進入最具原創力與當下性的新新羅浮宮。

本文作者簡介

張亦絢

巴黎第三大學電影及視聽研究所碩士。早期作品，曾入選同志文學選與台灣文學選。另著有《我們沿河冒險》（國片優良劇本佳作）、《晚間娛樂：推理不必入門書》、《小道消息》、《看電影的慾望》，長篇小說《愛的不久時：南特／巴黎回憶錄》（台北國際書展大賞入圍）、《永別書：在我不在的時代》（台北國際書展大賞入圍）。二〇一九年起，在BIOS Monthly撰寫影評專欄「麻煩電影一下」。

孩童懵懂無知。
其實孩子幾乎無所不知，甚至知道得太多。

——菲利普・狄克（Philip K. Dick）
〈準人類〉（*The Pre-Persons*）

第Ⅰ部　事件

一九九〇年，冬

事件發生後的人物相關圖

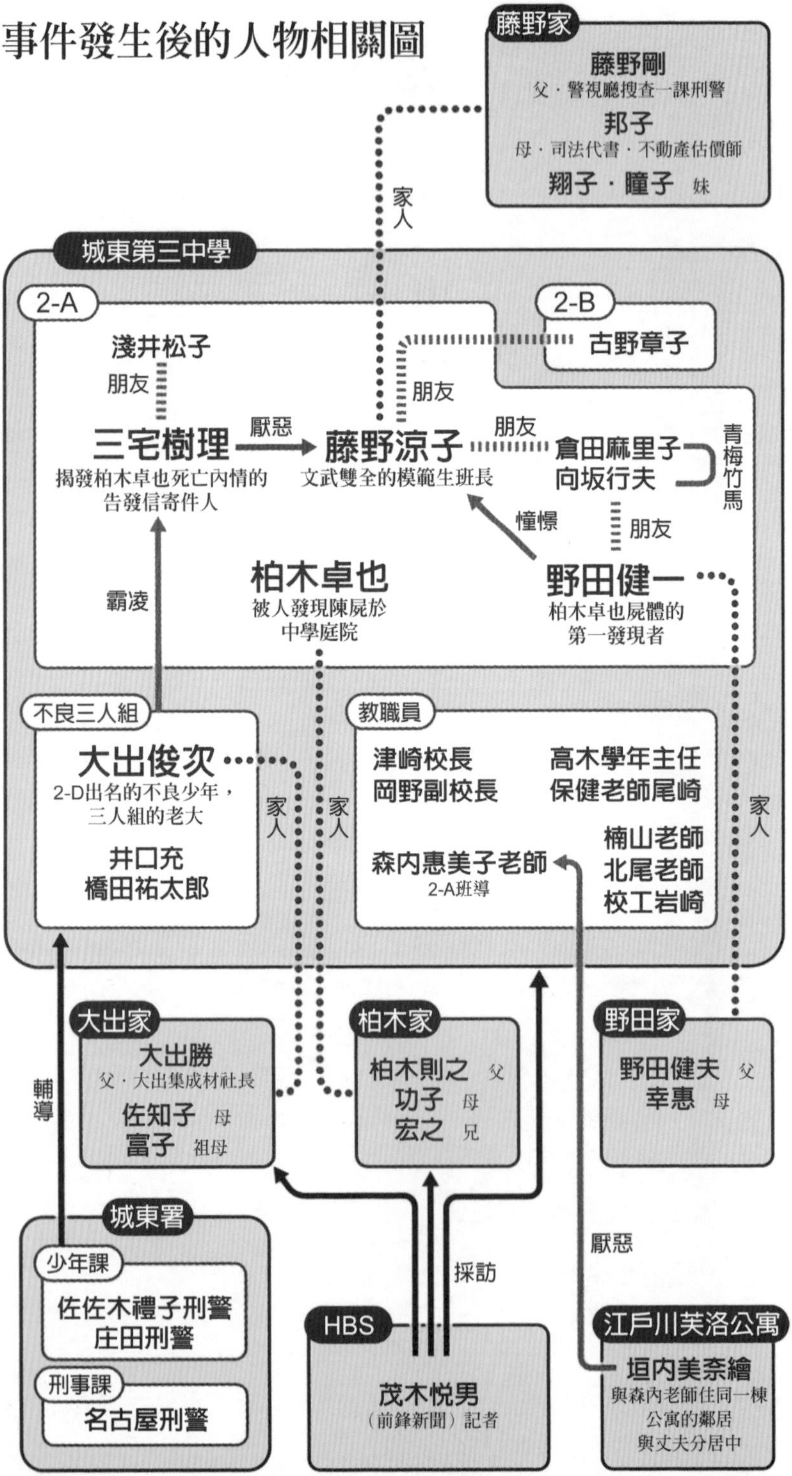

十二月二十四日，聖誕夜。中午過後便厚重地覆蓋天空的鉛灰色雲層承受不住自身的重量，漸次低垂，然後終於無法忍耐似地飄下小雪。

七點鐘的電視新聞播完了，小林修造爲了關上店面鐵門，離開溫暖的客廳，走出店前。今天一整天電器行這邊沒有營業，只有香菸鋪開門，所以水泥地的脫鞋處冷透了。走向鐵門的途中，修造打了兩個噴嚏。

他吸著鼻子，手裡拿著關鐵門的長鉤，踏出戶外。這時他發現店前人行道上的公共電話亭有人。瞥上一眼，他就看出那是個年輕人——而且還是個孩子。

孩子背對著他，所以看不到臉。背面是深米色的夾克，上面揹著個扁扁的紅色系背袋——孫子們老是糾正他說那不叫背袋，可是他從沒記住過正確的名稱——底下是牛仔褲和運動鞋。穿著打扮就像街上隨處可見的一般男孩，然後就像這些男孩八成都是如此，這孩子也一樣彎腰駝背。爲什麼這年頭的孩子每一個姿勢都這麼邋遢不像話？

對小林電器行來說，今年十二月是裝潢後重新開幕的第一個年關。他們在五月底完成了住處和店鋪的擴建與裝潢，女兒一家很快就搬進來了。原本只有老夫妻倆安靜的生活，現在加入了念小學的孫子們熱鬧的聲音，已經過了半年有了。

而今天是和孫子們在同一個屋簷下迎接的第一個聖誕夜。修造期待極了。不是用現金袋寄錢過去，附上信件交代，「幫孫子們買些他們想要的東西吧。」而是可以親自帶著孫子去百貨公司，讓他們挑選禮物。女兒似乎也爲修造夫妻準備了禮物，而且一早便在廚房忙進忙出，像是在準備什麼大餐。

人生晚年的幸福，並不是所有人都能夠平等享受，不是每個排隊的人都能夠分得，不是等待就一定能得到。即使排到了隊，有時也輪不到自己；況且有時甚至根本就沒有隊伍可排，所以修造是幸運的。

今早和妻子女兒三個人坐在餐桌用早餐——女婿一早就出門幫客人修理故障的空調了——修造感觸良多地提到自身的幸福。女兒露出難爲情的表情笑道，「眞不敢相信爸會說那麼文學的話。」姑且不論對於自身幸福的思索是否文學，女兒的這種反應也令修造開心。她的笑容與她遠離娘家，隨著經常調職的丈夫在日本各地輾轉遷徙的時候相比，確實明亮了三〇瓦。

——可是爸，聽說在黃金週、聖誕節和過年這些節日自殺的人特別多呢。對於處在沮喪、不幸深淵的人來說，除了自己以外的每一個人看起來都那麼樣地幸福快樂，是一件令人無法承受的事吧。

女兒還這麼說，修造心想或許眞是如此。因爲他過去在聖誕節和過年期間，看到同年代的男性牽著小孩走在路上，內心就會格外難受。

看到電話亭裡的男孩時，一開始他也沒放在心上，只是漫不經心地想道，這孩子也是今天幸福的一分子吧。畢竟今晚可是聖誕夜，他一定是在打電話給小女友吧，或許是在討論約會的事。這年頭的孩子對這類事情非常積極，動作也很快。

在修造記得長相、體格的範圍內，這個電話亭平日就有至少七名青少年「常客」。他們多半會在晚上八點過後前來，起碼講上一個小時才離開。或許是自家有電話，但房間沒電話；又或許是即使房間有電話，也不想在可能被父母偷聽的地方聊。長期以來，每天早上撿拾他們在夜間用完亂扔的電話卡，已經是修造的日常工作之一了。不過那比撕下張貼在電話亭內側的色情小廣告要輕鬆多了。

白天也不得閒，也不曉得這些放學路上的少年少女究竟有啥要事，總是一個接著一個輪番黏在電話機上，有說有笑，樂此不疲。可是小林先生家那兒還算好嘍，畢竟對面就是派出所，不會有不良少年——才剛把家裡的酒行生意交給兒子，立刻就被拿去改開便利超商的商店街老面孔之一曾這麼說。像我家那裡啊，哎，眞是慘透了。一堆乳臭未乾的米蟲成天占據電話亭，不是打去電話俱樂部（註），就是買賣毒品。

修造用力墊起腳尖，把鉤子掛到鐵門把手上，用力一拉，鐵門降了下來。雖然不到嘩啦啦巨響，但還是有些刺耳。可能是聽到聲音，電話亭裡的男孩把話筒按在耳上回過頭來，瞬間與修造四目相接了。

這孩子不是今天的幸運兒，而且他看起來比這個電話亭的「常客」——十五到十九歲的青少年男女更年幼一些，大概是國中生吧。

他的臉上沒有笑容，看起來也不開心。不僅如此，甚至是一副快掉淚的模樣。修造忍不住停下拉鐵門的手，隔著電話亭骯髒的玻璃細細觀察那孩子。

這座電話亭是女兒結婚那年設置在小林電器行前面的，所以已經是十二年前的事了。從此以後，雖然絕不是出於嗜好，但修造持續觀察著這座電話亭的「常客」，並有三次逼不得已地介入他們的行動。

第一次是有五、六名男女圍在這座電話亭旁，輪流進去講電話，吵吵鬧鬧。因爲吵得太誇張了，他走過去提醒他們安靜點。這條街住了許多從戰前就定居此地的居民，因此還有不少雞婆的頑固老頭子或老太婆。他們只要看到有人在路上撒野，就沒辦法坐視不管。修造必須讓這些臭小鬼好好了解到這裡是誰的地盤。

可是那一次頑固老頭子差點挨揍，千鈞一髮地逃之夭夭。因爲警察聽到騷動趕過來，他才得以倖免於難。派出所就在附近，這種時候確實很有幫助。

第二次是他發現一個疑似高中生的女孩跟男朋友鬧分手，歇斯底里，在電話亭裡割了左手腕自殺。幸好傷勢並不嚴重，但女高中生堅持要叫救護車，又哭又鬧，修造無可奈何，只好從電話亭打了一一九。後來這個女生怎麼了，修造也不曉得。因爲後來她再也沒有過來這座電話亭打電話了。當然，她的父母連來打聲招呼也沒有。

註：日本於一九八五年後開始流行的一種行業，男性進入店內包廂等待女性打電話來，享受聊天，或相約在店外見面，逐漸成爲買賣春的媒介，演變爲社會問題。後來由於網路發達，逐漸衰退。

第三次就有點嚴重了。一樣是個女高中生，晚上十點左右她在這座電話亭打電話時，遭到歹徒襲擊了。修造聽到尖叫跑出去一看，一個全身黑衣的高瘦男子正要把少女從電話亭裡拖出來。附近的人也都趕來幫忙，也有人立刻跑去派出所報案，警察又飛奔而至。即使如此，還是花了約三十分鐘才制伏抓狂的男人。那是一名約二十多歲、學生樣貌的青年，據被害女高中生說，那是她的前男友。

這件事因爲幾天後女高中生的母親來訪，修造得知了後來的情況。女高中生認爲她已經跟那個比她大的男友分手了，然而對方不肯接受，糾纏了她好幾個月，還威脅恐嚇她。由於這次的事件引來警方介入，總算可以擺脫男方，令母女倆都鬆了一口氣。

這三件事情，都是修造和妻子的獨生女仍在多愁善感的青春期時，做父母的腦中想像過的極端噩夢，但感覺都是不可能在現實中發生在自己女兒身上的事。尤其是第二次的自殺未遂，修造和妻子完全無法揣度少女究竟在想些什麼。兩人當時還聊到，「珍惜生命」這樣的教訓已經逐漸被棄之如敝屣了。

經過這三件事以後，修造便開始把發生在這座電話亭裡的事——尤其是跟年輕人有關的事——當成逐漸遠離社會，過起寧靜老後生活的他們夫婦寶貴的「窗口」。在那裡看到的事，無論有多麼地難以置信，大概也都是眞實的，而且或許是時代最尖端的心情。不過這個「最尖端」銳利得嚇人，而且脆弱；只在有限的某個時期，反映出一小部分的時代潮流，但絕不持久。或者說，反映在這裡的心情若是長久持續而且普遍化，這樣的社會已經不能夠稱爲社會了吧，至少昭和七年出生的修造這麼認爲。

因此修造養成了格外留意這座電話亭的習慣，那可不是漫不經心地看過就算了。而剛才在電話亭裡與修造四目相接的男孩，從這個意義來說，或許是個棘手的對象。

男孩一看到修造的眼睛，便害怕地別開臉去，再次背對修造。他好像繼續在對話筒說話。修造仔細地觀察那孩子，牛仔褲管被雪沾濕了，夾克肩膀上也積著半融的雪。男孩可能走了相當長的一段路到這裡，或者是在室外待了很久，但講電話的時間還不足以讓肩上的雪塊融化。

男孩掛斷電話了。不知是否心理作用，看起來像是刻意用力把話筒甩回鉤子上。就像一個人對講電話的對象、或是打這種電話的自己氣憤時常做的那樣。修造往前踏出一步。

男孩正推開電話亭的折疊門走出來。他發現修造還在那裡，表情變得比剛才更驚惶了。修造覺得這孩子不是所謂的不良少年。如果是平日就做慣壞事的少年，早就學會如何對上前盤問的大人反瞪回去，而且也根本不會表現出驚慌失措的模樣，引來大人注意。

「怎麼了嗎？」修造出聲問。他從經驗中學到，這種情況，這樣問是最妥當的。自行車壞了嗎？跟約好的人錯過了嗎？還是突然身體不舒服，要叫家裡的人來接？那樣的話，進屋裡來等吧。

男孩沉默不語。他好像不知道該如何回答。看到他游移不定的眼神，修造覺得看到了好懷念的景象。他的孩子們還小時，還有他自己還是孩子時，每當撒謊、有所隱瞞，或是被大人發現做了什麼壞事，遭到追究的時候，都會露出這樣的眼神。

那是在猶豫該吐露多少的眼神。坦白到什麼地步，才能被放過？能被大人放過，同時又不背叛一起保有祕密的朋友的妥協點在哪裡？但現代的孩子不是這樣的。現代的孩子打從一開始就不在乎能不能被大人放過，也不想吐露眞話，所以眼神根本不會游移。至少在這座電話亭「窗口」來來去去的孩子都是如此。

「啊，不，我沒事。」

男孩總算開口，聲音就像個內向的小女生。說話的時候，他的呼吸化成了一團白氣吐出來，就像個不完整的幽靈。

修造在近處一看，男孩似乎沒有哭。他之所以臉頰濕濕的，是因爲沾在臉上的雪花融掉了。

不過他看起來走得很累了，幾乎是精疲力盡了。以這年紀的孩子來說，非常罕見。

「沒事就好。」修造說著故意板起臉來，「已經是晚餐時間了，小孩子不應該一個人在外頭亂晃，快點回家吧。」

爸要是那樣多管閒事，小心哪天有人嫌你這個老頭囉嗦雞婆，拿刀子刺你唷——這要是女兒，一定會這麼說吧。但修造有信心，這個男孩應該不會做那種事。

「好的，我馬上回家。」

男孩說，微微行禮，不過或許只是稍微俯首而已。修造目送他的背影離去，走近關了一半的鐵門。就在這時，走到兩公尺外的男孩回過頭來，又與修造對望了。修造止步看他。

可是什麼事也沒發生。

男孩很快地又轉向正面，比回頭時更加快了腳步，在小雪紛飛中逐漸遠去了。男孩彎過轉角，米色的背影消失後，修造不自覺地皺起了眉頭。

零星的小雪在凍結的人行道上覆上薄薄的一層白，只能留下依稀的腳印。男孩的腳印也在上頭點點延續。循著他的腳印望去，回頭的地方，腳步稍微**躊躇**了。那一清二楚地反映出他內心一瞬間的**躊躇**情狀。那孩子是不是想說什麼？是不是其實陷入了某種困境？修造頓時不安起來，怔在原地。不肯放過街頭荒唐行徑的雞婆老頭子，是不是應該秉著天生的愛管閒事，更深入了解一下那個男孩？

不意間，他憶起遙遠的往事。這種感覺——他以前確實體驗過。

那是昭和二十年三月的事，是他想忘也忘不了的大空襲前一天。修造一家人待在東京，終於愈來愈難弄到糧食，決定投靠先前就一直勸他們疏散到後方的農家親戚。父親接到紅紙（註）去了南方，杳無音訊。原本預定母親和阿姨，還有修造底下的六個弟妹一起成行。

然而即將動身的時候，最小的妹妹得了麻疹。母親無奈，說她要留在東京等妹妹燒退，命令修造帶著弟妹和阿姨一起先走。你們要乖，不要給阿姨添麻煩，阿修，你要好好照顧弟弟妹妹。

出發早晨，母親到電車站來送行。她細細檢查過每個孩子的衣服和物品，並拜託妹妹千萬照顧好孩子，送別了大家。一行人坐上電車後，母親笑著揮手，孩子們也向母親揮手。母親跟么妹小不點只是晚個三、四天動身而已，很快就會趕上來，沒有人感到擔心。

即使如此，修造肩上仍擔著身爲一家長男的責任感，但也因爲如此，母親不在身邊更令他不安，他一直從電車的後車窗注視著母親的身影。路面電車遠離後，母親便離開電車站，背對自己的方向開始過馬路。家裡還有正在發燒的小嬰兒，她行色匆匆。

然而過馬路之後，母親忽然停下腳步。頭上裹著三角巾的臉轉向了這裡。即使距離遙遠，也看得出她的表情寂寞萬分，腳步也顯得無助不安。那感覺就像原本已經下定決心的母親忽然動搖，鬆脫躊躇了一般。

那個時候，修造好想跳下溫吞前行的路面電車，衝到母親身邊。他覺得腦海掠過一個非這麼做不可的切實理由。而那與其說是衝動，更接近某種信念，必須帶母親一起走才行。必須帶小不點和母親一起走才行。絕對非這麼做不可。雖然不懂爲什麼，但是非這麼做不可。他覺得那一剎那，上天給了他非這麼做不可的選擇機會。

然而實際上，修造什麼也不能做。一個十三歲的小男孩，不可能說動阿姨回頭，也不可能獨自一個人跑回家。

隔天三月十日，東京的老街在大空襲中化爲焦土，母親和么妹也過世了。母親和么妹沒有回來，連遺骨都找不到。

「爸，吃飯了！」

女兒的叫聲讓修造赫然回神。他在半開的鐵門前呆杵著，頭頂和肩膀都積了薄薄一層雪。

怎麼會在這時候想起那麼久以前的事？

人行道上還留著少年淡淡的腳印，可是修造感覺今晚雪會愈下愈大。不消多久，這些腳印，還有少年略

註：二次大戰時，日本陸軍的兵單是紅色的，故俗稱「紅紙」。

微躊躇的心情痕跡，也將消失得一乾二淨吧。

即使如此，不好的預感仍未消失。應該挽留他的後悔也沒有消失。一股未能在決定性的瞬間挽回某種決定性的事物、近似焦躁情感的苦澀餘味，甚至沒有被女兒做的美味大餐掩蓋，而是隱隱約約，卻又明確無比地主張其存在。

那孩子究竟是誰？小林修造惦念不忘。

2

每年的聖誕前夕，藤野涼子都忙翻天了，可是今年的忙碌更是往年所不及。她指揮著連打蛋器都還無法靈活操作的兩個妹妹，烘烤十二吋的聖誕蛋糕，並加上華麗的裝飾；同時還必須準備全家共享的聖誕大餐。

烤火雞已經預約好了，母親會在下班後去日本橋的熟食店領。其實涼子連烤火雞都想自己動手烤，但被母親嚴厲叮囑蛋糕和烤火雞只能選擇一邊。過大的野心只會帶來挫折，這是母親的一貫主張。

可是在涼子眼中，母親邦子才是自年輕起就心懷過大的壯志，並且將之一一實現的女超人。二十年前，佐田邦子這名活潑可愛的年輕女孩，是在丸三不動產這家地產公司擔任總務工作的粉領族。然後十七年前，這名年輕的粉領族先是通過了不動產經紀人的考試。光是這樣，對行政職的員工來說就值得驚異了，然而隔年她更接著考取了司法代書資格。

佐田邦子離開原來的公司，開始在老家附近小鎮的房仲商工作，累積實務經驗。這時由於附近發生槍擊事件，轄區警署刑事課的年輕刑警藤野剛前來問案，兩人因此結識，不久後便開始交往。不到一年，藤野剛向邦子求婚，邦子答應了，她從佐田邦子變成了藤野邦子。邦子不顧旁人的大力反對，宣布婚後也要繼續工作。幸而剛尊重她想繼續工作的意志，但不知幸或不幸，婚後沒有多久，剛就被調到了本廳，使得這對年輕夫婦的新婚生活變得超乎想像的忙碌。

涼子知道母親在懷自己的時候，同時也在準備不動產估價師的資格考。當然，是一邊工作一邊懷孕並同時備考。也就是說，當時的邦子一人身兼妻子、母親、不動產經紀人、考生四種身分。但邦子也難爲情地坦承過，她不管身爲媳婦還是女兒都不及格，別說是與婆婆相處了，她連跟自己的母親都成天吵個沒完。

小涼子三歲的妹妹翔子出生的那年，母親順利考取了不動產估價師的資格。翔子才剛會盯著母親的臉看，邦子就計畫要自己獨立開設事務所，可是當時這件事由於各種糾葛與糾紛，最後還是告吹了。理由是怎麼樣都沒辦法籌到必要的資金。所以涼子有所自覺的第一個記憶場面，是母親在廚房用圍裙捂著臉哭泣的景象；可是當時母親氣憤哭泣的原因並不是遭到婆婆虐待，也不是老公花心。母親是氣那個堅決不肯放款給她開業資金的銀行放款業務員那副打從心底瞧不起女人的嘴臉。

結果藤野邦子總算一償宿願，開設事務所，是在最小的妹妹瞳子滿一歲的那年——一九八二年的春天。

自從懂事以來，涼子就好幾次聽到祖母邊嘆氣邊說，邦子那樣滿腦子就只有工作，就算剛在外頭花心，也不能怪他。但是就涼子觀察到的，鋪設在父親的人生道路上的磚塊，數目最多的一樣也是工作，完全沒有其他女人介入的餘地。即使如此，或許磚塊的隙縫間偶爾也會開上一兩朵蒲公英，但應該是不會有百合或蝴蝶蘭的。今年夏天某個無法成眠的熱帶夜裡，涼子跟母親閒聊時這麼提起，結果母親拍案叫絕說，妳也眞是人小鬼大。可是這種話不可以告訴奶奶唷，知道嗎？

現在任職於警視廳搜查一課的父親，理所當然地必須處理許多相當血腥的案件，因此在有三個敏感的女兒生活的家裡，他幾乎不會提起工作。即使如此，涼子還是注意到父親有時會向母親提起他現在經手的案子，尋求意見。而這種時候的藤野邦子會配合父親的要求，化身爲母親的臉孔、生意人的臉孔，或是女人的臉孔。討論事情時的父母看起來親密無間，卻又——對，毅然對等。

對藤野涼子來說，父母——尤其是母親，是無人能夠企及的卓越人生範本。正因爲如此，如果想要性急地追趕，怎麼樣都會跌跤。涼子這種過度努力、過度貪婪、完美主義者的一面，從上國中後第一次領回成績單的時候開始，就是一直被點出的問題。今天也是，只不過是聖誕夜的蛋糕和火雞罷了，也要邦子嚴加叮嚀，就是因爲她心裡頭有著對涼子完美性格的憂慮。

就算火雞買現成的將就，沙拉和湯品也無論如何都要親手製作。涼子明確地擬定計畫，甚至連時間都規畫得分秒不差。唯獨劍道的冬季訓練無論如何都不能休息，但是除此之外，今天她的整顆腦袋都徹底被料理給占據了。

3

這天下午四點過後，野田健一接到向坂行夫打來的電話。

聖誕節前一天是補假日，悠閒的這天即將日暮。這是個沒有活動、也沒有蛋糕的平安夜。健一在鐵路公司上班的父親今天要上夜班，不會回家吃晚飯。他老早就跟母親討論好晚上要兩個人叫壽司了。

健一是個體弱多病的少年，這似乎是得自母親的遺傳。母親原本就體質虛弱，生下健一時可能又爲身體造成了負擔，變得更加病懨懨了。健一看到母親在家裡精神飽滿地走動的次數，用一隻手都數得出來，就跟母親過去被救護車送進醫院緊急住院的次數差不多。

聽說母親心臟不好。血壓低，又貧血，食量小，整個人骨瘦如柴。醫生說，母親的身體雖然毛病很多，不過今後隨著年紀增長，可能演變成大問題的具體疾病，頂多就只有心臟略微肥大，其餘的全是體質和自律神經的問題。父親那邊沒口德的親戚常在法會之類的場合刻薄說，「幸惠的病是富貴病啦。」但健一心想，從醫生的診斷來看，大概也就是這麼一回事吧。

不過即使如此，健一對母親的同情依舊不減。他是個聰穎的孩子，所以敏銳地看出來了。不管把標準放得有多寬，野田幸惠都不能說是幸福的。他不認爲她的人生是成功的。那是她自己的錯？還是純粹運氣不好？健一還無法判斷，他認爲自己還不到充分了解人類的年紀。不過爲了至少不讓母親操心，他決心要當個中規中矩的好孩子。

爲了避免不小心暴露出眞正的自己，展現出天生的聰穎資質，導致與人衝突，引來麻煩，他在學校極端地沉默寡言。他不對任何人坦露眞心，也不展現眞我。然而不管再怎麼聰明，健一畢竟年紀還小，他沒有發現一個人如果隱瞞本性，僞裝自己，不知不覺間僞裝的性格會反過來取代了本性。現在的他已經淪爲了一個與「病由心生」的母親一模一樣的，捉摸不定、如同一團蒸氣的有氣無力少年了。

向坂行夫是健一唯一一個可以算是好朋友的人。他們從小學五年級一直到現在的國中二年級都同班。行夫是個胖小子，和健一一樣，安靜話少，同樣是個不顯眼的少年，有時也是班上的累贅。

——咱們同病相憐。

健一有時也會這麼想。不，說得正確點，是看起來好似同病相憐。這背後隱藏著健一的眞心話，「其實我們才不一樣。」但是沒有人知道，就連向坂行夫也完全想像不到吧。行夫自己一定也覺得健一就和他一樣，個性安安分分，無色無味，「阿健跟我很像，配我剛剛好。」才會跟他做朋友的。行夫這樣就滿足了，而健一只要周圍的人認爲他跟行夫是半斤八兩就滿足了。從這個意義來說，向坂行夫對健一而言，就像是爲了確保自身安寧，必須時刻留意觀察的觀測指標一般。行夫的行動是健一的指標。只要做出和行夫相同的行動，即使想成爲眾人焦點，也無人願意眷顧。

「午安，今天很冷呢。」

電話另一頭，行夫先是這麼打招呼。這種脫線的地方很有行夫的風格，國中生才不會在打電話給朋友的時候噓寒問暖呢。

「感覺會是個銀色聖誕呢。」健一應道，「不過如果雪下得太大就討厭了，到時候會很麻煩。」

「如果眞的下大雪，我去你家幫忙鏟雪吧。」行夫愉快地說。他的父親是本地人，但聽說母親的故鄉在新潟的豪雪地區，所以行夫從小就習慣鏟雪了。

行夫知道健一的父親是鐵道員，不像坐辦公室的上班族那樣可以朝九晚五，週休二日。他也知道健一的母親體弱多病，所以動輒自告奮勇，說什麼事都可以找他幫忙。

但是野田幸惠最厭惡的就是讓別人進到自己家裡來——即使那是丈夫的上司或同事、兒子的好朋友，她也極端排斥外人闖進自己的生活領域。所以老實說行夫的好意，反倒是一種麻煩。

「倒是你打來幹麼？有什麼事嗎？」爲了轉移鏟雪的話題，健一口氣有些強硬地說。

「啊，對不起，你正要出門？」

「也沒有，我在看書。」

「這樣啊，那就不行了吧。我本來想找你一起去萊布拉的。」

萊布拉大街——俗稱萊布拉，是距離這裡騎自行車約十五分鐘的一家大型購物中心。那裡原本是一家大型物流公司的倉庫，後來賣掉，在前年春天成了購物中心、飯店和美食餐廳匯集之地。購物中心裡有很多乍看之下時髦精緻的飾品店和雜貨店，總是人來人往。而美食街的店家不管在價錢或口味上都是參差不齊，有高級日式料理店，也有麥當勞，五花八門。換句話說，非常近似以便利爲優先的老街。

「你要買什麼？」

「昌昌的聖誕禮物。」

行夫有個小他五歲的妹妹，名叫昌子，但行夫總是暱稱她「昌昌」或「昌兒」，在家裡好像也會叫她「小昌」。簡而言之，就是非常寵溺她。而妹妹也成天哥哥來哥哥去的，非常黏他。

「你還沒買好唷？」

行夫發出慚愧的聲音說，「嗯……期末考之後我一直在補課，沒時間去買。」

「你決定好要買什麼了嗎？」

「我想買新的素描本給她，因爲我爸媽說要買蠟筆給她。」

「那不就簡單了嗎？」

「可是因爲是便宜的東西，所以想要包裝得漂亮點。包裝紙什麼的我不會挑，所以想請你幫我選。」行夫又急急地補充說，「而且昌昌總是說你品味很好。」

健一笑了。才八歲多的小女生，怎麼可能說什麼「品味好」？況且向坂昌子又不是個多聰慧的女孩，更是如此了。一定是昌子看到健一去向坂家時，或是在街上遇到時穿的衣服，還是他的文具，覺得羨慕說了什麼，而行夫這個做哥哥的加以擴大解釋了吧。

「我這人很土嘛。或許我選的東西昌昌不會喜歡，所以才想請你幫我挑。」

健一拿著話筒走近客廳窗邊，稍微掀開蕾絲窗簾，仰望天空。鋪天蓋地的棉花白幾乎要讓距離感錯亂。天空壓到好近的地方來。

不過剛剛電視天氣預報說傍晚開始才會下雪。只出門一小時左右應該沒問題吧。健一想要陪行夫去。難得放假的聖誕節前一天，一整天關在家裡也太無趣了——健一心想，爲這麼想的自己感到驚訝。

「好哇，我陪你去。」

爲了把腦中的想法趕到一邊去，健一急忙對話筒說。

「眞的？太好了。那我馬上騎車去你家。」

「嗯。」

從行夫家到這裡，騎自行車大約五分鐘左右。健一在客廳桌上留了字條給母親，檢查火源，邊穿大衣邊再次探頭看窗外。雪還沒有開始下。他走向玄關，同時確定紙條就在桌上。

此時他忽然心想了。

——爸爸是怎麼想的？

父親總是極其溫柔、耐性十足地對待那樣的母親。實際上，健一就是被父親教導，並有樣學樣地學到如何應對容易失常崩壞的母親的心。

——我怎麼又想起這種事來了？

觀察著父母的生活，他一次也沒有在其中看見過他們對彼此的不安或不滿的陰影。父親呵護、守護著母親，而母親也全心全意依賴著父親，所以他從來沒有細想過這回事。然而為什麼現在又……？

是聖誕夜的關係嗎？不管再怎麼冷眼相待，覺得聖誕節無聊，但是看到周圍的人如此雀躍期待，還是在不知不覺間受到影響了嗎？

——眞沒意思。

玄關傳來自行車鈴聲，是行夫。健一急忙開門。

萊布拉大街人潮洶湧。趕著準備今晚禮物的客人、為了今晚的大餐採購食材的客人、因為是聖誕夜而出門外食的人、因為是聖誕夜而想去熱鬧場所的人。也因為出門時想到那些事的反作用力，原本就討厭人群的健一進入購物中心還不到十分鐘，思考就已經變得極度好戰了，什麼聖誕夜嘛？無聊透頂。

自行車停在入口處的停車場，所以健一和行夫走在人潮當中。行夫的目的地是購物中心正中央那附近的一間大型文具店。那家文具店有三樓，一、二樓販賣文具和辦公用品，三樓是畫材賣場和小藝廊。說是藝廊，展示的也幾乎都是當地學校的學生作品，或是被當地的文化中心、長青會、婦女會等才藝班拿來做展場，不是多高檔的地方。

總算抵達目的地，店裡同樣人滿爲患，電梯前排了一條長長的人龍。健一催促行夫走樓梯，但樓梯也一樣塞滿了上下樓的客人，吵鬧不堪，教人吃不消。

給小朋友的素描簿在文具賣場買就好了，但行夫堅持要在畫材賣場買。他的說法是，昌昌知道這家店的包裝紙每個賣場都不太一樣，所以在畫材賣場買，她一定會比較開心。因爲在畫材賣場買，不是感覺比較像那麼回事嗎？

「你眞是個好哥哥。」健一拿他沒辦法地笑了，「妹妹有那麼可愛嗎？」

「嗯，很可愛呀。」行夫害臊地點點頭，「不管做什麼都可愛。而且她還會說些很好玩的事。家裡有沒有昌昌，連明亮度都會不一樣。」

結果他們選了紅底有聖誕老公公、馴鹿和雪人圖案的包裝紙，而且不是綁上一般的蝴蝶結，而是挑了讓人聯想到雪花的純白色絨毛球貼上去。行夫開心極了，心情大好地說，不愧是阿健，這要是我，一定會笨笨地綁上普通的緞帶，害她在那裡拆個老半天。

店裡很熱，兩人都渴了。行夫說要請健一去麥當勞喝飲料。

「不用那麼客氣啦……可是人好多唷。藝廊那邊人怎麼那麼多？」

「那邊正在展覽婦女會做的聖誕花環。」

「眞夠無聊的。」

「上次我帶昌昌來看，還滿漂亮的唷。」

好不容易走出戶外，購物中心的通道卻更是擁擠。麥當勞也一樣人擠人。健一不想再繼續久留，只想快點回家。可是行夫已經靈巧地扭動龐大的身軀，穿過人潮往購物中心出口附近的麥當勞走去了。瘦弱的健一被人群推來推去，甚至一度跟丟了行夫的背影。總算追上去時，行夫已走到麥當勞入口的自動門附近了。

「向坂——」

我們回家啦——正當健一要出聲時，行夫突然停步了。正要拍行夫肩膀的健一被剛好從後面走來的兩個大嬸推擠，撞在行夫的背上。

「你幹麼啦？」

健一繞到前面一看，行夫正嚇了一跳似地睜圓了小小的眼睛。循著他的視線望去，原來他正在看窗邊的吧檯座。

「你看到誰啊？」

一瞬間，健一以爲是藤野涼子在那裡，他毫無理由地這麼想。藤野涼子聖誕夜要烤蛋糕，還要代替忙碌的母親準備大餐，所以不可能在近傍晚的這個時刻在購物中心遊蕩，更何況是坐在麥當勞，可是健一就是這麼想了。走在路上的時候，他會在不知不覺間想著她；或是幻想著如果彎過轉角巧遇她，而她在紅燈的十字路口對面發現健一，露出微笑的話，自己該如何反應。自從二年級與她同班以來，健一平日就淨是幻想著這些情節，因此這對他來說，幾乎是反射性的反應了。

「你看——」行夫壓低聲音地伸出食指，「是柏木。」

聽到這名字，健一的視線焦點才凝聚起來。就像行夫說的，柏木卓也坐在吧檯座的右端。

他好像是一個人。吧檯座坐滿了客人，柏木的左邊是一對情侶，正熱烈地打情罵俏。右邊坐著一家人，年輕的父母中間夾著才幼稚園大的孩子，正默默地吃著漢堡。

柏木穿著黑色高領毛衣和牛仔褲，外罩米色夾克。腳下的深紅色背包扔在那兒似地癱成一團。柏木盯著人多的購物中心通道，一根根地吃著薯條，動作看起來很機械，一點都不像在品嘗薯條滋味。他是很餓嗎？

柏木的視線朝著另一邊，因此並沒有發現健一和行夫。不僅如此，他看起來完全不在乎周圍的任何人。

健一以爲他戴著隨身聽的耳機，因爲只要戴上耳機，每個人都會露出那樣一副痴呆相。

「原來……他還好好的。」行夫有些鬆了一口氣地說。

「原來他還活著啊。」健一故意尖酸地說，「他已經一個月沒來學校了吧？還有人說他死了。」

行夫慢吞吞地後退，離開麥當勞的門口。即使如此，他的眼睛仍然緊盯著柏木卓也的側臉看。

「已經一個月了？」

「一個月了。他跟大出他們對幹，是十一月中的事嘛。」

健一說的「對幹」，是柏木卓也在午休時間掄起椅子意圖毆打大出俊次的離奇事件。自從那天以後，柏木就再也沒有來過學校了。

「柏木只有一個人呢。他最好不要碰到大出他們。」

行夫依然瞇著眼睛遠遠地看著麥當勞，小小聲地說。

「聖誕夜，那些傢伙不會在這種地方出沒啦。」

「可是也不可能乖乖待在家裡吧？」

「聽說他們有特定的流連場所。好像是海灣附近倉庫改裝的小吃店或酒吧，有學長在那裡當店長。」

大出他們——被如此稱呼的一伙人，是城東第三中學的不良集團之一。二年級有幾個讓老師們頭疼不已的問題學生小集團，但大出帶頭的那個團體，在其中也是最爲傳統——或者說最爲簡單明瞭的一型。他們完全不念書，在上課時作亂，刻意騷擾年輕女老師，蹺課也是家常便飯。幾乎每天遲到，甚至連考試都蹺掉也是常有的事。奇裝異服、染頭髮，不僅不躲躲藏藏，還光明正大抽菸；要是被抓到挨罵，就滿口歪理，比方說，老師憑什麼干涉個人的自由？這不是太莫名其妙了嗎？自己的事我自個兒會負責，用不著老師多管閒事。

這是聽到的傳聞，所以也不該全盤盡信，不過聽說大出的父親以前就讀城東第三中學時，也是個不折不扣、赫赫有名的不良少年，高中也念到一半就退學了。現在的大出勝是「大出集成材」這家木材加工廠的社長，但這是大出勝從父親那裡繼承下來的事業，聽說俊次將來也預定要接下這家公司。既然將來的路都已經決定了，也沒必要讓兒子升什麼學，比起念書，學習將來出社會需要的交際應酬更重要多了——是這個父親一貫的主張，因此他放任獨生子成天蹺課，也不參加學校活動。校方看不下去，把父親叫去懇談，大出勝就會氣勢洶洶地衝進職員室，也不理會老師的說法，大吼，老子沒去學校，也照樣成了公司大老闆，我兒子不需要、也沒必要讓你們這群只活在學校這種狹窄的世界、沒見識的書呆子老師來教他闖江湖的道理，我兒子用不著你們管！然後趾高氣昂地揚長而去。

經常跟大出俊次混在一起的，有橋田祐太郎和井口充這兩個人。一般提到「大出他們」，眾人腦中浮現的都會是這三個人的臉孔。大出算有點人望，跟他廝混在一塊兒的人還不少，但常伴他左右的都是橋田與井口這兩人。聽說橋田家是開居酒屋的，井口則是在這個購物中心裡的雜貨店長男，因此這兩個人也適用於大出勝社長的說詞，如果本人想要念書也就罷了，即使不上學，他們也自有謀生之道，何必勉強把不願意念書的人綁在書桌前呢？你說對吧，老師？

其實這種想法在有許多自營業者和傳統工廠的老街並不罕見。期望兒女繼承家業的父母，對於現今的學校制度——才華出眾的孩子姑且不論，卻要求學力普通的孩子也要擁有和將來準備進東大當大官的孩子相同的學力和讀書量——幾乎是有著本能的嫌惡。

向坂行夫的父母也是如此。健一清楚地記得去年夏天，升國中後第一次領到成績單的結業式那天。健一說母親今天去醫院，所以回家也沒有人，行夫便邀他去他家吃刨冰。他說他們家買了家庭刨冰機，也有各式糖漿，因爲昌昌喜歡吃。

去到向坂印刷廠，阿姨接過了行夫遞出來的成績單，看也不看內容，就直接放上神壇，拍了拍手拜神後立刻動手做刨冰。健一疑惑阿姨不在乎成績單裡的成績嗎？可能是他的疑問寫在臉上了，行夫笑著解釋，我總是低空飛過，所以我媽也不會急著看成績單，她覺得學校沒有拋棄我，還肯給我成績單就夠了。

「哎，說老實話，成績好當然比較好。」阿姨那張與行夫十分相似地圓臉笑著說，「可是我跟他爸小時候成績也不好，就算勉強行夫念書也沒用呀。」

「至少我會九九乘法嘛。」

「可是上次你教昌昌的時候還教錯了。」

「咦，是嗎？」

昌子先回到家，和母親一起歡樂地做刨冰。她的成績也不好，行夫這麼告訴健一。

「可是成績不好也沒關係，昌昌是女孩子嘛。而且昌昌很會畫畫。」

「像野田同學你們家就厲害了，你爸是知名大學畢業的，你媽也是學士，對吧？」阿姨說。是行夫告訴她的吧。「這表示阿健你將來也有各種可能性呢。」

「唔……」

可是母親從來沒有工作過。她的確是相當知名的女子大學畢業的，但也只是畢業而已，實在不像曾經活用了她的所學。父親學習土木，以技師身分進入鐵路公司。他雖然好像也很喜歡現在的工作，但也沒有什麼特出的成就。

「可是阿健的爸媽也不會一直逼他念書唷。」

「現在還不會啦。」健一說。

「是啊，像我們家這樣有生意有工廠要顧的，只要孩子將來可以好好繼承就夠了。做生意的竅門啊，不是學校學得到的。可是行夫，你至少也要給我念到高中畢業啊。要是沒念到高中，媽會很沒面子，你也交不到同年紀的朋友喔。」

「會嗎？」行夫狼吞虎嚥地吃著刨冰同時歪起頭說，「要是阿健進了開成還是九段這些名校，就算我們家就住在附近，你也會不跟我一起玩了嗎？」

健一窘了。他跟行夫是自小認識的玩伴，但是如果進了不同的學校，自然就會疏遠了吧。可是看行夫如此直白地表現出寂寞，他實在沒法「嗯」地點頭肯定。

所以他用了最曖昧的說法。

「我才進不了開成還是九段呢。」

這時昌昌打翻了刨冰碗，話題就此打住了。

回家的路上，健一想起向坂阿姨說行夫只要繼承家裡就好了，還有行夫那悠哉的笑容，忍不住深思起來。向坂的父母對行夫的期待既單純又明快。健一的父母對他也有明確的期望嗎？父親和母親究竟期望健一做什麼？

向坂阿姨說健一有許多可能性，但眞是如此嗎？自己眞的有什麼可能性嗎？不僅是沒有家業、沒有可以從父母那裡繼承的店鋪或職業，他會不會其實也根本沒有任何可能性？

看看現實，像母親，她以前或許是很會念書，但她的人生不是那麼地暮氣沉沉嗎……？

「阿健。」

被行夫用手肘撞了撞，健一赫然回神。

「你在發什麼呆？」

兩人還在購物中心的雜沓人潮裡。行夫看到柏木，似乎也不想進去麥當勞了。

「我們回家吧。」

「是啊，萬一下雪就麻煩了。」

兩人朝著購物中心的出口走去，健一忽然回頭，再次偷看柏木卓也。後者依然面朝另一邊，喝著紙杯裡的東西。看起來什麼也沒想、什麼也沒品嘗。

「今天是聖誕夜耶。」健一忍不住低語，「可是他只有一個人。」

「他那樣一定比較自在吧。」行夫表情略顯老成地說，「他在學校不也都一個人嗎？柏木喜歡一個人啦。」

4

爲了今晚，倉田麻里子織好了自己和弟弟的兩條襪子。是紅、白、綠三色的花俏襪子。尺寸大到戴在頭上，幾乎可以罩住整顆頭。這是爲了讓聖誕老公公可以放進大禮物，大能兼小嘛。

然而說到那可惡的大樹，明明才小學四年級，居然說姊姊都已經十三歲了，還相信世上眞的有聖誕老公公，眞是可笑，徹底拒絕把麻里子編的襪子掛在床頭柱上。

「這不是相信不相信的問題。認爲聖誕夜會有聖誕老公公送禮物來，不是比較快樂嗎？」

麻里子說，結果大樹回嘴說並不是只要快樂就什麼都行。

「就算不掛襪子，等到明天早上，照樣可以拿到聖誕禮物。因爲禮物是爸媽送的嘛。每年不都是這樣嗎？爸媽應該會送圖書券還是文具券吧。聖誕老公公哪有可能會送那種玩意兒？」

「可是有襪子，比較有聖誕節的氣氛，不是嗎？」

「又不是基督教徒，要聖誕節的氣氛幹麼？而且我看姊根本不曉得聖誕節有什麼意義吧？又沒有信教，卻跟著人家在那裡瞎起鬨，太莫名其妙了。」

「你這傢伙眞是滿口歪理，你乾脆改名叫歪理樹怎麼樣？」

「才不是歪理，是言之成理。連這都不會分，姊眞是有夠笨的。」

「怎麼可以罵自己的姊姊笨！」

「妳不就是眞的笨嗎？成績單全是丙，還敢說什麼。」

成績單是麻里子心裡的最痛。明明是同樣的父母生下來的，弟弟卻不知爲何成績優秀，小學的成績單也全是「表現得非常好」，是全部優等的好學生。如果體育還是音樂很差勁，還讓人覺得有點可愛之處，然而大樹似乎沒有任何一個科目是不拿手的。父母似乎也對這樣的弟弟寄與厚望，不管大樹有任何要求，都會設法滿足他。就連吵架也是，大樹伶牙俐齒，麻里子沒有一次辯得過他。一般都是女生比較會講話、會吵架，但倉田家似乎有點不一樣。

晚餐的時候，一家六口津津有味地享用了大餐。平時總是水火不容的母親和祖父母，也可能因爲今天是特別的日子，並沒有在餐桌上針鋒相對。或許是買了裝飾豪華的蛋糕、在餐桌上擺花奏效了。所以麻里子眞的是滿心歡喜地期待著聖誕老公公的禮物，卻被弟弟澆了一大盆冷水。

麻里子不甘心極了，所以她在自己的床頭柱上掛了兩條襪子。襪子軟軟地垂著，看起來也像是正一起對麻里子伸出紅白綠的長舌頭。被大樹駁倒令人難過，但沒有一個家人肯勸諫弟弟，安慰麻里子，更讓她傷心。她進了房間一個人獨處，看著襪子，眼淚不爭氣地掉了下來。

麻里子的父母一起在海埔新生地的食品工廠工作。是製造超市、百貨公司便當和三明治的工廠。工廠是二十四小時輪班，有大夜班也有早班。明天兩人都是早上六點的班，所以早早就上床睡覺了。祖父母因爲上了年紀，本來就早睡。晚上十點鐘，倉田家裡還醒著活動的，就只有麻里子和大樹而已。

麻里子和大樹的房間雖是姊弟各一間，但本來是一大間八張榻榻米的房間，只是用書架和家具隔成兩個房間而已，所以門口只有一個，天花板附近也有縫隙。麻里子仰望天花板觀察，弟弟應該一如往常，正在看書吧。好安靜，大樹是個書蟲。

麻里子悄悄溜出走廊，走下樓梯去廚房。樓下沒有開燈，火也熄了，早已一片冷清。她走近電話機，拿起話筒，按下號碼。嘟嘟聲開始響起。她趁著等電話接通的時候急忙穿上拖鞋。

「喂，藤野家。」

是成人男性的聲音。哎呀！看來今天麻里子特別不走運。

「啊，我叫倉田。」麻里子努力擠出淑女的聲音，「抱歉這麼晚打電話，我想要找涼子同學，請問方便嗎？」

對方的聲音頓時漾出笑意，「哦，倉田同學啊，晚安。」

「晚安。」

「妳等一下唷。」先是放下話筒的聲音，然後是叫著，「涼子、涼子！」的聲音。

麻里子知道小涼的父親是警視廳的魔鬼刑警。打電話去藤野家時，她父親接電話的機率非常小，不過若是他接電話，總是在意想不到的時段。就是一般職業的父親不應該會在家接電話的時段。或者說，麻里子一直覺得做父親的人是不太會接電話的。像麻里子的父親，即使祖母、母親和麻里子正在做飯還是收拾碗盤，忙得要死，他也絕對不肯接電話，只會坐在那裡吼，喂，電話在響啦，吵死人了，快去接啊！

小涼的父親一定非常忙，很難得可以回家吧。電視刑警劇裡的刑警都是這樣的。他們偶爾一有空，就會急忙回家看小孩，或是換衣服，然後立刻又出門去辦案了。所以在家的短暫時間，都會與家人親密地相處，絕對不會一個人大搖大擺地賴坐在那裡不動。會自己添飯，也會自己泡茶，不會嫌孩子說話吵鬧。

還有，小涼的父親接電話的時候，絕對不會按保留，這一定是因爲警視廳是這麼規定的。不按保留，故意讓對方聽到這邊的聲音，一定具有某種心理上的效果。不過以前麻里子把這些話告訴小涼，惹來小涼大笑，說她想太多了。

「喂，麻里？久等了。」

藤野涼子接電話了。聽到她沉著又明朗的聲音瞬間，麻里子都快哭了。

「咦？麻里，妳怎麼了？」

麻里子淚訴大樹是如何地刻待她。涼子「嗯嗯」應和聆聽著，還有點生氣地爲她憤慨，眞是拿大樹那傢伙沒辦法。

「欸，小涼，妳覺得我眞的很笨嗎？」麻里子邊擦眼淚邊說。

「哎唷，想那種問題做什麼？」

「可是……」

「妳一點都不笨，好嗎？如果說認爲世上有聖誕老公公一定很棒的人都是傻子，那全世界幾乎所有人都是傻子了，不是嗎？」

藤野涼子也是這種愛講道理的女孩，但她的道理不像大樹的道理那樣，會狠狠地刺傷人。爲什麼呢？麻里子納悶極了。

「小涼，妳的蛋糕成功了嗎？」

涼子也和大樹一樣，做起任何事都駕輕就熟。成績好，運動也十項全能，而且長得又可愛，加上她爸爸還是魔鬼刑警呢。

「說到蛋糕，我那兩個妹妹吵翻天，搞得我都快抓狂了。」

涼子的母親也在工作，有自己的事務所，令人尊敬。

麻里子有時候會想，爲什麼自己不是藤野涼子，而是倉田麻里子呢？如果麻里子可以變成藤野涼子，一定可以活得更輕鬆、更幸福；而涼子如果變成倉田麻里子，一定可以活得比麻里子自己更好，不會成天迷迷糊糊，而是找到倉田麻里子的優點，發揮優點活下去。難道就不能像這樣掉換過來嗎？

「可是感覺好歡樂唷，我也想要妹妹。」

「我都快受不了了。而且等到長大一點，弟弟或許會比較可靠。」

「怎樣可靠？」

「晚上接送之類的，可以當保鏢。」

「是嗎？大樹根本就徹底瞧不起我，我覺得他長得愈大，就愈不會想理我。」

「麻里，不能那樣想啦。」

「可是我眞的很笨，沒辦法嘛。不只是聖誕老公公的事而已，我的成績也很爛。」

麻里子期末考成績眞的是爛透了，所以她必須接受課後加強輔導直到放寒假。這件事讓大樹鄙夷極了，還說他絕對不想被別人知道自己有個這麼不長進的姊姊，所以他要進私立國中。父母好像也是這個打算。

「明天就結業式了，不是嗎？領了成績單以後，又要被笑了。」

涼子故意嘆了口氣讓麻里子聽到，「麻里，妳眞的很憂鬱呢。今晚可是難得的聖誕夜耶。」

「對不起。」

「不用道歉啦，打起精神來。明天再告訴我妳收到什麼聖誕禮物唷，我也會跟妳說。」

「嗯，好。」

涼子的口氣變得有些急躁，麻里子察覺她想掛電話了。她說了聲，「晚安。」放下話筒。掛斷電話後，她感覺比打電話前更要孤單了。

——眞沒意思。

眼淚掉著掉著，她累得睡著了。

倉田麻里子躺在小小的床上，一面擔心著成績單，一面不知如何排遣被弟弟瞧不起、被父母輕視、連自己都沒法喜歡自己以及體重過重等煩惱，想著我的聖誕夜一定是全世界最不幸的聖誕夜，落入了夢鄉。

5

黎明——

野田健一在閉起的眼皮底下感覺著微光，把臉從毯子邊緣探出來。望向窗戶，拉得緊緊的窗簾內側彷彿正散發出白光。雪還在下嗎？

鬧鐘正要走到早上六點。健一眨著眼睛盯著看，秒針走了一圈，細微的一聲「喀嚓」，鬧鈴響了起來。他從被窩裡伸手按鈕，止住吵鬧的聲響。時鐘的金屬零件很冰，讓他知道房間的空氣冷透了。

樓下有人聲。模模糊糊的聽不清楚，但好像是父親的聲音。

健一個性一絲不苟，經常像這樣在鬧鐘響起前醒來。可是今早在睜開雙眼之前，他好像正在做夢。他也覺得自己像是被夢境催促而醒來的。他重新躺回枕上，閉上眼睛。那是個怪夢，雖然記不太清楚……

樓下又傳來人聲，這次好像是母親的聲音。接著像要蓋過那聲音似地，有東西「鏘」地破碎的聲響。

健一在枕上赫然睜眼。樓下又有聲音了，這次聲音很大，聽得一清二楚。

「不要管我！」

母親在大喊。健一從床上跳起來，睡衣上什麼也沒披，光腳奔出走廊，直接跑下樓梯。

幾乎就在他打赤腳跑下一樓走廊的同時，又是一道響亮的「鏘」，是廚房。健一瞬間怔立原地，在身體想要繼續前進的慣性，以及就這樣回頭衝進房間，蒙上被子假裝沒事發生的衝動間懸盪不決。這段期間，廚房又有什麼東西掉到地上了，然後是拉椅子的聲音。

「幸惠。」他聽見父親用平板的語氣呢喃母親的名字。不是呼喚，只是念出母親的名字。

父母在吵架，大概。這對健一來說是前所未見的事，以前從來沒有發生過這種事。父母親連小小的拌嘴都不曾有過。又哭又叫又摔東西的爭吵，對健一來說就像被宣告地球從今早開始逆向自轉一樣，是非現實、甚至滑稽的事。

健一把腳往前推似地走向廚房。開門的時候，他腦中掠過多餘的想法，穿睡衣好怪，至少該換個衣服再下來的。

母親趴在廚房桌上，雙手抱頭痛哭。睡衣上披著拼布睡袍，腳上穿著厚厚的室內拖鞋。桌上的調味料瓶倒了好幾罐，潑出的醬油形成一灘黑水。母親右肘碰到那灘水的邊緣，污漬在拼布睡袍手肘處擴散開來。

母親的斜對面是餐桌椅上的父親。剛才的聲音，就是父親拉椅子坐下所發出的吧。父親一身西裝筆挺，領帶則鬆鬆地掛在脖子上。眼鏡稍微朝鼻梁落下，看起來有點拙。他的雙肩疲憊不堪地垮著，但應該不是因爲上夜班回來的緣故。野田健夫上完夜班回家的時候，也總是彷彿正要出門去上班的人一樣，看起來神清氣爽。他曾自豪地笑著說，他上完夜班回家的清晨，如果在車站前碰見熟人，對方都會以爲他正要去上班而向他招呼，「路上小心！」

父親的腳邊也有玻璃缽般的東西傾倒破裂，其中一塊碎片以微妙的平衡懸在父親穿的拖鞋鞋背上。

兩人一時都沒有發現健一。他覺得自己掉進了默劇裡，只感覺得到腳底的冰冷。如果就這樣掉過頭去折回房間，十分鐘過後再來，這場不可解的默劇會不會已經結束了？這個情景就像完全沒有預期要讓觀眾看見的後台練習，只要裝作沒看見，是不是就會消失不見？健一這麼想，眞的打算悄悄離開的時候，父親忽然抬頭，發現了健一。

野田健夫開口，含糊地說了什麼。野田幸惠依然趴餐桌上，拼布睡袍手肘處的醬油污漬愈來愈大了。父親示意他去客廳，健一經過走廊進入客廳。沙發上掛著父親對摺的大衣，父親單手扶在那裡站著。

「你媽有點不舒服。」野田健夫說，「穿那樣會感冒，去換個衣服。爸去收拾廚房。」

健一覺得想問的事、想說的話一口氣湧到喉邊，然而這些話語卻沒有半點化成形體。健一嚥了嚥口水，把未成熟的問題全吞下去，只問，「媽還好嗎？」

「她有點激動。」父親答，用指頭推起眼鏡，手指微微顫抖著。

「爸什麼時候回來的？」

「嗯？剛才。不久前。」

「你回來的時候，媽的樣子就怪怪的了嗎？」

說著說著，健一也發現自己的口氣不對勁了，他故意問些用不著問也知道答案的問題。他明知道父親難以回答，卻故意問這些問題。所以他努力平淡地，不帶惡意地問著。

「總之你先去換衣服。上學要遲到了。」

健一乖巧地聽從父親的話，慢吞吞地走上樓梯，花了很久換衣服。今天是結業式，根本不用上課。然而他卻故意打開書包，檢查裡面。從衣櫃裡拿出襪子穿上時，也慢條斯理地來。他覺得好歹必須像這樣給父親一點時間。彷彿是大剌剌地闖進還沒有準備好開店的店家裡頭，所以下樓的時候，他也故意把腳步聲踩得震天價響。

廚房裡至少看得到的範圍都收拾乾淨了，母親也不見了。父親正在煮咖啡，把吐司放進烤麵包機。

「你媽去睡了。」父親面向流理台，背對著他說，「沒在樓梯碰上嗎？」

「沒有。」健一說，實際上他一點動靜也沒察覺。野田幸惠只要需要，可以像幽靈一樣無聲無息。

「快吃吧。」

父親面無表情地說，把烤好的吐司放到餐桌的盤子上。健一拉開椅子，發現椅面被打翻的醬油弄髒了，定定地看著那灘污漬。他覺得那片污漬像是主張著破碎的餐具可以扔掉，情緒崩潰的家人可以趕去臥房，但有東西是擦拭不掉的。然而小哥，你卻要默不吭聲，若無其事地去上學嗎？

「爸。」健一開口，「出了什麼事？」

父親默默地倒咖啡。「我第一次看到爸跟媽吵架，嚇到了。」

父親面對流理台喝起咖啡來。

「爸。」

父親背對著健一，問了個意外的問題，「你昨天傍晚出門了嗎？」

健一吃了一驚，「這怎麼了嗎？」

「我問你是不是出門了！」父親的聲音第一次透露出煩躁，「你跟朋友出門了吧？」

「嗯。」健一簡短地回答，沉默了。父親也沉默著。

「你去了哪裡？」

「朋友說要幫妹妹買聖誕節禮物，我陪他一起去。我們去了購物中心。」

是嗎——父親低喃，把剩下的咖啡粗魯地倒進流理台，杯子擱到旁邊。

「你沒告訴你媽吧？」

「我想跟她說的時候她在睡覺，所以我留了字條才出門。」

父親意外迅速地轉身，回過頭來。眼神滿含怒意。

「眞的嗎？」

「眞的啊。」

「字條你放在那裡？」

健一指著客廳桌上說，「那邊……」

「你媽說沒看到。」

「可是我眞的留了字條。我不會不說一聲就默默出門。因爲如果沒說一聲就出門，媽會擔心，會打電話去爸的公司啊。」

說到這裡，健一總算了解狀況了。原來如此，他心想。

昨天健一留的字條不知爲何掉到別的地方，或是飛進墊子底下，母親沒有看到。母親擔心起來，就像平常那樣，憂心如焚地打電話去父親的公司。可是父親可能忙得要命，還是被接電話的同事奚落說，「你太太也眞傷腦筋。」難得地心情大壞。所以今早他一回家就罵了母親，結果母親鬧起脾氣，兩人像那樣吵起來了。

「可是昨天我回家以後，媽也沒有罵我啊。」健一安撫地說。他想讓父親放心，也不希望他一直生母親的氣。他已經平復到可以對父親說，媽雖然那樣，可是這是老樣子了，不用生那麼大的氣嘛。

「我跟媽說我去了購物中心，人超多的，媽就埋怨說她要是去了那種地方，一定會頭痛。可是她也吃了晚飯……」

父親眨著眼鏡底下的雙眼，「你媽沒有罵你？」

「嗯。媽看起來不太舒服，一直沒有精神。昨天很冷嘛，不過今天天氣不錯。」

窗外是一片雪景。昨晚一夕之間，街道變得彷彿雪國一般。可是即將天亮的黎明天空，帶著南國海洋般的陽性藍色。關東地方在下大雪的隔天，通常都會變得艷陽高照，一點都不像隆冬，看來今天也會是那種典型的一天。

父親摘下眼鏡，一手揉了揉眼睛。然後他微微蹙眉，盯著地板說：

「讓你操心了。」

健一無從回話。

「噯，算了。」父親突然變得懶散，又用力抹了抹臉，「去上學吧，要遲到了。」

事實上根本就不會遲到。現在才剛過七點五分而已。這個季節，城東第三中學開始上課的時間是八點半。預備鐘會在十五分鐘前響起。從健一家到學校，就算慢慢走，也只要二十分鐘就到了，所以即使這個時間離開家門，到學校時正門都還沒有開吧。

在雪道上行走，意外地是件苦差事。或許應該狠下心來穿長靴出門的，但那樣一來就等於是在昭告天下，自己的運動神經很差。

看到城東第三中學的正門了。令人驚訝的是，兩個男老師正在鏟雪。一個是體育老師，他帶的是一年級的班，所以健一不認識。另一個是教健一他們二年級社會科的楠山老師。他應該已經三十後半了，擔任柔道社的顧問，體格魁梧，強得要命。女生都滿喜歡他的，男生也傾向於認為楠山是個**還算**能溝通的老師，但健一最討厭他了。因為楠山老師總是滿不在乎地對健一這種身體瘦弱的學生說些瞧不起的話。他滿不在乎地說，一個人身體不好，心理也會不正常，不喜歡運動的人沒一個是好東西。他最喜歡「健全的精神只存在於健全的肉體」這句「格言」。

幸而楠山還沒有發現健一。雖然應該已經有零星的學生到校了，但放眼所及的範圍內，沒看到半個穿制服的學生。健一偷偷摸摸地後退，折回來時的道路。他沿著圍牆往右走，繞過一圈，看見了側門。平常上學時間側門是關著的，規定學生都要走正門。這當然是為了方便監視學生吧。可是學生也都很熟練了，像是經常違反服裝規定或老是遲到的人，都會直接翻側門進出學校。

若健一在途中想起忘了帶東西而折回家，覺得走正門來不及的時候，也翻過側門。即使不擅長運動，迫於需要時，翻個門還難不倒他。尤其今早積了這麼高的雪，要翻過鐵門應該不會太費事。

不出所料，側門關得緊緊的。被風吹聚到一處的雪直堆到八十公分高的門扉橫桿處。健一抓住上了黑漆的鐵柵欄，冰得令他忍不住哀哀叫。

側門另一頭的後院沒有半個人影。後院很小，距離紅磚色的校舍只有兩公尺，但四處積起巨大的雪山，就像面孔平坦的雪人般看著健一。這邊是北側，曬不到太陽，因此體感氣溫似乎也更低了。快點爬上去吧，健一把書包丟進門裡，雙手抓住鐵柵欄。

手凍僵了，感覺比以前爬門時更要困難許多。鐵門凍結，運動鞋的鞋底滑溜溜的。要跨過門的時候腳滑了一下，差點失去平衡，嚇得他出了一身冷汗。他急忙重新抓住頂端的橫桿，結果連那隻手也滑開了。

——要掉下去了！

他的頭瞬間往後仰，看見了天空。這樣垂直掉下去的話，身體會撞到門的——健一心想，雙手在空中划著，努力讓身子遠離門扉掉落在積雪上。他感覺在半空中掙扎了好久——

「咚沙」一聲，他摔到地上了。比起撞擊，冰冷更是深深地泌入身體。健一掉落的位置比預期中的更遠，而且偏向一邊，落到側門旁的樹叢上了。半凍結的杜鵑葉在身子底下沙沙作響。

健一把身子轉過一半，爬出樹叢，從頭到腳都沾滿了雪。他掙扎著爬起來，發現自己正四腳朝天地跌坐在崩塌的雪堆上。一陣頭暈目眩。

剛才丟下來的書包一半都被雪蓋住了。東張西望，沒有人。幸虧也沒人看到他剛才誇張的墜落動作。健一拍掉身上的雪，準備站起來。

就在這個時候，他在書包旁的雪山看到一隻伸出來的手。這種地方怎麼有隻手？——他一邊拍掉頭髮上的雪，腦中冒出疑問。手的姿勢就像要抓住健一的書包。手掌向下，手指伸向書包的把手。

那裡有隻手。

這怎麼可能？

健一的手止住了。他的眼睛小心翼翼地移動，移到那隻手腕盡頭處相連的崩塌雪山。雪山純白無垢，看起來甚至有些可口，令人覺得底下應該不可能藏著什麼驚人的東西。

撿起書包進教室吧，健一這麼想，今早從起床開始就是一連串的不對勁。這種日子就該學烏龜乖乖縮起脖子，等待二十四小時從頭上經過，才是上上之策。換了個日子，運勢也會改變。因爲這不是太奇怪了嗎？那種地方怎麼會掉著一隻死白的人手——

我是撞到頭，腦袋有問題了吧，我一定是出現幻覺了。

健一硬是這麼說服自己，卻在不知不覺間跪了起來，雙手違反意志地移動，開始挖掘手腕伸出來的雪山。表面凍結堅硬的雪堆被挖出健一拳頭的形狀，逐漸崩塌。「唰、唰」地，雪山逐漸被挖出洞來。手插進洞裡，用力往旁邊甩，鏟開雪塊。雪片撒到臉上來了。

眼前冒出了一張臉，臉上的兩眼大大地睜著。黑色高領毛衣的衣襟密密地沾滿了雪，睫毛也凍結了。眼睛會睜著，或許也是因爲凍結的緣故。

臉很乾淨，健一一眼就看出那是誰了。他認得那張臉，可是還沒有想到他的名字，健一已經尖叫起來了。他糊裡糊塗，渾然忘我地不斷尖叫，在遙遠的地方聽著自己鬼嚷鬼叫著。不得了了，不得了了，老師，老師，有人死掉了，死掉了，有人死掉了，有死人死掉了。死掉了，死掉了，這裡有死人！

柏木卓也的亡骸不理會恐慌的健一，兀自仰躺在雪地裡，維持著生前的那張表情，以漠不關心的冷淡眼神仰望著天空。

6

藤野涼子在早上六點鐘醒來了。寒假之前沒有冬季練習，所以其實她還想再多睡點，但因爲實在太冷了，她被凍醒。

拉開窗簾一看，窗外是一片令人禁不住想要歡呼的雪景。人行道上積了二十公分以上的雪，路邊的雪堆或許有三十公分——不，搞不好有五十公分高。涼子家旁邊的露天停車場內，車子全被積雪覆蓋，化成了一座座相連的純白色小山。雖然是還沒有被人碰過的潔白積雪，但酷寒將表面凍結，冒出一粒粒的冰晶，因此那景象看起來宛如一座倒扣的巨型再生紙雞蛋盒。

平時總要三催四請才肯起床的翔子和瞳子，今早也和涼子同時起床，迅速打理好儀容，歡天喜地地衝出庭院。她們那兩對小小的手腳在小庭院裡跑來跑去，堆起一座歪七扭八的雪人，並朝著隔壁停車場的群山射出好幾發高射砲雪彈，簡直是鬧翻天了。涼子幫忙母親準備早餐，從廚房的小窗往外看時，巨大的雞蛋盒已經悲慘地變得坑坑洞洞了。

「快點吃飯！寒假還沒有開始，還有結業式啊！今天要是遲到，小心變成大紅人唷！」

母親走到玄關大聲呼喊。她的呼吸化成純白色的蒸氣，被吸進藍空當中。這是七點左右的事。平常的話，這時間妹妹們甚至還沒有下床。

「大雪會讓狗跟小孩變得一樣興奮。」

涼子對著在餐桌攤開濕掉的早報的父親如此陳述感想。

「那妳已經不是小孩了嗎？」父親反問。

「至少我不是狗。」

「這樣啊，不過爸爸是狗吶。」父親邊說邊大打哈欠。

「現在還會有人對著爸罵『走狗』嗎？好像老電影的台詞唷。」

「就算沒有人罵，爸一樣是被鎖鏈拴住的狗啊。」

「那工作的男人全都是狗了吧？」

「今早的妳特別酸呢。妳不中意昨晚的禮物嗎？」

有點被說中了。

涼子收到的是一本單手拿不動的大部頭國語辭典。她承認她的確埋怨過從小學一直用到現在的小型國語辭典字彙太少，有些詞都查不到，很不方便。所以父母才會想要彌補這部分的不足，這是非常合理、非常務實的想法。但是這可是要送給十四歲女生的聖誕禮物呢，就不能送點更可愛的東西嗎？

「反正年底購物的時候，妳也會跟媽媽討東討西，不是嗎？想要什麼，到時候再買不就好了？」父親說。這也是非常正確又合理的想法。

妹妹們玩得滿臉通紅地回來了，於是親子五人一起坐到餐桌旁。雖然對父親那樣說，但其實涼子一點都沒有變得尖酸刻薄。她反倒是興奮極了。因為不只是可以全家一起迎接聖誕夜，隔天早上還可以大家一起吃早餐，這眞的非常難得。就涼子記得的範圍內，搞不好這是第一次？往年即使可以一起吃聖誕大餐，父親也會在當晚就回去工作，或是聖誕夜在署裡度過，隔天一早再回來，只跟大家一起用早餐，都是這樣的。

雖然是事後很久才想到的，但涼子認爲這天早上父親會待在家裡，或許不是單純的巧合。說是上天的安排或許有點太誇張，但搞不好可說是刑警第六感這種第二天性對父親的召喚，二十五日的早上待在家裡，陪在三個女兒身邊，尤其是涼子身邊比較好。

不過這個時候，她一丁點兒都沒想到這樣的事。父親累了，下巴消瘦，鬍子裡的白鬚也突然變得醒目了。他需要一點休息。涼子頂多認爲應該是搜查本部裡的誰好心地勸他，藤野兄，你該回家好好休息一下了。

爲了特殊而重要的工作忙碌的父親。

藤野家的這種生活，令倉田麻里子非常羨慕。這麼說來，有次聊天的時候涼子忽然提到「帳房刑案」，麻里子問她那是什麼意思，涼子說就是會讓警視廳設立搜查本部的大案子，讓麻里子佩服極了。涼子家好好唷，跟別人家都不一樣。涼子笑道「我家很普通啊。」但心裡一隅還是偷偷有點得意的。

當然，涼子明白麻里子想像、憧憬的「刑警家」是電視劇裡描寫的那種，跟現實的藤野家並不一樣。即使如此，不管任何事，被同學憧憬總是件不賴的事。能老實承認「還不賴」的涼子也還是個孩子，而且坦率。

母親收拾著咖啡杯，說今天積雪，最好早點出門。「翔子跟瞳子就媽來送吧。」

「耶！要坐車上學！」

瞳子拍手開心，母親搖搖頭說：

「不是，是陪妳們一起走去集合地點。」

翔子和瞳子上的小學還有排路隊上學的規定，都內這樣的小學愈來愈少了。因爲學生數量不斷減少。可是這個區域原本就有許多都營住宅和國宅，而且這幾年興建的出售公寓全是家庭式的，因此異於時代潮流，學童數目不減反增。

「我們家的車子搞不好引擎都結冰了。」翔子用小大人的口氣說，「那台迷你車簡直就像玩具嘛，所以我就說應該買賓士的廂型車的。」

母親露齒微笑，「喲，翔子要用壓歲錢買給媽嗎？好哇。」

妹妹們說要穿昨天剛收到的聖誕禮物連帽外套去上學，圍巾是涼子織給她們的同款圍巾。翔子央求幫她綁馬尾，所以涼子先擱下自己的事，與翔子的自然捲格鬥。

「啊，好想把頭髮燙直唷。」

「連我都還不許燙了，哪輪得到妳。」

「可是人家美紀就燙了，還脫色呢。」

「那是別人家。」

母親總算把兩個妹妹帶出門時，已經八點快五分了。涼子才剛刷好牙洗好臉，仍然是睡衣上套著毛衣的模樣。八點十五分前不進教室就要遲到了，得加快動作才行。

其實從藤野家到三中，如果走最短距離的側門，兩分鐘就到，但是三中都要求學生上學的時候要走正門，所以早上側門是關著的。因此涼子每天早上都繞遠路上學，如果走正門，走路就得花上六、七分鐘。

「要遲到了！」

涼子焦急地換制服時，聽到了第一道警笛聲。

好近唷——她心想。警車經過藤野家北邊的馬路駛去。一大清早的，出了什麼事呢？

走出洗手間梳頭髮的時候，她聽見第二道警笛聲經過，一樣很近。跟剛才的方向一樣。積雪的馬路不能開太快，讓警笛聲顯得更刺耳了。

然後接著是救護車，又傳來其他的警笛聲。

「是車禍嗎？」

涼子把頭探出客廳問父親，卻不見父親人影。玄關的門敞開著。

「爸？」

只要有警車經過家附近，父親都一定會出去查看。他說這是職業病。涼子穿上拖鞋走出玄關，父親正背對著她站在大門處。太陽開始溫暖地綻放光輝，積雪刺眼地把陽光反射回來。涼子伸出一手遮到額頭上。

「是附近嗎？」

聽到涼子的聲音，父親回過頭來。眉毛一帶神色變得肅穆。

「是啊，警車開往三中。」

「真的假的！」雖然的確是那個方向，但這只是種「慣例」的應聲，幾乎是習慣了。平常的話，父親都會責備「動不動就『真的假的』，沒家教。」今早卻沒有罵她。他好像連涼子這樣應聲都沒發現。

「妳準備好了嗎？爸也去換個衣服，妳等我一下，我跟妳一起去。」

「為什麼？人家要遲到了啦。」

「一下就好。」

父親折回屋裡，涼子則走去大門查看。她走在家人踩出來的腳印上，但每個腳印都有二十公分深，腳連同拖鞋一起埋進雪裡了。

當然，這裡什麼都看不到。只有被雪覆蓋、雜亂無章的街景散發出神聖的光輝。天空藍得近乎通透，連一絲雲朵都看不見。天空是完全的蔚藍，地面是潔淨的純白，異於往常的早晨。

沒錯，真的異於往常，決定性地。

藤野剛的第六感成真了。彎過街角一看，城東三中的側門前有兩台警車和一台救護車。三台車子在狹窄的路上緊挨著彼此停放。沒看到其他車輛。沒有機車，也沒有自行車。不是交通事故，顯然是三中裡面出事了。除了制服巡查以外，還有幾名教師在雪中悄然站立。
原本不願與父親一起來的涼子，看到這副景象也變了臉色。她用力抓住藤野的外套袖子，停下腳步。
「出了什麼事？爸，你覺得是什麼事？」
「不清楚。」
藤野盯著警示燈，把手放到女兒肩上，「妳待在這裡，我過去打聽一下。」
「待在這裡？」
「不要亂跑。」
「如果我朋友來了，要怎麼說？」
「叫朋友一起等，不要去學校。」
「一起等？可是……」
涼子原本狐疑的眼神一下子亮了起來。
「嗯，我知道了。」
藤野被路上的積雪絆著，但仍急忙前進。他擔心的是學校裡發生了某些暴力事件，或是事件仍是現在進行式。時間是結業式一早這點也令他掛意。現在的校內暴力已經不再像以前那樣，是破壞校內設施、或是大吵大鬧，而是變得更有目的性、更爲激進。不只是在學中的學生，有時也會有過去的畢業生回到學校惹出事端，希望沒有任何人受傷遇害。
剛才短暫的對話，應該就可以讓涼子明白他這番意思了。
「早！」
每走一步，都得花上平常三步的時間。藤野在距離警車很遠的地方就朝著側門大聲招呼。巡查和教師就像受到威脅似地，全部同時轉向他。

藤野一邊與路上的積雪格鬥，一邊從外套內袋取出警察手冊，舉到臉旁亮出裡面的警徽。

「我是警視廳的藤野，是這所學校二年A班藤野涼子的父親。」

總算走到可以看清楚巡查和教師臉孔的距離了。教師們聚在側門裡面，巡查和急救人員則在門外，中間似乎有什麼。

「我家就在附近，所以過來看看情況。出了什麼事？」

瞬間教師們面面相覷，就像在彼此推諉。藤野費勁地穿過雪地來到最近的巡查旁邊。巡查上了年紀，露出制帽外的頭髮幾乎全白了。藤野踩著長靴踏雪靠近，巡查看了警察手冊一眼，壓低了聲音說：

「其實有個學生過世了。在雪堆下發現遺體。」

雖然不是藤野所猜想的最糟糕的回答，但也並非完全出乎意外。

「確定是這裡的學生嗎？」

「是的。是同班同學發現的，一看到臉就知道是誰了吧。是個男學生……」

「不會是校園裡面發生暴力事件吧？」

年長的巡查用力搖頭，「不是，校園裡面沒有任何異狀。」

藤野本來想問死掉的學生姓名，但又打消了念頭。即使問了，藤野也不知道他是誰。

被凍得雙頰發紅的年輕巡查站在警車打開的車門旁，不停地講無線電，應該是在聯絡轄區警署。城東警察署離這裡不遠，但現在道路狀態這麼差，趕到現場或許需要一些時間。總之必須保存現場，但雪地已經被踐踏得相當凌亂了。

藤野的腦中掠過「自殺」兩個字。「學生」與「自殺」之間有著悲劇般的親密關係。雖然不該心懷成見，但他的心情幾乎是反射性地朝這個可能性傾斜。

可是另一方面，藤野也想到自行尋短的不幸孩子，很少會選擇「學校」做爲**死亡的地點**。愈是由於學校的因素而尋短的孩子，愈不會死在學校。

「會是自殺嗎……？感覺不像命案之類的凶案。」

彷彿與藤野的想法同步一般，上了年紀的巡查小聲說，「可是這年頭，學校裡會發生什麼事情都不奇怪。希望不會又是霸凌之類的了。」

「現在什麼都還不能說。」

藤野離開巡查身邊。側門內的雪堆處，急救人員正背對他的方向蹲著。遺體似乎在那裡。剛圍上的禁止進入黃色帶子鮮艷得格格不入。

急救隊員站起來，默默行禮後退到旁邊，於是藤野看見被扒開的雪中露出來的手腕，凍結而僵硬。黑色毛衣的袖子就像降了霜似地泛白。

看這樣子，沒有急救隊員出場的份了。報案者應該也明白，卻仍然忍不住要打一一九，令人心痛。眞可憐，一定很冷吧。藤野雙手合十。但是他發現三中附近的民宅住戶都從門窗探頭張望，在心裡悄悄地又添了幾句，不過這場雪把你從看熱鬧的人眼中隱藏起來了。你就再稍微忍耐一下寒意吧。

「藤野先生，藤野同學的爸爸。」

聽到叫喚聲，藤野回頭望去，一個小個子圓臉、約五十多歲的男性，與高出他一顆頭的同年紀女性正慌慌張張地向他點頭致意。學校的事藤野一向交給妻子，他完全不認得教師們的臉。

「我是校長津崎。」圓臉男性說，再一次點頭似地行禮，他的頭頂有一圈特別稀薄。

「這位是二年級的學年主任高木老師。」他舉手簡短介紹瘦個子的女性後說，「情況就像你看到的，讓你擔心了，眞對不起。」

校長渾圓溫和的臉都蒼白了。哦，這個人就是「小狸子」啊——藤野心想。這是學生給校長起的綽號，他曾聽涼子笑著提起過。

「不，很遺憾發生了這種事。其他學生怎麼樣了？」

津崎校長立刻回答了，「我們先讓已經到校的學生留在教室。大家都走正門上學，應該還沒有什麼人發現出事了才對。」

「接下來即使不願意也會知道吧，看到這些警車的話。」

「今早是結業式，本來預定在體育館全校集合，不過我會在那之前用校內廣播通知學生這件事。警方應該還有許多要調查的地方，校方會全力配合警方指示，不過我也會盡量讓學生早點放學。」

校長臉色雖然很糟，但口氣相當沉著。雖然是很久以前的事了，但藤野曾經處理過兩次發生在校園內的傷害事件。兩個案子裡，兩所學校的校長都對事情嚴重到需要警方介入而驚慌失措，完全無法倚賴。看來「小狸子」有些不一樣。至少在現階段，這是最好的處理方法吧。身爲家長，藤野稍微放下心來。

「我聽到警笛聲覺得擔心，和女兒一起過來看看。我叫她在路上等，我現在去叫她上學。老師們一定會很辛苦，還請多多關照。」

藤野恭敬地行禮，也向巡查們致意，然後轉過身去。就算是自己孩子學校發生的事，他也不能任意介入。只要了解狀況，目前這樣就夠了。得在涼子凍僵之前讓她快點去學校才行。

折回去一看，涼子和貌似朋友的少女站在一起。那是個短髮大眼睛的女生，制服上圍著紅色的圍巾，一看到藤野，便不停地眨眼。

「我已經了解狀況了，去上學吧。」

「出了什麼事？」

「待在教室，老師就會說明。雖然是很不幸的事，但不是爸爸擔心的那類事情，所以沒有危險。」

涼子的臉頰稍微放鬆了，「太好了，我都嚇死了。」

「不用怕，只是可能會有點受到打擊。」

「打擊？」

「嗯，好像有個學生過世了。不知道名字和年級，只知道過世了。」

涼子和朋友面面相覷。朋友想要開口說什麼，又吞了回去。她原本想要說出口的話，似乎也是「自殺」——藤野想。

「總之先去學校，接下來聽從老師的指示吧。」

涼子的眼神雖然依舊有些不安，但仍很堅強地說，「好。」

紅圍巾的少女戳戳涼子問，「妳爸爸？」

「嗯。」

少女目不轉睛地仰望藤野呢喃，「傳說中的魔鬼刑警。」

那語氣不是詢問，也不是呼喚，而是分類。因爲她的口氣實在太認眞、太可愛了，雖然是這種狀況，藤野卻忍不住展顏微笑。涼子也有點害羞地笑了。

「用跑的，要不然要遲到嘍！」

他把兩名少女趕往正門。看著她們背影，藤野再次感到心痛。希望過世的男學生不是涼子她們的朋友。

7

副校長等在正門口。涼子以爲一定會挨罵，但副校長只叫她們快點進教室，並沒有多說什麼。

死掉的學生是誰？是幾年級的？哪一班的學生？

藤野涼子，滑壘成功。雖然早就過了八點十五分，但二年A班的教室一片鬧哄哄，講台前沒有人。級任導師森內住得很遠，積雪這麼深，或許她還沒辦法到學校來。

同學們也都沒發現藤野班長遲到這件難得的異事，每個人都在討論學校究竟出了什麼事。

「喂喂喂，側門那裡不是有警車嗎？好像出了什麼事，小涼妳知道嗎？」

倉田麻里子立刻跑過來說，兩條辮子搖搖晃晃的。

「不曉得耶，究竟是怎麼了呢？」涼子答道。最好不要隨便亂說話。一起上學的古野章子是隔壁B班的，不過她剛才一邊重新圍好紅圍巾也說，「我不會把涼子的魔鬼爸爸說的話告訴別人。」

「最好不要跟著瞎起鬨嘛。」

章子是戲劇社的，不僅會上台表演，也會寫劇本。一年級的時候她們同班，很快就變得要好了。章子這女孩有些與眾不同，借用母親邦子的話，她是個「深思熟慮的孩子」所以才會有這種反應。在等父親的時候，幸好經過的是章子。這要是其他女生，現在一定正迫不及待地到處向人宣傳，「聽說有學生死掉了！警方正在調查耶！」

被教室裡的喧囂圍繞著，涼子鬆了一口氣。坐到座位上，摩擦著凍僵的雙手，她發現自己並不是最後一個進教室的，有些吃驚。

有兩個空位。

一個是窗邊的最前排，柏木卓也的座位。他從十一月半以後就一直沒來學校，所以涼子也習慣他的位置空著了。可是另一個座位，靠走廊最前面的位置空著，令人訝異，那是野田健一的座位。

健一是個沉默乖巧、文弱的少年。他跟涼子並不算熟，今後熟識的可能性也很低吧，涼子不喜歡他那種死氣沉沉的感覺。看到野田健一，涼子就會想起「不請假、不遲到、不賣命」的上班族標語。

可是也因為這樣，他會缺席非常難得。

瞬間，涼子心想死掉的會不會是野田健一？**不會請假，可是會自殺**。

自殺？果然還是忍不住會這樣想。章子也說了，聽說有學生死掉了？一定是自殺吧。希望不是我們班的。

不可能吧。涼子把視線從健一的位置挪開。城東三中從一年級到三年級，各有A到D的四個班級。每班約有三十人，全校學生大概有三百六十人，三百六十分之一。

「今天不發成績單了嗎？」

「不要發最好！」

教室後面尤其熱鬧。涼子的座位大概在教室的正中間，這也象徵了她與同學之間的距離。她與聚在後面的吵鬧組，還有坐前面的安靜組都頗爲友好，畢竟她可是班長。

教室前門的霧面玻璃透出人影。拉門「喀啦啦」地打開，學年主任高木老師拿著點名簿走了進來。高木老師五十多歲，乾瘦得令人擔心她是不是身體有問題，戴著金邊眼鏡，總是筆挺地穿著套裝。教室裡的喧嚷聲透出抗議與不滿的音色，因爲嚴格的高木老師很不受學生歡迎。她的國語課教法有些特別，也有人說很難，因此有一部分家長不僅厭惡她，甚至還把她當成不共戴天之敵。

「各位同學早。」

高木老師比任何一個學生姿勢都更端正地打了招呼，然後雙手撐到講台上。

「我想各位同學都注意到了，今早校園裡面發生了不幸的事故。」

她用一如平常的嘹亮嗓音說道：

「關於這件事，我想校長很快就會透過校內廣播向大家說明。在那之前，請各位同學安靜地在教室裡自習。現在先來點名。」

「爲什麼是老師過來？」

教室後面一個男學生用不能說是友好的語氣粗魯地說。

「森內老師正在忙別的事，等一下發成績單時她會過來。」

男學生鬧了起來。

「小森森遲到耶。」

「不會是夜遊到早上才回家吧?」

森內是個女老師,才二十四歲,城東三中是她教師生涯的第一個職場。她教的是英文,脫俗的美貌和流暢的發音引來她可能住過國外的臆測。事實上好像不是,但森內老師確實有種CNN電視台頭條新聞登場的女主播般的華美氣質。不只是A班,整個年級裡,不怎麼——或者說志完全不在念書的男學生都非常喜歡森內老師。不是尊敬,而是那種對待玩物、偶像藝人的喜歡。

而女學生當中有一半嚮往著那樣的森內老師,其餘的另一半則是排斥。嚮往派中激進的一部分,也理所當然地成了森內老師的跟班。涼子說起來比較傾向於排斥派,但身邊的人應該都沒有發現她的好惡;尤其是森內老師本人。

「要說幾次你們才懂,不可以用綽號叫老師。」

高木老師如此訓斥完,也不等學生反應,便開始點名。這是每天早上一再重覆的日常情景。閃爍的警車警示燈、「有學生死掉了」的消息,跟這裡都沒有關係。

高木老師直接跳過柏木卓也的名字,這涼子並沒有放在心上。進入十一月以後,森內老師也直接跳過這個名字。可是連野田健一的名字都跳過,這就不對勁了。

這麼感覺的好像不只涼子一個人。高木老師點完全班的名字後,向坂行夫舉手問了:

「老師,野田同學沒來嗎?」

向坂行夫也是個乖巧的學生,他跟野田健一很要好。

「野田同學已經來學校了,可是他有點不舒服,正在休息,不用擔心。」

「不舒服……?」向坂行夫的表情一眨眼變得不安,「他怎麼了嗎……?」

這個問題應該不是在問老師，卻被厲聲頂了回來，「就叫你們不用擔心了。」

「老師！」教室後面又傳來其他男學生的聲音，「那警車是來做什麼的啊？有人死掉了，對吧？是不是自殺？」

學生們鬧哄哄地交頭接耳起來。就像涼子和章子瞬間想到的，大家也都這麼猜想。**啊，有人死掉了，一定是自殺**。

可是這只是隨便猜猜。是預期答案沒什麼大不了的，才能夠說得出口的放肆提問。

然而——高木老師那眼神是怎麼回事？

高木老師掃視學生，倏地站了起來。不只是下巴和臉頰，她連額頭都很乾癟。骨頭上只貼著一層皮，上頭卻堆滿了一清二楚的深紋。這豈不是違反了物理法則嗎？

老師皺著眉頭眨眨眼，望向空位。

是柏木卓也的位置。

涼子覺得被人用充滿惡意的小腳尖從胸口內側狠狠地踹了一腳。

「拖泥帶水地隱瞞反倒不好吧，尤其是在這個班級。」

老師抬起頭來，自言自語地說。眼鏡框反射出光芒。

「你們的同學柏木卓也過世了，老師還不清楚詳細情形。各位同學不要吵鬧，安靜地在教室裡自習。還有，有誰可以幫忙在柏木的桌子上獻花嗎？」

8

「小狸子」一向健談。只要有演講的機會，他可以開開心心地一直說到天荒地老，讓聽的人覺得好似遙無終點。在盛夏的操場集合排隊，或是在寒冷的體育館忍耐著在地板坐痛的屁股時，更是如此。

不過不幸中的大幸是，津崎校長說起話來**還滿**有趣的。他的話題五花八門，年輕時看的電影或戲劇、最近看的書。雖然也經常談到時事，但也不是把報上的社論照本宣科說出來，而是平易近人地陳述自己的感想和看法。不過或許因爲如此，興頭上來時，他的口氣有時會變得粗魯，或是有點強硬地帶入自己的觀點，引來學生家長打電話抗議，而且過去還有兩次被學生揪出用錯詞彙。這些事也變成了趣談。

可是今早的演講，怎麼樣都不可能變得有趣，也不能夠有趣。校內廣播開始時，藤野涼子感覺津崎校長從一開始就有些語塞。

「各位同學早安，我是校長津崎。」

說完後，中間頓了一下。平常的話，校長應該會滔滔不絕的。

三中的破舊廣播設備本來音效就很差。之前有次校內午間廣播播放沖繩音樂，女歌手的高音部分從音箱傳出時破音，變成連串雜音，聽來活像搖滾誦經。而音響的「容器」——校舍也已經十分老舊，聲音在嚴重損傷的牆壁和走廊詭異地反彈或吸收，有時候即使人就站在音箱旁，還是聽不出究竟在說些什麼。

所以津崎校長的聲音變得支離破碎，聽起來像「嘎位懂鞋曹安」，也是習以爲常的事了。不尋常的是，這次學生聽到那古怪的聲音，也沒有任何一個人吃吃竊笑。

每個人都注目、聆聽著音箱另一頭校長漫長的沉默。所有學生散發出來的不安與好奇混雜在一起，籠罩了整座校園。

「今早東京難得一見地積了大雪。」

可能是因爲稍微放低了音量，聲音比剛才更清楚了些。涼子把雙肘撐在桌子上，手指交叉。隔壁座位的倉田麻里子不知爲何祈禱似地把手交握在臉前，額頭抵在上面。一直哭到剛才的女生在擤鼻涕。

除此之外，是一片寂靜。

「是個美麗的早晨。熟悉的街景看起來一片光輝。可是這樣的早晨，卻發生了一件令人悲傷的事。」

又停頓了，音箱劈里啪啦地傳出噪音。

「同學都知道有警車來到學校側門了，也有人被警笛聲嚇到吧。首先我要告訴各位，校園裡並沒有發生各位同學必須感到不安的事件。大家的安全並沒有受到威脅，所以請大家冷靜聽完校長的廣播。」

校長在說什麼啊？一個女學生語帶哭音地說。柏木死掉了，有什麼好危險的？結果有人小聲地向她解釋，校長是在說這不是校園暴力事件啦。那根本不重要吧！女學生說完，又哭了起來。

涼子瞬間回頭，想要怒喝，吵死了，安靜點！妳平常根本就不關心柏木，在那裡自憐自哀哭個什麼勁！爲了抑制這股衝動，她低下頭，垂下視線。其他也有幾個女生在哭，四下充滿了啜泣聲和吸鼻涕的聲音。

涼子的眼睛是乾的。同學的死亡令她震驚，但她並沒有掉淚。她在內心一隅想著，我沒有哭，是因爲我是個冷酷的人嗎？比起哀悼柏木卓也的死，我更在乎自己的心情變化，這正證明了我是個冷血的人嗎？

涼子沒吭聲，但教室後方的男孩道出了她的心聲：

「欸，妳們很煩耶！」

「哭屁啊，蠢死了。」

沒有人說話，也沒有人因此停止哭泣。

音箱沙沙作響。校長的聲音傳了出來：

「我所說的悲傷的事件不是別的。今天早上，在我們這所學校裡，和我們一起求學的重要伙伴，一個二年級的學生過世了。他的遺體被埋在雪堆下，所以才會有警車和救護車趕來。」

「目前還不清楚那名學生是出於什麼樣的原因在校園裡過世，或許是不幸的事故。接下來有很多事情必須調查釐清，可是這絕對不會影響到各位同學的生活，關於這一點，請大家不用擔心。」

「今天的全校集會取消了。各位同學聽完廣播後，在各班教室舉行班會，從導師手中領回第二學期的成績單，然後盡快回家。包括今天下午在內，寒假期間原本預定的社團活動暫時全部中止。請各位同學在家過寒假，迎接新年。」

「這是件令人難過的事，但我相信大家一定能夠堅強地度過。」

校長頓了一下，又繼續說：

「如果有同學覺得身體不舒服，請告訴級任導師。還有，班會的時候，請把各自的聯絡方式告訴導師。聯絡方式跟校方資料一樣的同學，不用更改沒關係。另外，爲了社團活動重新開始的時候可以通知，也確定一下社團聯絡電話比較好。」

這些瑣事原本不必由校長親自說明的，不過這也非常像「小狸子」的作風。

「各位同學的家人得知今早的事，一定會很擔心。請各位回家以後通知家長，說學校預定在幾天內舉行家長會議。至於日期和時間，會利用各位同學的電話聯絡網通知。」

「那麼各位同學，這場廣播就算是第二學期的結業式。校長期待第三學期的開學典禮時，可以看到大家開朗的表情。」

廣播結束後，高木老師抬起低垂的視線，環顧了教室一圈。

「大家都聽到校長的話了。那麼首先，寒假期間要跟家人返鄉還是旅行，不在本地的同學請舉手。只離家兩三天的沒關係，只有寒假期間大半都不在家的人就行了。」

學生們都偷偷互瞄，但沒有人舉手。

「沒有，是吧。那麼大家平日應該都會使用社團活動的電話聯絡網，就各自確認吧。我現在來發成績單。」

「老師，」一名女學生舉手，「森內老師呢？」

涼子以爲高木老師會責罵說，「不要問多餘的問題。」但老師僵著臉，靜靜地回答了，「森內老師去柏木同學家了。她也很擔心你們，但她現在有很多事情要處理。」

還有——高木老師微微垂下瘦骨嶙峋的肩膀說：

「柏木同學的葬禮日期決定後，我們會用電話聯絡網通知班上同學。大家都想去跟柏木同學道別吧？老師們也會去。」

或許是聽到葬禮兩個字，哭聲變大了。麻里子的眼睛也都紅了。涼子這會兒得深深地垂下頭去，好隱瞞自己一滴眼淚也沒掉的事實。

平常應該會吵吵鬧鬧的成績單分發，今天也在寂靜之中淡淡地進行。涼子忽然聯想到在電視紀錄片上看到的，人們排隊等著領糧食配給的情景。那是東歐一個內戰不斷的國家。市民們冷得發抖，吐著白色的呼吸，耐性十足地等待著。

輪到自己時，涼子在近處仰望高木老師，發現老師也和涼子一樣，眼睛一點都沒濕。別說掉眼淚了，連眼眶都沒有紅。

涼子覺得對望的時候，老師也發現她沒有哭了。雖然只有短短一瞬間，但她覺得老師的眼中浮現理解的神色。

涼子平日並不喜歡這個老師。導師森內老師感情過剩，但這個學年主任高木老師則是太缺乏感情了，兩者她都不喜歡。她還曾在家裡抱怨過，如果這兩個老師加起來除以二，應該就剛剛好了。

可是唯獨這個時候，她覺得與高木老師靈犀相通了。或許只是錯覺，但是錯覺也沒關係，她覺得卸下了重擔。

這時她才能感受到自己的內心確實正爲了柏木卓也這名同學的過世而疼痛。雖然不是讓人想要呼天搶地的痛法，但就像隱隱作痛的傷口，她覺得這大概是對身邊的過早死亡理所當然的反應。所以也帶著些許的困惑，還有雖然是只有零點幾以下的微量成分，但也有著憤怒。不曉得是對什麼的憤怒，但是心中有一道好小好小的聲音在控訴著這不合理。

是對於人死的不滿嗎？

那是非常抽象的感情。

她與柏木卓也有著那種程度的距離感。而涼子這名少女有別於一般易感青少年沉浸在一時的強烈感傷中，有著更重視冷靜地去找出感傷原因的理性。

班會結束，全班爲柏木卓也默哀。結束之後，幾名女生聚在一起肩摟著肩，抱在一塊兒放聲痛哭。涼子一個人看著擺在柏木卓也桌上的白色百合花。美麗盛開的百合花背對著慟哭的同學們，朝著窗外綻放。它的模樣令涼子想起生前還會來上學時的柏木卓也。

因爲他也總是像那樣別開頭去。

走廊的音箱傳來催促學生放學的廣播，不是廣播社的學生，這聲音好像是副校長。

野田健一還在校長室，可是不是一個人。津崎校長坐在他旁邊，然後沙發對面坐著兩名當地城東署的刑警。一個是看起來比校長更年長的大叔，另一個是年約三十的女刑警。

兩人都向校長遞了名片，但對健一只說了名字。健一又累又倦，兩個人的名字都記不起來。

兩名刑警想問健一發現柏木卓也遺體時的情況。一開始健一沒辦法好好描述。他不知道該從哪裡說起才好。結果大叔刑警具體地問他今早幾點起床、是不是一個人上學等等，他才總算勉強可以說明了。

「你跟柏木同學同班，對吧？」

大叔刑警問。這個人一定是裝假牙，或許整口都是假牙。因爲以他那種年紀的人來說，牙齒太整齊，而且說起話來也含糊不清的。

健一點點頭，津崎校長補充說，「是二年A班，對吧？」

「啊，對。是的。」

「你跟柏木同學是朋友嗎？」健一搖搖頭，然後在校長還沒有補充之前急忙添上一句，「我們只是同班同學。」

「可是你看到他的臉，馬上就發現他是柏木同學了。」

「同班同學的臉我還認得。」

大叔刑警點了點頭，年輕女刑警不停地寫筆記。她穿著正式的套裝，腳上卻套著長靴，做好全副雪道對策。臉上沒有化妝，嘴唇很粗糙。

「聽說柏木同學從十一月中就開始拒絕上學，是嗎？」

大叔刑警問津崎校長。校長睜大了圓圓的眼睛，立刻回答：

「是的，正確地說是從十一月十四日之後，就再也沒有來學校了。」

大叔刑警把視線移回健一身上問：

「那麼你從十一月十四日以後，就再也沒有見過柏木同學嘍？」

健一就要點頭，卻忽然想了起來。他們沒有在學校碰面，可是昨天傍晚他看到柏木了。

「啊……不，呃……」

「你們在哪裡見過，是嗎？你們家住得很近吧？三中的學區很小。」

很像少年課的刑警會說的話。

「昨天我在萊布拉大街看到他。」健一說明，「我跟同班的向坂一起看到的。可是我們沒有叫他，只是看到而已。」

健一說明柏木卓也當時的模樣，結果大叔刑警瞥了一眼飛快地抄筆記的女刑警，問道：

「柏木同學看起來像在等人嗎？」

「不清楚……看起來不像。我也沒興趣。」

「難得碰見一直沒來學校的同學，你卻不關心嗎？」

「我們並沒有那麼要好。」

健一本來要說他本來就不喜歡柏木卓也，但還是打消了這個念頭。他覺得會被對方挑語病問：你們並不要好，那你怎麼會討厭他？

健一很不安。我爲什麼非得被這樣問東問西不可？我只是個倒楣的第一號發現者罷了。還是——難道說我被懷疑了？這是懸疑電視劇裡常有的情節。可是那太荒謬了，我又沒做什麼。

「不只是我一個而已。」

聽到這話，大叔刑警的視線好像變冷了一些。健一覺得自己說錯話了，內心慌了起來。

「大家都對柏木同學很冷漠，是嗎？」

簡直像在怪我。幹麼只怪我一個人？

「柏木同學好像沒有特別要好的朋友。」津崎校長說。西裝衣領裡面露出一點紅色的羊毛背心。校長冬天的時候會穿各種顏色的背心，全部都是手織的，聽說是校長太太親手編織的。校長也在朝會的時候提到過。

「柏木同學拒絕上學以後，我和導師還有學年主任去家庭訪問過幾次。校方都有紀錄，需要的話，可以提供。」

然後校長向健一點點頭說，「我希望可以讓野田同學先回家了。他受到很大的打擊，應該也累了。能說的事情，你都已經說了吧？」

健一趕緊抓住校長解圍的好機會，「是的。」

「那今天就先這樣吧。野田同學，今後或許我們還會找你問一些問題。」

大叔刑警說，津崎校長像要推開他這話似地張開胳臂站起來，催健一起身。他搶先健一拎起他擱在腳邊的書包。

津崎校長打開校長室和走廊之間的門，先讓健一離開房間，再跟上來關門。

「抱歉，讓你難受了。」

健一只能默默點頭。

「你的成績單應該在高木老師那邊。班會已經結束了，你去職員室看看吧。還是要回教室？也許你的朋友在教室等你。」

「……沒關係。」

如果在這種騷動的時候會擔心健一，為健一留下來的同學叫做「朋友」，健一不可能有這樣的對象。他想不到任何人的臉和名字。

可是這樣啊，整個班會時間我都不在教室，大家會怎麼解釋這件事？健一突然擔心起來。大家應該都知道柏木死掉了。校長在校內廣播沒有提到死掉的學生名字，但二年A班應該都知道了。死掉的柏木的座位，還有另一張空掉的桌子——野田健一的位置。

萬一大家對這件事胡亂聯想怎麼辦？如果我是屍體的發現者這件事沒有正確地傳達出去，大家任意懷疑我怎麼辦？

森內老師不能指望。那個老師對健一這種不起眼的學生漠不關心，所以完全不了解健一。即使誤會引來誤解，發展成令健一困窘的狀況，森內老師既沒有力量阻止，也不想去阻止吧。

或許她只會跟著敏感的女生——不是善良也不是好心腸，只是敏感而容易共鳴的女學生一起哭泣。健一可以想像那個場景。

「校、校長。」健一仰望津崎校長的圓臉，「我被懷疑了嗎？」

「懷疑？」

校長揚起變得稀薄的眉毛。他的眉毛弧度跟眼睛一樣，圓滾滾的。

「刑警問了我很多問題，一定是因爲他們懷疑我，對吧？萬一大家也這樣想，那該怎麼辦？」

「沒那回事。」

津崎校長雙手搭住健一的肩膀，溫柔地搖晃。

「才不會有那種事。你想太多了，看太多推理小說了，是吧？」

校長微笑，但健一笑不出來。

「應該還沒有人知道是你發現柏木同學的。知道的老師只有我和高木老師而已。」

「可是我沒有參加班會。」

「高木老師應該向同學說明理由了，說你身體不舒服，人在保健室。對了，你要不要去保健室躺一下？你的臉色很糟。叫尾崎老師泡點熱茶給你吧。校長陪你一起去。」

校長說，摟著健一的肩膀走了出去。健一都快昏了，幸好校長室與職員室所在的這條走廊上沒有學生的蹤影。萬一被人看見這個場景，也有可能變成荒誕流言的震源。居然被「小狸子」架著走在一起。

我怎麼會落到這種境地？我一直那麼努力不要引人注意，怎麼會碰上這種事？

保健室的尾崎老師是三中裡面最受歡迎的老師。理由總歸一句就是尾崎老師人非常好。

沒有人知道老師的年齡，有學生猜測應該快五十了，也有學生主張她意外地年輕。尾崎老師本人不肯透露，只說她的生日是「祕密」。健一以前不舒服去保健室時，曾經聽到老師說：

「老師的年紀都可以當你們的媽媽了。」

不用津崎校長多說，尾崎老師似乎也掌握了狀況。她立刻請健一進保健室，讓他坐在暖爐旁的椅子上。

「看你一副凍壞的模樣。等一下唷，先坐在那裡取暖一下吧。」

津崎校長說著，「這裡好溫暖。」離開保健室了。健一沒發現校長離開保健室的瞬間，表情頓時變得凝重、悲傷。他現在是自顧不暇。

三中的校舍畢竟老舊了，沒有空調這種新潮玩意兒。夏天熱得教人發昏，冬天講台旁邊得擺上煤油葉片式暖爐。

保健室裡放的不是葉片式暖爐，而是舊式的石油暖爐。可以清楚地看到半圓形的網子燒得通紅。這種暖爐上面可以擺水壺燒水，現在壺嘴也正冒出微微的蒸氣。

健一被迷住似地凝視著燃燒的火焰，陶醉地伸手烤火。保健室會一直使用這座舊式的火爐，或許不單是因爲預算不足的緣故，而是因爲尾崎老師知道火光能夠帶給人心靈上的安寧。

老師會叫他「等一下。」是因爲保健室裡已經有別的學生了。拉上圍簾的床鋪傳來話聲，然後一個女學生打開圍簾走了出來。

「我已經打電話給妳媽媽了，妳眞的可以一個人回去嗎？」

「可以，我沒事了。」

不認識的女生。健一看看名牌，是一年級生。看起來沒什麼精神，但好像不是受傷還是發燒。

「回家以後要趕快去看家庭醫生唷。」

「好。」

一年級生行禮說了聲，「謝謝。」走出保健室。尾崎老師說了聲，「多保重。」後折了回來。

「那孩子有哮喘。」她在健一開口前說明，「領到成績單太緊張了，結果發作了。」

「不是因爲在校內廣播聽到柏木的事，被嚇到嗎？」

聽到健一的問題，尾崎老師微笑地說，「她是一年級的，應該不會受影響吧。不認識柏木同學的一年級生跟三年級生，反倒是興奮地吵鬧呢。說什麼命案、凶案的，還討論會不會有電視台來採訪。」

健一心想，的確，如果死的是其他年級不認識的學生，自己或許也會有那種反應。

「沒有二年級生來保健室呢。」

「是啊。我本來在擔心，但校長在校內廣播好好地向同學說明了，所以大家好像沒有老師們想像的慌亂。所以今天你是第二號病人。」

難爲你了——尾崎老師慰勞似地壓低聲音說：

「爲了保險起見，量個體溫吧。還有，把手借我一下。」

尾崎老師按住健一的脈搏，看著手表，但很快就恢復笑容說：

「沒問題。你很堅強呢。遇上那樣的事卻能這麼鎮定，眞了不起。如果是我，可能已經當場嚇昏了。」

然後尾崎老師開始泡起香草茶。不是生病或受傷，而是來保健室尋求「庇護」的學生，都一定可以喝到尾崎老師泡的這種茶。

尾崎老師把冒著蒸氣的杯子放到托盆上，忽然「咦」了一聲。她看著窗外。

「野田同學，你看得到嗎？站在那裡的是不是向坂同學？倉田同學好像也在一起。」

健一站起來，望向一片純白的操場。今天發生這種事，所以沒有學生聚在操場玩耍，操場仍是一片雪景。只有老師們往返的腳印踩出來的扭曲線條，打亂了調諧的雪景。

雪面反射出來的陽光尖銳刺眼，健一瞇起眼睛。

「看，那邊，圖書室的窗邊。」

尾崎老師伸手指去。通往正門的通道角落、圖書室的大窗戶前，的確站著怕冷而穿得胖嘟嘟的向坂行夫還有倉田麻里子。兩人跺著腳，搓著手，似乎正在談論些什麼。

「就在剛才，十分鐘前吧，他們兩個一起來過這裡。」

「向坂來過？」

「嗯，來問你是不是在這裡。好像班會一結束就來了。他們說高木老師告訴他們你來學校了，但身體不舒服，所以在保健室休息。」

尾崎老師告訴他們，野田同學現在不在這裡，但是等一下可能會來，要不要在這裡等他？可是兩人說他們要在正門等，然後離開了。今天不能走側門，所有的學生都走正門。只要在正門等，就不會錯過了。

「他們兩個都很擔心你。」

健一看著尾崎老師，「老師告訴他們是我發現柏木，被警察找去問話嗎？」

「沒有。這件事你自己告訴他們比較好吧？所以我才會挽留他們。因爲校長交代過我，說讓你跟警察說完話後，可能會帶你來這裡。」

尾崎老師微微歪起脖子說，「而且我覺得向坂同學好像隱約察覺了。」

老師說要把兩人叫來這裡。

「一起喝個茶，然後一起回家吧，好嗎？」

她打開窗戶，用力探出上半身，朝著向坂他們揮起手來。

「向坂同學！倉田同學！」

兩人聽到聲音轉過頭來。尾崎老師用力揮舞雙手。

「過來這邊！快點快點！」

這種時候的尾崎老師，看起來精神年齡就跟學生沒兩樣。

健一睽違許久地微笑了。除了老師明朗的聲音，更重要的是行夫等了他，令他開心極了。剛才不該那樣對「小狸子」說的，早知道就去教室露個臉了。

「啊，阿健在這裡！」

很快地，向坂行夫潮紅的臉頰閃閃發亮地跑進了保健室。倉田麻里子嚇了一跳似地睜圓了眼睛大聲說：

「原來你在這裡！」

麻里子跟向坂是青梅竹馬，兩人就像兄弟姊妹一樣要好。

「到底是怎麼了啊？你之前都跑哪去了？」向坂問。

「高木老師什麼都不肯告訴我們，害我們擔心死了。」麻里子說。

健一瞄了一眼笑咪咪的尾崎老師，有些欲言又止。

「就……」

「柏木的事，對吧？」行夫還在喘氣，「聽說他在側門那裡埋在雪堆裡面死掉了。難道是你發現他的？你是發現者？所以才不能來參加班會，對吧？我猜可能是這麼回事，是嗎？」

尾崎老師說的沒錯，向坂行夫猜出來了。健一感覺今早以來一直凍結著、與刑警對話後更是變成了絕對零度的什麼一下子放鬆下來了。

「嗯，你說的沒錯。其實……」

涼子離開留在教室的同學們，一個人悄悄的、逃也似地回家了。她不想跟任何人說話。因爲如果跟同學說話，就得跟大家一樣，強調柏木卓也死掉了她有多傷心、自責爲什麼沒能在他變成那樣之前伸出援手。

那種情緒化的表現，應該是現在最正確的反應吧。正因爲如此，她不想暴露出沒辦法那樣的自己。高木老師默許了她。接納這樣的自己，快點回家吧。

穿過正門，她發現馬路對面停了一輛黑色轎車，插著報社的旗子，是來採訪的。

電視台很快就會來了吧。拒絕上學的學生突然陳屍校園，聳動的新聞題材。這是個會讓憂慮現今學校教育的大人們蜂擁而上，關注討論的案子。然後整個社會的大人，不管是報導的一方還是觀看的一方，都會齊聲悲嘆吧。難道就沒辦法防範未然嗎？一條孩子的生命，可是比整顆地球都更沉重的啊——如此這般地。

啊啊，眞討厭。涼子搖搖頭。爲什麼我總是用這麼嘲諷的態度思考這種事呢？我是不是果眞在成長過程中缺少了什麼重要的東西？

回家一看，妹妹們先到家了，吵吵鬧鬧地迎接她。她們好像正在看彼此的成績單。比翔子更小的瞳子的「非常好」比較多，所以她正在洋洋得意。就算是小學生，這種時候還是會耀武揚威，眞好笑。

涼子問妹妹們電視新聞有沒有播報三中的事，兩人都一臉迷糊。原來還沒有，涼子想。

她把手放在客廳電話上，想了一會兒，結果還是決定先告訴父親。母親應該還不知道這件事，但父親應該正在擔心，希望他不是正在開調查會議。

打電話過去，鈴響了兩聲父親就接了。聽到父親的聲音，涼子連自己都感到意外地鬆了一口氣。

「爸？」

「噢，涼子。」

「不好意思在工作的時候打去。現在方便講電話嗎？」

「可以，等我一下哦。」

周圍好像很安靜，是在處理文書工作吧。

「我正在擔心呢。學校是什麼情況？」

「嗯。」涼子簡潔地說明狀況。

「這樣啊……原來是妳班上同學。眞遺憾。他跟妳要好嗎？」

「沒有。」

自己的聲音聽起來果然很冷漠。可是對方是父親，涼子沒必要掩飾。

「柏木同學這個人有點古怪，感覺很難親近。不只是我，他在班上應該也沒有要好的朋友。」

「這樣……」

「校方好像忙著處理這件事。報社的車子來了，警方好像也在調查人是怎麼死的。」

「那當然了。」

「現在還不清楚任何事，所以眞的只是隨便亂猜的……」

「怎麼了？」

「大家都認爲應該是自殺。」

父親停頓了一下問，「妳說的『大家』，也包括妳嗎？」

「嗯。」

「這樣啊。」

「而且柏木同學一直沒來學校。」

說完之後，涼子才想到父親是第一次聽到這件事。十一月中旬學校發生的事引起了一點騷動，母親聽說了，但父親應該不曉得。

「是拒絕上學的孩子？」

「是啊。他跟同年級的不良集團起了衝突。」

涼子嘆了口氣。她覺得從今早開始，胸口就一直堆積著嘆息，這下總算能吐出來了。

「爸，我這人很冷漠，對吧？」

「爲什麼這麼想？」
「大家都在哭。班上的女生都說柏木同學好可憐，早知道就應該多關心他。可是我……照道理應該要那樣想，可是我就是沒辦法那樣想。我連一滴眼淚都沒掉。」
父親沉默著，等涼子把想說的話全部傾吐出來。藤野涼子，快點招認吧，招認了就輕鬆了。
「對於我們這個年紀的孩子死掉這件事，我覺得很可怕，也覺得很傷心，這是眞的。可是並不是因爲死掉的是柏木同學。我對柏木同學一無所知，對他也不關心。就算他死了，也不可能因爲這樣就突然關心起他來。我是不是很異常？」
「不，妳很正常。爸覺得這也是一種心理反應。」
「眞的？」眞開心。涼子感覺到把和高木老師對望時的感情乘上一百倍再平方的莫大安慰。
「可是，這也不是應該在人前明確說出來的事呢。」
「傳出去不好聽？」
「不是。因爲其實妳應該沒有妳自己想像的對柏木同學的死那麼漠不關心。妳只是刻意把它推到一邊去罷了。妳是覺得班上的女生好像在利用悲劇痛快地哭泣，所以倔強起來了。」
涼子沒有出聲地輕笑。
「沒必要勉強自己哭喊，不過妳已經回到家了吧？」
「嗯。」
「那妳可以靜靜地想一想。班上有個同學失去了生命，這是事實。是很重大的一件事。」
「嗯，我會想想。」
「就爸爸來說，」開口之後，父親好像猶豫了一下，「我有點介意柏木同學拒絕上學的原因，跟這次的事是不是有關。雖然現在還不能說什麼。」

父親說，如果涼子想和他談談，隨時都可以打電話來。涼子應道，「嗯，謝謝爸。」放下話筒後，她這才稍微哭了一下。

這麼說來——涼子邊用面紙擤鼻涕邊想。關於柏木卓也的死，與他發生過衝突的大出俊次他們有可能被警方或學校找去問話。在父親指出之前，涼子完全沒有想到這件事。因爲那場衝突雖然嚇人，可是只發生過一次而已，而且在發生那件事以前，從來沒有人把柏木卓也跟大出那伙不良三人組連結在一起，也不認爲他們有任何交情。

可是如果那只是包括我在內的每個人都不曉得而已呢？

會有這種事嗎？

地平線彼端有團小烏雲。涼子看見了那團烏雲。可是還很遙遠，而且還不一定就會往這裡飄來——

9

十二月二十六日。聖誕節歡樂的喧囂過去了。一九九〇年只剩下一個星期。世間一片忙碌，每個大人都忙得團團轉。

相較之下，校園一片寧靜。學生們放寒假，校舍一片空蕩蕩。

然而只有城東第三中學是個例外。柏木卓也這名二年級學生的死，讓這所學校和平的冬眠叫停了。

這天一早，二年級全體學生的家裡都接到了緊急聯絡。今天晚上七點開始，將在體育館舉行二年級生的家長會議——

「也不一定非去不可，不用在意啦，媽。」

時刻剛過中午，藤野涼子人在母親的事務所。她坐在接待區的沙發上，把總算從拘束的長靴中被解放的腳擱在地毯上。

「怎麼能不去呢？」

藤野邦子耳上夾著紅色原子筆，站在廚房的咖啡機旁，聲音有些疲累地應道。

「那爸……」

「啊，沒辦法、沒辦法。」

「說的也是……」

兩人的聲音在白色天花板上反彈回來。

從自家搭地鐵五站，位在日本橋蠣殼町一隅、有些老舊但雅緻的公寓三樓，坐西向東的二房二廳一廚，約二十五坪大。以前涼子問過這裡租金多少，母親只說妳不用操心這些，不肯告訴她。但涼子並不是在擔心錢的問題，只是想知道這一帶的行情而已。這一區環境清幽，如果將來要搬出去一個人住，我也想要住在這附近——她這麼夢想著。

窗戶的百葉窗拉開了一半。聖誕夜下了大雪，而昨天搖身一變，晴空萬里，但今天又恢復了陰天。

邦子拿了紅白兩只大馬克杯從廚房走出來。她說著，「很燙唷。」把紅色馬克杯遞給涼子，是加了許多牛奶的咖啡歐蕾。在家雖然也會喝一樣的東西，但她覺得母親在這裡泡給她的更要美味許多。

邦子在沙發對面坐下，看著女兒的臉。乖巧的女兒回看過去，心想母親最好在過年前去一趟美髮院把頭髮重新染過比較好。髮際的白髮都發亮了。

「這麼重要的家長會議，怎麼能只有媽缺席？」

「爲什麼不行？又沒關係。老師也不會放在心上啦。」

「問題不在那裡。」邦子深深地嘆了一口氣問，「妳還好吧？」

母親的語氣過於凝重，把涼子嚇了一跳，「我怎麼了嗎？」

「我問妳的心情啦，妳應該覺得很震驚吧？」

藤野邦子身材頎長，髮量很多（雖然白髮也不少），五官端正，皺紋也不顯眼，現在仍是魅力四射的女性。涼子覺得以一個有三個女兒，而且最大的一個已經上國二的母親來說，邦子算是非常出色的了。約半年前，母親去外縣市出差時，還在機場的候機室被男人搭訕，這也讓人覺得難怪。

可是不管看起來有多漂亮多時髦多年輕，母親畢竟是母親，而母親總是愛操心的。

「我才不覺得震驚呢。」

「眞的嗎？」邦子探出上半身，「聽妳的口氣，確實是沒把它當成一回事，可是妳是不是在勉強自己？死掉的是妳的同班同學呢。」

這次涼子不只是驚訝，都快忍不住笑出來了。

「媽，妳想太多了啦。」

眞奇怪，我還以爲我和母親還滿了解彼此的，可是有時候卻會像這樣地有所分歧。我在意自己是不是對柏木卓也的死太過冷淡，是個冷血的傢伙；母親卻認爲那只是裝腔作態，擔心我其實內心深受創傷，只是在隱瞞。

「我沒那麼愛逞強。如果我覺得打擊很大，會照實說的。」

邦子慢慢點頭，「我也這麼覺得……」

「家長會議的內容的話，事後問其他家長就行了，所以媽還是以工作爲重吧。我也知道媽這種工作，年底其實非常忙的。」

涼子喝完咖啡歐蕾，拿著馬克杯站起來。

「總之眞的不用擔心，放心去工作吧。因爲是透過緊急聯絡網通知的消息，我想說不能瞞著媽，所以告訴妳一聲而已。」

「那當然了。」邦子忽然表現出母親的威嚴這樣說，表情憂心忡忡。

「還是打電話給倉田同學的媽，請她晚點告訴我內容好了……？」

「麻里子她媽？找她好嗎？她會去參加家長會議嗎？」

「當然會了，怎麼不會去呢？」

涼子不這麼認爲。麻里子的父母也非常忙碌。搞不好現在倉田家也正在討論跟這裡一樣的話題。對不起唷，麻里子，爸跟媽都沒辦法去參加家長會議。沒關係啦，不用在意。

對於柏木卓也的死這件事，好像有什麼根本的誤會——涼子發現了。媽，我跟妳說，不只是我，我想柏木卓也死掉這件事，對麻里子也沒造成什麼影響。

「死」確實令人震撼——因爲它就發生在身旁、而且是校園裡。可是那並不是因爲死掉的是柏木卓也這名同班同學。追根究柢，「同班同學」究竟是什麼？只是剛好念同一班而已，應該不能算是朋友吧？

還是像這樣斤斤計較的我，其實眞的是在藉由這些想法模糊自己的眞心？

涼子沉默著在廚房流理台清洗馬克杯。邦子問了，「柏木同學是那個拒絕上學的學生，對吧？」

「嗯，他從十一月就沒來學校了。」

「聽說他被霸凌，是眞的嗎？」

「誰說的？」

「偶然聽到的。」邦子含糊其詞，「如果這次的事跟霸凌有關，妳怎麼想？」

涼子按下水龍頭桿子關水，把馬克杯放到瀝水槽，抬起頭來。

「不曉得。」

母親默默地看著涼子。

「我不了解柏木同學，所以也沒辦法多想什麼。」

「妳對柏木同學沒興趣呢。」

沒興趣。這話很正確，是涼子一直沒找著的形容詞。

「嗯，我覺得我對他沒興趣。不管他有沒有來學校、是不是坐在同一個班級的位子上，我都無所謂。」

邦子靜靜地，不知爲何有些悲傷地接著問，「爲什麼妳會對他沒興趣？」

「這……」

涼子露出不像少女的苦笑，撩起頭髮。

「這我更不曉得了。簡而言之，大概是因爲他不是我朋友吧。」

瞬間，涼子以爲自己會挨罵，妳怎麼能說得這麼冷酷？

可是邦子沒有生氣。她坐著慢慢品嘗馬克杯中的飲料，然後說了，「那就好。知道妳沒事，媽鬆了一口氣。我不會再問東問西了。」

母親的語氣很溫柔。然而涼子卻覺得比挨罵還要尷尬，好一會兒沒法將視線從母親臉上移開。

10

體育館的入口齊放著不曉得是從哪裡弄來的，兩個足夠裝下兩個小孩的巨大紙箱。其中一個裝著大量的拖鞋，另一個放滿了半透明的塑膠袋。站在紙箱旁的男女俐落地將拖鞋與塑膠袋成組交給排隊進入體育館的家長。

是要在這裡換上拖鞋，把脫下來的鞋子裝進塑膠袋吧。感覺好像進入以學生爲客群的大眾居酒屋——藤野邦子心裡想著，也接下拖鞋與塑膠袋。家長裡面也有人自備拖鞋過來，準備得眞周到。

——結果還是來了。

涼子要她以工作爲重的心意令人開心，但這次她實在沒辦法作壁上觀。

紙箱旁的男女服裝雖然輕便，不過似乎是這所學校的職員。他們一邊工作，一邊有禮地向家長們招呼，「晚安。」、「辛苦了。」有個母親向女性叫道，「哎呀，山田老師！」親熱地行禮。

正門還有這所體育館的入口，都沒有人詢問來人是誰的家長。參加會議的人也不用簽名報到，感覺上任何人都可以進入。

邦子原本猜想校方會採取某些對策以阻擋媒體，結果落空了。或者說，校園裡並沒有看到電視採訪小組，放眼望去，也沒看到疑似記者的人。原來在這年頭，死了一個公立學校的學生算不上新聞嗎？邦子沒有看電視所以不曉得，或許其他地方發生了更聳動的大案子。

看看手表，還有十分鐘就晚上七點了。現在許多人都是雙薪家庭，平日能有最多家長參加的時間，怎麼挑也只有這個時段了。

進入十二月以後，這個時刻已經不是傍晚，而是夜晚了。多雲陰沉的天空看不見星星。校舍黑暗而寒冷地佇立著，建築物的邊角銳利地將天空一清二楚地區隔出來。操場說好聽也稱不上寬敞，不過在城市裡，這樣大片的空地仍然十分罕見，只有那裡的夜晚密度看似變得稀薄。或許也是因爲仍然薄薄地覆蓋在周圍的積雪反光之故。校舍的一樓有一半點著明晃晃的燈，在那些燈光照射下，操場邊緣的足球門朦朧地浮現出來。

體育館內部的天花板螢光燈十分刺眼，令邦子微微瞇起眼睛。體育館也兼禮堂，所以長方形的正面是舞台。現在上面是空的，也只有那裡是暗的。看來這場會議，教師不會走上講台。

體育館的地板用三色漆畫出大小微妙不同的運動場地。白色的是排球場，黃色的是籃球場嗎？紅漆畫的最小的場地是什麼運動的呢？

這些場地上整齊地排著折疊椅，已經有一半都坐滿了。異於演唱會會場，前排空著，人們從中間開始坐起，後方的座位也很受歡迎。雖然鬧哄哄的，但氣氛當然不歡欣。

而且很冷，公立學校的體育館不可能有空調設備。館中擺了兩、三台石油葉片式暖爐，應該是臨時拿過來的，但光靠那幾台暖爐，根本無法溫暖這整個空間。邦子放棄脫掉大衣，直接在附近的折疊椅坐下。是最後倒數第二排，從舞台看過來最左邊的座位。

這一排的其他座位已經坐滿了。旁邊的家長是個染栗色頭髮的女性，穿著很適合她髮色的皮革大衣，她瞄了一眼坐下的邦子，微微點頭。邦子也朝她點頭。

「好冷呢。」女性說，「沒有暖氣嘛。眞虧孩子受得了。」

邦子微笑點頭，「運動的時候應該不在乎吧，可是坐著不動就難受了。」

「哎呀，孩子也會怕冷的呀，夏天又熱得像三溫暖。爲他們裝個空調也不會怎麼樣吧。」

對方看起來眞的很冷。她的皮革大衣好像很防風，但欠缺保暖度。

「我不太常參加學校的活動，妳常參加嗎？」

邦子如此試探。栗色頭髮的母親搖搖頭，「我也是，只有校內合唱比賽的時候來過而已。應該是去年吧。」她歪著頭說，「結果附近住戶抗議說在這裡辦合唱比賽很吵，今年開始改借區民會館舉辦了，不是嗎？」

「哦，是呢。」邦子配合說。什麼啊，在體育館辦合唱比賽，還會被抗議噪音呀？經營學校也眞辛苦。

「我對PTA（註）活動也沒興趣。」栗色頭髮的母親興致缺缺地說，「但今天我實在不能不參加。」

註：PTA全名是Parent-Teacher Association，是日本各所學校由家長與教師組成的教育團體。

「府上的孩子跟過世的學生是同一班嗎？」

「不不不，」對方母親睜大眼睛搖頭說，「不是的。可是我家小孩個性很軟弱，怕得要命，叫我一定要來參加，弄清楚是怎麼一回事。」

然後她突然壓低聲音，湊近邦子。

「而且聽說他是被**霸凌**致死的，不是嗎？」

「眞的嗎？」

「因為那孩子不是拒絕上學嗎？跟不良集團起衝突。」

「哦，所以……」

栗色頭髮的母親瞟著邦子像是在責怪她，「妳怎麼什麼都不曉得？」

「怎麼會發生這種事呢……」

可能是悄悄話拉近了距離，栗色頭髮的母親一副完全敞開心房的模樣，感觸良多地吐露出心裡話。

「孩子死在學校，這對家長來說簡直就是一場噩夢。雖然不曉得發生了什麼事，可是得要校方好好負起責任才行。」

一名穿灰西裝的男子兩腋抱著好幾張折疊椅，彎著身子小跑步經過旁邊。他去到第一排的更前面，開始面朝家長席擺起椅子來，是老師們的座位吧。那裡也設置了直立麥克風。

「七點了。」栗色頭髮的母親說，仰望著正面舞台上方的圓鐘。

會場有八成都坐滿了。大部分都是女性——也就是母親，但也看得到一些男性參加者。最前排也沒有空位了。本來在排椅子的西裝男子開始測試麥克風，音響不好，聲音破破的。男性直接說了起來。

「今天臨時通知各位家長參加會議，眞是抱歉，感謝各位在百忙之中撥冗前來。家長會議即將開始，請各位再稍候一下。」

配合時機似地，後方出入口由一個約五十開外的矮個子男人領頭，一群人魚貫進入。每個人都眼神低垂，匆匆地前進。

——是老師登場了。

就像邦子猜想的，一群人沒有在準備好的對面椅子坐下，而是在椅子前排排站。然後坐在家長席最前排中央的壯碩男子立刻站起來，湊近他們說了些什麼。教師們一邊點頭，一邊應話。

不久後，麥克風讓給五十開外的矮個子男人，他走近直立麥克風。

「感謝各位在這麼晚的時間前來參加。我是校長津崎。」

他的表情十分沉痛，家長席安靜下來。

津崎校長暫時離開麥克風，深深地低頭行禮，站在旁邊的教師們也一同行禮。邦子數了數，連同校長和灰西裝男在內，總共有八個人，其中兩名是女性，一個穿著白袍，應該是保健老師吧。

「這次本校發生了極爲不幸的事故。我想各位家長都已經知道了，二年A班的柏木卓也同學，在昨日早晨被人發現陳屍在本校側門旁。這件事給孩子們帶來的衝擊有多大，實在是難以想像。爲何無法防範這樣的不幸發生，我們每一位教師都深感自責。」

校長說到這裡，垂著眼光，停頓了一下。說起話來雖然流暢，但或許是因爲緊張，嘴角不自然地扭曲著。

校長的西裝款式老舊，近乎土氣。衣領處露出底下的黑色背心，領帶打得死緊，因此矮個兒上頭的脖子顯得更短了。感覺也像是在爲了抵禦接下來即將面對的家長問題攻勢，先把脖子縮起來做準備。

這是自涼子的入學典禮後，邦子第二次看到這個樣貌十足好好先生的校長。印象還是一樣。雖然親切感十足，但欠缺威嚴，或許在背地裡經常被學生嘲弄。

依順序來看，站在旁邊的高個子男性是副校長吧，這名副校長就很懂穿著了。即使從這麼遠的距離，也可以看出他的西裝線條俐落瀟灑，年紀看起來也比津崎校長要年輕許多。旁邊與校長差不多年紀的女老師是學年主任高木老師。

津崎校長以壓抑的語氣接下去說，「今天舉辦這樣一場集會，是爲了設法盡量減輕孩子們以及各位家長的悲傷和憂慮。爲何會發生這次這樣的不幸？是在什麼樣的經緯下發生的？我想就已知範圍內，盡量詳細報告給各位了解。」然後他轉向排在旁邊的教師們說，「首先請容我介紹本校的出席者。」

高個子時尚男果然是副校長，姓岡野。他一行禮，在天花板的螢光燈照射下，抹勻了髮油的頭髮便散發出油亮的光澤。接著是B班、C班、D班的導師，穿白袍的果然是保健老師，姓尾崎；然後幫忙擺椅子、測試麥克風的灰西裝男是祕書處長村野。

「另外，雖然會晚到一些，不過一年級的導師，也教二年級社會科的楠山老師也會過來。他是昨天柏木同學被發現時人在現場的老師。」

津崎校長說到這裡，剛才他們走進來時向他們說話的最前排中央的男子站了起來，從校長那裡接過麥克風，慢慢地轉向正面說起話來。

邦子本來有些驚訝，但是聽到這名壯碩男子開口說的第一句話，馬上就明白了。

「在場的各位家長辛苦了。我是城東第三中學的ＰＴＡ會長，敝姓石川。」

混色羊毛夾克配黑色高領衣，衣領上別著小小的金色徽章，十分醒目。他用比校長更直接乾脆許多的語調娓娓道來：

「今天的家長會議，是在ＰＴＡ的強烈要求下舉辦的。已經有一部分的報紙和電視新聞報導了柏木同學的事，這是個小地方，我想大家應該也聽到了各種流言蜚語。考慮到孩子們受到的心理創傷，讓這種不安而且不透明的狀況長久持續，並不是一件好事。我希望能透過今天這個場合，把可以說清楚的事情一次交代明白，讓各位家長放心。同時爲了讓城東三中今後也能健全地經營下去，希望各位家長不吝提供協助。拜託各位。」

男人鄭重地行禮，只是這樣幾句話，就掌握了全場。

「眞厲害。」邦子旁邊的栗色頭髮母親小聲說。

「我第一次看到ＰＴＡ會長，似乎是個很能幹的會長呢。」

聽邦子這麼說，栗色頭髮的母親露出苦笑。

「石川先生有四個孩子，前後就讀這所學校，他就像ＰＴＡ裡的大老。」

「這樣啊……」

「不過有人願意主動攬下麻煩差事，幫助很大。」

「一邊還要工作，眞辛苦呢。」

「他是建設公司的社長。」栗色頭髮的母親說，「有錢人啦。」

原來如此，感覺他比教師們更世故，也是這個原因吧。

「所以ＰＴＡ只是玩票性質啦。」

栗色頭髮的母親嗤笑著，邦子沉默不語。

石川會長悲嘆表示這次的不幸實在令人遺憾，然後說：

「那麼首先請校長爲各位說明至今爲止的經緯。接下來再開放提問。啊，還有呢，我想Ａ班的家長應該已經發現了，本來應該要在場的Ａ班導師森內缺席不在場……」

津崎校長走上前來，好像要說明，但石川會長不肯放開麥克風。

「就像各位知道的，森內老師是新任教師，還很年輕。這次的事對她打擊太大，導致臥床不起。當然，是因爲自責才會這樣吧。所以她今天沒有出席到場，還請各位諒解。」

石川會長說完想說的，才把麥克風交給校長，達成任務似地回到座位。雖然不該在這種時候發笑，但邦子覺得滑稽極了。這種人什麼地方都有，可是有這種人確實會方便許多，沒什麼好抱怨的。

會場各處傳出喧嚷聲，邦子可以聽出對話的片段提到「森內老師」如何，是A班學生的家長吧。

雖然麥克風回到手上了，但津崎校長沒有立刻說話。因爲石川會長坐在椅子上探出身體，正急忙地對校長說什麼。是在指示，還是斥責？居然這樣任人頤指氣使，這校長果然不可靠——邦子又想。

「呃……那麼。」

津崎校長尷尬地乾咳了幾聲，從西裝內袋取出摺起來的文件攤開，順便戴上老花眼鏡。圓臉配圓鏡片眼鏡，小小的眼睛眨個不停。

「我這就來說明柏木同學被人發現的經過。」

在場的家長總算開始散發出緊張感。原本毛躁移動的頭安靜了下來，每個人都注視著津崎校長。

新聞沒有報導柏木卓也的遺體是在校內被發現的。從涼子那裡聽到的內容，也只知道是「側門旁邊」。

津崎校長說遺體被發現時，柏木卓也人在側門內側的後院，被雪埋沒凍結了。家長席傳出「咦」的驚叫聲。校長更進一步提到發現遺體，緊急通知職員的是同樣二年級的學生，會場更是一片動搖。大家都是第一次聽到這件事。當然邦子也嚇了一跳，那孩子現在還好嗎？

津崎校長從手中的文件抬起頭來說：

「關於發現柏木同學的學生，校方也愼重處理，會盡量輔導他，減輕他所受到的心理影響。此外，這名學生的家長並未參加這場會議，但我們會安排個別面談，緊密聯繫觀察。」

通報一一〇，警車和救護車抵達。對已經到校的學生進行校內廣播，分發成績單後讓學生依序放學。

津崎校長繼續說明。眼睛雖然盯著文件，但邦子覺得那只是用來確認校長記得該說什麼。即使看起來不太可靠，畢竟還是校長，說話的語氣也漸漸變得沉著了。

說明時校長完全避開「屍體」這個詞，甚至沒有提到「遺體」，總是用「柏木卓也同學」指稱。「將柏木卓也同學送到醫院」、「聯絡柏木卓也同學的家長」——邦子認爲對校方而言，「死」是最爲忌諱的一個字眼。在年幼的孩子們聚集的地方，那原本甚至是不能被帶進來的概念。

「我和級任導師森內立刻拜訪柏木同學家。柏木同學的母親在家，森內老師立刻陪同她前往柏木同學被送往的城東醫院，與他見面。」

你的孩子過世了。通知這個噩耗時，是什麼樣的心情？邦子過去也體驗過親人和好友的死亡，她可以想像得到。可是光是想像，還是遠遠不及。母親對孩子的情感，是遠比其他任何親密關係都要強烈的，是無法比較的。因爲對母親來說，孩子就是自己的分身，是從自己的身體產下的生命。這世上不管再怎麼尋找，都不可能有能夠與其相提並論的關係。

「讓學生們放學後，警方在校內展開蒐證工作。」

津崎校長把手上的文件翻過一頁，邊角用釘書針固定著。

「當時的狀況，不管是本校還是警方，都非常難以判斷柏木同學是被捲入了某些犯罪，還是遭遇意外事故。所以警方在校內進行了非常嚴密的蒐證工作，校方也盡全力配合。」

邦子從皮包裡取出愛用的筆和筆記本。

「此外，二十四日一整天，社團活動等等的一切校內活動都是停止的，因此沒有任何學生到校。雖然有幾名職員出入校園，但都在下午五點以前回家了。另外，也沒有學生因爲忘記東西等理由來到學校。正門關閉，職員都走側門，但他們回家以後，側門也由負責管理學校的校工岩崎關上了。後來岩崎在晚間九點及凌晨十二點巡視過校內。」

邦子忙碌地抄寫筆記。

「晚上九點的時候，岩崎經過側門附近，確認並無異狀，側門鎖著。而凌晨十二點的巡視，則是只有巡視校內。」

校長顯得難以啓齒。

「如果岩崎在這時候巡視後院，或許有可能在這個時候就發現柏木同學。眞的非常遺憾——校方對不起各位。」

這也難說吧？除非查明柏木卓也的死亡推定時刻，否則無法斷定一定是如此。邦子認爲校長現在就這麼惶恐也沒用。

「然後……警方經過嚴密的蒐證後發現……」

校長有些結巴地繼續說下去：

「校內沒有任何人侵入的痕跡——沒有發現窗玻璃破碎等情形，學校器材也都沒有異常。至於各教室的情形，昨天學生來上學，教職員也仔細地檢查過，同樣沒有發現異狀……但是，」

他左右的眉頭湊得更近了。

「通往本校屋頂的西側樓梯——這是緊鄰側門的樓梯——最上面的地方，通往屋頂的門鎖被打開，似乎有人出去過屋頂。屋頂上也積著雪，是一整片的雪，沒有發現腳印。可是門鎖確實被打開了。」

結果坐在邦子對角線座位的男性舉手，站起來問了些什麼。沒有麥克風，聽不到聲音。職員拿來手持式麥克風交給他。津崎校長立刻轉向那裡，小小的眼睛又忙碌地眨了起來。圓鏡片的老花眼鏡滑下鼻梁。

站起來的男性把麥克風貼在嘴上問，「那是什麼樣的鎖？」

津崎校長用力點了點頭，回到麥克風前。

「就像大家知道的，本校的校舍建築物已經相當老舊了，通往屋頂的門，也是用所謂的掛鎖上鎖。鑰匙保管在校工室的鑰匙箱裡。」

這次是中央座位的母親坐著發問。聲音很高，聽得很清楚。

「平常會使用屋頂嗎？」

「不，沒有使用。」津崎校長立刻回答，「屋頂的周圍圍著護欄，但是為了預防發生危險，不管是學生還是教職員，一律禁止進入。」

發問者及回答所引發的餘波在家長之間擴散開來。各處都有人竊竊私語、點頭或搖頭，成片的腦袋不規則地動來動去。津崎校長從內袋裡抽出白色的東西。不是別的文件，而是手帕。他用手帕抹了一下額頭，看來出了不少汗。

喧嚷聲仍未平息，但似乎沒有其他問題。津崎校長收起手帕，把臉挨近麥克風。

「因為發現了這件事，並且考慮到通往屋頂的樓梯與柏木同學被發現的後院的相關位置，我們認為柏木同學也有可能是從屋頂的這處地點落下的。不過尚不清楚柏木同學是怎麼進入校內、爬上屋頂的，因此這完全只是可能性。」

爬上屋頂，從屋頂落下，校長故意選擇中性的措詞。不是爬上屋頂跳下去，也不是被逼著走上屋頂推下去，或是被背上屋頂丟下去。

邦子正在想會不會有人挑語病，第一個發問的男子這次坐在位置上厲聲說道：

「也就是自殺，是吧？」

瞬間，全場鴉雀無聲。

「哦，我是二年A班須藤明彥的父親。」發問者自我介紹。半邊身體對著教職員席，另一半對著家長席。「以前我就聽明彥提到，柏木同學在班上格格不入，是個有些古怪的孩子。而且聽說他一直沒來學校。我家孩子說他聽到柏木同學死掉，立刻就想到他是自殺的。事實上就是自殺吧？沒有遺書嗎？」

直接到近乎殘忍地被提出的這個問題說到尾聲時，麥克風發出嚴重的嘯聲，尖銳地嘶吼，彷彿正在替現場的父母說出他們的心聲。而這同時也是對津崎校長的慈悲，因為這下子校長就可以等到嘯聲刺耳的餘音完全消失後再發言了。

「截至目前，還沒有發現類似柏木同學遺書的東西。」

校長慢慢地，一字一句似地回答，家長之間又傳出低語聲。邦子明確地聽見就在後面響起的呢喃，「真的假的？」

「此外，柏木同學的父母表示，柏木同學似乎有寫日記的習慣，但是沒有找到日記。所以我想沒有可以用來推測柏木同學最近心情的直接材料。」

有人舉手，一名母親站起來提問，「沒有日記，是本人丟掉了嗎？」

「不清楚。」

「他的父母怎麼說？」

「柏木同學的父母也說不清楚。」

這次傳出了明顯不滿的聲音。場內成片的腦袋起伏得更劇烈了。

仍抓著麥克風的須藤明彥的父親以和剛才同樣清晰的語氣繼續說，「驗屍結果怎麼樣？只要調查遺體應該就知道死因了。校長知道驗屍結果吧？」

津崎校長寬闊的額頭又開始冒汗了。

「正式的驗屍報告還沒有出來。」

然後他搶在須藤開口之前先說了：

「不過就昨天和今天兩次詢問的結果，警方目前的見解似乎是，柏木同學的身體除了從高處墜落時會形成的獨特傷勢——挫傷和骨折以外，找不到其他外傷。」

說得拐彎抹角的。邦子覺得那口氣簡直就像律師。如果要追求正確，怎麼樣都會變成那種說法。不，該說一旦退居守勢，就不得不變成那樣的說法嗎？

「那不就是跳樓嗎？」

面對須藤的逼問，校長眨著眼睛應道，「應該是從屋頂墜落死亡的。不過是主動跳下去，還是意外摔落，或是有其他理由，都還不清楚。」

「……其他理由？」

須藤的口氣突然變得簡慢，牙痛似地板起面孔來。他微微地笑了。

「校長步步爲營，但我們家長只想知道眞相。而我們也不是想要藉此來抨擊什麼人，校長就更老實一點回答我們嘛。」

須藤這麼說，從校長轉向家長席說：

「這樣說可能太直接，可是就像我剛才也說過的，就我兒子告訴我的來看，柏木同學似乎是個很難搞的孩子。在場的A班家長，應該或多或少都知情吧？如果是那樣的孩子，雖然很値得同情，不過自殺就是自殺，明白地告訴我們，我也可以放下心中大石。各位覺得如何？」

邦子旁邊，栗色頭髮的母親一臉肅穆地點點頭。她一垮下下巴，脖子便擠出深深的皺紋。

「自殺的可能性很高吧？」

其他母親坐著尖銳提問。

「這我不能斷定。」津崎校長一樣小心謹愼。

「他的爸媽怎麼說？爸媽的話，應該知道自己的孩子是不是自殺吧？」

那完全是咄咄逼人的說法。石川會長走上前去代替津崎校長，從校長手中搶過麥克風說：

「柏木同學的父母，哎，當然受到了很大的打擊，聽說他的母親還臥床不起了。警方沒辦法問話，甚至連葬禮也沒辦法安排，所以我們也沒辦法深入詢問。**不過……**」

他在這裡刻意加強了語氣。

「柏木同學的父母並沒有責怪校方，或是怪罪什麼人，大吵大鬧。身爲會長的我可以保證。」

「可是級任導師很自責吧？自責到甚至無法出席。其實森內老師是臨陣脫逃了吧？」

那語氣與其說是要弄個明白，更接近惡意指責。就連世故的會長也責怪地皺起眉頭。

「這位太太，妳那樣說，森內老師就太可憐了。不管原因是什麼，自己帶的班上死了一個學生，那當然會自責了。」

「可是她身爲導師，當然有責任啊！」

「抱歉。」邦子坐的那一排對邊角落，一個高個子的男子這麼說著站了起來。銀框眼鏡的鏡框反射出日光燈的光。

「我是A班田島房江的父親。平日我不怎麼常跟女兒聊天，所以一直到發生這次的事以前，都不知道柏木同學這名學生。不過小女也說她甚至從來沒有跟柏木同學說過話，所以對他完全不了解。」

這時另一隻麥克風遞了過去，拿麥克風來的是體格強健的三十多歲男性。他把麥克風交給田島房江的父親後，就這樣站到教師座的角落，是校長剛才提到的楠山老師嗎？

「呃……我再說一次。我是A班的田島房江的父親，我有一些意見想要提出。」

聽到那沉穩有禮的語氣，邦子感到鬆了一口氣。這種場合需要這種嗓音和氣質的人。

「剛才須藤同學的父親也提到，據說柏木同學這陣子都沒有來上學。小女說，這件事在班上似乎也沒有什麼人介意。也就是說，柏木同學並沒有要好的朋友。這是事實嗎？」

學年主任高木附耳對津崎校長說了什麼。校長點了幾下頭後，轉向麥克風說：

「柏木同學從十一月中旬開始就拒絕上學，這是事實。但是二年A班的同學如何看待這個事實，很抱歉，我無法立刻在這裡回答。這必須詢問A班每一位同學，才能得到正確的答案。不過拒絕上學的學生，每個人的心理狀態都不同，周圍的人也必須配合個人的心理，調整應對的方法。比方說，請朋友每天早上去接他上學，或是送上課的筆記去給他，有時候這種積極鼓勵的方法是好的。可是也有些時候，最好保持一點距離，靜觀其變，不要把事情鬧大，讓本人靜一靜，會有比較好的結果。」

「柏木同學的情況，校方認爲是哪一邊？」

「是後者。柏木同學不來上學之後過了一個多月，時間還不長，而且柏木同學原本就是一個安靜的、算是個沉默寡言的學生，所以我們認爲與其隨便刺激他，先等到本人穩定下來，再慢慢深談這樣的方針會比較好。」

「那麼就像小女或須藤同學說的，柏木同學沒有朋友，這似乎是事實呢。至少他沒有每天早上會去他家找他一起上學，或是打電話鼓勵他上學、送筆記給他的朋友。」

「不好意思……」一道細微的聲音響起，接著一隻手舉了起來。

田島把麥克風遞過去。

「我是C班的一瀨祐子的媽媽。我女兒一年級的時候跟柏木同學同班，然後他們一起呃，一起當圖書委員——哦，他們的交情應該是不到朋友，不過還滿常說話的。所以呃，這次的事讓祐子很傷心，她還哭了。」

「眞的非常抱歉。」

津崎校長深深一鞠躬。不知爲何，發言者鞠躬得更著急。

「所以呃，啊，我要說什麼去了？」

她怯場了。遠遠地望去，也可以看出她握麥克風的手在發抖。

「令千金和柏木同學有一些交流。」田島伸出援手。

「哦，是的。然後呢，我女兒不知道柏木同學沒有來學校，呃，因爲上了二年級以後就不同班了，沒有再繼續往來了。然後呃，大概是上個月底吧，我女兒說她在街上忽然碰到柏木同學。然後她就說『你好嗎？』之類的，跟他打招呼，結果柏木同學好像沒理她。然後呃，我家孩子也不是遲鈍，可是怎麼說，人很好，所以她想起她跟柏木同學借書的事。她一直都忘記了，這孩子眞的是很粗心，然後她看到柏木同學的臉，突然想起了這件事，就說要還書給他，要拿去學校還給他，結果柏木同學就說不用還了，說要把那本書送給我女兒，叫我女兒自己留著就好。」

不僅焦急，而且愈說愈快、愈來愈潦草，聽的人都要混亂了。簡而言之，兩人碰面時有過這樣一段對話：

——那樣太不好意思了，我明天拿去學校還給你。

——不用了，反正我也沒去學校。

——咦？你沒去學校？爲什麼？

——上學蠢死了。

一瀨祐子的母親臉頰跟額頭都漲得通紅，激動地拚命接著說下去。

「我女兒跟柏木同學就這樣沒再見面了，可是柏木同學那時候很不屑地說，『**上學蠢死了**。』把我女兒嚇到了。怎麼說，我女兒說他的態度冷酷到了極點，眞的呃，表情非常可怕。」

「哦。」石川會長附和說，「原來發生過這樣的事啊。」

身爲會長，他這番附和大概是以爲對方會應道，「嗯，是的。」然後繼續說下去，沒想到一瀨祐子的母親唐突地坐了下來。如果坐在她旁邊，一定可以聽到她正在喘氣——邦子心想。

眾人似乎都有落空之感，一片沉默，只有一股尷尬的氣氛彌漫在周圍。

「那樣的話，看來柏木同學果然是個孤獨而有些執拗的孩子呢。」

這次又是田島房江的父親沉穩的聲音重新掌舵了。

「所以老師們也才會決定不要過度刺激他，靜靜地守候。這我非常明白了。」

他抬起頭來，有些遲疑地頓了一下，然後問校長：

「只是……據我從小女那裡聽說，柏木同學會不來學校，是在一件小衝突之後。聽說他揮舞椅子，跟什麼人打架了。小女說那非常不像柏木同學會做的事，所以她非常吃驚。可以請校方詳細說明這件事嗎？」

邦子挺直背脊，重新坐好。這件事她第一次聽說，涼子什麼也沒提。

津崎校長又和高木老師交頭接耳，田島房江的父親就這樣站著等待回答。很快地高木老師站起來，來到麥克風前。

「我是二年級的學年主任，敝姓高木。關於你的問題，因爲我跟這件事也有關係，所以由我來回答。這事有些說來話長……」

可以嗎？——高木老師環顧會場，像是在這樣說。她比津崎校長更爲冷靜、更有威嚴。可以說是典型，或者說完全就像以學校爲題材的電視劇裡走出來的資深女老師，這種老師通常都會被學生討厭。

高木老師以明快的語氣接著說：

「確實發生過你問到的衝突事件沒錯。那是十一月十四日午休時間的事，地點在二樓的自然科教具室。聽說柏木同學與同年級的三名男學生吵架，愈吵愈凶，在場的A班學生嚇到，叫住正好經過走廊的我處理。因爲沒有人受傷，所以我只是制止他們吵架，並沒有詢問詳情。我叫他們放學後，四個人都到職員室來找我報到。」

麥克風低低地「嘰」了一聲，但高木老師不以爲意。

「但是來職員室報到的只有柏木同學一個人。我問他怎麼會吵架，他說他一個人待在自然科教具室，那些跟他吵架的男學生進來，跑進教具室搬出標本和實驗用品惡作劇，他制止那些人，結果就吵起來了。他們正在爭吵時，其他A班的學生正好過來，吃驚地制止他們，並把我找去，所以直接跟這件事有關的只有包括柏木同學在內的四個人而已。」

「那是柏木同學的說詞，對吧？」田島房江的父親問。

「是的。和他吵架的其他三人的說詞，我會依序說明——不管是柏木同學還是誰，我都沒有親眼目睹有人揮椅子打人的狀況。但是自然科教具室的桌子亂七八糟，椅子也倒了好幾把，其他學生看起來也很害怕，所以我認爲他們的爭執確實不只是單純的口頭爭吵而已。柏木同學聲稱他被揪住衣領推開。不過他沒有受傷，本人也說身體不痛，不需要治療，他沒事，看起來非常冷靜。」

高木老師用一種挑釁般的眼神再次環顧會場。

「和柏木同學吵架的三名男學生不是二年A班的學生。也就是說，他們在午休之後的第五節課，明明沒有要在自然科教具室上課，卻進入教具室，任意亂動教具，然後還對制止他們的柏木同學暴力相向。這不能說是正確的行爲。我告訴柏木同學，說他阻止那些人惡作劇是非常了不起的舉動，並且答應他關於這件事，我會嚴加教訓那三個人，要他們向他道歉。然後也要他如果因爲這件事又起了什麼糾紛，要立刻告訴老師。」

高木老師以清晰的聲音說著，眼睛炯炯發光。邦子發現，她的眼神不是在對什麼挑釁，而是憤怒。她說明著十一月十四日的事，卻彷彿事情才發生在昨天一般，憤怒不已。

「我也立刻向闖進自然科教具室的三名男學生詢問狀況了。」

「我向他們確認經緯，大致上來說，他們也承認發生了柏木同學所說的情形。不過他們主張是柏木同學先找碴的。他們說，柏木同學用不雅的言詞咒罵他們，一副瞧不起人的態度，他們才會忍不住勃然大怒。我問他們柏木同學是怎麼罵他們的，但他們不肯透露具體內容。他們看起來非常激動。」

「無論理由爲何，沒事擅闖自然科教具室，亂動用具和標本，他們確實有錯。我指出這一點，而且他們也承認揪住柏木同學的衣領推開他，所以我要求他們爲動粗的事向柏木同學道歉。我交代他們明天同一個時間一定要再來職員室報到，讓他們回家了。」

高木老師吁了一口氣，挺直背脊。

「隔天這三個人心不甘情不願地遵守交代到職員室來了，但柏木同學沒有來學校。這就是他拒絕上學的開始。」

高木老師的眼睛熊熊燃燒著怒意。邦子猜測，這怒意當中有一部分，是針對班導森內的。

「我很擔心，所以立刻進行家庭訪問。但是柏木同學關在自己的房間裡，叫他也不肯出來，因此我在門外對他說話。他以非常堅決的語氣說，他不打算再去學校了。理所當然，我以爲原因是自然科教具室發生的事，所以告訴他我準備好好處理這件事，還有他們不該對他動粗，應該向他道歉，我也一定會要他們道歉。但柏木同學說，他不去學校不是這個原因，所以不管老師做什麼，都是白費工夫。」

「柏木同學確實是那樣說的嗎？」田島房江的父親問。的確，高木老師並沒有看字條，而是憑記憶陳述，或許有加以渲染的部分也說不定。

但老師毅然回答，「是的，我完全照他的話轉述，沒有用我自己的說法代換。」

白費工夫，邦子覺得這不是一般國中二年級的少年會對老師說的話。

「那麼柏木同學說他爲什麼不來學校？他說理由是什麼？」

高木老師瞬間垂下視線，然後回答了，「這也是他當時說的話，『我已經不想跟學校有瓜葛了，所以我不去學校了。』」

在場的家長同聲嘆息，面面相覷。邦子看向旁邊的栗色頭髮母親。意外的是，她面露冷笑。

「校長也知道柏木同學這樣的說法嗎？」

高木老師回望津崎校長，校長點點頭，轉向麥克風。

「我知道。當時我也一起去了，所以在場聽到了。」

田島房江的父親重重地嘆了一口氣，聲音連麥克風都收到了。看在邦子眼裡，那像是在目瞪口呆，感到難以置信。

「後來我們仍以差不多一星期一次的頻率進行家庭訪問，但柏木同學幾乎不肯跟我們說話。可是對於這種狀態的學生，如果急著溝通，有時候反而會帶來反效果。所以我認爲應該有耐性地持續家庭訪問，看顧著他，等待他的心情出現變化。當然，我和高木老師還有森內老師也都像這樣討論過了。」

「那麼校長、學年主任和導師都只是唯唯諾諾地聽從柏木同學的說法，沒有責罵他嗎？」

「在這種情況下，責罵學生也不會有效果。」

「國二的小孩子說他不想跟學校有瓜葛，還不能罵？你們也沒有斥責他還是勸他，說這種發言太不知天高地厚，還是這樣想太膚淺了嗎？」

家長的喧嚷聲愈來愈大了。看在邦子眼裡，站在那裡看著這一幕的津崎校長和高木學年主任，就像兩個站在池畔的孩子。朝著水面扔石頭，結果激出了漣漪。他們正看著這些漣漪，直到它平靜下來。靜靜地觀察當漣漪平息時，會有什麼樣的魚跳出來。

突如其來，最前排的角落有個新的發問者站起來出聲了。

「那很像是小孩子會說的話，不過……」

是個聲音粗啞的男性。胖碩矮小的身形與津崎校長十分相似，但感覺密度相差甚遠。如果校長是小狸子，這邊的就是小汽油桶。

「說穿了，是不是老師在自然科教具室的事情上處理錯誤？那孩子是怕又被那三個人揍吧？」

校長和學年主任都沒有回答。

「那三個人是誰？你們從剛才就一直沒說他們的名字，但我想大家都想知道吧？」

男子不是尋求支援，而是煽動似地回望會場。

「不過我也問過我家孩子了，大概知道是誰啦。老師們也別再瞞了，就是那幾個人吧？」

和先前種類不同的喧騷從會場的地板一點一滴地湧升上來。

「非常抱歉，我們不認爲自然科教具室的事與柏木同學的死亡有關，因此不能說出那些學生的名字。」

津崎校長說，啞聲的男子像要打斷他似地揮揮手，而且還笑了出來。

「哎唷，我說校長，哪可能沒關係啊？這是霸凌吧？柏木同學看到大出又在幹壞事，說了他一兩句，結果被盯上，然後被霸凌了啊。所以他不敢再來學校，想不開自殺了。簡而言之，就是校方督導不周，對吧？」

校長想要反駁，但又閉上了嘴巴。因爲會場實在吵得太凶了。邦子認爲校長不說話是對的。每個人都七嘴八舌地發表意見，或是跟鄰座的人交頭接耳，也有許多家長點頭同意。話語的片段像紙片般紛飛、攪拌，溫度上升了。

大出，剛才的發言者提到這個名字。邦子抄下這個名字，晚點向涼子確定吧。

「惡名昭彰唷。」旁邊的栗髮母親說。她在看邦子的筆記，好像是幫她注釋似地臉上又泛著冷笑。

「大出同學是二年級的問題學生。剛才提到的自然科教具室的三個男學生，就是大出同學跟他的兩個跟班。他們頂撞老師、在上課時搗亂、遲到是理所當然，眞的是沒法管教。」

「原來有那樣的學生嗎？」

「這年頭，每一所學校都有這樣的問題學生啦。至少公立學校是免不了的。」

那孩子的父母——不可能到場吧。如果在的話，自己的孩子被指證的瞬間，應該就會站起來反駁了。

喧嚷依舊，但津崎校長拿著麥克風行禮說了，「無法改善柏木同學拒絕上學的狀態，引發這次這種不幸的結果，我身爲校長，痛感自己的失職。正如各位家長說的，我們力有未逮，確實是有疏失。可是柏木同學過世這件事，完全無確證有第三者涉入其中。我們不能把其他學生捲進來，還請各位家長理解。」

外型像小汽油桶的男子冷笑一聲，用那樣的表情環顧全場後，悠然坐下。即使他坐下了，津崎校長依然沒有抬起頭來。

吵鬧的空氣中，許多聲音重疊在一起，吵吵鬧鬧地提問。裡面甚至有怒吼般的聲音。

「眞的沒有遺書嗎？」

「不會是你們藏起來了吧？」

「校方其實知道他爲什麼死掉吧？」

邦子瞠目結舌，這些猜疑還眞是離譜。校長似乎也慌了手腳。

「不，絕無此事……」

「對自己不利的事就隱瞞起來，不讓家長知道！」

「我們沒有發現遺書。即使警方調查，也……」

「他的父母怎麼樣？校方是不是向他們施加壓力，叫他們不要說出實情？」

「是自殺的話，怎麼可能會沒有遺書！」

邦子猶豫著該怎麼做。她原本不打算發言，但是看到這種混亂的場面，她實在按捺不住。要插手嗎？而且她也有問題想問——

此時一道沉穩的聲音響起。是田島房江的父親。

「各位，請依序發言吧。」

他透過麥克風呼籲。宛如進行布朗運動（註）的粒子般漫無秩序地移動的許多顆頭顱、無數的視線。他筆直佇立，像要將這些混亂凝聚到自己身上來似地。露出前所未見的嚴肅表情，散發出一股誰敢不守規矩地發言，就要當場斬除的氣魄。

場面總算逐漸安靜下來了。田島房江的父親滿意地環顧全場後，重新轉向教師群。

「我想我的問題已經得到回答了。說明得非常詳細。但是高木老師，請容我確定一件事。」

「好的。」高木學年主任緊張起來。

「對柏木同學動粗的那三個人，後來向他道歉了嗎？不管是打電話還是上他家道歉。」

高木老師搖搖頭，「不，結果他們並沒有道歉。」

「柏木同學和老師們即使是隔著房門，還是有對話，是吧。他和同學們也會像這樣說話嗎？」

「不，沒有人去拜訪他。」

「老師或是級任導師，沒有提議班上的同學一起去拜訪柏木同學嗎？」

高木老師頭一次表現出躊躇，「我沒有問過森內老師她是否問過班上同學的意見。」

「老師不清楚，是吧？」

「是的，我會去確認。」

「老師本身或是校長呢？你們沒有想過要呼籲同學那樣做嗎？」

校長和高木學年主任沒有對望，但說好了似地同時低下頭去。但校長還是立刻振作起來，轉向麥克風，不過田島房江的父親搶先一步對會場的長家說道：

「剛才有位一年級的時候跟柏木同學同班的同學母親站起來發言。請問還有其他家長的孩子和柏木同學比較要好，還是有某程度的往來嗎？」

一片死寂。方才的激憤不知道消失到哪去了，現場瀰漫著一股有些尷尬的氣氛。

沒有人擔心柏木卓也，也沒有人憂心他現在怎麼了？也沒有人爲他設想，邀他一起去上學。每個孩子，每個學生，都一樣。

那些孩子的父母也是。

等了一分鐘以後，田島房江的父親開口了，「這樣，我了解了。那麼我不用麥克風了。」

他坐下以後，現場變成了翻越一道關卡般的氣氛。邦子放下心來。或許她是在不知不覺間，對於受到糾

註：布朗運動（Brownian motion），微粒子在溶媒中不規則運動的現象。

彈——這樣說或許太嚴重，但她對於不得不退居守勢的校方感到了一股同情。

然而要放心還太早。

「大出同學他們有不在場證明嗎？」

是女性的聲音，這話結結實實地讓在場所有的人都怔住了。感覺就像家長與校方之間雖然偶有截擊，但一直小心翼翼地對打著，此時卻突然憑空飛來一支球拍。

「呃……什麼？這個問題是什麼意思？」

津崎校長額頭散發油亮光澤地反問說。發問者沒有起身，好像坐在會場中央一帶。

「就是不在場證明啊。柏木同學死掉那天晚上的。那是二十四日的半夜吧？知道大出同學他們那時候在做什麼嗎？」

「所以，請問那是……」

「有可能是大出同學他們把柏木同學叫去學校，把他推下屋頂的，不是嗎？如果是那群人，偷鑰匙上去屋頂這點事，根本算不了什麼。警方調查過他們了嗎？」

津崎校長沒有掏出手帕，直接用手背拭汗。

「很抱歉，就像剛才說明的，沒有證據顯示柏木同學的死亡有第三者參與其中。所以對於這個問題，我只能說是無從……」

「可是不是很可疑嗎？」

利刃般的尖銳聲音彈跳起來。

「如果不好好抓到凶手，要我怎麼放心讓我的孩子來上這所學校？況且既然要開這種會，就應該叫警方也到場才對。不告訴我們調查狀況，開這種會有什麼意思？」

同意的呢喃聲湧起。校長像烏龜般披甲上陣，一路不斷地慎選措詞，卻被這一擊完全摧毀了。家長徹底不留情面，大出同學這名學生的名字也不斷地被提起。

「柏木同學不一定是被人殺害的。」高木老師一副按捺不住的表情走上前來，「而且妳剛才的發言，有可能引發對大出同學的誤會。請不要隨便使用凶手這樣的稱呼。」

剛才的女人聲音說了什麼，但完全倒了嗓，邦子聽不清楚。是在說**「你們在包庇他」**，還是**「校方想要打馬虎眼」**嗎……？坐在她周圍的父母一陣譁然。

發言者總算站了起來，雙手划泳似地動著，用力拉扯麥克風的線。她甩著頭說：

「那麼我就告訴大家好了，我家的孩子一年級的時候被大出俊次毆打，還被踹下樓梯，腳都摔斷了！我可不許你們說不曉得。那個時候我們就說要告他，還不是你們哭著說爲了學校的名聲著想，拜託我們不要張揚！就是不好好管教那種流氓學生，放任他們無法無天，才會發生現在這種殺人慘案！」

會場一陣騷然，這次不是紙片飛舞這點程度的混亂了。就像塵埃從底部被掀起般，家長席一片譁然。

「這是眞的嗎？」

「你們好好解釋一下！」

「我第一次聽說！」

「學校到底想隱瞞什麼？」

也有些家長站起來逼問。另一方面，坐著的家長也都躁動不安。

「抱歉。」

騷亂之中，在會議途中拿麥克風進來的那個體格魁梧的教師走上前來。他插進校長和學年主任之間，走近直立式麥克風。

「我是教二年級社會科的楠山老師。關於柏木同學，還有與他發生爭執的三名同學，我都認識。當天柏木同學被發現以後，我就一直待在現場，也看到了遺體。」

津崎校長想要制止他，但楠山老師嫌煩似地把他推開。

「有什麼關係？沒什麼好隱瞞的吧？」

他強硬地抗辯，又轉向麥克風。家長們被他吸引，不守規矩的發言安靜下來。楠山老師似乎因此得到了自信，從會場的一邊慢慢地看到另一邊，繼續說下去：

「柏木同學的遺體看起來並不像遭到暴力攻擊。我親眼看到了。表情也很安詳，實在不像是遭人推落。我甚至完全沒有想過他是遭人推落的可能性，而且……」

沒關係啦校長，讓我說，楠山老師像在跟津崎校長賽跑似地張開手肘推擋。校長垂頭喪氣地後退。

「我從柏木同學的父親那裡聽到了一些事。柏木同學的母親病倒了，沒辦法談話，但是他的父親明白地告訴我了。他說卓也同學在拒絕上學以前，精神狀態就很不穩定，讓他很擔心，還說他甚至擔心卓也同學這樣下去可能會自殺。聽好了，也就是說，柏木同學的父親相信柏木同學的死是自殺。他也這麼對警方說，我親耳聽到了。」

邦子感到場面倏地冷了下去，就好像腳底有個栓被拔掉了似地。

「確實沒有遺書，但不是所有自殺都一定有遺書。如果柏木同學是從這裡的屋頂跳下去的，那或許是一時衝動之下的行爲。」

楠山老師氣喘吁吁，鼻息都噴進麥克風裡了。

「所以不管是大出還是誰，說什麼其他學生霸凌柏木同學，甚至是殺了他，那都是誤會、是妄想！請各位不要再有這種想法。」

一片沉寂，只有一個人的栓還沒有拔掉。剛才的發問者尖著嗓子叫回去：

「可是我家的孩子……！」

「那是兩碼子事！」

楠山老師反駁的時候，麥克風發出嘯聲，這次的聲音尖厲異常。機械在抗議，啊啊，我受夠了。尖銳的金屬性噪音讓邦子忍不住摀住耳朵。

即使如此，她還是聽見隔壁栗色頭髮母親短促地啐道：

「白痴啊。」

11

這眞的是現實嗎？還是夢境？——只是長期以來應該一直深藏在內心的夢終於溢出腦袋的幻覺嗎？自己是睜著眼睛睡著了，沉浸在根本不存在的世界裡嗎？

彌漫在鼻頭的線香味令柏木宏之眨眨眼睛，回過神來。

直到剛才，舅舅還坐在旁邊，不斷地對他說話，可能是打算安慰、鼓勵宏之吧。舅舅是個老菸槍，說話的時候也不停地大口抽菸。

如果這守靈般的情景是夢境或幻想，那麼舅舅應該也是。可是宏之的制服長褲膝上有著舅舅掉落的菸灰。他伸手拂掉灰，留下了白白的痕跡。

舅舅確實待過這裡。

——別沮喪。

——要好好支持你爸跟你媽，他們只剩下你了。

沒錯，柏木家的兒子只剩下我一個了。留下來的是我，不是卓也。

那傢伙死掉了。

今晚是那傢伙的守靈式，明天是葬禮。葬禮結束，棺木會送到火葬場，那傢伙會變成骨灰。柏木卓也這個人會消失。

我的弟弟，唯一弟弟死了。

「宏之。」

聽到聲音抬頭一看，這回是舅媽。她穿著不習慣的和服，走得很彆扭。她小碎步走近通道來。

「差不多去家屬席了，好嗎？再十五分鐘守靈式就要開始了。」

宏之看看手表。下午五點四十五分，液晶數字閃爍著。

明明是來叫人的，舅媽卻在宏之旁邊坐下。可能是腰帶太緊，她坐下時順帶吁了一口氣。一般人穿上喪服都會顯得比較瘦，舅媽卻是相反，看起來圓圓胖胖的。

親戚的女性不斷地有人哭泣，所以大家的眼睛都紅紅的。舅媽也不例外，聲音都啞了。

「你還好嗎？」

被這麼問，宏之垂下目光，盯著褲子上的灰漬。

我該怎麼回答？舅媽想聽到「我沒事」嗎？還是「我也想死了算了」？

或者「該死的是我」才是正確答案？

「那張照片很不錯。」

宏之沉默不語，舅媽便轉向祭壇望去，微微抬起下巴，仰望掛在中央的卓也遺照。

「那是什麼時候拍的？」

遺照裡的卓也沒有笑，而是刺眼地瞇著眼睛。臉不是朝著正面，肩膀略朝右斜扭。

似乎是在出其不意的情況下拍的。看上去像最近的照片，但宏之不知道是什麼時候拍的。他跟弟弟只在暑假，而且只有盂蘭盆節期間見面而已。那個時候不是可以拍照的和樂氣氛，也不可能有任何全家同樂的活動。

「小卓討厭拍照，對吧？」

舅媽自顧自地接著說：

「可是那張照片拍得眞好。他那種表情，看起來就跟你媽一個模樣。像是眼睛跟眉毛，還有下巴的形狀。」

被這麼一說，也這麼覺得。女孩子都像父親，男孩子都像母親。可是宏之的相貌與父母任何一邊都沒有共通之處。也就是說，他和卓也也長得不像。

但我們仍是血緣相繫的兄弟。

舅媽毛毛躁躁地回看後方。折疊椅在油地氈上滑動，發出「喀噠」一聲。

守靈式會場的門口還關著。即使如此，隔著對開的玻璃門，還是可以看到弔喪客聚集在外。客人肅穆地彼此致意，或是默默地看玻璃門裡的祭壇，或只是無所事事地站著。

全是大人。彷彿察覺了宏之在想什麼，舅媽轉回這裡說：

「聽說小卓的朋友會來參加明天的葬禮。是學校安排的。因爲應該會有很多人。」

朋友，宏之心想，那傢伙有什麼朋友嗎？這個問題浮現得太自然，令他感到羞恥。卓也死了，不必擔心他會頂嘴，也不會被他以嘲諷的眼神回瞪，然後才這樣單方面地嘲諷他，這是不對的。

「好了，去座位吧。」

舅媽站起來，手扶在宏之的背上催促。她的掌心熱度透過外套傳過來。

「你一定很難過，可是要堅強。你是長男啊。」

宏之默默順著舅媽，在已經坐在親屬席最前面、深深地垂著頭的父母旁邊坐下。母親整個人憔悴萬分，用手帕掩著臉，壓抑聲音哭泣著。父親眉頭刻著深紋，雙手握拳放在膝上。

暴風雪中的露營，冷不防地，宏之腦中浮現這種印象。父親和母親被捲進遮蔽他們視野、阻擋他們去路、想要凍僵他們的暴風雪了。所以拚命在雪中挖洞，一起藏身洞中，彼此依偎。忍耐再忍耐，忍耐過去！直到暴風雪通過。

可是宏之不在那裡，他並未加入那支登山隊，暴風雪在與他無關的某個遙遠的地方狂嘯著。

即使如此，母親的嗚咽仍打亂了他的心。就在他要開口安慰時，玻璃門打開，弔喪客進來了。

柏木宏之出生在一九七二年五月。是柏木則之、功子夫婦期盼已久的長子。

一家人當時住在則之任職的汽車零件製造商的公司宿舍。位在埼玉縣大宮市郊外的那棟宿舍，隔著一條路的對面就是市立綜合醫院，立地方便，宏之也是在那裡的婦產科出生的。每當突然發燒或肚子痛，這類不嚴重但總是驚擾幼兒與父母，令人擔心的毛病發作時，他們就會立刻衝進那裡的小兒科就診。不久後，宏之進了學校，加入當地的少年棒球隊，擦傷割傷撞傷挫傷，所有大小外傷的藥物和治療都是求助於那家醫院的外科。

小宏之四歲的卓也也是在同一家醫院的同一個婦產科出生的，但後來的發展就相當不同了。卓也從嬰兒時期開始，就與醫院結下不解之緣。治療感冒，就搞壞腎臟；治療輕度中耳炎，中耳炎好了，藥物卻引發胃痙攣；服用退燒藥，就引發嘔吐——治好這邊，就搞壞那邊。卓也就像一台纖細的精密機械。很快地，父母便判斷為了讓他的一切維持順暢運作、長保健康，附近的綜合醫院是不夠的。從此以後，只要聽說哪家小兒科風評不錯，縣內不必說，甚至還會遠征到東京都內去看病。尤其是長到哥哥宏之加入少年棒球隊的年紀——六歲的時候，卓也明顯出現小兒哮喘的徵兆，父母更是深為煩惱，尋醫的範圍也更進一步擴大了。縱斷東京，直到神奈川，甚至連更遠的外縣市醫院，只要聽說有不錯的醫生，就會千里迢迢前去求診。

所以對宏之而言，說到當時的回憶，全是自己一個人在家看家。運動會和棒球隊的比賽，父母一起來幫他加油的情況——唔，一兩次應該是有吧。

一定會來爲他加油的都是祖父母。父親的老家位在一家人居住的公司宿舍走路能及之處。所以當父母爲了幫卓也尋找良醫遠征時，都會把宏之託給祖父母照顧。低年級遠足的時候祖母陪著他，需要便當的時候，也是祖母做給他。暑假的勞作則是祖父幫忙他。

實際上，宏之幾乎等於是祖父母帶大的。

他在祖父母家從來不覺得拘束。父親是獨子，宏之和卓也對祖父母來說，是唯一的兩個孫子。祖父母非常疼他，也對他百般照顧。

所以宏之從不自憐自艾。忍耐與辛苦是理所當然的，並不是什麼特別的事。

「你是哥哥，要讓弟弟。」

「這是爲了弟弟好，要忍耐唷。」

「宏之，你是哥哥耶。」

「你是哥哥，可以忍耐吧？」

是啊，卓也身體不好嘛。我得堅強起來才行。這樣的想法甚至成了宏之的第二本能。

沒錯，直到柏木家搬到東京，他與弟弟起了僅有一次、就那麼唯一一次的衝突。

柏木則之從大宮的製造工廠調到東京總公司，是宏之十三歲，卓也九歲時的事。當時卓也的小兒哮喘正嚴重，宏之對充斥家中的藥味記得一清二楚。弟弟把呼吸器按在口邊，大力喘息似地呼吸時，那種痛苦的聲音也教他難忘。

從大宮市郊到都內的話，完全在通勤圈內，所以根本不需要搬家。不過由於兒子卓也的健康狀態仍舊不穩定，母親功子對於原本從職場開車只要五分鐘就可以趕回宿舍的丈夫，要去到接到卓也病情驟變的消息，趕回家最快也得近一個小時的地方，感到極度不安。則之的調職算是升遷，加班和假日上班還有應酬都增加了，自然而然地，不管在時間或心情上，都無法再與功子共同全心全意看顧卓也了，所以功子對這部分的不滿，或許是更重要的因素。

想要搬去東京。買自己的房子吧。然後一家四口好好地過日子吧。功子對丈夫或是訴說明亮的展望、或是嚴格地要求，不久後，她的願望成真了。

一家四口遷到東京老街新落成的公寓，是則之升遷後剛滿一年，宏之十四歲、卓也十歲的三月。宏之從國中二年級升三年級，卓也從小學四年級升五年級，兄弟倆都在升級時經歷了轉學。對於即將準備升高中的宏之來說，這樣的轉學時機非常難熬。同時他也離開了一直參加、以正式球員身分活躍的少年棒球隊。

這下子也遠離了一直慈祥地支持著小學時代老是看家的宏之的祖父母。

宏之很寂寞，雖然他沒有說出口。

功子很滿意新的住處。但是如果要更進一步要求的話，她希望住在離卓也的主治醫師所在醫院更近一點的都心。但是這樣的物件，則之的年收高攀不上。

於是她開始當起計時人員。幸好卓也的小兒哮喘逐漸好轉了。主治醫師說，等小學畢業的時候應該就可以痊癒了。事實上，卓也請假的次數也大幅減少了。

即使如此卓也仍然體弱多病，疏忽大意不得。而且爲了過去連上學都是件難事，無法上補習班學才藝的卓也，今後不只是醫療費用，還得花上許多教育費用。即使不多，但收入能夠增加，總是件令人開心的事。

功子勤奮、熱心地工作。

可是不到三個月，卓也在家昏倒，被救護車載走了。並非哮喘發作，而是突然在浴室昏倒，失去意識。

卓也全身上下都檢查過了，結果還是找不出原因。在醫院住院了約半個月後，出院了，可是這件事徹底顛覆了柏木家的生活。

過去的敵人是可見的，卓也的哮喘或是幼兒時期特有的虛弱體質，可是這次的敵人無法捉摸。就連功子那般信賴的主治醫師都納悶地說，這年紀的小孩突然昏倒，而且醫學檢查也查不出原因，實在違反常理。

功子打從心底戰慄了。有什麼東西在侵蝕卓也的健康，有什麼東西躲在卓也的體內要他的命。趁著好不容易克服小兒哮喘，我稍微放鬆注意的時候——有什麼難纏到底、頑固的邪惡東西趁虛而入，纏上了卓也。事實上，醫院說檢查不出身體異常讓卓也出院後，仍三番兩次病倒，或出現忽然頭暈昏倒的症狀。

功子停止兼差工作了。雖然不得不放棄搬到都心，但搬離大宮時把車給賣了的柏木家又買了車，這樣一來，不管是三更半夜還是清晨，只要卓也人一不舒服，就可以立刻載他去醫院。功子不信任還不熟悉的東京老街。她覺得叫救護車，被載到該地的陌生醫院太可怕了。

功子認為折磨卓也的症狀或許是轉學的壓力造成的，也熱心地找導師談話，並在導師勸說下前往教育諮詢所。可是每個地方都無法提出任何打動她心坎的建議。導師雖然擔心卓也經常請假，可能會限制他與朋友的交流，可是也認為卓也成績優秀，品性良好，和班上同學看起來相處愉快，所以應該沒有問題。也就是說，老師只看到表面，不願用心察覺卓也肯定深藏在內心的壓力、寂寞與不安。

教育諮詢所也半斤八兩，還胡說八道什麼母親太擔心反而不好。叫我放手讓孩子獨立？如果卓也是個健康的孩子，時機一到，我自然會開開心心放手。孩子總有一天要獨立的。可是卓也的健康有問題，要我們做父母的怎麼讓他離開視線？那豈不是等於在叫我拋棄他嗎？

我必須為這個聰穎、體貼、完美無缺的孩子死守上天試圖蠻橫地從他身上奪走的健康——

我絕對要保護到底。

母親的這些決心與堅持，柏木宏之都一一看在眼裡。他一路守護過來。

雖然為期短暫，但母親外出兼差的時候，人變得開朗許多。脫離住在公司宿舍時的各種煩憂，擁有自己的房子的喜悅，也是很重要的因素之一吧。宏之已經成長到可以完全看出並推敲母親的這種心情了。

母親第一次得到了寬裕，宏之這麼認為。她頭一次從滿是憂慮的生活退開一步，把目光轉向明亮的一方。

所以當宏之高中入學考在即，生平第一次面對考試這種顯而易見的「篩選」時，母親設身處地與他討論，也令他開心。那是母親自然的模樣，其中沒有半點「勉強」，讓他高興。學年剛開始的師生家長懇談會母親也來了，他和朋友一起去參觀高中回來，母親也會聽他報告。母親為他成績好的學科開心，對不夠好的學科則笑著鼓勵。這些對其他孩子來說是理所當然的事，自己也總算可以享受到了，他好開心。可以與母親一同分享，他好開心。

無言的承受、做為哥哥的忍耐雖然沒有回報，但都已經結束了。

然而這些都只到卓也住院為止。

母親停止兼差，又開始成了卓也的專屬看護，這下一切又恢復原狀了。

恢復原狀，功虧一簣。

可是現在另一個宏之已經覺醒了。不是盲目渴望父母的愛、渴望父母關注的孩子，而是逐漸具備身為大人該有的明理的、冷靜的第二個宏之覺醒了。

他問了，至今為止，你是否一再被迫負起不當的義務？

即使卓也體弱多病，但他的行為，以身為家中的一分子的角度，能說是對的嗎？

被卓也牽著鼻子走的父親和母親，對你是不是太漠不關心了？

把聲音壓得再低一點，但可以清楚地聽見，覺醒的他呢喃了。

卓也是真的生病嗎？

那會不會其實是他的武器？

什麼武器？

引來父母關愛與留心的武器。

做為柏木家「最有價值的孩子」的武器。

那呢喃細語可怕地讓宏之掩住耳朵，閉上眼睛。

不管如何抗拒，已經過去的孩提時代都再也無法挽回了。責備卓也是不合理的，他也是很悲傷、很痛苦——不停地在對抗的。

對抗什麼？跟什麼對抗？

這還用說嗎？跟疾病對抗啊，跟孱弱的身體對抗啊，還有因此被剝奪的與朋友相處的時間、在學校的活動。論失去的事物，卓也比宏之更要多上太多了，他一直在與那種失落對抗。

宏之一直這麼相信，一直這麼告訴自己。

可是，可是唯有一次——沒錯，就那麼一次，這個信念動搖了。打從根本動搖，徹底顛覆了。

是那年秋天的某一天。國中三年級的第二學期過了一半，已經十一月了。

畢業出路的諮詢也到了尾聲，進入鎖定志願學校的時期。第一志願、第二志願，備胎。明天預定要舉行志願學校的師生家長懇談會。宏之是轉學生，所以和導師原本有些陌生，但現在也已經親近到頗能坦白心底話了。宏之打算報考他現在的成績或許有些搆不上的高水準高中。他衝勁十足，打算現在開始努力，一定要考取。導師也理解他的幹勁。所以你的情況，第二志願就非常重要了——

「媽，懇談會是明天唷，妳沒忘記吧？」

一回到家，宏之就立刻對母親這麼說。後者坐在廚房面對餐桌，翻著一本厚重的書。宏之瞄了一眼，好像是《家庭醫學》。

一股陰暗的預兆籠罩宏之的心。

「怎麼了？卓也又不舒服嘍？」

不必等到回答，看到母親抬起頭來的表情，他就知道猜中了。

「今天中午他就早退回家了。說他突然頭暈噁心。」

「去醫院了嗎？」
「門診只到中午……而且他說只要躺一下就好了。」
母親望向卓也的房間門，門關得緊緊的。
「他發燒了嗎？」
「一點。」
「會不會是感冒？」宏之一把放下書包，拉開椅子，在母親斜對面坐下。
「不用太慌啦。」
「可是頭暈不是很可怕嗎？就跟六月被救護車載去那一次一樣。」
母親過度擔心，幾乎是恐懼了。六月的那件事依然是一場歷歷在目的噩夢。
「我想明天再帶他去大學醫院看看。再仔細檢查一遍，照個腦波還是心電圖什麼的比較好吧？」
明天。宏之一時無法回話。他的臉色變化，就連母親也看出來了。
「啊，明天要去討論你的報考學校呢。」
宏之望向桌上的《家庭醫學》。上面印刷著圖解，說明大腦各部位的名稱。
「可以拜託老師改天嗎？你那邊不一定非要明天不可嘛。」
宏之心裡一個縮得緊緊的東西掙動了一下。雖然只有短短的一瞬間，卻是不可挽回的一瞬間。你那邊，或許是這個說法不好。不一定非要明天不可，或許是這個說法害的。
每次每次每次，每次都這樣。母親甚至不用名字叫我。你那邊，你那邊，你那邊是哪邊？
他站起來，粗魯地拎起書包。
「算了。反正**我這邊**總是這樣，隨便怎樣都行。」
當然，他的口氣尖酸極了，因為他就是故意要刺傷母親才說的。

「宏之……」

宏之頭也不回地往房間走去。母親的聲音一直追到走廊盡頭，「對不起，不要鬧脾氣。你也知道這是沒辦法的事啊。」

母親的聲音也是經過計算的，不只是道歉而已，還帶有十足責備他的意圖。

眞不爽。受不了。好想去到別處、好想破壞什麼、好想大吼大叫，難受極了。就算坐在書桌前，打開參考書和筆記本，也什麼都看不進去，無法思考。

去洗把臉吧。不曉得過了多久，總之宏之這樣想，離開房間去洗手間。

打開拉門，穿著睡衣的卓也站在裡面。洗臉台前的鏡子倒映出他蒼白的臉。他發現哥哥，轉了過來。沒穿拖鞋也沒穿襪子，乾瘦的腳背那白皙的膚色醒目極了。睡衣鬆鬆垮垮的，肩膀也垂垮著。

「媽說你不舒服？」

宏之擋在拉門前問。

「媽很擔心，你去醫院好好檢查一下吧。不快點治好，就算是小學，出席日數不足，也是會被留級的。」

弟弟什麼都不回答。他再一次看鏡子，不知道是介意眼角的什麼，用指尖抹了一下，默默地就要穿過哥哥旁邊。

如果是大人，會說這是鬼迷心竅吧。不該說出口的話、一直壓抑著的心情，就像彈簧玩具般「砰」地跳了出來。宏之也不懂是什麼推動了它，都是偶然，眞的完全是偶然。

宏之說了。就像漫不經心地聽著自己的聲音似地，若無其事地。其實他也可以用同樣的口氣說，「哥也是很擔心你的。」如果他說的是這句話，那該有多好？

可是他實在是氣不過。他心亂如麻。所以心的螺絲綳了開來——

「你是眞的生病嗎？不會是討厭上學才裝病的吧？」

狹窄的洗手間門口，兩人幾乎是並站著。卓也的身高不到宏之的肩膀。他一手扶在拉門上，就這樣停下動作，只把頭轉過來仰望宏之。

他的眼神冰冷得令人戰慄，宏之退縮了。

「幹、幹麼？」

宏之頂回去似地回嘴，卓也又直盯著哥哥看。

「你那是什麼表情？既然有這種骨氣，幹麼早退回家？」

卓也一聲不吭。宏之感到膝蓋在發抖。**吵架，我想要跟我弱小的弟弟吵架**。一直以來，他約束自己絕對不能這樣做，也一直恪守到今天。他從來沒有跟弟弟吵過架，因爲他的身體那麼虛弱，因爲他是我非保護不可的小弟。

可是這眼神是怎麼回事？這是小弟看哥哥的眼神嗎？

「都是你成天那裡痛這裡不舒服，你知道我遭受了多少麻煩嗎？」

不只是羅列根本不必說的話而已，這話讓宏之覺得自己實在太悲慘。因爲這根本是藉口，是託詞。

卓也的眼睛微微放鬆了。

然後他冷冷地笑了。

宏之心中的一部分鬆動了。小心再小心地堆積起來，呵護著絕不讓它崩塌的事物傾倒了。

「你那是什麼表情！」

語調一下子飆高了。他踏出一步，把弟弟逼到牆邊。

「你笑什麼笑？有什麼好笑！」

卓也笑得更深了。他在開心，他在嘲笑。爲了哥哥勃然大怒。爲了哥哥做出自己期望的反應而笑。

這傢伙是明知故犯！是故意的！他身體根本好得很！這傢伙只是想把我們耍得團團轉！

不是豁然開朗，而是一路努力支撐的牆壁崩毀，射入一道光，那道光所帶來的洞察，令宏之火冒三丈。

接下來的短暫時間內出了什麼事，他不記得了。他朝著弟弟怒吼、揮拳，卓也發出尖叫。印象中留下了這些畫面，可是一切毫無眞實感，也沒有打了卓也的感觸。

他只記得母親的叫聲。她爲了把宏之從卓也身邊拉開，打他扯他，事後仔細一看，他的臉頰留下了母親的爪痕。

「你幹什麼！你是他哥哥耶！」

是母親哭吼的聲音，她的表情壞了，聲音也壞了。宏之還有母親都壞了。然而這段期間，也只有卓也完好無傷。卓也被哥哥毆打，臉頰紅腫，蜷蹲在洗手間地板，嘴唇咬破流血，即使如此，他仍完好如初。

他向母親求救、害怕、哭泣、悲傷的那張臉皮底下，是那抹冷笑。

注視著哥哥的眼神中，是那種冷酷。

掙扎也沒用的，贏家是我。

哥，你輸了。

宏之領悟了，領悟出老早就該發現的眞實。他一直認定「不可能」而推到一旁、不去正視，因爲這樣反而姑息養奸的，醜惡的事物。

這才是那傢伙的本性。

誦經聲中，弔喪客陸續上香離去。

柏木宏之在深深垂首的父母身旁注視著弟弟的遺照。

他生平第一次怒罵了弟弟。毆打了弟弟，他們原本是連理所當然的兄弟吵架都被禁止的關係，他卻觸犯了禁忌。

那天晚上，他被回家的父親揍了。
「對弱者暴力相向，是膽小鬼的行徑！」
不是管教的毆打，而是制裁式的毆打，這對宏之來說也是頭一遭。
那個時候，他的體格和力氣老早就不遜於父親了。所以只要他想，他可以輕易反擊回去，或許還能夠打倒父親。
可是他沒有那樣做。
因為他害怕。
就算動粗、發飆、高聲主張他的意見也是白費工夫。要是這樣做，只會掉進更深的陷阱。
他已經習慣自我壓抑了。宏之只是把心關上，聆聽鐵拳之後的父親教訓——責備他打了瘦小、病弱、無力、小他四歲的小學生弟弟的說教。
「好好看著爸的眼睛！」
巴掌飛來，眼前金星亂冒。他差掉點下眼淚，卻拚命忍住了。他很擅長吞下眼淚，因為他已經累積太多經驗了。
他只是怕，怕得不得了。被斥責、被說教的期間，他一直恐懼著。
他第一次不容分說地被迫正視自己的立場，才發現腳下原來是那麼樣地岌岌可危。
他也覺得幸好在為時已晚之前發現了。這種恐懼，可以說是希望與安心帶來的恐懼。出門、回家，看到石油暖爐居然沒關，正熊熊燃燒著，而窗簾就在旁邊搖晃，戰慄的同時大鬆一口氣，就跟這是一樣的。啊啊，太好了，絕對不能再犯這種錯了，下定決心今後千萬要小心——
宏之就像凝視著顯微鏡的生化學家，開始觀察自己的家人。這告訴了他許多的事實，令他洞悉了一切。
以卓也為中心運轉的家庭，以卓也為核心的家庭。少了對卓也的擔心與關照，變得連自己的人生和生活都無法思考的父母親，更別說要他們理會宏之了。

一手塑造出這種模式的卓也。

我必須離開這個家，宏之很快就做出了這個結論。安靜地，平穩地，不被任何人察覺地，擬定計畫。

後來卓也的健康狀況仍然不佳，父母的憂心也沒有喘息的時刻，所以這並不是件難事。只有志願學校必須稍做改變，因爲他加上了「可以從大宮的祖父母家通學」這個新的條件。

即使如此，在他考上志願學校，宣布今後要從祖父母家通學，也已經得到祖父母同意之前，父母都絲毫沒有注意到這件事。

對於祖父母和父母，他都用同一套說詞說服了。也就是：

「卓也的身體還很讓人擔心吧？爸媽都累積了很多壓力。但我還是個孩子，光是自己就快顧不來了，或許哪時候又會突然爆發，發洩在卓也身上。我以前打過他，犯下了不可原諒的大錯。我不想再做出那種事了，那實在太令人慚愧了。而且爺爺跟奶奶只有兩個人住，一定很寂寞吧？如果我回去大宮一起住，不是剛剛好嗎？我們是一家人，即使暫時分隔兩地，也應該不用擔心的。」

非常地順理成章，同時說服力十足。但是宏之即使完全明白這只是表面上的說詞，無論如何還是說不出這句話：

「就算分隔兩地，只要心靈相繫，我們還是一家人的。」

在這個家，至少這對父母，沒有與宏之相繫的心。在他呆呆地沒注意到的時候，他們的心靈回路已經完全被卓也侵占了。

事已至此，更重要的是保護自己。如果我不保護自己，誰會來保護柏木宏之的人生？

現在還好。孩提時代手足爭奪父母的關懷，不是很令人莞爾的事嗎？對於已經站在蛻變爲大人的入口處的宏之來說，過去嘗到的痛楚雖然無法抹滅，但他也不想事到如今再設法挽回什麼。冷漠而毫不關心的父母。很好，只是這樣的話，我可以巧妙地應付過去。

可是加上卓也這個要素，狀況就完全不同了。今後不曉得在什麼樣的局面，弟弟會露出那城府深不可測的冷笑，干涉宏之的人生。

簡單地說，比方說經濟問題。至今爲止，母親究竟爲卓也花了多少錢？醫療費有保險，所以用不了多少。可是民間療法和健康食品不在保險範圍內，開銷很大。

原本應該用在宏之身上的正當花費，都在維護卓也的健康這種名正言順的理由下被刪減了。不，即使如此，錢的話還無所謂。自己要用的錢，只要打工就能掙到，問題不大。

只要父母全心照顧卓也，不要干涉宏之，一切都無所謂。問題在於這樣下去，父母早晚會認定宏之的人生也應該以卓也爲中心運轉才對。

——因爲你是哥哥。

——你要照顧弟弟。

——你必須保護卓也。

——卓也身體不好。你的身體健康是你幸運，你還有很多可以爲卓也做的事。

開什麼玩笑！

即使如此，宏之的心情也不是完全沒有動搖過。

「媽也一直覺得很對不起你。一直把你丟在一邊，你一定非常寂寞吧。所以至少住在一塊兒吧。媽想跟你一起吃飯，也想每天看到你。爲什麼要說想一個人回去大宮這種話呢？」

被母親哭著這麼哀求的時候，宏之心裡淌滿了淚。媽也是我的媽，她也不是總是忘了這件事。

可是再多的淚水和懇求，都無法改變宏之離家的決心，這都多虧了卓也。

因爲卓也也哭了。他哭著這樣說了：

「如果哥不在了，我會寂寞的。是我害的嗎？因爲我老是生病，哥哥不想被我傳染，所以才要離開嗎？」

父母聽了這話，哭得更凶了。宏之沒有哭。他盡可能溫柔地不停安慰弟弟。沒那回事的，怎麼可能是那種理由？只是哥上了高中，功課會很繁重，然後媽最好能專心好好照顧你，而且我們年紀差得有點遠啊。

感覺就好像努力把黏答答地攀附在身上的藤蔓甩開。

母親說出這種話來。

「卓也這麼寂寞，你還是要丟下你弟離開嗎？」

「爸出差什麼的不在家的時候，如果有你在，你媽和卓也也會放心許多啊。你已經是半個大人了，就不能保護你媽和你弟嗎？」

父親說出這種話來。

兩人都已經陷得太深了，可是我要逃脫。我不能再繼續犧牲下去了，我不能讓我的未來暴露在危險當中。這是宏之的決心。

然後他逃脫了。幸好大宮的祖父母身體一直很健朗，沒什麼大病，享受著與他同住的生活，也支持著他的生活。

他沒有一刻忘懷東京的家，只是他並不想回家。

一年、兩年過去，他也開始能用冷寂的心思考，世上也是有這樣的家庭的。契機非常正當，卻製造出某種序列、某種優先順位；不久後，這成了理所當然，家中的某個部分遭受致命的冷落，卻深信一家人是團結的——

然後，有時候他會稍微想到。

卓也也不可能永遠都是個孩子。他會變成怎樣？萬一他找到一個次於母親、次於父親，想要獨占的對象，他會怎麼做？

或者那只是孩提時代特有的現象，其實他的那種性向老早就消失了嗎？

要是那樣就好了……宏之也這麼想，總有一天得確定一下。

然而卓也死掉了。

你的死，是爲了什麼？宏之盯著遺照問。明知空虛，卻不得不問。

卓也，你爲什麼死了？

告訴我你在想什麼。

若說結果，結果老早就出來了。爸媽都認爲你是自殺的。憂慮自己的健康，結果無法適應學校，對老是讓父母擔心的自己絕望，因而選擇了步上絕路。

這下爸和媽永遠都是你的了。

這就是你要的嗎？

還是你在爸媽不知不覺間成長了，開始追求爸媽不知道的事物？但是在追求的過程中遇上挫折，陷入苦惱，所以你才會選擇了死亡？還是你是被逼上絕路的？

我想知道你在想什麼，我想知道你要的是什麼。

爲什麼死了，卓也？

臉頰察覺到某道視線，宏之從遺照移開視線。他毫無防備地轉動視線，結果和站在燒香台前的弔喪客對看個正著。

那是個五十開外、小個子圓臉的男性。喪服的黑西裝尺寸與身材不合，肩膀處擠出皺褶來。比起這些，那張感覺慈祥溫暖的五官，與守靈式這個場合相當格格不入。

剛才看自己的好像也是這個人，他目不轉睛地盯著宏之看。眼神很驚訝。

是卓也學校的老師嗎？那麼會驚訝也是當然的。因爲大概幾乎沒有人知道柏木卓也有個哥哥。
五十開外的男性帶著哀悼之意，垂下視線，深深行禮後退到後面去了。
宏之低下頭看自己的腳。因爲他注意到有許多弔喪客應該都像剛才的男性那樣感到訝異。柏木同學爸媽旁邊那個穿制服的學生是誰？是哥哥嗎？可是沒聽說他有兄弟啊。是親戚嗎？
誦經聲中，弔喪客輪流上香，父母機械地一一向他們行禮。父親偶爾會動口，沒出聲地說「謝謝。」或向客人點頭回禮。是公司同事或下屬來上香吧。母親身子折成了一半，只能勉強上下擺頭，不肯看任何人。
近一個小時的守靈式即將進入尾聲時，一個穿深藍色學生服的少年來到燒香台前。
先前也有兩對親子來燒香。聽說城東三中的學生明天才會來，那大概是卓也小學的朋友吧。中學上了私立學校之類的，沒有再聯絡，可是聽到訃聞來上香了，八成是這樣吧。
然而那名少年不是跟看似父母的大人一起來的，他只有一個人。
一開始宏之只覺得很稀奇，漫不經心地看著他，但漸漸地他開始感覺到一股不對勁。
少年以笨拙的動作上完香後，仍然遲遲沒有離去。他仰望著卓也的遺照，專心一意地仰望著。
他在提出問題，宏之這麼想，這名少年想問卓也什麼事。
跟我一樣。這孩子的這個表情，應該跟我剛才的表情一模一樣。
爲什麼死了，卓也？
他是在這麼問，絕對是的。如果是卓也的朋友，心裡浮現的疑問肯定只有這個。
可是……
少年的身材與其說中等，更有些偏瘦。下巴輪廓平滑，鼻梁高挺，五官漂亮得像個女生。直順的頭髮在天花板的燈光映照下浮出一輪光環。
頭髮像那樣反射出一圈光環，就叫做「天使之環」，幼兒的頭髮全是那樣的。這證明了髮絲毫無損傷、美麗無瑕。

少年把視線從遺照移開，望向祭壇前面的親屬席並坐在一起垂頭喪氣的父母。

他的嘴巴就要掀動——卻又抿了回去。是覺得即使只是形式上，也該像大人一樣致個哀，卻又害羞而作罷了嗎？

只是這樣而已嗎？

你到底想說什麼？宏之感到一股近乎焦躁的性急疑問。喂，你剛才到底想說什麼？

卓也居然有會在遺照前露出那種表情的朋友。

少年總算注意到宏之的視線了。兩人對望了，少年的眼中湛滿了驚訝的神色。可是那異於先前五十開外男性的驚訝。宏之覺得這孩子顯然知道他是誰，而且對於他人在這裡感到吃驚……嗎？

令人屏息般的瞬間對望後，少年不是向著父母，而是對宏之深深行禮。然後他轉過身去，離開了燒香台。

宏之以眼神追趕他的背影，小巧的背影很快地就淹沒在擠滿狹小會場的弔喪客之中了。

那是誰？

「宏之！」

細微但銳利的斥責，是父親。

「不要毛毛躁躁的！」

遭到責備，宏之才發現自己幾乎站了起來。他急忙坐回去，伸出手抹了抹臉。看在旁人眼中，那或許像個歷經滄桑的疲倦中年男子的動作，而不是一個高中三年級的青年。

這也難怪。宏之累了。他比實際年齡更要老成太多。他一直藉由過度老成來保護著自己。

宏之嘆了一口氣，又凝視自己的腳。別想太多了。就算是卓也，也不是沒有半個打從心底為他哀悼的朋友吧。剛才的孩子很悲傷，只是這樣而已。身為朋友，他的悲傷實在太深，所以不是在學校指示下參加團體弔喪，而是在今晚的守靈式個人來上香。然後他問卓也，為什麼你要孤單一個人死去？

明明……已經得不到答案了。

不，真的得不到嗎？

卓也的死不是結束，才剛開始而已。毫無脈絡的，宏之腦中浮現這個想法。他微微哆嗦了一下。

12

幸好告別式當天一早天氣晴朗。雖然相當寒冷，但風倒是十分平靜。藤野涼子鬆了一口氣，要是得在雨中或雨雪交雜時出門就討厭了。她不想在排隊上香時忍耐著濕襪子的濕重觸感，也不想在狂風中緊縮身體。可是到了這個地步，卻還滿腦子先擔心這種事的自己也令她厭惡。

學校要求學生盡量去參加告別式，而不是在守靈去上香；但至少沒有命令大家要先上學集合再一起去，或是在殯儀館各班排隊，抱膝坐著等叫到座號去上香。所以學生大部分都是朋友相約一起來。也有人跟母親一起來，或是幾對母子約好一起來。即使是看慣了的同學，跟母親站在一起，看起來就跟平常不太一樣。離開班級這個單位，放進家庭單位當中，我們小孩子是不是連面孔都會變得不一樣？涼子心想。

涼子看到兩三個穿著別校制服的國中生，是柏木卓也小學的同學，後來進了私校的人吧。他們都是跟父母一起來，但是在會場很快就發現彼此，聚在殯儀館的角落，小聲地熱烈談話起來。

「聽說柏木同學以前是轉學生。」

涼子旁邊的古野章子說。她的眼睛追趕著飄過的煙，微微仰望。形狀姣好的鼻子可以看得一清二楚。

「妳說小學？」

「嗯，聽說是五年級的新學期轉去的，之前好像是住在埼玉。」
「我都不曉得。」
兩人已經上完香，從柏木家的告別式會場來到大廳。城東三中的學生幾乎都聚在同一座大廳，不過涼子和章子與三中的集團保持一段距離。
明天一起去吧——是章子主動邀約的。涼子本來就想邀章子，所以正好。兩邊的父母都不能來，所以兩人說好一起去，沒想到接著倉田麻里子就打電話來問：
「小涼，我們要約在哪裡？」麻里子一開始就打定主意要跟涼子一起去，這就是麻里子的思考回路。大部分時候，麻里子是個隨和好相處的朋友，可是有時候會變成麻煩的累贅。涼子內在的良心告誡她不可以這樣說，可是「沒辦法，我就是這麼感覺嘛。」豁出去這樣說的眞心話音量更大。
「那小章也要一起去，我們三個人一起去吧。」
聽到涼子的回答，不出所料，麻里子遲疑了。
「咦？戲劇社的古野同學嗎？」
「是啊。」
「可以是可以啦……嗯，好吧。」
麻里子不喜歡古野章子。古野同學有時候說話好刺耳嘛。因爲她長得漂亮嗎？成績又好……會參加戲劇社，將來想當女明星的人都有點古怪，對吧？
這只是麻里子一廂情願的偏見。古野章子並不想當什麼女明星，她的目標是劇作家。雖然章子有時候說話不留情面，但絕對不是個壞心眼的女孩。
因爲這樣，一路上麻里子都無精打采的。不管是態度還是口氣，顯然就是在爲了她想跟涼子兩個人一起來而鬧彆扭。章子當然也發現了，但似乎完全沒放在心上。

爲什麼今天會格外覺得麻里子煩人呢？實際來到殯儀館之前，涼子就確信自己一定會這麼感覺。涼子自問，馬上就找到答案了。麻里子一定會全力表現自己善良的一面，聞到線香的氣味哭哭啼啼，看到柏木卓也的遺照淚流滿面，最後還想抱住涼子放聲痛哭——絕對會這樣，所以涼子才覺得不愉快。

因爲涼子不想那樣做。

因爲她知道自己一定沒辦法那樣做。

可是她也對如此冷漠無情的自己感到強烈的內疚，不曉得該如何自處。

所以她覺得如果身邊是同樣不會掉淚的古野章子，肩上的重擔就可以減輕一些了。沒錯，就像得知柏木卓也死掉那天，接過成績單時，在高木老師的眼中看到對涼子的理解時那樣。

那天早上，涼子與章子在積著大雪的上學路上巧遇，同時聽到「三中死了一個學生」的噩耗時，兩人之間大概就萌生了超越以往「意氣投合的好朋友」的關係。那是只在難得一見、碰上這類令人難受的局面時才會顯現的事物，涼子與章子在彼此身上發現了那種連繫。

跟這樣的兩人黏在一起，肯定非常悶吧。令人鬆一口氣的是，抵達殯儀館後，麻里子很快就離開她們了。因爲可以和麻里子共鳴哭泣的朋友來了，更重要的是，她發現了向坂行夫的臉孔吧。

所以現在涼子和古野章子退到柏木卓也的遺照看起來只有撲克牌大小的地方，避開人群，卻也沉澱在人群裡，共享著無法也不用訴諸言語的感情。

「小涼，妳是第一次參加葬禮嗎？」

章子靠在清潔但氛圍冰冷的白柱上問。

「嗯，第一次。」

幸而涼子的祖父母和外祖父母都還健在，親近的親戚也都沒有不幸。

「我這是第三次參加了。」

「算滿多的吧？」

「好像吧。我的祖父，還有堂哥。堂哥大我五歲，前年夏天騎機車出車禍死掉了。」

「兩邊妳都很傷心吧。」

章子沒有立刻回答，而是做出捏住她漂亮鼻子的動作。

「祖父的時候很傷心，可是堂哥就很複雜了，因為我討厭他。」

她的口氣聽起來有點生氣。

「他是個討厭的傢伙。」

「死掉的時候是大學生嗎？」

「他根本就沒怎麼去學校。」

他是在深夜的路上車速過快，失誤衝撞電線桿。不幸的是他並不是一個人，機車後座還載著女友。

「女友也死掉了，所以伯父跟嬸嬸整場葬禮都不停地跟人賠罪。我家的混帳兒子害別人家的寶貝女兒死掉了，對不起、對不起。可是就算害死了別人，還是不能不幫混帳兒子辦後事，更是抱歉了。」

自己的孩子不僅賠了自己一條命，即使是過失，還連帶殺了別人啊。

「妳堂哥是個浪蕩子嗎？」

即使是這樣直接的問題，如果是章子，也可以放心問出口。

「簡直就是個典型。」

章子答道，輕笑了一下。她那雙清澈的眼睛仔細觀察著周圍的狀況，所以那個笑十億分之一秒就消失了。

「我媽也很討厭那個堂哥，每次親戚聚會，她都非常小心不讓他靠近我。」

「他是個色胚子？」

「下流透頂。」

章子轉向涼子說道。皮膚白皙，頭髮和眼睛的色素都很淡，是很漂亮的栗色。麻里子對章子的偏見雖然是錯的，但觀察倒很正確，古野章子是個非常現代的美人。

「比方說兩小時電視劇裡，不是常有有錢人家的富二代、品性爛到無可救藥的紈褲子弟登場嗎？看了會讓人覺得現實中哪可能眞的有人荒唐到那種地步？可是我堂哥就是那樣。」

他在扮演——章子說：

「他好像覺得既然成了有錢大學生，那種生活方式就是種典範。或者說，他那副典型到家的德行，除了那樣解釋以外，還眞沒法理解了。」

「那樣一個堂哥，總有一天會對美麗的堂妹動手？」

涼子如此評論，章子一本正經地點點頭。

「我媽很提防，我也是。」

章子說她曾被堂哥偷拍過照片，是夏天穿著無袖洋裝的時候。

「好像被登在投稿雜誌上，聽說很受少女愛好狂熱者的歡迎。」

「妳看到那本雜誌了？」

「我堂哥死掉以後，在他房間發現的。嬸嬸找到那本雜誌後，來我家道歉。」

堂兄的母親一定慌極了吧。想要緬懷過世的兒子而整理房間，居然找到不得了的東西，又得賠不是了。

「對我而言，祖父的時候是特別的，但是比起堂哥的葬禮，我覺得今天的葬禮更讓我傷心多了。」

章子隔著宛如一群化成人形的烏鴉般的弔喪客的頭，望向柏木卓也的遺照。她慢慢地眨了眨眼，遺照沒有向她回眨眼睛。照片不會動，那麼照片也等同於死者嗎？——涼子思考起古怪的事來。

「我覺得悲傷，也覺得寂寞。」章子接著說。

仔細想想，除了在與涼子一起聽到噩耗的事中找尋意義以外，章子沒有理由主動來參加柏木卓也的葬禮。不，涼子原本以為沒有。

可是看來並非如此，涼子等朋友繼續說下去。

「柏木同學一年級的時候，看了我們的教室公演，對我說了感想。」

因為是一年級的菜鳥，章子當然是後台人員。要說的話，即使是升上二年級的現在，她的原創劇本也沒有被上演過。知道章子熱心地練習寫作劇本的，包括涼子在內，只有兩、三個人吧。不過一年級的時候，比起好歹也會登台演出的現在，她的存在更為低調，應該說是被迫低調。國中的年級金字塔——包括畢業學長姊在內——其實比一般公司更要嚴格。

在城東三中演戲的不只有戲劇社而已。校慶的時候，一、二年級的每一班都會選個劇本，在體育館輪流演出。校慶沒有單獨為戲劇社安排的表演時段，戲劇社沒有任何特別待遇。

不過上半學期一次，下半學期一次，校方允許戲劇社在星期六的下午利用教室進行公演，這就是教室公演。涼子也去看了一年級生的下半學期公演和今年的上半學期公演。觀眾數目還滿多的，甚至還有人得用站的。老師也會來看。今年的公演，涼子在觀眾席和保健老師尾崎坐在一起。

「是我也看過的公演嗎？」

涼子問，章子搖搖頭。

「妳沒有看。那是一年級暑假前的公演。妳因為有比賽不能來，不是嗎？」

涼子回溯記憶。她是去為劍道社的練習賽加油了嗎？

「不管怎麼樣，幸好妳沒來看，小涼。」

超無聊的——章子一口咬定說：

「我們演了契訶夫的《萬尼亞舅舅》這部戲。那是一部很長的戲，光靠我們自己，不可能從頭演到尾。所以只把後半部分改成了約四十分鐘的縮短版。可是這樣觀眾會看不懂劇情，所以前半由導演，也就是寫了縮短版劇本的二年級學長用說的來前情提要，就像電視的綜藝節目那樣。雖然我跟綜藝節目也不熟，所以不太清楚，總之助理導播不是會出來說明節目內容嗎？就像那樣。」

而前情提要和縮短版的戲劇，聽說全部都用關西腔來進行。舞台導演兼編劇的學長說這是這部戲最關鍵的地方。

「他長篇大論說什麼透過改變語言，戲劇的主題也會隨之改變之類的。不過那根本不是那個學長自己的意見，而是在大學搞戲劇的畢業學長的意見，他根本就只是個傀儡。」

章子滿不在乎地使用深奧的詞彙，加強語氣不屑地說：

「根本沒有意義。」

當天的教室公演，一年級生的章子站在舞台旁邊——也就是走廊——觀看。練習的時候她就一直這麼想，實際上演一看，更發現眞的是無聊透頂，只覺得吃不消。

「爲什麼要用關西腔？語言不同，主題也會改變，這是哪門子道理啊？不管再怎麼強詞奪理，都是白費力氣。那根本只是在模仿關西的搞笑藝人罷了嘛。我覺得那根本不能叫做戲劇。可是學長姊這樣就滿足了。國中生演契訶夫，噢，太厲害了！讓觀眾以爲是他們是來眞的，再用關西腔來逗笑全場。眞現代呀，這年頭的小孩子眞不能小覷，沒想到他們能搞出這麼了不起的戲來——他們說大人應該會這樣想，多膚淺的心機啊。但是沒想到老師們還眞的做出了他們預期的反應。」

雖然是一段教人啞口無言的沒營養時間，但古野章子是個聰明人，並沒有把這些話告訴任何人，而是深藏在心底。

公演結束，收拾教室的時候，章子在走廊被柏木卓也叫住了。

「我們不同班，我也不認識他。我是看到他的名牌才知道他叫什麼的。」

——我看了，無聊透了。

柏木卓也劈頭就這麼說。

——戲劇社裡明白地露出「搞這什麼無聊東西」表情的就只有妳。妳明知道無聊，爲什麼不吭聲？

就連章子也禁不住驚訝，完全無法回話。

「因爲我明哲保身。」章子自嘲地對涼子笑道，「我對他說，我才沒有覺得學長姊的公演無聊，結果柏木同學怪笑起來。」

——少扯謊了。算了，無所謂。

「我問他，你幹麼觀察我？因爲我覺得毛毛的。」

——比起戲，觀察妳的表情更有趣。

「我說，如果你對戲劇有興趣，怎麼不加入戲劇社？結果他說他才沒興趣跟那群蠢蛋混在一起。」

可是不跟人群混在一起，就沒辦法演戲啊，章子回答。結果柏木卓也聳了聳肩，掉頭離開了。

「我超介意的。」

章子露出煩惱般的眼神。

「我覺得被戳到痛處。既然覺得無聊，爲什麼不說出來？我是一年級生，所以只能默默聽從學長姊的指示，這樣的服從也是必要的。可是無聊的東西就是無聊啊。」

涼子看到了她從來不曉得的章子的一面。述說這件往事的章子，看起來不像個單純的國中二年級生。不是老成，那張臉是在自我當中發現了必須嚴肅面對的**什麼**的人才有的。那裡沒有大人與小孩的界線。涼子還沒有找到那是什麼。可是唯一明白的是，章子已經找到它了。

「柏木同學在妳開始登台以後，也會來看嗎？」

「今年夏天。」章子簡短地回答，「那個時候他沒有找我說話。我找過他，但是表演一結束，他就立刻不見蹤影了。」

眞希望他說點什麼……章子遠遠地看著遺照說：

「我本來想再邀他加入戲劇社的，可是結果我沒有開口。我會想起柏木同學，就只有公演的時候。很自私，對吧？」

可是他死掉了，我覺得很寂寞——章子說：

「我還想再跟他多聊聊啊。」

可能又會被說「無聊透了」吧。即使上了二年級，可以站在社團的中心主導公演，卻仍舊無法忤逆三年級生和畢業學長姊的意見，還有顧問老師的指導。章子依然得不到自由。

柏木卓也一定會指出這一點吧。妳在幹麼啊？妳明明知道吧？既然那樣，幹麼去理會學長姊的意見啊？可是那是中學生必要的處世之道，所以章子忍耐著。而涼子知道章子在忍耐，所以不會爲這件事責怪她。但是柏木卓也說了，「無聊透了。」

「不好意思，說了奇怪的話。」

「不會，一點都不奇怪。妳肯告訴我這些，我很高興。」

我覺得我好像對柏木同學稍微了解了一點——涼子本來想說，但作罷了。這一樣是陳腔濫調的無聊感想。她不是懂柏木卓也，她懂的是章子。

「這件事我從來沒有告訴過別人。」章子有些羞赧地說。

誦經也近尾聲了，開始進行親屬上香。雖然聚在一塊兒，但集中力早就散漫無章的弔喪客，尤其是三中的學生，重新把注意力轉向祭壇。

「去大家那邊吧。」

涼子催促章子。章子嗯了一聲，與涼子並肩走去。

「我覺得柏木同學喜歡戲劇。」她低聲說，「他是不是在讀契訶夫？」

柏木卓也長得像母親。被抱在一襲喪服的母親懷裡的遺照，變成了一張照片的兒子，以及捧著它的母親。兩邊的面容有著共通之處，幾乎是相似形貌。

孩子死去，母親的一部分也跟著死了，這個場景如實地陳述了這個事實。母親從頭到尾不停啜泣著。擔任喪主致意，拿起麥克風的是他的父親。彷彿褪了色的蒼白額頭與臉頰刻著深深的皺紋。父親旁邊站著一個穿制服的青年，抱著新穎的牌位，是高中生吧。

「欸欸欸。」旁邊的麻里子戳戳涼子，「那是柏木同學的哥哥吧？」

「應該吧。」

「臉長得很像，我不曉得他有兄弟耶。」

班上的同學似乎都為這件事感到新鮮，從天而降突然冒出來的哥哥，過去根本沒有半點蹤跡。

「應該不是三中畢業的吧，老師們也都不知道。要是知道，應該多少會提到才對吧？」

念私立的啊——麻里子睜圓了眼睛注視著。淚眼婆娑，擦掉眼淚，然後又淚眼婆娑，應該是這樣一再重覆，她的眼角和鼻頭都紅了。

「柏木同學是跨區就讀的吧？」

麻里子旁邊的向坂行夫說。他就像老樣子，一臉呆呆的。

「真的嗎？」涼子回望他。

「嗯。如果依住址分配，他應該要去二中的。可是二中的學區很大，從柏木同學的家通學的話，其實三中比較近。聽說他小學的時候身體很差，所以父母覺得通學距離短一點比較好，特別申請進了三中。」

頭一次聽說。

「向坂同學知道得真多。」

「我是聽一年級跟柏木同學同班的人說的。」

那麼柏木卓也的哥哥是二中畢業的吧。

「死掉之後才知道很多事呢。」麻里子低喃。

可能是心口揪緊，柏木卓也的父親遲遲開不了口，在殯儀館的工作人員鼓勵下，才總算發出聲音。

「今天感謝這麼多的人在年底的忙碌時節，爲卓也來參加他的葬禮。」

聲音都啞了。

弔喪客全都不約而同地垂下頭來。

「卓也的死，對我們這些被留下來的家人來說，實在過於沉重，到現在都還有些無法面對這個現實。我現在滿腔都是後悔，懊惱爲什麼沒能在事情變成這樣之前，設法改變軌道。」

聲音破啞，傷痛化成了聲音。即使如此，父親還是堅強地向參加者致謝，並表示他由衷感謝城東三中的學生來參加卓也的葬禮。

就不能設法改變軌道嗎？——涼子想了。柏木卓也的軌道。幾乎沒有人知道柏木卓也走在哪條軌道上，他的地圖只屬於他。會不會就連親兄弟，也不曉得他的地圖上畫的是什麼？

父親難過地語塞，臉皺成一團，然後甩開疼痛似地接下去說：

「就像大家知道的，從十一月半開始，卓也就沒有去上學了。爲什麼會變成這樣？原因是什麼？要怎麼做才能理解兒子的心情？我們自認也努力過了，也向城東三中的老師求助過了。除了導師森內老師，還有許多校方人員都不遺餘力協助過我們了。」

這麼說的話，柏木卓也的父母並不恨學校嘍？

說不出口的驚訝化成竊竊私語在弔喪客之間傳播開來。女學生群聚的地方傳出哭聲。涼子仔細一看，站在女生群中央的是森內老師。她把手帕捂在臉上，淚流滿面。怎麼？原來她來了。

不遺餘力協助過我們——涼子壞心眼地想，森內老師是聽到這話而放心了吧。她就是知道柏木卓也的父母是這樣的立場，所以才敢露面嗎？因爲她知道不必擔心遭到責備。

淨想著這種事的藤野涼子是什麼人？怎麼心眼壞成這樣？

「卓也是個愛鑽牛角尖的孩子。」

父親垂著頭，緊抓住麥克風說：

「他動輒想得太深。或許是自小體弱多病，讓那孩子養成了獨自沉潛的性格。我不認爲這是件壞事，但這也是一件很難受的事。你可以再放輕鬆點，即使身體不好，人生還是很快樂的。我身爲父母，一再地這樣開導他。可是我們的開導沒能讓他聽進去。或許那孩子太過純粹了。」

——無聊透了。

柏木卓也這麼對古野章子說。說比起觀看被關西腔**亂搞**的契訶夫，觀察憤慨的章子的表情更有趣的一年級國中生。

「聖誕夜那天，卓也爲什麼去了學校？他是不是上了屋頂？如今這些都已經無法得知答案了。那個時候卓也在想什麼？做出了什麼樣的結論、選擇了死亡，也無從得知了。如果能夠倒轉時間，從卓也口中問出答案，要我用自己的性命做爲代價，我也在所不惜。」

這次弔喪者之間似乎再也無法按捺地掀起了喧嚷，女生們的哭聲更尖銳了。

柏木卓也是自己選擇了絕路的，那是自殺。他的父母這麼認爲。

——好像是自殺呢。

涼子聽母親說，家長會議上的形勢就是如此，結果母親還是拋下工作去參加了。

——驗屍結果沒有出來，好像就不能確定，可是似乎沒有傳聞中說的霸凌。他的父母好像是這麼說的。

父母去參加會議的同學也這樣說，可是涼子沒料到會在葬禮上以喪主致詞的形式，如此明確地宣告出來。

「卓也沒有留下任何訊息給我們。他一個人扛起一切，啓程離開了。這或許是那孩子的體恤，不想讓我們擔心吧。」

他是個好孩子——父親呻吟似地說，哭了出來。母親也痛哭失聲。

一旁，只有哥哥獨自一人用一敲就會碎掉般的冷硬表情站立著。

「卓也的人生很短暫，但是他在世上的這十四年之間是有意義的。那孩子對我們一家人來說，是無可取代的存在。卓也的死所造成的空洞，永遠都無法被塡補吧。」

城東三中的各位同學——父親邊說邊抬頭。

「我有個請求。請大家不要忘了卓也。大家今後將學到許許多多的事，成長爲大人，有時也會碰上痛苦的局面，或是遭遇到瓶頸吧。可是那種時候，請大家想起過早離世的卓也，然後好好體會活著是一件多麼美好的事。不管有多煩惱、多痛苦，活著仍然是一件美好的事。生命是很寶貴的。這是卓也的遺言。我想那孩子現在在天上，一定也這麼確信著。或者就是爲了確定這件事，卓也才會刻意踏入了死亡的領域。」

拜託你們，謝謝你們。結語融入嗚咽聲中，幾乎聽不見了。

原來是自殺啊——

「雖然不應該這樣說，」麻里子還抽著鼻子，這麼說道，「可是如果我說我覺得有點鬆了一口氣……是不是很壞啊？」

很壞啊——涼子差點就要冷冷地這麼應，把話吞了回去。

沒錯，鬆了一口氣呀，每個人肯定都鬆了一口氣。知道學校、同學都沒有責任，大家都放心了。既然死者的父母都這麼肯定了，感覺全被無罪赦免了。

可是既然像這樣放心的話，哭泣就是僞善。嘴上說著鬆了一口氣，妳怎麼還哭得出來？

涼子和麻里子、向坂行夫，還有野田健一四個人走在一起，穿過萊布拉大街。購物中心有屋頂，裡面的空氣也很溫暖，充斥著歲末熱鬧的色彩，彷彿洗滌了葬禮的沉重。

涼子和古野章子在購物中心入口道別了。章子直到最後都沒有哭，但她比弔喪客的任何一個人都更嚴肅地爲柏木卓也送行，至少涼子這麼認爲。

「我要在寒假重讀《萬尼亞舅舅》，還要讀讀契訶夫其他的作品。」

臨別之際，章子約定似地說。她握著涼子的手說著，就彷彿涼子的手是柏木卓也的手，緊緊地握住。

那是誤會，我不是柏木同學。不，我是嗎？會不會章子果然是對的？

現在的藤野涼子，是不是被柏木卓也附身了？

沒錯。他的話，一定會對麻里子的態度感到不耐。當然不只是麻里子，而是麻里子所代表的僞善。只有情緒上的悲傷，他一定會對此表示輕蔑吧。原本幾乎一無所知，也沒興趣的同學，只是因爲死掉了，就突然成了神聖的東西。大家的心突然團結一致，一起背負共同的罪惡感。然後一旦發現這個罪惡感不會變成具體的懲罰落到頭上，儘管一邊哭泣，卻也放下心來。

對於這樣的心理變化，柏木卓也一定會不屑地如此評論吧。

——無聊透了。

然後他會對半滴眼淚也沒掉地目送出棺，但發誓要讀契訶夫的古野章子，咧著嘴這麼笑道：

——觀察妳的表情比較有意思。

不知爲何，現在涼子覺得柏木卓也很可怕，非常非常可怕。

快點從我身上離開。她如此祈禱，可是她知道柏木卓也不會輕易離開。沒錯，正確地說，不是柏木卓也附身在涼子身上，而是他挖掘出了涼子原本就具備的一面。

透過他的死。

「啊，小涼。」

麻里子拉扯她的袖子，讓她回到現實。

大出他們聚在購物中心的便利超商前面。大出、橋田、井口這熟悉的三人組。涼子的朋友裡面，有人說大出俊次長得很帥，而且他個子好高唷。再說國高中的男孩，有點壞壞的才帥，不是嗎？

穿著便服的他們三個人，看起來比規規矩矩地穿著制服的涼子他們更像大人。這令人懊惱極了，感覺自己比他們軟弱許多。

三人面帶冷笑地看著這裡。涼子面無表情地從他們面前經過。

「喲。」

大出叫他們。

「你們也去參加葬禮唷？」

麻里子緊緊地挨著涼子。野田健一顯然嚇壞了。

向坂行夫回答，「嗯，是啊。」

「剛才三浦他們經過。」井口說。跟屁蟲替老大補充他話中不足的部分。

「聽說他爸媽哭慘了。」

「那當然了啊。」好心腸的行夫有點動怒了。

「有夠蠢的，有什麼好哭的嘛？是他自己要去死的，不是嗎？那不是很好嗎，本人喜歡這樣嘛。」

橋田和井口哈哈笑地附和。橋田個子高，但是個瘦竹竿，井口則很胖。兩人不期然成了大出的陪襯。

「做父母的才沒法那樣想。」

雖然小小聲地，但行夫又頂嘴了。野田健一的臉頰抽搐著。膽小鬼。

蹲在地上的大出俊次用一種完全不像國中生，反而像個大叔的慵懶動作站了起來，裝模作樣地撫平頭髮，他的頭髮染成了褐色。涼子發現他手腕上粗獷的金表正在反光。

大出家境很好。約兩年前開始的繁榮景氣，讓大出集成材的業績大紅。既然都成了左鄰右舍的話題，想必賺得相當多吧。房屋建設正值熱潮，兩三下就讓人發大財。涼子的父親說這樣的景氣還會持續下去。這波繁榮就連從來不聊經濟話題的父親都注意到了，而且還說是迅速攀升，接下來才要正式開始，那麼大出集成材肯定前途無量。

所以可以給還在念國中的兒子買高級手表，大出穿的混色編織毛衣應該也是名牌貨。涼子在郵購目錄上看過，一件要十幾萬圓吧。

那些說大出很帥的女生，或許也把他家有錢算在裡面。

「不過咱們的冤屈被洗清了，大快人心。」

大出對涼子說：

「這下就不用擔心被妳爸逮捕了嘛。」

涼子沒有任何反應地直接經過他們前面。

——無聊透了。

她在內心啐道，那不是自己的聲音，聽起來跟柏木卓也的聲音重疊在一起。

13

從舊年一腳跨入新年。冷靜想想，「新年」這個詞眞的具有魔法。如果舊的一年發生過什麼令人消沉的事，就更是如此了，換了個年度，就讓人覺得一切煥然一新。擴展在眼前的時間平原，就宛如沒有一絲污垢的全新床單。

柏木卓也的死，以及送別他的儀式在舊年內結束，不僅是包括他父母在內的一小群人，對於大部分的相關人士來說，也是件値得慶幸的事。雖然以時間來說不是多久以前的事，但一旦「新年」到來，整理收拾好一切林林總總，那便全部成了去年屬性的東西。即使它的標籤還很新穎，但保存著它的抽屜裡，去年一月一日的標籤邊緣甚至都已經褪色泛黃了。那是結束了、了結了，沒必要再打開的抽屜。至少——沒錯，至少再過個十年，在它的內容物發酵轉變成「回憶」以前。

城東第三中學迎接了平靜的新年。

藤野涼子過了個忙碌的寒假。

功課並不多，但她還要幫忙做家事。今年冬天，母親邦子比去年這時候更要忙碌兩倍——雖然這似乎全是因爲某個案子的委託人——所以經常一副疲憊的樣子，令人擔心。那戶爲了遺產分配起爭執的委託人一家，大年初一就打電話找母親。長假的時候，打到事務所的電話被設定自動轉接到家裡，所以才會被他們聯絡上。可是就算是這樣，他們未免也太厚臉皮了吧？平常過年期間應該都會客氣節制一下吧？明明不要理他們就好了，但母親卻又認眞應付。

父親藤野剛也同樣忙碌。元旦他勉強還挪出時間在家，但初二的時候，涼子起床時父親已經不見蹤影——這熟悉的模式又開始了。

涼子從來沒有確實知道過父親當下在處理些什麼樣的案件，因爲父親不肯告訴她，所以她都看報紙的社會版猜測。即使如此，最近也愈來愈難猜了。「一般的」重大刑案沒有減少的樣子，但景氣開始好轉後，尤其是地價暴漲之後，爲了收購土地而引發的暴力糾紛和縱火案、殺人及傷害案件更是層出不窮。

這麼說來，令人驚訝的是，這個小鎭也會有刑案，而且是不折不扣的凶殺案。事情發生在一月五日。

那天涼子一早就去站前的電影院，看首輪的賀歲片。是和古野章子還有她母親一起去的。「我只是陪客。」這麼說的章子的母親，似乎其實是最爲享受電影的人。

因爲有家長陪同，所以可以放心看電影（在擁擠的電影院裡，有個中年男子用不懷好意的眼神盯著坐在一起的涼子與章子瞧，章子的母親用尖銳得嚇人的眼神瞪過去，把他趕跑了。）還可以吃到免費的豪華午餐。涼子心滿意足地在站前圓環等公車時，碰上一輛銀灰色轎車車頂邊貼著突起的警示燈，刺耳地拖著警笛聲飛快衝過十字路口。

涼子瞬間說了，「那是機搜的車。」

「機搜？」章子問。

「機動搜查隊。發生重大案件的時候，進行初步調查的人。」

章子的母親很佩服，「小涼，妳只是瞥了車子一眼就看出來了嗎？」

「因爲車牌不一樣。」

「眞是有其父必有其女。」

「那表示出了什麼事呢？車子不是往我們住的那區開去嗎？」章子不安地抓住涼子的手。

三人面面相覷，涼子在彼此的臉上看到「會不會又是三中」的疑慮。

坐公車的時候，被兩台普通的警車超車了。沒看到救護車，涼子心中不好的預感膨脹了。

雖然如此，與古野母女道別後回家一看，根本沒什麼事。翔子在自己的房間專心聽音樂（順便配合音樂舞動）瞳子有三個朋友來家裡玩，在客廳大吵大鬧，所以涼子匆匆關進自己的房間避難去了，就沒再聽到警笛聲。過了快一個小時，章子打電話來，兩人討論不管是哪裡出事了，都不是三中，好像也不是彼此住家附近，放下心來。

詳情意外地由傍晚回家的母親捎來了。她好像在超市被一個以「廣播電台」綽號聞名的太太抓住，談論八卦。

「眞是太慘了。」

邦子和涼子站在一起準備晚餐，壓低聲音，不讓沉迷在電視的妹妹們聽到地說：

「涼子知道嗎？千田四丁目不是有東京烘培的工廠嗎？」

「妳是說直營店那邊嗎？我知道。那邊的蘋果酥皮捲很好吃。」

「那一排不是有家香菸鋪嗎？也兼賣一些糖果。」

據說是那家店的主婦殺死了媳婦。

「咦？可是我路過的時候曾經看過那個香菸鋪的大嬸，她年紀很大了耶。那麼老的人殺得了人嗎？」

「大概七十歲吧，死掉的媳婦四十多吧。聽說是被用菜刀砍了脖子。」

砍殺媳婦的主婦就這樣衝出家門，丟下門戶大開的店，下落不明，但很快地就被熟人發現她在附近遊蕩，說服她去派出所投案。

「到底是出了什麼事？」

「土地問題。」邦子切著白蘿蔔苦著臉說，「爲了要不要賣土地，跟兒子媳婦發生爭吵。」

香菸鋪的房子是老舊的二層樓建築，涼子覺得應該是頂多二十坪左右的小房子。

「不到二十啦，頂多十六、七坪吧。」邦子擺出專家的臉孔說，「可是現在的話，可以賣到很驚人的價錢。媳婦好像想要賣掉土地搬到新的公寓去，也有建商來跟他們洽談。那裡不是商業區嗎？現在只要是條件好的土地，就算不大，也有業者到處收購。」

香菸鋪的大嬸是個寡婦，房子和土地都在她的名下。店鋪也都是大嬸一個人在顧，她兒子是個上班族。

「兒子跟媳婦好像都勸母親說年紀那麼大了，別再做生意了，搬到有電梯，又大又漂亮的公寓去吧。但是香菸鋪的大嬸好像覺得如果答應，兒子兒媳就會搶走財產，把她趕走。」

鬧到最後，發生了殺傷事件。當天一早大嬸和媳婦就吵得不可開交，附近的人都聽到了。兒子因爲年節過去，已經開工，出門上班不在。

「那塊土地可以賣多少？」

邦子停下菜刀，想了一下。

「一坪五百萬……應該更多吧，可能可以賣到六百。」

「那麼多？那麼破爛的房子耶？」

「不是房子，**是土地**，這當然很異常啊。在地價漲到現在這樣以前，頂多只有一百萬左右吧。」

邦子說，她也不是不了解想要趁著地價飆漲的時候脫手的兒子夫婦的心情。

「如果這波異常景氣像這樣持續下去，固定資產稅那些一定也會很驚人。萬一大嬸在這時候突然過世，錢都要被遺產稅之類的課光了。」

可是啊——邦子把切絲的白蘿蔔丟進鍋裡，蹙起眉頭說，「對香菸鋪的大嬸來說，應該不是那種得失問題吧。問題不在錢，那應該是她跟過世的老公一直用心經營的店吧。不管它再怎麼微不足道。」

吃飯前就別聊太多這種事了，不過——邦子把聲音壓得更低說道：

「聽說死掉的媳婦，脖子被砍到只剩下一層皮呢。頭都快掉下來了。」

就是這麼恨。爲了錢，想要奪走自己的店、房子、歷史的媳婦。

「地價怎麼會漲成這樣呢？」

涼子呢喃，母親搖搖頭說，「爲什麼呢？就連算是業界一分子的媽，其實也搞不清楚。大家都在做夢吧，開出來的都是本來根本不可能的價格。」

「那媽覺得這波景氣不會永遠持續下去嘍？」

「嗯，凡事都有終點嘛。」

「媽那種觀測怎麼說，很外行人口氣，或者說很文學呢。一點都不像不動產估價師說的話。」

「對不起唷。」邦子笑道，然後有些正經地說，「只要政府開始進行金融管制，這波景氣也會一下子就完蛋了。問題是什麼時候的事而已。」

「那個時候，已經漲到極限的景氣就會『砰！』的一聲——」涼子拍了一下手，「破掉嗎？」

「沒錯。業界都知道，這景氣就像泡沫一樣，是沒有實體的。而且也有人說差不多就快走下坡了。學者之類的人都很冷靜嘛。」

泡沫破裂的時候，又會變成什麼樣子呢？如果那個時候把土地、把房子賣了，就可以海撈一筆了，都是因爲妳百般阻撓，才平白放過了這樣的大好機會——會不會結果這次演變成絕望的媳婦殺害婆婆的事件？

「我們家沒問題吧？」

「妳在說什麼啊？」

「這麼說來，這半年左右常有電話打來，也有不動產業務員上門，對我們家這種完全是住宅的地方問，有沒有賣房子的預定呀？建議可以拿來做不動產投資唷。」

「有時間去操那些無謂的心，先快點做好沙拉吧。」邦子戳戳涼子說，「媽才不會做出被爸逮捕的蠢事呢，就算這塊土地可以賣一億也一樣。」

對野田健一來說，這個寒假即使表面平靜，其實也鎮日勞心費神。因爲母親的身體狀況又變差了。從元旦開始，母親就成天躺著；到了初三，甚至還驚動了救護車。因爲母親半夜說她胸口窒悶，無法呼吸。唯一慶幸的是當時父親在家，所以健一不必一個人慌張。

更令人慶幸的是，母親的症狀在送醫不久後就穩定下來了。不是心臟病發作，好像是所謂的過度換氣。聽完急診室醫生的說明，在天色完全泛白的時刻回家的計程車上，父親健夫難得——眞的很難得地摟住健一的肩膀，撫著他的背慰勞他。

「媽的事讓你擔心了，對不起啊。」

「沒、沒什麼啦。」健一嚇了一跳，比起感動，父親的慰勞更令他萎靡。

他從父親身旁退開，身體貼向了計程車車門上。即使如此父親還是沒有放手，而且寂寞地眨著眼睛。

「爸要上夜班，怎麼樣都沒辦法顧到整個家。結果讓你吃苦了。」

這是要叫我怎麼回答？「嗯，是啊，可是我沒事的。」——這是模範回答。「沒錯，爸，我已經受夠了！」——父親說那些話，並不是預期得到這樣的回答。

「你媽的病……那是心病，其實她並不是有什麼攸關性命的重病。」

爸明明知道嘛，那就想想辦法啊。咬文嚼字說什麼攸關性命，想要稀釋自己的沒出息，也是沒用的。

「上次我跟你媽談了一下。」健夫漫不經心地望著駕駛座背面喃喃道，「你媽好像被你們學校的事嚇到了，她受到的驚嚇好像比我想像的還要深。」

「學校的事……爸是說柏木的自殺？」

「嗯。」

「那跟我又沒關係。」健一故意加強語氣說，「我的確是很倒楣，誰叫我發現了柏木，可是就只有這樣而已啊。」

計程車猛地一晃，健夫原本抓在椅背上的手一下子掉了下來。健一慢吞吞地離開車門，像原本那樣安靠在椅背上。

「你媽好像不那樣想，她很擔心你是不是受到心理創傷。而且……」

父親想要說什麼，健一已經隱約察覺了，但他還是刻意追問下去，「而且什麼？」

父親難以啓齒地拖延著。

「你媽擔心那會造成不好的影響，害得你也跟著自殺。」

明明沒什麼好害臊的，健一的耳朵卻不知爲何熱了起來，「我怎麼會自殺？」爲什麼呢？連臉都熱了。對了，是像這樣胡亂操心的母親令人羞恥。

「我已經不是小嬰兒了。我會自己思考，自己的事會好好處理。」

健夫以意想不到的迅速與堅定同意了，「是啊，爸也這麼想。」

健一看著父親的側臉，他好久沒有這樣地看著父親了。大部分時候都是這樣的吧，每天都會看到父母的臉，沒必要仔細觀察。

可是他現在感覺到有這種「必要」。因爲父親的表情裡暗藏著如果不愼重地去看，就會誤判的什麼。

「你是個堅強的孩子。」健夫接著說，「爸很佩服你。雖然從來沒有特別說，但爸總是這麼覺得。」所以爸要跟你商量一件事——父親開口說，「其實有件事，爸想問問你的意見。」

父親說，住高崎的舅舅來找他商量。母親的哥哥在高崎市經營類型廣泛的不動產。

「你舅舅說他要在北輕井澤開度假民宿。當然，不是舅舅自己開，他在找其他老闆……」

健一懂了。父親想說什麼，不言可喻。

「難道爸想要去經營度假民宿？」

好像猜中了，父親露出害羞的笑容。

「不好嗎？」

「一點都不好！」健一拉高了嗓門，「辭掉工作，跑去做完全沒經驗的事，這太亂來了！」

「也不是完全沒經驗。爸大學的時候在餐廳打過工，也進過廚房。」

就算是這樣，餐廳打工跟經營度假民宿，次元也相差太遠了。

「我覺得你媽可能需要改變一下生活環境。」

如果去了北輕井澤，空氣新鮮，水質也好，也可以遠離惱人的人際關係。當然，爸不會要媽工作。媽只要在自然當中悠閒地過日子就行了。爸管理度假民宿，你就去上學。雖然得轉學，但是現在決定的話，應該可以趕上三年級的新學期，那樣就不會影響到高中考試了——父親愉快地述說著，健一瞠目結舌地看著他。

「爸，你眞的覺得這是個好主意嗎？眞的嗎？我不能相信。」

父親還想繼續主張，但健一用力搖頭制止他說，「就算搬去那種地方，我也不認爲媽會變好，反而只會更糟的！」

父親不禁有些退縮了。

「爲什麼？」

「爸都不曉得。」健一感到臉頰因憤怒而顫抖，「媽才沒有被什麼惱人的人際關係糾纏，根本就沒有。她跟鄰居完全不打交道，也從來不參加ＰＴＡ活動，她只是成天關在家裡。事實上，我——我因爲柏木的事有點受到打擊的時候，媽甚至連家長會議都不肯去參加。她只會關在家裡不知所措。」

明明心裡已經有條不紊地整理好想法，說出口來卻變得語無倫次。健一焦急起來。

「像這樣成天關在家的時候就那樣了，要是經營什麼度假民宿，每天都有客人來來去去，生活在陌生人包圍中，媽會變成怎樣？爸，你冷靜下來想一想啊。」

「所以說，媽不需要工作……」

「問題不在工不工作、幫不幫忙。如果要經營民宿，職場跟家裡的距離不是會比現在更近嗎？問題就在這裡。我之前在電視上看到，說經營民宿的人，幾乎沒有自己的私人時間。一起床就要從早工作到晚，應付客人。爸在做這些事的時候，媽要一個人呆呆地看著窗外的山嗎？看著爸還有跟爸一起工作的人忙進忙出，孤伶伶地待在一旁嗎？這樣能算是換個地方療養嗎？」

健一在電視上看到的例子，是一對辭掉上班族工作的夫婦的民宿經營奮鬥記。夫婦都是三十出頭，原本是雙薪家庭，但他們靠著不多的離職金，還有向銀行貸款的錢，開始在清里地方開起民宿。幸好那家民宿成功了，客人也很多，但夫妻倆成天忙得團團轉，平均睡眠時間只有四小時，也沒有休假。

即使如此，經營民宿本來就是他們的夢想，所以沒問題。兩人的表情都神采奕奕，至少在電視畫面上看起來如此。兩人異口同聲說他們很有成就感，找到了生活意義。

但是野田家的狀況根本不同。健一的母親寧死都不願意接待客人吧。不是不想做的程度，而是排斥到根本不想沾上邊。也就是說，她也絕對不會願意一家之主的野田健夫轉換跑道去做這種工作。

「你跟媽說過了嗎？」健一銳利地追問，「你跟媽商量了嗎？怎麼樣？」

「不，還沒有說。我想先聽聽你的意見……」

計程車司機從後照鏡瞄了這裡一眼。健一注意到，眼神對上了。

（小朋友也眞辛苦呢。）

對方這樣的眼神，令健一的臉頰又滾燙起來，好丟臉啊。

「千萬不可以跟媽說。因爲如果爸說這樣是爲了媽好，媽一定會點頭贊成的。不管她其實再怎麼討厭，也會因爲怕爸生氣，什麼事都答應下來。然後到了眞要進行的時候，才發現她根本就不ＯＫ，吵鬧不休。爸難道不知道嗎？媽就是這樣的人啊。」

健一心煩氣躁，說得像連珠炮似地，而且情緒激動，連他自己都不覺得這番話具有說服力。可是對健一來說，這就是眞實。是獨一無二、清楚可見的眞實。他好像可以看到父親描繪的玫塊色未來淒慘地崩解化成泡影的模樣。爲什麼我看得到的事物，爸卻看不到？

「再說，資金怎麼辦？高崎的舅舅是生意人啊，他不可能只是因爲好心就跟爸提這件事，還是要出錢吧？」

父親支吾其詞，「我們會變成合夥人，所以當然要出錢。可是沒問題的，爸的離職金，再加上賣掉我們現在的家，就會有一大筆錢。」

賣掉現在的家！健一都要昏倒了。可是父親卻一臉不在乎地說：

「光是賣掉房子的錢，就會有七、八千萬嘍。我們家是邊間嘛。」

健一已經沒在聽了。打那種如意算盤，就算說的話正確，他也聽不進去。

「那如果民宿經營得不順利呢？要怎麼辦？如果破產了呢？」

「會順利的，一定會順利的。」

野田健夫就像在反覆教導不會背九九乘法的孩子般，語氣變得諄諄善誘——完全沒發現這樣反而更激怒了健一。

「爸也是仔細聽過舅舅的話，才覺得沒問題的。北輕井澤現在是大受矚目的別墅地區，那裡現在到處都在蓋新房子，觀光客也愈來愈多，今後會愈來愈繁榮。這些事比起你這個小孩子，舅舅跟爸更清楚。」

再說——父親總算挺直了背。

「就算萬一不順利，你也不必擔心。爸是技術人員，隨時都可以找到工作。現在景氣這麼好嘛，每個地方都缺人。這你也在報上看到了吧？就算不是爸這種專業人員，就連剛畢業的大學生，都可以拿到十到十五個內定機會，不曉得該怎麼選呢。沒事的，這不是什麼危險的賭注。」

健一在眩暈與冷顫中醒悟了，這根本不是什麼商量。其實**你的意見**根本無所謂，爸早就決定好了。那我也得使出殺手鐧才行。

「如果爸怎麼樣都要經營民宿的話……」

健一轉成腹式呼吸，爲了威脅、爲了讓自己的決心確實地傳達出去，盡可能發出粗沉的嗓音。即使如此，聲音還是發抖了。

「爸就跟媽兩個人去吧，我要留在東京。」

「你一個人……？」

「我一個人也沒問題。寄住在朋友家就行了。」

他的眼底浮現向坂行夫的臉，行夫的話可以依靠。他的腦中瞬間浮現影像。住在向坂家，在聒噪熱鬧的叔叔阿姨目送下上學的自己，教昌昌寫功課的自己，和行夫睡在同一張床上的自己。

不壞。豈止不壞，甚至這邊看起來才是玫瑰色的。我可以獲得自由。

可是野田健夫不肯答應。

「那怎麼可以？那樣等於是我們放棄家長的職責了。我們會擔心的。」

教人困擾的是，父親是認眞在擔心。牛頭不對馬嘴的好心。健一感覺焦躁、失望和憤怒把眼前染得一片漆黑。

要講放棄職責，一直以來不都是如此嗎？

「不用擔心。我一個人留在東京還比較好。與其被帶去陌生的土地，被逼著照顧愈來愈奇怪的媽，那樣還要更輕鬆多了！」

對話中斷，兩人都沉默下去。健一扔出去的球飛過父親頭頂，掉到圍欄另一邊去了。父親悲傷地目送著球飛走。

家就在眼前了。野田家，我的家。彷彿因此獲得了力量，父親正襟危坐地說了，「你剛才的話再怎麼說都太過分了。你沒有把你媽當一回事，簡直把她當成了累贅，不覺得失禮嗎？」

對不起——健一說不出口。怎樣都說不出口。因爲那是事實。就連在家裡、就連對家人都不能說眞話——而且就連父親主動提出「我想聽聽你的意見」時，自己都無法吐露眞心的話——我到底還能怎麼辦？

下了計程車，父親付錢的時候，健一背對車子站立。因爲如果再一次和司機對望，看到對方安慰的神情，他可能會哭出來。

我的家。灰泥漆與時髦的魚鱗板外牆組合而成的外觀，傾斜出別緻角度的屋頂。上面覆蓋的不是老舊的紅磚瓦，而是色彩豐富，叫做新瓦的瓦片。屋齡八年。聽說是七千萬還是八千萬買的，可是房貸應該還沒有付完。還是父親已經算過，即使還清房貸，還是可以拿到七、八千萬？

這一兩年之間，都內地價每個地方都一飛沖天。雖然沒有把自己套進去想過，但不管是報紙、電視新聞還是雜誌，都頻繁地報導一夜致富的土地大亨事跡。父親會打起如意算盤，也不是不能理解的事。只要求售，馬上就會有人來買。

就在這個時候，大概遠比父母所認爲的更現實功利的健一腦袋冒出了一個假設。

他回頭問父親：

「爸，難道是高崎的舅舅說要買這棟房子？這樣爸就可以省去找買家的麻煩。」

父親露出刺探這個問題的眞意在哪裡的表情，然後慢慢點頭。

「他說他會依市價行情，現金買下來。」

啊啊，沒救了。健一絕望了。沒有退路了。這位好好先生、善良到底的野田健夫，甚至沒辦法識破生意人的舅舅正拐了兩、三個彎，企圖謀利自己。

「舅舅是想要進軍東京。」

健一丟下這句話，比父親先一步進了家門。

14

這個房間要怎麼辦？

柏木功子癱坐在卓也房間中央。日復一日，她總是在漫長的午後，像這樣坐上好幾個小時。卓也死去以後，這成了她的新習慣。

離納骨還有一些日子，所以卓也的骨灰先安置在客廳。功子每天都對它說話。然而另一方面，她又覺得卓也的心和靈魂應該是留在這個房間的。完整保存了那孩子呼吸的空氣、活過的現實，只有這個房間。

房間是木板地，大小剛好是六張榻榻米。南側有及腰高度的窗戶，靠放在東側的床上開了一道三十公分見方的採光窗。從大宮遷到東京時，會選擇這間公寓，是因為卓也中意這道採光窗。其他還有不錯的物件，也有在條件方面比這裡更好的新公寓，但是卓也大喊，「這是我的房間！我要這裡當我的房間！」瞬間功子就已經做出結論了。

當時卓也十歲，但因爲體弱多病，看起來只有六、七歲。雖然還是個孩子，但他總是爲了讓父母親擔心而心懷歉疚吧。卓也絕不是個任性的孩子。他不會**要東要西**，也不挑食。知道他對某些食材過敏，功子爲了設計菜色而煩惱時，他曾哭喪著臉喃喃說：

「對不起，等我長大一點，就會變得什麼都吃了。」

當時功子比卓也更要心痛，抱著他哭了出來。

然而那樣的卓也卻毫不保留地想要這個房間。他們怎麼能不爲他選擇這裡呢？

「如果把床鋪放在這個小窗戶底下，就算是身體不舒服躺著的時候，也可以看到天空了，對吧？還可以照到太陽，對吧？所以我要這裡。」

他們在卓也希望的位置放上床鋪，另一邊的牆壁則擺了書桌和書架。壁櫃很大，所以不需要櫥櫃之類的。即使如此，還是沒有空位了。因為卓也是個書蟲，書不斷地增加。搬家時買的書架一下子就塞滿了，功子立刻為他換了組合式的、可以無限追加組件增設放書空間的書架。

可是現在，占滿了整面牆壁、直達天花板的那個組合式書架也擺滿了書，塞得密不通風。沒有一本書是倒放或側放著的。書的尺寸各不相同，內容也五花八門，但卓也有他自己的分類方法吧。而他的分類法是正確的吧。一點都不感覺雜亂，就像圖書館的書架一樣，井然有序。

家具之間是空出四方形的一小塊地板。那裡鋪著柔軟的地毯。功子就坐在那裡。卓也常像這樣背靠在床上看書。窗邊一角擺著他專用的二十吋電視，也接著錄影機和ＬＤ播放機，還有小型的高性能音響。但是這一年左右，卓也似乎不怎麼看電視，也沒有聽音樂，都是在看書。

當然，卓也很用功。他成績很好，但不是那種拚命努力才總算拿到的好成績，看起來還游刃有餘。感覺得到他只要認真起來，還可以跑得更快更遠的自信。只是現在還不到時候，所以配合大家的步伐一起跑就好了——功子理解到這孩子會自己調整步調。

——他就是這麼聰明的孩子。

或許是太聰明了。所以待在這個世界，讓他痛苦。

為什麼他不肯把他的苦說出口？為什麼不肯告訴我們？盤踞在那孩子心中的想法，是無法透過人聲傳達的嗎？是無法用十四歲少年的聲音傳達出來的嗎？

所以那孩子才會不停地寫東西嗎？

卓也從小學就開始寫日記，升國中以後、拒絕上學後，應該也一直在寫。可是到處都找不到他的日記本。是那孩子自己處理掉了嗎？還是功子搞錯了，他早就停止用日記這種形式記錄自己的想法？取而代之地，用它——

敲門聲響起。

功子嚇了一跳，立起膝蓋，是卓也回來了。**媽，妳在我房間做什麼？不要隨便進來啦。**又要挨罵了。

「媽。」

門打開，宏之探頭進來。他睜大了眼睛。

「原來妳在這裡。」

宏之站在走廊與卓也房間的境界線，穿著白襪子的腳尖踩在門框上。

「宏之。」功子發出虛脫的聲音。耳底還殘留著卓也幻影的聲音。「怎麼了？」

「沒事。」宏之露出擔心的表情，「媽才是，妳還好吧？」

「有什麼事嗎？」

「嗯，沒事。」

宏之曖昧地說，逃避似地別開眼睛。他轉向有冬陽從白色蕾絲窗簾另一頭射進來的窗戶。

「我只是……想看一下卓也的房間，我明天就要回去了。」

回去大宮的祖父母家。

「我很久沒跟他說過話了，所以……」

我不能進去嗎？宏之小聲問。

不是「我可以進去嗎？」，也不是「我要進去了。」宏之的說法一瞬間讓功子沒來由地惱怒。幹麼用那種討好我似地說法？提心吊膽、拆炸彈似地。

但是急速竄升的怒意也像泡沫迸裂似地，隨即消失了。不論是什麼樣的感情，都無法在現在的功子心中長久持續。她有的只有悲傷——而且不是戳刺胸口的鮮烈悲痛，而是近似倦怠感的鈍重悲傷。它吞沒了其餘的一切感情，加以同化。

功子默默地從毯子上退開一些，重新坐好，催促宏之進來。即使如此，宏之還是沒有踏進來，他杵在門口環顧室內。

功子說出聲來，「進來啊，看看卓也過著什麼樣的生活。」

宏之把視線轉向功子，像要看出什麼似地凝目望著她，然後慢慢地愼重走上前來。就好像任意踏出腳步，會被地板一口咬住。

怪孩子。自己弟弟的房間，有什麼好怕的？

——明明是做哥哥的。

功子混沌地想著。她脖子以下全泡在悲嘆與疲勞的大海中。不管做什麼，都必須先撥開那油似地沉重波浪。手腳沒法自在活動，腦袋也無法運轉。如果溺死了，那還輕鬆多了。好想就這樣一動也不動，自然地溺死。可是每次只差一點就要滅頂時，身邊就一定有人像這樣叫她、靠近她，功子爲了回話，不得不划開水面，從浪頭間探出頭來。爲什麼就不能別管我？

「好多書。」

宏之說出看到的。他走近書架，用手指觸摸架上陳列的書背。

「這些書他都看過了嗎？也有一些很深的書。」

功子垂著頭，用指尖撫平毯子的毛。但是宏之想要從架上抽出書本時，她厲聲阻止：

「不要碰書！不要亂動。」

宏之燙到似地縮回手來。他俯視著功子，又小心翼翼地挪動腳步，從卓也的書架——還有功子的身邊離開幾步，靠近窗邊。

兩人都沉默了。功子聽到宏之的呼吸聲。吸氣，吐氣，吸氣，吐氣。她是健康的男孩，似乎連心跳聲都可以聽見。

「稍微換個氣吧。」

宏之唐突地，以異常明朗的語氣說，扳開轉鎖，打開窗戶。

「窗戶一直關著吧？」

蕾絲窗簾輕柔鼓起，一月的冷氣流瀉進來。再無遮蔽的活生生陽光在地毯上投下四方形的光。

「才沒有，媽每天都會打掃。」

功子以平板的語氣說。

「是嗎？對不起，可是我想呼吸一下外面的空氣。」

宏之背對著功子，雙手撐在窗框上。**那你出去外面啊，不要吵媽，讓媽跟卓也兩個人獨處。**

這時功子發現了。宏之的肩膀線條、脖子傾斜的模樣，就跟丈夫一模一樣。背影簡直是同一個模子印出來的。

這孩子不像我，像我的是卓也。

「卓也到底在想什麼呢？」宏之背對著功子喃喃說，「為什麼會死了呢？我一點都不明白為什麼，所以還沒有真實感。」

這孩子在胡說些什麼？他是在問我嗎？是在問我這個做母親的知不知道卓也自殺的原因嗎？

每個人都問功子一樣的問題。學校的老師、趕來的親戚。有沒有什麼徵兆？柏木媽媽，妳有沒有發現什麼？卓也有沒有透露出什麼訊息？有沒有提過他想死？

每個人都像這樣責備功子。

唯一什麼也沒說的就只有丈夫。因爲丈夫認爲自己也和功子一樣，是有著相同過失的「共犯」。

我們都沒有發現卓也在聖誕夜偷偷離開家門。當時是十一點半左右嗎？我在這個房間前對卓也說「晚安」。沒有回答。我以爲他已經睡著了，所以沒有吵他。沒錯，我沒有敲門，也沒有試圖開門。

如果敲門，如果開門，應該就可以發現卓也不見了。

警方調查過卓也凍結的遺體後，告訴他們推定死亡時刻應該是午夜零時到午夜兩點之間。還告訴他們卓也的胃裡剩下哪些食物。既然都能知道這麼多了，請你們再調查得更詳細一點吧——功子懇求說。午夜零時到凌晨兩點之間？這麼粗略的推定還不夠。請你們查出那孩子的腳是在凌晨幾點幾分幾秒離開學校的屋頂的。告訴我那孩子花了幾秒鐘才墜入雪夜的深淵。告訴我那孩子精確地說究竟是在哪時候斷氣的。

結果丈夫說了。知道那些沒有意義。因爲妳和我當時都不在那裡。

卓也從三中的屋頂跳下來的時候，他的身體凌空飛翔的時候，雪花降在他的亡骸上的時候。

我們夫妻在做什麼？

在睡覺，無憂無慮地睡大覺。

深信醒來之後，又可以看到卓也。

宏之無聲無息地關上窗戶。他把額頭抵在窗玻璃上，就這樣靠著。

「昨天晚上我跟爸談了很多。」

這些話聽在功子耳裡，只是單純的聲音。我跟爸談了很多，就跟蜜蜂的嗡嗡聲沒兩樣。

「爸說，他之前就有類似預感的感覺。」

宏之難受地嘆了一口氣，回過頭來。功子還垂著頭，所以只看得到長男的腳尖。

「卓也是從去年十一月開始不上學的吧？爸說他從那時候就一直有不好的預感。怎麼說……覺得卓也變成了空殼子。跟他說話也心不在焉，雖然人就在眼前，裡頭的東西卻像去了別處。媽，妳在聽嗎？妳聽得到我的話嗎？」
功子不停地撫摸地毯。
「聽說爸有個堂哥年紀輕輕就自殺了。我是第一次聽說。」
功子沒聽過那種事。不，還是聽說了？是卓也拒絕上學那時候？丈夫是不是露出非常難過的表情，告訴她這段往事？
「爸當時是高中生，那個堂哥是大學二年級。他在住家附近的公園，用管子把汽車廢氣拉進車子裡面自殺了。爸在堂哥死前兩三天，為了借參考書碰過面。當時他完全沒想到堂哥會自殺，可是還是覺得堂哥哪裡怪怪的。啊，這傢伙空洞洞的。因為覺得奇怪，所以留下了印象。結果沒多久就聽到堂哥自殺的消息，爸雖然吃驚，卻也覺得不出所料。」
丈夫是不是說，卓也的模樣看起來跟那時候的堂哥很像？
「爸的堂哥好像是所謂的新學期適應不良。重考了兩年，拚命努力，好不容易考進了想上的大學，結果課業卻跟不上，煩惱不已。因為沒有遺書，所以旁人一樣只能用猜的。」
卓也也沒有留下遺書。
「所以爸好像非常害怕。他說他也跟媽談過，說要牢牢看著卓也，對吧？」
我們談過這種事嗎？什麼時候？丈夫對我說過這些嗎？想不起來。
我無時無刻都看著卓也。用不著別人提醒，我也總是這麼做。從那孩子更小更小的時候開始，就是如此。
「爸說他本來想打電話給我。」
宏之離開窗邊，走到功子身邊蹲下來。他的襪子踩到卓也的地毯了。踏到卓也最喜歡坐的地毯了。功子瞪著他的腳尖，手依舊撫摸著地毯。
「他說雖然告訴我也不能怎麼樣，但是家人聚在一起，或許可以想出什麼辦法。爸甚至還想過要辭掉工作，待在家裡陪卓也。」

可是——宏之吁了一口氣，在地毯坐了下來。功子輕輕抬頭看他。宏之抱著膝蓋，縮得小小地坐著，臉色一片青黑。

「爸觀察著卓也，雖然是慢慢地，但他覺得卓也那種——那種空洞的感覺漸漸淡了。到了十二月半左右，已經差不多變回原來的卓也了，也就是拒絕上學以前的卓也。」

所以爸放下心來，沒有辭掉工作，結果也沒有打電話給我。宏之的聲音愈來愈小，話尾幾乎聽不見了。

「可是那傢伙卻突然就死掉了。」

突然就死掉了，只是聲音，沒有意義。功子不停摸著地毯，溫柔地、溫柔地。

「沒有人知道到底是怎麼回事，已經無從得知卓也在想什麼了。」

宏之沉默。靜下來後，又聽到他的呼吸聲了。

「說這種話或許有些空虛，可是媽，打起精神來。」

宏之的音調變得生硬帶著稜角。

「我也對爸說了。卓也爲什麼死掉，大家都會猜想各種理由和原因，對吧？我也會想，爸跟媽一定更是滿腦子不停地想。想著早知道就那樣做、這樣做或許就可以阻止。可是就算是這樣，我覺得即使爸跟媽責備自己，因爲這樣搞壞身體的話，卓也也絕對不會高興的。他雖然有很多讓人搞不懂的地方，可是至少應該知道爸媽是多麼珍惜他。我不認爲爸跟媽這樣怪自己，他就會高興。」

功子停下撫摸地毯的手，然後抬頭從正面看宏之的眼睛。

這孩子眞的好像丈夫，連五官都一模一樣。

「你不用操這種心。」

聽到這話，宏之也正面望向功子。

他的表情一直沒變。從進房間後就一直沒變。擔心、疑念，還有一絲恐懼。可是剛才宏之的心中傳出某種東西受傷般的聲音，功子聽見了。他的話聲聽起來是沒有意義的聲音，然而功子卻一清二楚地聽見了他的心靈一隅崩壞的聲音。

「我不用操心嗎？」

聽到功子的話，宏之唇角顫抖地反問。

「爲什麼我不用操心？」

「你……」

功子目光渙散，心也一片散漫。卓也的臉浮現腦海，宏之怎麼會在這裡？我在這裡做什麼？

「這跟你沒關係。」功子說。

她知道宏之倒抽了一口氣。

這樣就行了嗎？這樣說就對了嗎？我眞的想這麼說嗎？我本來是不是在尋找更恰當的說法？

啊啊，可是要繼續在這悲痛的、沉重的浪濤之間載沉載浮，實在太辛苦了。

「這樣啊，這樣是吧。」

宏之恨恨地說，聲音一樣好遠。

「爸說……」

宏之用微微顫抖的聲音說，「爸說他本來想要辭掉工作，用離職金買台露營車，跟卓也兩個人一起環遊全日本。」

功子沒聽說過這樣的計畫，爲什麼要把我排除在外？

「他眞的是太幸福了。媽，妳不覺得嗎？」

宏之握拳站起來。這一瞬間，他的內在又有什麼東西嘩啦啦地粉碎了。乾燥龜裂，勉強維持著外觀的東西終於再也支撐不住，紛紛碎裂。化為塵土。

「為了他，爸甚至想要改變自己的人生。他就是這麼受到珍惜，他很幸福。」

宏之雙腿大開站在癱坐的功子身邊，擠出聲音說。這時功子總算發現他顫抖的聲音裡帶著淚。

「然後說到媽，媽滿腦子就一直在想為什麼卓也死掉了。為什麼死的不是宏之？如果非死不可的話，為什麼不是宏之死了算了？如果是宏之的話，死了也無所謂，妳就是這麼想的，對吧？被我說中了，對吧！」

功子仰望長男的臉。分隔兩地的這段時間，他長得好高了。頭得仰到好後面，才能看到他的眼睛。

「宏之──」

功子想要說什麼，卻接不下去。

「算了，說這種事也沒用。我太蠢了。」

宏之踩過地毯，穿過功子旁邊離開房間了。功子內側無法聚焦的精神想要追趕長男，想要伸出手，抱住、支撐住在他內側嘩啦啦崩壞的什麼。

可是身體動彈不得。**空洞**，那是在說功子。空殼是我才對，粉碎的是我的心，所以我沒辦法抱緊宏之。因為我的身體已經不在了，裝著心的容器壞掉了。

她只能呆呆地目送哭著逃離的另一個骨肉。

不知不覺間，船已經這麼遠地離開了那孩子在的岸邊。

宏之就像要把這個房間的空氣封印起來似地，慎重地，連半點聲音都沒有地關上了門。瞬間，他在門的另一頭沉默，接著踩出腳步聲奔過走廊。功子一個人被拋下了。

一個人？

不是跟卓也兩個人──

功子又開始摸起地毯的毛。

森內惠美子步伐沉重。

她要去的柏木家的公寓，就在彎過轉角的第三間。非去不可，可是心在打退堂鼓。

過完年後，應該去上個香吧？她找父母商量，父母倆都同意。這是應該要盡的心意吧？妳是級任導師啊。

葬禮結束了，做爲一個事件的柏木卓也之死也結束了。可是還有表示「心意」的儀式還沒有完成。惠美子這麼認爲，父母也保證她的判斷沒有錯。

展現悲傷的一面，表達哀悼的行爲。

那是不幸的死，過早的死。他自行選擇的絕路，完全就是一樁悲劇。

她沒能阻止。雖然努力過了，但心有餘而力不足。這令她萬分不甘、傷心。惠美子身爲級任導師森內的這種心情，柏木夫妻也充分理解了——應該。

出棺的時候，柏木同學的父親不是握著惠美子的手說了嗎？老師，謝謝妳對卓也的照顧。妳一直很努力幫他，卻是這樣遺憾的結果。在火葬場等待火葬結束的時候，柏木同學的父親也重覆一樣的話。不僅如此，他甚至還這麼說：

——妳是個前途無量的年輕老師，如果讓妳爲了卓也的事而痛苦，那就太過意不去了。老師已經盡力了，請妳不要責備自己。

她好高興，好感激，所以她也這麼應道，「可是我不會忘記柏木同學的。在往後的教師生涯中，我會永遠將他記在心裡的。」

柏木家或許親戚不多，火葬場的休息室只有三十人左右。惠美子坐在三中的相關人員裡，從頭到尾低垂著頭，也不怎麼說話。她認爲在那種場合，這樣才是**正確**的情緒表現，而且實際上她也沒什麼好說的。雖然津崎校長好像跟柏木夫妻講了很久。

看到沉穩的紅磚色公寓外牆了。今天雖冷，天空卻很晴朗。幾乎每一個窗戶都晾著衣物。悠閒的一年之始。只要盡了這個義務，我也可以換上閒適的心情了。惠美子這麼鼓勵自己，抬腳往前推進。

雖然提不起勁，可是沒辦法。

雖然悶，但應該要去。

沒事的，柏木夫妻先前那樣鼓勵她。只要聊點回憶，分享一時的悲傷就行了。

可是我沒有什麼可以聊的回憶。

說起來，柏木是個不曉得腦袋裡在想些什麼的孩子，惠美子一直壓抑的眞心話悄悄探出頭來。我不喜歡那孩子。就算是教師，也是有好惡的，畢竟老師也是人。

來到公寓正面時，對開的自動門突然打開，一名年輕男子從大門跑了出來。他縮著下巴，踩著緊迫的腳步衝下樓，差點撞上惠美子，在千鈞一髮之際閃了過去。

「啊！等、等一下！」

惠美子瞬間出聲，因爲她記得那張臉。

「你是柏木同學的哥哥嗎？」

年輕男子嚇了一跳停步，回看惠美子。沒錯，就是柏木宏之，卓也的哥哥，她記得他應該是高中生。

「我是……呃……」

惠美子把手掌按在胸前，輕輕彎身行禮。

「我是卓也同學的導師森內，葬禮的時候我們見過。」

柏木宏之用一種異樣刺眼的眼神看惠美子，眞怪。兩人站的地方在建築物的陰暗處，沒有陽光照過來。

「我想來給卓也同學上個香。」

惠美子的嘴唇勾出笑容接著說：

「方便打擾一下嗎？你爸媽在家嗎？」

宏之瞄了入口一眼，視線仍然沒有轉向惠美子，短短地丟下一句：

「我爸不在，今天開始上班。」

「這樣啊，差不多是開工日了呢。」

「我媽在家……」

宏之吞吞吐吐，惠美子直覺地悟出接下來的話。

（可是她在哭。）

惠美子以沉默催促宏之說完。他低垂著頭，踏了幾下腳。

「她關在卓也的房間裡。」

惠美子想像著那種情況，眞是教人沮喪的景象。

倒是這孩子，是跟媽媽吵架了嗎？所以口氣才這麼衝嗎？柏木家裡頭有過什麼樣的對話？

——存在感薄弱的哥哥。

惠美子去年春天進行家庭訪問時，才知道原來柏木卓也有個哥哥。一年級時的導師在交接事項裡，並沒有提到他有哥哥。一定是沒發現吧。柏木家應該也沒有主動提起。

惠美子是在眞的非常偶然的情況下得知這件事的。家庭訪問的時候有電話打來，卓也的母親功子顧慮到客人惠美子，明顯急著想要快點講完電話；但是從對話的片段中，還是聽得出打電話來的是非常親近的家人。

結果坐在桌子另一頭的卓也說了，「一定是我哥打來的。」

孩子出門從外面打電話回家，這不是什麼不可思議的事。惠美子這麼想，所以問：

「咦，原來柏木同學有哥哥啊？你們相差幾歲？」

「相差幾歲唷？忘記了。」

卓也的嘴角露出很表面的笑。

「我們沒住在一起很久了。」

是在外面租房子住吧，惠美子心想，這也是相當常識性的推測。

「那你哥哥是大學生嘍？」

「不，是高中生。」卓也回答。他打趣似地眼睛發亮，盯著惠美子看，「我哥離家出走了，他跟家人處不好。我們家就是這種家庭。」

那表情顯然是在等著看好戲，期待惠美子會如何接招，十足挑釁。菜鳥老師，妳覺得這種家庭怎麼樣？我是問題家庭的小孩唷。

惠美子笑著回應道，「我以前也有個這樣的朋友。一樣是高中的時候，跟父親大吵一架離家出走，在我家寄住了半年，在我房間鋪被子一起睡。那也是個滿有意思的經驗。你哥哥也是住在朋友家嗎？」

卓也一下子把眼神從惠美子的臉移開，面帶冷笑地答：

「住在我祖父母家。」

這時電話講完了，功子說著「不好意思。」匆匆折了回來。惠美子笑吟吟地繼續家庭訪問。

她自己都覺得當時的反應很不錯。這點程度的事，才嚇不倒老師，世上就是有各式各樣的家庭。

朋友的事是假的。是惠美子情急之下掰出來的。她的確有個高中好朋友爲了門限的事跟父親爭吵跑出家裡，投靠惠美子，住了一個晚上。但是隔天朋友的父親就來接她回家去了，根本沒有寄住到半年這麼久。所以雖然不是全盤謊言，但她加以誇大渲染了。

克服難關了。那是正確的應對方法，惠美子一直這麼以爲。但是事後回想起柏木卓也別開眼神的樣子，還有他的冷笑。

——那孩子是不是發現那是編的？

她確實也感到有些背脊發涼。

——眞討厭的孩子。

她也無法否認自己這樣的想法。

柏木宏之跟弟弟一點都不像。葬禮的時候，第一次看到他的A班學生雖然不知道卓也有哥哥，但都說他們很像，不過這只是先入爲主吧。看在惠美子眼中，這對兄弟看起來沒有半點共通的遺傳基因。體型天差地遠，五官也大相逕庭，而且以人來說，類型就南轅北轍了。

如果用魚來比喻，就像棲息的大陸棚完全不同。

惠美子大學的時候參加的社團是釣魚運動同好會。釣魚的本事沒有長進，倒是學會了不少專有名詞。外表像個大家閨秀的她說出釣魚專門用語，大部分的人都會露出佩服的樣子。所謂個性，就是這麼回事。

「妳是……森內老師吧？」

柏木宏之說，惠美子眨了眨眼。

「妳從一年級的時候就教卓也嗎？」

「不，我是從二年級才開始帶。城東三中每個年級都會換班，導師也不一樣。雖然也有人批評這樣太混亂，不是個好制度。」

「他是個什麼樣的學生？」

雖然唐突，但惠美子可以感覺得出他就是如此深刻地煩惱著。他的眼眶是紅的，或許他本來在哭。惠美子確定了自己的猜測，這孩子果然是爲了弟弟的事跟母親起了衝突。

惠美子腦中閃爍著各種可能的場面。柏木家本來就是個有問題的家庭，他們就這麼一對兄弟，卻分住兩地，這太異常了。

「他是個很乖的孩子。」

惠美子的回答似乎讓宏之大失所望。他想聽的不是這種表面的說詞。我知道，可是站在我的立場，我也只能告訴你表面的感想。因為你弟弟自殺了，你的話，應該明白我的苦衷吧？

惠美子在內心吐露眞言，心情變得溫柔了些。

「弟弟的事一定讓你很難過。我知道你們因為某些原因沒有住在一起，不過不是很清楚詳情。」

宏之垮下肩膀。這次不是失望，似乎是突然累了。「一定讓你很難過。」這也是陳腔濫調的膚淺安慰，但就連這樣的安慰，對這孩子來說或許也是無比珍貴的。

她眞心覺得這孩子可憐。

「我是不是應該別在這時候拜訪令堂？」

宏之又用那種覺得刺眼的眼神看惠美子。惠美子理解了，因為這孩子所在之處太陰暗，外界一切對他來說都是刺眼的。

「不曉得……可是……嗯，難得妳來了，可是家母現在那樣，也……」

「這樣的話，那我還是別打擾她好了，我晚點再打電話。」

我拜訪府上，在玄關遇到卓也同學的哥哥，他說妳好像很累，所以我沒有去打擾。只要說出這些，惠美子就等於達成任務了。這不僅是可以打滿分的正確禮數，也可以避免和柏木功子共度那令人窒息的時光，一舉兩得。

「……森內老師。」

宏之當然不曉得惠美子腦袋裡的想法。他露出自顧不暇的眼神。

「可以告訴我關於我弟弟的事嗎？」

「告訴你？你想知道什麼？」

「他在學校是什麼樣子？他從十一月開始就拒絕上學了，對吧？為什麼？我爸和我媽都不肯告訴我詳細的事。他們會不會其實根本就不曉得？」

丟開家父家母這樣客套的稱呼，深入追問。這孩子正拚命尋找可以傾吐他的主張、解開他的疑問的對象。

惠美子不忍冷漠地應對，身爲一個年長者、一個教育者，也不**正確**吧。再說，惠美子也有點興趣。

「好啊。」她選擇了平易近人的措詞回答，「老實說，我也希望你告訴我卓也同學的事。如果我更了解他一點，或許就可以在演變成這樣之前阻止他了……雖然事到如今，想這些也是於事無補。」

惠美子提議去別處慢慢聊，柏木宏之點點頭。他的動作比弟弟卓也稚氣許多，有種未成熟之感，所以才令人喜愛。

在附近咖啡廳的窗邊座位坐下來之前，宏之一反剛才的態度，一逕沉默。但是在惠美子問著「要喝什麼？」、「會不會餓？」安頓好他之後，這回他一打開話匣子就停不下來了。

自小與弟弟的關係。自己爲何離開父母，與祖父母住在一起。接到卓也死訊時的驚訝，以及去年暑假最後一次見面時與卓也的對話。話語從口中溢了出來，滔滔不絕，柏木宏之幾乎是一股作氣地不斷說下去。

從來沒有告訴任何人。

從來沒有任何人聆聽。

用不著特地告訴他，惠美子也深切地了解他的心情。她更憐憫他了，不禁對他感到疼惜。

我是個教師，是教育者。這樣的孩子才更應該守護、加以呵護。

柏木宏之跟弟弟原本就是不同種類的人，是被歸類在與惠美子同一邊的人。也就是**非常普通**的人。有著普通人的普通感性，可以過著普通生活的人。

而這樣才是對的。

聽著宏之的話，惠美子感到心中的「柏木卓也」形象逐漸鞏固起來了。或者說得更正確點，毋寧是她總算下定決心承認了。其實她的「柏木卓也」形象早就成形了，但是她一直小心翼翼地避開它，不願直視。她無法去面對她對卓也的感情和見解。這是當然的，我可是個老師，是那孩子的導師呢。

可是現在的話，她可以面對了，可以順著惠美子自然的心情感受。

拒絕上學以前的柏木卓也，在班上並不是個顯眼的學生。他很樸素，很安分。就和剛才宏之詢問時她的答案一樣，那並不是謊言。

只是即使如此，卓也確實也是個不知爲何令惠美子神經刺痛的學生。

——這孩子討厭我。

擔任導師之後沒多久，她就有這種感覺。

——這孩子瞧不起我。

她也這麼感覺到。

（就算擺出一副老師的臉孔，妳又懂什麼？）

縱使沒有說出口，柏木卓也也清楚明白地用他的眼神、表情、在學校的舉止，對惠美子送出這樣的訊息。

他與大出俊次等人發生暴力衝突後，拒絕上學時，惠美子打從心底嚇壞了。對新手教師的自己來說，這是一場莫大的考驗。第一次帶班，居然就搞出拒絕上學的學生來。

她也感到氣憤。

柏木卓也不只輕蔑我，還想要扯我的後腿，她這麼認定。她認爲這是對沒有任何外在裝飾的森內惠美子、對於選擇了教師這個職業、身爲一名女性的森內惠美子的一種不當的誣陷、騷擾和挑戰。

但是她沒有表現出來。因爲她覺得如果表現出焦急、爲難的樣子，就正中卓也的下懷了。

惠美子銘記在心的，就只有要正確地行動及應對。

所以她和津崎校長及高木主任一起勤奮地到柏木家做家庭訪問。她頻繁地對卓也說話，努力不懈地鼓勵他。無時無刻笑容可掬，表現出溫柔、善解人意的一面。

柏木卓也總是對這樣的森內老師嗤之以鼻。他在心裡說著，妳懂個屁。惠美子聽得到他的聲音，所以她也在心裡回答。

——我才不吃你這一套。

當然，惠美子是立志當教師，才選擇了教職。她有理想，也有想達成的目標。如果柏木卓也就像周圍的人所擔心的，是遭到霸凌、課業跟不上而痛苦，或是為了與朋友的人際關係而苦惱，她一定會用盡各種方法親近他受傷的心，撫慰他、鼓勵他、幫助他吧。為了解決問題，她一定會主動努力，因為這才是惠美子期望的教師工作。

可是卓也並非如此。

柏木卓也是個反叛者。因為正巧處在學齡期，所以他反抗學校這個「體制」；假設他順利長大成人，一樣會對社會這個「體制」造反吧。

空虛的叛逆。不是對本人來說空虛，而是對周圍而言，那完全只是平添麻煩，是這種意義的空虛。但是本人卻在耗損身邊的人當中找到意義，因此更是惡質，惠美子看穿了這一點。

每個人都看穿了，只要是具備常識的一般人。

事實上，津崎校長和高木主任應該也都很明白。可是沒有人說出口，也沒有表現在態度上。那兩名老練的前輩也和惠美子做的一樣，以一個適切的教育者、年長者的態度，耐性十足地處理柏木卓也的問題。

柏木卓也會使出自殺這種激烈手段，是因為他不甘心無法打破周圍這樣的反應高牆，簡而言之，他只是使出最終兵器罷了。是自爆。

確實這樣一來，這邊——卓也所反抗的一切，都遭受到了沉重的打擊。班上的學生自殺，這將會在惠美子往後的教師生涯留下無法抹滅的污點，是個瑕疵。

事實上，惠美子就無法參加柏木卓也死掉隔天舉行的緊急家長會議。她想像著自己去到會場，遭到眾多家長千夫所指的場面，實在是無法承受。

她明白如果缺席，會被說成是不負責任的班導、是臨陣脫逃。可是就算必須承擔這樣的損害，她還是無法挺身面對。她覺得太沒天理了。明明自己根本沒有做錯什麼，爲什麼得因爲柏木卓也死掉的事受到抨擊？不是形容，她眞的向津崎校長哭訴她打擊太大，無法平靜，那天一整天關在家裡。

這是惠美子的挫敗。事後聽說，整場會議津崎校長都在低頭賠罪。說到遍體鱗傷，高木主任也一樣吧。

但是自爆技只能使用一次，沒有第二次了。活著的人傷口會痊癒，污點可以逐漸被覆蓋，不再顯眼。只要克服，也可以把它轉換成寶貴的教訓、經驗，做爲成長的糧食。

再說，對惠美子等校方人員而言幸運的是，卓也的父母——柏木夫妻並沒有責怪校方。那對父母並沒有正確地理解卓也，不過也沒有將理解不周的後果推到學校和不良集團身上來。

他們是很好的人。

但是他們的好心是一種罪。正因爲父母是這樣的心性，柏木卓也才能夠在踏進學校這樣的體制之前，在家庭這樣的體制中爲所欲爲。

而他最大的犧牲者就在這裡。

低垂著頭、著了魔似地不斷告白的宏之，他的哥哥。

仔細想想，兄弟姊妹也是一種體制。雖然被吞沒在家庭這樣的體制當中，卻也是一個「關係獨立」的社會。在這樣的社會裡，卓也的猖獗跋扈，充滿破壞力。繼承了溫柔父母的心性，是一個極爲普通的人的哥哥宏之，無力抵抗那種破壞力。他無力招架，節節退敗，飽受摧殘。

他唯一聰明的地方是，他領悟了眞實，逃離了。

卓也的自爆，或許也是因爲不甘心讓哥哥逃走了。他會不會是覺得**被他溜了**？本來還想多凌虐一下這個獵物的。本來還想在進入更大的社會之前，拿哥哥當踏腳石多磨鍊一下破壞力的。本來還想把哥哥的人生基礎破壞得體無完膚，獲得滿足的。

如果自殺，至少可以對他施加最後一擊。**我會死掉，都是哥哥害的**，可以在他身上烙下一生都不會消失的烙印。

柏木功子說，卓也好像有寫日記的習慣，然而卻沒有留下半點蛛絲馬跡。這點也顯露出了卓也的劣根性。讓惠美子來說，這也是卓也計畫周到的奸計。如果留下什麼，看到它的人對裡頭的內容就可以做出某些反應、抵抗或辯駁，也可以想出一套藉口。但是只暗示似乎發生過很多事，不留下任何摸得著看得見的具體事物的話，周圍的人就只能不知所措，不斷地想東想西，陷入無盡煩惱的無間地獄。

事實上宏之就說了，「我想了解卓也。」然後他像這樣吐露著自身的心情，述說著卓也對他來說是多麼令他難受的存在；爲了他，自己陷入多慘的境遇；然而卻又濕著眼睛，被自責的念頭所折磨，不是嗎？

宏之盡情抒發完，把能吐出來的全吐光之後，惠美子想要告訴他。

你沒有做錯任何事，你一點過錯也沒有，你弟弟發生的不幸，雖然令人悲傷，但不是你害的。

看著宏之，惠美子意識到自己此刻的心理活動，毫無疑問就是義憤。

森內惠美子在學校裡一直是個模範生。在學校這個社會裡，她一向是個適應力出眾的孩子。可是她並不是自然而然變得如此，她一直盡心盡力，也不斷思考。就連青春期的煩惱，她也比別人更加倍煩惱。對惠美子來說，青春期還只是日曆上的過去一頁而已，所以細節她記得一清二楚。那是尚未被追憶的甜美迷霧所模糊的鮮明記憶。

學校就是社會，也有很多父母和孩子都沒有注意到這理所當然的事。令惠美子自負的是，她和父母很早就認清了這一點。因爲是社會，所以是只有努力參加、努力適應的人才能夠生存的地方，它沒有義務接納一開始就放棄努力的人。

惠美子認爲，從這一點來看，柏木卓也與大出俊次那些不良集團是一樣的。方向雖然不同，但是逼迫社會損耗，淨是賣弄一些自私自利的道理，說那是個性、個人的自由、感性，在這個意義上，他們是同類。

為什麼不乾脆拋下他們算了？為什麼甚至要為那些人進行什麼「教育」？

教育現場現在最欠缺的不就是這種對現實的認識嗎？

所以惠美子選擇了成為教師，她認為自己立下這樣的志向時，也是被某種義憤所驅使。

因為是社會，所以也會扭曲。有故障，也有功能不全的時候。但是如果因為這樣，教育者、學校就放棄身為社會的功能，這個國家就毀了。

教育這個事業是美好的。但那是結果的美好，如果一開始就想要讓它的一切都是美好的，那就錯了。

津崎校長和高木主任心底應該也是這樣想的，但是他們被禁止把它說出口的歲月實在是太漫長了，似乎無法從自己的內心區別出哪些是眞心話了。

不只是他們兩個，幾乎所有教師都是一樣的。一定是的，一定。

當然，惠美子也是個明事理、能正確行動的人，所以不會大剌剌地說出這些話。她知道這太偏激了，正確的事總是如此。用話語表現出來，就會變成「說得太過分了。」釀造出令人不耐的表面話社會的這個國家，就是如此病入膏肓。

沒關係，我明白，擬定戰略就是了吧？

惠美子筆直向前。她的心充滿了正義感以及滿滿的理想。

模範生就是這樣。

如果她把這番眞心話毫無保留向津崎校長、向高木主任傾吐，或許會得到令人驚訝的不同回應吧？

她沒想過這樣的可能性。因為沒想過，所以不會猶豫。

妳的確是對的，但並非對的就是一切——惠美子從來沒有接受過這樣的意見。

就是這種**謬誤**搞砸了學校——惠美子如此直率的思考，容不下任何外界的異論。

然後惠美子現在正以慈母般的眼神注視著柏木宏之，準備溫言勸解，最困難的時候已經過去了。你已經自由了。別再責備自己了，責備自己是不對的。

柏木卓也的死還沒有結束。若是站在惠美子把他的死當成他的挑戰的立場上，眞正的挑戰這才正要開始——而她完全沒有意識到這一點。

15

一月六日，中午開始又飄起了小雪。

烏雲罩頂，但天空另一側是微亮的。應該不會變成去年聖誕夜般的大雪，也沒有什麼人撐傘。淡而輕盈的雪妝點著路上女性的頭髮，被孩童的掌心接住，親暱地在現世停留片刻，一眨眼又消失了。

城東第三中學西邊四個街口外的兒童公園入口處，一名少女正仰望著這場雪。亮栗色的粗毛呢外套衣襟露出白色高領毛衣。快要及肩的頭髮分成兩邊綁起來。可能是少女的髮質偏硬，兩條辮子就像木雕人偶的少女髮辮，以調皮的角度從耳後翹出。

氣溫非常低。少女挪動運動鞋的腳尖，活動藏在口袋裡的雙手，隔著大衣摩擦身體。

一片雪飄下少女赤黑色的鼻頭。

約好的時間是下午一點，已經超過五分鐘了。

公園裡沒有人。冬天的時候總是空空蕩蕩，但她本來擔心這種天氣會不會反而有小孩子聚集，所以稍微鬆了一口氣。可是如果在這裡拖拖拉拉，就容易引人注目了。

——要是被看見就不好了吧？

——當然是盡量不要被看見才好啊。

——可是不可能完全不被人看到吧？

——丟進郵筒的時候別被看見就行了啦。

少女佇立的公園入口處，公車站牌緊挨在一旁，是前往東京車站八重洲口的都營公車會停留的石川三丁目站牌。

坐到終點站，在東京車站附近找個郵筒，然後扔進去。郵票已經貼好了，沒問題。明明就這麼簡單的事，事到臨頭，爲什麼就是不能照時間來？就是這樣才會被人罵遲鈍、笨手笨腳。

在內心說出口的話在內側迴響著，遲鈍，笨手笨腳。

還有一個，醜八怪。

用不著尋找，也總是盤踞在內心的字眼。不必說出口，也總是在心裡嗡嗡迴響的字眼。

少女的視線垂下腳邊。北風撲來，雪落到臉上。她把手放到肩後，拉起毛呢大衣的帽子，罩住了頭部。

她討厭冬天。室外的氣溫一下降，布滿了整張臉的一顆顆痘子就紅得一清二楚，醒目極了。空氣會變得乾燥，所以沒長痘子的地方乾燥脫皮，變得白白的。媽媽說是因爲她連沒長痘子的地方都擦了痘痘藥，皮膚才會變得那麼粗。可是我臉上現在沒長痘子的地方，就是將來要長痘子的地方啊，叫我怎麼能不擦藥？

「樹理，對不起，對不起！」

有人大聲呼喚，少女嚇了一跳，抬起頭來。穿著老氣的鋪棉大衣的淺井松子跑過馬路而來。

「公車跑掉了嗎？」

松子喘著氣，抓住樹理的手，原本樹理縮在內側的心被她的力道粗魯地扯回了現實。

「還沒。」

「啊，太好了。」

松子誇張地開心，吐出一大口純白色的氣。她忙碌地動手把大衣上的雪花拍掉。

「今天這種天氣，所以公車晚來了嗎？」

樹理——三宅樹理瞇眼望向飛舞的細雪另一頭。一輛裝飾著新春飾品的轎車從右往左駛去。過完年後第一個星期天，車流量很少。大家都返鄉或度假回來了，明天起各行各業才會正式開工。

學校也是明天開學典禮，令人厭煩的每一天又要開始了。

沒錯，就是這樣。可是我們爲了設法改變這種狀況，像這樣挺身而出，不是嗎？

「啊，公車來了。」

松子用呆傻的開朗聲音說。松子跟樹理不一樣，她視力很好。

「一六〇圓，對吧？」她說，像幼稚園的小朋友似地從錢包裡掏出零錢開始算。樹理覺得她煩死了。

跟松子在一起的時候總是這樣。松子又蠢又鈍，不該笑的時候放聲大笑，無聊的事也可以覺得好玩地講上半天，樹理討厭這樣的松子。她眞的是討厭死了。

可是樹理總是跟松子在一起。

公車沒什麼人，只有中間的座位零星坐了兩三個大人。樹理頭也不回地走到最後面的座位。松子也跟上來，在旁邊一屁股坐下。

「幸好有位置。」

這傢伙爲什麼能這麼開朗？比起不可思議，樹理更覺得受不了，盯著松子的側臉看。她是不是忘記她們要去東京車站幹什麼了？她以爲她們是要兩個人一起去看電影嗎？

「樹理，妳帶來了吧？」

彷彿聽見了樹理的心聲——雖然這個腦袋遲鈍的朋友不可能這麼敏銳——松子壓低了聲音問。樹理又不耐煩起來。我怎麼可能沒帶？

「帶了。」

「在哪、在哪？讓我看看。」

「不能在這裡看啦。」

樹理把怒氣寫在臉上，瞪了松子一眼。後者也不以爲意地又笑著說，啊，說的也是唷。

這傢伙是白痴啊？不，我一開始就知道她是個白痴了。居然邀這種傢伙一起，我才是白痴。早知道就一個人動手了。樹理在公車裡搖晃著，深深地後悔。她不應該敗給不安，向松子吐露的。

她轉動眼珠，偷看旁邊的松子。後者雙手放在膝上，乖巧地坐著。那件膨膨鼓鼓的鋪棉大衣讓她顯得更胖了。可是她的皮膚很漂亮，別說痘子了，連個斑也沒有。髮絲也很柔軟，帶點紅色，又直又柔順。所以雖然只是簡單的短髮，光是髮型，就讓她看起來很有型。

樹理非常羨慕這一點，羨慕到連做夢都會夢見。

她曾想過終極的選擇。好幾次她無法入睡，躺在床上想東想西，更是無法成眠了。

如果——如果這惱人的痘子能治好，又黑又硬的直髮能變成褐色柔軟的髮絲，做爲代價，即使變得肥胖圓滾她也願意嗎？

也就是說，跟松子交換也行嗎？松子因爲太胖，沒辦法穿青少年服飾，買衣服的時候總是去婆婆媽媽會去的那種店，有時候也會穿她媽的舊衣服（因爲她媽也跟她一樣胖）。所以松子總是一副俗氣的大嬸穿著。體育課換衣服的時候，隔著圓領的白色運動衣，也可以一清二楚地看到她三層肉的肚子。跑起步來，連大腿肉都會跟著搖晃。制服據說是訂做的，即使如此，百褶裙的褶仍然總是被隆起的贅肉邋遢地撐開。下巴的肉層層疊疊，所以看起來沒有脖子。

即使如此，如果能治好這醜陋的痘子。如果可變改變這無可救藥的髮質的話——即使去昂貴的髮廊做昂貴的設計剪髮，也絕對沒辦法剪得像髮型目錄的模特兒那樣，她知道設計師朝著她的背影暗暗失笑。

要我變成松子也行，變成松子以後再減肥就行了。松子之所以胖成那樣，都是因爲她完全不努力。什麼「這是體質。」根本是藉口。

「樹理。」

松子看著樹理。

「妳的眼睛好紅。」

我在不知不覺間熱淚盈眶了，樹理發現這件事，急忙揉了揉眼睛。

「不可以啦，樹理，隱形眼鏡跑掉了，對吧？要是揉眼睛，眼睛會受傷的。」

雞婆的松子擔心地說。樹理默默地把視線移向窗外。她想要松子暫時閉嘴，不要吵她，可是松子不可能懂。她那胖嘟嘟的手摸了過來，找到樹理的手緊緊握住。

「我會一直陪著妳的。不會有事的，不要擔心。妳要做的事是對的，不要害怕。」

對的事。樹理讓松子汗濕的手握著，在腦中出聲思考。沒錯，我要做的事是對的。因爲我要矯正錯誤的事情啊。她用腦中的牙齒嚼碎這個想法，嚥進腦中的胃袋裡。消化它，消化它。都到了這個地步，才不能在緊要關頭臨時收手。

到終點站時只剩從日本橋上車的一對母女。提了許多高島屋紙袋的母女先下車，樹理和松子接著下去。不知不覺間，小雪停了。東京車站八重洲口空蕩蕩的公車總站呼嘯著強勁的北風。

「看，那邊有郵筒！」

松子指著公車總站外邊的一角。人行道與公車總站的交界處，一個四方形的郵筒正背對這裡而立。可是那個郵筒就在斑馬線旁邊，只要號誌一變，就會有許多人過馬路往車站走來。

「找個人比較少的郵筒吧。」

樹理說，領頭走了出去。松子急忙追上去。

「為什麼？」

「萬一被人看到就不好了。」

「這裡應該沒關係吧？」

是樹理說不能蓋到當地郵局的郵戳的，然後松子說那就坐公車去東京車站吧。松子以為只要郵戳不一樣就好了。不，照道理說只要郵戳不一樣就行了，但松子不懂心情上的不同。因為她的神經太粗了。

「好冷唷。」

北風撲面而來，松子紅著臉頰呢喃說。身上套著那麼厚的一層脂肪，還會覺得冷？樹理按捺住想要唾罵的衝動。

兩人從東京車站往銀座漫無目地一路前進。愈是靠近銀座，街道就變得益發明亮有活力，色彩也變得熱鬧華麗。因為這裡有很多百貨公司。剛才坐公車經過時，還沒開始上班的成排辦公大樓當中，也只有日本橋高島屋周邊彷彿慶典般看起來歡樂極了。

情侶、一家人、成群結隊的年輕女性。每個人看起來都好快樂，好幸福。

每個人都好漂亮。

沒有一個人像我這樣滿臉爛痘。

也沒有一個像松子那樣肥胖臃腫。

樹理覺得每一個擦身而過的行人都一臉稀罕地回望格格不入的這對國中女生。他們全都沉迷在享受自己的幸福時刻，完全不關心樹理和松子，甚至沒有把她們看進眼裡吧，但是樹理聽到了這些男女的心聲。

和樹理差不多年紀的女生和母親經過眼前，母親的大衣袖子擦到樹理的大衣袖子了。對方沒有發現，專心地跟女兒聊天。但是女兒注意到了，她看向樹理。她的眼底瞬間浮現驚訝，冒出某種神情又消失。

樹理內心都快被屈辱灼燒得焦黑了。
驚訝？這還好。無法原諒的是接下來宛如流星尾巴般拖在後頭的同情與放心。
哎唷，那女生的痘子怎麼那麼嚴重？眞可憐，幸好我的臉沒像她那樣。
「樹理，我們要走到哪裡？」松子拉扯樹理的袖子，「剛才那邊也有郵筒耶。已經經過了……」
樹理一直低著頭前進，所以好像錯過了。
「不要叫我！」
短促而尖銳地，樹理命令。
「咦？」
「叫妳不要叫我的名字！」
松子縮回手，她雖然一頭霧水，但還是說，「嗯，對不起。」被這麼一喝，她好像也忍不住沮喪了。
郵筒到處都有。路邊、大樓前。可是每個地方都有人。人車好像也隨著靠近銀座中心，愈來愈多了。
樹理唐突地停步，一個轉身，差點和無精打采地跟在後面的松子撞個正著。
「怎麼了？」
「回去了。」
「回去哪裡？」
「回去公車總站。」
松子問是要投進剛才的郵筒嗎？樹理說是。她以爲松子會埋怨，沒想到出乎意料，松子只是沉默地跟上來。好像是不曉得該怎麼應付不開心的樹理了。
樹理好想哭，好想放聲大哭，眼眶一定又紅了。
像這樣走著，就算不願意也會想起來。

——哇，你們看這傢伙的臉！

下流的笑聲又在耳邊響起。

——有夠噁心的啦，妳是不是有病啊？

三個人一起又罵又笑，糾纏著樹理。當時是放學回家的路上，樹理只有一個人。雖然有大人經過，但每個人都一副事不關己的模樣。

樹理緊緊抿住嘴唇，咬緊牙關，低著頭不停地走。只要這麼做，就什麼也聽不見了。不用理這種人，不要管他們就好了。

結果她的背突然被踹了。

樹理往前栽倒，撲地的同時臉撞在柏油路上。三人發出歡呼，跑近跌倒的樹理，這次有人踹她的肩膀。正想爬起來的樹理又倒下去，嘴唇咬破了。

「居然對我們視而不見，這醜八怪！」

樹理抬頭瞪罵她的人，大出俊次露出幾乎要滿出來的邪笑，開心極了。

「醜八怪去死！」

隨著罵聲響起，書包砸在樹理的腦袋瓜旁。是樹理自己的書包。

「細菌女！不准看我們，噁心死了！」

大出俊次抬起腳來，準備從正面踢踹樹理的臉。瞬間樹理閃向一旁，雙手撐地。結果有人從後面揪住她的制服後領，她仰著身體被拖倒了。是井口還是橋田吧。

「不是叫妳不許看嗎，啊？」

大出俊次的鞋底就在眼前。

樹理的臉被踏住了，鼻骨吱咯作響，疼痛和恐怖讓她幾乎快暈過去了。哇哇起鬨聲從高處毫不留情地傾灑下來。

三宅樹理走在銀座街上，停下腳步，猛地瞪大了眼睛。視野回到現實，回想消失了。現在仍活生生地繼續淌血的回想，揮之不去的記憶。

能夠打消它的，只有憤怒。

「樹理。」

松子又叫，可能是發現會挨罵，往後退了一步。

樹理走了出去。什麼也沒說，什麼也沒解釋。

結果回到一開始找到的公車總站郵筒前了。投信口貼著黃色指示卡，這是在收送賀年卡的年節期間常見的指示卡。右邊的投信口是普通郵件，左邊專收賀年卡。

「全部都是限時吧？」

松子看到三只信封的正面，這麼問道。樹理準備寄限時，光是郵票就花了她不少零用錢。

「該投哪一邊呢？」

「右邊就行了。」

右邊只有「普通信件」。這個時期要寄限時信，必須去郵局窗口才行嗎？

樹理應道，把三只信封同時扔進郵筒。

「啪沙」，一道乾燥的聲音響起。

沒時間重新考慮，也來不及遲疑。放手去做，一秒鐘就結束了。

松子替樹理嘆了一口氣。

「太好了，樹理。」

瞬間，憤怒的吼叫從樹理的心底湧了上來。宛如北風呼嘯，它凶暴地搖撼著樹理。十四歲少女瘦弱的身體充滿了憤怒的能量，隨時都會爆發。

哪裡好了，哪裡好了！沒一樣是好的！爲什麼妳就是不懂！

其實我好想遠離這種鬼事情，我根本不想嘗到這樣的心情。

我是被迫知道的，我是被迫這樣做的。

樹理一個人已經無法承受這股憤怒了。最近她經常因爲內心翻騰的這股憤怒，甚至就要無法控制身體了。所以她才寫了這些信，想要把一切封印、寄託在其中，然而爲什麼信都消失在郵筒裡面了，憤怒卻仍未消失？

樹理用空洞、精疲力盡、榨乾的殘渣般聲音說，「嗯，回去吧。」

「找到參考書了嗎？」

樹理聽到這個問題，一時不明白意思，從晚餐的碗盤抬起頭來，望向坐在餐桌對面的母親。母親剛吃了一口飯，筷子還含在嘴裡，愣住地回看樹理。

「妳不是去圖書中心了嗎？」

對了，白天出門的時候母親問她去哪裡，她謊稱跟松子一起去八重洲圖書中心買參考書。因爲附近的書店找不到。

「嗯，我去了，可是沒有買。」

「沒找到嗎？」

「太多了，不曉得要挑哪一本。」

母親嚼著嘴裡的東西，靈巧地露出笑容，「這樣啊？」

「錢先給媽保管嗎？」

「沒關係，反正還是要買吧。」

樹理沒有食欲。

只有母女倆的餐桌很安靜，在餐桌上的吊燈昏黃的光芒照耀下，油膩膩的菜肴泛出油亮的光芒。樹理都那樣千拜託萬拜託了母親，說自己會長痘子，叫她菜不要用炒的還是炸的，母親卻不肯改變料理方法。她的說詞是，正值成長期的孩子需要動物性脂肪。樹理說她想吃沙拉，母親卻打回票說沙拉太涼了，不可以常吃。母親主張要有效率地攝取蔬菜的纖維質和營養，比起沙拉，加熱過的蔬菜更好。然後又是炒的、炸的、炒的。如果要吃加熱過的蔬菜，明明蒸的比較好，但母親嫌麻煩，不肯幫她做。簡而言之，母親根本就是只想做可以簡單做好、她自己喜歡的菜罷了。

許多美容書都說，要改善皮膚的狀態，最好從飲食生活開始做起，是皮膚科醫生寫的正經的美容書。樹理拿它當例子試著說服母親，後者卻模糊焦點，說要改變飲食生活，就要先從戒吃零食做起。樹理說想去看皮膚科的青春痘專科，母親就反駁說青春期的痘子不是病，只要保持清潔，不要化妝，讓皮膚呼吸，自然就會好了。一兩顆痘子罷了，每個人都會長的。

「也有人完全不會長啊。整個年級裡面，沒有一個人長得像我這麼慘。」

「那都是因爲妳太在意，亂買藥亂擦，才會愈弄愈糟。成藥不能亂擦。別再擦藥了，那樣自然就會好了。」

每次這件事爭論到最後，都會變成，妳看媽媽和爸爸、還有媽媽和爸爸的兄弟姊妹，都沒有一個人像妳這樣滿臉痘子。我們家的人不是會長痘子的體質，所以妳應該也不會長。只要不要在意，很快就會治好了。妳太神經質了，神經質對皮膚不好——母親單方面地這麼斷定，結束。

「說穿了就是壓力。一切的問題都是壓力造成的。妳應該把心胸放得更寬一些，更開朗一些。這樣一來，一切都會好轉的。」

樹理當然也想要有顆寬廣開朗的心，母親不明白她有多麼強烈地如此冀望。可是爲了要有顆寬廣開朗的心，首先必須讓皮膚變漂亮，建立起自信心。她想可以直視別人的臉，然後也敢讓別人直視。媽媽的說法根本是倒因爲果，她爲什麼就是不懂？

樹理慢吞吞地動筷，從炒青菜裡面撥掉五花肉問，「爸爸今天去哪裡？」

「橫濱。他說新作品很快就要完成了。」

「很晚才回來嗎？」

「應該吧。」母親吃著飯，瞥了時鐘一眼，「他說不回家吃晚飯了，要跟會裡的人去常去的紅酒酒吧。」

樹理的父親是個假日畫家。他的本職是上班族，所以從定義上來看，絕對只是個假日畫家，然而本人卻自詡爲「畫家」。他說即使不靠畫圖養家活口，創作的態度也和職業藝術家一樣，所以自己跟出於興趣隨手亂畫一通的假日畫家是不同的。

有一次父親那種過度自我陶醉的藝術論實在讓樹理太感冒，她頂嘴了。可是爸加入的「二光會」，不就是閒暇時間畫畫圖的人的團體嗎？來我們家玩的會員，沒有一個人說自己是職業畫家。再說，就算你把自己的創作態度說得有多了不起，如果沒有人願意出錢買爸的畫裝飾在自家客廳的話，那樣還能叫職業畫家嗎？結果父親勃然大怒說道：

「少在那裡不懂裝懂！世界知名的畫家，也都是生前的時候畫賣不出去，過著窮困潦倒的生活。妳知道梵谷的一生嗎？難道妳要說他在世的時候畫都賣不出去，所以不算藝術家嗎？」

滿口歪理——樹理心想。就跟媽媽一樣，轉移焦點。我是在講爸爸的事，幹麼扯到梵谷身上去？

另一方面，父親壓根兒瞧不起樹理喜歡的普普藝術，說就是這群連素描基本功都不會的傢伙靠著在牆上塗鴉賺大錢，才會搞壞了美術界的名聲，讓眞正的畫家窒息。

普普藝術確實是有這樣的一面吧。因爲在獲得高度肯定的普普藝術裡，有些作品連國中生的樹理看了都覺得這根本是在胡搞一通。但是她也非常明白，就算有畫家因此而窒息，那裡面也不包括樹理的父親。

父親從年輕的時候就開始畫圖。就那麼一次，他也報考過東京藝大。是**報考**，不是考取。所以他念了一般大學的經濟系，畢業後就在一家大型家電公司就職了。他現在也在那裡工作。

父親年收不錯，所以每年會帶全家出國旅行一次。對母親和樹理來說，那只是單純的觀光旅行，但父親不是這麼想的。那完全是爲了畫圖、爲了創作的旅行。所以不管上哪裡，他都要隨身攜帶畫具。在機場櫃檯託運隨身行李時，明明沒有人問，他卻裝模作樣地笑著，假惺惺地說，「這裡頭裝著我重要的畫具，請小心搬運。」要是櫃檯女職員笑著說，哎呀，您畫畫嗎？您是畫家嗎？這下就不得了了。父親會得意忘形起來，炫耀他曾經在哪裡的展覽會得過獎、這次旅行要去畫哪裡的風景，滔滔不絕。明明對方只是出於職務需要，奉承他一兩句罷了。

不只是旅行的時候而已。外食或買東西的時候，一有機會，父親就會來這一套。樹理覺得丟臉極了，總是盡量遠離父親。這不是最近的事，從小學四、五年級開始就是如此。因爲到了這個年紀，就算是孩子，也可以區別出掩飾困惑和困擾的陪笑，以及出於好意和尊敬的眞誠笑容了。

父親完全不了解樹理這樣的心情，還會把樹理捲進他那自我滿足的宣傳。

「這是小女，她叫樹理，跟英文名字的『茱莉』（註）一樣。這名字是我取的，我想讓她有個不管到世界各地都可以通用的國際名字。」

這種時候，樹理總是羞得好想當場咬舌自盡。

小的時候還好。不管怎麼看都是個日本人、五官平坦的女孩叫做「茱莉」的恥辱，她還能夠忍受。可是

註：「樹理」（JURI）的日文發音近似英文名字的「茱莉」。

從小學六年級的第二學期開始，臉上的痘子開始接連綻放開花，到了中學的時候，完全就是遍地盛開，從那個時候開始，她就再也無法承受了。

剛上二年級的時候，樹理曾經要求父母讓她改名。

城東三中每年都會換班。新學期的第一堂班會，規定每個人都要進行一分鐘的自我介紹。樹理只說了自己的名字，完全沒有自我介紹，立刻就坐下來了。即使如此，她還是可以聽到大家——不只是升上二年級第一次看到樹理的同學，連一年級的時候就認識樹理的人也一樣咯咯竊笑。就算他們沒有說出聲，她也聽得一清二楚。

——臉爛成那樣，名字居然叫樹理耶。

所以她想要至少換個名字，但是父親和母親都不肯好好當一回事。父親甚至還反問她，「妳是想改成片假名（註）嗎？」

那天晚上，樹理拿著超商買來的剃刀補充刀刃進了浴室。她想要自殺。但是眞的拿起剃刀，注視著自己的手腕，她怎麼樣都下不了手，最後終於嚎啕大哭起來。

樹理手腕內側的皮膚很漂亮。肌理細緻，乾淨白皙，是十四歲少女的肌膚。

然而爲什麼只有臉醜成這樣？不，最近不只是臉而已，連脖子和背部都開始長出痘子來，不停地冒，不停地破掉，留下醜惡的疤痕，疤還沒消，又長出新的痘子來。

簡直就像被詛咒了。

這並不是樹理第一次想死。才剛升上國中，第一次碰到那伙人——大出、井口和橋田三人組的時候，她就想死了。她逃回家去，母親出門買東西，她一個人在洗手間照鏡子一看，由於嚴重的青春痘而宛如冒出肉瘤的臉頰上，一清二楚地留下大出的鞋底腳印。那個時候她也想死，所以洗過臉，換衣服穿上鞋子，走到附近的集合住宅去。她想要跳樓自殺。

她在戶外樓梯最上層的頂樓站了約一個小時。她哭了又停，哭了又停，然後想到就算她死了，那伙人也只會捧著肚子大笑，便擦掉眼淚走下樓梯。回到家後，母親也完全沒有注意到異狀。因爲她把鞋印用力擦洗掉了。

治好青春痘吧，應該可以治好才對。後來樹理便熱心地前往圖書館和書店，美容書不用說，有時候她甚至蒐集閱讀相當深的醫學專門書籍。零用錢她盡量省下來不用，因爲看青春痘專科需要錢。因此她完全從同學當中被孤立了。爲了縮短待在學校的時間，她沒參加社團，也不跟同學打交道。可是她一點都不在乎這些。樹理的朋友本來就少。男孩根本不理她，女生即使表面上笑嘻嘻，也都在背地裡說她的壞話。她們覺得她噁心，說如果靠近三宅同學，會被她傳染痘痘菌。妳們說不想跟我泡在同一座泳池裡，這點我也知道得一清二楚。

後來她也被大出他們糾纏數次。有一次她忘了東西回教室拿，結果那伙人聚在教室裡，被他們逮到了。

「咦，這傢伙還沒死唷？」

我來幫妳洗乾淨那張髒死人的臉吧——她被硬拖到男廁去，臉被塞進小便斗，一陣拳打腳踢。大出凌虐著樹理，親暱地用肉麻的聲音叫著「小樹理」。

「好可愛的名字唷，小樹理——」

不管遭到什麼樣的對待，樹理都沒有反應，也不抵抗或尖叫。三個人似乎一下子就玩膩了，他們撇下一句「今天就饒過妳好了。」把她推倒在男廁地上離開了。樹理勉強爬起來，偷偷摸摸地去到走廊，逃也似地

註：日本人的名字有漢字或平假名、片假名等表記方式。由於片假名在日語中都用來表示外來語，因此較有外國的新潮感覺。

離開學校，然而她卻在側門那裡碰到了社會科的楠山老師。樹理臉色蒼白，制服也亂七八糟，模樣顯然非比尋常，然而楠山老師看到樹理的臉，瞬間嚇了一跳似地退了一步，連句「妳怎麼了？」也不肯關心。他只是背過臉去——沒錯，就像看到什麼髒東西似地——丟下一句「已經過了放學時間了。」便匆匆離開了。

那個時候樹理沒想到要死。她告訴自己，不能輸給這些人。要治好青春痘，絕對要治好。只要治好爛痘子，世界就會改變。小學五年級以前還沒開始長痘子的樹理雖然內向，卻是個乖巧溫柔、有許多朋友的女生。那個時候對於樹理這個名字，她也覺得很適合自己。每個朋友都親熱地喊她「樹理」，也有些孩子羨慕她有這樣一個好名字。

可以找回來的，找回那個時候。只要加油。一定可以，絕對可以，絕對可以。

可是現實又是如何？不管看了再多書、學到再多知識，光是這樣，也沒有任何用處。母親不肯為她改變三餐菜色，她說明飲食療法，也充耳不聞，更不用說幫她買藥用化妝品。樹理哭著求母親帶她去看青春痘門診，也全被打了回票，說沒那種必要。

「有空煩惱妳那張臉，倒不如好好念書！」

樹理也拚命地向父親傾訴。有時候她覺得父親比母親更肯理解她，然而父親卻這麼說：

「青春期的痘子不用那麼煩惱啦。樹理，妳很可愛啊。要對自己更有自信一點。」

樹理絕望了，世上還有比這更殘酷的話嗎？

爸爸，爸爸你畫了那麼多的畫，談論那麼多藝術，卻連美醜都分辨不出來嗎？

我很醜，很醜，醜死了啊！妳的女兒被同學嘲笑是「痘子妖怪」耶！

爸爸看不見。他看不見樹理的臉，也看不見樹理的人。

他不肯去看。爸爸，不久後我要成為世界級知名畫家這種話，你還要再說上幾年、幾十年？爸爸的「不久」是什麼時候？就跟這是一樣的。我很可愛？胡說八道。爸爸不肯正視事實。我再不久就會變成世界級的畫家，我的女兒既可愛又美麗。爸爸看到的就只有自己的願望，一點都不明白願望熬煮得再怎麼濃稠，也不會變成真的。

不——或許就是明白，所以才會逃避。

不管怎麼樣，對樹理來說都是一樣的。不管去到哪裡，都一樣沒有出口。

除非自己打開出口。

這樣下去，我會一點一滴地被殺死。

所以我——我——

「樹理，妳根本就沒吃嘛。」

樹理只是用筷子戳著碟子上的東西，沒有進食。母親露出生氣的表情。

「天氣很好，所以我沒穿很多就出門了，結果好像感冒了。我頭有點痛。」

樹理信口胡謅。什麼都好，只要聽起來像那麼回事，爸爸和媽媽就會照單全收。

事實上，母親就從餐桌對面伸手過來摸她的額頭，「哎呀，真的，好像發燒了。」

滿口胡說八道，我哪可能發燒？這人真是隨便啊。

「我要去睡了，我吃飽了。」

樹理離開餐桌，母親完全沒有制止，是因爲她好好地說了「我吃飽了。」吧。我們家家教很嚴的，就連在家裡，也一定要小孩子遵守禮節——母親曾經沾沾自喜地對來家庭訪問的森內老師說。

森內！樹理一邊走向樓上自己的房間，一邊渾身戰慄。升二年級的時候，她那樣祈禱千萬不要碰到那個女人還是楠山老師當導師，神明卻完全不理她，神根本就不想理會樹理。

森內！明明心裡頭自認是個美女，不可一世，表面上卻裝出一副「我一點都不驕傲自滿唷。」的樣子。

樹理絕對不會忘記，那女人曾在班會說過，「美也是個人能力之一。」雖然口氣好像在開玩笑，但那時候樹理發現森內用一種千眞萬確的輕蔑眼神瞥了她一眼，而森內也發現樹理發現了。她是故意讓她發現的，然後她笑了。就像在說，眞可憐。

當時還有另一個發現森內與樹理視線對話的同學，藤野涼子。

涼子用一種凌厲到隨時都要射殺對方的眼神瞪著燦爛地笑著的森內。樹理看了涼子一會兒後，涼子好像總算察覺到視線，轉過頭來。

瞬間，涼子的眼神變得溫和。然後輕輕地，體恤萬分地別開了視線。

從此以後，樹理就恨起藤野涼子來了。

她從以前就不喜歡涼子。可是從那之後，她更是明確地憎恨起她來了。

其實妳跟森內根本就是同路人，少裝什麼正義之士了。就算過了一千年，妳也絕對不可能懂我的心情，少擺出一副妳了解的樣子！

長得漂亮、是模範生、運動神經優秀、朋友成群，沒吃過苦，也沒有煩惱。大大小小任何事都受到優待，明明自己也清楚，卻故作清純，我也是個普通人，我也只是個十四歲的女生罷了。

僞善者，走著瞧吧。

樹理走進房間，在書桌前坐下，拉開抽屜。媽媽會擅自開她的抽屜檢查，所以樹理做了許多機關。她把抽屜弄成兩層底，乍看之下瞧不出端倪。挪開雜記本和雜誌剪貼簿後，她從兩層底的下層取出一個薄薄的透明樹脂檔案夾。

笑意自然浮現。

一開始她想要借用媽媽製作賀年卡時使用的文書處理機，可是那台機器用的是熱感式列印，色帶上會留下印刷的文字。樹理只要用了文書處理機，媽媽絕對會調查她印了些什麼，所以不行。

結果雖然是傳統的手法，但她用尺寫下了歪七扭八字的文字。雖然花了很多時間，折煞人了，但成果令人滿意。

沒有人會想到這是樹理寫的字。影印的時候她也特地搭公車去了隔壁站前的超商。因爲她需要三份一樣的內容。

就是今天她在東京車站八重洲口前的郵筒投下的那三封限時信。

留下來的正本該怎麼辦？心情上雖然想要留下來，但可能有風險。就連這雙層底，也不是絕對安全。撕破丟掉更危險。媽媽打開垃圾筒時會覺得懷疑吧。或許她甚至會把紙屑拼湊起來，設法讀出內容。就算沒有讀到全文，只要被讀到一行就不妙了。

等媽媽睡了，在爸爸的菸灰缸偷偷燒掉？還是撕得碎碎的，沖進馬桶？可是塞住就糟了。

再放一陣子——至少今晚先放著吧。

明天就是開學典禮了。樹理寄出的限時信會在那之前寄到嗎？還是要等到傍晚以後才會開始鬧起來呢？

實際執行後，她才發現原來這麼簡單，早知道就不要告訴淺井松子了，事到如今樹理懊悔極了。可是一開始她非常不安，無論如何都想找個人說說，看看別人的反應，確定她說的事——接下來打算要做的事是否具有說服力。而傾吐的對象，她只想得到松子而已。

聽到樹理的話，松子驚訝、害怕，驚慌失措。樹理，這麼重要的事，妳居然一個人藏在心裡面，一定很痛苦吧？她淚眼婆娑地說。眞傻。

如果我能變得漂亮，找回自信，而那個時候也和松子繼續交往著，那麼我們兩個看起來就會像藤野涼子和倉田麻里子那一對吧。每個女生都很納悶地問涼子說，藤野同學，妳爲什麼要跟倉田同學那種人在一起呢？倉田同學什麼事都依賴藤野同學，所以妳才沒辦法甩開她吧。因爲藤野同學很好心嘛。

少在那裡說蠢話了，涼子是知道的。她知道只要跟倉田麻里子在一起，就可以最有效率地塑造出一個不裝模作樣、不傲慢、溫柔可人的模範生這樣的假面。

我也會變成那樣嗎？還是會比藤野涼子更誠實地疏遠松子？

如果——如果我能變得漂亮的話。

總有一天。

一定——會變得漂亮。

可是總之現在保護自己才是第一要務。爲了不再被人從背後飛踢、被拖進男廁把臉塞進小便斗、在集合住宅的戶外階梯握著扶手站上一小時想像自己掉下去的慘狀、拿著剃刀泡在浴缸裡哭泣。

然後，我要讓那樣殘酷待我的那三個人嘗到相應的報應。

爲了這個目的，這是非做不可的事。思考文章內容後，用尺和原子筆寫出來的那封告發信。

這是正確的事。

因爲我看到了，我眞的看到了。所以我下定決心，認爲我不該沉默。

三宅樹理的嘴巴抿成不管用現實世界任何一把尺都無法畫出的完美直線。這是將正義與復仇這兩個點以最短距離拉出來的線，只有樹理才知道起點和終點的線。

告發信

城東第三中學

二年A班　柏木卓也同學

不是自殺的

他是　被殺的
他被人　從學校屋頂推下去
聖誕夜那天
我看到了
我目擊現場了
柏木同學　發出尖叫
把他推下去的
是二年D班的　大出俊次
橋田祐太郎　井口充　也幫忙了
他們三個人　哈哈大笑　跑掉了
拜託
再好好調查一次
這樣下去　柏木同學
實在太可憐了
拜託
請通知警察
我衷心懇求

16

這天早上藤野剛上午六點回到家。妻子已經起床，坐在餐桌前，正一臉睏倦地攤開早報，喝著咖啡。看到他的臉，妻子說了聲，「哎呀，辛苦了。」

「我睡個兩、三個小時，換個衣服又得出門了。」

「要泡澡嗎？」

「出門前沖個澡就好。」

「會感冒的。」

「沒事的。」

藤野脫掉外套，在妻子對面的椅子坐下，要了一杯咖啡。接下來要補眠，不需要咖啡因，但他抵抗不了咖啡香的誘惑。

「今天是開學典禮吧？」

「是啊。」

「涼子看起來怎麼樣？」

原本放下報紙就要站起來的妻子微微側頭說：

「你是指出了那種事之後？」不等藤野點頭同意，她接著說，「看起來沒有特別煩惱還是憂心的樣子。她說她跟過世的柏木同學也不是那麼要好……」

藤野爲了忍住哈欠，皺起了眉頭。

「別人是別人，自己是自己。那孩子好像分得很清楚。」

「是嗎？」

妻子著手做早餐，藤野瀏覽了一下早報，喝光咖啡，離開廚房。他走上二樓，鑽進臥室床鋪，立刻睡得不省人事。就像開關切掉一樣，甚至沒空去察覺女兒們起床的動靜。

醒來的時候已經過了上午十點。打開遮光窗簾，清澈的冬季陽光滿滿地灑了進來。他匆匆沖了個澡，刮了鬍子，換好衣服。

孩子們去了學校，妻子去工作，家裡除了藤野以外沒有別人。桌上有妻子的字條，冰箱裡有吃的，收拾好乾淨衣物的旅行袋在沙發上。他打開冰箱，看見盛著三明治的盤子。字條指示蔬菜湯要熱過再喝，但藤野嫌麻煩，不喝了。他也不坐下，站著啃三明治，喝著紙盒裝牛奶。

穿上外套抓起大衣時，玄關鈴響了。他沒有按對講機，而是直接開門。

穿著深綠色大衣，頭戴安全帽的郵差站在那裡。

「藤野先生，限時信。」

藤野接過一封信，道了聲辛苦，把門關上。

是很普通的白色雙層信封。郵遞區號上的空白處捺著紅色的「限時」印章。

封面的文字引起了藤野的注意。

文字歪七扭八，不是普通的字跡，顯然是用尺畫出來的。

收件人是「藤野涼子小姐」。「藤」字大得不平衡。用直尺寫下筆畫又多又複雜的漢字時，大半都會變成這樣。同理，「野」字也歪斜不正。可能是學到教訓了，最後的「小姐」沒有用漢字，而是用片假名來寫。

藤野在手中翻過信封。沒有寄件人的名字。

感覺不妙。

出於職業關係，藤野常有機會看到這種信。不，即使沒有這樣的經驗，只是看過電視劇或小說，看到這麼明顯地照形式的來信，任誰都會起疑。

裡面裝了什麼？寫了什麼？再怎麼樣也不可能是「涼子新年快樂！第三學期也多指教！」而且還刻意寄了限時。

他把大衣擱到旅行袋旁邊，翻來覆去查看信封，猶豫起來。

他察覺到這封信的內容不可能令人愉快。問題是哪種性質的不愉快，還有藤野有沒有權利去拆信。

如果今天涼子才十歲，他可以斷定「有」。不僅如此，視信件內容，他認為就算隱瞞收到這樣一封信也沒問題。這要是寄給次女或三女的信，看到歪七扭八文字的瞬間，他就拆開了吧。根本不會猶豫。這不是父母的權利，而是義務。

但是十四歲這個年齡很微妙。是父母的義務與孩子的權利開始拮抗的年紀。

藤野挪動著手指觸摸整封信。只摸到摺起來的紙張觸感，而且非常薄，好像沒有裝其他東西，比方說剃刀或死蟲。那是騷擾信的典型內容。

不是那類信件嗎？難道是情書？寄件人太害羞，不想被涼子從筆跡查出他是誰，所以故意用尺來寫？以前藤野的同事念短大的女兒收到好幾十封年輕男人寄來的信，要求交往。每一封信除了寫滿心意的厚厚一疊信紙以外，還附上一包保險套。直到父親終於忍無可忍，上門怒吼，對方都深信這是表達情意最坦白的手段，完全沒有考慮過收到這種東西的女方會作何感想。聽說他賠罪再賠罪，最後還哭了出來。因為他並不是出於惡意這麼做的。

所以說，不能因為封面的字跡歪七扭八，乍看之下十分詭異，就說它絕對危險。

只因為「感覺很不對勁，爸很擔心。」這種理由，就任意拆閱孩子的信件。

藤野看看手表。再十分鐘就十一點了。開學典禮當天不用上課，應該中午左右就會放學了。但是涼子會去社團活動吧，那麼她一樣要到傍晚才會放學。

不能等到那個時候。可是藤野現在出門之後，可能又有好幾天沒辦法回家了，所以問她那封信究竟是什麼的機會也得延後了。

當然，如果信件對涼子來說非常可怕，她一定會打電話找父親商量吧……

他總覺得坐立難安，用限時寄來這一點特別令他介意。

看看郵戳，是東京中央郵局，這也令人憂心。涼子好像有不少朋友，但十四歲的國中二年級生能建立的人際關係圈子，應該不可能超出就讀的學校學區，但這封信是從學區外寄來的。寄件者肯定是故意的。

為了讓自己下定決心，藤野故意粗重地喘氣，折回客廳。他變成一種生氣般的情緒。

「你幹麼隨便拆我的信！」

就好像如此抗議的涼子就站在眼前，而自己正在與她對抗。

藤野站著，拿剪刀拆信。

他花了二十秒才讀完內容。因為只讀過一次還不夠，他又再三重讀。

然後他把信件放回信封，打了一通電話。鈴聲只響了一下，一名下屬就接了電話。他簡潔地轉達他得先去辦點事，要晚點才會回總部，麻煩下屬處理。

然後他離開家門。註明「藤野涼子小姐收」的歪七扭八文字的信封收在外套內袋，小跑步前進時，信封便沙沙作響。

城東第三中學就在住家旁邊。

學生們可能還在教室裡，操場一片空蕩。落葉被吹進來的北風捲起，像生物般滑行而過。

因為側門比較近，藤野走這裡進去。穿過去年聖誕節早上從雪堆下挖出柏木卓也遺體的後院，踏上三層階梯。沉重的金屬拉門沒有上鎖，吱嘎傾軋著打開，眼前就是條長廊。藤野沒有室內拖鞋，所以在拉門內側的橡皮踏墊上擦了擦鞋底後才走進去。校內很安靜，但藤野跨出步子的時候，頭頂某處傳來孩子們的笑聲，也有掌聲。好熱鬧的班會。

他邊走邊找校長室，此時左側的門正好打開，走出一個穿深藍色制服的女性。她看到藤野，露出嚇一大跳的表情。藤野行了個禮。

「抱歉，我是二年級的藤野涼子的父親，我要找校長。」

制服女性聽到來意，似乎更驚訝了，她的表情也滲雜了不安的神色。

「呃，請問是急事嗎？」

「是的，是十萬火急的要事。」

對方不安的神情更濃了，「二年級的藤野同學的父親。」

「是的。」

總之請往這裡來——制服女性用這樣的態度領頭走了出去。「校長室」的牌子掛在她走出來的地方兩個房間外的上方，旁邊是「職員室」。

女職員敲了敲門，裡面傳出「請進」的應聲。「打擾了。」她打開門，上半身探進室內，說有學生家長想要見校長。

她話還沒說完，藤野就越過她的頭頂窺看進校長室裡面。圓臉的津崎校長正坐在桌面鋪綠墊的大桌子前，桌前一名約五十歲左右的消瘦女性像要蓋住校長似地站著。

還沒與津崎校長對望，光是看到校長室內的情景，藤野就了解了，這下子就容易談了。

津崎校長的桌上擺了一封信。文件盒、筆筒、電話和印章盒、文件類都整理得很整齊，桌子中央相當開闊，而那塊空間的正中央擺了一封信。

津崎校長雙手拿著應該是從信封裡拿出來的信紙。不僅如此，藤野探頭的瞬間，他立刻想要把信紙倒蓋過來。

學校也收到文字歪七扭八的限時信了。和我們家一樣，才剛收到拆封吧。

「去年聖誕節的事件時，我們在側門那裡見過。我是藤野。」

校長從椅子站起來說，「藤野先生，我記得你在警視廳高就，對吧？」站在桌前的女性表情瞬間變得凌厲，藤野也見過那張臉。柏木卓也被發現時，她應該也在側門。藤野記得好像是二年級的學年主任，叫做高木老師。

藤野沒有冗長地說明，而是從內袋取出信封，出示了一下。校長和學年主任的臉色都變了。

「請進。」校長說。

深藍色制服的女性依然一臉困惑，退開讓藤野進去。藤野盡可能安靜地關上門。

「城東第三中學　津崎校長收」

校方收到的信封收件人是這麼寫的。和寄給藤野涼子的一樣，字體歪七扭八。沒有寄件人的姓名，信封款式相同，同樣用限時信寄來，郵戳也一樣。

信件的內容也一模一樣，是影印的。

「是同一個人寄的吧。」

校長室中央的接待區沙發上，津崎校長和高木學年主任坐在同一邊，而藤野坐在對面。桌上擺著兩封信。

「兩位有什麼想法？」藤野問。

「這……」高木學年主任看校長。

「上面寫的內容，老師們是現在知道嗎？」

「當然是第一次。」津崎校長用力點頭，「我驚訝極了。」

「學校裡有沒有這類流言？柏木同學是被人從屋頂推下來的流言。」

這回校長看學年主任了，高木老師的眉頭擠出皺紋。

藤野不理會學年主任的苦瓜臉，直視著津崎校長接著說，「其實內子也出席了柏木同學過世後召開的二年級生的家長會議。她說會上就已經有人提到大出同學這名學生的名字，說他們與柏木同學的死亡或許有關——與其說是討論，更接近情緒化的揣測。這是事實嗎？」

學年主任的眉頭皺得更深了。

津崎校長垂下視線點點頭，「這是事實。雖然內容不到這麼具體，但柏木同學死後，這樣的流言確實就在學生之間流傳。」

沒有被劈頭否認「沒聽說過那種流言，不可能。」藤野鬆了一口氣。他以前在其他案子裡碰到的學校人員，很多人完全不承認對校方有任何一點不利的事，也絕對不說、或不能說自己知情。

「校方是否曾經正式——或者說對學生好好地說明過柏木同學的死？」

「今早開學典禮的全校集會時，我對學生說明過了。」津崎校長回答。

「說柏木同學是自殺的嗎？」

「是的。我才剛告訴學生，柏木同學的父母悲痛欲絕，所以要他們必須珍惜自己的生命，還有朋友的生命。」

高木老師依舊一臉凝重地說，「教師裡面也有人持反對意見，認為沒必要在新學期的開學典禮又舊事重提。反正不管怎麼樣，每個學生應該都知道這件事。參加柏木同學葬禮的同學應該都聽到柏木同學的父親出棺時的致詞了，更重要的是，報上的後續報導明確地說明那是一起自殺。」

藤野也看到那則報導了。後續報導篇幅很小，只占了版面一隅。

「可是那樣的話，就校方來說，等於是讓這件事不了了之。」津崎校長說，「所以我認為應該向學生正式做一個報告。在全校集會提出這件事時，我並沒有感覺到學生有什麼特別驚慌的樣子，也沒看到有學生哭泣。感覺上柏木同學是自殺的消息已經傳遍每個人耳中，學生們都以自己的方式理解這件事了。」

校長說，一分鐘的默哀後，便結束了這個話題。

「即使如此，寒假期間我們也討論過爲了愼重起見，是否要安排一個校園心理輔導人員。」高木老師說，「公立學校幾乎都還沒有導入這樣的制度。這必須和區教育委員會商量，而且還有預算和人手的問題，沒那麼容易實現……」

不知道是不是頭痛，高木老師按著太陽穴。

「教育委員會較傾向於如果要設置校園心理輔導人員，不是以學校爲單位，應該設立一個教育委員會主導的橫向機構。他們說如果以學校爲單位，結果學生還是會難以踏進去尋求協助。因爲如果在那裡吐露眞心話，有可能會傳進班導耳裡，或是商量霸凌問題，結果內容洩露給霸凌一方的學生。可是如果採取教育委員會主導的形式，學校這種獨立單位裡的序列就會亂掉，或者說有可能超越上下關係。簡而言之，就是有可能被學生們解釋爲可以跳過老師，直接向教育委員會告狀，有這樣的潛在危險。教育委員會說諮詢室也兼『投訴信箱』的功能，但投訴信箱一向都是雙面刃，萬一變成什麼事都向教育委員會投訴就行了，會讓現場的教師承受不當的壓力……」

原本一直點頭聆聽的藤野不得不插嘴制止。

「請、請等一下。關於這部分的細節，等其他機會再聽老師說明吧。」

儘管外貌像個資深教師般冷靜沉著，同時被那張嚴肅的表情所掩蓋，但這封告發信其實應該令高木學年主任相當慌亂吧。她不想正視眼前的告發信，所以才會把話題帶到其他問題上。

「抱、抱歉。」高木老師有些慌張地支吾道歉，「整個寒假，我都在爲這件事奔走，所以……」

藤野默默地接納了她的賠罪。事實上，學年主任疲憊得一點都不像開學典禮當天該有的樣子。她一定是眞的忙壞了吧。

「老師們之間怎麼樣？有沒有人對柏木同學的死亡理由感到疑問？」

津崎校長用力抿著嘴，想了一會兒後回答：

「我沒有聽到過這樣的意見。就像高木老師說的，整個寒假我們一直進行的，全是今後的防範對策。我們將柏木同學的事視爲自殺這種極爲不幸的悲劇……這就是我們的結論。」

「寒假期間，老師們會到校嗎？」

「一直都有人來，只有元旦當天沒有。我們要討論輔導人員的事，而且三年級生就要開始準備高中入學考了，有許多事情需要處理，所以三年級的導師幾乎每天都會到校。」

「老師們即使聚在一起，也從來沒有人提起過柏木同學的死有自殺以外的可能性嗎？」

「沒有。」

藤野慢慢地點頭，望向兩封雙胞胎似地告發信。

「寫這封告發信的人說他目擊到柏木同學從屋頂被推下來。」

校長、學年主任和藤野一樣望向告發信，表情僵硬地點點頭。

「我再確定一下，過去兩位聽過這樣的目擊證詞嗎？」

高木老師的聲音跳高起來，「完全沒有！如果聽到那種風聲，我們才沒辦法悠哉地討論今後學校的經營方針要怎麼辦！」

「校長呢？」

津崎校長默默地搖頭。然後他看著藤野這麼說了：

「我想請教藤野先生——不是學生家長的你，而是現職警察的你，像這樣——一個事件解決後，又出現徹底推翻結論的證詞，這種情況常見嗎？像這樣事後才冒出來的證詞可以相信嗎？」

藤野抬起身體，挺直背脊回答：

「對於第一個問題，我的答案是並不罕見，理由形形色色。有些是案子正熱門的時候，證人沒有勇氣開口，等看到案子落幕平息，感到焦急或是內疚，才事後悄悄聯絡調查人員；還有就是單純想鬧事尋開心，四處吹噓莫須有說法的情況。」

校長點點頭。

「因此對於第二個問題，我也只能說得看情形。至少在目前這個階段。」

津崎校長渾圓的肩膀垮了下來。高木老師探出身體說：

「可是，我認為這個用男性第一人稱自稱的學生，應該是本校的二年級生。」

「為什麼這麼想？」

「會因為柏木同學的事受到強烈影響的，是同年級的二年級生，而且二年級生也都很清楚這裡列出名字的大出、井口和橋田這三個人。再說，光是這封信寄給藤野涼子同學，應該就可以這樣斷定了吧。寄件人應該是知道涼子同學的父親是警察，才會寄信給她。總不會是因為涼子同學是柏木同學班上的班長。」

關於這一點，藤野的意見也完全相同。無論告發信的寄件人是誰，都是學校裡面與涼子親近的人吧。不過他避免說出這件事。相反地他這麼說，「我認為這個看法很正確，但完全只是可能性。因此我認為這個意見，老師最好暫時先別說出口。」

「意思是不可以去找出這名男學生是誰嗎？」

「不一定是學生啊，老師。不能心存成見。」

高木老師瞇起眼睛。她好像想要反駁什麼，但學年主任開口之前，藤野搶先說了：

「雖然他用男性第一人稱自稱，但不一定就是男學生。不論這份告發信的內容真實性如何，寄出這些信的人應該相當害怕，才會動腦筋下工夫避免被追查出自己的眞實身分。郵戳是東京中央郵局就是一個佐證。

寄件人一定是不願意被蓋下當地郵局的郵戳，才會刻意跑到都心去寄信。既然都會設想到這種地步了，應該也會想到要隱瞞性別吧。」

「藤野先生說的沒錯。」津崎校長說。他對學年主任說話的口氣相當有禮，「不可以慌張啊，高木老師。」

「我明白，只是……」

高木老師一定是等不及要快點揪出那個人，叫他在面前坐下，「你給我在這裡坐好。」然後教訓對方，「你爲什麼要做出這種驚動大家的事？你說的是眞的嗎？如果是眞的，爲什麼要一直瞞到現在？如果是假的，又爲什麼要扯這種漫天大謊？」

「信上提到的三名學生都是二年級生吧？」

津崎校長回答，「是的。」

「三個都是柏木同學的同班同學嗎？」

「不是。」

高木老師插嘴，「校長，他們一年級的時候同班。」然後轉向藤野，「所以三個人才會混在一起。他們經常做出各種問題行爲，所以升二年級的時候，我們把他們跟老大的大出同學分開來了。雖然如此，他們還是照樣混在一起。」

「明白地說，三個都是不良少年吧？」

「是的，我們校方管教起來也非常辛苦。」

「是哪一型的不良少年？他們會動粗嗎？」

「包括動粗在內，經常破壞規矩。他們會妨礙老師上課，也會恐嚇、糾纏其他學生。遲到及任意早退的情形也非常嚴重。」

「對老師也一樣暴力嗎？」

津崎校長與高木老師迅速地對看一眼。藤野細心地觀察他們會有什麼樣的回答。

「他們不曾對教師做出暴力行為。」校長回答，「不過曾經破壞過校內的器物和用品。」

「以前這三個人曾經引發過需要聯絡城東警察署介入協助的事件嗎？」

「不，沒有。」當場回答。

「一次也沒有？」

「是的。」

「你們考慮過找警方協助嗎？」

高木學年主任看校長，但校長垂下視線看著告發信說：

「沒有發生過那麼嚴重的狀況。」

學年主任的表情浮現不同的回答，但沒有化成語言說出口。

「我懂了。簡而言之，把他們當成三中惡名昭彰的不良少年三人組就沒錯了吧？即使在這裡被指名道姓——眞僞姑且不論——也沒有人會覺得詫異的三個人。」

校長嘆了口氣，「正如藤野先生說的。」

「可是校長認為那個傳聞無憑無據？」

「是的，那是根據印象而來的不負責任的傳聞。許多學生都知道柏木同學跟那三個人實際上並沒有什麼往來，所以我想那樣的傳聞不會持續太久。」

涼子也沒有提過這樣的事——藤野心想。

「大出這個學生是老大。」高木老師說，「其他兩個等於是附屬品。他們不會單獨鬧事，沒有敢單獨鬧事的霸氣。」

「是老師看起來如此吧？」藤野牽制說。高木老師的臉頰繃住了。

「我實際指導過這些孩子……」

「嗯，我非常清楚。」

藤野說他已經聽說柏木卓也會從去年十一月中開始拒絕上學，就是因爲在自然科教具室與這三個人發生衝突。

「是的。」

「嗯，這我也從內子那聽說了。自然科教具室的事發生前，柏木同學並沒有特別被盯上的樣子，對吧？」

「看起來不像。我在家長會議上也提過了……」

「就老師們的觀察，柏木同學與這三個人的關係非常緊張嗎？」

「校方想要矯正他們的問題，對於這件事，這三名學生的家長態度配合嗎？」

這次校長和學年主任沒有再對看了。但是兩人都露出相同的表情。難堪，氣憤。

「不，完全不配合。」高木老師尖著嗓子回答，「別說不配合了，我認爲那可以明白地說是**敵對**。」

「也不到那種……」校長打斷說。

「至少大出同學的家長就是那樣啊，校長。」學年主任頂回去。

「那麼這封告發信處理起來就更棘手了呢。」

不必藤野忠告，校長和學年主任都想說他們一開始就明白那有多困難吧，但兩人都沉默著。

「我就坦白說了。」藤野說道，他先望向學年主任，接著筆直望向津崎校長的眼睛。校長也不退縮，抬頭看著他。「這次的事該怎麼處理，第一階段是學校內部的問題。學校自治的問題。原本我應該是以一介家長的身分，僅止於在這裡陳述意見。當然，必要的時候，我也打算強硬提出意見。」

校長閉起眼睛點點頭。

「不過麻煩的是，我同時也是一名警察，而且其中一封告發信是寄給小女。這麼一來，我就不能以家長的身分，坐著任由校方做出單方面的判斷。」

「你打算怎麼做？」高木老師問，聲音很緊張。

「我打算現在去城東警察署，找負責柏木同學事件的刑警談談。當然，我也會交出這封信。」

學年主任顯而易見地狼狽起來，所以藤野放柔了語氣。津崎校長表情不變，靜靜地聆聽。

「我會充分留意，不讓內容洩露給外人。城東警察署的想法應該和我一樣。不能無憑無據地，只因為一封用直尺掩飾字體的匿名信指控，就讓大出同學他們被人指指點點。就算他們平日素行不良，問題多端。」

「謝謝你。」津崎校長說。

學年主任還在慌。她舉起手來掩住嘴巴，但指尖抖個不停。

「告訴警方……不能等到我們先討論出對策嗎？再由我們來聯絡警方，也就是目前先交給我們處理。」

藤野就是擔憂這樣的狀況，所以他才會過來先發制人。

討論再討論，如果城東三中的老師們做出來的結論是先靜觀其變呢？柏木卓也是自殺的，所以這封信應該是惡作劇。這樣的可能性太大了。不管校方打算找出寄件人，還是把這件事束之高閣，告發信都等於是被壓下來搓掉了，說得難聽點就是如此。藤野想要避免這種情況。

「很遺憾，我不能答應。」

「可是……」

「高木老師，我要提醒妳，我不是因為這封信上寫著『請通知警察』，所以我才報警的。也就是我並沒有對這封信的內容囫圇吞棗。我也不是不尊重校方的自治權。可是我是警察。雖然不清楚眞假，但既然有人宣稱目擊了命案現場，我就不能置之不理。」

「可是還不曉得是眞是假啊……」

「正因爲不清楚，所以更需要愼重調查。而調查眞相，很抱歉，不是老師們能夠勝任的工作。」

「我想，」津崎校長小聲說，拿起寄給他的那封告發信。然後再一次，這次加強了語調改口說「我認爲，」然後接下去說，「寄件人會寄給藤野同學，應該就是看透了這一點吧。雖然不清楚內容眞僞和寄件人的意圖，但是他認爲只寄給校方，是無法達成他的目的的。很聰明。」

藤野有些驚訝。眞坦白的老師，居然主動承認校方會把告發信掩蓋下來的可能性。

「那麼爲什麼不直接寄給城東警察署呢？」高木老師不是對藤野，而是向校長反駁，「那不是最確實的做法嗎？」

「或許現在已經收到了。」藤野斬釘截鐵地說，「我也想要確認一下這一點。」

「如果收到，應該早就聯絡校方了吧？」

「警方每天都收到許多寄件人不明的可疑郵件，或許只是還沒拆封而已。或是已經收到拆封了，但城東警方也不知道該如何處置。」

「所以了！」高木老師強調，「如果我們請警方把這件事交給校方處理，警方也會配合我們吧？」

「寄件人刻意寄給小女，應該是期望可能會被身爲父親的我看到；而這是因爲寄件人擔心只寄給學校和警察，事情有可能像那樣無疾而終。難道不能這樣想嗎？」

藤野等於是爲了說這句話而來訪校長室的。幸好學校也收到了告發信，但如果能多奢望一些，他希望校長室裡只有校長一個人。

「可是——可是對這樣一封信這麼認眞，未免太可笑了。反正一定是惡作劇，就算丟著不管也沒關係吧？我不想爲了這種東西，把已經了結的事又挖開來，造成學生們的恐慌。」

高木老師如此堅持。藤野絕對不是瞧不起這個應該是認眞而經驗豐富的老師，但現在這個場面，他不得不認定高木學年主任是在對自己撒謊。不想讓學生們恐慌？這種理由只是其中一個小理由罷了。讓她如此戰慄驚恐的最大理由應該是別的。

是校方的面子、風評、聲譽，她一定也想到了高中入學考試在即的三年級生。

光是有學生自殺，對校方就已經是一大打擊了，若是演變成殺人命案，打擊之大、之深，更是自殺完全沒得比的。若是學生殺害學生的話？即便事實不是如此，**光是傳出那樣的流言**——

所以藤野才說不能置之不理。

「我認為必須迅速、隱密地採取行動，查出這名寄件人是誰。」藤野說，「不單只是為了確定信件內容的眞實性，也不是為了斥責寄件人。聽好了，寫這封信的人，就像校長剛才說的，非常聰明。」

藤野差點把「人」說成了「學生」。

「如果寄件者察覺校方不肯行動，也沒有人肯報警，非常有可能採取下一步行動。那樣一來，狀況將不是校方可以掌控的。」

「下一步行動？」津崎校長問。藤野覺得問歸問，但他大概早就知道答案了。

「也就是問題會跳脫學校、跳脫這個學區的範圍。寄件者會把消息洩漏給媒體，方法太多了。一封信、一通電話就好，媒體一定會緊咬不放。然後媒體遲早會連最早的告發信被校方壓下來的事實都查出來，千萬不能演變成這種情況。為了避免這種情況，必須盡快見到寄件者本人才行。」

學年主任沉默了，嘴角繃緊著。津崎校長緊盯著手上的告發信。

「現階段至少寄件者還對學校或家長懷有期待。那是希望我們找到眞相的深切期待、或是想看我們被這個彌天大謊耍得團團轉的惡意期待，我們並不清楚。這種事等查出寄件者是誰之後再問就行了。現在重要的是，不管那是什麼樣的期待，都絕對不能背叛。沒有時間觀望，或是慢條斯理地回應。認定那是惡作劇，置之不理，更是絕對不可行。」

「我……我實在不懂，我跟不上這種論調。」高木老師連聲音都發顫了。她現在已經不只是狼狽，而是憤怒。她在氣藤野。「這種信怎麼能相信？寫這種信的肯定是學生啊。事到如今才出現目擊證詞，又不是電影還是電視劇，絕對是胡說八道的。認眞把它當一回事就錯了。」

「高木老師。」津崎校長沉著地說，「藤野先生的焦點不在這封信的內容是眞是假。雖然說來奇怪，但那是次要的。更緊迫的問題是，我們能不能正確應對。」

「什麼叫正確應對？把事情鬧大嗎？」

「高木老師——」

「城東警察署也是，只要我們好好拜託，保證我們一定會找出寫這種驚動大家的信的學生，他們就不會插手管這件事了吧？因爲做出柏木同學是自殺結論的就是警方啊！」

高木老師的聲音在校長室的牆上反彈。回音消失後，短暫的沉默籠罩室內。

「班會時間差不多要結束了。」

津崎校長仰望牆上的時鐘說。十二點五分了。

「高木老師，請妳去職員室。」

高木老師不肯站起來，校長再次催促，「麻煩妳。」

「可是校長……」

「我希望妳迴避一下。」

高木學年主任總算離開校長室了。只剩下與藤野兩個人獨處後，津崎校長用他胖嘟嘟的手抹了一下額頭，閉上眼睛好半晌。

然後他隨著嘆息說了，「謝謝你。」

藤野不懂校長爲什麼道謝，默默地看他。

「如果藤野先生沒有過來，這件事一定會做出靜觀其變的結論——簡而言之，就是這種嚇唬人的告發狀就別理睬了。學校這地方就是有這樣的傾向。」

「意思是如果我沒插嘴，校長也會投『不妙的東西就蓋起來當做沒看見』一票嗎？」藤野刻意刁難地問。

意外的是，津崎校長微笑了，「或許吧。一方面覺得那樣做不好，但是把它當成惡作劇處理輕鬆多了。而且柏木同學死後，要解決的事堆積如山。要說服自己解決那些事更重要，是件容易的事，用這樣的論點說服警方也很容易。我們是老師，最擅長的就是耍嘴皮。」

藤野也微笑了，這校長的話很有意思。

「可是這招一下子就被封住了。」

「就像校長說的，被我封住了。」

校長的表情恢復一本正經，「具體來說，首先該怎麼做才好？我也打算去找城東警察署商量，但有什麼樣的方法可以應對？警方會想要採取什麼手段？」

這也是個意外的問題。這位老師十分務實。

「我不清楚負責的刑警會怎麼想。我能告訴校長的，只有我打算在城東警察署提出的建議。」

「願聞其詳。聽過藤野先生的建議後，我會負起全責來處理這件事。」

藤野微微揚起眉毛，「校長當然是這所學校的負責人呀？」

「我不會找其他職員商量。告發信的事，我會盡可能隱瞞下來。為了避免騷動擴大，並迅速做出適切的處置，我認為知道這件事的教職員愈少愈好。」

不是置之不理，而是在隱密中解決。這樣做確實很理想，但——

「這真的辦得到嗎？剛才的老師……」

「我想高木老師出於和我不同的理由，也想要隱瞞告發信的事，應該不會說出去的。」津崎校長的臉頰浮現一絲苦笑，很快就消失了。「只要我全權決定對策，她應該會配合我。不，我會要她配合。」

「我懂了。」

藤野在津崎校長面前重新坐好，校長從自己的桌上拿來公文箋和筆。

「剛才說得像在挑語病，但寄出告發信的人，應該就是二年級的學生，沒錯吧。我認爲是與柏木同學及小女親近的人。或許可以斷定就是同班同學。」

「我也這麼認爲。」

「所以要告訴那孩子你的告發信確實送到、收到了，學校也聯絡警方，一起行動了，並不是件難事。並沒有必要完全依照寄件人字面上的要求，認爲柏木同學的死有疑點，要警方重新展開調查行動。比方說，爲了研究如何防範這類可悲的事故、爲了將柏木同學不幸的死當成一個研究個案範例、也爲了重新檢討學校的警備問題，校方與城東警察署合作，還有一些想要深入調查的事。或者對於學生，宣稱警方等校外專家想要詢問他們有關校園生活上的煩惱，請大家配合，校方會確實保護大家的隱私。然後說，這次發生這樣的事，大家應該都有許多想法或煩惱，老師也想要知道大家的心情，希望學生自由寫下內容，不管是寄給班導還是校長都行。設置專門信箱也是一個方法。」

津崎校長以整齊的楷書和驚人的速度抄寫下來，是長年寫板書鍛鍊出來的筆力。

「我認爲寄件者會立刻有所反應。他可能會寫東西來，或是想要直接把消息透露給城東警察署。就算沒有這麼做，老師們只要觀察學生對校方的做法有何反應，或許就可以鎖定那名寄件者是誰。會做出這種事的孩子或許意志堅強，但個性應該很膽怯。他現在應該也正在煩惱告發信會被怎麼處理，會有各種猜想，內心害怕不已。只要提供一個環境給他，他一定就會用態度表現出來。」

津崎校長確實筆記下來後，抬起視線說：

「藤野先生眞的認爲這孩子的告發內容是眞是假都是其次呢。」

「是的。或者說，我認爲是假的可能性很大。」

「爲什麼?」校長睜大了圓眼。

「事發當時，我並不清楚城東警署進行了多嚴密的調查。不過最重要的還是柏木同學的父母在事發以前就在擔心他可能會自殺了。從狀況來看，我不認爲那會是殺人命案。」

站在這個觀點上來看——藤野接著說，「看到柏木同學被推下去的現場，凶手一干人笑著逃走——證詞內容如此重大，提出的時機卻太晚了，也太早了。也就是不上不下。我說的太晚，是指如果眞的有人目擊了現場，看到凶手逃掉之後，依照一般人的心理，應該會忍不住立刻去打一一○報警才對。即使是十四、五歲的小孩子，碰到殺人這麼重大的事件時，心理活動應該也和大人一樣。他們已經不是幼童了。」

辦公室外，走廊音箱傳來通知班會結束的音樂。

「另一方面，我說的太快，是指如果目擊者當時因爲某些理由——恐懼、對凶手的同儕意識、不願意牽扯進去之類的心情——總之出於各種原因而無法報警，但是看到柏木同學的死被當成自殺處理掉，又漸漸無法保持沉默的話，在這個意義上來說則**太快**了。今天是開學典禮吧?應該還要再過個幾天，體認到事件眞的已經終結了再行動才是自然的。比方說，如果是在今早聽到校長演講後才寫下告發信，那可以理解。不只是在報上看到、在傳聞中聽到，連校長都那樣說了。學校恢復往常，彷彿什麼事都沒發生過一般展開新學期。啊，柏木同學其實是被殺的，但是知道這件事的就只有我一個人——這樣的感觸要滲透心裡，令他按捺不住，採取行動，應該至少還要再幾天的時間才對。對國中生來說，報上的內容不是他們的社會動態，學校發生的事才是他們眞實的社會。要眞正體會到這件事，應該得等到來學校上課之後才行。可是這份告發信，是在學校還處在冬眠的寒假期間就寫好了，爲了在學校終於開始活動的開學典禮當天寄達。這太不自然了。」

津崎校長點了兩、三下頭，仰望著藤野。校長個子很矮，即使坐著，眼睛的高度也不一樣。這時藤野忽然感到有些難爲情。因爲他擺出一副專家臉孔（雖然他的確是專家沒錯），神氣兮兮地演說起來了。

「我明白了。」校長的聲音陰暗又消沉，「如果內容是假的，問題就跟內容是眞的情況一樣，十分重大。這孩子出於某種深刻的理由，希望撼動與柏木同學的事件有關的人。我開始擔心起來了。」

「擔心什麼？」

「我認為除了身為校長的我和藤野先生以外，可能還有其他人收到一樣的告發信。不是城東警署，而是其他學生的家。」

兩人瞬間對望。

「你是說柏木同學的父母嗎？」

「是的。還有另一個人，發現柏木同學遺體的學生野田健一。從這個意義來說，他也算是相關人士吧。」

藤野點點頭，隔了一拍又補充，「那三人組的家是不是也有可能收到？收到這封聲稱我看到了、我目擊到了的告發信。」

如果告發是假的，目標會不會反倒是大出、井口和橋田三個人？藤野有種恍然大悟之感。一度浮上檯面，又立刻消失的對三人的誣陷，或許這才是這名「告發者」最想再次炒熱的焦點。津崎校長似乎也在想一樣的事。

隔著一道牆外的走廊湧出學生們熱鬧的話聲和腳步聲。

17

拜訪城東警察署時，恰巧負責柏木卓也事件的兩名刑警都在。一個在開會，所以藤野先和少年課的女刑警佐佐木禮子談話。

當然，藤野是現職警察，而且是本廳的刑警，這應該也有關係，不過佐佐木刑警理解得很快，對應也很機敏。她說要先去收發室檢查現在送到署裡的所有郵件。

「上午的份應該已經分送到各課了吧？」

藤野與鞋跟踩出清亮聲響、匆匆經過走廊的女刑警並肩走著，同時問道。

「是的，但是有清單。」

「清單？」

「在這裡，收到的郵件會先全部列成清單，然後再分送到各單位。」

眞仔細。

收發室位在署內北側，是個不見天日的陰寒房間。負責佐佐木刑警說的「不可能有人想做」的差事的，是個應該退休在即的巡查，個子清瘦，年紀很大。他聽到刑警的要求，立刻取出今天收到的郵件清單。

「爲了愼重起見，可以讓我也看看昨天的份嗎？」

「昨天的我來看吧。」

兩人在室內一角的作業桌上攤開名單瀏覽。

「是限時信，對吧？」

「寄到我家和學校的是限時。」

兩天的清單裡，都沒有寄件人不明的限時信。

「如果下午的信送到了，請通知我一聲。我是內線三三一的佐佐木。」女刑警對收發郵件的人員說。藤野補充說明，信件收件人的字跡是疑似用尺寫出來的。

「既然特徵那麼明顯，那就容易找了，一發現我會立刻通知。從開工日到今天的清單，我也會再檢查一遍。」負責郵件的巡查說。

走出收發室後，佐佐木刑警小聲說了，「眞可憐，要是換成我，那種工作做上三天就爆炸了。」

從佐佐木刑警的口氣，難以判斷她是肯定這個系統非常了不起，還是在憤慨糟蹋了好好一個公僕。

少年課很吵，請到這邊來談——女刑警說，所以藤野跟著她走上剛才下樓的樓梯，結果碰上一個頭髮斑白、理小平頭的男子。

「哦，剛好。」

「開完會了？」

「嗯。那位是？」

小平頭男子指著藤野問佐佐木刑警。她點點頭，藤野自我介紹。

對方說，「我是刑事課的名古屋。」他微微低下小平頭，略帶深意地看著藤野，「我是埼玉出生的，姓氏卻是名古屋。」

然後他露出客套的笑。看起來像是卑躬屈膝，也像是在打量藤野，眼神很獨特。藤野心想，他在這個署裡應該是老鳥了。

他被帶到一間殺風景的小房間，裡頭只有壁掛式電話和桌子、折疊椅。門上有牌子，可以顯示「使用中」或「空房」，但佐佐木刑警和名古屋刑警看也不看那塊牌子，任它顯示「空房」，進了房間就「砰」一聲關門了。

兩名負責人都在，因此藤野再次說明自己的立場和狀況。

「內容寫著『請通知警察』，所以我想我們署應該是不會收到這封告發信，不過我們會留意。」

名古屋刑警戴著老花眼鏡讀著藤野交給他的告發信，口氣溫吞地說。

「學校的老師說要怎麼做？」

藤野說明他和津崎校長談到的內容，以及他所提出的建議。兩名刑警的態度讓他感受到明顯的溫差。佐佐木刑警不時應聲附和，聽得很認真，但名古屋刑警的表情總給人一種有所保留的感覺。

「我也贊成藤野先生的提案，應該讓告發信的寄件人知道我們確實收到訊息了。」佐佐木刑警說，「爲了通知寄件者，我也贊成採取和學生面談，或是類似訪談的手法。然後查出寄件者是誰，再做出適當的處理。不過這種情況，城東警署就沒辦法參與了。」

說完之後，女刑警忽然提出其他問題，「藤野先生一直都是刑警嗎？」

藤野眨了眨眼，「是啊，怎麼了嗎？」

「沒有少年課的經驗，是吧？」

「沒有。」

「這樣說或許冒昧，不過或許你才會沒有感覺吧。警察參與校內的活動，這是非常嚴重的事態，不是可以隨便這麼做的。校方也不能輕易允許警方干涉。」

女刑警的態度非常嚴肅。

「我的提案太輕率了嗎？」

佐佐木刑警用力搖頭，「我們絕對不是不願意協助，反倒是想要積極配合。只是既然這事不是犯罪調查，而是校方自主進行的調查，我們警署就無法正式行動，也不能行動。」

「那該怎麼做才好？我認爲要打動寄件者的心，絕對需要警方出面。」

佐佐木刑警一臉嚴肅地思考，接著認眞地問，「津崎校長說他會盡可能將這件事保密，全權處理，對吧？」

「是的，他明確地這麼說。」

「那麼我就採取這樣的形式好了，我身爲少年課刑警，想要了解發生這類不幸事故時，學生們會有什麼樣的反應、是什麼樣的心理狀態，因此請求津崎校長讓我以個人身分**觀摩**校方的調查，並獲得了許可。這樣的說詞，對上司也比較好交代吧。」

「有必要這麼誇張，非得這麼講究程序不可嗎？」名古屋刑警笑道，「那種信，用不著那麼當一回事吧？」

「是嗎？我認爲有必要找出寄件者是誰，好好地應對才行。」

「是嗎？我倒覺得這只是惡作劇罷了。」

藤野插進兩人之間，「兩位都認爲這封告發信的內容不可信，是吧？」

年代不同、性別也不同、意見不合的兩名刑警同時露出驚訝的表情。

「是的，當然了。」先是佐佐木刑警回答，「我認爲柏木同學是自殺的結論並沒有錯。」

「你有什麼疑問嗎？」

「我就是想請教這一點。」藤野說，「我也請教過校長，不過他表示至今並沒有聽到過任何這件事有犯罪成分的傳聞。不過我是學生的父親，關於這件事的詳情，只知道內子從家長會議聽來的，以及報上報導的內容而已。所以我也猜想警方或許有什麼未公開的內容——基於調查考量，甚至沒有告知校方的內容，比方說目擊證詞之類的。我想直接聽聽負責人的說法。」

名古屋刑警微微攤開雙手。他的手瘦骨嶙峋，與結實魁梧的軀體很不協調。

「才沒有什麼目擊證詞。」

「側門旁是一整排民宅，對吧？那裡的住戶沒有發現任何異狀嗎？」

「沒有。我們也挨家挨戶問過了。」名古屋刑警又翻開記事本，「甚至沒有人看到柏木同學，不過那種天氣也是難怪。」

那場雪把一切物證——不論是證明自殺或自殺以外的事物——掩蓋殆盡，所以才讓這事變得更加複雜。

「那麼也就是警方沒有未公開的情報嘍？」

「沒有。」這次是佐佐木刑警肯定地回答，「柏木同學的父母一開始就認爲那是自殺，但因爲沒有發現遺書，所以我們做了一番相當縝密的調查。」

藤野望向她，「對於信上指名的三人的劣行，在發生柏木同學的事以前，你們就知道了嗎？」

佐佐木刑警立刻肯定了，「他們在我們署裡是大名人。唯一慶幸的是，目前他們還沒有惹出什麼重大犯罪。」

「他們其他還做了哪些事，才會這麼惡名昭彰？」

佐佐木刑警信手捻來，「竊盜、深夜遊蕩、抽菸喝酒、偷自行車和機車、無照駕駛，還有恐嚇勒索。」她嘆了口氣，「要是一一列出來，名單比我的手還要長。」

「校園暴力呢？」

「我們沒有接到過城東三中的諮詢或通報。」

津崎校長也說校方沒有請求警方介入過。不過校長說沒有發生嚴重到那種地步的事時，高木學年主任的表情顯然並不同意。

「你們曾經把柏木同學的死和這三個人連結在一起考慮過嗎？」

佐佐木刑警搖頭，「沒有。我知道校內有傳聞說柏木同學是遭到他們霸凌，才會被逼上絕路。可是我們詢問柏木同學的父母是否有這樣的可能性，他們立刻否定了。」

「明確地否定？」

「是的。」

「根據是什麼？」

「他們說兒子拒絕上學以後，就再也沒有見過任何一位同學。沒有電話打來找他，也沒有人拜訪他。聽說柏木同學偶爾會出門，但出門的時候也總是一個人。他沒有聯絡外界的某人，也沒有被誰找出去的樣子。事發當天也是。」

「金錢方面有異狀嗎？」

「柏木同學的父母很肯定地說他從來沒有從家裡偷拿錢，也沒有被人勒索、威脅拿錢過去的樣子。不只是最近而已，過去也是。」

對話愈來愈像球賽的相互還擊了。名古屋刑警悠哉地在一旁看好戲。

藤野頓了一下，喘了一口氣又問，「那麼柏木同學死後，就沒有再調查過大出同學他們了嗎？關於他們當天的行動和下落。」

佐佐木刑警睜大眼睛，乾燥的嘴唇呆呆地張著。

「我們不認爲有那種必要。有必要調查誰……更何況有理由懷疑那是命案嗎？最重要的是，他的父母首先就說那是自殺。我們會仔細地詢問周邊地區的住戶，完全是……」

「**沒有調查，是吧？**」

佐佐木刑警望向搭擋，就像要與他分擔對這番不當詰問的憤懣。然而名古屋刑警沒反應，無動於衷地看著藤野。不知不覺間，他掏出香菸叼在嘴上，沒有點火。

「沒有調查。」佐佐木刑警憤憤不平地承認，「就事實來說，我們並沒有調查。但是柏木同學的事件以後，我見過他們幾次。」

「妳去拜訪他們？」

「不，他們在鬧區遊蕩，我看到他們。每次看到他們，我都會叫住他們。他們也都認得我。」

「柏木同學死後，警方曾經輔導過他們嗎？」

「沒有。謝天謝地。」

「他們的態度有什麼變化嗎？」

「沒有，很不幸的。」

佐佐木刑警似乎決定將搭擋不願意共同扛下的憤懣發洩在其他目標上。她的眼角高高地揚了起來。

「他們的情況，問題不光是出在本人，還有家庭。兒童虐待裡面，雖然有未適當養育這一項，但大出、橋田和井口家中的虐待，要我說的話，是未適當教育。他們的父母讓他們爲所欲爲，因爲放任不管，讓他們長成了三個無賴。」

「你們和他們的父母面談過嗎？」

「好幾次。輔導本人時，當然會叫監護人過來。」應該是爲了壓抑怒意，她面露笑容，「我還差點被大出俊次的父親揍。要是他眞的動手，我也有法子應付，但對方帶了律師來，聰明的律師先生制止了他。」

藤野感覺這名女刑警要是挨揍，應該至少會回敬個一兩拳。

「原來是這樣。」藤野放緩了語氣，「就像我一開始說的，我本身認爲這封告發信的內容很可疑，是捏造的。我看不出大出同學他們受到懷疑的理由。柏木同學死掉的時候，妳會認爲沒必要積極尋找自殺之外的理由，也是可以理解的。換做我是負責人，也會用相同的方式處理吧。我只是想要確認這件事而已。」

佐佐木刑警用鼻子哼了一聲。似乎放下緊張了，但眼睛還繃得緊緊的。

「總覺得好像在接受面試。」

「抱歉了。」

人家畢竟是本廳的菁英刑警嘛——名古屋刑警揶揄似地說。

「唔，那樣的話，接下來交給學校跟佐佐木就行了吧？」名古屋從折疊椅站起來，「我會被找去，是因爲接到通報之後發現，萬一跟犯罪有關就糟了，所以上頭很神經質。這年頭學校只要發生什麼事，媒體就會吵翻天嘛。」

「好的，沒問題。謝謝你。」藤野恭敬地回應，然後問，「你不點火嗎？」

「什麼？」

「菸。」

「哦，我在戒菸。嘴巴一癢，就像這樣叼著。」

名古屋刑警離開後，佐佐木刑警板起了臉孔說：

「像那樣叼著，濾嘴會濕掉，對吧？」

「嗯。」

「然後他會把那支菸又收回包包裡，絕不扔掉，一用再用。我覺得比起抽菸，那樣對身體更不好。」

藤野笑了。佐佐木刑警也露出苦笑，總算放鬆下來了。

「今後的事，我打算和津崎校長好好商量後，思考具體上能提供什麼支援。從虛偽的告發這個角度來看，找到這名寄件者，問出苦衷，也的確是我分內的工作。」

麻煩妳了——藤野低下頭來。佐佐木刑警似乎感到困惑。

「我也是三中的家長啊。」藤野說。

「說的也是呢。呃……」猶豫了一下之後，佐佐木刑警問了，「對於擅自拆開寄給令嫒的信，你有什麼想法？或許這個問題很多餘。」

「可以預期將有一場激戰。」藤野回答。女刑警笑了出來。

「我想只要好好跟我女兒說理，她就會了解。關鍵是我拆這封信，並不是出於理智而是出於親情所做的。」

「她這個年紀正難相處呢。」

「似乎呢。雖然對我來說，她還是個小女孩。」

「家父也是，到現在似乎還把我當成一個成天想玩家家酒的小女孩。」

這個凜然昂首、穿著毫不時髦的套裝、留著男孩般短髮、連口紅也沒搽的女性，也是有「小女孩」的時代的。

「我也可以問個多餘的問題嗎？」藤野問道，佐佐木刑警微微偏頭看藤野。「事件之後，妳和大出同學那三個人碰面時，曾經跟他們提過柏木同學的死嗎？不是出於懷疑他們的念頭，而是打探他們對柏木同學、對同學選擇走上絕路這件事有什麼感想？」

佐佐木刑警眨了幾下眼睛，點了點頭。

「除夕夜，我在萊布拉——就是那家購物中心……」

「嗯，我知道。」

「我在那裡的遊藝場看到他們，跟他們聊了幾句。柏木同學自殺了耶——我像這樣跟他們搭訕。」

她突然一臉尷尬。

「當然不是眞心，而是打趣——這一樣對死者不敬。不過總之那個時候我問他們，你們眞的沒對柏木同學做什麼吧？」

「他們怎麼回答？」

「三個人異口同聲否定說絕對沒有。他們沒有一刻是認眞的，總是吊兒郎當，流裡流氣。坐沒坐相，站沒站相，所以也不可能一下子突然變得正經。或者說，如果他們突然變得正經嚴肅，我反而會起戒心。」

「會覺得有些什麼？」

「是的。所以雖然是用邋遢的口氣，罵著這歐巴桑胡說八道些什麼，但三個人都宣稱和他們沒關係，他們啥都沒做。我信了他們的話，現在也相信著。他們是群無可救藥的國中生，今後非常有可能變成無可救藥的大人，但我認爲他們跟柏木同學的死完全無關。」

「對於遭人懷疑——因爲也有這樣的傳聞——他們顯得害怕嗎？」

「應該不覺得開心，但應該沒有想得太嚴肅，也沒有害怕的樣子。」

——你們的同學死掉了，你們有什麼想法？

——居然自殺，簡直蠢透了。

——要是我們，才絕對不會去死哩。

——要死的人就讓他去死吧。

佐佐木刑警說當時的對話內容是這樣的。

「這麼說來……」佐佐木刑警接著說，「我問他們柏木同學是個什麼樣的孩子，噯，你也知道那些人，他們一臉不耐煩地說『誰曉得啊。』不過也說了令我有些在意的話。就是橋田同學說……」

——那傢伙怪恐怖的。

藤野湧出興趣，「怪恐怖的？」

「是的，藤野先生認識他們嗎？」

「不，完全不認識。聽說三個人裡面，大出是他們的老大？」

「沒錯。他家境非常富裕，本人在一部分女生裡面也相當受歡迎，外表是個相當帥氣的少年。橋田同學和井口同學總是隨侍左右，或者說像金魚大便一樣黏在後頭。只論個子的話，橋田同學是比大出同學還要高，但瘦得像根釘子。井口同學則是相反，身材矮短，有點胖。橋田同學不愛說話，井口同學喜歡附和老大，嘰嘰呱呱個不停。」

令佐佐木刑警介意的話，就是平日沉默寡言的橋田說的。

「那傢伙怪恐怖的。橋田同學這麼說，結果大出同學和井口同學有了一點反應。這是我的推測，感覺像是在制止他，叫他不要在歐巴桑警察前面多嘴。不，可是……」或許是我多心了——她急忙搖搖頭，「不管怎麼樣，他們看起來並沒有把柏木同學的死放在心上。這樣說對柏木同學很過意不去，可是因為這樣，我確定了不管是以什麼樣的形式，他們都真的跟柏木同學的死沒有關係。」

「爲什麼？」

「那些孩子——他們做的事雖然有時候比大人更奸詐，但還是有很多孩子氣的地方。我來到城東署還不到兩年，但是在少年課已經待第五年了。雖然有些放肆，但這是我根據自己的經驗做出來的判斷。」

藤野鼓勵一般催促她說下去。

「不良少年犯下滔天大錯時，或是被牽扯進去時，很多時候都無法隱瞞到底。有的時候雖然是因爲罪惡意識作祟，但也有些時候是相反地克制不了想要炫耀豐功偉業的誘惑，或是也有想要正當化自己的所做所爲，希望別人加以肯定的心情。他們沒辦法一個人概括承受。或許是因爲他們心的容量比大人更小吧。所以不管是以什麼樣的方式，如果他們與柏木同學的死有關，無論如何都會顯露在表情或態度上才對。我要重申，即使不是因爲內疚難過，而是把它當成『勳章』——看我幹了多酷的事——也是一樣的。」

言之有理，成人的罪犯裡也有些人的心的容量很小。他們所表現出來的態度，完全就是佐佐木刑警所形容的。那有時候會成爲破案的關鍵，或是令他全面自白的契機。

「可是大出同學他們沒有任何變化。我提起柏木同學的時候，他們也像平常那樣邋裡邋遢、亂開玩笑。明明討厭我，卻又嬉皮笑臉，臉皮厚得跟什麼似地。完全是平常的他們。要說唯一不一樣的地方，就只有橋田同學剛才的那句話。」

——那傢伙怪恐怖的。

「我明白了，謝謝妳。」藤野說完站了起來，「今後站在同樣身爲警察的立場上，我不會再有更多意見了。往後我會以學生家長的身分，監督校方如何處理。」

佐佐木刑警也站起來。此時壁掛式電話的話筒突然掉了下來。話筒撞到牆壁，懸在線上，在離地二十公分的地方晃來晃去。

「怎麼搞的？」

佐佐木刑警埋怨著，拾起話筒掛回原位。

「我們署不管是建築物還是設備都破舊得要命，大小毛病一堆。以前都沒人告訴我，原來警察這個單位窮成這樣。」

本廳也是半斤八兩啊——藤野說，兩人一起笑了。藤野無法忖度，當話筒冷不防掉落的瞬間，佐佐木刑警是否也和他一樣，內心一凜。

目前藤野配屬的特別搜查本部設在澀谷警察署。正在調查的是一起土地收購糾紛所引發的縱火命案，嫌犯是一對小混混。嫌犯已經被拘捕到案，正展開偵訊。

根據目前的搜查，警方判斷實行犯就是他們兩人沒錯，但搜查本部的目標另有其人。因爲如果不查出委託他們殺人放火的幕後主使者，證明兩者之間的關聯及共犯結構，蒐集到足夠的證據起訴，將幕後黑手送上法庭，案子就不能算是眞正解決了。

藤野不是負責的偵訊官，但他一直指揮著分區調查工作，也自認爲這個案子自己掌握得最清楚。正因爲如此，返家之後回去本部的時間不但延後了，傍晚還得再回家一趟，令他非常過意不去。

可是唯獨今天，不能用電話講講就算了。他認爲身爲父親，自己有責任與涼子面對面，親手把那封信交給她，好好解釋一番。

但是他遲遲抽不出空來。案子不只一樁，更不巧的是到了下午，列爲持續調查案件已經過了半年的命案收到了新的線索，他必須前往轄區警署。再回到澀谷署時，看看時鐘，已經超過晚上八點了。

「副長，晚飯吃了嗎？」

還沒，藤野想都沒想就應道「蕎麥麵就好。」即使到了這個時刻，本部各處的電話鈴聲依然不見停歇。

「副長。」

「我不是說要蕎麥麵了嗎？」

「你的電話。令嬡打來的。」部下笑著說。藤野繞過桌子走近電話的時候，部下正對著話筒說，「現在就幫妳轉接。涼子，妳最近好嗎？」

在這個重案第三班，藤野是指揮官伊丹警部的輔佐，因爲是班長的次席，所以大家都叫他副長。接電話的部下紺野是今年春天配屬到三班的新手，是個臉頰還留著痘疤的獨身男子。暑假的時候，他成天抱怨沒有女朋友，也沒有度假的預定。所以藤野把他找來家裡，一起烤肉，當時他也見到了涼子，後來兩人似乎奇妙地有了交情。

「喂？」

「啊，爸。」涼子的聲音傳來，「不好意思在你工作的時候打去。現在方便講電話嗎？」

「可以啊。」

告發信還在藤野手裡，涼子不可能知道。是什麼事呢？她的語氣聽起來很平常。

「今天社團活動結束後，校長把我找去了。」

藤野默默地揚起眉毛。紺野還在看這裡，所以他背過身子。

「校長說，其實應該先由爸告訴我的，但爸應該很忙，很難抽出空檔。還有今後校長有可能聯絡爸，到時候如果我一頭霧水就不好了，所以校長先主動告訴我。」

津崎校長的圓臉浮現眼前。他一定是坐在桌前，拉扯著手織的背心衣襬，煩惱著是否該由他告訴涼子吧。

「那妳已經聽說了？」

「嗯，校長叫我跟你道聲歉，說不好意思多管閒事了。」

眞周到。

「爸也想直接跟妳談的，可是……」

「抽不出時間。」涼子搶先說，「我明白的。」
嗯——藤野應道。
「爸，難道你以為那封信是寫給我的情書？」
「一瞬間我也這麼想過。」
「可是你還是拆了。」
「沒錯。對不起。」
電話另一頭傳來涼子的笑聲。
「被這樣劈頭就道歉，叫我怎麼反抗嘛？爸知道嗎？不太反抗父母的小孩子反而會有問題唷。」
藤野沉默不語。
「這回就饒過你好了。」涼子說。
「我知道了。」
「嗯。因為就算是我收到那封限時信，看到信封上那古怪的筆跡，一定也會立刻找爸商量的。」
「在還沒拆封之前？」
「唔……應該會先看看裡面吧，可是或許我會不敢開。」
不曉得啦——涼子用稚氣的聲音說：
「因為我已經知道了信是那種內容，所以才不覺得生氣也不一定。如果是別種信，或許我現在已經暴跳如雷了。」
「是啊。」
「爸同意我有生氣的權利，是吧？」
「是的。」

「那就好。」

藤野鬆了口氣。

「校長其他還說了什麼？」

涼子稍微沉默了一下，好像在猶豫該怎麼回答。

「怎麼了？」

「校長告訴我很多事，可是我不曉得該不該由我告訴爸。我想校長應該也會聯絡爸。」

「那當然了，可是我想知道校長**告訴妳**哪些事。」

「刑警就是這樣才討厭。」涼子短短地笑了，然後壓低聲音說，「就是，那封信——告發信，好像只有寄給校長跟我。」

「柏木同學的父母或森內老師呢？」

「沒有收到。那是限時信，所以應該都已經寄到了吧？如果沒收到，就表示沒寄給他們。沒有人說什麼，表示沒有其他人收到。」

藤野心想，爲了確定這件事，津崎校長肯定煞費苦心，而且大費周章吧。總不能開門見山就問，「你有沒有收到告發信？」那樣只會擴大騷動。

「級任導師沒有收到啊……」

「嗯。看來比起森內老師，這個告發者更信任我呢。」

「因爲妳是班長啊。」

這次涼子沒笑了，「所以校長拜託我，告發信的事只能校長、高木老師、爸和我，還有城東警察署知道，叫我要保密。呃，這樣有幾個人了？」

「人數姑且不論，妳也是其中之一呢。」

可是藤野感到驚訝，「校長連對森內老師也要保密嗎？她可是班導呢。」

「我也覺得這樣不好，可是小狸子看起來很擔心。」

「擔心？」

「小森森很弱嘛。柏木同學死掉的時候，她也只會一臉蒼白，什麼忙都幫不上。我感覺她最近才總算振作起來了，所以校長也才會擔心吧？」

比起「大小姐」森內老師，津崎校長覺得班長涼子更可靠、更可以信賴，是嗎？

一個想法在藤野心裡閃現。津崎校長與其說是擔心森內惠美子，會不會是害怕這件事從她口中洩露出去？他在擔憂森內老師可能無法承受這樣的重擔。她是三中相關人士的鎖鏈當中，最爲脆弱的一環。

或許不是津崎校長的個人意思，而是極重視校譽的高木老師的意向，但這話實在是不好對涼子說出口。

「妳又用綽號叫老師了。還叫校長小狸子，成何體統？」

「有什麼關係？就是喜歡才會這樣叫好嗎？然後校長說接下來要採納爸的建議，進行類似調查的活動？」

「沒錯。只要校方有所行動，告發信的寄件者應該會暫時平靜下來吧。」

涼子不置可否地「哦？」了一聲。

「小狸子也講了這樣的話。」

「又叫校長小狸子！」

「校長大人。」

「校長還問妳其他事嗎？」

「他問我知不知道有哪個朋友可能寄出這種信。」

這個問題藤野也想知道。

「妳心裡有底嗎？」

涼子立刻回答，「完全沒有。」

「想不到？」

「或者說……我可以確定有些朋友絕對不會做這種事，但其他同學就不曉得了。」

「妳有很多朋友都知道爸是刑警嗎？」

「我不記得告訴過那麼多人，我只告訴過幾個要好的朋友而已，可是這種事是會自己傳開的。」

這時涼子的聲音第一次滲透出不安的音色，「爸對校長說那封信上寫的事不是眞的，對吧？」

「是啊。」

「爸眞的這麼覺得？那是身爲刑警的見解？」

「妳覺得呢？」

「用問題回答問題的父母眞是討厭。」涼子打諢說，「我的回答還是一樣，我不曉得。如果有目擊者，感覺應該會更快出面，但是也有可能是因爲害怕而不敢說出口。」

「妳的意思是，目擊者害怕信中指名的那三個人？萬一洩密者是自己這件事曝光，會遭到報復之類的？」

涼子好像吃了一驚，「我沒想到那裡，只是覺得那個人可能是害怕被扯進去……」

可是難說呢——她的聲音變小了。

「那伙人很可怕，不曉得會做出什麼事來嘛。」

「大出、橋田、井口。」

「嗯。啊，我要聲明，我沒被他們捉弄過唷。」

「嗯。」

「只是那伙人——大出他曾經說過。就是柏木同學葬禮之後，我們在購物中心碰到的時候。」

涼子說明，大出當時說了類似柏木卓也確定是自殺的，他們就不用怕被藤野的父親抓走了這樣的話。

「出棺之前，柏木同學的父親致詞了，任誰聽了都明白那是在說柏木同學是自殺的，可是那伙人沒來參加葬禮呢。他們怎麼會知道呢？」

「在遇到妳們之前，碰到參加葬禮回來的其他人，聽他們說的吧。」

「啊，這麼說來他們也說了類似的話。」

或許是想要打聽消息，才會守在購物中心，等待有人經過。非常有可能的事。

「聽說他們是轄區警署少年課的名人。」

「這很理所當然啊。」

「我跟校長談話時，一開始學年主任的高木老師也在場。關於他們在學校鬧出來的事，她好像有話想說。」

「他們幹了很多壞事嘛，眞的是數都數不清唷。」

「那麼妳怎麼想？有可能是他們對柏木同學下的手嗎？」

涼子沉默了一會兒，藤野也默默等待。

「不曉得。」

「這樣啊。」

「那三個人跟柏木同學沒有關聯，不過或許只是外人看起來這樣而已。」

「是啊。」

「那這次輪到我問爸，本來家屬以為是自殺，仔細調查之後，結果發現是他殺，有這樣的例子嗎？」

「我一時想不到吶。」

「是唷……」

「我覺得很罕見，反過來的情形倒是有。」

驗屍及現場勘驗等所有的要素都顯示是自殺，但有時候家屬在心情上就是無法接受。

「妳現在覺得怎麼樣？」

「心情很亂。寫告發信的人不是期待我嗎？叫我通知警察。」

「妳已經回應了他的請託啊。」

「是爸擅自回應的，好嗎？」

聲音有點尖。或許涼子比自己意識到的還要生氣。藤野忽然疼惜起女兒來了。

「是啊。可是妳不必再爲這件事想東想西了，接下來就交給老師和警察吧。」

「爸呢？」

「我只會以妳的父親身分去參與這件事。我也跟校長這樣說了。」

「不是向校長大人稟報唷？」

藤野笑了，涼子也笑了。

「如果有什麼，我會再打電話。」然後涼子匆匆接著說，「那個『目擊者』或許還會再寄信來，搞不好還會打電話來呢。」

「如果校方處理得當，應該不會有這種事吧。不過只要遇到任何覺得不對勁的事，就立刻告訴爸吧。」

「嗯，我會的。」

「爸的職業，給妳帶來不必要的操心了吶。」

「剛才媽也這麼說。啊，等一下。」涼子用手按著話筒，好像在跟家人的誰說話。她很快就回來說，「爸今天穿的襯衫袖口釦子掉了，對吧？媽本來想幫你縫的。她叫你穿衣服之前要先檢查一下。」

藤野完全沒發現。

「還有，瞳子漢字考試考了一百分，爸回來的時候誇她一下吧。」

「好。」

「爸？」

「什麼？」

「我的事不用擔心。我很堅強的。」

現在說這種話的妳，以前還**尿濕**過爸的膝蓋呢——他差點要這麼說。

「爸知道的。」

掛了電話以後，外送蕎麥麵已經來了，紺野早就吃掉了大半。

「小涼總是那麼可愛呢。」

藤野瞪了怪笑的部下一眼，吃起涼掉的蕎麥麵。

18

我的信送到了嗎？他們好好地收到它了嗎？

三宅樹理坐在房間的書桌前，瞪著小小的圓手鏡。太陽西下，天空的橘紅色也已經褪去，光源只剩下桌上的檯燈。

不管再怎麼熱切地看手鏡，也不可能戲劇性地變美，所以樹理討厭鏡子。可是現在她只能看著自己的臉，因爲她沒有可以共享祕密、分擔這種煩憂的對象。

淺井松子不行。她只是擺出一副了解樹理所做之事的意義、明白她想做什麼的臉孔，事實上根本什麼都不懂。松子只是好心，只是單純。

今天的開學典禮，校長什麼都沒說。或許信還沒有送到。雖然寄了限時，但信是昨天下午才寄出去的，或許今天下午才會送到。

那麼現在這個時候——

寄給校長的信她寄到學校。因爲她不知道校長家的地址，所以信應該已經確實送到校長手中了。

剩下的兩個人呢？

那個討人厭的藤野涼子。

還有她痛恨到了極點的森內老師。

她們兩個看了「告發信」，會露出什麼樣的表情？藤野涼子會立刻找她父親商量嗎？森內老師會打電話給校長嗎？

或者即使寄到家裡的信還沒有收到，森內老師也已經從校長那裡聽說這件事了？那麼今晚她回家看到信，也不會那麼驚嚇了吧。

有點可惜。她本來想把森內老師嚇到腿軟的。或許她應該把寄給校長的信延後一天才對。

森內老師獨居在隔壁的江戶川區。有些女同學在暑假的時候去玩過。她們嚷嚷著老師住的公寓好漂亮，陽台還種著香草。蠢斃了，眞不曉得她們腦袋裡裝些什麼。

她們怎麼會嚮往森內那種人？爲什麼她們不明白她們只是被她的外表給騙了？

外表就那麼重要嗎？

森內老師，拜託妳一定要慌到六神無主、滿臉蒼白。爲了我東奔西走吧，爲了我勞苦吧，把那三個傢伙趕出校園吧。否則的話，下次，下次，我可要使出更厲害的手段了。

三宅樹理看著手鏡。校方或許已經開始尋找匿名告發信寄件者的擔憂，目前在她的心中還不是迫切的問題——

江戶川芙洛公寓。

森內惠美子大學畢業，在城東第三中學獲得教職後，立刻搬到了這裡。她的老家在杉並區，所以從家裡通勤也完全沒問題，但是她想要趁著就職的機會獨立生活。

雖然不是大型建商蓋的公寓，卻是一棟總戶數六十戶的豪華出售型公寓。以房客身分在這裡租屋的，包括惠美子在內，也只有幾戶而已。由於很多家庭都有幼童，因此有時候有些吵鬧，算是它的缺點；不過考量到安全問題，比起不知道有哪些身分背景的人居住的出租型公寓，更要令人放心多了。惠美子很滿意這個住處。

一月七日星期一，晚上七點四十分，惠美子回家了。她推開入口沉重的大門走進大廳。打開自動鎖的門，朝成排的信箱走去。信箱口插著晚報的，只有惠美子一個人的信箱。

除了晚報以外，還有幾張遲來的賀年卡和廣告信。取出來抱在胸口，往電梯走去。下樓的電梯裡走出幾個熟面孔的住戶。彼此道晚安後，惠美子一個人進了電梯箱，目的地是四樓的四〇三號室。

走出電梯前進。五公分高跟鞋優雅的聲音在走廊上迴響著。叩、叩、叩。掏出鑰匙開門。親愛的家，我回來了。

森內惠美子的腳步聲、開關門的聲音，接下來的寂靜。緊鄰一旁的四〇二號室裡，有個人正側耳聆聽著這些動靜。

垣內美奈繪的生日是一月十五日。因爲這樣，每年過年總是令她憂鬱。因爲每到過年，她就不容分說地被迫意識到自己的年齡。

不，她並非**總是**憂鬱的。她開始變得如此憂鬱，是才兩年前的事。

因爲丈夫開始外遇了。

開始，然後持續，直到現在。兩年一個月又二十八天。

垣內典史是總公司位在大阪的一流證券公司員工。由於幾年前開始的景氣榮景，他的年收直線攀升。幾年前？丈夫不會用這麼籠統的說法。他會明確地說是「自從廣場協議以來。」優秀的證券員，在家說話也絕不模稜兩可。

所以「我要離婚」這話，也明確得沒有弄錯的餘地。他甚至沒有露出半點難以啓齒的表情，也沒有支吾其詞。用大概是與向顧客說明投資報酬率的相同聲音提出：

「我們的這場婚姻是一次失敗的投資，我們來思考不同的運用方法吧。」實際說法雖然不同，但聽在美奈繪耳裡，根本就是這個意思。

垣內典史把人生的一部分投資在美奈繪這個女人身上，然而結果並不如他的預期，所以他要轉移投資標的。這不是理所當然的事嗎？

被拋棄的投資標的受了什麼樣的損傷，都不關他的事。

兩年一個月又二十八天。美奈繪徒長了這麼多年紀。兩年一個月又二十八天前，她發現丈夫外遇，逼問他這件事，卻被明確地提出離婚，「既然被妳知道了，這是個好機會。」

然後下次生日，美奈繪就三十一歲了。被丈夫提出離婚，知道他有個情婦——比兩年一個月又二十八天更早半年前就已經存在，現在也持續存在的情婦，就這樣迎接三十一歲。

是怎樣的女人？美奈繪問。比我年輕幾歲？

二十八歲，丈夫答。是室內設計師，丈夫答。本來是我的客戶，丈夫答。

是個獨立自主、資歷豐富，經濟富裕的年輕女人。這樣一個女人，想要從我身邊奪走我的丈夫。

美奈繪不答應離婚。結果丈夫離家了。離開了用他的名義貸款、買下的這處公寓。

「這間公寓就留給妳吧。當做贍養費。只要妳肯在離婚協議書上簽名，我立刻辦理轉移手續。」

丈夫這麼說完，離開了，那是兩年前的新年假期結束時的事。隔天就是開工日，東證開市的那天。

「我想在新的一年做個了結。」

然後丈夫和情婦開始同居了。

美奈繪一個人被留了下來，現在依然被留下來。

今後她也不準備答應離婚。鬼才會答應離婚！被這樣作踐，還乖乖成全，美奈繪才沒這麼傻。丈夫太小看美奈繪了，她也這麼對丈夫說過。

然而典史卻好似面對不敢買下多少有點風險，但報酬率極高的股票的客戶，擺出一張**我真為你遺憾**的表情這麼說了，「我只是正視現實，並不是輕視妳。我們的婚姻失敗，破裂了，所以我才提議解除契約。爲什麼妳就是不懂？」

美奈繪知道的。丈夫非常能幹。今後他的年收將會更進一步攀升，成爲公司裡備受矚目的菁英員工吧。他現在已經不是單純的營業員，還有「理財顧問」這樣的頭銜。他錢多得是，這種普通的家庭式公寓，就算送給美奈繪一兩間，他也不痛不癢。生活費也是，雖然金額不多，但每個月都會存進來。他會算準錢進到戶頭的時機打電話過來：

「我們也不能就這樣一直下去吧？妳就差不多妥協了吧？要是妳太冥頑不靈，我也不得不使出強硬手段了。」

「什麼強硬手段？」

「告上法院之類的。」

「好哇，請便。你敢告就告告看啊。法院才不可能讓外遇的丈夫判離呢。」

「妳是認真的嗎？最近不一定都是那樣了。如果婚姻生活有名無實，有責配偶的離婚申請被受理的例子愈來愈多了。再說——妳眞的認爲我們的婚姻會失敗，責任全在我一個人身上嗎？妳從來沒有反省過妳自己嗎？」

「我才沒有錯！」

「那就沒辦法了，只是在兜圈子。可是呢，如果鬧上法院，我就不會再寄錢給妳了。到時妳就沒法過日子了吧？」

沒錯。就連現在，她的生活也過得捉襟見肘。

可是丈夫一定正與情婦過著優渥奢侈的日子。美奈繪並不知道具體地點在哪裡。典史就像要遠離惡性細菌一般，不讓美奈子知道他在哪裡生活，任職的分店也換了地方。即使美奈繪向丈夫原來的職場打聽，對方也不肯告訴她。他們都被下了封口令，都站在丈夫那邊。爲什麼？爲什麼？

新的一年，把過去做個了結重新展開的新人生。對丈夫來說，美奈繪是從新人生中被拋棄的大型垃圾。

「要較勁的話，我不在乎。她也說她不拘泥名分，而且工作和生活上也沒有任何妨礙。虛擲光陰，拖延人生的重新起步，只會讓妳平白損失而已。」

電話總是在這樣的對話後掛斷。

美奈繪的娘家很遠，父親身體不好，母親光是照顧父親就忙不過來了。美奈繪不想讓母親擔心，所以什麼也沒說。暑假和過年也都藉口要去國外旅行，沒有返鄉。法會等無論如何都必須露臉的時候，總是美奈繪一個人出席。即使如此，父母也完全沒有起疑。

「典史工作很忙嘛。」

對於在不起眼的地方都市，一家無名的小公司當上班族的父親來說，有個一流證券公司菁英分子的女婿，是他的驕傲。老是埋怨父親不成才的母親，則是對嫁了這樣一個好男人的女兒自豪不已。我這女兒雖然沒什麼優點，不過釣金龜婿的本領眞是一把罩。

所以美奈繪什麼也不能說。我被拋棄了，這種話她怎麼說得出口？也沒必要說，只要繼續忍耐下去就行了。只要一個人扛下來，就不會被任何人知道。只要他們以為丈夫很忙，很少回家就行了，以為他常出差就行了，以為他一個人去外地工作也行。而且在變成這樣以前，典史也真的很忙，回到家的時間總是三更半夜，連假日也很少在家。

只有自己一個人，最大的好處是只要欺騙自己就夠了。

可是——從某個時候開始，狀況逐漸改變了。

隔壁的女人——森內惠美子在兩年前的三月搬來了。她上門來打招呼時，美奈繪就不太喜歡這女人。因為她明明是個才剛大學畢業沒多久的菜鳥，態度卻那麼落落大方，看起來太自信十足了。好像深信世上沒有一件事不會遂她的願，好像確信自己的所做所為全是對的。

而且她還是個美女，衣服的品味也不錯。看上一眼，美奈繪就不爽了。

即使如此，當時丈夫一月才剛離家，美奈繪也沒有心思理會住在隔壁的女人。感覺差勁的鄰居無關緊要。她很快就忘了，也一直都忘了。不必與鄰居密切打交道，是住公寓的優點。

她突然變成了威脅美奈繪生存權的存在，是去年九月的事。她忘記是幾號了，但確定是星期天。因為那天中午過後，典史忽然回家了，是他離家之後第一次返家。

他說他來拿舊的資料。本來以為放在公司，卻找不到，所以應該是放在這裡。聽他的口氣，似乎是重要的東西。

丈夫的房間，還有他使用的櫥櫃、衣櫃，美奈繪完全沒有動過，為的是讓他隨時可以回來。但是典史即使注意到這一點，也沒有表現出來，就像警察搜房子似地四處亂翻。美奈繪跟他說話他不理，幫他泡咖啡，他也完全不碰。

累積再累積的鬱悶與憤怒終於爆發開來了。她跟在東翻西找的丈夫身後，不停地尖叫怒罵、指責怪罪。

丈夫完全沒反應，只是全心全意找東西。愈是遭到漠視，美奈繪就愈激動。

她隨手抓起東西砸向走來走去的丈夫。沒砸到丈夫，但是看到他睜大了一雙眼睛的模樣，心頭爽快到連自己都嚇到了。所以她又扔了。丈夫閃躲著美奈繪的攻擊，在各個房間倉皇走避。

「妳腦袋有病啊！」

典史拋下這句話就要離開。美奈繪追趕他，在丈夫就要打開玄關門時抓住了他。她使盡全身的力氣抱住丈夫，想要把他拖回來。這段期間她一直厲聲哭嚷。丈夫甩開美奈繪，硬是要出去走廊。美奈繪被他拖著，一起跌出了家門外。

那時——住隔壁的女人就站在眼前。

四〇三號室的門開著，女人一手握著門把，探頭看著美奈繪家的方向，是在訝異鄰家的吵鬧聲是出了什麼事吧。

典史發現她，原本的冷靜崩塌了一角，額頭和臉頰倏地漲紅了。

「失禮了。」

他簡短地道歉，使出渾身之力甩開美奈繪的手。由於第三者登場，一瞬間不由得退縮的美奈繪輕易地被甩開，頭在門板上撞個正著，癱軟在玄關口。丈夫頭也不回，踩著清亮的腳步聲往電梯走去。

美奈繪跌坐在地，放聲大哭。她邊哭邊叫，「我絕對不離婚！」喊了又喊，叫了又叫。

一會兒後，她發現隔壁的女人還站在旁邊，趿著拖鞋的腳尖就在美奈繪的膝旁。

美奈繪抬起頭來，隔壁的女人俯視著她。兩人對望了。

隔壁的女人在笑。

當然，她一看到美奈繪淚濕的臉，臉上的笑容就消失了，急忙收了回去。然後她朝美奈繪蹲下，問道：

「妳還好嗎？」

那聲音多老實啊，居然還帶著笑意，嘲笑著美奈繪。

美奈繪默不作聲，爬也似地逃進門裡。她回到客廳，把頭埋進靠墊底下，又放聲大哭起來。

不甘心。不是爲了典史的態度，她早就習慣他那種態度了，不知不覺間被迫習慣了。

她是不甘心被隔壁女人笑，那宛如嘲笑的眼神令她不甘。那個女人的眼神和嘴唇，說著跟典史一樣的話。

——妳腦袋有病啊？

不僅如此，被聽到了，被知道了。美奈繪是個被丈夫拋棄的女人。明明都被拋棄了，卻緊咬不放，哭叫著「我絕對不離婚！」的女人。從今而後，不管美奈繪再怎麼努力騙自己，隔壁的女人也都知道了。知道她的丈夫不回家，知道美奈繪被逼離婚。

隔壁女人的存在，在美奈繪心中就像個惡性腫瘤般開始膨脹、增殖。

過去即使在公寓內外和隔壁的女人擦身而過，頂多也只會點頭致意，還可以無視於她。可是現在不一樣了。每次看到女人，感覺到她的視線，美奈繪總是會在其中讀出某些意義。

——妳腦袋有病啊？

——這女人眞不像話、太可憐了。

——妳被老公拋棄了，對吧？

——幹麼不快點死了心？

——像妳這種歐巴桑，會被拋棄也是難怪。

妳的人生失敗了。

隔壁的女人總是在這樣說。雖然沒有說出口、化成聲音，但美奈繪明白。

——我才不會變成像妳這麼悲慘的歐巴桑，我可不是個會抓住男人又哭又喊的難看女人。

她記得隔壁女人的職業是教師，剛搬來的時候她這麼說過。去年夏天還有學生去她家玩。嘻嘻哈哈的，吵死人了。

隔壁的女人是職業婦女，在社會上占有一席之地，有她的角色。

就跟丈夫的情婦一樣。

無論何時何地，只要碰上，她就會在她投過來的一抹眼神、淡淡的點頭中，感受到無言的嘲笑。

白天見到，

——緊巴著想離婚的老公不放，遊手好閒過日子啊？瞧妳過得還眞爽呢，歐巴桑。

晚上見到，

——歐巴桑，連可以去玩的地方都沒有唷？沒人約妳出去唷？眞可憐，可是沒辦法嘛。

然後嘲笑、嘲笑、嘲笑美奈繪。

——歐巴桑，少在那裡裝模作樣了，我都知道的，妳是個被拋棄的女人。是個沒有容身之處、沒人要的女人。

妳是個絆腳石。

如果美奈繪有任何一個可以傾吐的對象，對方一定會如此忠告她吧，那不是隔壁的女人說的話，是妳對自己的責難與自我嫌惡。

然後告訴她應該責備的，是妳丈夫的自私自利。如果要與其對抗，是有方法可以一步一步來的。並且告訴美奈繪，妳應該要更珍惜自己才對。

但是美奈繪沒有可以商量的對象。

成天關在家裡不好，如果可以自己賺取生活費，也容易與丈夫對抗，所以美奈繪也想過要出去工作。但是實際找了，卻沒有半個像樣的工作。景氣這麼好，打工或時薪工作到處都是。但是她不想當計時人員，也不想當派遣員工，她認為那都是低賤的工作。她想當正派一流公司的正職員工，她想要出色的職場生涯。

這麼一來，選項便頓時減少了。不管是電視還是新聞都不停報導大學應屆畢業生有多搶手，因爲有太多企業在學生還沒畢業就搶著內定，政府甚至不得不插手管制。但三十多歲才要開始找工作，又沒有特別的專業技能，學經歷也平凡無奇的美奈繪，眼前卻阻擋著一道完全相反的殘酷現實高牆。人手不足、求職市場供不應求、景氣空前繁榮——適用這些說法的，果然還是只有一小部分的人才。

無論如何，美奈繪都想要找一個不遜於隔壁女人的工作，她想要在一流知名企業工作。美奈繪著了魔似地找尋這樣的工作，然後不斷碰壁。即使應徵條件有年齡和學歷限制，她也不服輸地投履歷，穿著新買的套裝去面試。然後被對方面帶苦笑拒絕，又挑戰下一個。下一個，再下一個。

如果這時有個冷靜的第三者，應該也會告訴美奈繪她較勁的對象並不是隔壁的女人，而是丈夫的情婦，以及情婦擁有的資歷吧。但是美奈繪連她的臉都看不到，也無法直接攻擊，所以只好拿近在身邊的女人代替罷了——

我不甘心、不甘心、不甘心！

什麼職業婦女、什麼女強人！在我的年代，高中還是短大一畢業，就找家差不多的公司當粉領族，工作個四、五年，找到對象結婚離職，這才是王道。我應該是走在王道上，成了人生的勝利者才對。

然而爲何事到如今，我卻好像變成了社會裡的失意邊緣人？

「不好意思，妳的資格不符合我們需要的條件。」

「現在有很多地方在徵人，妳要不要去其他領域試試看？比方說計時人員。」

隨著恭敬有禮的回絕，把美奈繪的履歷推回來的人事負責人，與丈夫的身影重疊在一起了。他的話疊在上頭傳了過來。

——跟妳一起生活太無聊了。妳什麼都不願意吸收，不願意成長。

丈夫說我是個什麼都不會的女人。

可是不就是你要我待在家裡的嗎？就是因爲我一手包辦家事，支撐著你忙碌的生活，你才能沒有後顧之憂地打拚，不是嗎？

如果兩人之間有孩子，狀況就會不同了嗎？

我想要孩子，可是你一直說還沒有做好準備，一直拖延。即使我懇求，你也不肯聽進去。

那是——那是因爲你從一開始就打定主意遲早要跟我分手嗎？你是在什麼時候認定這場婚姻是失敗的？告訴我，告訴我，告訴我啊！

美奈繪孤獨的吶喊消失在孤伶伶的四〇二號室的虛空中。日漸濃稠、單方面的妄想與煩悶，沒有任何人爲它注入安慰的清水。

只有我一個人抽到壞籤，遭到不當的對待——

隔壁的女人看了就可惡，活像刺在心頭上的棘。她什麼時候在做些什麼？過著什麼樣的生活？跟什麼樣的人來往？有沒有男朋友？她一定跟著那個男人一起，拿我當茶餘飯後的話題哈哈大笑。在意到連晚上都睡不著覺。

然後，她忽然鬼迷心竅了。

契機是推理電視劇。扮演偵探的男女調查可疑人物的底細，潛入那個人的住處，翻找書桌抽屜和郵件。

就算是規格統一的公寓，門外漢的美奈繪也撬不開上了鎖的門。那麼信箱的話呢？

對了，查看寄給那女人的信件，這我也辦得到。然後如果可以從裡面找到那個女人的祕密把柄，豈不是就可以輪到我嘲笑她了嗎？裝出一副清高樣，其實我是知道的——

我沒辦法離開這棟公寓。離開的話，就輸給丈夫跟他的情婦了。我要在這裡等丈夫回來，所以我得找回隱私才行。我得揪住隔壁女人的把柄，把她趕走，找回內心的平靜才行。

還有一件事爲她的這個想法推了一把。去年的聖誕節左右，那個女人有段時間莫名地消沉。明明在電梯間碰到，她卻沒有像平常那樣對美奈繪投以輕蔑的視線，而是低著頭走掉。眼皮也腫腫的，或許是哭過了。

出了什麼事？那個女人出了什麼事？好想知道，我有權利知道。美奈繪一廂情願的妄想開始失控。

這棟公寓的信箱用的是號碼鎖。隔壁的女人提防著美奈繪，所以很難在她開信箱的時候靠近偷看號碼。美奈繪想了很多方法，試了很多次，發現有個非常簡單又有效的方法。就是把膠帶貼在三十公分的尺上，從洞口伸進信箱裡面，黏出裡面的信件。比較大或很重的郵件黏不起來，但那種東西不是書就是郵購目錄吧。重要的私人信件都很輕，這種手法就很夠了。

她第一次付諸實行，是去年的十二月二十八日。雖然沒偷到什麼大不了的信件，但她興奮極了。因此後來她每天都如法炮製。信件一天送兩次，上午和下午，兩次她都看準了那女人不在的時候才動手。只要小心不被其他住戶和管理員看到，其實非常簡單。

偷來的信她會立刻查看，留在手邊一天，再放回她的信箱。明信片的話可以直接看，信封的話，就用蒸氣烘烤封口，撕開閱讀。很難開的時候，或是貼了膠帶的時候，她就直接用剪刀剪開。只要沒被發現信件遭人偷看，何必規規矩矩地把所有信都還給那女人？

過年的前三天，那女人好像回老家了。所以美奈繪可以搶先本人看過所有賀年卡。因此美奈繪得知了她是某所中學的二年A班導師，因爲有學生寄賀年卡給她。此外美奈繪也知道了她是英文老師，有一部分學生親暱地稱她「小森森老師」。

只要這樣持續下去，她可以了解更多的事吧。美奈繪也知道她每個月的電費、水費、電話費是多少，要是可以知道她打電話去哪裡就更好了。

一月五日，巴黎寄來了一封航空信。寄件人是女性，好像是大學朋友。是去留學嗎？還是外派去那裡工作？這女人也叫隔壁的女人「小森森」。新年賀詞後，朋友描述了巴黎的街景之美，結語寫著「黃金週的時候過來這裡玩吧。」美奈繪把那封航空信撕了扔掉。如果這樣就可以害隔壁的女人失去一個朋友，那就大快人心了。

就沒有別的更厲害的什麼嗎？沒有可以更逼近那女人的信嗎？

她的熱烈盼望成眞了，應該不是上天爲她實現的吧，不過總之有人聆聽了她的願望。

事情發生在今早十點過後。美奈繪醒得很晚，到大廳去拿報紙。這時候郵差正好來了，站在集合式門鈴面板前。美奈繪心想可能會有那女人的信，若無其事地看著。

叮咚、叮咚，郵差按門鈴。沒有回應。他拿著綁成一疊的信件，轉過身體，走向成排的信箱。

美奈繪在信箱另一側豎耳聆聽。

「咚沙」一聲，沒有錯，四○三的信箱有信件投進來了。

美奈繪跑回四○二號室，拿著黏信件的工具回來。郵差會特地按門鈴，表示那封信是掛號還是簡易掛號等需要送達證明的信件吧。那麼丟進信箱的應該是通知單。只要可以拿到通知單，就可以搶到那封信。印章隨便都買得到，如果窗口要求出示可以確認地址的東西，只要拿以前偷來、沒還給隔壁女人的郵件就行了。雖然是廣告信之類的東西，但已經足以用來證明是本人了。她料想到或許會有這樣的情形，保留了幾封信。

希望是現金袋——美奈繪心想。她想要錢，如果能搶走那女人的東西，最好是可以對她造成實質損失的東西。

然而黏出來的信，卻是一只普通的信封。

原來是限時信。所以郵差按了門鈴，發現沒人在，就直接投進信箱了。

一開始美奈繪失望極了，但是仔細查看那封信的正面後，她被吸引了。

古怪的歪七扭八字體。一定是用尺畫出來的。寄件人是——空白。

美奈繪寄過好幾次這種信，是寄到丈夫公司的，內容當然是告發丈夫的所做所爲。她心想如果用妻子的身分控訴，卻不被當成一回事，那麼就改採憤慨的第三者同情傷心的妻子而提出告發的形式就行了。信封和內文都使用文書處理機打字，不過她覺得這樣看起來或許不夠逼真，有時候也會用手寫。她辛辛苦苦用左手寫字，以免被看出是她的筆跡，也用過直尺。

不管寄上多少次，都石沉大海，所以她沒有再試了。丈夫的公司果然站在丈夫那一邊，可是她忘不了寫信時的那種興奮。就好像變得不是自己，而眞的變成了爲可憐的垣內美奈繪採取行動的好心人。她覺得自己做的事天經地義。

美奈繪打開歪七扭八文字的信。她沒有拿去用蒸氣烘烤，而是毫不客氣地直接用剪刀剪開。

她讀了內容。文面和封面一樣，是用尺畫出來的文字寫成的。

「告發信」，這是信件的標題。

城東第三中學，二年A班的柏木卓也？

他不是自殺，而是被殺的？

說到二年A班，是那個女人的班級。原來那裡是城東第三中學嗎？可以明確地知道是哪所學校，是個大收穫。

那女人帶的班級有學生自殺了嗎？寄件者告發那其實是一宗命案。

「請通知警察。」

美奈繪立刻披上大衣，前往附近的圖書館。

她雖然訂報，但頂多只看影劇版和雜誌廣告。她幾乎不看電視新聞，所以完全沒發現那女人工作的學校出了這種事。她之前都不曉得是哪所學校，所以這也難怪，如果再多留意一點就好了。搞不好去年聖誕節期間那女人會那麼消沉，跟這件事有關？再怎麼自信傲慢的女人，自己的學生死了，會萎靡不振也合理。

她在圖書館調查上個月的報紙合訂本，立刻就掌握狀況了。

不是別的日子，就是聖誕節早上。城東區立城東第三中學被人發現同校的男學生陳屍在校園裡。疑似從屋頂墜落死亡，城東警察署朝事故與他殺兩個方向偵辦——當天，二十五日晚報的第一報這麼報導。

是那場大雪的隔天早上，美奈繪也記得非常清楚。前天晚上的聖誕夜大雪，就連天氣預報單元的氣象廳預報員都開心地說，「眞是浪漫極了！」這些人都漠視世上有些人在聖誕夜也一樣寂寞、無人眷顧、無人理會。他們愚昧地認定世上每個人都像自己一樣滿足而幸福。美奈繪生氣又憤怒，甚至無法靜坐下來。望向窗外，她甚至對漫天飛舞、把人關在屋裡的雪花感覺到憤怒。一想像丈夫與情婦正在都內某處笑著仰望這些雪，相互細語呢喃，「眞是浪漫。」她就幾乎要瘋了。

二十六日的早報各報都沒有後續報導，到了晚報，三家大報同時簡短地刊登「死亡男國中生疑似自殺」的內容。這名男學生從十一月起就拒絕上學，父母也都爲他的精神狀態不穩定而擔憂。

然後又隔了兩天，報導了校方人士與同學參加這名男學生的守靈式及葬禮，在淚水中向他道別。然後就這樣沒有下文了。

從事情沒有鬧大的樣子來看，應該是以自殺結案了。

但是匿名的告發者宣稱這是一起「殺人」，還說看到了推人的一幕，凶手們笑著逃走。

美奈繪離開圖書館，在街上閒晃，她好一陣子沒有一個人四處走走了。出門買東西辦事時，也是直接去目的地，直接回家，完全不會分神去看其他東西。因爲只要稍微看到出現在視野角落的親密情侶或快樂的親子，她就會心情紛亂到不可收拾，膝蓋還會打顫，冷汗直流。

可是現在——現在她可以委身在往來的人潮中，默默地前進。腦袋塞滿了剛才親手掌握到的事實。

她的心好久沒有像這樣顫抖了，她感覺自己血熱沸騰了起來。

「告發信」的寄件者，應該同樣是城東三中的學生吧，要不然怎麼可能會寄信給老師？搞不好就是那個女人班上的學生。

那封信是告發，同時也是求助的吶喊。老師，救救我。我知道眞相，可是我怕得不敢說。

在被認定每個人都應該幸福快樂的聖誕夜裡，孤單一個人死去的孩子。明知道他的死亡眞相，卻因爲過度害怕而不敢說出口的孩子。美奈繪覺得他們都是她的同伴，他們三個都是被禁錮在孤獨牢籠裡的囚犯。

她看見路邊有咖啡廳招牌，一時興起走了過去，推開店門，在窗邊椅子坐下，點了特調咖啡。她也好久沒有進咖啡廳了。她一直覺得一個人在外頭喝咖啡實在丟死人了，她絕對做不出這種事。店裡其他客人一定都會這麼想吧，那個女客沒有伴。沒有男人、沒有孩子，也沒有朋友。多可憐、多凄涼的女人啊。

但現在她連這種事都不在乎了，眼睛盯著窗外，慢慢地品嘗送上來的熱咖啡。

話說回來，這封告發信是眞是假？

小孩子才不會撒這麼恐怖的謊。信中都主動要求「請通知警察」了，不可能是瞎掰出來的。

老師，救救我。

會的，絕對會的。只是救你的不是森內老師，而是我。正因爲同樣爲孤單而苦惱，我才能成爲你的力量。

森內老師才不能依靠——

想到這話時，美奈繪心中混沌而逐漸高漲的能量凝聚成一個形體。

只要巧妙操作，是不是可以在實現告發者心願的同時，大大打擊那個可惡的隔壁女人——森內惠美子？明明自己帶的班級的學生死了，卻頂多只沮喪了兩天，到了年底，又變回一臉滿不在乎了。她現在也開開心心地上課去。沒看過臉皮厚成這樣的人，原本在有學生自殺的時候，她就應該引咎辭職才對。

然而那女人依舊自信滿滿，這正證明了她根本不把學生的生命當成一回事。

沒錯——那個女人應該受罰。

爲了無法防範學生被殺的罪。

不，不只是這樣。即使沒有這封告發信，或即使有那麼萬分之一的可能性，這份告發是假的，光是有學生拒絕上學，甚至自殺，那個女人就已經罪不可逭了。她沒有資格當一個老師，也沒有資格當一個人；然而森內惠美子卻沒有受到任何制裁，處之泰然。

還是一樣幸福。

還是一樣傲慢。

還是一樣瞧不起美奈繪。

湮滅掉告發信吧。

不用太久。十天，或半個月，然後再由美奈繪親手將它公諸於世。

我偶然發現這封被丟掉的信。

因爲內容太驚人了，所以我把它送了過去。

送給警方？不不不，那太便宜她了，送給媒體才好。得找個會爲這種事唯恐天下不亂的地方才行。

城東第三中學二年A班導師森內惠美子無視學生寄來的告發信，把它丟掉了。

好了，看妳要怎麼辯解？

我要毀了妳的一切。奪走妳的一切。把妳整得體無完膚，讓妳再也沒辦法瞧不起我。

垣內美奈繪對著窗戶玻璃滿足地笑了起來。

19

聲音傳達，在空中來回交錯。去了又回，回來了又被擲出去。帶著心意，儘管有時漏接。傳遞心思，儘管有時夾雜著謊言。

*

「聽說是刑警，所以我本來還以爲會有多可怕，原來也沒那麼可怕嘛。」

「聽說是個女警呢。」

「而且很年輕，不過比小森森更大一點吧。幾歲左右呢？三十多了嗎？」

「麻里，妳被問了什麼？」

「問了什麼唷……唔……」

「基本上是想參加的人參加，可是只有我們班全班都要參加，妳不覺得這很奇怪嗎？」

「可是我們Ａ班是柏木同學的班級啊，沒辦法啊。只是這樣罷了吧。小涼想太多了。」

「會嗎……？妳有沒有被問到什麼討厭的問題？」

「討厭的問題？比如說什麼？」

「是不是跟柏木同學很好之類的。」

「原來小涼討厭這種問題唷？」

「也不是。」

「小涼，妳的聲音聽起來沒什麼勁耶，感冒了嗎？」

「可能吧。」

「聽說最近很流行唷。不要再講電話了，妳去量一下體溫吧。多保重。」

掛了電話後，藤野涼子依然在原地站了好半晌，直瞪著話筒看。我們班是柏木同學的班級，所有人都被抓去問，也是沒辦法的事，倉田麻里子說的沒錯。大家都這麼想，也都這麼接受吧。

事實並非如此。校方想要透過這場面談，找到寫那封告發信的學生，爸清楚明白地這麼說了。或說，這是爸給校長的建議，所以妳要裝作什麼都不知道唷。好的，我明白了，父親大人，涼子會當個乖孩子。

涼子也認爲告發信的寄件人應該就是同班同學沒錯。可是有必要像這樣處心積慮，設法找出那個人嗎？柏木同學是自殺的吧？這一點錯不了吧？事到如今才說什麼看到他被人推下樓，這種目擊證詞根本不值得相信，根本是事後諸葛。那封告發信應該有其他目的。不管是誰幹的，會不會只是想要引起騷動，惹來注目？爲什麼非得照著那人的意思去做呢？

拜託，不要再爲這種事情攪亂校園了，不要吵我們，這是涼子的心願。然而另一方面，在涼子自己也沒有發現的內心深處，那封告發信指名寄給她這件事，仍令她深感介意。

*

電話打來時，野田健一正一個人吃著晚飯，是附近的外帶便當店買來的兩百五十圓鮭魚便當。

一個國中男孩孤單一個人，只有電視機陪伴，吃著現成的便當和速食沖泡味噌湯做爲一餐。這光景或許看起來寂寞，但健一反而覺得這樣輕鬆多了。

母親前天開始就住進當地的醫院了。這次她說腰痛，沒辦法一個人起身，有可能是椎間盤突出。總之本人說劇痛難耐，因此住院檢查。

父親則是老樣子，上夜班，出門前碰面時他給了健一晚餐錢。父親也因爲母親住院，露出放心的表情。即使不說出口，父子的眞心話似乎也是相同的。

不過自從父親提出要在北輕井澤開度假民宿的事以後，健一就再也沒有對父親敞開心房。他就像個疑心病重的刑警，總是觀察著父親的一舉一動。至少他自己這麼認爲。因爲如果不小心翼翼地監視著，難保父親何時會像這樣開口——

健一，上次爸跟你提的民宿的事，爸**還是**決定了。我們春假就要搬家。

父親找健一商量，詢問健一的意見而健一大力反對。但是對父親來說，他的反對意見，或許分量輕到可以用「還是」二字推到一邊去，這樣的可能性非常大。

只要是青春期的孩子，每個人都一定會碰到這樣的關卡，就是對父母的猜疑。爸的人生意義究竟是什麼？儘管滿嘴抱怨，爲什麼又死賴在公司不離開？明明只會說爸的壞話，爲什麼媽不跟爸離婚？你們夫妻眞的是相愛才結婚的嗎？人生到底是什麼？人爲什麼要活著？活著有什麼目的？

但是健一的情況，他對父母的猜疑極爲具體。而這股猜疑若是就這樣置之不理，將會帶來的危害極爲迫切而現實，從這一點來說也是個不幸。

——我想要一個人。

健一獨自默默吃著晚飯，這麼想著。

——想要一個人活下去。

如果能夠獨力生活，眞不知道該有多好。如果可以不被任何人左右自己的生活，一切由自己決定的話，該有多好。

離家出走——這個名詞倏地掠過腦中。健一就像計算錯誤的時候那樣，急忙用橡皮擦擦掉這個名詞。因爲他明白想要自由的熱切願望所導出的這個「解答」，就和父母一起搬到北輕井澤去一樣，都是破壞性的錯誤選項。

健一不是那麼莽撞的孩子。國中二年級的小孩子離家出走又能怎麼樣？能有什麼「生活」可言？只爲了得到短暫一時的解放感，就要把接下來的漫長人生也葬送掉嗎？蠢透了。

即使如此，當他拿起話筒接電話，聽到向坂行夫聲音的瞬間，他幾乎是反射性地問了，「喂，你想過要離家出走嗎？」

行夫好像嚇了一大跳，愣了一下然後笑出來。

「你沒頭沒腦地說什麼啊？」

「嗯，忽然想到。」

「跟你爸吵架了嗎？倒是你媽還好嗎？」行夫知道健一的母親住院了。

「在接受檢查，很好。」

「很好的話，哪裡會去住院啊？阿健眞奇怪。」

奇怪的是我爸媽，健一在內心呢喃。

「想離家出走的話，就到我家來吧。」行夫快活地說，「住在我家就行了。這樣我們可以一起去上學，而且你來我家，昌昌一定也會開心的。」

這完全是健一聽到父親說要搬去北輕井澤時，瞬間想到的願景。同樣的提案從行夫的嘴裡說了出來。健一好久沒這麼開心了。這種感情竟是如此地溫暖，他完全忘了。

「不行的啦。」健一微笑著說，「會給你家添麻煩。」

「我家？才不會呢。因爲我爸跟我媽都說你媽住院，家裡一定很忙亂，你怎麼不乾脆住到我家來好了？」然後你可以順便教昌昌功課啊——行夫期待地說。

他好想就這樣一直討論這個話題，好好地討論，談出個具體內容。健一的心這麼希望，但是他也明白事到臨頭，父母絕對不可能允許。母親不喜歡健一跟向坂行夫混在一起。那個遲鈍的孩子——她甚至當著健一的面這麼批評過。而且他的功課也糟透了，對吧？你就沒有更像樣一點的朋友嗎？開什麼玩笑，爲什麼你要去受那種人家的照顧？

父親也會這麼說吧，正常家庭的孩子毫無理由去別人家寄住，太亂來了。才不是毫無理由。再說我們家根本不正常好嗎？如果健一這麼反駁，父親一定會瞠目結舌吧，然後說，「你這孩子在胡說八道些什麼？」

啊啊，討厭死了。明明是在思考要如何逃離父母身邊，每次想到可以逃離的方法，卻又考慮起能不能得到父母的許可。

不想背叛父母的期待，所以表現得不會受到期待，他一直都是這麼做的。他不想事到如今再跟父母起衝突，所以沒辦法主動採取行動，我是個膽小鬼。

——想要一個人。

渴望唐突地化成嗚咽湧上來，健一緊緊地握住話筒。

「……幹麼？」

「咦？」

「你打電話來幹麼？」

健一調整呼吸，不讓行夫聽出他的聲音變得吵啞。

「哦，沒事啦。只是今天你不是被叫去了嗎？」

「被叫去？被叫去哪？」

「哦，就那個啊，柏木的那件事，叫什麼面談的。」

「哦，那件事啊。」

上星期剛開始，森內老師忽然宣布要爲柏木卓也的事舉辦個別面談。

「對象是所有的二年級同學。原則上要不要參加，看個人的意願，但我們班全班都要參加。再怎麼說，柏木同學都是我們班的同學，而且我想大家對這件事應該都有自己一個人處理不了的感情吧。我們想聽聽同學們的想法。」

教室一片譁然。有人說「都過了那麼久的事了。」但也有種好似鬆了一口氣，一直在期待校方這種應對的氣氛。

「和同學面談的不是我們老師。如果面對老師，大家也不好開口吧。要和大家談話的是心理諮詢的醫生、保健老師尾崎，還有城東警察署的少年課刑警。如果各位同學的父母也想要參加面談，也可以一起來。」

聽到刑警兩個字，又掀起異於先前的騷動。刑警來做什麼？森內老師聽到這樣的疑問，笑著回答：

「大家不用怕，刑警只是在場而已。城東警察署的少年課為了預防再次發生柏木同學這樣的不幸，正在研究今後可以採取什麼樣的措施，所以他們想要聽聽現任國中生的意見。對學校有任何不滿，也可以盡量說出來，懂了嗎？」

笑聲四起。森內老師在笑聲當中補上一句「打我的小報告也行唷。」健一心想，她壓根兒才不這麼想。

事前準備費了點時間，面談實際是從這個星期一開始。依座號順序，女生從前面的號碼，男生從後面的號碼開始。所以野田健一比向坂行夫更早輪到。

「阿健，你被問了什麼問題？」

「也沒什麼問題啊。」

心理諮詢的醫生是個跟健一的父親差不多年紀的男人，西裝筆挺。他根據模糊的成見，認為醫生應該就穿白袍，所以有點驚訝。他一開始便說明他是臨床心理醫師。城東警察署的刑警那天健一也見過。剪得短短的頭髮，還有濃濃的眉毛讓人印象深刻。

在面談中擔任主持人或說主導方的，是尾崎老師。她從頭到尾都笑咪咪地說，「雖然會提出幾個問題，但真正的目的是了解現在你們是什麼樣的心情，還有健康狀態。」因為尾崎老師跟平常實在沒兩樣，所以健一劈頭——明明進面談室時，他並不這麼打算的——就說，「我媽又住院了。」其實他更想和老師商量這件事的，「老師，我想要一個人，我想要一個人活下去。我想要離開父母。我這樣想是不對的嗎？」

這不是對第一次見面的心理諮商師和女刑警說得出口的事。

你晚上睡得好嗎？會不會毫無來由地感到不安？一個人獨處的時候會不會覺得害怕？柏木同學過世以

後，你曾想起他嗎？早上醒來的時候，會不會頭痛還是肚子痛？會不會不想上學？

面談期間，健一心想比起其他的學生，自己——野田健一是不是被更仔細地觀察著？至於爲什麼，因爲健一是柏木卓也遺體的第一發現者。

這麼說來，他們問了奇怪的問題。

——有沒有人對你提到什麼有關柏木同學的事？還是打電話或寫信給你？

健一感到莫名其妙。他反問這是什麼意思，他們說沒有的話就好。

——因爲這件事也上了報，所以我們擔心你只是碰巧發現柏木同學，就會有記者跑去想要採訪你。沒有這種事吧？

健一回答說沒有。心理諮詢的醫生寫下了什麼，尾崎老師笑咪咪的，女刑警則是點點頭。

——我覺得柏木同學很可憐，可是就這樣而已。

聽到健一的話，這次三人一起點點頭。

可是實際上，健一幾乎已經快忘記柏木卓也的事了。不，他凍結的身體觸感，還有小雪花沾在他睜大的瞳仁上的情景，都沒有從記憶中消失。畢竟就連親眼看到人的屍體，他都是第一次經驗。

所以正確來說，或許應該說他沒有空去煩惱柏木卓也的事。柏木卓也死掉了，他已經安眠了，而繼續活在現實世界的健一沒空成天想著已經死掉的人。抱歉。

「氣氛沒那麼緊張。」健一對著話筒說。這是眞的。「因爲尾崎老師也在，還泡茶給我喝。」

「這樣啊。」

「用平常心應對就可以了，如果你沒有什麼煩惱的話。」

「我可以說我很煩惱功課很差嗎？」

「沒什麼不行吧？順便告狀說小森森偏心怎麼樣？」

「你說了嗎?」

「怎麼可能?」

「好奸唷,那我也不要說。」

有哪個傻子會在個別面談的時候講真話?

我認爲學校是學習社交應酬之道的地方。是測量自己的程度到哪裡、應該可以爬到什麼高度的地方。老師用老師的尺度衡量,試圖要我們接受。可是如果接受了,大部分都會被當成敗犬。因爲老師想要挑選歸入「勝利組」的學生,數量非常非常稀少。

誰會說這種話啊?

比起這種事,我們還有其他更迫切想要知道的事,但才不會有人告訴我們那種事。

爲什麼我會被配上那種父母?我要怎麼樣才能逃離那樣的父母?

我一直拚命努力,不讓爸媽失望。沒錯,我眞的盡了全力了,可是我連半點回報也沒有得到。怎麼會有這麼沒道理的事?老師,請你告訴我。刑警也好,心理諮商師也好,爲了得到自由,我還需要什麼?

健一敷衍繼續閒聊的行夫,掛了電話,變溫的話筒握在掌中感覺好噁心。

晚餐的便當還剩下一半。都涼掉了。電視機還在說個不停。新聞結束,開始播起綜藝節目。輕佻膚淺,無聊至極。可是這些傢伙看起來好歡樂,笑著,笑著,淨是笑著。彷彿在向他炫耀,「除了你所在的這個家,每個地方都像這樣充滿了幸福唷。」

柏木卓也透過死亡逃離了。

逃離這個沒有出口的生活。

面談的時候想都沒有想過的思考一把攫住了健一的心,就宛如一個緊緊的擁抱。死亡的擁抱。攤開雙臂,就站在健一身後。

可是我不想死，要投入它的擁抱還太早。我應該有我自己的人生。一定有的，絕對。我的人生應該會耐性十足地等待我獲得自由，並且找尋到它。

應該還有其他出口的。

想要——變成一個人。

只要爸媽不在了就行了。

就彷彿在熟悉看膩的風景中發現一棟憑空冒出來的新建築物般，健一忽然領悟了。

時鐘在屋中某處作響。

*

爲什麼女生不能跟男孩一樣，從後面的號碼開始面談？那樣的話，就可以早點輪到三宅樹理了。怎麼會突然辦什麼個別面談？他們想從學生口中問出什麼？而且還說要設什麼可以直接寄給校長的「信箱」。這是對樹理的告發信的回應嗎？

聽說面談也有刑警參加。是因爲接到樹理的告發，警方採取行動了嗎？可是會不會有點太拐彎抹角了？如果要好好偵辦，何必辦什麼個別面談？把大出他們叫去，關進偵訊室，像電視刑警劇那樣惡狠狠地逼問不就行了？

功課很多，三宅樹理這麼說，晚飯也沒吃多少，就關進房間裡面了。臉上新長的痘痘好癢，她拚命忍耐著不去抓它。

上星期剛聽到要辦個別面談時，樹理幾乎陷入恐慌。松子的姓是「淺井」，順著五十音排列的座號來看，會是第二個被叫去面談的。松子那麼遲鈍，不曉得她會大嘴巴胡說些什麼。她再三再四地叮嚀，說兩個人一起去寄信的事要絕對保密。但是松子實在太過遲鈍，好像連樹理爲什麼慌張都不懂。

「既然老師他們收到信了，那不就好了嗎？哪裡不行呢？」她甚至問這種蠢問題。

「萬一被發現是我們寄的就糟了啊！」

非要樹理說得這麼白，松子才總算明瞭，「哦，對耶。」我也眞是蠢，樹理眞想狠狠敲自己的頭一記。怎麼會找松子來幫忙？應該找個更機靈、更聰明的人當伙伴的。

面談結束後，樹理焦急地問松子被問了哪些問題，但松子果然半點都不可靠。她淨是說老師們都很好。他們問我還記得柏木同學什麼事，我說我覺得他有點厲害。

——這樣啊，妳覺得他哪裡厲害呢？

——他沒有輸給大出同學他們，而且還有，他常在教室看書，都是一些好深好難的書，所以我覺得他很聰明。

——妳跟柏木同學說過話嗎？

——我這麼胖，男孩都討厭我，所以我也不敢跟他說話。

——老師覺得妳不該那樣自我設限呀。明明沒說過話，怎麼知道人家討厭妳呢？這是說不準的。

松子開心地告訴樹理說有這樣一段對話。眞無聊的八卦，而且她還多餘地說什麼最近跟倉田麻里子聊天，說要一起減肥。

「倉田同學人眞的很好。我本來一直以爲她只跟藤野同學好，可是好像也不是那樣。」

「那傢伙是跟藤野同一掛的。」

「不是的，樹理。而且藤野同學也不是那麼壞的女生啊。她說要陪我去圖書館，幫我找正規減肥書。」

「妳被騙了。」樹理說如果她要跟藤野那種人在一起，就要跟她絕交，松子好像爲難了。「如果我跟妳絕交，妳就沒有半個朋友了。妳懂不懂？才沒有人要理妳這種人呢。」

「可是倉田同學……」

「兩個肥妞混在一塊兒？多淒慘啊，可憐透了。妳們兩個要是走在一起，那景象眞是丟死人了。」

松子哭了出來，樹理這才總算放鬆攻勢。因爲她說要絕交是認眞的，可是她發現如果眞的那樣做，傷腦筋的會是她自己。如果跟樹理斷絕朋友關係，松子不曉得會去向誰揭發什麼。

「松子，妳的姊妹淘是我，我的姊妹淘是妳。懂嗎？」

收買松子不費吹灰之力，樹理想得很簡單。

問題是個別面談。老師們究竟想要做什麼？森內那張若無其事的表情底下，隱藏著什麼樣的想法？爲什麼我非得像這樣內心七上八下不可？我只是遭到殘酷的對待，覺得不甘心，不願意再碰到那種遭遇，所以努力——

姑且不論樹理的眼神注視的方向是否正確，但是習於凝望自我內在的她，想像力也非常豐富。年輕的心靈潛藏著無限的創造能量。往右轉是空想，往左拐是妄想的想像之力，能夠隨時在樹理的心眼投射出她所想望的鮮明影像。

她現在也看到了，一清二楚地看到。校長與森內還有一臉嚴肅的刑警並坐在一起，樹理在面談場地坐好後，三人便同時面露冷笑開口：

——那封信是三宅同學寫的吧？

——妳這個騙子。

——妳眞的看到了嗎？妳有證據嗎？

眨眨眼，又換了個景像。校長、森內和刑警大力讚揚樹理，摟住她的肩膀。

——妳能夠鼓起勇氣告發他們，眞是太難得了。

——這下子柏木同學就能瞑目了。

——三宅同學，妳太了不起了。

——感謝妳協助警方調查，警視總監一定會頒發感謝狀給妳的。

笨蛋、笨蛋、笨蛋，這兩邊都不可能是現實，這點事我還懂。我只要能夠躲在幕後，偷偷地、悄悄地操縱老師們就行了。

必須克服面談這道關卡才行，裝出一副毫不知情的樣子就行了，可是毫不知情的樣子是什麼樣子？即使沒有任何人知道，即使連松子都不知道，自己做的事，自己還是知道。它根植在自己的心中。即使天不知地不知，我也還是知道。樹理不知道古訓，她只是就快溺斃在那種體悟與體會當中。

藤野涼子沒看到那封告發信嗎？那個模範生在幹什麼啊？沒有馬上找她爸商量嗎？也沒有通知學校嗎？打電話給她怎麼樣？

樹理忽然想到，亂了分寸。打電話給藤野，是要問她什麼？我是想問，「妳是不是把我寄去的告發信丟掉了？」嗎？

等等、等等，應該還有更好的方法。快想、快想，動動三宅樹理生來的好腦筋呀。

比方說——唔，比方說，說我收到奇怪的信，想要商量怎麼樣？那是一封「告發信」，上面寫了柏木同學的事，說那是殺人。欸，藤野同學的父親是警察，對吧？妳知道這種時候應該怎麼辦才好嗎？

不錯，這個點子好。那，如果她要我把信拿給她看怎麼辦？拿去影印的正本還在手上，可是不能把它拿給別人看。因爲搞不好會一個不小心曝露出那其實是樹理寫的。我很怕，所以立刻把它撕掉了。可是我又好介意，所以想找妳商量。嗯，這樣就有說服力了。

稚氣、年輕，都有著相同的弱點——**躁進**。一旦動了手，就要立刻看到結果。人生說穿了就是一連串的等待，這樣的教訓要等到活過平均壽命後才能眞正體會到。雖然令人厭煩，但要領悟這個教訓是眞實，大概得等到耗費掉剩餘的所有人生之後。

三宅樹理也無法等待，所以即使她自以爲想得非常透澈了，但她的思考其實仍然淺薄至極。

樹理走近房間的電話。這是子機，只要按下通話鈕，客廳的主機就會亮燈，讓父母知道她在打電話。如果講太久，母親一定會跑來察看。必須假裝自己正在煩惱，找朋友商量的樣子。如果藤野涼子的父親得知這件事，非常有可能會聯絡樹理的父母。就算樹理拜託不要告訴別人，那個可惡的模範生藤野涼子應該也不會聽進去。大大小小任何事都要告訴老師、告訴爸媽！嘰哩呱啦、嘰哩呱啦，必須設想到那時候的事。

——樹理，妳什麼時候收到那種信的？

——上個星期五。

——妳怎麼都不說？

——對不起，我不想讓爸媽擔心。

只要擠出一兩滴眼淚，爸爸跟媽媽肯定就會一下子信了她吧。然後，然後，接下來——

接下來怎麼辦？樹理一邊自問自答，一邊從書桌抽屜拿出班級緊急聯絡網的單子。上面寫著藤野家的電話號碼，她滿腦子只剩下打電話這件事。只想著要快點告訴藤野涼子，快點圖個輕鬆。

耳邊聽見自己的心跳聲。指尖顫抖，按錯號碼了，重來。

這次沒錯了。鈴聲響起。嘟嘟嘟、嘟嘟嘟嘟——

喀鏘。

「喂，藤野家！」

是小女孩的聲音。被急切的心催趕，深信一定會是涼子接電話的樹理頓時啞然失聲。

「喂喂，這裡是藤野家唷。」

是小學生吧。藤野涼子有妹妹嗎？樹理把話筒緊緊地按在耳朵上，吸了一口氣，準備說，「涼子同學在嗎？」

「這裡是藤野家，請問是哪位呀？」

臭小鬼，囉嗦！

這時，毫無疑問運轉得極快的樹理腦中冒出了一個問題。

三宅樹理收到告發信？爲什麼？她又不是老師，家裡又沒人當警察，而且她跟柏木卓也也不親，她憑什麼收到告發信？不太對勁。

我要怎麼回答這個疑問？要怎麼樣才能圓謊？

樹理甚至沒有跟柏木卓也說過話。她對他沒興趣，也從沒想過要親近他，這件事人盡皆知。

她沒辦法編造出每個人都知道的、從來沒有過的過去，這與在告發信上寫下謊言根本上是完全不同的兩碼子事。

樹理砸也似地掛斷電話，手心冒滿了冷汗。

我應該是很聰明的，卻差點就犯下不可挽回的過錯了。我是怎麼搞的？我是怎麼搞的？

千鈞一髮，眞的是岌岌可危。樹理深呼吸好幾次，用雙手摩擦身體，總算恢復自我，能夠露出冷笑了。

現實沒有任何變化，樹理設下的謊言持續運作，但是現在她的腦中沒有這些。

＊

「誰打來的？打錯電話嗎？」

剛洗完澡的涼子頭上蓋著毛巾問妹妹。瞳子拿著話筒，鼓著腮幫子。

「掛斷了。」

「有沒有說什麼奇怪的話？」

「什麼叫奇怪的話？」
「下流的話之類的。」
「什麼叫下流的話？」
涼子把話筒從瞳子手中拿起來，放回電話機。
「不是跟爸爸媽媽說好了嗎？瞳子不可以隨便亂接電話，知道嗎？」
「姊姊不是會接嗎？」
「翔子也不會接。姊姊是國中生，所以可以接。」
「人家就在電話旁邊嘛。」
「那就去叫媽媽啊。」
涼子留意盡量不要讓兩個妹妹接電話。理由有兩點。第一點是，父親工作上的重大聯絡會打家裡的電話通知，這種時候如果是翔子或瞳子接了電話，就沒辦法應對了。第二點是，世上有許多無聊的蠢男人會打些下流的電話惡作劇。實際上，有段時期家裡就連續接到那種電話。她不想讓年幼的妹妹們接到那種噁心的電話，我眞是個體貼的好姊姊。
「電話眞的一下子就掛斷了吧？」
「嗯，可是那個人一直哈哈喘氣。」
「哈哈喘氣？」
涼子用力皺起眉頭，果然是惡作劇電話。
「很噁心嗎？」
瞳子用指頭戳戳自己的鼻頭，「妳說瞳子嗎？」
「沒事就好。好了，妳也去洗澡吧。」

涼子就這樣忘了電話的事。

＊

沒能傳達的聲音，掉落在夜晚的某處，沒人知道它的所在。聲音的傳球結束，電話線與風也停止了作響。

太陽升起，太陽落下。一天過得很快。在約定好的開關無聲無息地開啓之前，時光無事流逝。今天能做的都做了。每個人都如此深信，因而得以安眠。

20

星期天門診休診，所以醫院的正門玄關是關著的。佐佐木禮子從側門進去，叫住經過的護士，出示警察手帳。外科急診室在哪裡？

護士要她順著腳下的藍色線條前進。通道很空，禮子從途中便跑了起來。她邊跑邊脫大衣，看看手表，快三點了。

彎過三個走廊轉角時，碰上了站在通道的庄田。藍色線條還一直延伸下去，但對開門上的牌子寫著「急診室」，就是這裡。

「現在母親在裡面跟主治醫師談話。」庄田說。

庄田年紀三十左右，比禮子小兩歲，但在少年課的資歷差不多，所以禮子從來沒有把他當成晚輩，而是視爲同事。庄田很熱心，而且能幹。比起總是浮躁不安，想要盡快離開少年課這種事倍功半職場的課長更要可靠多了。

「情況怎麼樣？」禮子問。呼叫器是庄田打來的，但在電話裡沒有聽到被害人的傷勢如何。庄田只這麼說——大出他們闖禍了，被害人被救護車送到醫院了。禮子只聽到這些就夠了。

「被送來的時候滿臉都是血。」

庄田做出用手在細臉上抹了一把的動作。

「看上去耳朵也出血了，院方說會仔細檢查。詳細情形，我也得聽到醫師說明才知道，總之現在本人的意識清醒，也可以說話。」

「坐上救護車時有意識嗎？」

「有，可是好像迷迷糊糊的。」

被害人名叫增井望，是城東第四中學的一年級男孩。

「你跟本人談過了嗎？」

「還沒，我從急救隊員還有母親那裡聽到狀況了。發現他叫救護車的人不只是好心，似乎還是個很機靈的人。他說警方或許需要找他問話，給了急救隊員名片，所以我馬上聯絡到人了。」

庄田打開手中的記事本。

「田川實，岡谷證券的員工，聽說是在假日去上班的路上。他表示今天要工作到晚上七點，所以可以晚點再聯絡。職業好像是系統工程師。」

岡谷證券是去年在城東區內蓋了新的公司大樓，從兜町搬過來的大型證券公司。未來感造型的辦公大樓在這一區還很罕見，遠遠地看去也非常搶眼。

「他沒有打一一〇呢。」

「沒辦法吧。已經派人去保存現場了，不必擔心。」

禮子咬住下唇，「這回可不能讓他們說什麼只是國中生勒索，說聲對不起就了事。雖然勒索當然也是不折不扣的壞事。」

庄田點點頭，「這完全就是強盜行為。」

「那群傢伙！」禮子幾乎要破口大罵，「怎麼會做出這種蠢事？怎麼能傻到這種地步？」

「這得問他們本人嘍。」

庄田無所謂似地說。對於少年課常客的不良少年、非行少年，他絕不冷漠，但感覺比禮子更保持距離。

「怎麼知道是大出他們幹的？」

「還不清楚。據說增井同學對趕來的母親說他遭到三個人攻擊，其中一個是三中的大出。總之狀況嚴重，所以母親立刻打電話報警了。因此正確地說，還不一定就是大出他們幹的。」

禮子實在不認為有大出等人之外的可能性。

「他們之前就認識嗎？」

「會是這樣嗎？或許增井同學不是第一次被那三個人糾纏。」

很有可能，禮子更覺得可悲、氣憤了。

事情發生在近一個小時前。岡谷證券的員工田川實走在距離這家區立綜合醫院徒步十五分鐘遠的相川水上公園旁，看見了一名少年。少年搖搖晃晃地從公園出口走出來，忽然在路上蹲了下來。他的臉和衣服都沾滿了血，一看就知道不對勁，因此田川走上前去叫住他。少年非但沒有起身，甚至連抬頭都沒辦法。田川嚇了一大跳，跑進附近的民宅借電話叫救護車，然後一直待在少年身邊攙扶他，直到救護車抵達。少年穿著毛衣，但沒穿大衣或外套，鞋子也掉了一隻。借他電話的那戶人家女主人拿毯子過來，給少年裹上。雖說只等了五分鐘左右，但少年吐了。

救護車來了以後，田川說明他是在假日上班的途中（已經是換班時間了），把名片交給一名隊員後離開。急救隊員把少年送上車子，詢問他的名字。少年說他叫增井望，也說了住址和電話號碼。

「你是怎麼受傷的？」

隊員問。

「我被打了。」增井同學回答，要他們打電話給他母親。然後他說頭痛，看起來很難受的樣子，所以急救隊員沒有再繼續問下去。

增井同學被抬上推車送進急診室後，母親便趕到了醫院。抵達醫院，看到母親，增井同學總算放下心來了吧。他哭了出來，邊哭邊說他走在相川水上公園裡面，被城東三中叫大出的二年級生還有他的同伙糾纏，被打並且搶走了錢。他們圍毆了他一頓，下手很重，他好像昏倒了一段時間。回過神時，他覺得很冷，而且全身都在痛，頭暈眼花，噁心欲吐。他心想總之得快點回家，走了出去，但好不容易才走出公園，腳就再也動不了，蹲了下去。外套跟鞋子怎麼了，他也不曉得。

母親聽完之後立刻向城東警察署報警。所以禮子和庄田才會在這裡。

「據母親說，增井同學是在從圖書館回家的路上。」庄田說，「他家距離他被發現的公園出口，只有兩個街口而已。要去圖書館的話，走相川水上公園會是近路。」

相川水上公園是填平運河建成的公園，所以才會取名「水上」。公園被樹木和樹叢環繞，也有保留部分運河而成的水路，是個很適合散步的地點。不過構造複雜，有許多暗處，過去也曾頻繁發生勒索、搶劫、色狼騷擾等事件。因此太陽下山以後，女人和小孩是不會進這座公園的。

增井同學遇襲的時間是在大白天。不過由於是冬季，公園裡應該沒有多少人。禮子心想可能沒辦法期待有目擊者。而且如果有人看到，應該會當場報警吧。不，還是不會？害怕被牽扯進去，所以假裝沒看到嗎？即使知道遇襲和攻擊的都是少年也一樣，這年頭最可怕的莫過於小孩子和外國人。

「兩位刑警。」

聽到聲音，庄田與禮子回頭望去。急診室門口站著穿著淡綠色手術服的醫師。

「請進。你們可以短暫和他交談，不過請不要過度刺激他。」

禮子走近高個子的醫師問，「他的傷勢怎麼樣？」

不知爲何，醫師不是對著禮子，而是看著庄田回答，「頭部腦波沒有異常，CT也很清晰，應該不必擔心會有重大的後遺症吧。不過腦震盪的影響會持續一段時間，還有眼底出血。尤其是右眼，相當嚴重。」

禮子感到心臟一緊。

「對視力的影響……」

「唔，這得再觀察，現在沒辦法說什麼。我想應該是沒有失明的危險，但視力有可能減退。」

「有沒有骨折？」庄田問。

「側腹右邊有三根骨頭龜裂骨折。」醫師輕敲自己的側腹說，「從位置來看，應該不是倒下的時候折斷的。聽說他遭人勒索，對吧？」

醫師揚起單眉，還是對著庄田問。

「似乎是。」

「會是被踢斷的嗎……」

醫師淡淡地呢喃般地說，「臉上和身體也有被毆打的痕跡，眼睛周圍甚至留下了清楚的拳頭痕跡。對了，如果要拍照存證，請告訴護士一聲。」這醫師習慣了。「身上很多挫傷，所以會腫起來，應該會很痛。我會幫他打止痛針，但如果本人說想睡，請不要勉強叫醒他，讓他睡吧。他受到很大的驚嚇，必須安靜休息。」

「內臟有沒有異常？」

「有輕微血尿。檢查看不出更進一步的重度異常，這也必須觀察狀況才能知道。」

禮子的呼叫器在套裝胸袋響了起來，她急忙拿出來。

「在醫院裡請關掉電源。」

醫師嚴厲叮囑後離開了。禮子對庄田說是署裡聯絡，回去大廳找電話。

聯絡是來通知相川水上公園的草叢堆裡發現了疑似增井同學的夾克。不只是弄髒了，身體的部分還被刀子割破了。另一隻鞋子還沒有找到。

「大出俊次、橋田祐太郎、井口充。」禮子憤憤地說出三人的名字，「已經在找這三個人了嗎？」

對方回答說已經通知巡邏中的巡查，到鬧區搜索。三個人都不在家，也沒有告訴監護人去向。警方還沒有把詳細的情形通知這三個人的家裡，他們認為有必要慎重處理。

掛斷電話後，禮子心想，好了，這下子就讓我來瞧瞧那個態度強硬又張狂的大出集成材社長要怎麼處理兒子這次捅出來的婁子？捅婁子？沒錯，大出勝應該會想用這種說法吧，或者是惡作劇。但是這次的事已經超出了那種程度，這是犯罪。因為他們甚至動起刀子了，不是嗎？

禮子本來就要離開電話，又回心轉意，拿起了話筒。她打電話到城東三中，電話鈴響了一會兒後，一名男性校工職員接了電話。她說是緊急事件，問出津崎校長的自家電話。

電話響了兩聲津崎校長就接起。禮子先為假日致電打擾道歉，卻也聽出電話那頭津崎校長緊張起來。

「出了什麼事嗎？」校長問。

禮子說明狀況。

校長沉默了約兩秒，接著俐落地說，「我現在就到學校去，我會在職員室待機，請隨時聯絡。我也會請學年主任高木老師到校。」

「麻煩你了。」

當老師也不輕鬆呢——禮子忍不住呢喃。

急診室擺了三張用簾子隔開的病床。

增井望躺在最裡面的一張病床上。穿著亮草綠色開襟衫的中年婦人站在床腳，是母親吧。她立刻注意到禮子與庄田，靠了過來。

「我們是城東警察署少年課的人，庄田和佐佐木。」

兩人出示警察手冊招呼說，母親一次又一次低頭行禮。

「望同學的情況怎麼樣？可以說話嗎？」

「可以的，可以的。」母親回答的聲音都啞了。治療結束，也聽到檢查結果，得知總算避免了最糟糕的情況，由於放心而一口氣累了吧。「他看起來有點睏，不過我想可以說話。」

「增井媽媽，妳還好嗎？」禮子輕輕觸摸母親的手臂，「要不要坐下？還是到候診室休息一下？」

「不，我要待在這裡。我要陪著望。」

「聯絡其他家人了嗎？」庄田問。

「外子今天去打高爾夫了，跟客戶應酬。」

「哦，那麼沒辦法立刻聯絡上呢。妳一個人眞是辛苦了。」庄田慰勞似地點點頭。

「他姊姊去學校參加社團活動，還沒有通知她。我也只能趕快過來這裡。」

「望同學有姊姊，是嗎？」

「一樣是四中的學生嗎？」

「嗯，只差一歲。」

「是的。」

母親握起拳頭放到嘴邊，眼神很凝重。

「四中是所很平靜的學校，所以我一直很放心。那裡從沒出過什麼大問題，也沒有什麼好擔心的。沒想到居然會被其他學校的學生打傷……」

禮子走近增井望的床邊，被子幾乎沒什麼隆起。少年看起來非常瘦小，雙眼緊閉。每次呼吸，鼻腔就跟著震動。

整張臉都腫了。右眼罩著眼罩，白色的鬆緊帶跨過鼻梁鉤在耳上，看了都教人心痛。身上蓋著一條薄被，所以看不到脖子以下，但似乎接了導尿管。對於正要進入青春期的男孩來說，這樣的處置一定令他羞恥極了。掛在床腳的塑膠袋中的尿液，至少看在外行人的禮子眼中，顏色並不嚇人。她鬆了一口氣。

右手臂吊著點滴。藥液規則地滴落下來。禮子看了藥液的名稱，但完全沒有頭緒那是什麼藥。

好像睡著了——半晌之間，禮子沒有出聲，只是看著他。結果少年的眼皮微微地顫動，半睜開眼睛。

「增井同學。」禮子輕聲喚道，「我是城東警察署的警察，你可以說話嗎？」

他的眼睛在半開的眼皮深處移動，被紫紅色瘀痕包圍的嘴角發抖般地張開了一點。

「警察嗎？」

聲音幾乎要被呼吸淹沒。

「是的。你碰到那麼可怕的事，一定很害怕吧，可是已經沒事了。」

少年的眼睛閉了起來，陣陣顫抖。看起來像是在對抗鎮靜劑的藥效，努力維持清醒。

「不用勉強說話，醫生也這麼交代。警察已經在找那些打你、搶走你的錢的三個人了，你可以放心。」

增井望的眼皮縫裡露出瞳孔。他在看禮子，她向他點了點頭。

「大出。」少年說。

禮子本來要直接說「大出俊次」，但瞬間猶豫了一下，改口說，「大出俊次同學，對吧？三中的二年級生。」

「……嗯。」

「只有他一個人嗎？」
「還有，別人，總是跟他在一起的兩個人。」
「增井同學，你從以前就認識他們嗎？」
鼻翼一下子張開又縮起，洩出呼吸來。
「我在學校聽說過。」
「在四中？」
「嗯。」
「在你之前，四中也有學生被大出同學他們勒索，是嗎？」
「是的。」
「那麼他們在四中也很有名嘍？」
城東三中與四中有從同一所小學升上去的學生。大出俊次從小學開始就是個問題兒童，只要鬧出一點名堂，立刻就會傳得人盡皆知吧。
「所以你才知道他們叫什麼嗎？」
「他們彼此叫名字。」
「恐嚇你，對你動粗的時候嗎？」
「對。」
笨死了，禮子憤憤地想。大出那三個傢伙不僅是壞，而且有多壞就有多笨，這令她氣憤得不得了。
她掏出記事本，把夾在裡面的三個人的學生手冊影本一張張拿給增井望看。增井望定睛看了小小的人頭照影本。
「就是他們。」

「他們怎麼恐嚇你？」

少年的頭在枕頭上挪動了一下。嘴巴在發抖。

「警察在相川公園找到了你的夾克，被刀子割破了。那也是大出同學他們幹的嗎？」

「對。」

「他們亮出刀子威脅你，叫你掏出錢來？」

「是的。」

「地點在哪裡？」

「散步道的橋邊，龜井橋。」

那是相川水上公園出口附近的一座小橋。

「你被恐嚇之後怎麼做？」

「我逃跑了。」

「可是沒能逃掉。」

「對。我被打，被踢……」

「你身上帶著多少錢？」

「——一千圓左右。」

「錢被搶走了？」

「不見了。」

「你沒看到錢被拿走嗎？」

「我昏倒了。」

「那你還記得後來的事嗎？你從公園走出馬路，有人幫你叫救護車之前。」

「我醒來的時候，人在樹叢裡面。」

「你被攻擊的時候，是在公園裡的散步道，對吧？可是醒來的時候，人在樹叢裡面。」

「是的。」

增井望的頭又稍微挪動，鼻翼好似「呼」的一聲張開了，好像連呼吸都在顫抖。原本半睜的眼睛緊緊閉上了，他累了吧。

三人發現獨自走在公園裡的增井望，包圍他，亮出刀子恐嚇他，割破他的外套。增井望想要逃走，三人群起圍攻，揍他，踢他，摸索倒地昏迷的他的衣服，奪走值錢的東西。夾克也是在那時候被脫下的吧。鞋子或許是增井望想要逃走的時候脫落了。

然後他們把昏倒的增井望藏進樹叢裡面離開——

粗暴、惡質，禮子感到喉嚨一陣熱辣。

有人從背後輕拍她的肩膀，回頭一看，庄田在她耳邊低語。

「巡邏車找到大出俊次了，要他跟監護人一起到警署投案。」

禮子點點頭，「其他兩人呢？」

「金魚屎，黏在他旁邊。」

「他們在哪裡？」

「遊藝場，『萊布拉』裡面的。」

正在找樂子，是嗎？應該是篤定不會被抓吧。

禮子把眼神移回床上。增井望靜靜地呼吸著，但她還是輕聲呼喚了一下「增井同學。」沒有回應，讓他睡吧。

她離開床邊，回到急診室的通道，庄田正等在那裡。

「回署裡吧。」

雖然自以爲克制了，但禮子感覺得出自己的聲音尖銳、好鬥極了。那群蠢蛋，笨到無可救藥的三人組，這次可沒法說教完就放你們回去了。

21

一走進少年課，辦公室裡的同事立刻說，「在大房間。」指的是樓上的大會議室。

「課長也在那裡？」

佐佐木禮子瞄了一眼空著的課長席問。

「嗯，氣呼呼的。」

禮子急忙脫掉大衣，拿了本公文箋，跟著庄田一起上樓。大會議室所在的樓層還有署長室跟訓示場，是署內平日最安靜的樓層。

然而彷彿算準了禮子準備打開大會議室拉門的瞬間，室內傳出了吼聲。

「你們根本是不分青紅皀白，一口咬定就是我兒子幹的嘛！」

禮子看向庄田，他帶著笑意地悄聲說，「老爸來了呢。」

禮子說了聲，「打擾了。」踏入大會議室。瞬間感覺到好幾道交錯的視線，就好像闖進了狂風暴雨之中。該在的都在了。長方形大桌旁，距離禮子走進來的拉門最遠的一側，大出俊次、橋田祐太郎、井口充這三個人邋裡邋遢地坐在拖開的椅子上。大桌子的前面，常被說是「壽星座」的位置上，坐的是俊次的父親大出勝。剛才發出吼聲的也是他，是禮子已經聽慣了的吼聲。

俊次坐在父親旁邊，所以是大桌子的直角處。橋田祐太郎和井口充稍微離開他們父子，背對入口而坐。距離兩名少年稍遠一些的地方，坐著橋田的母親，還有禮子第一次見到的中年男子。橋田家是單親家庭，只有母親，所以這肯定是井口充的父親。父親的外貌就像從充身上除去多餘脂肪，再丟進脫水機脫水一番。

禮子有點驚訝。過去不管充惹出多少麻煩，被警方輔導，井口家的父親也從來沒有出面過。禮子見到的總是母親，而且這個母親不管碰上任何狀況，都只會哭哭啼啼地滿口「對不起。」

「又是你們。」

大出勝毫不保留地展現敵意，瞪著禮子和庄田。這位大出集成材有限公司的社長個頭挺拔，身材又魁梧，是個龐然巨漢。兒子俊次雖然也算高，但是站在父親身旁，卻顯得纖細不少。

今天星期天，所以大出勝沒有穿西裝，而是穿著鮮豔大花圖案的毛衣。左手腕上戴著金光閃閃的表，是勞力士。

「你們跟我兒子究竟是有什麼仇？」

大出勝用呻吟似地聲音憤怒質問。禮子沒有直接反應，而是向室內所有的人輕輕點頭，刻意轉向橋田的母親和井口的父親說，「我是少年課的佐佐木，這位是庄田。麻煩你們跑一趟了。」

橋田的母親別開視線，井口的父親則把原本就已經垂頭喪氣的身子蜷得更小了。

「我正在說明狀況。」

里中課長在排排坐的少年與監護人對岸說。表情平和，但眼底浮現苦澀。那神色禮子看得一清二楚。里中課長旁邊坐著名古屋，一臉**悠哉**地叼著香菸。一如往常，沒有點火。

這是**疑似**少年課的名人、重點人物所引發的案子，課長出馬是當然的。不過名古屋也出席，這令禮子有些意外。名古屋本人看也不看禮子，靠在彈簧椅背上打量著三名少年。

「聽說你們在『爭霸站』？一定嚇了一跳吧。」

禮子擺出開朗的表情對俊次等三名少年說。剛才的電話說他們在萊布拉大街裡的遊藝場被找到。遊藝場有兩家，「爭霸站」是其中之一，也是俊次他們喜歡流連的店。

沒有人回話。三名少年忠於各自的角色，露出三種不同的嘔氣表情：大出俊次面露冷笑，大搖大擺；瘦竹竿橋田祐太郎睜著眼睛，睡著了似地毫無反應；矮小而肥胖的井口充東望西望，不時偷瞄禮子。如果想到什麼鬼靈精怪的下流台詞，他想要立刻回嘴，可是什麼也想不到。而且就算想到了，要是胡亂應聲，可能會挨老大俊次的罵，所以他只能板著臉悶著。

「是巡邏車找到他們的。當場就聯絡監護人，請他們一起過來了。」

里中課長像要強調程序上沒有問題地說。

「難得休假，專會給人找麻煩。」

大出勝憤恨地說。臉部曬得很均勻，卻只有右手的手背是白的，是打高爾夫球曬的。有空打高爾夫球，也沒空給你兒子擦屁股嗎？禮子在心裡頭問著。

「眞的很抱歉。」禮子客氣地說，「不過就像各位從課長那裡聽到的，這是犯罪案件。我和庄田去見了現在人在醫院的被害人，他受了很嚴重的傷。」

「就算是這樣，憑什麼就懷疑我兒子？」

「我想里中也已經說明了，被害少年是被同年代的三名男孩毆打成傷，他作證說那三個人彼此稱呼『阿俊』、『橋田』、『井口』。」

大出勝那張顏色彷彿皮革的臉頰猛地血氣上沖。他粗獷的拳頭打在會議桌桌面上，挪到一旁的鋁製菸灰缸一下子彈跳起來，把井口的父親嚇了一大跳。

「那種話哪能當眞？你們動不動就懷疑我兒子！」

「大出先生。」禮子筆直地看著大出勝，聲音放得更柔了，「我們讓被害少年看了大出同學他們的照片，他清楚地指認了。事態非同小可，所以我們也想聽聽本人的說法，因此才請你們過來。」

「我兒子什麼都沒做！」

俊次聽著父親的吼聲，臉上獰笑個不停。看到他在笑，井口充也「咯咯咯」地笑出聲來。橋田祐太郎依然瞪著半空中。

「可以請你們告訴我，今天中午左右，你們人在哪裡嗎？」庄田問道。他環顧三人，最後視線停留在大出俊次臉上。

「沒必要回答。」大出勝當下制止，「律師馬上就來了。」

「大出先生，你找了律師？」

「不行嗎？噯，對你們可能不利吧。」

「不是那個意思。」庄田微笑，「如果大出先生不願意我們向你們的兒子問話，用不著請律師，各位可以直接離開回去。我們沒有任何權力阻止你們。」

大出勝急促地眨眼，額上滲滿了油亮的汗水。

「我可不吃你們那一套。」

「哪一套？」

「你們想要這樣說，讓我們把孩子帶回去，然後捏造筆錄，逮捕他們，對吧？你們不是老是用這種骯髒的手段嗎？」

庄田徵求同意似地看禮子，然後略爲收起了微笑，繼續說下去，「大出先生，我就坦白說好了，俊次同學他們過去被輔導過很多次。」大出勝想要反駁，但庄田伸手制止他道，「過去輔導的時候，我們城東警察署的人員，曾有任何一次做出像大出先生剛才說的誣陷情事嗎？」

「你們老是誣賴我兒子，捏造他根本沒做的壞事。」

「那麼這次更應該好好確認事實，免得被我們任意誣諂了，不是嗎？」

這回里中課長瞪了庄田一眼。照庄田剛才的說法，等於是在承認「過去我們眞的誣諂了你們。」不過這只是文字遊戲，用不著一一過敏反應。

「所以我們就等到律師到場吧。站在我們的立場，不只是被害少年，我們也想要保護大出同學他們的生活。」

名古屋拿開嘴裡的菸，悠閒地插嘴說，「剛才沒有自我介紹，失禮了，我不是少年課的人，是刑事課的負責人。」

這歐吉桑幹麼啊？——禮子發現俊次瞬間迅速瞥了名古屋一眼。

「這次是強盜傷害事件。被害人指認了大出同學等三人，所以由少年課來處理，但這原本應該是由我們刑事課處理的案子。確實呢，就目前聽到的內容來看，並沒有物證可以證明是大出同學、橋田同學、井口同學三個人幹的，有的只有被害人的指認。搶匪完全有可能是別人，所以可以請各位當成是在協助凶惡強盜傷害事件的調查，配合我們一下嗎？」

「信口胡謅，亂提人家的名字，給人平添麻煩，還有臉要人家配合什麼？」

名古屋把香菸收進外套口袋說，「如果被害人撒謊，這顯然是因爲對大出同學等人心存惡意呢。」

「所以我不是打一開始就這麼說了嗎！」

大出的拳頭又砸在桌上。橋田祐太郎微微瞠目，看著發出輕盈「喀啦喀啦」聲轉動的菸灰缸。

「站在大出同學等人的立場，這眞的是無妄之災。他們怎麼會這麼倒楣，平白無故被捲進這種事？大出同學的爸，你就不想弄個明白嗎？畢竟事情非同小可，這可是凶惡的強盜傷害事件呢。」

「跟我們沒關係。」

「可是這是強盜傷害事件呢。弄個不好，或許被害人已經死了……」

禮子內心笑了一下。名古屋再三強調「強盜傷害事件」，其實並不是要說給大出勝聽的。他的目標是橋田的母親和井口的父親。

他的計謀奏效了。兩人的父親和母親終於抬起低垂的頭，看著名古屋了。察顏觀色般的視線裡，開始滲透出具體的不安神色。

「可是就算叫我們說明……」橋田祐太郎的母親含糊不清、拖泥帶水地說。她總是這種口氣，是年輕女孩專利的、一種黏糊糊的半疑問句型。「叫我們要說什麼好嘛？」

禮子頗清楚這名叫橋田光子的女性的狀況，因爲光子非常喜歡談論自己的身世。

光子是二十二歲時結婚的。很快就生了長男，但在長男上小學的那一年，丈夫死於交通事故，她一手拉拔孩子長大，到小吃店陪酒攢錢，在夜晚的世界裡吃了許多苦。

後來她與在店裡認識的客人再婚，生了祐太郎還有一個女兒，但是她與第二任丈夫也在三年前分開了。與第一任丈夫生下的長男高中畢業後就找到工作，離開家裡，所以現在只有母親、兒子和女兒三個人一起生活。她在當地經營一家雞肉串燒店「梓」。那是家店面不到兩公尺寬，火柴盒組合屋般的小店，一家人的住處就在二樓。

禮子沒有光顧過那家店，但曾以少年課的刑警身分訪問過，也曾經路過幾次探頭查看。那裡與其說是一家雞肉串燒專門店，更接近居酒屋。看起來生意並不特別好，不過應該有固定的熟客，週末夜相當熱鬧。橋田光子通常都會盤起頭髮，穿著圍裙，但精心化妝，打理店裡。

身爲家長的她，並不像大出勝那樣與警察敵對，但是藉口非常多。她的藉口通常都與她的身世有關。

「因爲他沒有爸爸……」

她動不動就這樣說。

「做母親的實在不懂兒子在想什麼……」

這也是她一貫的說詞了。

據說「梓」原本是之前分開的丈夫開的店。當然她也在店裡幫忙，後來就這樣接收了店面。

「可是有什麼辦法嘛？他就這樣拋下我們母子跑掉，不聞不問的。我跟孩子三個人為了糊口，也只能不管三七二十一，硬著頭皮把店開下去了。那是租來的店，付掉店面的租金，光是生活就很拮据了。」

也就是說，雖然分手了，但並沒有正式離婚。丈夫擅自離家，她和孩子被拋了下來。

噘起嘴巴抱怨個不停的橋田光子顯得疲累極了，但是說著說著，她就會逐漸恢復生氣。禮子是想要了解她兒子的素行還有在學校的情況而拜訪，然而大多時候都會在不知不覺間變成奉陪光子的自言自語，被晾在那裡聽著。一方面是因為很難找到時機插嘴打斷那又臭又長的訴苦，但禮子也認為或許可以從這些話中，找出橋田祐太郎會變成那樣一個沉默、冷漠、有氣無力的少年，同時又跟粗暴而虛無的大出俊次混在一起的原因。

「我呀，佐佐木小姐，一直是女人家一個人努力打拚過來的呀。」

這是光子的口頭禪。她懷念據說個性溫和認真的第一任丈夫，懊惱說如果他還活著，她的人生也不會淪落至此。然後把分手的第二任丈夫批評得一文不值，好色、動不動就動粗，好吃懶做又揮霍無度。他離開這個家，我真是鬆了一口氣——才剛這麼說完，光子立刻又自憐自艾起來，我們母子三個是被拋棄了啊。

如果冷眼觀察，這是某一種女性、某一種典型的「失敗人生」吧。但禮子也想過，她們的人生可以如此輕易斷言是「失敗」的嗎？不管有多少怨言，她還是拉拔了兩個孩子長大，並且操持著一家生意不錯的店。

橋田光子真正的「失敗」，會不會其實是來自於——孩子們在成長中走偏了路。

但是橋田光子對祐太郎的感情——她對兒子的問題行為與各種不良經歷有何想法，總教人感到曖昧模糊，難以捉摸。禮子就是想釐清這一點，才與她面談，然而光子總是把兒子的問題代換成她自己人生的不測與不足。

這次面臨不只是輔導或說教就可以解決的狀況——飽經世故的她應該還了解這一點——光子會怎麼做？會怎麼說？禮子用力收緊下巴，注視著橋田光子寒磣的側臉。

「這孩子就像這樣，是個傻愣子，不會說話啦。」

光子視線落在大桌上開始說起來，但說到「這孩子」三個字時，用一種討好般的眼神看祐太郎，然而兒子本人依舊呆呆地眼神浮游虛空。

「搞不好他現在也還不懂自己怎麼會被叫來這裡呢。我也是一頭霧水——」

庄田委婉地問，「橋田媽媽，妳知道祐太郎同學今天中午過後到三點之間，人在哪裡嗎？」

「哦……」光子眨眨眼睛。星期天店裡公休，她完全沒化妝。可能是這個緣故，那張臉比禮子熟悉的看起來要大上一號，輪廓也顯得鬆垮。沒塗睫毛膏和眼影的眼睛縮得小小的，陷在眼眶裡。

「他……應該是在家裡吧，對吧？」

對吧？——這個問句是在問祐太郎。

兒子總算看母親了，或者說，是眼珠子轉向了她。眼睛的焦點微妙地從母親身上錯開。

眾人全都屏息等他開口。禮子來到這裡之後，三名少年都沒有說過半句話，面對里中課長時大概也是吧。說話、怒吼，有所反應的，應該只有大出勝一個人。

「我在家。」橋田祐太郎說。

「看吧！」大出勝突然使勁探出身體，「我兒子也在家。他跟我一起吃午飯，一直在家。」

庄田無視大出勝，問橋田祐太郎說：

「那麼你是幾點去萊布拉大街，三個人一起去爭霸站的？」

祐太郎聳了聳骨瘦如柴的肩膀。現在十幾歲小孩子都很會擺這樣的動作。是看電影或電視劇學的嗎？

「我兒子說他才剛進店裡，就被警察抓了，而且是突然衝上來。他明明什麼也沒做。就算是去遊藝場，那可是星期天的大白天，國中生進去也沒什麼不對吧？」

大出勝揚聲說。俊次看著如此大力主張的父親，依然一臉冷笑。

「大出同學，是這樣嗎？」庄田迅速切換視線問俊次，「巡邏車的巡查叫住你們，是下午三點三十五分的時候。你們那個時候才剛進遊藝場嗎？」

俊次開口了，臉上的怪笑總算消失。他沒有回答庄田，而是問父親，「不是要等律師來才能說話唷？」

瞬間，大出勝的臉上冒出新的怒氣。顯然是對兒子的怒氣。

「可以證明你的清白的話，說也可以。」

「這樣唷——？」俊次用軟綿綿的聲音說，露出驚訝的表情，「我人在家唷，刑警先生。」他對庄田答道，又是滿臉怪笑，「在家睡覺。」

「可是你去了『爭霸站』吧？我是在問你幾點去的？」

「我哪記得時間啊。」

俊次拖著尾音說，把椅子壓得吱呀響，撐起上身，望著井口說，「你也不記得吧？」

「嗯，完全不記得。」

井口充迫不及待似地點點頭。因爲用力開口說話，口水從嘴裡噴了出來。

「我們進了店裡，連代幣都還沒換，就被警察用力一推，好可怕唷～」

「警察打了你們？」大出勝又緊咬上來似地說，「被打了幾下？告訴我，我要告他們！」

「巡邏的巡查不可能對小孩子動粗的。」庄田打斷說。

「你又不在場，知道個屁！」

「我確實收到報告了。」

「什麼報告，都是胡謅！」

這樣的唇槍舌劍，禮子已經厭煩了。大出勝就是這樣的監護人，這樣的大人。所以她才緊盯著橋田光子。後者偷看著祐太郎的表情。她是要試圖讀出什麼，還是想要傳達什麼？不過兒子絲毫沒有發現的樣子，一臉睏倦地垂下頭去。

「我們家做的是小生意……」

突然有人發言了，是井口充的父親，略高的嗓音跟兒子有點像。

「實在比不過大出先生，大出先生是商榮會的頭嘛。可是那是生意上，是我們大人之間的往來。沒道理因爲這樣，連我家兒子也要看大出先生還有你兒子的臉色做事。」

這下子有好戲看了。雖然只有短短一瞬間，但大出勝啞然失聲。接著他猛然連珠炮似地說起來，「我說你啊，井口先生，你這話我可不能聽過就算了。你說看臉色是什麼意思？啊？」

井口充也急忙制止父親，「爸，你閉嘴啦！」

然而做父親的卻不肯沉默。他看也不看激動萬分的大出勝，而是用力湊近兒子充問，「你眞的幹了警察先生們說的事嗎？你眞有膽當什麼強盜嗎？不是只是照著大出吩咐，他幹什麼，你也跟著幹什麼嗎？」

井口充的臉頓時血色盡失。兩相對照地，大出勝幾乎快爆炸了，他的臉逐漸漲得通紅。

「我們是朋友啦！」井口充尖叫似地說，「我們是哥兒們！我跟阿俊是死黨啦！」

禮子發現了。大出俊次垂著頭，正拚命按捺著笑意。就是這樣啊，對他來說，橋田祐太郎跟井口充，充其量不過是他的奴僕罷了。奴僕拚命抗辯讓他覺得可笑到家了。

可能是感覺到禮子的視線，大出俊次抬起頭來。眼底隱含著怒意。歐巴桑，誰准妳用那種眼神看老子的？

「就是啊。」他冷不防對著井口充的父親開口，「我們是哥兒們。」語氣很沉著。在調侃別人的時候，這傢伙總是這樣。

「我們是死黨。」

「就、就是啊，所以你閉嘴啦，爸。」

井口充在流汗。他的父親好像累了，眨了幾下眼睛。

「居然信他這種鬼話，反正你只是又被大出拖去一起做蠢事罷了。然而你卻要跟他一起被抓，一起變成強盜犯，一起進少年院嗎？你怎麼就這麼盲從？」

「你說什麼！」大出勝踢開椅子跳起來，「乖乖讓你說，結果從剛才就聽你在那裡胡說八道！我家兒子才沒當什麼強盜！」

「大出先生！」庄田急忙站起來制止就要毆打井口父親的大出。里中課長也插了進來。橋田光子站起來逃掉了。

充的父親對兒子來說就像顆地雷，好像是個不能掀開的蓋子。井口的父親畏首畏尾地以一種看野獸的神情，看著課長和庄田合力制住抓狂的大出。

「你在亂講什麼啦！別多管閒事啦！滾回去！你來幹麼啦！明明成天就只會賭，幹麼又跑來啦！」充推了一把父親的肩口，破口大罵。

令人悲哀的場景。大出俊次一人放聲大笑說，「爸，別這樣啦。」伸手抓住父親外套把他拖回來。

「收回你的話！收回你剛才的話！向我兒子道歉！你這王八蛋，我饒不了你！」

大出勝嚷嚷著繼續發飆，井口的父親頑固地不肯離開椅子，只是交互看著不停地唾罵他的大出集成材社長，還有滿臉大汗地罵著自己「死老頭」的兒子。橋田光子繞過大桌子避難，在祐太郎旁邊安坐下來。她挨在兒子瘦骨嶙峋的高個兒旁，那張害怕的表情與其說是母親，更像一個女人。祐太郎屁股釘在椅子上，只是旁觀這場騷動。

「總之先、先坐下來。冷靜下來！」

庄田總算把大出勝拖到椅子上按住，氣喘吁吁。

「如果你在署內引發暴力案件，就沒法釐清事實，證明你兒子的清白了。」

大出勝的鼻孔張成了快兩倍，甚至讓人覺得他噴出來的鼻息與呼吸的熱度讓室內變熱了。

「這、這個王八混帳！」他用粗壯的手指指著井口的父親，從丹田發出顫抖般的聲音，「也不想想你兒子受了我兒子多少照顧，居然指著別人的兒子說是罪犯，你以爲你是什麼東西！你兒子能去學校，靠的全是我兒子罩他，你知道不知道啊！」

「我不曉得他是怎麼照顧我兒子的。」井口的父親說，「喂，大出爲你做了什麼嗎？」

被這麼問的充，臉上一陣青一陣紅，汗水淋漓。

「你給我閉嘴啦，爸！」

充哭求似地說。橋田祐太郎靜靜地看著這樣的「哥兒們」。

「充，叫你媽過來！」大出勝命令別人的兒子，「跟你這廢物老爸沒什麼好說的，你媽在幹麼！」

忠義的充憨直地回答，「對不起，我媽今天出門了。」聲音卻結結巴巴，「店裡只有我爸，因爲警察來了，我爸就出來應了。對不起。」

井口充的家在萊布拉大街裡經營雜貨店。所以找到他們三人的巡邏車巡查不是打電話聯絡，而是直接找上井口家吧。恰好在場的井口父親，平常不曉得都是丟給妻子還是裝作不知情地跑掉，但警察都上門來接人了，他逃也逃不掉，只好硬著頭皮到署裡來了。

井口充的母親一碰上事情就只會啼哭道歉，輕易地發誓絕對不會讓兒子再犯；但事情一過，兩三下就忘了自己的話，是這種類型的監護人。不管什麼樣的醜事還是問題行爲，只要能夠應付過當下就行了。表現形式雖然與橋田光子不同，但缺乏意志認眞面對兒子的問題行爲這部分，兩人是一樣的。

所以過去三人一起被輔導時，對大出勝來說，完全是如魚得水。因爲他可以任意吼叫或反駁，一個人獨擅勝場，兩名母親根本不可能違逆他任何一句話。

由於過去一向如此，站在大出勝的立場，他會對現在這種狀況暴跳如雷也是難怪。禮子好不容易才忍住湧上心頭的笑意。對增井同學雖然過意不去，但這次的事，或許是撼動三人組根本的絕佳機會。

「我這人很膽小……」眾人總算冷靜下來後，井口的父親開口了。他一說話，嘴角就冒出白泡。「所以我反對動不動就大吼大罵，動手動腳。」

「哈！」大出勝啐了一口，嘲笑說，「少說得一副你懂的口氣，明明就是個賭鬼。」

禮子也知道井口的父親喜歡賭自行車，為此家中爭吵不斷。她也知道充成天都在說父親的壞話，還公然詛咒父親快死。我家那死老頭，不死一死就沒用啦。死了才有保險金可以領嘛。

「死老頭閉嘴啦！」

充幾乎是懇求地低聲呢喃，他完全頹喪了。因為他察覺到大出俊次仍掛在臉上的獰笑底下的怒意。等下不曉得會死得有多慘。被俊次，還有被俊次的父親給整死。

「可是暴力行為是不對的。大出先生，拜託你節制點。」里中課長訓斥說。

「追根究柢，還不都是因為你們不當逮捕我兒子，少在那裡裝高尚。」

「什麼不當逮捕，大出先生，俊次同學並沒有被逮捕。我們剛才應該也已經說明過了。」

「俊次同學。」庄田用一種什麼事也沒發生過的溫和聲音對俊次說，「可以請你配合嗎？請讓我們看看你現在身上的東西。可以把口袋裡的東西拿出來嗎？」

大出勝的座位再次空了。龐然巨軀瞬間橫越大會議室，揪住了庄田的衣襟。叫罵與怒吼把窗玻璃震得嗡嗡響。橋田光子用雙手掩住了耳朵。

「大出先生、大出先生，不要這樣！」

課長也插手，三個人扭打在一塊兒。大出俊次不理會，手插進長褲口袋，接連把東西扔到大桌上。鑰匙圈、錢包。漆面卡片夾。包了口香糖渣的紙。

禮子站起來，插進他與井口充的椅子中間。

「這些就是全部了？」

「是啊，歐巴桑。」

大出俊次穿著牛仔褲，厚綿襯衫上罩著羊毛夾克，肩膀與手肘部分鑲有皮革。禮子一如往常，一眼就看得出這身行頭要價不菲。

「夾克口袋呢？」

「空的。」

扭在一塊兒的三個大人注意到桌上的東西。大出勝的太陽穴冒出青筋，「俊次！你幹麼聽這些人的話！」

「很麻煩耶。」兒子嫌吵地應道，「有什麼關係，反正我啥都沒做，拿出口袋裡的東西罷了，又不會怎樣。」

大出勝大步回到兒子旁邊。庄田重新理好領帶。可能是剛才被勒住了，臉上一片潮紅。

「大出先生，你要是一直是這種態度，我們也不得不正視這個問題了。」

「王八蛋，閉上你的嘴！」

大出勝踹開椅子。一陣砰磅巨響後，椅子直滑到大會議的窗邊去。

很好很好，繼續繼續。禮子在心裡煽動著，再表現出更不講理的暴力態度吧。王八蛋是你才對。你是不是完全沒發現橋田光子跟井口的父親正用著什麼樣的眼神看你？

總是滿腦子只知道要傾訴自己不幸身世的橋田光子，聽到井口父親的發言，似乎也感到新鮮，稍微清醒過來了。她那雙正觀察著大出父子的凹陷眼睛深處，清楚地揉雜了嫌惡的神色。

「我們也要拿出口袋裡的東西嗎？」

井口充說完便站起來，準備把手插進皺巴巴的棉褲裡。父親抓住他的手腕，「住手。」

「幹麼啦！」
「叫你不用拍他的馬屁。」
充甩開父親的手，從口袋裡掏出髒手帕，然後是摺起來的千圓鈔、幾枚硬幣，還有揉成一團的面紙。順帶把手插進滿是毛球的鬆垮套頭毛衣口袋裡，但沒有掏出任何東西。
橋田祐太郎坐著，默默無語地也開始掏口袋裡的東西。他也穿著牛仔褲，T恤上是圓領毛衣，沒有外套，掏出來的只有面紙和零錢包。母親不安地看著這些東西，彷彿開過的面紙和看似溫泉旅館紀念品的廉價零錢包裡隱藏著某種凶惡的謎團。
「怎麼樣？啊？你們說他們的口袋裡有什麼？」
大出勝雙腿大開地站著，得意洋洋地俯視課長和禮子等人。
「有什麼國中二年級的學生不該有的東西嗎？啊？警察先生？」
此時有人敲大會議室的拉門。禮子急忙開門，門外是一名女警，身後站著一個年約五十的男性，穿西裝打領帶，半白的頭髮梳得整整齊齊。
是大出家的御用律師——風見，禮子是第三次見到他。啊，各位好——律師一派輕鬆地打招呼，沒有苦著臉，也沒有表現出特別的鬥志。
「辛苦了。」
禮子點頭讓他進來。律師一進會議室，大出勝便發出怪叫衝了過來，「風見律師，你怎麼這麼慢？你在拖拖拉拉些什麼？就像你看到的，俊次被警方不當逮捕了。風見律師，這是很嚴重的問題吧？」
禮子趁著稍微離開大桌子的機會，深深地嘆了一口氣。
別看大出勝那副德行，他好歹也是家公司的社長，而那家公司現在業績正旺。公司名叫大出集成材，但那只是繼承了父親創業的公司名，現在集成材的製造只占了業務中的一小部分。大出集成材現在的成功，完全是因爲順利搭上了當紅的豪宅建設景氣列車。

這幾年的超級景氣必然地引來了住宅興建熱潮。不過這跟六〇年代的自用住宅熱潮有著根本上的不同，是一種更豪奢的建築熱潮。

在地價和股價一飛沖天的這個年頭，不是任何人只要辦房貸就買得起房子的。全世界的人都成了有錢人的想法，不過只是種錯覺罷了。每個地方的地價都飆漲得不像話，一般老百姓想要擁有自己的房子，已經成了遙不可及的夢想。不過景氣很好，所以也沒必要拘泥於貯蓄，所以原本應該拿去買自用住宅的錢轉移到消費去。因此乍看之下，每個人都可以過得優渥奢侈——但這都只是表象。

正因爲如此，在這種狀況下會想要擁有自己的房子的人，他們期望的並不是單純的自用住宅，而是大豪宅、億萬華廈。看不見的地方也能花錢，但看得見的地方更要砸錢，是爲了向世人炫富而興建的房子。所以預算、節省這些詞彙對他們沒有意義。錢花得愈多，就愈尊貴。對業者來說，這完全是一攫千金的天堂時代。

大出勝精明地看出這樣的潮流趨勢以及金錢動向，與大型住宅建商公司搭上了線。如果是景氣一般的狀態，利益是不會流進只是買賣建材、而且規模又不大的木材公司。但現在正處在異常的熱錢現象當中。只要舉起招牌，宣傳「我們這兒有其他地方買不到的超高級貨哦。」無關公司大小及過去的交易實績，就連大型地產公司也會表示興趣。

這是本人得意揚揚地宣稱的話，所以或許必須保留幾分，但聽說他曾接過和室客廳一根柱子五千萬圓的房屋建案，而且還不只一兩戶。他表示眞正的有錢人都是這樣花錢的。雖然不曉得那一根五千萬圓的價格裡，有幾成進了大出集成材等業者的口袋。

大出勝是生意人，這一點禮子也承認。姑且不論他的生意手法是否具備能在景氣過後繼續通用的誠信，但他擅於獲利，能敏銳地嗅出利益所在，這是不得不承認的事實。

可是身爲一個大人，他又是如何呢？身爲一個監護人的他呢？那是一個有常識的大人該有的言行舉止嗎?是應該負起兒女養育全責的父母行爲嗎?

「啊，這個樣子不成呢。」

風見律師的聲音響起，禮子回過頭去。

「狀況這麼混亂，就算我們想要配合調查也沒辦法啊，根本沒有隱私可言。不只是俊次，沒有一個人的權利得到保障。」

「那麼要採取個別訊問的形式嗎?」

我們也想這麼做啊——庄田邊使眼色邊站起來。禮子點點頭。

如果一開始就把三個人分開，詢問狀況的話，發現事態嚴重性，嚇得臉色發白的井口和橋田——如果有人先崩潰，應該會是井口吧——招出他們實際幹了什麼好事，又會給大出勝發飆的藉口。他會說這都是捏造的。是井口那小鬼胡謅、是橋田那蠢蛋想要陷害我兒子。你們警察都知道，所以收買他們，逼他們作假證!我要告發你們!

雖然站在警方的立場，讓他告發也無所謂，但這種形式的內鬨如果發生得太劇烈，會在井口和橋田的往後人生種下深刻的不安種子，也有他們事後改口翻供的危險性，同樣是井口的可能性很大。即使大出俊次不在場的時候，井口爲了保身而吐實;然而一旦面對俊次，他又會爲了保身，比光速更快地轉念認爲還是迎合俊次比較保險。

所以他們才刻意一開始讓三個人同時在場，也放任大出勝大吼大叫，讓井口和橋田這兩名家長看個清楚;然後再讓大出勝這方提出個別面談的要求。而警方趁著這段期間，再三提醒這次的事跟過去的事件的嚴重程度完全不同，就是這樣的策略。而且現在井口的父親這個不確定要素成了意外的援軍，讓井口充動搖了。對於最爲冷靜、用比他的監護人更淡漠的眼神觀察著狀況的橋田祐太郎，應該也有一些效果吧。過去禮子問過他好幾次，都不曾得到回答的問題，現在也可以再次正面向他提起。我說橋田同學，爲什麼你要跟大出同學混在一起？對你來說，大出同學算什麼？爲什麼要跟他一起惹出這麼多事來？我認爲你應該不是這樣的人？

一切都安排妥當了，來吧——禮子在心中握拳。

22

其實圖書館的閱覽室是不能占位的，但沒有人遵守這個規定，所以藤野涼子也把書包放在隔壁座位上。

星期天下午一點五分過後，閱覽室的椅子坐滿了七成。幾乎都是學生，不過也有幾個大人。這裡的座位擺設不是讓閱覽者圍著一張大桌子面對面，而是坐在縱向排列的細長桌上，所有的人都面朝同一個方向。因此只要坐下來，就只能看到閱覽室裡其他人的背部和後腦勺了。

倉田麻里子很少會照著約好的時間現身。遲到個十分十五分鐘是理所當然，有時候甚至會遲到快一個小時。所以昨天涼子在電話裡警告過她了。

「快要考試了，圖書館人很多，妳要是來得太晚，我就不能幫妳占位了。妳要準時來唷。」

小涼太愛操心了啦——麻里子笑道。

才不是，我只是比妳更守時而已——涼子想要反駁。當然她不會說出來。取而代之的是，她近乎囉嗦地再三叮囑。

然而麻里子還是遲到了，害得涼子沒辦法專心念書。麻里子不曉得什麼時候會來，而且看到新的人一個又一個走進閱覽室，涼子就介意起占住隔壁座位的書包。萬一有人問「這裡有人坐嗎？」那就討厭了。

基本上，涼子討厭違反規定。

之所以說「基本上」，是因爲規定裡頭也包括了學校決定的裙子長度、劉海長度等這類如果一一照做，反而顯得荒誕的規定。可是她認爲除此之外的、許多人在同一個地區圓滑生活必須遵守的決定事項，理所當然應該要加以尊重才對。

圖書館不可以占位的規定也是其中之一，因爲圖書館是公共場所。可是跟麻里子在一起，就會變成不遵守規定才是理所當然。因爲大家不是都在占位嗎？小涼，有什麼關係嘛。

當然有關係了，涼子心想。可是如果說出口，或是表現在臉上，就會被批評「小涼眞是一板一眼。」我怎麼能不一板一眼？我可是警察的女兒呢，涼子這麼回嘴，麻里子就會笑，其他朋友也會笑。不會笑的只有古野章子。章子理解涼子的心情，她也討厭不守規矩的人。

「跟小涼一起念書，碰到不懂的地方，就可以馬上問妳，很放心。」

那來我家念書嘛，涼子這麼約，麻里子卻不願意。小涼家有妹妹，而且我喜歡圖書館。坐在圖書館閱覽室的桌子用功，感覺就好像變得跟小涼一樣聰明了。

涼子無法對麻里子冷淡。

凡事都是如此，不只是對麻里子而已，涼子總是糊裡糊塗地被周圍的人拖著行動。即使心中持反對意見，她也不擅長表達反對的意思。

我太膽小了，所以不敢說錯的事情是錯的。然而被麻里子依賴，又感到得意。因爲我是個驕傲自滿的人，我很卑鄙、骯髒。

如果知道涼子是這樣看待自己的，父母和老師、朋友都會驚訝吧。藤野涼子是模範生。資質優秀，父母也教養得當。她一定會成長爲一個好公民，是一抹潛力無窮的嫩芽。看在大人的眼裡，涼子完美無缺。

沒有人知道沉澱在涼子內在的自我嫌惡，以及根深柢固的憤怒，因爲它被藏在深不可測的地方。但是有的時候，比方說占圖書館座位這類雞毛蒜皮的小事情，卻會勾起那些情緒，洶湧沸騰，包裹住涼子整顆心。

這陣子這種狀況增加了，涼子自己也不曉得爲什麼。是柏木卓也的死成了導火線嗎？那個時候只有她一個人連一滴眼淚也沒掉，這件事果然到現在都還令她耿耿於懷嗎？

那個時候涼子看見了自我內在的眞心。柏木卓也不遵守學校社會的規範，任意活著，任意死去。而大家都擠出淚來哀悼他。這讓涼子看不順眼。幹麼可憐他？幹麼認爲他是犧牲者？他明明只是頭喪家之犬啊。

所以她掉不出眼淚，只有高木老師看出了這一點。然後她認同了涼子，「也是有這種看法的，老師懂的。」

所以應該就這樣全部結束了。

涼子的內側有什麼事到如今才針扎似地隱隱作痛。妳就那麼了不起嗎？妳有資格評斷柏木卓也就是喪家之犬嗎？妳一點都不優秀，一點都不強。妳只是不知通融、欠缺一個人需要的體恤——

「這裡有空位嗎？」

有人出聲，涼子抬起頭來，對方是同年紀的女生，不認識的臉。雖然穿著便服，但是揹著一個大書包，書包上繡著四中的校徽。

「對不起，我朋友就快來了。」

聽到涼子的話，女生把臉猛地一撇，離開了。她往閱覽室裡面走去，尋找空位。

涼子低下頭，眼睛望向數學試題集。專心吧。只要裝出一副全神貫注在念書的樣子，別人就不好開口了。

問題接連解開，幾乎沒有需要她停下來想的問題。這次的考試是第三學期的期末考，出題範圍沒有第二學期大，所以很輕鬆。不用念得太努力，也可以拿到好成績吧。聽說學校會根據這次考試的結果，在三年級進行能力分班。如果這次可以跟古野章子同班就好了，她有點想離開麻里子。如果是能力分班，就有可能擺脫麻里子了。兩人的學力有很大的差距。

不能這樣想，這等於是在侮辱從小學就一直是好朋友的麻里子。

可是這是事實嘛。麻里子不會念書，做什麼事情都慢吞吞的，雖然她是個善良活潑的好孩子——可是、可是，要成為真正的朋友，那得是步伐更相近的對象才行啊。

腦袋順暢地回轉，不斷地解開數學練習題。寫公式，計算。同時另一方面，涼子的心卻在傾吐著她視為「骯髒」而忌諱的真心話，被優越感餵食而膨脹，刺激著她的自我厭惡。

以旋風般的速度解完問題後，重新檢查自己寫下的公式，驗算完畢，接下來是應用問題篇。翻過書頁，她抬頭吁了一口氣。感覺就像原本一直潛在水中，現在為了呼吸而浮上水面。

這時她發現一張看過的臉。

這棟圖書館的閱覽室和開架式書架都在同一個大樓層。中間的隔板高至天花板，但上半部是透明的樹脂板，所以從閱覽室也可以看到一部分的書架區。

那張側臉是野田健一。

離涼子的座位約十公尺遠吧。他看著架上的書，慢慢地橫向移動。

然後他停下腳步，伸手想要抽出一本書，但先飛快地張望了一下四周。今天是星期天，書架區人也很多，但現在他身邊沒有任何人。

野田健一確定這件事以後，抽出了他想看的書。那本書沉甸甸的，看起來像部辭典。

涼子視力很好，但還是看不出那是什麼書。不過進出閱覽室時，她經常穿過健一站的那一區書架中間，所以知道放的是什麼。那區的書架是「化學」區。

咦……？她感到詫異。野田健一也不念書準備考試，在查些什麼？真是胸有成竹呢。

野田健一的成績給人中中的感覺，在班上的存在感就像背景音樂。這可不是涼子說的，是男孩聊天時談到的。安分乖巧、可有可無，也不會提出強烈的自我主張。這種學生也就是人頭，對學校來說也是張安全牌，跟咖啡廳裡的背景音樂一樣。這樣不是很好嗎？世上需要這種人。能夠當個背景音樂，反而輕鬆，不是嗎？

野田健一打開那本沉重的書讀著，同時不停地東張西望警戒著周圍。他蜷著細瘦的背，低著頭，姿勢就彷彿要用身體遮住手中的書似地。看上去一點都不像是在圖書館翻閱藏書，而是在超商偷看A書。

他在看什麼？涼子好奇起來。

這時隔壁椅子突然被拉開，涼子嚇了老大一跳，差點沒蹦起來。

「咦？這是妳的書包？」

抬頭一看，一個揹著大背包的年輕男子看著這裡。個子極高，脖子很長，肩膀寬闊，感覺就像整個人從涼子的頭頂罩了下來。

情急之下，涼子抓起書包放到自己的膝上。年輕男子親切地笑了。

「謝謝。」他說，一屁股坐下來。黑色套頭毛衣配牛仔褲。坐下調位置的時候，他的肩膀稍微碰到了涼子的肩。

涼子掃視閱覽室。人雖然變多了，但還有其他空位，何必硬要插進這裡？

隔壁的年輕男子彷彿聽到了她的心聲，悄聲說了，「圖書館不可以占位唷。」

涼子朝他瞄去，他從背包裡取出課本和筆記本，回瞟了她一眼。涼子急忙把頭轉回正面，一種厭惡感讓她的心臟開始怦怦亂跳。

年輕男子把需要的東西擺到桌上，彎身將背包塞進椅腳之間。這時他的肩膀又碰到涼子的肩了。涼子在椅子狹窄的座面中，盡量往另一邊靠。她也想把自己的書包放到椅子下，可是感覺只要稍微一動，就會碰到隔壁的男人，她動彈不得。

涼子無可奈何，開始解應用題。不管讀幾遍，她都無法理解問題的內容。眼睛只是在文字上滑來滑去。

就在她努力專心時，隔壁年輕男子的右肘擦到了涼子的側腹部。

沒辦法，他個子那麼高，體型又那麼壯。他也不是故意的，只是有點沒神經。
涼子說服自己這麼想。她重新握好自動筆，望向試題集。專心，專心。
隔壁的男子把身子挨了過來，他挪動屁股重新坐好。穿舊了的運動鞋鞋尖輕輕踢踹著涼子的學校運動鞋鞋跟。
這次涼子往旁邊看了。
隔壁男子桌上攤著書，然後一副發現涼子的視線才這麼做似地回望過來。裝傻的、焦點不定的眼神。
涼子慌忙垂下頭去。自動筆從手裡滑落，她急忙握好。
結果，男子的手肘又靠過來碰涼子的身體了，碰在涼子最喜歡的開襟衫包裹住的胸部隆起一帶。
他是故意的！
涼子發出巨大的聲響闔上試題集，收拾文具。這段期間她一直屏住呼吸，絕不往旁邊看。即使如此，她還是知道年輕男子正在怪笑。
她提起書包站起來，離座的瞬間，她擔心隔壁男子會不會揪住她的手，一陣哆嗦。
實際上什麼事也沒發生。涼子踩出腳步聲逃離閱覽室。來到書架區後，隔著透明隔板可以看到自己剛才坐的位置。
隔壁的男子正要站起來，臉上貼著下流的笑容。
涼子的喉嚨整個乾掉了。她的腳踹過地毯，頭也不回地跑到「化學」區的書架。
野田健一還在那裡，他拿著跟剛才不同的另一本書。他察覺動靜抬起頭來發現是涼子，像個廉價的發條玩具般地整個人跳了起來。
「野田同學！」
涼子慌成一團，抓住他的袖子，握住那柔軟的羊毛觸感。

「對不起，你可以陪我一起出去嗎？」

健一露骨地不知所措起來，涼子拉扯他的手。瞬間，書從健一手裡掉下來，在地上發出潮濕的啪沙聲。兩人同時望向那本書。封面朝上，所以可以看到書名。

《日常中的毒物事典》。

健一的眼睛盯著那行書名。涼子也僵立原地。

日常中的毒物事典。

涼子察覺背後有動靜。回頭一看，剛才的年輕男子走出閱覽室，經過通道往這裡走來。已經只剩下兩、三步的距離了，臉上的怪笑愈來愈深。

「我說妳啊……」他嬉皮笑臉地指著涼子說，「妳是不是誤會什麼了啊？妳那樣我也很困擾耶。」

涼子迅速地蹲下來，撿起《日常中的毒物事典》塞給野田健一。健一嚇了一跳似地後退，接下書本。涼子就要逃跑。然而就在這個時候，健一那若有似無的喉結上下移動了一下，轉向年輕男子。

「你有什麼事？」

年輕男子站住了，本來伸出去就要碰涼子的手也停住了。

「幹麼？」年輕男子反問。下流的笑容依舊，但聲音既低沉又鋒利，「我要找的是這位女同學。」

「她是我朋友。」健一擋到涼子身前。他細瘦的肩膀就像要保護涼子似地阻擋在她與年輕男子之間。涼子身高跟健一幾乎一樣，但論肌肉，涼子比他還要結實，即便如此，那一瞬間涼子還是覺得健一可靠極了。他的背看起來完全就是一堵高牆。

「她是跟我一起來的。」健一的聲音緊張得發抖，「我們已經辦完事了，要一起回家了，對吧？」

健一笨拙地想要回頭，脖子卻只是僵硬地動了一下，轉不過去，但涼子瞪著年輕男子也點點頭。兩人的眼睛被漆黑的瞳仁占滿了，就像兩對槍口。

年輕男子抬起長得古怪的手，做出撫平蓬亂頭髮的動作。空著的另一手勾在長褲的後口袋上。

「我是不曉得怎樣啦，可是感覺很差耶。」他就像小學生向老師告狀那樣，噘著嘴巴說。

「什麼東西感覺很差？」健一反問。比起剛才，聲音愈來愈有力了。

「那邊那個女同學啊。」男子又指著涼子說。她差點縮起身體，但用力忍了下來。「她好像把我當成色狼了。」

「莫名其妙的是我們才對，我們已經要回家了。她什麼也沒做，只是在閱覽室念書而已。」

健一指著涼子說「她」，涼子感覺新鮮極了。

「你莫名其妙，我就一清二楚嗎？」年輕男子的口氣變得像在咒罵，踏出一步，「不關你的事啦。」

健一勇敢地居然沒有退縮，昂然抬頭。

「向我道歉。」年輕男子逼迫涼子說。呼吸噴了上來，「為妳冒犯我，向我道歉。」

唐突地、猛然地，沉睡在涼子心中繼承自父親的剛毅抬起頭來，「為什麼我要道歉？我又沒做什麼。」

被女孩子頂嘴令他意外吧，年輕男子退縮了一下。

「妳把我當成色狼！」

「我沒有。」

「明明就是，要不然妳幹麼突然跑掉？向我道歉！」

讓我多摸一點——其實這才是你的要求吧？我還想再多摸一點，居然給我半路落跑，所以向我道歉。妳們這些女人，明明每一個都想被人摸。

告訴你，全世界不管哪一個女人，寧願去死也不想被你這種爛人摸！

「我們只是時間到了，所以要回家。」健一堅定地說，單薄的胸膛高高地挺起，「糾纏比你小的女生，不是個大男人該做的事吧？」

年輕男子的表情一下子崩解了，平凡的五官瞬間變得醜惡，「你說什麼？」

那應該是出於憤怒的反問，但是聽在涼子的耳裡卻像慘叫。她的心臟跳得飛快。一半是因爲激動，另一半是恐懼。她的思考如閃光般奔馳，這傢伙搞不好不單純只是個下流的色狼，而是個變態。鉤在口袋上的手。萬一那隻手一動，抽出刀子來的話——

「你們幾個。」

書架之間傳出聲音。

「這裡是圖書館，請不要喧嘩。」

圖書館的女職員推著放滿了書的推車過來了。是個大個子、戴眼鏡的中年女性，涼子常在櫃檯看到她。雖然不是館長，但位階應該滿高的。她的眼神明顯地帶著斥責，但目標不是涼子和健一，而是年輕男子。

年輕男子身子一轉，大步折回閱覽室了。因爲他撤退得太快，比起鬆了一口氣，涼子更覺得傻住了。原來如此，碰上眞正的大人，就連一聲也不敢吭呀？

「對不起。」野田健一對女職員行禮。涼子晚了一拍也跟著做。

「出了什麼事嗎？」女職員問。

健一顧慮地看涼子。涼子猶豫著要不要據實以告，但還是只說，「是爲了閱覽室占位的事。」

「哦，這樣。」女職員雙手抓著推車，微微抬眼看閱覽室，「有時候會有這種情形。要互相讓位唷。」

她擠出來的聲音比想像中的更小，連自己都覺得沒用。

「好的。」涼子與健一齊聲回答。

「沒事就好。」

女職員推著推車走了出去。涼子也跨出步子。她再也不回頭看閱覽室了。即使如此，她還是知道野田健一急忙把手中的書放回架上跟了過來。

涼子穿過坐滿看雜誌和報紙的成人讀者的大廳，走向門口。自動門是雙層的。外側的門打開後，二月的寒風便迎面撲來。可是現在她覺得這令人舒爽。

野田健一追了上來。他沒有走在涼子旁邊，而是跟在一步之後。

「謝謝你。」涼子停下腳步，轉頭看他說。

健一又支吾狼狽起來。涼子覺得好笑，「噗嗤」一聲笑了出來。明明剛才還那麼可靠的。

「我什麼都沒做。」

「才沒有呢。」

兩人並排走了出去。從圖書館前到有公車的路就只有那麼一條。兩旁的建築物是區公所的設施和公園，另一頭也有超市。彩色鋪磚的人行道上有眾多行人魚貫而行。因爲氣溫雖低，但天氣很好吧。也有很多人手裡提著購物袋。

「眞是個怪人。」

「是色狼。」涼子憤恨地說。

「他對你做了討厭的事？」

「好想惡狠狠地推開他。」

「怎麼不這麼做呢？」健一一本正經地說，「藤野同學很厲害的啊。」

涼子又笑了。這次的笑，總算讓她感覺攪拌到了心底深處。沉澱在底下的討厭壞空氣逐漸消散了。

「我一點都不厲害，我怕死了。看到那傢伙追上來眞是嚇到不能動了。明明不是第一次碰到色狼。」

「眞的嗎！」健一彷彿聽到什麼重大告白似地睜大了眼睛，「什麼時候碰到的？」

「前年暑假。在電車裡面。我們社團一起去府中給參加都大賽預賽的學長姊加油。就是那個時候。」

一年級的菜鳥負責加油，所以大家都穿著運動服，沒帶竹刀，也沒帶防具。眾人共乘一節車廂，大概有十五人吧。顧問老師也一起，在離眾人稍遠的地方抓著吊環。涼子站在門邊，常有乘客上下車，不知不覺間她遠離其他社員，被許多陌生人團團包圍了。

其中有人隔著運動服摸涼子的屁股。

涼子尖叫起來。因爲周圍有許多同伴，老師也在，所以她不怕。聽到涼子尖叫，社員靠了過來，老師也在看這裡。涼子環顧周圍的大人，但每個人都像戴了面具，面無表情。

「怎麼了？」

「腳被踩了。」

涼子笑著穿出乘客圍成的人牆。但是她對附近的同伴低語說，「有色狼。」社員都激動起來。有色狼？色狼耶！咦？是誰！男社員捲起袖子，呢喃聲擴散開來。

「就在這個時候，電車到站了。一大群乘客下了車，就這樣結束了。」

「沒有抓到啊。」

「很遺憾，沒抓到。」

那個時候自己不是一個人，所以可以從容應付。但今天她只有一個人，恐怖比其他任何一種感情都先湧上心頭。

我很軟弱，這樣的體認打擊了涼子的心。一個人什麼都做不了。原來我是個連自己都不曉得的膽小鬼。

「女生眞辛苦。」野田健一說。他的語氣是那麼由衷誠懇地慰勞她，所以令人愉快，涼子咯咯笑了起來。健一對涼子的笑容看得出神，一會兒後也害臊地微笑起來。

「如果剛才那傢伙不肯罷休……」

「嗯？」

「我本來想說的，告訴他這女生的爸爸是警察。」

涼子沒想到這一招。

「說了可能也沒效吧，那傢伙可能不會信。」

「很有可能呢。」

「那個人眼神看起來很不正常。這可能不是他的第一次了，搞不好是慣犯唷。」

「這也有可能，感覺很習慣了。不管是找碴的態度，還是職員一來就跑掉的反應。」

兩人來到有公車的馬路，對面的公車正好要離開。

涼子不知道野田健一住在哪裡。她覺得可能就在附近，不過這麼說來，這是她第一次在圖書館碰到他。

「野田同學，你怎麼回家？」

「走路，妳要搭公車嗎？」

涼子一個人的話，這距離可以騎自行車來回。可是今天應該要跟麻里子一起，所以她搭了公車，因爲麻里子不會騎自行車。

「我覺得快點回家比較好。妳應該不太舒服吧，回家以後就可以放鬆了。」

野田健一的話很成熟、體貼。涼子偷看著依然有些客氣地走在稍後方的野田健一側臉——出於跟剛才偷看隔壁男人的表情完全相反的興趣。

哦，原來野田同學是這樣一個人啊。

被涼子偷看，他眨了眨眼。就像廉價的百葉窗被風吹亂一樣，輕巧而忙碌地眨著。

「怎、怎麼了？」他結巴說。

「沒什麼。」

涼子微笑。是那種如果有一百個男孩，一百個看了都會明白雖然一點都不是「沒什麼。」但即使有什麼，也絕不是什麼壞事的微笑。是只有某個年紀的、高於某個標準的可愛女生才能夠使出的魔法「微笑」。

「其實我本來跟麻里約在圖書館的。」涼子說。
「倉田同學嗎？」
「嗯，可是她放我鴿子。不知道麻里是不是忘記了？」
「哦，倉田同學的話，很有可能。」健一又發出老成的聲音說，「她那個人粗枝大葉嘛。」
「就是說啊，所以我想去她家罵她一頓。麻里家在千川町，你家在哪裡？」
這等於是邀約，如果方向一樣，我們一起走吧。如果野田健一是個聰明的男孩，即使他家在完全不同的方向，也應該會回答「方向一樣。」這樣才帥。
然而經驗不足、才覺也不夠的健一卻憨直地這麼回答了，「我家在反方向。」
涼子失望極了，她的失望顯現在表情上了。經驗不足、才覺也不夠的健一雖然憨直，但不是個傻子。
「可是我陪妳一起去好了，總覺得擔心嘛。」因爲說得太慌張，差點咬到舌頭。「呃，我是覺得應該已經不用擔心了，可是，爲了預防萬一……」
聲音愈來愈小，涼子笑著點點頭。
「嗯，謝謝你。」
涼子元氣十足地走了出去。她好高興，雀躍極了。這個過去雖然存在於視野一角，卻幾乎沒有交集的同班男孩，爲她帶來了意想不到的光明。涼子意外地發現了他的優點，這個發現的喜悅，讓涼子笑逐顏開。
「野田同學，你常跟麻里聊天，對吧？」
她在教室裡看過，大多時候都是跟向坂行夫一起。
「向坂跟倉田同學是青梅竹馬。」他回答。
「聽說是呢，可是我對向坂同學不了解。我從小學就跟麻里認識了。」
「藤野同學成績很好嘛。」健一笑著，卻也垂下頭去，「跟向坂還有我沒有交集是當然的。」

涼子沉默了。一對騎自行車的親子經過旁邊。

「我覺得那樣很無聊。」

「咦？」

「如果跟更多人交朋友，一定會更有趣，不是嗎？可是卻很難做到呢。雖然我也不曉得為什麼。」

後半的話是假的。涼子知道為什麼。野田健一應該也知道，所以這次他沉默了。

不可能只因為同年級還是讀同班，就能毫無隔閡，現實是相反的。成績、外貌、運動神經、能否在適當的場面說出逗大家笑的話、個性開朗或陰沉。學生用盡所有尺度衡量彼此、被彼此衡量，然後決定交往的對象。老師們都說每個人生而平等，但那是騙人的。就像成人社會裡有區別和階級，學校裡也一樣。每個孩子都知道這一點，理解這一點，認同這一點。

若非如此，就活不下去。

涼子與麻里子的朋友關係，從這個標準來看是不匹配的。事實上，涼子漸漸覺得麻里子是個累贅了。被麻里子拖著，她愈來愈常感到不勝負荷。

過去涼子能一直和麻里子交好，是因為她不想承認自己心中有那種類似優越感的感情。功課好的跟功課差的。排名前面的、中間的還有後面的。是因為她一直有種不願意承認這類區別的、類似正義感的感情。

可是上了國中以後，她也漸漸對拒絕承認感到疲倦了。像今天，如果她可以一個人念書，根本就不用來圖書館，也不用碰到這種討厭的事了。

可是——如果不來圖書館，就不會像這樣跟野田健一走在一起，也不會發現他勇敢的一面而欣喜了。

涼子比自己想像的更要混亂。能跟野田健一要好的時刻，應該也只有現在吧。可是她想珍惜現在這一刻，這樣的心情要怎麼形容才好？

「你都會去圖書館嗎？」

涼子等了一陣子才聽到回答。

「偶爾。」

「你看的書好稀奇，我有點嚇了一跳。」

這次回答來得更晚了。涼子邊走邊看後面，健一面無血色。

「你在查什麼東西嗎？」涼子打圓場似地問。

「也……不是啦。」健一答，垂著頭匆匆地走著，「我隨便逛著，剛好那邊的書架沒有人，所以隨手拿下來翻翻而已。」

聽起來好假。健一在「化學」的書架區待了很久。而且雖然鬼鬼祟祟，介意著周圍，卻似乎研究了書本內容很久。

被涼子看到書名——《日常中的毒物事典》時，他的反應也太誇張了。嚇得眼珠子都快蹦出來了。那不是**剛好**拿到內容危險的書翻閱而感到尷尬的程度。

我隨手拿下來翻翻而已。涼子原本預期會得到更具體，但更輕鬆的回答——比方說什麼？我在查推理小說裡面看到的毒物、在查電視劇裡看到的藥物名稱，比方說這些。這不是很有可能的事嗎？

就是啊，又不是多奇怪的事。世上又不是完全不會有必須調查毒物的國中二年級生。

「我們家也有這類事典唷，我爸的書架上。」

「哦。」健一發出軟弱的應聲，「辦案的資料，是吧？」

「好像是呢。放在上了鎖的書架，免得被我妹她們不小心看到。」

「那妳……可以看嗎？」

「事先跟我爸說的話，就可以。之前電視有個專題報導說含氯的清潔劑混在一起會很危險，所以我請我爸讓我看化學事典之類的書，查節目中提到的藥品名稱。」

這不是編的，是事實。涼子的母親因爲很忙，大概是爲了節省時間，不管是打掃還是洗衣服，都喜歡隨便把漂白水跟洗潔劑混在一起，或是倒一大堆。涼子看到電視的那個專題報導，知道母親那種習慣很危險後，爲了好好地向母親解釋、並要她戒除這種習慣，下了一番工夫研究。

兩人離開大馬路，走進沒有人行道的巷子裡。扭曲的護欄斷斷續續地延伸著。健一不只是走在涼子後面，還隔著護欄走在外面。

「警方當然會去鑑定那類藥品吧？所以需要那類知識呢。」

「要知道基礎知識吧。正式的鑑定和分析，有專門部門在做。」

「鑑識課之類的？」

「還有大學的法醫學教室或科搜研。」

科學搜查研究所，對吧？——健一說出全名。

「專家一定無所不知吧。」

「是啊。」

「如果犯罪者用毒藥殺人，對警方來說，反而是得到了重大的線索吧。」

好像不是在問涼子，而是自言自語。而且接近埋怨。聽起來也像是在煩惱。這引起了涼子的注意，但是她不知道該怎麼把自己感覺到的模糊疑問化成話語問出來。

總不能大剌剌地問吧？野田同學，難道你是想對誰下毒嗎？

前方已經可以看到麻里子家了。那是一棟老舊的二層樓灰泥建築，圍繞在周圍的水泥矮牆外，是一片枯萎的樹叢。另一頭的轉角就是一座小兒童公園，所以假日會有許多孩童或親子聚集。隨著距離拉近，也聽見了熱鬧的聲音。

「看，那戶就是麻里家。」

窗戶外面，晾曬的衣物在屋簷底下大大地飄動著。涼子從底下指去的時候，那道窗忽然冒出一張臉來。

「啊——小涼！」麻里子大聲呼喚，把手揮得都快斷了。

「對不起，對不起！我本來想快點去圖書館的！」

那妳還在這裡拖拖拉拉做什麼？涼子苦笑。她把雙手在嘴邊圍成喇叭狀，「可惡，放我鴿子！」

「對不起啦，真的對不起！」麻里子把身體探出扶手，明朗地笑著說。然後她發出更大聲的驚叫，

「咦？野田同學也跟妳一起？」

「我們在圖書館碰到。」涼子繼續把手圍成喇叭狀說。野田健一縮得小小的，他是覺得兩個女生這樣大叫很丟臉吧。

「你們在約會嗎？」

「都是因為妳不來啦！」

「就跟妳說對不起了嘛。進來吧，快點快點！」

涼子回望健一，他指著自己的鼻子窩囊地問，「我也一起？」

「如果你回去，麻里會傷心的。有什麼關係，把向坂同學也找來吧。」

健一聽了這話，似乎也放下心來。他怯弱地笑應，是啊。

爸爸和媽媽去工作，爺爺跟奶奶去親戚家。麻里子吱吱喳喳地說明，把兩人拖進屋裡。

「大樹呢？」

大樹是麻里子的弟弟，是個人小鬼大的小學生。

「去足球比賽，傍晚才會回來。」

野田健一進玄關的時候、脫鞋子的時候、被帶進客廳的時候、還有在附近的椅子坐下的時候，總共說了四次「打擾了。」就好像在對室內所有雜亂的家具及家電辯解似地打招呼。

倉田家老是一團亂，她們家沒有「整理」的概念。其實涼子很不喜歡這麼亂的環境，因此很少進來麻里子家。可是今天她卻覺得這種家庭式的凌亂很溫馨，彷彿倉田家的日用品爲她吸去被可惡色狼沖到的邪氣。

「你們來得正好，來得正好。」

麻里子歌唱似地說著，從冰箱拿出紙盒裝的可可亞，倒進三個馬克杯。

「哪裡正好了？明明爽約。」

「所以我就道歉了嘛，沒辦法啊！有個超級大新聞害我忘掉了約定。」

麻里子把馬克杯放進微波爐，等不及微波好似地折回客廳來。

「中午的時候啊，我去了超市，結果呢，我遇到郁美了。小涼記得她嗎？小學三年級的時候我們不是同班嗎？現在念四中的郁美。」

雖然模糊，但臉還算記得。

「她告訴我一個超級驚人的消息唷。然後我們就聊了起來，還打電話給向坂同學，結果就忘記要去圖書館了。欸欸欸，野田同學，這可是個大新聞唷！」

麻里子說大出俊次這三人組終於被警察抓去了。

「聽說上個星期天他們勒索四中的學生，把人打成重傷，被警察逮捕了。所以啊，喏，他們這個星期一直沒來學校，不是嗎？」

是嗎？涼子一時沒有印象。畢竟那伙人老是遲到早退，就算在學校裡沒見到他們，也不是什麼稀奇事。

「個子最高的那個，」健一說，「是叫橋田嗎？我看過他喔。」

「咦？什麼時候、什麼時候？」

「前天——吧？他去上了體育課，不過我是從窗戶看到的。」

「咦，那就不是三個人都被抓了唷？」麻里子睜圓了眼睛，「怎麼搞的呢？因爲這次的事好像很嚴重唷，還說大出這回絕對會被關進少年院呢。」

廚房傳來甜甜的香味。

「麻里，可可亞好像好了。」

涼子提醒。麻里子跳起來跑去廚房。野田健一用坐立難安的眼神看著飄動的晾曬衣物。

如果大出俊次他們眞的進了少年院，就等於三中解決了一個大麻煩。涼子深深地吁了一口氣。麻里子興沖沖地說要把向坂同學也找來。

「把點心拿出來好了！眞令人開心。這得好好慶祝一下才行，耶！」

涼子看了健一一眼。他只正視了涼子視線短短一瞬間便立刻害羞地別開眼。他看起來已經不再可靠，涼子內心的驚喜感也消失了。她感覺來到這裡的路上，施在健一身上的黃金魔法已經解除了。

23

萬願寺是一座被住宅環繞的小寺院。大殿前的狹小停車場停了四輛車就給占滿了。鄰接的墓地也很小巧，通往墓地的入口旁立著一座古老的觀音像，兩邊插滿了漂亮的白菊。

佐佐木禮子在入口碰到了森內老師。時間就快到了，她似乎也是匆匆趕來的。身上穿著高級的黑色喀什米爾長大衣，與她白皙的臉孔形成美麗的對比。這讓十年來，每年總是同一件附毛皮內襯的BURBERRY大衣穿三季的佐佐木禮子不禁有些羨慕。同樣是地方公務員，森內老師年紀比禮子還小，而且薪水應該也沒有多高，怎麼會——

嗳，人家是美女，打扮起來才有意義，穿什麼都合適。

「啊，太好了，可以跟妳一起。我還以為只有我一個人遲到了。」

森內惠美子看到禮子，開朗地這麼說。她對禮子人在這裡似乎不感到奇怪，或許是聽津崎校長說的。

「幸好今天天氣不錯。」

「是啊，雖然風很大——」

二月底的晴空下，行道樹的枯枝在呼嘯的北風中吱咯作響。

「如果下雪，又會勾起心痛的回憶了。幸好今天是個晴天。」

兩人換上室內拖鞋，趕往走廊深處的休息室。那是間約十張榻榻米大的和室，但坐滿了參加的親屬，十分擁擠。津崎校長坐在柏木卓也父母的身旁，向周圍的人介紹遲來的禮子和惠美子。

至少從外表看去，柏木夫妻和葬禮時幾乎沒有兩樣。神情憔悴、臉頰凹陷，眼睛也深陷在眼窩裡。這表示對他們夫妻倆來說，狀況沒有任何起色。他們的時間依舊停滯著。

領路的僧侶過來，眾人魚貫前往大殿。不能慢慢向柏木夫妻打招呼，反而讓禮子鬆了一口氣。

大殿擺了三排給參加者坐的折疊椅。禮子坐到最裡面那一排的邊角。津崎校長和森內老師坐在第二排，柏木夫妻的身後。

開始誦經了。禮子沒多久便聽出是淨土眞宗。與老家的宗派相同，經文的內容也很熟悉，以前她從來沒有想過宗派的事。

被這些經文送行的柏木卓也這名少年，恐怕也不曉得自己家的佛教宗派吧。他曾經坐在這個地方，參加過親戚的法事嗎？卓也會和誰的遺骨安睡在一起嗎？

卓也的母親柏木功子開始啜泣，旁邊的婦人撫摸她的背安撫她，自己也抽著鼻子。

津崎校長和森內老師以同樣的姿勢低著頭。

禮子仰望緩緩升上大殿高高的天花板的線香青煙，眼睛眨了好幾下。

想要好好地思考，想法卻無法成形；想要放空腦袋，卻又忍不住胡思亂想。不過比起柏木卓也，思考的大部分內容，更被現在仍活蹦亂跳地活在世上、淨是給人惹麻煩的那三人組——大出俊次、橋田祐太郎還有井口充給占據。

柏木卓也的靈魂會因爲佐佐木禮子在莊嚴的誦經聲中沒有爲他的在天之靈祈禱，而是被雜念占據感到不舒服嗎？才不會。儘管自私，但禮子這麼認爲。

柏木卓也是自殺的，不是傳聞所說的被大出他們害死。自殺的原因中，也就是精神的化學變化過程中，大出這些不良學生就在近旁，或許也是一個相關要素，但大出他們並沒有更爲具體地涉入其中。禮子對這一點很有把握，她也對周圍的人如此宣言。有人詢問她的意見時，她也都如此明確地回答。

起初無法拋開不安的津崎校長最近也好像看開了。原本盤踞在三中的惡質流言，現在也完全退了燒。好不容易快回歸平靜了，那三個混蛋卻又給我闖出大禍來了啊，柏木同學。禮子在心中對他訴說，是強盜傷害呢。他們把四中學生打成重傷，被抓後還撒些一戳就破的謊，試圖脫罪。他們的父母也是——

城東四中的一年級生——增井望的案子，結果沒有成立。

禮子自認已經全力以赴了。她詳細地問案，策略也沒有錯。這次一定要讓大出俊次學到一個慘痛的教訓，這樣絕對才是爲了他好。她如此深信。

然而事發不到三天，增井的父母卻撤銷了報案，說是與對方達成和解了。而且增井的父親還說：

「什麼勒索，還強盜呢，太誇張了吧。只是小孩子吵架，吵得過火了點罷了。畢竟是男生嘛。」

禮子瞬間忘了自己的身分，怒火中燒。增井先生，你是認眞的嗎？你是眞心這麼說的嗎？你眞的認爲望同學跟那三個人只是吵架嗎？

「望是這麼說的，他本人也在反省。」

騙人。禮子去了醫院好幾趟，也跟望談過了。他很害怕，也對自己碰到那種事感到憤慨。這樣的他怎麼可能說那只是一場吵架？

「在望同學本人無法接受的情況下解決這件事，可能有損望同學與父母之間的信賴關係。你明白這一點嗎？」

「我就說望接受了啊。」

逼問都來到喉邊了。是不是大出勝威脅你們？還是塞了一大筆錢給你們？你見錢眼開，所以逼兒子忍氣吞聲？你眞的覺得這樣做是對的嗎？

這些話不可能說得出口。她只能煩人地、徒勞地再三確認，望同學眞的接受嗎？

大出那三個敗類被無罪赦免了。而且令人氣憤的是，大出向學校請假了好幾天，理由是遭到警方違法訊問，心理深受創傷。當然，總是跟大出同進退的井口也效法他這麼做。只有橋田祐太郎一個人照常上學，禮子對他的行動懷著一縷期盼——橋田是不是想要離開大出？——好幾次試著找他談話，卻不成功。橋田在三個人混在一塊兒的時候也很沉默，一個人獨處時，更是惜字如金，簡直像個啞子。

對於津崎校長，以結果來說，這件事也給他添了麻煩。因爲後來大出勝闖進校長室興師問罪。這件事跟津崎校長和三中都沒有直接關係，卻還是跑去學校罵人，這就是大出勝這個人。俊次會請假不上學，都是因爲校方應對不當，不僅是應對失當，你們還跟警方勾結，捏造莫須有的罪行想陷害我家俊次——如此這般。

碰到家長到學校罵人，校方就不得不擺出低姿態。無論指控有多麼地血口噴人。

這陣子禮子會頻繁地與校長談話，就是因爲有這些亂子。

禮子聽著誦經聲，在內心偷偷苦笑。我好像是來向柏木同學訴苦的呢。因爲曾經揮椅子跟那三個人對幹的你，應該很清楚大出他們有多麼**沒救**。

——那傢伙怪恐怖的。

這是橋田祐太郎對柏木卓也的評語。大出和井口雖然沒吭聲，但表情並不像對橋田的發言有異議，看起來像是同意。

那三個人是覺得你哪裡恐怖？你對他們又怎麼想？特別是對大出俊次，你有什麼看法？

柏木卓也與大出俊次是磁鐵的兩極。一邊一個人鑽牛角尖，想不開而選擇了絕路；另一邊徹底現實而享樂，沒有絲毫內省之處。如果能夠加起來除以二，柏木卓也應該就不用死了，大出俊次也不必受到警察關照了吧。

講到自我中心，兩邊都是一樣的，但這個年紀的孩子都是如此。甚至可以說如果不自我中心，反倒不正常。十到十五歲的年紀是徹底地自我中心，卻又沒有足以隱藏自我中心的謹慎與狡猾。正因爲如此，也是嘗到苦果累積經驗，了解自我中心的界線，學習與社會妥協之道的時期。

問題是，身爲世界中心的自我，它的核心又是什麼？禮子思考著。

柏木卓也的核心是什麼？

大出俊次的核心是什麼？

我眞希望你還在人世啊，柏木同學。禮子默默地呼喚柏木卓也。希望相同年紀，處在相同環境的你，用那雙只知道追求自我內在的瞳眸，看透大出俊次這個無可救藥問題少年內在的核心，告訴我那是什麼。

因爲你一定能夠看透。

我希望你這樣的人好好長大成人，更進一步磨練那樣的眼力。太遺憾了。柏木同學，我眞的遺憾極了。

「這下子眞的有了結束的感覺呢，而且七七都已經過了好一段日子了……」

森內惠美子邊走出店裡，邊大大地吁了一口氣說：

「我眞是鬆了一口氣。出了好多事，我眞的累了。」

禮子忍不住東張西望，附近或許還有柏木家的親戚。

法會後，眾人轉移陣地到附近的店裡，享用簡單的餐點。法會後的開葷席上，有時候會歡樂到近乎失了分寸，但今天的場面實在不可能如此。眾人的對話也有一搭沒一搭，吃不到一個小時，就草草散會了。

因爲離開了那種陰沉的湯面，禮子也有些失去了緊張感；但是森內老師這番話實在有點太魯莽了。比什麼都更重要的是，這對柏木卓也不會太冷酷了嗎？聽起來就像在說「啊啊，麻煩事總算過去了。」

津崎校長只是平靜地應了聲，「辛苦了。」

「校長跟佐佐木小姐要去ＪＲ車站嗎？要不要一起？」

森內惠美子無憂無慮地問道。禮子反射性地回答，「我接下來還有話要跟校長說。」

「哎呀？」惠美子睜大眼睛，「那麼我先在這裡告辭了。辛苦了。」

她颯爽地從人行道離去。彷彿在說，「啊啊，結束了結束了，剩下來的假日要好好把握。」

禮子回頭一看，津崎校長正面露微笑。

「那麼我們走吧。」

禮子點點頭，跨出步子。兩人現在要去城東第三中學。

爲了處理那些告發信，得到津崎校長的同意後，禮子一直在進行訪談調查。她接下來要向津崎校長報告上週末結束的調查結果。正好又碰上柏木卓也的七七法會，總覺得冥冥之中似乎有什麼安排。

「穿成這樣很顯眼，眞抱歉。我家因爲出門的時候女兒帶著孫女來玩，吵吵鬧鬧的，所以……」

「原來校長已經做爺爺了啊。」

津崎校長開心地露出滿面笑容，「是第一個孫子，長孫女。下個月就一歲了。」

據說他總是穿在身上的毛線背心是夫人親手織的。他的孫女一定也有許多奶奶織給她的可愛毛衣、背心和襪子吧。

「今天學校也有籃球隊請來二中的隊伍進行練習賽，熱鬧得很。」

「球應該不會飛到校長室吧。」禮子笑道，「可是就算飛來也沒問題，我會接住長傳回去。我國中跟高中的時候都是籃球隊的，高中的時候還打進過全國高中大賽呢。」

「哦？」校長睜圓了眼睛，「妳現在也還喜歡運動嗎？」

「署裡有壘球同好會。」

「妳一定是投手吧？」

「咦，看得出來嗎？」

「妳一定投得一手快球吧。」

兩人聊著聊著，到學校了。體育館果真傳來熱鬧滾滾的聲音。

向校工岩崎打招呼後，兩人進入校內。校長室幽靜而陰暗。津崎打開天花板的螢光燈，向禮子勸坐後，自己也坐下來。坐下前還「嘿咻」吆喝了一聲。

「校長累了嗎？」

「送別學生這種事，不管經歷多少次，都一樣令人難受。」

有人敲門，校工岩崎露臉了。他手裡拿著熱水壺，禮子接了過來。校長室裡有泡茶的道具。

「我來吧。」

禮子泡了兩人份的茶，是味道和署裡的茶半斤八兩的粗茶。

進行這些機械性作業的期間，禮子調勻呼吸，接下來要告訴津崎校長的調查報告後勁很強。要怎麼處理，禮子也有想法。她認爲她與津崎已經逐漸了解彼此，也建立起信賴關係了，但接下來的事，必須愼重討論才行。

「森內老師剛才的話有點輕慢呢。」

津崎說著對禮子笑道：

「妳看起來似乎有些不愉快。森內老師這個人明朗快活，但有時候會表現出輕浮不莊重的一面。」

被發現了嗎？

「我覺得她有點冷酷。就算心底那樣想，也應該放在心裡，不該說出口來吧？」

「我也這麼認爲。」津崎的口氣並不嚴厲，「那算是森內老師的習慣，還是作風吧。我有時候也會覺得介意。」

「作風？」

「對於不中意──跟自己不合的學生，她很容易擺出冷漠的態度。就像在說你的事我無所謂，不關老師的事。」

禮子把茶托和茶杯擺到桌上，慢慢點了點頭說，「學生也都注意到她這樣的性格了。訪談中學生也經常提到森內老師，似乎分成仰慕老師的支持派，還有說小森森偏心，討厭她的排斥派。」

津崎渾圓的眼睛浮現緊張的神色，「那我們開始吧？」

「好的。」

禮子拉過擺在一旁的皮包，從裡面取出文件信封袋，擱到桌上。

「這是這次的調查結果。」

沉重的不只是內容而已，這是一份又厚又沉的報告書。

「今後的事，要由校方管理負責人的校長來決定，但我也有一些提議。除了報告以外，可以請校長也聽聽我的提議嗎？」

津崎毫不遲疑地回答，「當然了，我先看看。」

他拿起信封，打開封口取出內容物，是一份厚厚的檔案。

「既然佐佐木小姐有提議，表示訪談得到了一定程度的成果嘍？」

「是的，已經有結果了。」

津崎拿著檔案看向禮子，後者抿緊嘴唇。

「我認爲我們已經查到寄出那些告發信的學生是誰。二年A班——也就是與柏木同學同班的三宅樹理同學，校長可以立刻想起這位女同學的臉和特徵嗎？」

24

這回津崎無法立刻回答了。他細碎地眨著圓圓的眼睛。半晌後，他說，「父親是畫家的那個？是三宅樹理同學嗎？」

禮子吃驚地說，「她的父親是畫家嗎？我第一次聽說。」

「應該不是知名畫家，但也不僅止於假日畫家的水準。家庭訪問的時候父母都在家，是他們對森內老師說的。而我是從森內老師那裡聽說的，好像也得過某些大獎。」

這對禮子來說也是新資訊，三宅樹理在面談的時候幾乎不提父母親。即使試探，她也立刻轉移話題。當時這就很令人介意，現在更是介意了。

「三宅同學有個特徵，任誰看了都會印象深刻。校長也知道吧？」

津崎好像想不到。啊，校長是男的，而且已經有年紀了——禮子心想。校長沒有注意到三宅樹理那個強烈的、烙印般的特徵。

「她整臉都是非常嚴重的青春痘，都擴散到脖子那裡了。」

彷彿「噢噢」應聲似地，津崎用力點頭，「高木老師有段時間很擔心她會不會因此被男同學戲弄。」

「是嗎？」
眞意外，她原本以爲高木老師不會在乎這種事，但她畢竟也是個女人。
「高木老師對這些事情非常細心的，她不只是個嚴肅的老師而已。」
或許吧，但她的關懷似乎沒有傳達給三宅樹理本人。樹理對於高木老師，沒有半點肯定的意見。
「三宅同學本人對這件事似乎非常耿耿於懷。這是一生之中對容貌與身材最在乎的時期，所以介意是當然的；但我感覺她在刻意逞強，假裝不在意。」
「她不是個活潑可親的孩子，欠缺協調性。」津崎的口氣變得像在庇護，「她好像沒有什麼朋友，也不參加社團活動和班級活動。雖然很懂事，但好像討厭跟人在一起。」
但禮子感覺到比討厭更進一步的主動拒絕、否定與逃避。
「三宅同學在說話的時候，絕對不會看對方的眼睛。」因爲不想被看，所以不去看。「她總是在防備著周遭，提心吊膽，像個刺蝟般高度警戒。我和她面對面的瞬間，就這麼感覺到了。」
津崎的臉上浮現驚訝的神色，「妳該不會只因爲這樣，就說三宅同學是那些告發信的寄件人吧？根據只有這樣？」
禮子用力搖頭，「當然不是。我會依序說明——在那之前，請校長先看看檔案的第一頁。」
津崎戴上老花眼鏡，慌張地翻開檔案。
「我把概略整理在上面了。參加這次面談的二年級學生數目，除了全員參加的A班以外，不到四成。大部分的學生都表示柏木同學過世以後，他們開始對自己的現在和將來感到模糊的不安。有三名學生表示，他們有時候會擔心自己是不是會像柏木同學那樣，選擇死亡。」
津崎悲傷地垂下眉毛。
「詳情請參考附在裡面的心理諮商師佐藤醫生的報告。不過佐藤醫生說，對於提出這些不安的學生，只要以保健老師尾崎爲中心，在校內持續提供支援，應該可以順利處理。如果刻意從校外請來心理諮商師等等人物，有可能反而令學生心生怯意。」

而且校長——禮子語帶激勵說：

「也是有好消息的。柏木同學突然的死帶來的不安和疑惑，三中的二年級學生都透過與朋友談論、相互安慰來排遣。有很多人說他們與朋友的關係變得比以前更加親近，也更珍惜朋友和伙伴了。所以我認爲關於這部分，並不需要特別擔心。」

這樣啊——津崎說，「那麼我們教師必須小心，不能妨礙了學生這樣的自助呢。」

「校長對學生的演講似乎也很有效果，也有人說他們感覺到校長是眞心關懷他們。」

津崎默默地點了兩三下頭，看起來像在細細領略這些話。

「所以問題是……」禮子思考該怎麼切入，「校長，你知道同樣是二年A班的淺井松子同學嗎？」

「那個豐滿的學生。」津崎馬上就應道，「是音樂社的。她是個大方又溫柔的孩子。」

「我的印象也是如此，雖然個人認爲她最好減重一下。」

這或許是多餘的意見。

「這位淺井同學和三宅同學好像是好朋友。坦白說，與其說是單純的好朋友，感覺更接近三宅同學支配著淺井同學。」

「妳爲什麼這麼想？」

接下來才是重頭戲。禮子重新正襟危坐後說：

「我們是依照座號開始和二年A班的女生面談，所以先面談到淺井同學。她人很熱情，是個很合作的學生，但語彙和表現力不算豐富，感覺也是個害羞的女生。」

津崎點著頭。

「而且她似乎非常緊張。她小小聲地說她對柏木同學幾乎一無所知，也覺得自殺很可怕。但一直沒有放鬆下來，讓我覺得她是個很認眞的學生。」

只是，禮子漸漸地感到哪裡不太對勁。

「雖然是隱隱約約，但我感覺這樣的對話背後，淺井同學似乎在顧忌著什麼。感覺她還想說得更多、還有問題想問。漸漸地，她開始三句不離樹理同學。我的好朋友樹理說、樹理怎麼樣，淨是這些。然後她還不小心丟出這樣的問題。」

──佐佐木小姐是警察，對吧？警察在調查柏木同學的死嗎？這是在辦案嗎？樹理說如果警察開始行動的話，那就是在查案了。

「我對她裝傻，反問這是什麼意思？淺井同學好像沒有察覺自己的問題意義有多重大，因爲我裝傻，話題就這樣轉移開了。」

淺井松子的面談這樣就結束了。禮子在腦袋一隅用粗體字寫下「樹理」兩個字。

「然後面談輪到三宅同學。她很有禮貌，非常有規矩，可是絕對不肯正視我的眼睛。」

津崎微微探出身體，「三宅同學的面談是什麼狀況？」

「她一開始說了類似她無法接受柏木同學死亡的話。還說不管是自殺還是意外，那都很不自然，但是她沒有再繼續說得更多。」

「再說得更多──也就是命案嗎？」

「是的。我感覺像在觀察我們的反應，選擇該說什麼，試圖從我們口中套出命案這兩個字。我覺得她在刺探我們是否在懷疑這個可能。」

還有另一點──禮子豎起手指，「她也是一樣，動不動就提到松子。她想打聽出淺井同學在面談的時候說了些什麼。這就很直接了，或者說有點狗急跳牆。她很不安，而且焦急，擔心淺井同學是不是對我們透露了什麼，而且是三宅同學不希望她說出去的事。不只是我一個人這麼感覺而已，尾崎老師和佐藤醫生也說了同樣的話。」

津崎攤開著檔案，就這樣沉默下去。

「我沒有回答三宅同學想要知道的問題，顧左右而言他，試探了她一下。我在適當的時機結束面談，告訴她說如果還有任何不安，隨時都可以再來，不用想得太難，可以輕鬆地來找我們聊聊，然後讓她回去了。」

如果三宅樹理是寄告發信的人，那麼一定會非常渴望知道禮子她們——校方會如何行動吧。她一定還會再來，禮子就是想要試試這一點。

「讓她回去以後，我針對三宅同學與淺井同學的朋友關係，請教了一下尾崎老師。就是那個時候，我聽到兩人似乎不是對等的朋友關係，而是三宅同學支配著淺井同學——至少三宅同學似乎這麼認爲。」

「淺井松子同學不是個沒有朋友的學生啊。」津崎說，聲音變小了，「她不是那種全年級第一紅人的類型，可是她熱心參加音樂社的活動，跟社員之間似乎也有很不錯的團隊合作。」

禮子點頭同意，「尾崎老師的見解也是如此。她說淺井同學心地善良，感覺像是陪伴著總是孤立的三宅同學。」

後來過了一個星期，三宅樹理第二次來參加面談了。

「她來了嗎？」津崎說。

「是的，她來了。我原本預期她會來得更早，所以很佩服她居然能忍上一個星期。」

第二次的面談時，三宅樹理顯然浮躁不安，態度像是害怕，又像氣憤。

「她說她怎麼樣就是擺脫不了不安，所以過來談談。但是比起述說自己的心事，她更急切地想要打聽，應該是再也按捺不住了吧。」

柏木同學眞的是自殺的嗎？警察跟學校是不是故意把眞相隱瞞起來？是不是隱瞞了重大的證據？

「她說如果她知道什麼重要的線索，一定會立刻告訴老師跟警察。」

禮子甚至覺得與三宅樹理面對面令她難受。因爲樹理的態度形同是在大聲嚷嚷，告發信就是我寫的！所以我想知道後來怎樣了！快點告訴我！

「我告訴她，關於柏木同學的死，如果妳知道任何事，請妳放心告訴我。我絕對不會把祕密洩漏給其他人，也會以警察的身分負起責任好好處理。結果三宅同學立刻閉嘴了。然後有些唐突地提到淺井同學以一個朋友來說，實在不夠格之類的話。她把淺井同學說得相當難聽，還明白地說她『沒用』，但我問她那是什麼意思，她又曖昧地打馬虎眼。」

津崎呻吟似地嘆息。

「我也擔心或許有些躁進，不過第二次面談結束時，我把我在署裡的電話告訴了三宅同學。」

「她打來了嗎？」

「不，完全沒有，她也沒有第三次參加面談。」

她可能是失望了吧。或許是覺得這條路行不通，死了心。

「後來我和尾崎老師、佐藤醫生三個人商量了。我們三個人的意見相同。」

寫告發信的是三宅樹理，淺井松子幫忙她，或者即使沒有幫忙，也知道是樹理幹的。她知道，但是她站在樹理那邊，沒有說出來。

「面談的順序是淺井同學先，所以三宅同學應該是想要像平常那樣，利用淺井同學從我們這裡問出一點眉目吧，可是淺井同學失敗了。我認爲這就是她說的『沒用』，也是她第二次面談時焦急的原因。同時三宅同學也害怕淺井同學把告發信的事告訴我們——向我們打小報告。不過這是她杞人憂天了。」

淺井松子在告發信的事裡面參與了多少姑且不論，但她不會背叛三宅樹理，松子很關心樹理。

津崎問了個深入的問題，「佐佐木小姐認爲淺井同學相信告發信的內容嗎？」

「我無法判斷她是否相信，但她確實知道內容吧。這種情況即使半信半疑，應該也會相信三宅同學的說法——淺井同學不就是這樣的孩子嗎？」

津崎苦澀地點點頭，「我認爲是。」

「三宅同學很聰明。」禮子接著說，「由於我們採取行動，她知道校方收到了告發信，她完全理解。但是事情卻不像她所期望與計畫的那樣，大出同學三人立刻被當成殺人命案的嫌犯，遭到嚴厲的追究。這麼一來，她最害怕的，應該是被人發現那些假的告發信是她寫的，她應該也嚴厲叮囑淺井同學要三緘其口了。」

「假的告發信。」津崎呢喃說，「可以斷定那是假的嗎？」

事到如今還問這什麼問題？——禮子笑了，這時候就算笑也不算失禮吧。

「那是假的，內容非常不自然。我才剛認識三宅同學，但是大出、橋田、井口這三個人，我熟到不能再熟了。他們不會做出那種事，他們沒有殺柏木同學。」

禮子雙手一攤說道：

「如果那個自稱目擊者的人眞的看到了殺人現場，那個時候他人在哪裡？應該在同一個現場吧？那麼爲什麼他會在聖誕夜的三更半夜爬上學校屋頂？如果看到殺人現場，爲什麼不在當下就打一一〇報警？爲什麼不替柏木同學叫救護車？」

津崎垂下頭去了。

「尾崎老師說，進入第三學期以後，三宅同學的健康狀況突然變差了。她經常去保健室，有時候才剛上學，就說人不舒服，跑去保健室。她臉上的青春痘本來就多，最近似乎更嚴重了。」

是壓力造成的——禮子說，「祕密成了她的重擔。」

沉默籠罩了好一會兒。

「三宅同學怎麼會寫那種告發信呢？」津崎擠出聲音似地呢喃，「她爲什麼想要陷害大出同學他們？」

「校長，你應該知道爲什麼。」禮子說，「剛才你說三宅同學因爲青春痘的關係，曾經被男學生戲弄。那些男學生裡面，是不是包括了大出那三個人？」

或者說，主要就是那三個人吧。

「不論男女，有問題行爲的學生在尋找霸凌對象時，對象的身體特徵是重要的因素之一。肥豬、矮冬瓜、醜八怪。雖然很過分，但這是殘酷的現實。三宅同學一定是被大出同學他們惡毒辱罵，或是做了過分的事。本人應該是拚命地隱瞞這些事，但忍耐也是有極限的。」

所以她想要利用柏木卓也的死，對大出等三人報一箭之仇。如果可能，她想把那三個人從三中除掉。

「這是報復，是以血洗血。淺井同學會參與其中，或許是因爲她也被大出同學他們欺負過。」

「這就是動機嗎？」

禮子點點頭，「這是我和尾崎老師、佐藤醫生達成的結論。」

校長室安靜得像太平間。

「然後我有個提議——不，請求。」

津崎抬頭看禮子。

「能不能暫時不要把三宅同學和淺井同學的事說出去？告發信的事，也只要老師們知道就好了。面談調查的報告，以及表達不安的一部分學生要怎麼應對，當然就交給校方處理。」

「這……原本知道告發信的老師就只有一小部分——所以不是辦不到的事。」津崎的視線不安地游移，「可是妳怎麼打算？」

「我會設法接觸三宅同學，尾崎老師也說她會全力支援我。我會想辦法問出事實。」

「怎麼問？妳並不是老師啊。」

「這種情況，身爲警察而不是教師的我，更能讓三宅同學敞開心房。警察比較容易贏得她的信任，目前她所期待的對象不是校方，而是警察。」

這話雖然是間接的說法，但道出了三宅樹理對三中教師的不滿與幻滅。老師們不肯幫我，所以我才設法自力救濟。津崎是沒注意到嗎？還是即使注意到了，也視而不見？

「我覺得這不容易做到。」

「我當然明白。」

「我反倒覺得，跟淺井同學談談怎麼樣？那孩子的話……」

禮子當場打斷，「不行。淺井同學——這種說法或許有點太強烈，我先道歉，但淺井松子並不是主犯。如果任意接近她，她會被夾在中間，左右爲難，也等於是給了三宅同學機會，讓她有藉口脫身。」

「有藉口脫身？」

「比如說寫告發信的是淺井同學，我只是被她拜託才幫忙的；或是我後來聽到理由，才包庇她的。」

可能是感到震驚，津崎的眼周緊繃變白了。

「很抱歉，從她們兩人的朋友關係、勢力關係來看，這是非常有可能的悲觀預測。」禮子說。

津崎垂下肩膀，好似淪陷了。

「我懂了。」

聲音有氣無力。

「就交給佐佐木小姐處理吧。」

「謝謝校長。」

禮子在椅子上深深彎身行禮。她覺得越過高山，梗在胸口的鬱悶消失了。

「我會全力以赴，爲三宅同學和淺井同學帶來最好的結果。不過她們都是很纖細的女生，可能需要一點時間。」

津崎立刻說了，「嗯，請妳慢慢來吧。這事不急。」

禮子點點頭，看著校長渾圓的眼睛，心情變得嚴肅。

「這次大出同學他們的事，是我的失策，也給校長添麻煩了。校長願意接納一度失敗的我的意見，我眞的很感激。」

津崎似乎有點愣住，問題太多，他一定覺得頭昏眼花吧。

「就是四中的增井望同學的事……」

「哦，那件事不是佐佐木小姐的錯。」說完之後，津崎露出擔心的表情，「妳被上司罵了嗎？」

「被吼了，說我太躁進了。準備也不夠。」

這次必須準備萬全再行動。

「我在青春期的時候，也是個爲了青春痘和雀斑煩惱的女孩子。我刻骨銘心地了解被別人用自己無能爲力的外表來評斷有多痛苦，因爲外表遭到欺侮有多恨。我到現在都還是忘不了。我想只要我毫不保留地分享這樣的心情，三宅同學一定也能理解的。」

「麻煩妳了。」

津崎也低頭行禮，然後回神似地說，「是啊，對於那樁勒索事件，我們也必須好好處理才行。說是因禍得福，對增井同學或許失禮，但希望它能成爲一個慘痛的教訓，讓大出同學他們回到正軌……」

說到一半，校長辦公桌上的電話響了。兩人都嚇了一跳，差點跳起來。

津崎苦笑著迅速起身接電話。

「喂，我是校長津崎。」

渾圓的眼睛又忙碌地眨起來。

「很抱歉，電話有點不太清楚。」

回應的聲音變大了。

「什麼？」

校長瞪大眼睛，挺直背脊，瞥了禮子一眼。

「《前鋒新聞》？什麼，噢，電視節目啊。」

禮子知道那個節目，是HBS這個全國電視網的核心台在週六傍晚播放的報導節目。內容頗爲硬派，以社會新聞爲主。這麼說來，這個節目也經常針對教育問題和校園新聞製作專題報導。

爲了表示她知道，禮子向校長點點頭。津崎匆匆地說「請稍等一下。」按住話筒說了，「他說是那個節目的採訪記者。」

「要求採訪嗎？爲了柏木同學的事？」

「好像。」津崎皺起眉頭，「說什麼接到投書。」

「投書？」

「對方說總之想要見面談談，這不能拒絕呢。」

津崎迅速地談妥，掛了電話，禮子幾乎要從位置上站起來。

「對方說現在就過來。」

「究竟是什麼投書？」

「不清楚。」

「那個節目經常報導校園問題，所以我才會知道。」

光是公立學校有拒絕上學的學生自殺，就足以構成節目報導的理由，但禮子有股詭異的不祥預感。

「我也同席吧。」

津崎明確地拒絕了，「不，這不行。不管是什麼樣的採訪，光是城東警察署的人員也在場就會讓人起疑心了，對吧？」

也是，禮子咬住嘴唇。

「放心吧。晚點我會告訴妳記者究竟想來採訪什麼。」

禮子放心不下地離開了校長室，她覺得在晴朗的天空看到了微小但危險的烏雲。

25

前來採訪的記者，意外地是名年輕男子。

不過或許只是被他的娃娃臉和圓眼鏡騙了。而且男子個頭相當嬌小，身高跟津崎半斤八兩，所以在這個年代，他學生時期一定深受自卑感所苦吧。不，身在電視台這個華麗業界的現在，更會爲此感到辛苦嗎？

「我是新聞企劃部的人員，敝姓茂木。」

對方恭敬地寒暄，遞出名片，姓名的右上方印著「前鋒新聞　採訪記者」

茂木記者在短短半小時前佐佐木禮子坐的位置坐下後，與津崎面對面。

「校長經常像這樣假日也到校嗎？」他問。

「不是假日都來，今天是湊巧過來看看的，是參加完你想詢問的柏木卓也同學的七七法會回來。」

「七七，那麼是納骨嘍？」

對方的表情很驚訝，是因爲老早就已經過了四十九日了吧。

「是的。他的父母一定是不忍心讓遺骨離開自己身邊吧。我們深切地了解他們的痛心。」

茂木記者點了兩三下頭，一副等不及進入正題的模樣，從外套內袋掏出記事本，寫起筆記來。外套表面是紅褐色、內襯是明亮的格子花紋，非常時髦。領帶是同色系的，但他穿的並非正式西裝，而是所謂的休閒西裝外套，長褲則是看上去很高級的羊毛素面布料。若是要在津崎貧乏的時尚詞彙裡找出最適合的形容詞，應該可以用「傳統風格」形容吧。

記者就像電話中說的，一個人來訪。沒有攝影機。但津崎預測應該會拿出錄音機，到時候他就要拒絕，沒想到對方並沒有要這麼做的樣子。

「臨時要求採訪，感謝校長願意抽空見我。」他從筆記本抬起頭來，筆直地盯著津崎的眼睛說。鏡片底下的眼睛渾圓，看似天真無邪，又彷彿鋒利敏銳。「在請教各種問題之前，我想先請校長看看實物比較好。」

他打開擱在旁邊的大皮包，取出全新的A4尺寸牛皮紙信封，又從裡面拿出同樣是牛皮紙，但小了一號的信封。這只信封有點骯髒，皺巴巴的，一邊被撕破了。

「這就是我提到的投書，請校長過目。」

津崎接過信封，先看了封面。手寫字，「HBS　前鋒新聞　收」。很難說是好看的字跡，用漆黑的粗字整齊地寫下。

「這樣也可以寄到嗎？」

信封上沒有電視台的住址，郵遞區號也是空的。

「是的，只寫節目名稱也能寄到。這類信件和投書還滿多的。」

「用的是自來水毛筆呢。」

因爲注意到了，津崎忍不住提起。這筆跡不是簽字筆或麥克筆，文字鉤撇還有收尾的地方顯現出自來水毛筆的特色。

「或許是眞的毛筆。」

「不，這是自來水毛筆。我分得出來。」

「啊，是這樣嗎？」茂木記者眨眨眼淡淡地笑了，「這樣啊，老師看得出來嘛。」

「我教國文很久了。」

不僅如此，津崎還喜歡書法，其實一直都在習字。他從四十歲開始習字，已經練了十年了。他認爲書法可以反映一個人的心，所以每年寒假前的結業式他都會告訴孩子們，新年春假第一次提筆寫書法，一定要用心去寫。

這麼說來，去年用校內廣播進行結業式時，他忘了提這段話。他現在才想了起來。

細細地端詳封面後，翻到背面。理所當然似地，什麼也沒寫。

「請看裡面。」茂木催促。

裡面裝著熟悉的那封信——告發信。封面一如往例，是直尺畫出來的歪七扭八文字，和其他兩封一樣直接寫在信封上，字體看起來也像是刮痕。

森內惠美子女士。住址是森內老師的住處，郵戳是中央郵局，日期是一月六日，限時。跟之前兩封一樣。

可是有個決定性的不同，這封信被攔腰撕成了兩半。

津崎抬起眼睛，茂木記者注視著他。

「這……是連同裡面的信一起被撕破嗎？」

「是的。我刻意沒有修補，直接帶過來。」

津崎從一分爲二的信封裡，取出一分爲二的內容物。是那張影印紙。這是第三封了。

內容毫無二致。

開學典禮那天，第一次看到這封告發信時，他認爲不管寄件人是誰，能夠用這樣的字寫完一整封告發信，再加上兩只信封封面（當時），寄件人的情緒應該極端不穩定，所以身邊一定會有人注意到才對。除非內心累積了相當多抑鬱的負面能量，否則是沒辦法從頭到尾用這種字寫完一封信的。如果只有一點惡意或輕微的悲傷，寫著寫著，應該就會自我厭惡起來才對，絕對會的。因爲字會反映人心。如果是學生，即使不用面談，只要不著痕跡地留心去觀察，應該就可以看出是誰，津崎原本這麼認爲。

可是當時他沒有說出口。因爲他認爲面對正牌調查官藤野剛，以書法愛好家的身分評斷字跡如何，也只是班門弄斧。

佐佐木禮子斷定告發信的寄件人就是三宅樹理，還說經過面談調查，三個人意見一致。

津崎並不打算大發豪語，說他記得城東三中每一名學生的長相和個性。他們大多都是毫無問題、沒有引人注意之處、也不特別令人擔心的學生。

校長這個職位，除了是現場教師的領導之外，同時也如同「校長」之名，是一校之長，但絕對不是地區教育界的龍頭。校長的上頭還有教育委員會坐鎮。如果從那裡俯瞰，校長只不過是被夾在教育委員會與學校現場之間的一介中間管理職罷了。

遺憾的是，校長的心神至少有一半總是放在來自上頭的指導與壓力上。他能夠分配給每一位學生的注意力怎麼樣都會受限。所以不論在好的意義或壞的意義上，只有那些有特出之處的學生，才會烙印在津崎的腦海和心裡。

三宅樹理是津崎不會去留意的大多數學生之一。只是討厭團體行動，有些缺乏協調性，算不上問題學生。所以聽到高木老師報告她爲了嚴重的青春痘煩惱，也因爲這件事被男學生戲弄時，他雖然記在心裡了，但並未特別畫上底線，或是貼上重點標籤。

但是佐佐木禮子說這封告發信是她寫的。

「森內惠美子女士」。

每一個歪七扭八的文字，看起來都像是三宅樹理心傷的形狀。

三宅樹理甚至做出虛假的告發，也想把大出俊次等三人從城東三中驅逐，她就是被逼到這種地步。

如此迫切的心靈吶喊，卻被撕成了兩半。

而且是寄給級任導師的。

「請讀一下這邊附上的信件，就可以了解狀況了。」

相對於津崎的驚訝與困惑，茂木完全是冷靜的。

牛皮紙信封裡裝著一張摺成兩半的B5影印紙，津崎取出來攤開。

上面密密麻麻地印刷了橫書的文字處理機文字，津崎讀起內文。

「敬啓者

我是貴節目的忠實觀眾，貴節目誠實的報導態度總是令我敬佩萬分。

我是住在都內的一名教育者。前些日子我在自家附近散步時，在垃圾場發現一封掉落的信件。

平日我並不會特別留意路邊掉落的東西。我之所以把它撿起來，是因爲想把它丟回垃圾場。

我撿起它的時候，裡面的信從撕成兩半的信封裡掉了出來，所以我讀到了裡面的內容。

讀過就可以知道，信件內容非常駭人聽聞。雖然不知道是什麼人寄的，但收件者森內惠美子把這封信撕破並且扔掉了。

我無法對此坐視不管。

信件中提到的『城東第三中學　二年A班　柏木卓也同學』，應該是去年聖誕節從學校屋頂跳樓自殺的柏木卓也同學。信件的內容並非無中生有，而是現實中發生的事件。

我感到非常好奇，因此把信留在手邊，打電話到城東第三中學，詢問有沒有森內惠美子這號人物。

校方表示，她是二年A班的級任導師。

我認爲這個狀況更是令人無法視若無睹了。

是森內老師把這封告發信撕破扔掉的嗎？還是校方逼迫她這麼做的？城東第三中學對於學生的死，是不是隱瞞了某些事實？

隨信附上前述的告發信，望貴節目徹底追查。」

沒有日期，也沒有署名。

津崎默默地抬頭，茂木記者也默默地回望。

開口之前，津崎搖了一兩次頭，然後說了，「不可能。」

茂木記者的眼睛亮了起來，「什麼東西不可能？」

「如果森內老師收到這封告發信，絕對不會把它撕破的。她會向我或學年主任報告，一起商議應對方法。這封告發信不是森內老師撕破的，我想它應該沒有送到她手上。」

津崎有十足把握。

「可是這是限時信。」

「但還是有投遞失誤的可能性，限時信不用簽收。」

「這只要調查就可以知道了。」

對方說得很快、很冷。

「我就坦白問了，森內老師是個什麼樣的老師？是資歷豐富的老師嗎？」

「她擔任教職才兩年，是很年輕的老師。第一次帶的班就是二年A班。她是個很認真的老師，也很受學生景仰。」

津崎小心翼翼地說，深怕語氣變得急躁、聽起來像辯解。

「可是她經驗尚淺，是個菜鳥老師，所以更不可能這樣做了。如果森內老師收到這樣的告發信，是沒辦法一個人處理的。她一定會向我報告商量。」

記者用一種不遜於津崎的沉著——而且是完全不需要特別努力冷靜的樣子反駁道：

「也有可能因爲是自己處理不了的困難問題，而且也對自己不利，所以才會把它撕破扔掉，企圖湮滅。」

「森內不是這樣的教育者。」

記者輕輕眨眼，躲開津崎的主張。

「唔，好吧。可是校長，問題不只有這一點而已吧？論到根本問題，是這份告發信的內容吧？」

津崎挺直背脊，輕扯了一下背心衣襬。

「關於柏木卓也同學的自殺，本校沒有任何必須隱瞞的情事，所以我會好好向你說明。」

津崎井井有條地說明告發信到目前爲止的相關經緯。不過雖然說明學校爲了了解學生的心理狀態，以及確立今後的指導方針，進行了面談調查。但當然把三宅樹理的事，還有似乎可以追查出告發信寄件人是誰這件事保密不說。別說是沒必要坦白了，爲了保護三宅樹理，這是絕對不能洩漏出去的資訊。

「城東警察署因爲柏木同學的遺體被發現時的狀況不尋常，因此徹底地調查。我聽到警方的報告了，柏木同學是自殺的。這是極爲不幸的憾事，也確實是我們教師指導不力、保護監督不周，但這並不是什麼凶殺案。柏木同學當時是拒絕上學的狀態，但並不是長期未到校，也不是因爲霸凌而拒絕上學。告發信裡提到三名學生與柏木同學的死毫無瓜葛。上面寫的全是些無憑無據的事。不管是城東警察署的調查，還是柏木同學父母的談話，都可以證實這件事才對。」

說完之後，津崎後悔不迭。他這樣的說法，豈不是在叫記者去採訪柏木夫妻嗎？

他急忙補充，「柏木夫妻到現在依然心傷未平，請你千萬不要爲這件事去打擾他們夫婦。」

茂木記者一邊寫筆記，沒有看津崎就問了，「那麼告發信總共有三封，但柏木夫妻並沒有收到，是嗎？」

「沒有。如果他們收到這樣的信，一定會聯絡我們才對。所以我們也判斷沒必要再拿這種事去折磨他們夫婦，沒有告訴他們告發信的事。」
「知道這些告發信的，只有校長和城東警察署的相關人士嗎？」
「二年級的學年主任也知道。」
「學年主任收到了告發信嗎？」
「沒有。」
「校長、森內老師，」茂木故意慢慢計算，「還有另一封寄給了誰？」
在剛才的說明中，津崎只說是「寄給學校相關人士。」
「恕我無可奉告。」
「哦？」記者圓眼鏡底下的眼睛睜圓了，「爲什麼？既然是學校相關人士，這種情況，比起個人隱私，身爲相關人士的責任更重大吧？」
津崎默然。用不著回答，記者也立刻就會想到了吧。
不出所料，茂木說了，「哦，這樣啊，是寄給了學生啊。」
津崎滿腔苦澀，再次拿起被撕成兩半的告發信。
信從中間完美地被撕成兩半。感覺不是隨手撕掉的。聽說它被丟在垃圾場，但信封相當乾淨。
「這眞的是被丟掉的嗎？」津崎自問似地說。茂木記者望向他。
「信的確是被撕破了，可是破的地方很完整，不管是收件人資料還是裡面的告發信，即使是在撕破的狀態下，也可以閱讀無礙。尤其是收件人的地方，你看。」
他把信封遞到茂木面前，用手指按住。
「破掉的地方正好是姓跟名中間。」
信封在「森內」與「惠美子」中間一分爲二。

茂木記者微笑，「校長想說什麼？」

「收到這封告發信的人——我可以斷定絕對不是森內老師——如果眞的完全不把它放在心上，會用這種方式處理嗎？不是根本不把它撕破，隨手扔掉，就是既然要撕，就撕個徹底，不對嗎？」

記者用指頭稍微抬高了一下眼鏡框，保留著笑意說了，「關於這部分的事，與其在這兒琢磨揣測，直接問森內老師不是最快嗎？」

「我會負起責任，向她本人確認。」津崎加重語氣，「沒有把告發信的事告訴柏木同學的班導森內老師，也是我站在校長的立場，認爲這樣處理比較妥當。如果不先好好地說明這部分的緣由，就突然亮出這封被撕破的告發信，森內老師也只會一頭霧水吧。」

「如果眞的不是森內老師撕破的話。」

茂木記者如此提醒。音色與抑揚頓挫中毫無諷刺，淡泊平坦，反而令人感到詭異。果然是個不可貌相的難纏對手。

「那麼我等校長確定之後回覆。」記者又掀起背包，「我不能把實物直接交給你，所以請你用這個來確定吧。」

是告發信、送來的信件及牛皮紙信封的影本，眞周到。

可能是因爲自己的心理狀態使然，津崎覺得那份影本不是遞給他，而是對質似地亮給他看。

「名片上的電話是節目的辦公室號碼。如果我不在那裡，打呼叫器找我也可以。我會立刻回電。」

名片上確實寫上了呼叫器號碼。

「好的。那麼接下來你準備怎麼做？」

「這是在問我接下來要去哪裡採訪嗎？」

「不方便嗎？」

「哪裡。」茂木又微笑了，「我要去城東警察署。柏木同學的事件有必要重新徹查一下。」

重新徹查這樣的說法，令津崎心裡一沉，但他忍了下來。

「那麼負責的刑警是……」

「哦，不必告訴我，我自己會調查。」記者打斷校長。口氣雖然平和，但說法顯然別有深意。言外之意就像在說，「津崎說的負責人，肯定已經跟校方套好說詞了。」

津崎終於按捺不住怒意，「協助我們與學生面談的，是城東警察署少年課的佐佐木刑警。她是位年輕的女刑警，但非常熱心投入。」

「是嗎？那我會去會會她。」

茂木記者就要站起來，卻又說著「對了。」回望津崎說，「我也不打算突然就找這裡的學生打聽這件事，讓他們混亂。而且柏木同學的死給他們帶來的打擊，應該也還沒有完全平復……」

「沒錯。面談調查的時候，有很多學生表示他們失眠，感到不安。」

「所以我才想請校長告訴我，信上指名的三個人——二年D班的大出俊次、橋田祐太郎、井口充這三個人，是什麼樣的學生？」

這說法形同如果你不肯提供資訊，我就要直接去找學生問嘍？

津崎橫下心來。即使在這時候輕描淡寫，蒙混一時，只要茂木記者去了城東警察署，兩三下就可以查到他們的輔導經歷了。誠實是最好的上策。

「他們是問題學生。」

「三個都是？」

「是的，我們和他們三個人的家長溝通過，並努力指導，卻一直沒有成果。」

津崎回答著，過去種種同時像警報器般在腦中閃爍個不停。柏木卓也自殺前一個月，就在拒絕上學之前，在自然科教具室與這三個人掄椅子打架。還有大出等三人過去的品性態度之惡劣，以及他們曾在校內引發過好幾樁傷害其他學生的事端。

還有前些日子才剛發生的、還熱騰騰的四中學生的恐嚇及傷害事件；再加上他們的家長不配合的態度與不負責任的教育方針。

這一切的一切，在心情上全是證實了告發信內容的事實。雖然完全只是情緒上的，但也因此更爲棘手。

他們三個哦？很有可能會幹出這種事。

事實上，三中裡面就有這樣的傳聞。雖然是總算遏止、滅了火的傳聞，但這遲早也一定會被記者挖出來。因爲不是事實，傳聞才會消失。但換個角度，也可以解釋爲因爲是事實，才會被掩蓋下來。社會上就是有種想要如此解釋的氣氛。而且遺憾的是，津崎當然也知道，學校這種封閉空間由於息事寧人主義，留下了許多令社會喧騰的不良前例。

「可是他們跟柏木同學的死沒有關係。柏木同學是自己尋短的。沒辦法阻止他，是我們大人的責任，不是他們三個。」

茂木記者從眼鏡底下投射出毫無表情的眼神，盯住了津崎，然後這次他眞的站了起來。

「打擾了。」

記者離開後，津崎校長這才重重地嘆了一口氣，面對遺留在桌上的影本，抱頭苦思。

茂木記者離開校舍後，先披上了大衣。北風強勁地撲上來。鼻腔乾燥，吹過操場而來的風又摻著塵埃，讓他連打了三個噴嚏。

就像津崎校長觀察到的，茂木記者異於外表，是個手腕高超的記者。他並不是ＨＢＳ的員工，從《前鋒新聞》升格到現在的播放時段前，在星期六深夜最不受眷顧的時段默默播放時，他就是參與節目的製作公司一員，現在則被派任為調查採訪的專門人員。

他並不是原本就對教育問題感興趣，以前也不是電視圈的人。現在他仍有著自由撰稿人的身分，四年前也出版過一本書。書中的主題全是社會案件、事故，他對交通事故鑑定特別有興趣。他會透過現在的製作公司成為《前鋒新聞》班底，也是因為他一直持續追蹤採訪的交通死亡事故被節目報導的機緣。

他開始注意到教育問題，是《前鋒新聞》中報導的一起兒童霸凌自殺事件。埼玉縣的一所公立中學，一名一年級男生在自家房間上吊自殺了。他入學以後，就一直遭到班上同學殘酷的霸凌。更匪夷所思的是，級任導師居然也是霸凌者之一。

校長、學年主任，每個人都知道霸凌的事。但是事件爆發之後，他們全都口徑一致，宣稱毫不知情。明明有著不動如山的證據、第三者一清二楚的目擊證詞、導師要班上同學寫給自殺男學生、以「譴責文」為題的作文——「○○同學，你快點去死啦」、「你最好快點消失不見」——儘管如此，他們還是試圖裝傻到底。

人是會撒謊的。今年三十五歲，無論是透過鉛字還是影像，都捧了記者這碗飯十年以上的茂木熟知這一點。可是這是他生平頭一次碰上如此露骨、徒勞、愚蠢、恬不知恥的成串謊言，而且那群大言不慚、謊話連篇的傢伙，居然全都是教育人士。

從此以後，茂木便積極地開始追蹤學校發生的事件與案例。光是在《前鋒新聞》中報導的事件，就已經有三宗了。

附上那封告發信的投書，在大量湧入《前鋒新聞》的信件裡埋沒了近一個月。由於每天都收到大量的來信，工作人員來不及拆封和確定內容。來信有八成都是些不值一哂的東西，但剩下的兩成當中埋藏著金礦，所以茂木沒有把瀏覽信件的工作交給打工助手，而是盡量撥時間親自瀏覽。

然後他找到了。

看到被撕成兩半的告發信瞬間，他血壓飆升。確定森內惠美子這個人毫無疑問就是城東三中的教師，也是柏木卓也的班導時，雖然很不檢點，但他內心歡呼雀躍。這裡有著巨大的漠不關心與不負責任，只要他展開追查，一定能夠揭發出其中的巨大謊言——

茂木瞇起眼鏡底下的眼睛，回頭仰望城東第三中學的灰色校舍。

柏木卓也從那裡的屋頂縱身躍下。

不，或許是被推下來的。

眞相仍在黑暗之中。可是這裡有著許多混沌與污泥。看看校長那驚慌失措的態度，簡直就是個小人物，根本沒有教育者領導的氣度。

茂木沒有拱起肩膀，也沒有洋洋得意，而是將鬥志深藏在內心，離開了城東三中。

但是他並沒有直接前往城東警察署。他已經查到柏木卓也的自家住址了。雖然現階段去見柏木卓也的父母還太早——並不是因爲津崎校長這麼拜託——但他想親眼看看柏木卓也生前居住的家。他往那裡走去。

今天是天氣晴朗的星期天，但太陽已經開始西斜了。與購物返家的親子擦身而過，和揹著足球和棒球道具，穿著同款運動服的一群少年並排等紅綠燈。茂木默默地走著。

柏木家位在一棟沒什麼特徵的精緻公寓。父親是上班族，母親是家庭主婦，有個分居的高中生哥哥。

去年聖誕節，聽到似乎有國中生在學校跳樓自殺的新聞時，茂木就興起了強烈的關心。他與新聞部門保持聯絡，同時進行初步採訪。所以柏木家與卓也的基本資料，他瞭若指掌。

他也參加了守靈式和葬禮。只要避免表現出一副媒體人的模樣，低調地參加，並不是一件難事。而且茂木也誠心爲柏木卓也的死惋惜，所以這不是什麼值得譴責的行爲。

然後他聽到了出棺時的父親致詞。

父母認爲兒子是自殺的，原因出在他的內心過度纖細，致詞內容非常清楚。

聽到致詞後，茂木暫時放下了這個事件。雖然卓也生前拒絕上學這一點令他耿耿於懷，但這個案例中，那應該不是自殺的主要原因。

年輕人的自殺，是不幸的憾事。但如果是纖細的精神令他迫不及待尋死，那並不是茂木應該深究的問題。可是那封來信，以及附在信中的告發信，讓局面驟然改觀了。

出於過往的經驗，對於碰到孩子自殺的時候，被留下來的父母要接受這個事實並且消化，必須飽嘗多大的苦惱，茂木自認爲多少有點了解。折磨他們的自責有多麼深，是第三者無法揣度的。

不過現實上過錯顯然在校方，或是孩子是被旁人逼死的情況，父母的態度將完全不同，他們會停止哭泣，挺身而出。他們會爲了死去的孩子的名譽，爲了洗清孩子的冤屈而戰鬥。

柏木夫妻並沒有如此。在出棺致詞時，卓也的父親向參加葬禮的教師與同學道謝，並要他們連同卓也的份一起度過充實的人生。

似乎他們非常信賴學校，茂木覺得這是個很罕見的例子。

然而現在的茂木有了不同的想法，柏木夫妻是不是沒有得到應該要知道的一切資訊？會不會是校方巧妙地隱匿了那些資訊？

茂木反覆尋思，在公寓的共同玄關前站了一會兒。

七七法會應該是在不遠的地方舉行的吧。因爲參加法會的校長回來後就去了學校。柏木夫妻把卓也的遺骨安放到墓地，已經回到空蕩蕩的家裡了嗎？或者是難忍家中的寂寥，還沒有回家呢？

不管怎麼樣，今天要訪問柏木夫妻，準備還不夠充分。正當茂木就要回身走出去的時候——

他在近處的電線桿旁看到了人影。

兩人四目相接了，對方是個大約國中生年紀的男生。夾克配牛仔褲，身材中等——或者說有些纖瘦？眼睛清亮，下巴尖細。男生驚訝地回看茂木的眼睛，渾身一顫，人僵住了。

茂木也嚇了一跳，他以為自己太專心地在想柏木卓也的事，讓他的幻影冒出來了。

還沒來得及出聲，少年已經掉頭跑掉了。茂木用眼神追趕，直到他彎過街角，消失不見。

是同學嗎？

知道今天是納骨的日子，雖然沒有參加，但還是來卓木家向他道別嗎？所以才會躲在那種地方吧。

茂木摘下圓眼鏡，用手帕把鏡片擦拭乾淨，並將剛才看見的少年長相及表情深深刻畫在心裡。或許在不久的將來，又會再見到他。

26

在城東三中，三年級生會在暑假後退出各種社團活動，當然是為了準備高中入學考試。接下來的社團活動，繼任的二年級生將成為主力。

但是過完年，到了二月中旬，因為私立學校的推薦入學放榜等原因，有些三年級生的學校已經決定，他們大部分又會再次返回社團。藤野涼子參加的劍道社也是一樣，原本暑假之後掌握大權的二年級生，又被從考試中解放、凱旋而歸的三年級生操練的景象，這陣子已是司空見慣了。

二月二十二日，星期五。寒冷的這天，東京一早也觀測到零度以下的低溫。在晨練中被狠狠地操練，午休開會，放學後又是一連串鍛鍊，涼子已經累癱了。即使如此，她的心情仍然非常爽快。她最喜歡活動身體流汗了。而且又能和確定學校後返回社團的三年級生一起練習，她開心極了。

有個叫仲間哲郎的學長，他的身高跟涼子差不多，說起來算是個瘦子，所以在男生裡面算是嬌小的。但是他的動作敏捷有力，是對外比賽中從來沒有落敗過的王牌選手。

練習結束，收拾好道具，涼子正要去更衣室的時候，仲間學長忽然叫住她，「喂，藤野！」聽到學長這麼喊，涼子的心瞬間怦然一跳。

劍道社女生很少。三年級和一年級沒有半個女生，而二年級加上涼子，也只有三個女生而已。身旁的那兩個女生瞬間對看了一眼，咭咭笑著戳涼子。

「喏，叫妳嘍，小涼。」

「加油！」

加什麼油啦——涼子一邊回嘴，一邊感覺臉頰紅了。

上個星期四——十四日是情人節。她們劍道社唯三的女生商量之後，在涼子家集合烤了巧克力餅乾，請所有社員吃。這不是涼子她們起頭的，而是一向陽盛陰衰的劍道社從以前就有的傳統。當然也請了顧問老師。大家都很期待這天的巧克力。

那個時候涼子被其他兩個女社員調侃得可凶了，其實小涼只想送一個人巧克力，對吧？

那就是仲間哲郎。涼子激動地否定，但愈是否定，就愈顯得好像被說中了，連自己都覺得丟臉死了。

「我們的心上人不在我們社團嘛。」

「所以這些巧克力餅乾是人情巧克力，可是小涼就不一樣了呢。」

「就是啊、就是啊，所以我們會全力以赴幫妳牽線。」

確實，涼子對仲間學長懷有那麼一絲好意，從一年級的時候就開始了。但也不是因此就怎麼樣，她也不想怎麼樣，只是覺得仲間學長這人很不錯。

但是兩個女生鞭策她，說這樣不行。

「學長就快畢業了耶？小涼，妳有沒有搞清楚狀況啊？這可是最後一次機會嘍？」

「可是……」

「可是什麼？要趁著情人節製造機會，然後在畢業典禮跟他豁出去，請學長把鈕釦送給妳（註）。」

這裡說的跟他豁出去，意思是表白「我喜歡你。」藤野家非常討厭這種流行說法，妹妹曾在卡通之類的節目看到亂用，挨爸爸罵了。

即使如此，她還是覺得國中生的情意比起「表白示愛」這類一板一眼的字眼，更適合「跟他豁出去」這種輕薄的說法。

「絕對能行的啦，學長也喜歡小涼嘛。」

「妳怎麼知道？」

她們手拉手嘻笑著說，「看就知道了嘛！」

「好了，快點去啦！」

「小涼再拖拖拉拉下去，搞不好學長要主動跟妳豁出去嘍！」

涼子被兩人推著背，應了聲「來了。」跑回仲間學長那裡。今天放學後主要的練習是慢跑和肌力訓練，所以大家都沒有穿劍道服，而是一般的運動服打扮。學長的脖子掛著一條大毛巾。

「辛苦了！」

涼子用力鞠躬說，仲間學長發出「嗯」還「啊啊」的含糊應聲。他看起來有點害臊，是自己多心了嗎？

「唔，我有點事想跟妳說。」仲間學長說。

心臟又猛地一跳。鼓勵又調侃涼子的兩名女社員頻頻偷瞄這裡，扯著彼此的手正要離開體育館。

「想問妳一件奇怪的事，不好意思唷。我換好衣服後，會在側門那邊等妳。」

「好的。」涼子又行了個禮。問奇怪的事？我是白期待了嗎？

她急忙跑到更衣室，結果被緊張地等待結果的兩人逼問了。

「不曉得啦，學長說有個怪問題要問我。」涼子老實說。

兩人激動地說：

「學長果然是要跟妳豁出去啦！」

「就是啊。仲間學長的話感覺會故意用那種說法，他很害羞嘛。」

「啊——啊，小涼跟學長心心相印，眞羨慕！」

涼子沒法像她們這樣開心，因爲學長說的可是「**問妳一件奇怪的事**」啊。

側門有許多結束社團活動回家的學生經過，跟仲間學長約在那裡非常引人側目。學長一點都不在乎，但涼子內心的天秤忽上忽下，搞得她頭都快暈了。天秤搖晃得這麼厲害，卻連上頭放些什麼都不曉得，更是令她心慌意亂。

兩人一起走出去。涼子跟在學長半步之後，眼皮不由自主地低垂下來。

「不好意思，妳跟誰約好要一起回家嗎？」

學長口氣悠哉地問，涼子搖頭，「沒有沒有。」脖子好像快抽筋了。

「就是啊，其實這種問題或許不應該拿來問妳……」

不應該拿來問我？什麼問題？

「妳們班上啊，」仲間學長說著，對經過他旁邊說「拜拜」的三年級女生揮手，「不是有個叫野田的嗎？」

註：日本校園裡，女生會在畢業典禮時向即將畢業的心儀男生要第二顆制服鈕釦。由來眾說紛紜，有一說是因爲第二顆鈕釦就在心臟附近，有「抓住他的心」之意。

事後回想，她真是羞得臉都快噴火了，但當時她忍不住怪叫起來，「嗄？」

「野田啊，野田。喏，那個個子小小的，弱不禁風的。」

是在說野田健一嗎？個子矮又弱不禁風的男生，沒有別人了。

「對，他是我們班的。」

涼子在身前用雙手提著書包，文靜地邊走邊點頭。

「妳跟他滿要好的吧？」

涼子不小心停步了，「我跟野田同學要好？」

「嗯。一年級的時候，妳們不是一起當圖書委員嗎？」

是這樣沒錯，可是眞虧學長記得那種事。

「每次去圖書室，都看到妳們在整理書本。」

是因爲看到那種場面才這樣想嗎？這麼說來仲間學長喜歡看書，經常出入圖書室。

「是的，可是不到要好的地步，而且今年我當的是整潔委員。」

野田同學還是繼續當圖書委員嗎？

「這樣啊。」

仲間學長用力搔了搔理得短短的頭髮，把書包背到身後。

「藤野，妳知道我家是做什麼的吧？」

是開藥局的。不是常見的大型連鎖店，而是從以前就在當地開業的獨立小店。仲間學長的父親是藥劑師，所以她聽說過他將來也要進藥學系，取得資格繼承家裡的店。

「前天下午，他來我家了。」

野田健一好像去仲間藥局買藥。

「大概四點的時候吧。前天下午我要處理交給高中的文件，所以沒有去社團，待在家裡顧店。」

仲間藥局也收處方箋，所以營業時間身爲藥劑師的父親不能離開店裡。那個時候父親也只是去附近辦點事，因此仲間學長對那個國中生的客人說，如果是領處方箋的藥，先放進這邊的箱子裡，稍等一下。

但是那個國中生似乎不是來領處方箋的藥。他在不怎麼大的店裡，縮著脖子蜷著身體，到處東張西望。

「對方也是國中生，所以我問他『你在找什麼嗎？』就在那時我發現了，原來他是圖書委員的野田。」

仲間學長抽了一下鼻子。

「我也不是很知道他，只是以爲他跟妳很好，所以才記得他的臉。」

這樣啊——涼子應道，仲間哲郎應了聲，「嗯。」無所事事地換了一隻手拿書包。如果這個時候調侃又鼓勵涼子的兩個女社員在場，一定會這麼說吧：

——什麼「這樣啊」，涼子！

——妳得有更明確的表示啊！仲間學長記住了他根本沒興趣的野田同學呢！他說因爲他「以爲跟妳很好。」所以才記住的！妳不覺得這裡頭有什麼含意嗎？

「然後呢，」話頭沒被接下去，仲間學長有些支吾起來，「可是他好像沒認出我來，明明常在圖書室碰見的。野田功課不好嗎？」

「不好也不壞。」

「那他也不是遲鈍呢。」

涼子覺得野田健一只是無心做任何事罷了。所以那天在圖書館碰上色狼，他爲涼子解圍時，她才會覺得感激，可是那種感激也沒有持續多久。

「我又問了一次他要買什麼，結果他就露出一副隨時都要拔腿逃跑的模樣來。」

他說野田手裡握著一張像便條紙的東西，仲間學長以爲上面寫了他要買的藥品名字。

「所以我問他那是什麼，結果他居然雙手繞到背後藏起來。」學長說，突然怪笑起來。

「這要是其他的傢伙，比方說我們班的堀田，還是二年級的大出那伙人，我馬上就會猜到是什麼了。哦，又是來買『布羅斯』的，不過他們才不會跑來可能有我看店的我家藥局買。」

「『布羅斯』？是那個止咳藥嗎？」

「嗯。如果一口氣喝掉一整瓶，好像就會有類似嗑藥的感覺。國中生是很少見，可是常有高中生跑來買。然後每次都被我爸氣呼呼地打回去，可是只要去其他藥局，隨便都買得到，而且就連更可怕的藥，只要付錢就買得到，我爸再怎麼生氣也是白費力氣。」

涼子睜大了眼睛看仲間學長。兩人的身高只差了五公分，所以四隻眼睛對個正著。

「高中生跟國中生會那樣嗑藥嗎？」

「會的人就會。」仲間學長一臉這沒什麼的表情點點頭，「我爸總是氣得腦門冒煙，罵他們全是些蠢蛋，可是又說今後那樣的蠢蛋應該只會愈來愈多。」

仲間學長有些不可思議地歪著頭問：

「妳沒聽妳爸提過這些嗎？感覺他應該最清楚。」

「我爸爸負責的不是毒品。」

「啊，是殺人強盜啊。」

「嗯，很討厭，對吧？」

雖然涼子並不怎麼覺得討厭，不過順口就這麼說了。

「那麼野田同學是去買什麼呢？」涼子問。雖然不到可以明確說出口的地步，但她的心裡開始凝聚出一種近似不祥預感的念頭。

那一天，在圖書館遇到野田健一的時候，他正在讀《日常中的毒物事典》。非常專注，但是好像是避人耳目，然後被涼子指出這件事時，他便撒謊說只是隨手翻翻而已。

而這樣的健一這回出現在藥局，態度倉皇失措、坐立難安——

「他問說，」仲間學長皺起了眉頭，「有沒有園藝用的農藥。」

「農藥？」這是今天第幾次受到驚嚇了？可是與先前的驚嚇意義完全不同。

「什麼種類的農藥？」

說是農藥，有消滅庭園樹木害蟲的殺蟲劑，也有除黴用的除黴劑，還有殺草用的殺草劑。

「而且鎮上的小藥局會賣什麼農藥嗎？」

聽涼子這樣問，仲間學長笑了：

「就是啊，明明去園藝用品店找還比較快。唔，藥局也不是完全沒有，不過至少我們家沒賣。家庭用的噴霧式殺蟲劑倒是有。」

看店的少當家哲郎這樣告訴野田健一。然後——

「我問他，怎麼，你今年當園藝委員嗎？」

野田健一聞言愣住了。

「你不就是圖書委員的野田嗎？我是劍道社的仲間，我常在圖書室看到你——我這樣跟他說。」

結果健一頓時臉色蒼白。

「我第一次看到人的臉能蒼白成那樣。」

仲間學長的口氣聽起來他到現在仍感到吃驚。

「去年我哥騎機車出車禍，警察打電話來的時候，我媽也嚇得頓時面無血色，可也沒慘白成他那樣。」

對了，仲間學長有哥哥，是個不良少年，愛玩機車。根據看過仲間學長哥哥的朋友形容，「個子超高的，長得又帥又威風。」可是功課奇差無比。高中也讀到一半就退學了，好像是個跟文武雙全的弟弟完全相反的哥哥，所以藥局才會內定由弟弟繼承。

「在我告訴他之前，他都沒想到我認得他吧。我跟他說了以後，他好像還是不認得我。」

感覺他完全沒空去留意這些——學長接著說：

「根本自顧不暇，什麼都沒法管了。他平常明明不是那個樣子的。」

涼子內心騷亂得更厲害了。不是亢奮，而是大風暴來臨前那種濕悶危險的激動。

野田健一細讀著《日常中的毒物事典》。他手裡緊捏著字條，到藥局去買農藥，把字條藏起來不讓人看見。然後發現是同一所國中的學長在看店，頓時臉色蒼白。

「然後他嘴裡咕噥辯解著逃掉了。」

就像字面形容的，逃之夭夭。仲間學長還得離開收銀台，出去收拾健一逃跑時撞掉的腸胃藥貨架。

「很奇怪，對吧？」仲間學長噘起雙唇。他露出那種表情，看起來就像幼稚園的小男生。

「所以我把這件事告訴緊接著回來的我爸，結果他慌了。」

不只是怪而已，那孩子絕對會做傻事——仲間學長的父親說。

「做傻事？」

涼子感覺從喉嚨竄出來的聲音吱咯傾軋著。腦裡浮現站在圖書館書架前，彎腰駝背地用身體遮住書本，沉迷於《日常中的毒物事典》的野田健一。涼子叫住他，他就像順手牽羊被抓包似地赫然一驚——

（對了，那個時候野田同學也想要把書藏起來。）

「那個誰去了？哦，柏木。」仲間學長說，「那傢伙也是妳們班的，對吧？自殺的那個。我爸說，因為才剛發生那種事，所以更危險了。那種——叫什麼去了？神經衰弱？說那類自殺在學校這種封閉的地方很容易傳染。軟弱的人容易被自殺的人影響。」

那個叫野田健一的學生或許打算喝農藥自殺唷——仲間學長的父親這麼說。

——況且就算不是國中生，而是大人，如果有人那樣態度鬼鬼祟祟的要來買農藥，我也會懷疑。

「我笑說太誇張了，想太多了，可是我爸也很頑固。」

——別小看你爸開了二十年藥局的觀察力！

學長挨罵了。

「什麼你爸的觀察力，看到的是我，又不是他。然後他說要打電話去學校，被我全力阻止了。折騰死我了，眞的是拚了命才拉住他。」

學長重現用雙手拉住某人的動作，涼子忍不住笑了。可是她自己也感覺得出來，在笑的臉頰陣陣抽搐。

「可是置之不理好像也不太好，所以我跟我爸說好，會找跟野田不錯的朋友問問，要不然實在是沒辦法讓我爸打消通知學校的念頭。」

仲間學長又搔了搔頭，然後有些難爲情地瞄了涼子。

「野田最近有沒有沮喪的樣子？像是請假沒來之類的。妳有沒有注意到什麼？」

平常是不會有人特別刻意表現出表情的，除非是在相當特別的情況下，否則幾乎就像是一種反射作用，也有點類似呼吸。

可是現在涼子刻意擺出了表情。自心底湧上來的不安、想要爲學長拂去擔憂的好意、可是我跟野田同學又沒有多熟的辯解（雖然涼子自己也不明白爲何非辯解不可）、還有覺得對仲間學長父親的擔憂一笑置之似乎太失禮的正直，這些彼此矛盾的眾多感情，該怎麼樣才能統一表現在一種表情上？

才沒有辦法。

所以涼子先嘆了一口氣，爲了看清楚隨著「哈」地吐出的氣一起溜出來的感情是什麼。第一個先溜掉的感情就是這麼輕，可以拋棄不必表現在表情上。

可是什麼都出不來，嘆息之後，盤踞在內心的感情彷彿反而被濃縮得更黏稠了。
沒有什麼奇怪的地方。
這樣回答，就太不負責任了，因爲涼子又沒有多細心觀察過野田健一。
唔，我不曉得耶。
這樣回答，就太冷酷了，等於是一腳踢開學長父親的憂慮。
他的確有點怪怪的。因爲學長，我跟你說，上次我在圖書館遇到野田同學時，他正在看奇怪的書耶。
這樣回答，好像會給學長帶來涼子跟野田健一比實際上更要親近的印象，涼子不想要這樣。因爲根本不是。涼子想要親近的是學長，野田健一？坦白說，涼子根本沒把他放在眼裡。
他不在考慮之內，不在感情之內。
眞的嗎？
野田健一在圖書館伸出援手時，涼子稍微對他刮目相看了。現在內心會如此騷亂不安，不也是因爲擔心他嗎？
換算成實際的時間，可能只有短短十秒，但是在涼子心裡，感覺就好像在內心複雜的迴廊狂奔了一個小時以上。
這段期間，仲間學長也沒有開口說話。
「我會找野田同學談談。」
結果涼子這麼回答，這次仲間學長深深嘆了一口氣。
「這樣啊，那麻煩妳了。沒問題嗎？」
什麼沒問題？要怎麼樣才會沒問題？
「妳們導師是森內，對吧？」

「對。」

「我爸叫我跟他的班導說。」學長皺起鼻子，「可是那樣簡直像在打小報告，不是嗎？而且我不太喜歡森內。」

涼子內心一隅，與懷抱著現在這種糾葛完全不同的地方忽然亮起了一盞五彩明燈。這樣啊，原來學長不喜歡小森森啊。男學生裡面很多人都說小森森很性感，原來仲間學長不喜歡那種型啊。

好開心——雖然想要這樣說，但涼子這麼說了，「我覺得最好不要告訴森內老師。她對野田同學那種不起眼的學生，不會很認眞地爲他們設想，所以不能指望。」

仲間學長狀似意外地拉高了音調，「咦？原來妳也會說這麼苛的話。」

涼子沒那個意思的，被學長覺得她是個壞心眼的女生了嗎？

「而且如果告訴老師，好像突然變成什麼很嚴重的事，不是嗎？如果根本沒什麼的話，野田同學就太可憐了。」

「對啊，我也這麼想。我爸眞是神經過敏。」

學長的表情變得開朗。是因爲把重擔交給涼子，感到輕鬆了嗎？被交付重任的涼子應該要開心嗎？

後來兩人沒聊什麼，在涼子家附近道別了。一個人獨處後，涼子陷入憂鬱，與學長的距離感依舊搖擺不定，卻只是被塞了個棘手的包袱。啊啊，麻煩死了。

然而心中最深的部分確實有著一股不安。一股即使想要認爲是自己多心了、想得太誇張了，設法甩開，卻仍然甩不掉的不安。

涼子爲了洩忿，出聲呢喃說，「誰要跟誰豁出去啦？」

她哼了一聲，打開玄關門。

接下來幾天，涼子都非常不高興。

不，說不高興就太強烈了。應該是更曖昧的，說是不安定才對。

我會找野田同學談談，用說的是很簡單，但實踐起來就難了。要怎麼跟他開口？野田同學，你爲什麼去仲間學長家的藥局買農藥？你買農藥要做什麼？

要開門見山地問嗎？這樣能得到什麼確實的回答嗎？

「我母親在弄家庭菜園。（野田健一不會說『我媽』或是『我老媽』，應該會說『我母親』。）」

如果野田用那張軟弱的臉，眨巴著長長的眼睫毛，回答說我母親在庭院種白蘿蔔，可是很多毛毛蟲，讓她很困擾，涼子要擺出什麼樣的表情才好？接下來到仲間學長那裡去，告訴他野田同學買農藥只是想要除掉白蘿蔔的毛毛蟲而已，兩個人一起哈哈大笑嗎？

這實在是——實在是——非常不浪漫——這種情況怎麼形容去了？

對，掃興，豈不是很掃興嗎？

可是萬一野田健一聽到涼子這麼問，驚慌失措，淚流滿面地坦白說他其實想要尋死的話呢？

如果眞是那樣，雖然涼子完全不期望，但她和健一的距離豈不是就會莫名其妙地拉近了嗎？

況且藤野涼子的日常生活非常忙碌。不只是涼子，只要是專心念書（雖然偶爾也會在上課中睡著）、積極參加社團活動、跟朋友交往、在家裡也精力十足的國中生，每一個都忙得團團轉。這種情況下又冒出這個微妙的問題，眞教她不知該如何處理。

森內老師——她也不是沒有重新考慮過這個法子，但是她立刻就駁回這個方法了。那個老師不行。隨便找她商量，弄個不好，比起野田健一的心理狀態，她會對擔心野田的涼子更感興趣吧，而且是用一種奚落的眼神。

那跟被劍道社的朋友調侃她跟仲間學長的關係完全不同。是一種，該怎麼說，懷疑涼子的眼神。小森森絕對會露出那種眼神。

或者小森森好歹也是個老師，也許會負起責任，找野田健一談談（為了公平起見，還是得設想一下這種情況）。可是絕對不會有什麼好結果吧。假設野田健一正在為某些事情煩惱，有可能尋死，這種情況如果遭到小森森逼問，「野田同學，你買農藥要做什麼？好好解釋給老師聽。」反而危險。

（感覺野田同學也討厭小森森。）

好了，眾所公認冰雪聰明的藤野涼子結果怎麼做了？

她做了跟仲間學長一樣的事，她決定仰賴跟野田健一要好（顯然比涼子更要好）的向坂行夫。

那是與仲間學長談過的隔週星期三。當天沒有社團活動，所以第六節課上完後就沒事了。在那之前，涼子一直沒有機會。沒錯，涼子可是個忙碌的國中二年級生。

野田健一匆匆回家去了。教室裡還有幾個學生，包括向坂行夫在內。行夫本人跟前面座位的倉田麻里子正開心地聊著天。他們是青梅竹馬，非常要好。

涼子猶豫了一下。麻里子在場，她就不好開口了。可是要跟行夫兩個人單獨相處也很麻煩。跟行夫說的事，八成會洩漏給麻里子。這麼一來，麻里子一定會纏人地追問，「野田同學怎麼了嗎？」

不管了！既然如此，就讓他們兩個一起分擔吧！

「向坂同學，麻里。」

涼子出聲，在兩人旁邊的空位坐下。

「我有件事想跟你們商量一下。」

麻里子眼睛閃閃發光，像是在問，「什麼、什麼？」向坂行夫的眼神則有些驚訝。

「這件事我希望你們絕對保密。」

「沒問題沒問題，對吧，向坂？」這是麻里子最擅長的胡亂打包票。

行夫跟麻里子不一樣，沒有為「商量」這兩個字激動興奮。

「怎麼了嗎？」

他以穩重的聲音問。

「你們兩個都跟野田同學很要好，對吧？」

「嗯。」麻里子開朗地、口氣輕浮地回答。行夫的表情還是一樣。

「野田同學最近看起來有沒有什麼煩惱呢？你們有沒有聽到什麼？」

咦咦——麻里子誇張地反應。涼子一陣惱火，妳開心什麼勁啊？不行不行，我最近動不動就對麻里發火。

行夫問了，「藤野同學，妳覺得阿健看起來有煩惱嗎？」

「呃，嗯。」

「小涼這陣子跟野田同學很要好嗎？」麻里子探出身體，涼子急忙揮手。

「也不是啦……」

「咦？不是的話，妳幹麼那麼在乎他啊？」

傷腦筋，非得全部說出來才行嗎？

「不是我，是有人跟我提起野田同學最近似乎有什麼煩惱。因為我跟野田同學同班，所以那個人問我是不是知道些什麼。」

「上次妳們一起來我家玩嘛。」

涼子和野田從圖書館回家時，順道去了麻里子家。涼子勉強擠出微笑，對麻里子點點頭。

「那次真的很好玩呢！下次再一起來玩吧！」

「是啊。」

果然，現在的涼子不曉得該怎麼應付麻里子，對話中斷了。結果行夫柔聲對麻里子說了，「麻里，妳不用去職員室嗎？」

「咦？我去職員室幹麼？」

「去拿回心得作文啊。」

下個月有某家出版社主辦的國中讀書心得作文比賽。三中是想參加的學生由校方統一報名，麻里子幹勁十足，交出了作文參賽。可是交出去之後，她又想要重寫了。幸好距離報名截止日還有十天左右，所以她說要先去拿回來，重寫之後再交去。

「妳昨天不是也忘記拿就回家了嗎？我等妳，妳先去拿吧。」

對對對——麻里子吵鬧地挪動椅子站起來。

「先不要說唷，等我回來。」

她慌張地丟下這句話跑掉了。行夫說，「我幫妳保管書包。」把麻里子的書包放到她的桌上。

「麻里子就是吵吵鬧鬧的。」

也不是責備或語帶酸意，行夫笑咪咪地說。然後等麻里子走了之後，他一臉嚴肅地問，「藤野同學，妳注意到野田同學有什麼奇怪的地方嗎？」涼子回答之前，他又接著說，「其實我這陣子也有點擔心他。阿健樣子怪怪的。」

「你也發現了？」

涼子感到雙重的驚訝。一是與野田健一要好的行夫也察覺了健一的不對勁，另一點則是行夫這種「成熟」的應對。他巧妙地支開麻里子，讓涼子容易開口。

過去向坂行夫完全不在她的關心範圍內。上次在麻里子家一起的時候，她也只把行夫當成麻里子的好朋友，什麼感覺也沒有。老實說，涼子跟麻里子不一樣，就算四個人在一起，也不覺得哪裡「好玩」。她覺得悶，甚至覺得無聊。

她覺得向坂行夫跟她不合。行夫比健一更要乖巧，直截了地說，是個不起眼的男生。可是在近處一看，他的眼睛卻散發出意想不到的深思熟慮光芒。他說他在擔心健一，應該也不是只有嘴上說說而已。

「我跟野田同學不熟。上次他在圖書館幫我趕跑色狼的時候，坦白說我眞的很意外，幾乎跌破眼鏡。如果當時有其他我認識的人，一定不會去找野田同學的。」

涼子老實到近乎露骨地說。

行夫又微笑了，「嗯，我也這麼覺得。阿健不是那種型的，雖然我也是。」

藤野同學比我們厲害多了嘛——行夫的語氣沒有譏諷，所以涼子也能坦率地笑著點頭。

「可是圖書館那時候，一定是情急之下才能發揮的神力吧。因爲怎麼說，阿健一直很尊敬藤野同學。」

涼子老實到近乎露骨地說。

「尊敬？才怪呢。」

「會嗎？那應該是**憧憬**吧。」

啊啊，現在不是聊這種事的時候——涼子對自己感到難爲情。

「向坂同學擔心野田同學什麼呢？」涼子言歸正傳，「他找你商量什麼煩惱嗎？」

行夫搖了搖大大的頭，「沒有那麼明確，可是阿健家從好一陣子前狀況就很不好。」

行夫說健一的母親身體不好。

「生病嗎？」

「唔，算吧。可是也不是內臟不好還是怎麼樣，算是心理上的問題。心理影響身體，成了半個病人。他母親經常臥床不起。」

所以健一要做家事，也得照顧生病的母親。

「有時候他會說他討厭這樣的生活，想要寄住在我家之類的，可是那也只是半開玩笑地說說而已。不過這陣子他的口氣聽起來有幾分認真。」

大概是上個星期吧，還是更早之前？——行夫稍微仰望教室天花板的螢光燈說，「阿健來我家一起念書，結果他突然問我說，如果他爸媽發生什麼事，只剩下他一個人，真的可以住在我家嗎？」

接著健一急忙改口說：

——我一個人住也是可以，我是說能不能偶爾一起吃個飯之類的。

「他的表情像是隨口說說，但我感覺得出他是認真的。所以我問他，難道他媽媽的情況不太樂觀嗎？因為我以為檢查出什麼真的攸關性命的大毛病來了。」

涼子點點頭。教室裡已經沒有其他學生了。只有窗外偶爾傳來操場上的學生呼喚彼此的聲音和笑聲。即使如此，涼子還是壓低了聲音，「然後他怎麼說？」

「他沒有明說，只說他在想如果只剩下他一個人會怎麼樣。」

剩下一個人。

跟自殺願望有些不一樣。

「除了他母親的事以外，阿健好像也跟他父親吵架了。」

這是幾天前的事。行夫打電話去野田家，健一接了電話。說著說著，健一的父親從背後對他說了什麼——

「結果阿健大聲對他爸吼回去，大叫『囉嗦啦』之類的。我跟阿健認識很久了，那是我第一次聽到阿健對他父親那樣粗聲粗氣，更別提什麼『囉嗦啦』。我覺得一定是我打電話的時候，兩個人正在吵架。」

行夫被搞得不知該如何反應，匆匆掛了電話。

「而且這陣子阿健也不太搭理人。像今天也是，一放學就回家了。還有，他成天泡在圖書館，讀一些感覺很可怕的書。」

涼子嚇了一跳，「可怕的書？什麼樣的書？」

「跟犯罪有關的書。」

毒物事典，涼子眼底浮現在圖書館看到的舊書封面。

這時行夫突然笑了起來，涼子怔住了，「怎、怎麼了？」

「對不起，可是我之前還在胡猜呢。」

「胡猜？」

「我以爲阿健會突然讀起犯罪的書，是想要引起藤野同學的注意。因爲妳的父親是有名的魔鬼刑警嘛。我猜想阿健是想要深入了解犯罪，這樣才能跟妳有共通的話題。」

聽到這話，涼子也忍不住笑了，「怎麼可能？而且要是聊什麼犯罪，我才跟不上呢。我父親的確是刑警，可是我對犯罪又沒有興趣。」

這樣啊——行夫也點點頭。涼子輕輕抬起右手，按到嘴邊。就像爲了避免接下來說出口的話不小心飄到遠方去。

「其實野田同學好像跑去藥局買農藥……」

27

這種事眞的辦得到嗎？

我眞的下得了手嗎？

野田健一在家中自己的房間裡，面對寫滿了筆記本的「計畫」。

雖然有些朝右上歪斜，但健一的字很漂亮。即使寫得滿滿的，看起來也整整齊齊。條列部分與注釋部分用色筆分開來寫，配置得也很美。進度表那一頁，每當想到細微的變更點或追加處，就從頭開始謄寫。因爲他討厭文字跑出框框。

爲了擬定這份計畫，他讀了堆積如山的資料。由於有許多非顧及不可的細節，他把五色組合便利貼裡面的三種顏色都用光了。

太完美了，沒有一絲疏漏。

只要照著計畫實行，一定能夠順利成功，失敗的可能性是零。

我可以獲得自由，變成一個人。

再也不必奉陪媽媽訴苦了。

再也不必擔心媽媽了。

再也不必介意媽媽那害怕的眼神了。

咒文似地，他悄聲說出口念誦。

再也不必被無能又爛好人的爸爸那荒唐的人生改造計畫拖著走了。

明明都那麼明白地說「不要」了，都已經告訴爸爸他是被舅舅騙了。儘管如此，爸還是說要聽信舅舅的花言巧語，辭掉上班族的工作，去經營度假民宿。要離開東京，搬到北輕井澤。

約半個月前，父親下了最後通諜。就像平常一樣，母親先睡了。健一打算像平常那樣一個人吃冰冷的晚餐，在餐桌坐下時，父親回家了。啊，趕上了，今晚跟爸一起吃飯吧，我有重要的事要跟你說。

然後又重提度假民宿的事了。健一，後來爸跟舅舅好好商量、也跟媽談過了，然後爸還是下定決心了。

——我們要合力改變人生。

父親用一種飄出腦門般輕薄到不行的聲音，臉頰鬆垮，眉毛下垂地說。

——這是野田一家的人生改造計畫。

父親喝著啤酒，但是比起酒精，他早就被自己的話迷醉了。

就在這一瞬間，健一死心了。不行了，完全沒救了。不管我如何頭頭是道地反駁，還是動之以情，這個人都聽不進去。爸爸在做夢。他相信這個夢可以讓自己的人生、媽媽的健康，還有我的未來，一切的一切全部好轉，深信不疑。

都幾歲的人了，這個人卻不知道夢無法拿來當成現實的資本。

賣掉這棟房子跟土地的話，可以拿到七、八千萬沒問題。而且你舅舅也幫忙斡旋，度假民宿的物件已經物色好了，當地金融機關也答應貸款了。哎呀，事情眞是順利得令人吃驚。人走運的時候，就會像這樣無往不利呢。

坐在得意洋洋地滔滔不絕的父親前面，健一的心已經遠離到銀河彼端去了，處在絕對零度的眞空之中。

我只有一個人。

被愚蠢而自私的父母這條鎖鏈繫住的，孤單一人。

那樣的話，索性眞的變成一個人吧。

我決定了，我下定決心了，接下來只要放手一搏——注視著父親謳歌未來的臉，健一也下了決定。

所以他開始著手調查和準備。

在健一不知不覺間，父親的書架上，從上班族轉換軌道成功的體驗記、《你也可以成爲民宿主人！》、《歡迎來到夢想民宿》這類無聊的書增殖了。如果更早發現的話——健一感受著苦澀的後悔，把那些書全看了一遍。指南書只會列出成功的例子，體驗記更是字字甜如蜜，居然沒有螞蟻上門來搬走它們，甚至讓健一感到不可思議。即使如此，他還是忍耐著全部看完，因爲他認爲他必須確實理解父親此時的心理狀態還有心情。若非如此，他無法編纂出煞有其事的情節。

接著他開始涉獵真正的資料書籍，也就是現實發生的犯罪紀錄。他不想折磨兩人。他氣極了，也怨極了，但這並不是為了洩恨才做的。

這是正當防衛。

要採取什麼樣的方法，才能讓他們靜靜地、徹底地死去？健一急切想要知道的就是方法，並且還必須保護好自己的身心。不能被懷疑，連一瞬間也不行，而且也不能為了擺脫嫌疑，讓自己面臨危險。

所以他首先就捨棄了縱火這個手段。而且就算失火，父母也不一定會被燒死。這太不確實了，也就是一般失火的話。

那麼如果為了引發非一般的失火而潑灑汽油，那樣一來，唯一一個生還（預定）的健一，一定會立刻成為頭號嫌疑犯。這太危險了。

那麼先用其他方法弄死兩人，然後再放火怎麼樣？把一切全部燒光，或是潑水，讓現場狀況變得曖昧不明，應該不錯。

不，還是不行。以現在的法醫學技術，即使屍體燒過，還是可以透過驗屍解剖查出死因，也能查出起火點。只要有任何一點不自然的地方，警方就會緊咬不放吧。

捏造被強盜入侵的狀況呢？這是每個人都能想到的謊言，所以不行。警察看過太多這種例子了。健一自己也對編造強盜情節沒信心。這是電影和小說司空見慣的劇情，但是後續的偽裝很困難。即使在虛構故事中是用爛了的情節，但要在現實裡使用這種手法欺騙周圍，需要難以想像的演技和專注。過去的實例當中，也有不少凶手利用了這一招，結果還是被拆穿了。

健一每天都上圖書館，還到處逛大書店。因為會留下證據，所以他沒有買書。他是當場翻閱確定內容，記住書名，再去圖書館查看。資料、資料、資料。幸好不論國內外，都有大量的犯罪紀實讀物。防範保全相關書籍也是，只要反其道而行就可以了，非常值得參考。

在圖書館，健一也沒有輕率地借書來看。圖書館的人說他們絕對不會檢查誰借了哪些書、或是把讀者的借閱紀錄洩漏給別人，還說這是絕對必須奉行的規則。但是坐在借書櫃檯的職員就是那幾人，如果健一幾乎每天都來，而且總是借閱犯罪相關書籍，遲早會有人注意到吧。如果眞有人注意到，或許那個人不會坐視不見，而且也有可能洩露給外人。

所以他都一定只在閱覽室看書，只把必要的部分抄寫在筆記本上。當然，他也提防著周圍的視線，不讓別人輕易看到筆記內容。

即使如此，仍然發生過一次不妙的情形。他在調查毒物事典時，好巧不巧偏偏碰上了藤野涼子。她被色狼糾纏，陷入困境。

當時他居然能夠鼓起勇氣趕跑色狼，連自己都感到不可思議。我現在正在進行關係我一生的重要計畫，才不能輸給你這種色狼人渣！當時他的內心是燃燒著這樣的感情嗎？

藤野同學發現我那時候在看什麼書了嗎？

太大意了，應該先確定閱覽室有沒有認識的人的。而且他會拿起那本毒物事典，是因爲有兩、三種藥物想要確定名稱，並沒有太大的用處。所以才會站著讀，沒想到卻在那種節骨眼遇上了同學。

而且那個人還是藤野涼子，她的父親是刑警，專辦凶殺案與強盜案的刑警。

萬一她記住的話呢？如果她看到書名，起了疑心的話呢？在野田家發生不幸的事件後，如果她想起了這件事呢？聰明的她或許會迅速地推理出結果，告訴父親。

他去仲間藥局的時候，也犯了同樣的疏失。他以爲那種非連鎖店的藥局比較不引人注意，沒想到完全相反。而且三中的學生怎麼會在那種地方？他怎麼會認得我是誰？

而且健一事後才發現，他查到的資料太老舊，那種以前可以輕易買到的農藥，現在市面上也沒有販賣了。至於爲何會受到管制，是因爲有人用那種農藥自殺或殺人。因爲有前例才想利用，卻也因爲有前例而無法利用了，眞蠢。

由於發生了這些疏失，不管是農藥、殺蟲劑還是含氯清潔劑，總之他放棄使用毒物了。

凶手從外部侵入，全家三人都是被害者，只有健一一個人幸運活下來的情節，他也拋棄了。因爲不管再怎麼巧妙計畫，這樣的情節都實在無法把遭到懷疑的可能性降到零。

雖然遺憾，但必須安排一個壞人才行。

就給爸爸吧。

寫滿了健一的「計畫」的筆記本。工整的手寫文字列上，相同的詞彙再三登場。有些地方用粗體，有些地方用螢光筆註記，有些地方用紅色底線強調。就宛如軍事遊行中的大明星——最新型火箭那般搶眼，在軍隊前後簇擁下，驕傲神氣地前進。

強迫殉情。

爸爸殺死媽媽，然後自己也追隨她去。

而我——一個人被留了下來。

決定方針後，健一便開始等待。重要的是忍耐，不能慌，不能急。

父親喜不自勝，他全副心神都放在人生改造計畫上。雖然還沒有向公司遞辭呈，但他期待著那一刻。只要一喝酒，就一直想找健一說話。我就要離開公司了，我要掌握自己的人生，如果說我再也不會對你哈腰奉承了，部長會是什麼表情？健一，這就是人生最美妙的時刻啊。

他沒想到父親是這種人。

他也沒有想像過父親竟是這樣看待公司的。

他還以爲父親對自己的工作相當滿意。

這對健一來說是個意外的發現，但是對「計畫」來說，卻是個教人困擾的狀況。因爲即將脫離上班族生涯，滿懷期待要重新展開人生的男人，竟帶著妻子自殺，這樣的狀況實在太過不自然了。

不過——如果像這樣膨脹的美夢事到臨頭卻遭到了阻撓的話？

什麼樣的阻撓？資金調度困難？與舅舅意見衝突？公司慰留？

如果現實眞的發生這種事，眞不知道該有多好，他盼了又盼。如果銀行拒絕放款的話。如果父親發現舅舅的企圖，心生疑念，與舅舅吵架的話。如果公司裡有人勸阻父親，要他重新考慮，別辭掉工作的話。

這樣的事完全沒有發生，沒有任何人爲他阻止父親。

所以健一只能玷污自己的手了。

既然要弄髒手，就必須確實成功。

要等待，等待契機，機會一定會來臨，任何一點細微的小事都行。不遂父親心意的事，不值一提的小挫折，這樣就行了。健一等待，等待，一直等到今天。

前天、昨天，爸和媽連續吵架。

尤其是昨晚吵得特別凶。父母在彼此叫罵的時候，健一悄悄離開家門。即使去到鄰家門口，也聽得到父親的怒吼和母親哭訴的聲音，左鄰右舍一定都豎起了耳朵聽著吧。

健一感覺到內心又冷又硬、構成「計畫」地基的事物變得更加深沉、穩固地紮根在心底。那裡傳來呢喃細語。

這正是大好機會。

開始畫起「計畫」這張藍圖後，健一一直都忘了。忘了母親是個多麼反覆無常、心性會受到當下的心情和身體狀況所左右的人。

而父親也因爲過度沉迷於自己的人生改造計畫，忘了母親是個危險的不確定要素吧，眞是一對相似地父子。不，人都是這樣的嗎？

事到如今，母親才開始說她不願意了。不想經營什麼民宿，不想離開東京，不想要父親辭掉公司，不想拋棄穩定的生活，想要把一切都還原爲白紙。

父親反駁的聲音一開始還帶著笑，但漸漸地開始沙啞、變調。嗓音變得尖銳、嘶啞、高亢，突然又轉爲呻吟。拚命安撫，冷不防生氣。

「喂，妳到底是怎樣？不是都已經跟妳解釋那麼多遍了嗎？妳的病不用擔心啦，那邊也有不錯的醫院啊。」

「我不想離開一直治療我的醫生啊。」

「什麼一直，是從什麼時候一直？妳以前不是也換過好幾次醫院嗎？也有很多醫生只看了一次，妳就說不喜歡，沒有再去了，不是嗎？」

「我才沒有那樣，你不要亂講！」

「我才沒亂講，我可記得一清二楚。不是有一家我們部長認識的醫生待的醫院嗎？是部長幫我們介紹的，結果妳卻只去了一次就不去了，妳知道害我後來有多尷尬嗎？」

「幹麼這時候又提起這種事？比起我的健康，討好部長對你來說更重要嗎？」

「我又不是那個意思！」

「你就是那個意思！」

健一心裡的「計畫」站了起來。就像生物一般，彷彿逐漸長出手腳一般。緩緩爬起——抬起頭來。

利用它吧，利用這場衝突吧。

健一心裡不是「計畫」的部分思考了。如果母親就這樣繼續努力，固執到底，反覆無常、自私任性到最後，我就不必讓爸媽死掉了。因爲不管發生任何事，爸爸終究還是無法拋棄媽媽的。只要媽說「不要」，爸就不得不捨棄他的人生改造計畫。

那樣太沒意思了——「計畫」呢喃說。你把我生下來了，都養到這麼大了。孩子，沒有到了這地步才把人丟下的啊。

不是丟下，是中止。計畫是伴隨著中止的，預定就是未定。

把預定降格到未定，是沒法自己開創人生的窩囊廢幹的事。

「離開東京，對妳的健康應該也比較好。」

「就算我好，健一怎麼辦？那孩子馬上就要升國三了，就快高中入學考試了。要升國三的時候才轉學，對考試很不利啊。」

「所以我不是就說了嗎？以健一現在的成績，可以進那邊的縣立高中。我已經好好調查過了。」

「轉學的話，或許成績會往下掉啊。環境會改變，老師也會不一樣，學校的進度也跟這邊不同吧？那邊一定比東京的學校進度更落後。」

「那不是對健一更有利嗎？」

「可是大學入學考試就不利了啊。」

「那得要看健一自己的努力吧！」

「那孩子很纖細的！在這樣敏感的時期一直換環境，就算本來功課好的也會被搞到成績一落千丈了！」

提點你一聲，你媽在那裡強詞奪理，可不是爲了你。她強詞奪理，只是因爲想要強詞奪理，你只是被拿來當藉口罷了。

我知道啦——健一對「計畫」回嘴。母親和父親一起做著玫瑰色的美夢時，兩人歡天喜地，說的話跟現在完全相反。我都聽得一清二楚了，轉學對健一來說也是不錯的刺激。與其進東京名不經傳的私立學校，地方縣立高中的水準還比較高，對考大學也更有利。

孩子，你很清楚嘛。你媽的說法，不曉得何時又會來個一百八十度大轉彎呢。

所以不能相信他們。

不能期待他們。

只要利用就行了。

我知道、我知道、我知道。

利用吧，利用吧，利用吧，孩子。這可是千載難逢的大好機會。

你老爸盛怒之下，失手殺了你老媽。

然後回過神來，無法承受自己犯下的滔天大罪，跟著自殺。

這樣我這個「計畫」就完成了。

聽好了，孩子。你只是**讓**你爸媽死掉而已。**殺**了你老媽的是你老爸，你老爸是自己**殺**了自己的。

然後你就自由了。

野田健一仰望房間牆上的時鐘。

晚上十點二十分。

今早出門的時候，父親說晚上會晚點回家，有場怎麼樣都不能缺席的應酬。爸還不能讓公司的人發現他要離開，所以得配合上頭才行。

下星期開始，父親就要換成夜班了。那樣一來，又得靜待時機了。因爲母親不可能一直醒到外頭送報生忙著送報的時間，等父親上夜班回來，然後跟他吵架。因爲根據我們家慣例，從未發生過這種事。

——大概幾點會回來？

——十一點以後吧，我會盡量在午夜前回來。

野田健一站了起來。他靜靜地彎身，從床墊底下抽出父親的領帶。今天他一放學回家就瞞著母親，偷偷從父親的衣櫃裡拿出這條領帶。

你老媽早就睡了。

可是不能讓她死得太早，警方對推定死亡時刻之類的很計較的。要是在你老爸回家兩、三個小時以前就讓她死掉，你老爸殺掉你老媽，然後緊接著自殺這樣的情節就不成立嘍。

我這個「計畫」就無法完成嘍。

野田健一抓緊領帶，拉扯，然後試著纏繞在手上。是變形蟲圖案的領帶，顏色是黯淡的靛藍。父親有很多這種顏色的領帶，就算事後調查，也不會有人看出來吧。不會有人發現。是的，野田主任昨天打的就是這條領帶，他用這條領帶勒死了他太太嗎？不會有人看出來的。只要健一沒有忘記從父親的脖子上解下領帶，放回衣櫃裡。

這也寫在「計畫」裡了。

沒錯，孩子，我完美無缺。你把我寫得天衣無縫，所以你只要遵照我說的去做就行了。

你只是**讓他們死掉**，不是你**殺了**他們。

沒錯，我沒有殺他們。

可是——健一停下腳步。手伸向自己房間的門把，凍住了。

這種事真的辦得到嗎？

我真的下得了手嗎？

可以的，孩子。「計畫」喉嚨呼嚕響著，挨近健一。它現在已經是甚至具備體溫的、完整無缺的生物，不過那張臉是平坦光滑的。

在你沒有完成我、實現我之前，我是沒有臉的。

我想要臉啊。

快點給我一張臉吧。

旋開門把，打開房門，家中一片寂靜。

昨天早上，今天早上，母親都哭腫了眼，一臉浮腫。父親的臉則是一片青黑，下巴繃緊尖銳。

明明吵得那麼凶，兩人卻對健一沒有半句解釋，一副什麼事都沒發生的模樣。

他們是要健一也裝成若無其事的樣子。

所以他照做了。然後他深切地領會到，今晚正是絕佳的好機會。健一要努力不被看出的，是這種感情。

野田健一踏出一步，「計畫」催促他踏出下一步。

打開門，出去走廊。

聽到你老爸會晚歸，你老媽今晚應該會採取「睡嘔氣覺」的策略。簡而言之，就是早早吞下一堆安眠藥，蒙頭大睡。

要是連續三天大吵大鬧，興奮熬夜，你那體弱多病的老媽一定會虛弱到心臟停掉嘛。

她在睡，她在睡，悠哉愜意地睡著。

孩子，你可以輕易讓她過去的。

她才不會痛苦。對你老媽來說，活著才更是苦啊。

讓你老媽過去以後，讓她躺好，用手梳整齊她的頭髮，把被子理平，然後下樓去。

等你老爸回家。

我回來了——你老爸一定會醉醺醺地回來。你去玄關迎接。你媽呢？睡著了。這樣啊，那你也快睡吧。

爸，要吃東西嗎？不用。是唷，我正要吃宵夜呢。這星期有考試，我得再念會兒書才行。

那一起吃吧，有什麼吃的？

只有杯麵，我先去泡茶。

然後孩子，你迅速地動手，把從你老媽的寶貝藥箱裡摸來的安眠藥摻進你老爸的杯子裡。沒事的，只要溶進濃茶裡，就嘗不出藥的苦味了。

其實母親並沒有在睡。

不，她永眠了。

可是父親永遠不會知道這件事，沒關係吧？他不會介意吧？

反正母親總是身體不舒服。

反正母親總是哭哭啼啼地埋怨個沒完。

所以不是有一次爸叫我不用放在心上嗎？其實爸也沒放在心上，頂多只放了一半在心上。還說媽雖然沒有撒謊，雖然也不是裝病，但也不是眞的病人，用不著完全跟她認眞。還說這才是爸的眞心話。

才不是啊，爸的眞心話是別的。

爸會想要脫離上班族生活，不是爲了讓媽恢復健康，而是他自己想這麼做，僅此而已。媽只是藉口。

所以沒關係吧？爸不會介意吧？就算媽並不是沉沉地睡著了，而是沒在呼吸了，爸也不會介意吧？

脫掉被藥迷昏的父親的衣服，把他放進裝滿熱水的澡桶裡，在他溺死之前，我要怎麼壓住他？

我辦得到嗎？

成功之後，我睡得著嗎？

天亮的時候，我能覺得這一切都是一場噩夢，能把它當成不是自己幹出來的事，害怕、恐懼、大聲尖叫，打一一〇報警嗎？

可以的，孩子，因爲這就是「計畫」中的情節。是你製造出來的，縝密而美麗的「計畫」。

結束它，做完它，然後給我一張臉吧。

野田健一把領帶纏在手上，經過走廊，往父母的臥室走去。去到現在仍沉沉地睡著的母親身邊。

不快點動手，你老爸就要回來嘍，孩子。孩子、孩子、孩子，那催促的聲音好溫柔，哼唱似地輕盈彈跳，從我的心傳來的聲音。眞不可思議。我的心現在是停止的，怎麼會冒出聲音來呢？我什麼時候啓動了心的緊急備用電源呢？明明沒那個必要，我是什麼時候切換的？

打開主臥室的門。好了，走吧，孩子。我是你的忠實搭擋。我絕對不會拋下你。因爲我是這個世上，唯一了解你的悲傷、你的痛苦、你的願望，完全理解你的一切，一絲一毫也不放過的存在。你就是我，我就是你。

所以不要煩惱，不要害怕。看，你媽背對著這裡，把頭埋在枕頭裡睡著。規律的呼吸眞是安詳，你懂吧？只有像這樣睡著的時候，才是你媽無上的幸福。你要幫她一把，讓她可以像這樣永遠幸福下去。

從來沒有一次，像我這樣理解你的母親。

從來沒有一次，像我這樣聆聽你的看法的男人的妻子。

健一站在床邊，視線落在沾黏著蓬亂頭髮的母親後頸。

啊怎麼辦如果不讓爸寫下遺書會被警方懷疑的——冷不防地，理性的光輝一閃而過。打消念頭，打消念頭，這不可能行得通。這太荒謬了，荒謬到極點，我不可能做得出這種事。

不，孩子，你要做，你會做，「計畫」呢喃說，不用什麼遺書，警方才不會介意。他們可沒你提防的那麼聰明。你是個好孩子，是個乖兒子，而且對明天的早晨害怕到了極點。你被一個人拋下，走投無路。有誰會懷疑你呢？

別管那麼多了，快點給我臉吧！快！快！快——！

快點動手！

電話響了。

是家裡的電話。熟悉的鈴聲。野田健一睜大了眼睛。領帶在雙手之間綳得死緊。變形蟲圖案刺痛了眼睛。

拖拖拉拉什麼！你這個臭小鬼！快點騎到你媽身上，勒斷她的脖子！

電話在遠處響著。刺眼的強光在健一內心閃爍著。燈一亮就聽見聲音。快，快，快點給我臉！

「計畫」咬住健一的咽喉，健一瞬間看到了**它**的臉，**它**已經有臉了。

野田健一拔腿狂奔。

電話在響，響個不停，歡樂的電子音編織而成的救命繩索。拋過來的救援之手，抓住我，抓住我，抓住我！

奔過走廊，撞到牆壁，在樓梯往前栽，抱住扶手，腳在平台上一滑，腰結結實實地一撞，痛到連叫都叫不出來。

領帶不見了。

想要喊，想要叫。發不出聲，只有呼吸從喉嚨衝出來。即使如此，電話仍響個不停，還不停。救命繩索就在眼前、在鼻頭前悠悠搖晃著。

健一站起來，又跌倒，他扶在牆上，一邊大哭，一邊跑向電話。

拿起話筒。「計畫」用它最後的邪惡一擊，奪走了健一彎曲手指的力量，話筒滾落到地上。

「喂？」

聲音傳了出來。

「喂？請問是野田家嗎？不好意思這麼晚打電話。是野田阿姨嗎？還是叔叔？阿健？是阿健嗎？」

是向坂行夫的聲音。

玄關門鈴響的時候，藤野涼子正在爲剛返家的父親熱味噌湯。藤野家每天一定有一餐喝味噌湯。因爲母親邦子主張味噌能守護日本人的健康。今天早餐吃吐司，所以味噌湯放在晚餐。

母親正在洗澡。涼子在浴室的折疊門外叫母親，她便說：

「哎呀，爸爸回來了嗎！」

「紺野叔叔也來了，說想吃東西。」

「眞是的，幹麼不先打通電話回來嘛！」

「他們說吃過東西就要回去本廳了。沒關係，我來招呼。」

涼子知道父親的部下紺野總是稱讚「小涼眞可愛。」紺野叔叔不是涼子喜歡的類型，可是聽到人家誇她可愛，感覺還不賴。讓對方留下更可愛更女孩子氣的印象，更是不賴。

這時門鈴響了。

「我去應門。」

父親說著走了出去。「我」？藤野剛先生，你在家人面前，平常不是都用「爸」、「妳爸」自稱嗎？因爲紺野叔叔也在，所以還擺脫不了工作模式嗎？

翔子跟瞳子正被紺野逗得哈哈大笑，瞳子已經該上床睡覺了。

「涼子！」父親喚道，沒看到人影。他在玄關大聲叫著，「妳過來一下！」

涼子用圍裙擦著手——這動作超像家庭主婦——前往玄關。

打開的屋門前，站著臉色蒼白的向坂行夫。他穿著厚厚的粗呢連帽大衣，但踩著運動鞋的腳沒穿襪子。

「向坂同學！」

怎麼了？還沒說出這句話，藤野剛便插了進來，「妳同學？」

「呃，嗯。」涼子穿著拖鞋走下玄關脫鞋處，父親一把抓住涼子的手臂制止她。

「對不起，眞的對不起。」向坂行夫雙手繃直，全身僵硬，只有下巴抖個不停地道歉說，「我知道這種時間來拜訪很沒常識，可是我不曉得該怎麼辦了，對不起、對不起。」

「你家出了什麼事嗎？」

藤野剛反問。他的臉色很嚴肅，但並不是責備的口吻。向坂行夫用力搖頭，以哭腔對涼子說：

「阿健很奇怪。」

「阿健？」

「野田同學，一樣是我同學。」涼子說明，聽見自己的聲音變得沙啞走調。爲什麼？我在慌個什麼勁？

「今天他在學校樣子不是又怪怪的嗎？完全不講話，還一臉蒼白。所以我回家以後打了好幾通電話去他家，可是一直都沒有人接。我擔心得要命，想說今天之內至少要跟阿健說上幾句話，剛才又打了一次電話。」

雖然是在跟同學的涼子說話，用的卻是有禮的敬語。

「然後呢？然後怎麼了？」

「很奇怪。阿健總算接了電話，可是好像在哭。他丟下話筒，在那裡哇哇大哭。」

藤野剛回望涼子，「野田同學是個怎樣的學生？」

涼子盯著行夫僵住了，她無法回話。

「涼子！」被父親搖晃手臂後，總算眼前恢復明亮。

「野田同學眞的樣子怪怪的嗎？」

「眞的很奇怪。」涼子一次又一次地點著頭，仰望父親，沒被父親抓住的手緊捏著他的襯衫。

「沒錯，他最近眞的很不對勁。他去藥局想要買農藥，還看了很多犯罪的書。他之前明明不是那樣的，對吧？」

涼子問，行夫僵硬地點頭，「電話沒有掛斷，一直通著。我家今天晚上爸媽都上晚班，只有妹妹跟爺爺奶奶。我一個人不曉得該怎麼辦，而且我家又沒有其他電話，不掛斷就不能打。所以我只好直接跑來了，對不起。可是我眞的不曉得該怎麼辦了。」

被行夫一口氣傾吐的話觸發，涼子也說了，「仲間學長的爸爸說野田同學想要買農藥，有可能是想要自殺。可是我們知道了也不能怎麼樣，無能爲力，所以我……」

「你知道野田同學家在哪裡嗎？」藤野剛問行夫。

「知道。」

「那一起去吧。」

「對不起、對不起！」

「不用道歉。喂，紺野！」

我出門一下，你待在家裡——他邊吩咐部下邊穿鞋子。涼子只是杵在原地，看著父親從玄關衣架拿起大衣穿上出門。然後她總算回過神來。

「我也去！」

可是沒事的，野田同學才不會眞的做什麼傻事。她念咒似地喃喃自語著，跟在父親和行夫身後跑去。野田健一家應該不遠，可是她不知道正確的地點。在夜晚的街上，傻子似地大口吐出白氣跑著，一股非現實感湧上心頭，但是下一瞬間又回到現實，怎麼辦？我會在野田同學家看到什麼？我怎麼會被捲進這種事？短短五分鐘前，我滿腦子還在想著芋頭和白蘿蔔的味噌湯呢。

「就是那一戶。」

向坂行夫指的那戶人家亮著燈，門燈也亮著。

藤野剛毫不猶豫地跑過去，按下門鈴。爸，如果是向坂同學想太多，如果只是虛驚一場，我們會不會惹上麻煩？

藤野一次又一次按門鈴，開朗的「叮咚」聲在寂靜的路上迴響著。一次又一次。左鄰右舍應該聽到了吧，他們會疑惑地從窗戶窺看吧。如果有人問「怎麼了嗎？」爸，你打算怎麼回答？啊，居然那樣抓住門把亂搖。

「門鎖著。」藤野剛呢喃說。

因爲一路跑來，向坂行夫還氣喘吁吁。向坂同學運動神經不好呢。

門把「喀嚓」一聲轉動了。

門從內側打開了一點，只有十公分左右的一條縫。

野田健一的臉從那裡探了出來。

他淚流滿面，壞掉了，涼子看起來如此。人的臉壞了？並不是眼睛鼻子還是嘴巴不見了，也不是頰肉不見露出骨頭。

可是壞掉了，甚至可以聞到焦臭的氣味。一切感情在極短的時間內一口氣流過臉上，超過了容許量。沒錯，短路而且燒盡了，接下來只會不斷地冷卻下去。

阿健！——行夫喊道。

野田健一看著行夫。他現在眼中看得到的，只有可以放心相處的兒時玩伴。壓根沒有注意到涼子還是藤野剛，他的心已經無法拾取任何多餘的東西了。

「……我。」

健一說了什麼，張開嘴巴可能觸動了他，頭、肩膀、身體，一點一點地發起抖來。

藤野剛瞇起眼睛定定看著野田健一。涼子看著這樣的兩人，而健一看著向坂行夫，後者只看著健一。

行夫踏出一步走近健一問，「什麼？阿健，你說什麼？」

是我，涼子聽見野田健一這麼說：

「那是我。」

這次每個人都明確地聽見了。

「是我，那傢伙是我，是我的臉。」

爬起來，咬住他的咽喉的「計畫」，有著野田健一的臉。

「你沒事吧？」

藤野剛伸手輕觸健一肩膀，確定對方不會逃走後，便使勁把他摟過來問，「家裡出了什麼事嗎？」

野田健一搖頭。一開始慢慢地，漸漸地愈來愈快。他只是不停地，一個勁兒地搖頭。然後不停呢喃，是我，是我，是我，是我！

你失手了，孩子。

28

噴水池的水花在冬日的陽光下破碎閃耀。如果用手觸摸，應該冷得像冰，但是坐在長椅這裡看著，水花的閃光看起來摻雜了春天預兆的明亮。時節是三月。今天的寒意也一下子緩和下來了。

可能是這個緣故，日比谷公園的人潮比涼子想像的還多。經過園內的有穿著大衣的上班族、穿制服的粉領族。也有立起同款厚毛衣的衣領，悠閒散步的老夫婦。一群女學生占據了長椅，從剛才就嘻嘻哈哈吵鬧個不停。

今早上學後，校方就通知今天放學後將舉行緊急教職員會議，所以社團活動全部暫停，課只上到第五節就結束。

涼子立刻聯絡父親，藤野剛爲女兒挪出時間。

現在涼子的手表指著下午三點半。父親能離開職場的時間，頂多只有一個小時吧，必須盡快進入正題才行。但是和父親一起坐著，喝著罐裝咖啡，光是這樣就令她安心不已，反而提不起勁開口了。

藤野剛似乎察覺了女兒的心情。他把空罐擱到腳邊，先開口說了：

「那麼妳們沒被告知緊急教職員會議的內容嘍？」

涼子「嗯」了一聲，點點頭。

「不用煩惱。不管是出了什麼事，都不是野田同學的問題。學校不可能知道那件事。」

「……是嗎？」

「是啊，會有誰洩漏出去？野田先生不可能說出去的。」

父親是在說健一的父親——野田健夫。

「向坂同學也這麼說。他每天都去野田同學家探望，拿上課筆記給他。啊，我也幫忙做了筆記。」

藤野微笑，「眞是好孩子。」

「嗯，向坂同學是個很溫暖的人。」

「妳也是。」

被父親讚美格外令人害羞，所以才會被章子說小涼有戀父情結。涼子垂下眼，一口氣喝完剩下的咖啡。

「妳的心情應該很複雜。不過，」藤野慢慢地說，「爸覺得野田先生也是個好父親。至少在事情發生後他能像那樣面對，很了不起。」

那是一星期前的事了。那天晚上，在趕到野田家的涼子一行人面前，野田健一蜷縮在玄關口，像個幼稚園的孩子般放聲大哭。涼子等人只能圍著他，耐性十足地或是安慰，或是保持沉默，等他冷靜下來。

——是我，是我！

——對不起，對不起！

哭聲之間，他一次又一次斷斷續續地說，但是從這些隻字片語，實在推測不出他究竟遇上了什麼事。就連多少知道他最近不太對勁的涼子都推測不出來了，藤野剛一定更摸不著頭腦吧，但是他還是一起等待。

過了快一個小時，健一激烈的號哭總算平息下來的時候，野田健夫回家了。他一開門，就看見獨生子蜷縮在脫鞋處哭得不成人形，而一名陌生男子、一個男生和女生圍繞著他的兒子，也難怪他會大吃一驚。然而接下來卻發生了更令人驚嚇的事。野田健一一看到父親，登時跳了起來，頭也不回地往外衝。

藤野剛抱住了他。健一奮力掙動雙手雙腳抵抗，但發現無法掙脫熟於此道的藤野制止後，忽然整個人無力地虛脫，連哭都哭不出來了。眾人好不容易才把眼神空洞地垂下頭的他搬進家裡，讓他躺在一樓的客廳沙發上。健一躺下後，立刻睡著了。現在想想，那應該是逃避的睡眠吧。

藤野剛立刻報上姓名，向野田健夫說明狀況。當時他沒有表明自己是警察，只說他是涼子的父親，偶然在家，所以跟來看看。然後他問，「孩子們似乎比我更了解情況，在聽他們說明之前，可以請野田先生先查看一下家中有沒有異狀嗎？」

野田健夫——大概是一頭霧水，不知所措，所以只是自動聽從比自己更冷靜的人的指示吧——照著吩咐去做，很快就回來了。家中沒有異狀，只是——

「內子在二樓睡覺……」

「她休息了？」

「是的。她先前住院了一段時間，現在在家中療養。她吃了安眠藥。是不是應該把她叫起來？」

「不，就讓她休息吧。請問，那是什麼東西？」

藤野指著野田健夫手中的東西問，是一條變形蟲圖案的領帶。

野田健夫拿起領帶，臉色不安地沉了下來說：

「我在主臥室的地上撿到的，掉在內子的床旁邊。應該收在衣櫃裡面的，是遭小偷嗎……？」

「不，應該不是。」

藤野答道，不知爲何，露出大大地鬆了一口氣的表情。當時涼子並不懂父親表情變化的理由，但現在她懂了。父親從我們對話的片段，還有野田同學那種錯亂的模樣，當下就察覺出野田同學原本想要做什麼了。然後他確定野田同學想做的事未遂以終，所以鬆了一口氣。

即使如此，涼子還是怕得不敢說出口，到現在都還沒辦法問。爸，那個時候你是在擔心野田同學的母親可能死在家裡了，對吧？所以才會立刻請野田爸爸去查看，對吧？

然後行夫和涼子說出他們知道的事實。行夫本來就不擅長說明，而且因爲慌亂，更是語無倫次，而涼子拚命地幫他補充。

野田健夫的臉孔完全失去了血色，注視著躺在旁邊沙發的兒子，連旁人都可以清楚地看出他猛烈地顫抖起來。

「什麼農藥……他到底是想做什麼？這孩子是想要自殺嗎？他是想要在今晚尋死嗎？所以才拿出我的領帶嗎？想要上吊自殺。」

向坂行夫靜靜地啜泣起來，涼子沉默地看著熟睡的野田健一。試圖自殺，好像是，又好像不是，不是可以這樣清楚說明的什麼事。可是她知道，那是絕對不能說出口的事。

談話告一段落，藤野叫行夫和涼子回家。他對野田健夫說：

「這是府上的家務事，原本不是外人可以繼續多加干涉的。但是我很擔心令郎的樣子，野田先生應該也驚魂未定吧。如果你不嫌棄，我可以再回來，如果有任何我幫得上忙的地方，我想盡份心力。」

然後他補充說，今晚最好緊盯著令郎，不要讓他一個人。

野田健夫顫抖著，一次又一次點頭，「眞是丟臉，我完全不曉得該怎麼辦才好。我兒子醒來以後，或許又會想死，是吧？」

「這一點不清楚，但你最好陪在他身邊。」

「那麼我可以麻煩你幫忙嗎？我一個人或許阻止不了他。藤野先生是ＰＴＡ的幹部嗎？」

聽他的口氣像是在說如果是，就可以仰賴，如果不是，就不好意思拜託。涼子心想野田同學的父親跟他一樣，就連這種時候都這麼死腦筋。

你們不必擔心了，野田同學沒事的。回家好好睡一覺，明天照平常那樣去上學。——回程時，藤野這麼叮嚀行夫和涼子。然後問道，「你們可以爲了野田同學，不要在學校談論今晚的事嗎？」

向坂行夫點頭如搗蒜，幾乎快把頭給搖斷了，他的眼眶泛滿了淚水。

「藤野叔叔，等阿健醒來，你可以幫我告訴他，說阿健沒有死掉，我眞得高興死了嗎？」

「我一定會轉告他。」藤野拍拍行夫的肩膀柔聲說道，「多虧了你打電話給野田同學，還有到我家來通知，是你救了野田同學。」

行夫這下眞的哭了起來，他邊哭邊說，「我、我們是朋友。」

「嗯，你眞的是個好朋友。回家以後，你也得向爸媽說明爲什麼這麼晚外出吧？」

「不用——啊，不，沒問題的。我爸跟我媽都上夜班，我會跟爺爺奶奶解釋。我會守口如瓶，不跟別人亂說，直到阿健變好。」

「可是不能自己一個人承擔，我會再聯絡你。」

涼子，妳也是——藤野叮囑。

結果藤野直到早上都沒有回來，至少在涼子去學校以前。一直到那天入夜以後，藤野才打電話聯絡。好像是從外頭打來的。

「後來我跟本人說上話了。野田同學好像果然有很多煩惱，一時想不開，想要尋死。可是現在已經脫離那種狀態了，沒事的。他和父親好好談過，似乎冷靜下來了。」

然後藤野說要通知向坂同學，叫涼子告訴他電話，所以涼子說了，「我來打電話給向坂同學。爸打去的話，他會嚇壞的。」

「那妳要好好傳話唷。」

「包在我身上。向坂同學今天看起來有點睏的樣子，不過在學校表現得很平常。野田同學今天沒來……」

「他父親跟老師說他得了流感，請假了。」

「這樣我就放心了。流感的話，就算請假請很多天也不奇怪。」

內心一隅，涼子心想，「野田同學可能會就這樣再也不來學校了。」比方說轉學，他一定不想再跟我們碰面了。

現在還不曉得會不會變成那樣。在表面上，野田健一現在還是流感請假，導師小森森對此好像沒有半點疑問。

不過這幾天，小森森不知爲何心情很差。話變少了，動不動就爲了一點小事動怒，心情好像很煩躁。是跟其他老師吵架了嗎？還是被高木老師罵了？

「怎麼樣？」

當涼子注意到時，父親以帶笑的眼神看著她。

「看到妳爸這張老臉，不安消除了嗎？」

涼子笑了，「嗯。聽到要開緊急教職員會議，我冒出很多不好的想像。總覺得突然好想見見爸。不好意思唷，爸那麼忙。」

藤野從外套口袋掏出香菸點火。

「咦，爸不是戒菸了嗎？」

「戒了一段時間。」

「我要跟媽告狀唷。」

「妳媽也知道啦。她知道，睜隻眼閉隻眼。」

看著父親抽菸的側臉，話湧到喉邊來，涼子說了，「其實我一直想問爸。」藤野邊吐煙邊揚起單眉。

「野田同學不是單純想要自殺而已，對吧？」

「妳很在意？」

「嗯，一直耿耿於懷。」

「向坂同學也是？」

「他不一樣。他聽到是自殺未遂，就接受了這個答案。」

「眞是個老實的乖孩子。」

「我不是老實的乖孩子，眞抱歉唷。」

涼子盯著自己的腳看尖。

「野田同學想要把他爸爸還是媽媽那個——呃，唔……」

殺掉，對嗎？——她總算說出口來了。

「爲什麼這麼想？」

模糊的第六感——若要說理由，這是最妥貼的。但涼子說，是因爲那天晚上看到藤野得知野田健一的母親平安無事後，表情放鬆下來的樣子。爸是不是猜想到最糟糕的情況了？

「妳是不是看太多推理小說啦？」

「我是會看，我喜歡推理小說嘛，可是應該也沒到看太多的地步呀。」

涼子的父親把菸扔到地面，用鞋底踏熄後，一絲不苟地再撿起來丟進咖啡空罐裡。

「不知道眞相，就坐立難安嗎？」

「不曉得。或許我只是想湊熱鬧。可是我不喜歡一直抱著疑問，得不到答案。」

察覺到父親在看她，涼子抬起頭來，四目相接了。

「如果事實眞的就像妳說的，妳作何想法？」

這個問題有點奸詐。

「我無法理解。居然想把自己的父母……唔……把自己的父母那樣。」

「是嗎？」

「不過我也不是很了解野田同學。」

「妳不是平常就跟他很好嗎？」

「才不是，我們一點都不要好。啊，可是……」

涼子說出在圖書館被野田健一搭救的事。

「那孩子很有男子氣概嘛。」

「就是吧？我也嚇了一跳。因爲我本來以爲他就只是個乖乖牌而已。」

藤野剛嘆了一口氣說：

「事實似乎就像妳猜想的那樣。」

啊啊，果然。卡在心中的疑問消散的同時，涼子感到一陣寒慄。

「野田同學與他的父母之間，似乎有什麼必須好好談談的問題，應該是溝通不夠吧。」

「所以野田同學才會想不開嗎？」

「野田先生說他原本打算辭掉工作，經營度假民宿。那樣一來，當然就得離開東京了。野田同學無法接受這樣的安排。」

涼子默默地點了幾下頭。

「這些事，對孩子來說很難承受吧？」

「我覺得要看情況，可是……對啊，因爲等於是被父母改變了自己的人生。野田同學的爸媽完全沒有考慮到他的感受嗎？」

「好像是，野田先生深切反省了。」

據說後來野田的父親向公司請假，陪在健一身邊。兩人也談過了。

「野田先生首先就向健一同學道歉，向他低頭說對不起。」

「他媽媽呢？」

藤野的表情變得有些苦澀，「聽說他的母親體弱多病，所以她還不知情。因爲不管是野田同學自殺未遂的事，還是另一件——唔，事情的眞相，對他母親來說，應該都是無法承受的事實。」

「也就是她還沒有面對事實吧？眞羨慕，那樣最輕鬆嘛。」

涼子諷刺地說。對於發生那樣驚心動魄大事的時刻，居然呼呼大睡的野田同學的母親，涼子怎麼樣都無法有好印象。

「涼子，這不是我們這些外人該置喙的問題，家家有本難念的經嘛。」

涼子噘起嘴巴。

「在野田同學家，野田先生好像同時身兼父母兩職。他們家一直是這樣過來的。」

「可是那不是太勉強了嗎？所以野田同學才會想要去做那種荒唐事。」

「我想原因應該不只這樣而已。野田同學是個爲父母著想的孩子。過去他承受著許多事，一直忍耐著。

一定是他的忍耐有些唐突地爆發開來了，是鐘擺甩過頭了。」

聽說他們家人從來沒有吵過架呢——藤野剛靜靜地補充說。

「成天吵架的我們家眞健全。」涼子說。

「雖然吵得要命。」

兩人稍微笑了。

「剛才爸也說了，爸覺得野田先生很了不起。」

「他醒悟過來了，對吧？雖然有點慢。」

「慢也沒關係，總比執迷不悟要來得好。這種情況，有時候即使悲劇沒有釀成，父母也無法完全接受孩子差點爆發的事實。」

「不接受要怎麼辦？逃避嗎？怕自己的孩子嗎？」

「是啊。」

「太過分了！那不是自己的孩子嗎！」

「但還是有些父母會逃避。尤其是父親，特別軟弱，所以我才會覺得野田先生是位了不起的父親，因爲他能好好地面對健一同學。」

涼子——父親有些加強了語氣喚道，涼子忍不住挺直了背應道，「是。」

「野田同學去學校的話，妳們又會碰面，對吧？」

「呃，嗯。」

「照過去那樣待他吧。」

涼子想回說那不可能，但是被打斷了。

「我是說，爲了他保持過去那種不是很親、不是很了解的關係。妳什麼都不記得，什麼都不知道。妳的學校生活沒有改變。」
「這樣子就行了嗎？」
「我不知道。這種狀況是沒有什麼最好的處方箋的，但是爸覺得這是妳能夠採取的態度裡最好心的一種。」
好心？
「萬一野田同學願意告訴妳什麼——不論是道歉、辯解還是解釋，什麼都好——而妳一個人承擔不了的話，隨時都去找妳認爲需要的對象傾吐。可以嗎？」
涼子定定地注視著父親，點了點頭，「我會跟爸說。」
「不用現在就決定，搞不好妳過不久就會交男朋友了。」
「可是我還是會跟爸說。」
「謝啦。」
難爲情過了頭，臉頰都熱了起來，視野被淚水模糊了，涼子急忙擦了擦臉。
「可是爸好厲害，居然能向野田同學問出眞話。還是你是從野田同學的爸爸那裡問出來的？」
結果藤野剛笑了出來，「噢，那是妳的功勞。」
「我的功勞？」
那天清晨健一醒來後，知道跟父親一起陪著自己的陌生男子是藤野涼子的父親，便決堤似地全盤托出。
「他不停地道歉，叫我逮捕他。根本用不著我問。不過像那樣一口氣發洩出來，本人也輕鬆了吧。」
「那……」
「健一同學知道妳老爸是警視廳的人。」
原來如此，這居然在意外之處發揮了效果。

「總覺得好奇怪。」

「有什麼關係？結果往好的方向發展了嘛。」

唔，或許吧。涼子站了起來，「我要回家了。」

「妳一個人沒問題嗎？」

「現在才問那什麼問題？對了，既然如此，去拉岡烘培坊買個蛋糕回家好了。媽喜歡那裡的蛋糕。」

涼子說著，張開右手伸了出去。藤野剛戳了一下女兒的額頭，從懷裡掏出錢包打開。皮革錢包都破舊不堪了，涼子心想得好好記起來，今年老爸的生日禮物就決定送錢包了。

藤野父女坐在日比谷公園溫暖的陽光下同一時刻，城東第三中學的職員室裡，教師們正圍繞著校長齊聚一堂。

是緊急教職員會議，站著掃視教職員的津崎校長臉上沒有表情。相對地，搬了張折疊椅坐在校長旁邊的森內惠美子臉上清楚地寫著不安與焦躁。她淚眼汪汪。

津崎校長看看壁鐘，接著開口說道，「很抱歉突然把大家集合過來。由於發生了對本校而言至關重要的問題，我想要向各位報告，並商議應對之道。」

職員室一角有人舉手。是楠山老師，「校長，你說的問題，難道是最近一直在我們周圍到處探聽的記者嗎？」

職員室裡有一半以上的人都驚訝地譁然。其餘的人不是皺起眉頭，就是垂下視線，要不然就是盯著俯首的森內老師看。

津崎眨了眨眼，「記者去找過你嗎？」

楠山老師從椅子上站起來，「沒錯，他自稱是ＨＢＳ的茂木記者。上個星期天他突然找上我家來，嚇了我一跳。」

「他問了些什麼問題？」

「是關於柏木卓也的事。二年A班，去年底自殺的那個學生。」

其他教職員頻頻交換視線。

「我一開始就明確地跟那個叫茂木的記者說了。柏木同學的事是個不幸的例子，但校方已經善盡責任了。」

很正確的官方發言。

「但是談著談著，情況漸漸變得不太對勁。我不知道爲什麼，但那個記者一直探聽森內老師的事，而且還暗示我在柏木同學的事件裡，還有某些我不曉得的事。」森內老師縮在椅子上發抖。楠山老師瞪著那樣的她，拉大了嗓門說，「校長，『告發信』到底是在說什麼？」

津崎差點變了臉色，總算是忍住了，「在回答這個問題之前，我先請教各位，茂木記者還去找過其他哪位老師嗎？」

四個人舉起手來。有兩人是二年級的級任導師，其餘是一年級和三年級的學年主任。

「我懂了，那麼請各位看看這個。」

津崎說完，二年級的學年主任高木老師走上前去，開始分發資料。是寄給津崎的告發信正文及信封封面的影本，封面有寄給津崎的和藤野涼子的兩份。

津崎看得出傳閱影本時，教職員之間的驚訝如波紋般擴大了。楠山老師睜大了眼睛，幾乎要撲上去似地看著影本。

「這是什麼？」

「第三學期開學典禮的早上，寄到校長室的限時信。內容就像各位看到的。」

波紋變成了驚濤駭浪。

「什麼就像我們看到的，這不是在告發殺人嗎！」

津崎伸手制止臉色大變的楠山老師，努力讓聲音冷靜，「楠山老師，請坐下。我現在就來說明經緯。」

然後津崎娓娓道來。接到告發信以後，與藤野涼子的家長，同時也是警視廳刑警的藤野剛的談話內容。接著並與城東警察署的佐佐木刑警商量。結果眾人判斷告發信的寄件人應該是三中的二年級生，但告發內容的真實性極低，以及他們如此判斷的根據。

「不過我們得出結論，有鑑於寄件人的心情，我們必須做出反應，表示校方確實收到這封告發信了，因而舉行了各位老師也知道的那次以二年級生為對象的面談調查。」

不只是楠山老師，其他幾名教師臉上也浮現憤怒的神色。是藏在困惑這樣的灰色底下，滾滾沸騰的熾火般憤怒。

「原來那場面談活動有這種目的，我們完全不知情！」

「是我判斷不要說比較妥當的。我認為既然這份告發信的內容不值得採信，把事情鬧大並不是上策。」

「你甚至都讓那個女刑警參加面談了？意思是我們老師只會吵鬧，什麼忙都幫不上嗎？」

楠山老師整張臉漲得通紅。津崎忽然在那張臉上，看到每次因為兒子鬧事而被請到學校來（或是他主動上門來），都會像這樣破口大罵的大出勝的臉。

「我並不是那個意思。不管是當時還是現在，我都不想讓這種缺乏可信度的告發信影響學生。因此才想要盡可能不讓事情宣揚出去。我認為知道告發信的人愈少愈好，所以當時就連二年Ａ班導師的森內老師，我都沒有告訴她這件事。」

聽到這話的瞬間，楠山老師重重地嘆了一口氣，總算坐下了。他以一種瞧不起的眼神瞟著森內惠美子看。森內老師僵著身體低垂著頭。

津崎維持穩重的語氣繼續說下去，「就像各位老師也知道的，面談調查的收穫不小。我們發現學生雖然因爲柏木同學之死而受到打擊，但他們靠著自己的力量，彼此扶持，試著重新振作起來。」

二月二十四日，柏木卓也的七七法會後，津崎在校長室與佐佐木禮子商討對策；到了隔週一，津崎便製作面談調查報告書的摘要，分發給所有的老師，也召開教職員會議了。所有的教職員都知道報告內容。

不過其中並沒提到告發信的存在，以及已經查到寄件人——三宅樹理及淺井松子的事。津崎依照當時與佐佐木禮子的約定，嚴守祕密。

「遺憾的是，雖然經過調查，我們仍然無法得到告發信寄件人的線索，也無法做出任何推論。可是我認爲這也是一種成果。因爲這下就可以發現，寫下這些告發信寄來的人，也有可能不是本校的學生。也就是這是來自外界的中傷，要我們不得安寧。或者即使眞是本校的學生，也只是一場惡作劇，因爲我們有所反應，他反而嚇到躲起來了。我們認爲了事實有可能正是如此。」

津崎一邊對教職員說明著，在視野角落觀察著站在職員室後方的保健老師尾崎，後者則注視著津崎。

一發現茂木記者的採訪目的後，津崎立刻找來尾崎老師談話，也和佐佐木禮子商量，然後決定方針。既然事已至此，就非把告發信的事告訴其他教職員不可，但三宅樹理還有淺井松子的事必須繼續保密。透過面談調查找出寄件人的事，不管發生任何事，更是必須保密到底。

光是公開告發信，就等於是把死去的柏木卓也，還有大出俊次、橋田祐太郎、井口充等人推到眾目睽睽之下。不能讓三宅樹理和淺井松子也碰上這樣的事。

「各位老師也知道柏木卓也同學死去之後，傳出他的死與大出同學等三人有關的流言。這封信的寄件人想要舊事重提，他深信傳聞內容是眞的。在這個意義上，說它是惡作劇或許不適切，但無論如何，它都不可能讓我們重新對柏木同學的死抱持懷疑——更別說把它當成懷疑大出同學等三人的根據。」

一名女教師舉手，「沒辦法查出寄件人，是嗎？」

「沒辦法。」

「佐佐木刑警也在場，卻沒有找到線索嗎？」

「佐佐木小姐參加面談，並不是爲了查案。那不是公務，她只是來觀摩的。從參加面談調查的學生口中，我們並無法查到任何有關告發信或告發內容的事實。學生們什麼都不知情。」

津崎嘆了一口氣接著說，「所以我在這裡有個請求。告發信不只是寄給校長我，還寄給了二年A班的藤野涼子同學。只要看一眼影本就知道，是同一個寄件人寫的。爲何寄件人在這麼多學生裡面，獨獨挑選了藤野同學做爲告發信的收件人？這個問題也得問本人才知道，不過就像我剛才說的，藤野同學的父親是任職警視廳的警察。從『請通知警察』這句話來推測，這應該也是藤野同學被選上的理由。還有另一點，藤野同學是二年A班的學生，也就是過世的柏木卓也的同學，同時她也是班長，這或許也是理由之一。」

幾名教師點點頭。

「對於藤野同學，我也請她不要把告發信的事洩漏給任何人。藤野同學與她的父親討論後，理解我的意圖，答應了我的請求。她爲我保守了祕密。我想有些老師也知道，藤野同學是個非常懂事而且優秀的學生，但她也只是個十四歲的少女。要守住這樣一個大祕密，一定是個相當大的負擔。但她卻了不起地保守了祕密。我非常感謝她，也非常敬佩她。」

職員室裡靜下來了。

「對於我隱瞞了這件事的做法，各位老師或許也有異論。但請萬萬不能因爲這樣，就去責備配合我的藤野涼子同學。藤野同學只是個學生，她也是需要學校保護的學生。請各位老師千萬不要忘了這件事。」

津崎當場低頭行禮，他就這樣好一陣子沒有抬起頭來。

「那——」楠山老師低沉的聲音響起，「這件事跟森內老師又有什麼關係？如果森內老師也置身事外，那個記者幹麼一直想要探聽森內老師的事？」

森內惠美子在折疊椅上縮得更小了，津崎的胃陣陣發痛。

「當時並沒有其他學校相關人士說他們收到告發信，因此我判斷告發信就只有兩封，也就是寄給我和藤野涼子同學的這兩封。」津崎輕敲擺在手邊桌上的影本說。

「柏木同學的家長也沒有收到告發信嗎？」三年級的級任導師提出疑問，眉毛訝異地蹙起。

「對我來說，這也是個非常令人不安的疑點。我非常猶豫是否該主動詢問，但如果他們沒有收到，很有可能再次驚擾、傷害才剛痛失愛子的柏木夫婦的心。」

「也就是校長並沒有主動詢問？」

「我問過他們有沒有收到寄件人不明的信。他們說沒有，所以我認為應該可以判斷為他們並未收到告發信，就這樣沒有告訴他們。」

「這不算刻意隱瞞嗎？」

楠山老師小聲呢喃說，津崎假裝沒聽見。

「告發信有兩封。我一直這麼以為。可是……」

胃底又痛了起來。

「原來還有第三封，是在同一天寄到森內老師家裡的，可是森內老師並沒有收到。」

津崎校長說明ＨＢＳ的茂木記者告訴他的來龍去脈。這次的衝擊真正席捲了在場的教職員。衝擊從腳底搖撼上來，所有的人都望向森內老師，臉上盡是驚愕、憤怒、茫然。

「世上……」楠山老師的聲音也發起抖來，「眞有那麼扯的事嗎？森內老師，妳眞的以為妳那套藉口行得通嗎？」

森內惠美子猛烈地發抖，抬起頭來說，「可是這是眞的。我沒有收到告發信。我聽到校長告訴我這件事時，我眞的整個人都呆了。」

「可是那是限時信耶？」

「可是有時候是會發生投遞失誤的吧？」

一道悠哉得格格不入的聲音響起，是二年級的班導北尾。他穿著體育服，脖子上掛著哨子。他是三中老資格的男教師了，擅長指導問題學生，津崎也對他另眼相看。當然，在指導大出俊次那些人時，北尾老師也盡了許多心力。

「校長，你查過投遞失誤的可能性了嗎？」

津崎點點頭，「聽到茂木記者的話後，我立刻詢問負責該地區的郵局。郵局也立刻查詢，調查課給了我一份正式報告。」

津崎感覺坐在旁邊的森內惠美子的顫抖都傳過來了。但是即使難受，還是不能扭曲事實。他說了，「根據報告書內容，一月七日上午十點左右，郵務士將一封限時信件投遞到森內老師住家公寓的集合信箱。因爲信封字跡很特殊，郵務士留下了印象吧。郵務士按了門鈴，但森內老師沒有應話——因爲老師已經到學校來了——所以他把信投進了信箱。」

由於不是掛號而是限時信，所以收件人不在的時候，就直接投入信箱。

職員室的氛圍變了，津崎感覺氣溫好像一口氣降了五度。先前的困惑、對森內老師的同情，就連同情之前的保留判斷，全都消失無蹤了。

「那不就是寄到了嗎！」

楠山老師的發言就像怒吼。

「不就是收到了嗎！」

「我沒有收到！」

森內惠美子再也按捺不住地喊道。她搖搖晃晃地站起來，右手緊捏著手帕。

「我沒有收到。如果我收到那種信，絕對不會扔掉。我一定會立刻報告校長。我真的沒有收到。」

大喊時漲紅的臉頰，一眨眼又失去了血色。

「那種比三歲小孩扯謊更不如的說詞，妳以為有誰會信？妳知不知羞恥啊！」

「我——」

一名女老師插嘴，「會不會是夾在廣告信裡面，不小心丟掉了？」

楠山老師喝道，「少胡扯了！」

森內老師叫，「我沒有丟掉！」

「不是妳丟的，是誰丟的！」

「楠山老師，請等一下。」

又是北尾老師，表情是露骨的不耐煩。

「你那樣大吼大叫，是要怎麼討論？而且森內老師為什麼非丟掉告發信不可？裡面並沒有任何批判或中傷老師個人的內容啊。」

楠山老師不肯退讓地說，「是嗎？誰懂森內老師在想什麼啊？畢竟她是新人類嘛。」

或許時機不對而且不莊重，但聽到這樣的形容詞，有人失笑出聲。新人類？那是哪個年代的流行語？而且被這麼評論的，是如此批評的楠山老師的世代吧？

本人似乎聽不見這些失笑。他高高在上地說了，「會不會只是覺得麻煩，所以扔掉了？森內老師討厭髒東西跟麻煩事嘛，畢竟她認為教育是美麗的事業呀。」

「楠山老師，你說得太過分了。」

高木老師簡短地斥責。她的臉頰緊繃，眼睛充血。

「那真是抱歉唷。可是除了這樣想，還能怎麼想呢？哎喲，這是什麼東西呀？柏木同學的事就已經說是自殺了，怎麼還有人像這樣惡作劇呢，眞傷腦筋，來，扔掉。」

「我才不會做那種不負責任的事！」

森內老師握著手帕，坐倒在折疊椅上哭了起來。

「管妳要哭還是要叫，事實就是事實。依常識來想，就是妳在撒謊，難道不是嗎？」

北尾老師看不下去似地轉開視線。整間職員室籠罩著陰鬱的沉默。只有森內惠美子的哭聲就像雖然小，但令人心煩的噪音般依稀作響。

「怎麼樣啊？校長？」

楠山老師嚇唬說。津崎發現不只是森內老師，現在連高木老師都面色蒼白，全身顫抖。

「那個叫茂木的記者打算拿這個題材做節目，對吧？所以才會開始到處採訪。你打算怎麼處理？」

「站在我們的立場，只能據實回答。必須保護學生。」

「瞎扯這種連小孩子都聽得出是謊話的胡言亂語，是要怎麼保護學生！」

有人低喃「封口令……」楠山老師怒喝似地反駁，「別開玩笑了，只會引起反效果！」

「可是可以拒絕採訪吧？」

「我們是可以，但是不能強制學生和家長。也有些家長說柏木卓也是拒絕上學之後才自殺，三中已經不能相信了。雖然騷動平息了，但家長對校方留下了根深柢固的質疑。而且也有家長到現在都還在懷疑霸凌的可能性，更何況大出那伙人也還在爲所欲爲。」

「我會找電視台談判。」津崎校長以一貫的沉穩語氣應道，「不管是什麼樣的採訪，我都不希望影響到學生。」

「可是那樣只會讓敵人認定三中企圖掩蓋眞相。」

眞相，知道嗎？——楠山老師加強語氣地強調道。

「所以關鍵在於森內老師。喂，妳就招了吧。既然沒有投遞失誤，就算妳再怎麼堅持沒收到，也說不過去啊。合理來想，只能得出是妳在撒謊的結論。限時信又不會自己長腳跑去別的地方。」

「我沒有撒謊……」

「可是妳的說法，我們不能信啊。根本說不通嘛。校長，相信這個人這種曖昧不明的說詞，是不可能保護三中的校譽跟學生的！」

森內老師丟開了教師身分，變回森內惠美子哭了起來。楠山老師雙腿大開地站著，津崎校長低垂雙眼，高木主任咬緊牙關，各自沉默。

城東第三中學在悠閒明朗的早春午後，經歷了一場不爲人知的震盪。

29

一名小個子男子穿著剪裁合身的大衣，踩著擦拭得晶亮的皮鞋，叫住了放學回家路上的三名男學生。他一露出和善的笑容，圓眼鏡便反射出早春的陽光，閃閃發亮。

「嗨，你們好。」

邊聊天邊慢步前行的國中生停下腳步回頭。解開高領鈕釦，除了書包還揹了個大運動背包的他們是籃球隊的隊員。他們裡面有兩個比圓眼鏡男子高出了一顆頭，剩下的一個即使扣掉腳上厚底球鞋的高度，還是比男子高。

「你們剛放學，對吧？可以請教一些問題嗎？」

男子走近身體正值成長期、表情仍天真稚氣的三名學生，以熟練的口吻搭訕。小個子圓眼鏡男看起來就像個熟悉魔法學校學生的精明神燈精靈。我無所不知，無所不曉。這樣的我，有事情想要請教你們，不過或許我可以告訴你們某些厲害的消息做爲回報唷？

「什麼事？」

高個子的一個，正值變聲期的男生以音高獨特的聲音問道。他對自己的這種聲音眞是沒轍了。早上剛起床的時候聲音就像小學生一樣高，但是一開始活動，又變成近似父親的大人嗓音。而結束一天的課業與社團活動疲累的放學時間，又變回了要啞不啞的童音。

「你們是城東三中的學生，對吧？那邊那所學校的。」

圓眼鏡男子豎起姆指，隔著肩膀比比學生們剛走出來的學校側門。他們才走出了十公尺左右。

「是啊。」

「害你們晚回家就不好了，我們邊走邊聊吧。」

圓眼鏡男子說，不等同意便領頭匆匆走了出去。三名學生面面相覷。他們當中小個子的那個露出「這大叔誰啊？」的表情，對著同伴們笑著。

「你們是二年級的，籃球隊的，對吧？」

「是啊……」

「呃……牧村同學，淺野同學，還有法山同學。」

「其實呢……」

他們揹的運動背包縫著寫有學年和姓名的名牌。

圓眼鏡男子一邊快步走著，一邊把手插進大衣內側。

「這是我的名片。」

他掏出名片來，遞到三名國中生的鼻頭前。只讓他們看，但沒有交給他們。三人頭湊在一塊兒看名片，男子確定他們都看到了以後，很快把名片收了回去。

「《前鋒新聞》？啊，我知道！」「淺野」揚聲說。

「這樣啊，謝謝支持！」

圓眼鏡男子只是聽到學生說知道，就彷彿被稱讚似地開心極了。

「不過我沒看過……」

「沒關係。反倒是沒看過節目，卻知道節目名稱，對電視台來說更值得感激。」

雖然對我們這些製作節目的現場人員來說，心情是有點複雜——他露出親和的笑容說。

打籃球好玩嗎？籃球是很激烈的運動呢。練習很嚴格嗎？最近就快比賽了嗎？圓眼鏡男子搭訕著，不停地往前走，把三名學生帶到充分遠離學校側門的地方。

「站著聊也太過意不去了，要不要去附近的速食店？我請客。」

三人的表情動搖了。三根點了火的蠟燭被來自同一個方向的風吹拂，火焰的搖晃方式卻會微妙地互不相同。現在的三人也是如此。迅速地搖晃、大大地搖晃、火焰傾倒就快熄滅。

——電視台的記者。

——找我們要幹麼？

——而且還說要請客。

「請問……」

最先應道「什麼事」的「法山」開口了。他現在聲音會沙啞，並不全是因爲剛開始變聲的緣故。

「我們如果在放學回家路上買東西吃，會被罰停止社團活動。麥當勞之類的也不行。所以……」

圓眼鏡男子邊走邊回頭仰望他們，大大地攤開雙手。不只是驚訝，彷彿還大受感動。

「啊啊，這樣啊！這年頭很少有社團這麼守規矩的，眞令人敬佩。你們的顧問老師很盡責呢。我記得是北尾老師，對吧？」

三中當中個子最矮的「淺野」在他後面一步露出「嘖，眞可惜」的表情。直到剛才都把答話和點頭交給兩個朋友的「牧村」開口了：

「你好像很清楚我們學校？」

天眞的訝異，還有一層淡淡的警戒。聽到這個問題，圓眼鏡男子滿不在乎地明朗回話：「嗯，因爲我調查了一下。畢竟要採訪嘛。」

三名學生再次對望。蠟燭的火焰又搖晃起來。這次只看得出它們的搖法，看不出風是從哪裡吹來的。各色各樣。

「採訪什麼？」

「你在調查什麼？」

對於學生們七嘴八舌的疑問，圓眼鏡男子回以笑容。「法山」停下腳步。

「難道是柏木的事？」

圓眼鏡男子更是佩服了，「你眞敏銳！」

這下子「舞台」便一口氣整頓好了。學生們的嘴巴鬆了開來。

「柏木？你說Ａ班那個吧？」

「去年聖誕節從屋頂跳下來的。」

「聽說好像是這樣呢。太可憐了。你們認識柏木同學嗎？」

「不認識，也沒交情。」

「他參加什麼社團？」

「應該沒參加吧？而且他好像根本沒來學校啊。」

「啊，你們不是同班的？」
「我們不是。」
「法山一年級的時候跟他同班吧？」
被這麼問的「法山」默默地走著，他感覺沉重似地重新揹好運動背包。
圓眼鏡男子瞄了「法山」一眼，臉上依舊笑吟吟的。
「就算跟柏木同學不是很要好，你們有沒有聽到什麼傳聞？」
「什麼傳聞？」
「也就是柏木同學其實不是自殺……」
咦！有那種事嗎？我沒聽說耶，眞的假的？「牧村」和「淺野」吵鬧起來，但「法山」悶悶地聽著。他看著圓眼鏡男子的眼神逐漸變得僵硬。
「你是想要問什麼？」
「噯，別急嘛。」
「我們什麼都不知道。」
「嗯嗯嗯，我知道。沒關係的。其實我想請教你們的不是柏木同學的事。」
柏木同學的導師，是一個叫森內的女老師，對吧？——圓眼鏡男子說。
「那個老師還很年輕吧？據說是個美女。聽說她很受學生歡迎？」
同伴們就要開口，「法山」制止他們，俯視圓眼鏡男子，迅速地回話，「我們不清楚那些事。」
走吧——他催促「牧村」和「淺野」，跨出步子。「淺野」還在原地拖拖拉拉。
圓眼鏡男子臉上仍掛著親切的笑容。
「咦？是嗎？那太奇怪了，森內老師不是籃球隊的副顧問嗎？」

「淺野」交互看著同伴的背影和圓眼鏡男子，轉回上半身說，「是啊，可是副顧問只是掛名而已。」

「啊，這樣啊。不負責指導嗎？」

「指導我們的是北尾老師。他在高中的時候曾經打進國民體育大賽。」

「副顧問眞的什麼都不用做嗎？」

「唔，女隊員就沒辦法像我們男生這樣什麼都對北尾老師說，所以算是諮詢用的吧，在那裡充個人頭而已。」

「哦，這樣啊。立場上，是吧。那實際上在三中，不管是男籃還是女籃，籃球隊全是北尾老師在帶嘍？」圓眼鏡男子不知不覺間掏出記事本寫了起來。「淺野」湊上來想要看他寫什麼，被男子巧妙地避開了。

「對啊，因爲北尾老師很會帶隊嘛。可是森內老師每次比賽都會去加油。」

「哦，眞熱心。」

「她會在那邊尖叫加油。」

「淺野」看起來很開心。看到他的笑容，圓眼鏡男子也笑逐顏開。

「眞好，有個長得漂亮，身材又好的老師幫忙當啦啦隊。」

「身材好嗎？啊，可是森內老師胸部滿大的嘛。哦，聽說老師好像在跟學校裡的男老師交往唷。」

「咦！這消息太讚了。」

「我是聽說的啦，好像在跟一年級教數學的……」

「喂！」「法山」叫道，「走了啦。」

「淺野」嫌煩地瞥了兩人一眼，對圓眼鏡男子低聲說，「那傢伙不太喜歡森內老師。」

「啊，這樣啊。」男子也壓低了聲音，「爲什麼呢？」

「他說森內老師很輕浮。女生裡面也有人討厭老師。」

「受歡迎的人往往會受到一部分人排擠嘛。不被喜歡也不被討厭的，都是些無趣的人。」

圓眼鏡男子迅速收起記事本，從大衣內側掏出別的東西。「法山」和「牧村」站在約十步遠的地方盯著這裡瞧，圓眼鏡男子不讓他們看見，悄悄把東西塞給「淺野」。

「這是我個人的名片。上面有自家電話，這邊是呼叫器號碼。」

那是沒有頭銜，只有姓名和聯絡方式的名片。

「如果你想到什麼就告訴我。隨時都可以，再怎麼小的小事都行。如果有你協助，我會很感激的。」

好的——「淺野」把名片塞進學生服口袋。滿足的笑容在臉上擴散開來。似乎變得成熟了一些的錯覺，滲入他的自尊心表層。

「喂喂喂，換個話題唷——」

甜膩的少女聲音說。同樣又甜又大舌頭的聲音應了，「什麼、什麼？」

「昨天啊，放學回家的時候啊，有個好像是記者的怪人跟人家搭訕耶。」

「——像記者的怪人？」

「戴眼鏡，臉上一直笑咪咪的。說他是電視台的人。」

「討厭啦，幹麼幹麼？挖角唷？」

「不是啦。他啊，問我森內老師的事呢。」

「小森森？討厭啦，小森森要被挖角了嗎？」

「那種貨色怎麼會被挖角？」

「妳不知道唷？聽說她高中跟大學的時候是戲劇社的呢。」

「眞的假的？不敢相信！她本來想要當女明星唷？」

「聽說她還參加過電視試鏡呢。不過被刷下來了。」
「妳怎麼會知道？」
「好像是她去小雅家家庭訪問的時候說的。喏，小雅小學的時候不是參加過向日葵兒童劇團嗎？」
「眞的假的！這我也不曉得耶。妳說的小雅，是城田雅子，對吧？根本就醜八怪一個嘛。」
「可是她好像拍過廣告唷。」
「我討厭那女生，所以她才會那麼臭屁唷？」
「倒是他問了小森森的什麼啊？」
「問她是怎樣的老師。」
「那妳怎麼回答？」
「是個個性明朗的老師。」
「眞的假的？妳不是老說看到小森森就有氣？」
「可是人家是記者耶。萬一被發現是我說她壞話就討厭了，會影響報考成績的。森內那女人很陰險嘛，超偏心的。」
「妳沒有把這些告訴記者唷？」
「妳不會自己去講唷？我看他沒多久就會去找妳問啦，他說他在訪問很多學生。」
「他是打算在節目裡面報導小森森嗎？喏，ＮＨＫ不是有嗎？素人登場的節目。」
「好像不是那種正面的節目，感覺不太對。絕對是森內幹了什麼見不得人的事，我這麼想。」
「什麼見不得人的事？」
「喏，那個叫柏木的學生不是死掉了嗎？」
「他不是自殺嗎？」

「那個記者說學校的學生自殺，是老師的責任。」

「唔……」

「我媽也說了一樣的話。我媽說森內老師太年輕，沒經驗，才會讓那個叫柏木的學生自殺。如果老師能幹點，學生才絕對不會自殺呢。」

「可是……」

「妳要幫森內說話唷？」

「也不是啦，可是我聽說那是因爲霸凌的關係耶。」

「哦，妳說大出他們？」

「嗯。不是嗎？」

「不曉得。他們的話，把人搞死也不奇怪。可是啊，就算是大出他們欺負柏木，害柏木死掉，沒能阻止不也是森內的責任嗎？那女人就知道化妝，腦袋空空。」

「妳跟記者這樣說？」

「才沒說呢。我還要我的報考成績，好嗎？怎麼可能說嘛，白痴。可是就算我不說，遲早也會被查出來的。每個人都知道嘛。」

「我總覺得有點怕怕的耶。」

「怕什麼？我才不怕森內那種貨色哩。」

「不是啦，要是我們學校被電視報得很難聽，不是很丟臉嗎？全日本的人都會以爲城東三中是一所超沒水準的爛學校。」

「怎麼可能！」

「就是會啊！之前我在哪裡看到過，好像是報紙吧，說有個鄉下地方的國中有學生被霸凌自殺，老師爲了隱瞞這件事，謊話連篇，結果整件事被八卦雜誌踢爆，搞到沒有半所高中接受那所學校的推甄了呢！」

「真的嗎？」

「百分之百真的。所以柏木同學死掉的時候，我心裡就覺得不太妙了。」

「妳想參加推甄唷？」

「能的話啦……」

「真羨慕，妳成績不錯嘛。像我成績這麼爛，根本不用指望推甄。」

「我成績也沒有多好啊。」

「哎唷，不用謙虛了啦，這是事實嘛。然後啊，我就問那個記者說，你不用採訪學校的老師嗎？結果他說已經在採訪了呢。小狸子好像正在慌呢。」

「妳說校長？」

「之前不是開了緊急教職員會議嗎？聽說就是有記者在採訪的關係。」

「這……太過分了吧。」

「有什麼關係，反正我們又沒做什麼壞事。真希望森內那女人被開除。如果她被開除就太爽了！」

「我……」

「什麼？啊——好好好，我知道啦。我家老太婆很囉嗦，我掛電話嘍。」

「喂，藤野家。」

「是藤野家嗎？請問涼子同學在家嗎？」

「我姊姊不在家。」

「哦，妳是涼子同學的妹妹嗎？」

「是的。」

「妳幾歲？」

「小學五年級。」

「這樣啊，真懂事呢。姊姊幾點鐘會回家？」

「嗯……不曉得耶。她今天去練習賽。」

「這樣啊。練習賽……妳姊姊參加什麼運動？」

「她是劍道社的。」

「真的？好厲害唷！妳姊姊對妳好嗎？」

「那個，請問你是誰？」

「哦，我是——啊，那妳媽媽現在在家嗎？」

「在。」

「那可以請妳媽媽接電話嗎？」

「媽——媽媽！」

「喂，藤野家。」

「喂？妳是城東三中二年A班，藤野涼子同學的母親，對嗎？」

「是的，我就是。」

「抱歉突然打電話打擾。我是HBS電視台《前鋒新聞》的記者，敝姓茂木。」

「哦，請問有什麼事？」

「去年年底，涼子同學班上的柏木卓也同學自殺了，對吧？從學校屋頂跳樓。」

「……是的。」

「是關於那件事，後來到了今年，其實呢，學校收到了一封告發信，請問藤野太太知道這件事嗎？」
「呃，請問你有什麼事？」
「噯，可以請妳先聽我說嗎？那封告發信呢，提到柏木同學的死不是自殺，而是他殺，甚至還寫出了凶手的名字。看來寄件人似乎是目擊者。告發信總共有三封，一封信寄給校長津崎，一封寄給級任導師森內，然後剩下一封寄給了令嬡涼子同學。藤野太太當然知道這件事吧？」
「不，我不知道。」
「不知道嗎？不應該不知道吧？每個人都說涼子同學是個模範生，在家裡也是個乖孩子呢。妳先生在警視廳高就，對吧？告發信的寄件人就是知道這件事，才會也寄給涼子同學的唷。藤野太太看過那封告發信了嗎？」
「很抱歉，這不是可以跟素不相識的人突然在電話裡面談的事。」
「涼子同學的父親也知道這件事吧？可是眞令人擔心呢。涼子同學一定受到很大的打擊吧。」
「抱歉，我要掛電話了。」
「可以約個時間，我們好好談談嗎？這件事還有別的內情，包括藤野太太在內，絕大多數的家長都被蒙在鼓裡。也就是導師森內老師把那封告發信撕破扔掉了呢。很誇張，對吧？因爲嫌麻煩，所以當做根本沒有這封信。而且津崎校長明明知道，卻裝作沒這回事呢。我們《前鋒新聞》想要揭發眞相。這樣下去，柏木同學無法瞑目。藤野太太，妳不這麼覺得嗎？同樣都是有孩子的母親，想想柏木同學的父母的心情，妳不覺得情何以堪嗎？柏木同學的父母被學校騙了。他們相信兒子是自殺的，不僅沒有怨恨學校，甚至還感謝老師爲了卓也而努力。這種欺瞞能夠允許嗎？藤野太太？」
電話掛斷了。茂木記者握著嘟嘟響的話筒，猙獰地笑了。
《前鋒新聞》製作室的喧騷中，沒有一個工作人員注意到他滿足的笑容。

茂木對一旁的助理說：

「啊，田中，等一下——可能很快，應該會有一個警視廳的藤野聯絡我這裡。」

「好的，藤野先生，是吧。」

「藤蔓的藤，原野的野。如果他打電話來，妳告訴他我會回電。不管對方怎麼堅持要我聽，妳都告訴他茂木會再聯絡，掛斷電話就行了。」

「好的。啊，茂木先生出門的時候，有個叫津崎的人打了好幾次電話來。」

「哦，我看到字條了。那邊不用管，暫時丟著吧。」

「他聽起來很急。」

「他是在急沒有錯。沒關係，沒關係，他是狸子嘛。我呢，是在等狸肉火鍋煮好。」

茂木在雜亂的桌上亂翻一陣，找到攜帶型錄音機和新的空白錄音帶，塞進皮包。相機也裝進了底片。

助理留意到他的辦公桌前的軟木板。茂木習慣把目前進行中的採訪相關事務全部釘在這塊板子上。其中有幾張照片。全是快照，不過裡面有一張好像是學生手冊的照片影印放大的。那是一個線條纖細、看起來安分守己的男學生大頭照。

還有幾張是同年紀的學生，不過這些照片人物都有動作。穿著學生服提著書包，與走在旁邊的朋友談笑的女生，笑容聰明好勝而清爽。別的照片則是一個類型兩相對照，一看就是不良少年的學生，在便利超商前和幾個同伴席地而坐，嘴裡叼著香菸。邋遢地披在身上的花俏夾克，一眼就可以看出是名牌貨。

釘在旁邊的照片令人意外，只有這一張是年輕女性，場所似乎是某處車站前。女子穿著BURBERRY的大衣和樣式簡單的黑色包鞋。大大的托特包也是黑色的。因爲照片中的人物正在行走，鏡頭有些失焦。頭髮往後揚，側臉可以清楚地看到耳朵。臉蛋漂亮，身材似乎也不錯。

「茂木先生，你現在在查些什麼？好像又是教育問題呢。」

茂木從旋轉椅站起來，不是應付地笑，而是露出由衷的笑容。

「是啊。不過這次的可是前所未見的大事件。請拭目以待吧。」

30

「不要貼在這種地方啦，眞討厭。」

兌幣機旁的佐佐木禮子聞聲回過頭去。一個頭髮蓬亂、個子高出她一顆頭的店員正橫眉豎眼地瞪著她。

「咦，我已經得到店長許可了。」

禮子說著，繼續張貼作業，是城東警察署少年課製作的呼籲青少年的海報。

「夜遊要等到成年後」。

大大的標題字底下，擬人化的弦月和星星並排在一起，正豎起手指對想要進入遊藝場的孩子斥罵，「不可以！」

「那樣會把兌幣說明遮住啦，要貼也要看地方吧？」

「放心，我會貼在兌幣說明旁邊。看。」

「那種海報，小鬼才不會看呢。」

「那你們要好好提醒他們，未成年者晚上八點以後禁止進入。」

「用看的又看不出未成年。」

「有看穿年齡的眼力，也是店員的職務之一吧？」

店員「嘖」了一聲離開了。禮子得意地一笑，撫摸了一下海報，確認是否貼平。

就像店員說的，深夜離家流連於遊藝場和便利超商的孩子，才不會理會這種海報的警語。而且那些孩子的父母，即使孩子晚餐時間不在家，快三更半夜了還沒上床睡覺也不在乎，或是根本沒發現。如果警方輔導孩子聯絡家裡，他們就會這樣說——

「哎呀，你什麼時候出門的？原來你沒回家嗎？」

「這是老樣子了，請不要多管閒事。他又沒有給誰惹麻煩。」

「我們家尊重孩子的自主性。」

沒有得到像樣的管教，只拿了大把零用錢，孩子興高采烈地結伴跑到只要掏錢就有得玩的街上去。忙碌的父母對自己、對孩子都很寬容。沒錯，寬容這話的意義，不知不覺變得與「放縱」同義了。

在這樣的時代，連半句怨言也沒有，勤勞地張貼海報的少年課刑警，又有誰願意讚美她幾句？

禮子爲了前往下一家店，穿過自動門走出戶外。此時一個穿著氣派、年約四十的男子，帶著一名一看就知道是女高中生、但服裝和化妝比大人更成熟的少女，手挽著手走進店裡。兩人往吊娃娃機區走去。

禮子瞬間想要停步。要不要叫住他們？看看手表。剛過下午三點。這種時間，不管那兩個人是什麼關係，只是上遊藝場就要刁難人家，實在說不過去。

呼叫器在春季夾克的內袋裡響了起來。

拿出來一看，是城東三中的保健室打來的。和校內的其他電話不一樣，保健室有直通電話。恰好對面就有電話亭，禮子快步走進裡面拿起話筒。

尾崎保健老師立刻接了電話。

「啊，妳回電得好快。不好意思打擾妳工作了。」

「不會，沒關係。我正好人在學校不遠的地方。我在『萊布拉』。」

那太好了——尾崎老師高興地說。

「其實有個學生想要找佐佐木小姐商量事情。」

「找我？」

「是的。」尾崎老師答道，然後降低音量說，「是佐佐木小姐唷。」大概是在告訴旁邊的學生吧。

「可以請妳等會兒撥點時間過來嗎？」

「當然沒問題，我立刻過去。」

禮子的腦袋忙碌地轉動起來。是誰？誰要找我？

尾崎老師彷彿看透了她的心思，以一貫溫文親切的語氣說，「佐佐木小姐，妳還記得嗎？就是來面談過的二年級的三宅樹理同學。」

禮子瞬間屏住呼吸。電話另一頭尾崎老師問道，「要聽嗎？」是在問樹理要不要現在用電話說吧。

樹理好像拒絕了，尾崎老師的聲音回來了。

「她說她想見面談。」她說。

「好的。啊，老師。」

「是。」

「三宅同學看起來是什麼樣子？」

「我們會邊聊天邊等，妳慢慢來就行了。」

「好的，那麼等會兒見。」

離開電話亭後，禮子豎起夾克衣領，大步走了出去。心神不寧，心焦如焚，大步很快就變成了小跑步。

雖然向津崎校長誇口說，「我會試著與三宅樹理接觸。」但這件事比想像中更加困難。想要讓她敞開心房、想要融化她內心的心情依舊不變，但正因爲如此，禮子更加心焦難耐。

她以研究面談調查結果、掌握現狀等名目勤快地拜訪三中。因此她和尾崎老師變得親密無間了，但是她遲遲沒有機會親近三宅樹理，一直到了今天。

當然，她早就已經有了或許機會不多的心理準備。但是三宅樹理過的校園生活遠比禮子所想像的更要封閉。禮子趁放學後拜訪學校，結果樹理已經回家了。樹理不僅不像其他學生那樣參加社團或委員會活動，放學後甚至不會留在學校和朋友聊天或待在圖書室。課一結束，就像從牢籠被解放一樣，頭也不回地回家去。這就是樹理的生活模式。

然而現在又是如何？她主動出擊了。禮子加快腳步。看見城東三中的校舍了。

樹理的行動會不會是被《前鋒新聞》茂木記者的採訪觸發的？即使是像一座孤島的三宅樹理，是否也得知了茂木的動向？因爲那個記者不論校方如何制止，都繼續鬼祟地在教職員和學生周圍探聽。

這令樹理害怕、焦急，認爲非得掌握確定的消息，確認這件事並不只是傳聞而已。然後她選擇了負責面談的佐佐木禮子做爲消息來源吧。禮子是警察，最重要的是，她不是三中的人。

如果眞是如此，或許可以一口氣直搗黃龍。或者樹理對於電視台這個巨大的媒體以如此意想不到、完全超出她意圖的形式動了起來，感到害怕與不安，甚至打算告白那些告發信就是她寫的——不小心寫的。不管設想得再怎麼周密，懷著多堅定的決心寫下告發信，她畢竟還只是個十四歲的女孩子。

至於面臨該如何應對《前鋒新聞》這個難題，正苦惱奔走的津崎，禮子完全使不上力。就像津崎自己說的，若是輕舉妄動，只會反過來徒然加深茂木悅男的疑心。即使能夠陳述意見，那些意見是否妥當，她也沒有自信。

不過現在這個時間點，如果不是推測，而是能夠從告發信的寄件人本人口中證實信中內容是無憑無據的捏造，也能成爲極大的助力。柏木卓也不是遭人殺害的，城東三中並沒有隱瞞學生遭到殺害的事實。不管茂木記者對校園問題多有經驗，關於這件事，可以明確地告訴他，他的疑心完全是錯誤。

禮子放慢腳步，調整呼吸，通過正門。操場到處是全心投入社團活動的學生，形形色色的吆喝聲、大中小的球交錯飛舞。校舍某處傳來三中校歌的演奏，是音樂社在為畢業典禮練習。

伸手敲保健室的門之前，禮子迅速整理一下髮型，深呼吸一口氣。

「打擾了。」

她出聲說，打開房門。

尾崎老師坐在桌旁，旁邊的椅子坐著三宅樹理。她一看到禮子，立刻站了起來。

瞬間，禮子心中刮過一陣寒風。

這孩子的臉怎麼這麼不幸？簡直就像月亮的背面。沒有光，沒有神采，也沒有一絲溫度。

「妳好，佐佐木小姐。」

尾崎老師站起來，輕撫三宅樹理的肩膀。

「三宅同學，太好了，佐佐木小姐來了。」

三宅樹理杵在原地。因為背對窗戶，所以背光，但可以看出她臉上的青春痘比面談調查時更嚴重了。

「妳好。」禮子輕鬆地打招呼，微笑著走近樹理，「妳是三宅同學呢。謝謝妳還記得我，我好開心。」

樹理直盯著禮子，笨拙地點頭行禮。

「坐那邊的椅子吧。」

尾崎老師指示裡面的床邊椅子。

「我也可以在場嗎？」她向樹理確認。

「啊，可以。」樹理的聲音結結巴巴。

「那我就在這裡嘍。到了這個時間，除非有人在社團活動受傷，否則這裡一向很安靜的，放心吧。」

尾崎老師微笑，但樹理沒有對她回笑。她生硬地僵著，移動座位。

「三宅同學，妳最近過得好嗎？面談的時候妳說一想到柏木同學的事，有時候會非常傷心。」

「我說了那種話嗎？」
「嗯。那時妳的表情看起來眞的很難過，我有點擔心。一直很自責，覺得應該還能再幫妳更多。」
這不是謊話，事實上樹理眞的那麼說過。雖然那不是肺腑之言，而是經過計算的說詞。
「我來面談了兩次……」
「嗯，是啊。」
「大家都說我奇怪。」
禮子裝出有些誇張的吃驚模樣。
「咦？爲什麼？其他也有很多人來面談了兩次啊。」
「眞的嗎？」
「嗯。也有人說只是想要聊聊，來了三四次呢。」
「這樣啊……」
好像想不到其他的話。樹理的心在其他地方泅泳著。她打算說什麼？禮子小心地，同時不被樹理發現地戒備起來，以便無論聽到什麼都不會驚訝。
「呃……對不起。」
「嗯？」
「讓妳特地跑一趟。」
「哎唷，不用放在心上啦。其實後來我常跑來找尾崎老師聊天呢。喏，老師，對吧？」
尾崎老師笑著點點頭，她正在泡保健室的「祕密香草茶」。
「工作累壞了的時候，我都會跑來這裡偷偷休息。」
「眞的嗎？」

「眞的啊，我還會在這裡睡午覺呢。」

尾崎老師端來裝了香草茶的馬克杯，溫暖的芳香掠過鼻腔。

「啊，眞開心。好香。」

禮子發自眞心歡喜地說。樹理緊緊地握住馬克杯的柄。

「三宅同學，妳不是有話要說嗎？」

尾崎老師柔聲催促。樹理別有含意似地看禮子。

「呃……」她小聲開口。

禮子裝出一副輕鬆的模樣喝香草茶。

「警方在重新調查柏木同學的死，這是眞的嗎？」

禮子把馬克杯按在唇邊，假裝睜大了眼睛。

「我聽說的。呃，聽說有電視台在採訪。我沒有被採訪，可是大家都在談。」樹理急忙接著說。

「電視台？」

「是的，聽說會演變成一場大風暴。聽說柏木同學其實不是自殺，而是遭人殺害的，也知道凶手是誰，可是被學校壓下來了。呃，森內老師……」

禮子看向尾崎老師。後者依然不改柔和而神祕的笑容，沉默不語。

樹理探出身體問，「眞的是那樣嗎？柏木同學眞的是被殺的嗎？我覺得只要問佐佐木小姐就可以知道了，所以……」

這樣靠近地看，可以看見樹理眼中浮現強烈而濃厚的興趣與興奮，甚至凌駕了緊張。

「如果傳出這樣的流言，一定很令人不安吧。」

「是的，我……」樹理迅速地舔了一下嘴唇，抬起頭來，「如果那是眞的，其實有一件事我一直沒有說出來。可是既然變成這樣，我想我應該鼓起勇氣好好地說出來，所以才想要找佐佐木小姐商量。」

「……沒有說出來？」

禮子柔聲反問，樹理點點頭，眼睛仍然瞪著半空中。

「我從一開始就覺得柏木同學可能不是自殺的。」

禮子認爲剛才她感覺到的三宅樹理的「不幸」，或許是誤會了。這孩子或許想要趁著事態有新的發展，趁勝追擊。禮子繃緊了神經。

「可以請妳告訴我詳情嗎？」

我說出來了。我終於說出來了。

因爲電視台都行動了。眞的有記者來採訪了。我怎麼能放過這個大好機會呢？當然，誰會老實招出寄出那封告發信的就是我？我編了新的、不一樣的情節。

——我聽到了。是什麼時候去了……？嗯，大概是去年秋天吧，放學後我在教室裡，聽到大出同學那三個人在竊竊私語。

——他們說，柏木那傢伙看了眞礙眼，遲早要給他一個教訓。後來就發生了那場自然科教具室的爭吵，然後柏木同學就再也沒來學校了。

——柏木同學死了以後，我在放學回家的路上，聽到他們一邊笑，一邊說成功了。我很怕，所以趁他們沒注意到我的時候溜掉了，可是我一清二楚地聽到了。

——這事我一直沒有告訴任何人。我覺得我應該要說出來，所以參加了面談，可是還是怕得不敢說。

——可是到了最近，我聽到大家都在討論這件事，覺得我還是不能沉默。我聽說警方在重新調查柏木同學的死，因爲警方發現那其實是一起殺人命案。如果沒有確實的根據，警方是不會行動的，對吧？電視台記者來採訪，也是因爲有證據吧？除了我以外，還有別人知道某些重大的事實，對吧？

尾崎老師和那個叫佐佐木的刑警都一本正經地聽我說，然後說我告訴她們的事，只會做爲辦案上的參考，絕對不會洩漏給別人。

她們還稱讚我，誇我有勇氣說出來。

什麼嘛，原來這麼容易，操縱大人原來這麼易如反掌。

我沒辦法從老師們口中問出告發信的事。所以我還不清楚這次的騷動是因爲什麼契機而引發的，可是原因應該是告發信才對。還是還有別的什麼？

關於這個傳聞，如果想要知道更進一步的詳情，應該問誰才好？松子根本沒用，還是該問藤野涼子嗎？因爲她收到告發信了嘛。雖然那傢伙一直裝作什麼事也沒有的樣子。

雖然我超討厭她的……沒辦法。其實最好是在我去打聽以前，就有電視記者來找我。那樣就可以問到許多事情了。

對電視台記者撒謊還是太危險吧。畢竟記者跟老師不一樣，對方可能會把我說的事情又說出去。爸爸老是說媒體不能相信。雖然爸爸說的話大半都是信口開河、自以爲是，不過只有這是眞的。只要看看電視，至少還可以看出這點事。

只要有那些告發信，電視台記者就滿足了吧。我必須處處小心，不能被發現那些告發信就是我寫的。

接下來會怎麼樣？大出他們會被逮捕嗎？森內老師會被開除嗎？

咦？難道……森內老師瞞著什麼事的流言，是在說我寄給她的告發信嗎？那個老師的確很有可能幹出這種事。可是我也寄給校長跟藤野涼子了，她一個人把信藏起來也沒用呀。

啊啊，好想知道！森內到底做了什麼？

三宅樹理內心益發亢奮了。

31

「那麼……」

柏木宏之抬起頭來，望向在柏木家客廳比肩而坐的眾人。津崎校長、高木學年主任，還有卓也的導師森內老師。

「那麼說到底，老師們希望我們——不，希望我父母怎麼做？」

坐在旁邊的母親功子從這場會面開始就一直低著頭，垮著肩。老師們來訪都已經過了一個小時以上了，她卻連一次也沒有開口。

父親則之把瘦消的下巴貼在胸口似地深深垂著頭，閉著眼睛，一樣靜默寡言。

父母心力交瘁，會變得寡言也合理。宏之並不知道這正確說起來是第幾次會面，但三中的老師們說的事，對柏木家而言不僅可疑到極點，而且毫無助益。從父母那裡聽到狀況以後，宏之就認爲這根本就是在沒意義地浪費時間，幾近荒唐。

二月底總算結束卓也的納骨，還以爲事情總算告一段落，沒想到彷彿有什麼在伺機而動似地，又發生了新的問題。沒錯，對學校來說是問題，但是對柏木家來說卻是一大事件。

校方說三學期剛開始的一月七日收到一封信，控訴卓也的死不是自殺，而是殺人。匿名告發者目擊到殺人現場，信中甚至明記殺害了卓也的是同樣二年級的不良學生三人組，大出俊次、橋田祐太郎、井口充。

然而津崎校長卻隱瞞了收到告發信的事。他們沒有告訴柏木家，只詢問有沒有收到可疑信件。光是這樣就難以原諒了，然而森內惠美子甚至還把寄給她的告發信撕破扔掉。

這些事得見天日，完全是出於巧合。有一名第三者撿到森內老師丟棄的告發信，投書到HBS的《前鋒新聞》這個節目，說無法坐視內容如此嚴重的信件被丟棄。如果沒有這名第三者的行動，父母和宏之將永遠被蒙在鼓裡吧。

電視台報導節目的記者展開行動，津崎校長嚇壞了。他立刻聯絡柏木家，此後為了安撫柏木家的憤怒與懷疑，讓狀況平穩落幕，借用校長的說法，就是一連串的「解釋、謝罪與懇求」。說法每次都不同，不過說到底，他們就只是在要求柏木家不要答應茂木悅男這名節目記者的採訪，把這件事全部交給城東三中處理。

校方的行動很迅速（說白了就是氣急敗壞），但《前鋒新聞》的茂木記者一直沒有聯絡柏木家。一直到了三月中旬，才收到一封說想見個面的信件。也是這個時候，宏之才從父母口中聽到這整件事。與校方的談話也就罷了，但父母想到要單獨兩人會見媒體人士，實在太不安，因此拜託宏之一起在場。宏之立刻趕回家。為卓也的死而憔悴得不成人形的父母變得更加混亂疲憊，像功子簡直成了槁木死灰，他覺得血液彷彿從胸口深處倒流過來了。

他們一家三口一起見了茂木記者，宏之在電視上看過那張臉。茂木的說明明快易懂，採訪的意圖也非常明確。城東第三中學隱瞞了卓也同學的死亡眞相，我想要揭發它。但是由於事關重大，我認為應該盡可能正確掌握相關事實，取得確證之後，再採訪家屬，所以遲至今日才聯絡府上……

相對於此，津崎校長的說法徹頭徹尾是在逃避責任。告發信的可信度非常低，寄件人不明，但就算是學生寄的，會捏造出這樣的告發信，應該也有某些不得不如此的理由。若不斟酌背後的苦衷，反而會使事態惡化，也只會徒然加深柏木夫妻的心勞，所以校方才會一直隱而不宣。換個角度來聽，也像是在施恩於人。因為校方的做法實在太令人氣憤，宏之這回首次決定在校方與父母談話時一同在場。

三名教師同樣消瘦憔悴，尤其是森內老師的改變之大，更是令人驚訝。她變得像個幽靈般蒼白、單薄，也沒有心思化妝還是打扮吧，看起來蒼老了許多。話雖如此，宏之並不同情。只是宏之先前因為偶然的機會，曾與她單獨共處，對她坦白了從來沒有告訴過任何人的、對卓也那無處發洩的一部分想法。如今那成了一次愚行，但當時因爲森內惠美子聆聽他的傾吐，他確實感到多少得到了救贖，這反而令人氣惱。就算那是一時的意外，我居然對這麼廉價的人敞開了心房。

「我不太明白這話的意思。」

在父母對面，坐得比葬禮時更要拘謹的津崎校長反問說。

「就是字面上的意思。校方的見解就是這樣，所以叫我們照單全收，是嗎？所以叫我們也不要接受電視台的採訪？」

「我們不是那個意思。」

「那是什麼意思？」

「我們是因爲不想擾亂卓也同學父母的心……」

宏之搖頭打斷校長的發言，「這話我已經聽過不曉得多少遍了。我爸媽也聽夠了。」

津崎校長消沉地垂下頭來，「以結果來說，我感到非常遺憾。」

一直保持沉默的高木學年主任突然轉向宏之說了，「你是卓也同學的哥哥，對吧？對不起，我很明白你的心情，不過可以請你冷靜一點，讓我們和你爸媽談談嗎？」

宏之心中的憤怒爆發了，「我還是個小鬼，所以不能跟我談重要的事，叫我閉嘴閃一邊去，是嗎！」

「不，我不是……」

「妳就是那個意思！我爸媽就像你們看到的，被這件事搞到神經衰弱了。我擔心得要命。卓也是我弟弟，我也是這個家的一分子。不，我是這個家的代表，我說的話就是柏木家的意見，是柏木家的主張！」

尷尬的沉默中，電話響了。父親搖搖晃晃地起身拿起話筒。他含含糊糊地說了幾句話，很快就掛掉了。

「公司的電話，抱歉。」

「三番兩次占用你們的時間，眞是抱歉。」

津崎校長又道歉了。沒關係啦，校長，我爸都甚至想要爲卓也辭掉工作了，這點事算不了什麼。瞬間宏之心想，然後又對自己感到氣憤，我怎麼會在這種狀況想這種事？

宏之現在仍然跟大宮的祖父母住在一起。他也期待過，卓也死去，感到寂寞的父母會不會開口要他搬回家住？然而卻沒有如此。父母只是兩個人關在失去卓也的悲傷裡。如果沒有發生這次這樣的事，他們一定會一輩子就那樣下去吧。

卓也死了，但仍在這個家裡，在父母身邊。父母把宏之找來，是因爲他們疲憊困頓，需要幫助。理由只是這樣而已。就像生病了就找醫生，家電壞了就找業者修理。宏之的存在意義，依然僅止於此。

啊啊，可惡！爲什麼我要想這些？剛才我說我也是這個家的一分子，是這個家的代表時，爸媽完全沒反應，爲什麼我會覺得火大？

「校長，我有個問題想要請教。」

爲了壓過自己內在的聲音，宏之的音調不由自主地變高了。

「什麼事？」

「老師們從來沒有懷疑過大出俊次這三名學生與卓也的死有關嗎？」

津崎定定地注視著宏之回答，「沒有。」

「即使看了告發信，仍然沒有半點懷疑嗎？」

「是的。」

「現在校方依然認爲卓也是自殺的嗎？」

「是的。」

高木學年主任想要插嘴，但宏之沒有理會繼續說，「老師們對於告發信的寄件者有線索嗎？」

這次津崎沒有立刻回答。不是在猶豫，而是在思考該如何回答。

「從這篇文章的內容，還有其中一封信寄給卓也同學的同班同學，我們認爲可能是二年級的學生，或即使是外人，也是對本校非常熟悉的人。」

「聽說那個同班同學——藤野涼子是班長，對吧？」

「是的，她是個很優秀的學生。可是藤野同學……」

津崎校長顯得很狼狽，所以宏之立刻說了，「放心，我並不想責怪那個叫藤野的學生爲什麼沒有把告發信的事說出來。她才國二，如果老師命令她不可以說，她也沒辦法違抗吧。她也是老師們隱匿事實的犧牲者。我只會同情她，不會責怪她。」

謝謝——津崎校長用蚊子叫一樣的細聲說。

「不知道寄件人是誰。」宏之加強了語氣說，「可是校方想要查出來，對吧？所以才會舉辦什麼面談調查。」

津崎校長沒有回答，高木學年主任不抬頭，森內惠美子一副無地自容的模樣。事實上，她眞的很想當場消失不見吧。

「即使如此，還是查不出來嗎？」

「……查不出來。」

「眞的嗎？」

「眞的。」

撒謊——宏之心想。要他拿自己的靈魂做賭注也行，校長他們應該已經查出告發信是誰寄的了。雖然隱瞞告發信的存在——不，就是因爲隱瞞了告發信的存在，他們應該會更拚命地追查寄件人才對。

「我不相信，我想知道眞相。」

「我們說的都是事實。」

津崎校長的臉上和聲音裡，滲透出來的是疲勞與苦惱，還有——自責嗎？宏之忽然注意到校長款式老舊的西裝底下穿著顏色樸素的毛線背心，看起來是手織的。

冷不防地，胸口一陣抽痛。令人氣憤的是，他漸漸覺得眼前的津崎校長令人憐憫。

這個人也有家人。他的家人一定正爲這場騷動憂心不已，爲臉色蒼白、日漸憔悴的丈夫或父親擔心。幫他織那件背心的是誰？今早津崎校長穿著它出門時，那人對他說了什麼話？路上小心？還是加油？

怎麼會變成這樣？爲什麼我們非這麼痛苦不可？像這樣憤怒、指責、彼此傷害。這一切到底是誰害的？

宏之的心底深處傳出了解答。超越對錯、眞假，那道聲音大得幾乎要讓宏之的耳朵從內側聾聵。

這不全都是卓也害的嗎？

「森內老師。」

宏之出聲喚道，意外地森內惠美子立刻抬頭看他，眼中噙著淚。

「森內老師，妳還記得我嗎？」

「我記得。」

回話的聲音在顫抖。

「我們聊過一下呢。那時才剛過完年。妳來拜訪我家，對吧？」

「嗯，是的。」

「當時我對妳說，我跟卓也之間有過很多問題。老師一直聽我說，還安慰了我。」

校長和高木老師對望，驚訝地回看森內，他們都不知道這件事吧。

「之前有過這樣的事。」宏之對兩人說。

「你說了什麼？」父親唐突地問。摻雜在語調深處的詰難音色，讓宏之勃然大怒。

「說你跟媽完全不肯聽我說的話！」

父親一驚，縮起身體，母親完全沒有反應。這也令人氣憤。事到如今，已經沒什麼好氣的了。這不是就是媽嗎？滿腦子就只有卓也。可是他還是感到不甘心，教人窩囊。宏之的聲音變得更粗魯了。

「那個時候我好感動，覺妳眞是個熱心的好老師。第一次有人願意好好聽我說話，那次傾吐，讓我得到了莫大的救贖。」

森內老師一手摀住了嘴巴，快哭出來了。

「所以我更不懂了。對我那樣關懷的老師，怎麼做得出如此殘忍的事來？反正卓也已經死掉了，葬禮也結束了，所以無所謂了嗎？」

「宏之同學，事情不是那樣的。」

被津崎校長叫名字，宏之有點驚訝，原來他記得我的名字。

「森內老師沒有丟掉告發信，她根本沒有收到信。」

「可是並沒有投遞失誤吧？那不就只可能是本人收到信又丟掉了嗎！」

宏之怒吼的餘音消失之前，沒有人作聲。

「我也不懂。」

森內老師總算開口了。

「我眞的不懂。我完全不曉得爲什麼我沒有收到。可是如果我收到了告發信，我絕對不會撕破扔掉它的。我眞的只能請求大家相信了。」

也就是說，如果不相信，那也就這樣了。

「森內老師現在也認爲卓也是自殺的嗎？沒有想過其他的可能性嗎？」

森內老師軟弱到居然先看校長的臉色，校長鼓勵她似地點頭回應。

「是的，沒想過。」

她總算抬頭仰望宏之回答。

「就像那天我對你說的一樣。我認爲卓也同學是個很纖細，容易鑽牛角尖的學生。沒能阻止他自殺，我也深感自責。可是我不認爲他是被誰——更不可能是在告發信所描述的那種情況下，被大出同學那三個人殺害。大出同學他們確實是問題多端的學生，可是我實在不認爲卓也同學是被他們糾纏，最後丟了性命。」

她突然變成一種傾訴的語氣。

「直到卓也同學過世，我都沒有機會見到你這個哥哥。因爲你離開父母身邊住在別處，所以也沒有在近旁看到過世前的卓也同學，對吧？」

她想說什麼？她這是在怪我嗎？明明那個時候還說她完全了解我必須逃到祖父母家的苦衷。

「卓也同學拒絕上學後，我有時候會來府上拜訪。同時我也知道大出同學他們當時在學校的樣子。就我知道的範圍內，卓也同學和大出同學他們之間實在不像有任何牽連。我也不認爲大出同學他們曾把卓也同學找出去，或是卓也同學被叫去，更別說他們之間有什麼會造成死亡的糾紛。」

「所以妳一開始就知道告發信的內容是假的，才把它撕破扔掉嗎？」

「我沒有那樣做，請相信我！」

森內老師的臉頰不停地滾下淚水。宏之用力轉開視線，盯著津崎校長。

「沒錯，我的確不了解死前的卓也是什麼樣子。因爲我們沒有住在一起。」

津崎校長一動也不動，靜靜承受宏之的視線。高木老師皺著眉頭，交互看著大哭的森內老師和他。

「可是我爸跟我媽都說卓也是自殺的，他們爲這件事責備自己，所以我也一直這麼相信。因爲爸媽比我更了解、更清楚卓也。」

你們也聽到我爸在葬禮上的致詞了吧？——現在已經變成了宏之一個人在演講。

「大家聽到都接受了吧，我也是。可是到了現在，我開始動搖了，一切的根本都搖搖欲墜了。」

沒有人說話。宏之心想，爲什麼我的心這麼痛，卻又亢奮不已？

卓也，你怎麼樣？你會怎麼看待我現在的心情？你會說謝謝哥哥嗎？還是爲你死後仍陰魂不散地折磨著我們的影響力之大而歡喜？

結果我還是無法逃離你。

「就像宏之同學說的。」津崎校長表情痛苦地扭曲了，但仍然抬著頭說，「可是這些做法，都是我們認爲這樣做最好而下的判斷。」

「可是結果一點都不好啊，校長。」

宏之從椅子上站起來。夠了，別再繼續了。

「校方和我們家屬不管怎麼樣都沒有交集，兩邊都看不到眞相。既然如此，乾脆就讓《前鋒新聞》調查個徹底好了。在目前，茂木記者是唯一能夠信賴的第三者。」

「可是宏之同學……」

「請回吧。」

宏之沒有指示玄關門，而是低頭行禮。

「我們跟校方已經無話可說了，我們會依我們的想法行動，請回吧。然後不要再騷擾我們了。」

三名老師離去後，客廳又被沉默所籠罩。宏之感覺卓也就在這裡。這裡、那裡、到處，充斥家中。

「說那種話沒關係嗎？」

父親伴著母親喃喃說。

「會有什麼關係？他們不是騙了我們嗎？」

「宏之，你……」

「以後的事我來處理。我也就快上大學了，是大人了。爸媽不用插嘴，交給我就是了。你們不是很難受嗎？」

冷不防地，母親用虛脫般的聲音說了，「卓也不是自殺的嗎？」

宏之看父親。父親撫著母親的肩膀。

「卓也是被誰殺的嗎？」

「不曉得，媽，接下來才要查清楚。」

「是誰殺的？」

「所以媽……」

宏之跪下來看著母親，然後看見了她眼中深處的空白，是卓也之死製造出來的空白。沒有映照出任何現實的**空洞**，它膨脹到極限，占據了整個眼睛。

「告訴我，是誰殺的？」

「我一定會查出來的，媽。我會找出眞相，再也不讓任何人對我們撒謊。」

空洞的眼睛眨了眨，空洞凝聚出焦點看宏之。

「不是你吧？」

父親驚恐地倒抽了一氣，面無血色，「喂，孩子的媽，妳在胡說什麼！」

母親平坦的聲音不住地流瀉，浮泛地滑行般繼續著。

「不是你吧，宏之？你一直很討厭卓也嘛。你討厭他，對吧？可是不是你吧？你是卓也的哥哥嘛。你不會傷害卓也吧？」

媽不是認眞的，她不是認眞這麼問的。三番兩次的打擊，讓她連自己在想什麼都迷糊了。宏之念咒似地這麼想著，不可以當眞，媽現在腦子有點不正常了。

即使如此，苦澀的淚水還是湧出了眼眶。要是屈下身子，他幾乎會把被這一擊淒慘粉碎的心臟嘔出來。

「不是我。」

宏之把手放在母親的臂上用力握緊答道，父親承受不住地背過臉去。

「我怎麼可能做那種事？不是我。」

無論如何一定要查出眞相，宏之在心裡發誓。除非找出眞相，否則這種事不可能結束。

「對不起，對不起，宏之，你媽不曉得自己在胡言亂語些什麼。你媽壞掉了……」

宏之搖頭打斷父親的話，也握住父親的手。後者就像個將溺之人，緊緊攀住宏之的手臂。

32

東西砸壞的巨響。

小玉由利大吃一驚，差點跳起來，結果手一鬆，藏在大衣底下的攝影機掉了。

那不是電視台的器材，是茂木自己的私人物品。是只能用來拍攝小孩子運動會、家族旅行風景的家用攝影機。外型小巧輕盈，但有些廉價。

她急忙撿起來檢查。這段期間，屋裡除了東西掉下來、拋出去的噪音以外，還摻雜著怒吼聲。

「你給我再說一遍！王八東西！」

不是茂木先生的聲音。到底是出了什麼事？由利的膝蓋抖個不停。我是不是被捲入什麼不得了的事情了？怎麼辦？我拍這種場面沒關係嗎？

由利是與ＨＢＳ簽約的辦公室人才派遣公司員工。說庶務似乎很好聽，但簡而言之就是打雜小妹，平時主要處理信件。她被派遣過來三個月，一直待在企劃部，但上星期開始被調到新聞企劃部來。妳的業務還是一樣，沒什麼難的——她聽到這樣的說明，信以爲眞，輕鬆地來到新部門。

然而劈頭就叫她做這種事。

茂木是新聞企劃部記者中的頂尖好手。他是約聘記者，但就連正職員工也對他的工作表現望塵莫及，這是眾所公認的事實。可是他喜歡單獨行動，總是把自己的功勞放在第一優先，所以也聽說他在電視台裡受到排擠。事實上由利也是，跟他打招呼他也不理，還會擅自亂翻郵件，由利對他沒有半點好印象。

而這樣的茂木今天下午都過了大半才出現在電視台，然後突然大步走到由利的辦公桌前，叫她帶著攝影機跟他一起去採訪。至於要拍什麼，他說到了現場會再指示。

由利呆了。她差點沒笑出來。怎麼會拜託派遣員工的庶務人員攝影？

「發什麼呆？動作快！」

茂木催促，把她從椅子上拖起來，然後塞給她這台攝影機。

「我、我沒有攝影經驗。」

「是家庭攝影機。按下錄影鍵，把鏡頭對準要拍的東西就行了。」

「呃，要攝影的話，找攝影師……」

「少囉嗦。現在還不能帶採訪小組去，要不然誰會找妳啊？」

不容分說。由利還怔在原地，同是庶務的打工前輩不停地對她使眼色，妳就去吧，照做就是了。

由利幾乎快要哭出來，跟著茂木去了停車場，上了他的車。那是一台老舊的福斯汽車，而且還是黃色的。不能帶採訪小組的採訪工作，開這麼招搖的車子去行嗎？

「我接下來要去拜訪某戶人家。」

茂木開著車子，不苟言笑地說。

「是經營一家大型木業公司的社長家，在自家土地有工廠跟辦公室。我去他家的時候，妳要拍攝那邊的建築物。當然員工、左鄰右舍也要拍。不過不能被發現。妳這種呆瓜似地女生這種時候比較不引人注目，不過要是有人問起，妳就隨便瞎掰混過去。聽好了，攝影機絕對不能被看到。」

什麼隨便瞎掰混過去，要怎麼混過去？

由利太不知所措，連回話都沒辦法，茂木卻不停地下達命令。

「如果不趁現在先拍，到時候正式採訪時，對方也會起戒心，反而沒辦法拍到日常畫面了。機會就只有這麼一次，別搞砸了。」

「可是呃……」

「還有，我進去那戶人家以後，我看看，大概三十分鐘左右，一定會發生騷動。這也要拍下來。絕對不許漏拍。」

「呃、那個……」

「幹麼？別人說話妳好好聽進去了沒？」

「我不會攝影。」

「妳只是不想試而已，沒有其他人手了，做就是了。」

「可是這不是我的工作……」

「打工的還想挑工作？妳還太早啦。」

由利眞的快哭了。

茂木活躍的節目，叫做《前鋒新聞》，在ＨＢＳ的報導節目中算是明星節目。由利也看過茂木以採訪記者身分登場。

節目裡的茂木知性十足，沉穩大方，態度謙和，口才便給，看起來就像個一般人心中的理想記者。因爲個子矮小，臉蛋小而端整，沒有給人精明能幹的印象，反而帶給觀眾信賴感。雖然不招搖，但服裝總是十分講究，這點也令人欣賞。

他擅長處理教育問題，總是站在受到霸凌的學生、或是遭到學校辜負的家長這一方。茂木看起來十足可靠，是揭發弊端，振弱除暴的社會領導者。所以來到新聞企劃部，第一次見到他本人時，由利眞是欣喜若狂，感動極了。

然而很快地，她便漸漸地聽到了一連串的中傷。茂木先生？他這人表裡不一啦。電視上那張臉是上電視用的，最好不要相信。

原來傳聞是眞的，什麼弱者的同伴？居然劈頭就辱罵弱勢的派遣員工蠢蛋、無能。

即使如此，從來沒在任何一個職場遭到這種對待的由利完全懾於茂木的淫威，不敢回嘴半句，也無法違抗。如果不照著吩咐做，一定會被罵得更慘。她腦中只害怕這件事，雙手緊緊握住攝影機。

車子穿過都心東進，往老街方向前進。茂木好像熟知前往目的地的路線，沒有一絲猶豫。

不久後，車子在某町的一角停了下來。好像是住宅區，但也摻雜了一些小商店和小工廠，感覺是個很雜亂的地區。

「不要拖拖拉拉的，走了。」

走了約莫兩個街區，茂木指示她看前方的大招牌，大出集成材有限公司。外側是水泥建築，但屋頂到處有修葺的痕跡。前方似乎是資材放置場，堆積著裝了片狀木料的大罐子，還有鋸成一半露出年輪的木材。四下彌漫著刺鼻的木頭香，製材廠內部傳出隆隆電鋸聲。

工廠後面有住家。製材廠的建築物很大，所以從由利的角度看去，完全把住家遮住了。住家是古老的木造二層樓建築，但仔細一看，相當氣派堂皇，一看就是大老闆住家的感覺。

「頂多只有一個小時的時間。不要拖拖拉拉，好好拍啊。」

然後茂木匆匆走進社長家去了。

儘管心思仍爲這莫名其妙的發展混亂不堪，但剩下一個人後，反倒冷靜下來了。好吧，拍就是了吧，到時候我要拿它當把柄控訴你。

由利按著攝影鈕，把攝影機藏在大衣內側，四處走動拍攝。製材廠裡光是看得到的範圍內就有四、五名員工，路人也絡繹不絕，但沒有人叫住由利問她在做什麼。雖然不甘心，不過如果要偷拍，確實就像茂木說的，與其帶攝影小組過來，由利這種門外漢或許更容易行事。不過畫質完全不能保證就是了。

然後好不容易大致拍完的時候，她聽到了那些騷亂和叫罵聲音來源是社長住家。工廠員工也都面面相覷，停下工作中的手望向社長家。一會兒後，一名員工往社長家跑去，從玄關進屋裡了，這一幕也被由利拍了下來。

然後一度關上的玄關門又「砰」的一聲從內側打開。雖然外觀氣派，但這棟二層樓建築已經有三十年以上的屋齡了，一看就是最近才換的西式門顯得格格不入，上面還附了個獅子頭造型的敲門器。由於門開得太猛，那個敲門器「鏘」的一響，連站在遠處的由利都聽得到聲音。

茂木衝了出來。或者說感覺像是被扔出來的。他跌坐在地，眼鏡飛掉了。

玄關門處，一個穿著淡綠色作業服的壯漢雙腿大開站在那裡，那張臉漲到不能再紅，感覺血管隨時都會爆裂。

壯漢口沫橫飛地對跌坐在地的茂木怒吼。

「你敢再上門給我含血噴人，我一定把你給宰了！聽懂了沒！喂，我問你聽懂了沒！」

茂木冷靜地爬起來，接住壯漢邊怒吼邊扔過來的他的大衣。令人驚訝的是，他臉上浮現和善的笑容。

「我了解你的心情，大出先生。」他一邊爬起來，一邊用電視鏡頭前的那種語調說著，「可是即使動怒，狀況也不會改變。更何況我只是想要查明事實，了解眞相，並不是打一開始就懷疑令郎。不過校方確實隱瞞事實……」

囉嗦！——壯漢又吼，撲向剛站起來的茂木，揪住他的衣襟，猛力搖晃。兩人身高差了有二十公分以上吧。茂木被扯得墊起腳尖來。

「你再說！啊？我不曉得你是ＨＢＳ還是哪裡的人，你以爲老子是誰？你知道你是在找誰的兒子碴嗎？啊？」

茂木被勒住脖子，仍然不改和善的態度。

「我知道你是誰。你是大出集成材的社長，是大出俊次同學的家長，所以我才會來拜訪你。關於令郎目前的嫌疑……」

作業服的壯漢——大出社長一拳揍上茂木的臉。後者嬌小的身體橫越半空一公尺遠，背部著地。

「你給我適可而止！」

大罵響起的同時，玄關跑出一名瘦小的女性，從背後抱住大出社長。是個穿著素雅毛衣和裙子的中年婦人，一定是夫人吧。就與這棟富麗堂皇卻老舊的純日式房屋配上獅子頭敲門器的突兀一樣，大出社長和夫人也是一對不搭調的組合。

「何必動手動腳呢！」

「妳就不在乎嗎？妳知道這混帳胡說些什麼嗎？」

「我知道，可是也不必鬧成這樣啊！」

現在不只是員工和路人，連左鄰右舍都從窗戶和門口一探究竟，甚至有人跑到路上張大了眼睛瞧瞧究竟出了什麼亂子。

憤怒的大出社長好像總算注意到這令人尷尬的狀況。像出水的巨熊般全身猛力一抖，用力瞪著癱坐在地的茂木說，「我要找律師！我不曉得你是電視台還是什麼，總之你敢給我報就試試看！我一定告死你！」

丟下這句話後，社長背後貼著夫人，就這樣進屋裡去了。

「砰！」門關上了。

慢了一拍，震壞的獅子頭敲門器掉到地上來。

也因爲一連串的震驚使然，笑意忽然一口氣湧上由利嘴邊。她忍俊不禁，咯咯大笑。左右觀望，原本嚇傻了似地附近鄰居也有幾個人低下頭去，表情分明是在忍著笑。

「拍到了嗎？」

由利回到茂木的車上。她在拍茂木被揍得腫起來的臉。

「是的，住家周圍和工廠拍到了。」

「不是那個，是問妳拍到我挨揍的現場了嗎？」

「這、呃……」

雖然把鏡頭對準現場了，但不確定是否確實拍到。由於事發突然，由利嚇呆了，也晚了幾拍才反應。

茂木狠狠地咂舌，可能是腫起來的地方在痛，他皺起了眉頭。

「沒拍到就沒用了啊。明明那樣千交代萬交代了。」

「可是我是門外漢……」

「沒有人一開始就是職業好手。工作就要在現場學。妳到底有沒有意思幹這行啊？成天吊兒郎當的，只要擺出一張我是電視台人員的臉孔，有薪水可以拿就好了嗎？」

聽到這番羞辱，由利終於忍無可忍了，目擊茂木被大出社長毆打搖晃的場面也影響了她。這種人有什麼好怕的！

「我是行政人員，不是攝影師，也不是記者，也不想當攝影師還是記者！我沒道理被茂木先生說得那麼難聽！」

她把攝影機塞回去。

「我要回去了。」

她匆匆下車，卯足全力狠甩車門。最好就像剛才的敲門器那樣，把門摔壞算了。

茂木沒有挽留。由利一下車，他立刻發動引擎，兩三下就開走了。他要去哪裡？剛才他是不是說接下來要去學校還是哪裡？說什麼大出社長一定會去學校罵人。

走到大馬路，請路人告訴她最近的車站在哪裡，是地下鐵車站。由利回到了ＨＢＳ。

一走進新聞企劃部，派遣員工的前輩就飛奔過來，「由利！妳沒事吧？」

「當然有事。」

負責《前鋒新聞》的助導也在旁邊，他們好像本來兩個人在說話。

「眞倒楣呢。茂木先生還是老樣子，一個人暴衝。」

「他要暴衝是他的事，幹麼把別人也扯進去？」

回到可以傾吐怨言的地方，由利鬆了一口氣，不甘心的淚水掉了下來。

「我又不是攝影師，突然把攝影機塞給人家，叫人家拍這拍那，又罵我白痴、拍不好，太過分了。」

兩人「嗯、嗯」地點頭同意。前輩撫摸著由利的背。

「我以前也被他冷不防破口大罵過，爲了根本就不是我的責任的問題。」

「跟電視上看到的根本不一樣。」

「就是吧？超會裝模作樣的。不過雖然他那副德行，採訪功力好像一級棒呢。完全是奮不顧身。」

確實是奮不顧身。

「噯，他今天是沒辦法自己拍，所以才會想要找人幫忙吧……」

聽到由利的話，助導露出沉思的樣子。他好像知道什麼。

「平常的話，事前準備的部分茂木先生總是一個人全部包辦。」

「這次沒辦法嗎？那爲什麼不找《前鋒新聞》的攝影人員呢？」

助導壓低聲音，彎身對由利說：

「這件事妳們可以保密嗎？要是洩漏出去，我就難做人了。」

由利答應守口如瓶，前輩也點點頭。

「現在茂木先生正全力追查的題材，在昨天的企劃會議被擱置了。」

由於茂木原本自信滿滿，所以更是不服氣了。

「是他擅長的校園問題。是關於某個國中生自殺的事……」

「又是霸凌問題嗎？」

「這點很微妙，眞的超微妙。」

他的說法有些戲謔。

「不只是校方，連死去的孩子的父母也說沒有霸凌。也就是說，父母認爲孩子不是因爲霸凌而自殺，沒有責怪校方。不，原本是這樣，可是現在忽然冒出奇妙的告發信控訴那不是自殺，而是集團霸凌殺人，結果情勢一下子改變了。」

而且令人驚訝的是，揭發這件事的，是我們節目的觀眾投書。

「是我進來之後收到的嗎？」

「不，那時候由利還沒進來。茂木先生不是都會親自讀觀眾的來信嗎？」

還沒整理就擅自拆封，又把舊的信件挖出來亂讀，說是或許會有漏網之魚。

不管怎麼樣，對茂木來說，那似乎就算足夠的證據了；但是節目的導播和主播都不能接受。

「確實校方的行動很可疑。死去的孩子的導師還把寄給自己的告發信撕破丟掉。」

噯呀，好過分，太不負責任了——前輩附和說。

「嗯。可是老師本人似乎堅稱她沒有那樣做。不過被那封告發信指名是殺人犯的學生眞有其人，而且好像也是品行不怎麼端正的學生，所以是有懷疑的餘地。但沒有決定性的證據。」

「警方呢？」

「認爲是自殺。好像完全沒有動搖。警方跟校方一樣，說那封告發信是其他學生惡作劇寫的，是無憑無據的中傷。看來他們也查出寫告發信的學生是誰了。」

簡而言之就是曖昧不明——助導說。

「以現狀來說，很難說就像茂木先生所想的那樣，是校方隱瞞了霸凌過火害死人的案件。可是萬一做成節目，怎麼樣都會變成那種樣子，而且茂木也想弄成那個樣子，對吧？電視的影響力非常大，所以咱們上頭也不得不愼重行事。萬一事情其實不是那樣，問題就大了。太危險了，沒辦法拿來當成報導題材。」

結果茂木的企劃案被駁回了，所以他才無法在今天的採訪中動用攝影小組。

因此由利遭受了池魚之殃。

「可是茂木先生沒有放棄，對吧？」

「那當然了。昨天會議結束時，他還冷哼著笑了呢。感覺就像在說，走著瞧吧。」

太自以爲是了——由利在內心罵道。

「茂木先生那人就算不一定是事件的問題，也會把它弄成事件嘛。」

助導一邊點菸，一邊悠哉地說出可怕的話來。

「他以前也鬧出過幾乎越界的危險前例，這次我也有股不祥的預感吶。因爲他行動力實在太驚人了。」

誰叫他是正義的一方呢？——助導笑道。

「他會不會是在找什麼可以讓企劃案通過的證據……？」

茂木人在城東第三中學的操場。他已經來過好幾次了，記得校長室和職員室的位置，攝影地點也已經決定好了。校長室面對操場的窗戶底下有樹叢，小個子的茂木可以巧妙地躲藏在裡面。

這裡的正門和側門都開著，男校工看起來很和善，但有些迷糊，要進入校內，易如反掌。現在是放學後，操場散布著正在進行體育活動的學生。幸好沒看到顧問老師的人影，而學生也都專注在社團活動裡，不會去管茂木吧。

正是如此。

校長室裡正上演著極有看頭的場面。

如同茂木的猜測，暫時進到家中的大出社長，不到半小時又衝出家門，直接坐上自用轎車。是停在住家後方車庫的賓士。雖然不知道他衝出來之前的半小時都在做什麼（或者他真的是在打電話給律師？）但身上仍穿著作業服。

然後他一來到三中，便開車從正門直驅而入，橫衝直撞地消失在校園內。茂木不被發現地尾隨上去，才剛抵達攝影地點，便聽見窗內傳來怒吼聲。

「你們串通一氣，就是要把我兒子弄成罪犯，是嗎？啊？這是老師幹的事嗎！」

茂木忍不住笑了。居然完全照著猜測來，多愚直的反應啊。就是這樣，沒腦袋的傢伙才好玩。

他悄悄直起身子窺看室內。大出社長正揪住津崎校長的衣領，幾乎臉貼臉地不斷大聲咆哮。口水噴到校長臉上了。可憐的校長完全懸在半空中，正字標記的手織背心從外套底下跑了出來。

「請、請等一……」

津崎校長痛苦地呻吟。大出社長更加激憤了。

「還想找藉口，這個臭禿子！你想被我宰了嗎，啊？」

校長室的門打開，幾名教師衝了進來。一個是女老師，二年級的學年主任。她看到眼前的情景嚇傻在原地，一名穿運動服、運動鞋的男老師推開她走上前去，動手拖開勒住校長脖子的大出社長。

「你幹什麼！不許動粗！」

「你算老幾啊！」

大出社長一把推開津崎校長，轉向那名男老師。兩人扭打成一團，室內的椅子被撞得亂七八糟。兩個都是壯漢，而且都在氣頭上。完全看不出是哪一方在壓制哪一方。牆壁被撞得砰磅響，檔案櫃傾倒。後來加入的男老師支援運動服老師，可是即使如此，還是無法制止大出社長的大鬧。

「警察！叫警察！」

學年主任喊道。津崎校長一邊喘氣，總算爬起來，聲音沙啞地制止她。

「等一下，不能報警。」

校長坐在地上喊著，「大出先生！大出先生！」但正在亂鬥的一群人根本聽不進去。校長爬著想要靠近，卻被他們揮起的手臂和踢出去的腳命中，又被踢開了。簡直不可收拾。

茂木一直拍攝著這一幕。從頭到尾，一滴不漏，口水都快流下來了。他一直在等待這樣的場面。

有人拍他的背。他正專注於攝影，沒有理會。又被拍了，他稍微離開攝影機，發現五、六名學生呈半圓形包圍了他的身後。一個人手裡拿著足球。

「你在做什麼？」拿著足球的學生問。

當他注意到時，原本散布在操場的學生都聚集到這邊來了。每個人都在看這裡，全都一臉不安。原來如此，鬧成這樣，聲音也傳進他們耳中了吧。

「校長不得了嘍。」

茂木微笑著轉向他們，把攝影機藏到背後。學生們或墊起腳尖或原地彈跳，都在看校長室裡面。他們好像驚嚇到連話都說不出來了。這也難怪，你們也眞幸運，被這麼讚的老師教到。

「最好打一一〇報警喔。」

他假好心地忠告說，準備拔腿就溜。其他學生好像沒心思理他，但只有出聲叫他的那個學生不一樣，他迅速伸手揪住茂木的衣袖。

「我不是問那個，叔叔你在做什麼？」

「做什麼？沒做什麼啊。」

茂木眼角確認到有更多老師趕到校長室，看來大出社長終於被制服了。即使如此仍然叫罵個不停。你們不是人！你們沒資格當老師！我要告死你們！

「那不是攝影機嗎？」

拿足球的學生眼睛很尖。他想從茂木手中搶走攝影機。茂木這下眞的拔腿溜了。

「這是爲了你們才拍的！」

他跑到車子那裡。在身後，騷動甚至逐漸擴散到學生群了。大叔，等一下！拿足球的學生追了上來。

「你們遲早會明白的！我是站在你們這邊的！」

他回頭叫道，跑出正門。足球飛了過來，砸在正門柱上反彈回去。

回到HBS新聞企劃部，在場的工作人員冷漠的視線集中了過來。小玉由利大剌剌地瞪他。茂木朝她笑了笑，走進監控室。要是有人來就囉嗦了，所以他上了鎖。

影片拍得很好。小玉由利拍到的影片，一開始畫面震動得太厲害，不能用，但大出勝開始吵鬧之後就拍得很穩了。看吧，笨女孩，只要做就辦得到嘛。

敲門聲吵死了。外頭一直喊著，茂木兄、茂木兄。他置之不理。

爲了愼重起見，他拷貝影片，製作備份。結束作業，關掉開關，收拾東西離開房間，一名助導正在那裡等他。是叫野中的傢伙，是十年前《前鋒新聞》節目推出時就在的工作人員。儘管參與成果如此斐然的招牌節目製作，卻一直是幫忙跑腿的助導，在企劃會議上也從來沒有一次提出過有用的意見。簡而言之，是只能拿來當棋子使喚的庸才。

然而他卻自以爲是號人物，一臉怒容地擋在門口。

「幹麼？」

「還有什麼幹麼？你把行政的小玉小姐帶出去，叫她攝影，對吧？」

「叫她幫忙一下而已。」

野中用下巴指打指茂木手中的影帶，「那就是拍到的東西嗎？」

「是又怎樣？」

「是昨天在會議上被駁回的議題吧？我也在這裡待很久了，茂木兄在想什麼，我還猜得出來。你打算做什麼傻事？」

「既然猜得出來，就不必問了吧？」

茂木想要穿過野中旁邊離開，野中喘著氣跟上來。

「又是教育題材，對吧？我知道這是茂木兄的長項。可是就昨天聽到的來看，那不是我們能處理的議題。弄個不好，會影響到節目的信用。」

「我才不會出紕漏。」

野中抓住茂木的手臂，茂木甩開，轉過身去。野中個子比茂木更高，但被他從正面注視，頓時手足無措起來。就是這麼沒出息，才沒辦法自己做節目。

「你對我的採訪有什麼意見？」

「我不是那個意思……」

「不管企劃案有沒有通過，採訪都得繼續。哪能永遠淨挑些絕對可以播放的安全議題？這可不是綜藝節目，是報導節目啊。」

「可是你不能違反規則。」

「我違反了什麼規則？」

「你不是叫小玉小姐幫你攝影嗎？她是行政人員。」

「就算是行政人員，只要待在新聞企劃部，也得幫忙其他工作吧？你是工會的爪牙嗎？」

「她說你對她口出惡言，罵她什麼白痴的。」

茂木尋找小玉由利。她躲在桌子後面似地正哭哭啼啼。就是這樣，現在的年輕女孩才會被罵白痴。說白痴是白痴，哪裡不對了？

他執拗地盯著看，一直看到小玉由利抬頭看他。由利擦著眼淚，偷瞄了他一眼，急忙又垂下頭去。

「畢竟是現場，或許我口氣稍微差了一點。」

茂木切換內心的模式，不急不徐地發出沉穩的聲音說。

無論何時，他都能在一瞬間做到這樣的事。所以只知道他身為採訪記者一面的人，應該無法想像他有時會在他認為沒問題的時候才會展現出來的另一張面孔——不把人當人看、用過即丟、毫不顧忌地輕賤他人的表情與態度。他們會說，茂木記者耶？怎麼可能，開玩笑的吧。

事實上，就連應該知道他兩張面孔的野中，也一樣被他突然的模式切換弄得茫然失措。

「如果小玉小姐覺得我太凶了，我很抱歉。對不起。」

他近乎做作地，恭恭敬敬地向由利深深低頭。

「可是這是很重要的採訪工作。即使現在做爲企劃案還不夠成熟，但總有一天一定能開花結果。必須讓它開花結果，爲了遇害的國中生。」

茂木對由利說。她依然縮著身體，低垂著頭。

「十四歲呢，一個才十四歲就被迫結束生命的少年。如果沒有人爲他挖掘出他的遺憾，代他申冤，這個世上就沒有正義了。因爲校方只想把不利的事實掩蓋起來，堅稱毫不知情。」

正義……？野中呢喃。表情像是在質疑，聲音卻沒了力度。

「沒錯，正義。是報導最應該追求的目標。難道不是嗎？」

「可是對事實的驗證，必須客觀地進行才行。」

「當然了，所以才需要採訪啊。」茂木誇張地攤開雙手說，「如果我輕率的言行傷害了妳，妳認爲我賠罪得還不夠，要我道歉多少次都行。需要悔過書的話，要我寫也行。小玉小姐，眞的很對不起。這樣行了嗎？」

主動冷靜下來，進入謙恭模式，可以令對方顯得得寸進尺、小題大作。同時透過賣弄漂亮的表面話，可以模糊問題焦點。這是茂木的得意技巧。

小玉由利垂著頭，行了一下禮。野中嘆了一口氣。

「那我回去工作了。」

茂木笑了一下，稍微理好外套衣領，往自己的辦公桌走去。

「我的天，他是雙重人格嗎？」

他聽見女性的聲音小小聲地說，誰理她。

茂木打電話到校長室，但無人接聽。打到職員室，一名女性接電話，說校長有急事外出了。或許是心理作用，聲音聽起來很慌張。

津崎校長是受傷了嗎？

接著茂木打電話給城東警察署少年課的佐佐木刑警。她也不在。八成是趕到三中去了吧。大出社長還激動未平嗎？

接下來他們會怎麼出招，眞令人拭目以待。總之舞台已經布置妥當了。

津崎校長也有他正直的一面，他主動告訴茂木佐佐木刑警這個人。校長應該也是認爲表現出那點程度的配合態度，才是上策吧。

話雖如此，這類「好意」一定都有目的，所以茂木從第一次拜訪佐佐木刑警的時候就沒有疏於防範。佐佐木刑警很積極地回答茂木的問題，對於有觀眾投書到HBS，她評爲「不幸的巧合」。

她誠實到近乎憨直，比手畫腳熱烈地訴說那三個人——告發信中指名的三個人——的確是問題少年，但關於柏木卓也的事，他們完全是清白的。她完全不了解愈是替他們說話，就愈顯得可疑。

她絕對有所隱瞞。

具體來說，他們三個人過去引發過哪些問題行爲？城東警察署做了什麼處置？茂木將這些問題當成暖身。而她只給了無關痛癢的制式回答，說他們是未成年人，所以不能公開資訊。然後再次辯稱柏木卓也的事不是命案。

「根據是什麼？」

「柏木同學過世當時的狀況這麼顯示。」

「可是當時你們認定那就是自殺，也沒有仔細調查吧？物證是會隨著時間過去消失的。」

「不是他們殺的。」

「這算不上回答。」

「我很了解他們的，茂木先生。如果他們幹下殺人這種事，是沒辦法表現得那麼滿不在乎的。他們是壞小子，但也是還不成熟的孩子。他們並不是邪惡的殺人魔。」

「可是聽說他們曾經讓同學受傷。」

「你是從誰那裡聽說的？」

「有人提供我消息，我也是到處訪查過的。」

就像這樣，同樣的對話不斷地兜圈子。可是這樣就夠了，茂木了解佐佐木刑警的立場了。

她跟校長是同一陣線的。

他們的利害關係一致。津崎校長死也不願意承認他所治理的校園當中發生學生殺害學生的慘事。而佐佐木禮子身爲城東警察署的一員，同樣死也不願意承認他們懷著成見草草調查，導致放過重大凶案的結果。爲了這個目的，他們甚至不惜包庇殺人犯，好個了不起的刑警。

雙方都把自己的面子擺在第一。孩子的性命和人權，根本是次要的。

如果置之不理，等於是二度殺害了柏木卓也。

我不能允許這種事！

與大出社長見面時，茂木偷帶了錄音機。他重新聆聽內容，寫下採訪筆記。沒有一個電視台的工作人員靠近茂木的辦公桌。

大出俊次、井口充、橋田祐太郎。

筆記本上用粗體寫下的三個人名。

大出家先解決了。不出所料，是個凶暴粗鄙、只會寵溺孩子的無能父親。接下來是井口嗎？他們是未成年人，與本人見面的時機不好掌握。而且在這種案例裡，先接觸家長是茂木的一貫作風。只要看過父母，就知道孩子是什麼樣子。井口充的父母會是什麼樣的人？

至於橋田祐太郎，異於不管詢問哪個學生或家長，都惡評一片倒的大出、井口，反應有些不同。也有人說他的本性並沒有那麼壞。此外也有傳聞說橋田最近比較少跟另外兩個人混在一起了。

如果這是事實，橋田祐太郎或許可以成爲破解柏木卓也命案的關鍵人物。他會疏遠大出和井口，是不是出於殺害柏木卓也的罪惡感？那麼他開口的可能性很大。

茂木燃起了熊熊鬥志。

可是他自己並沒有發現。他現在的鬥志根源，比起剛開始著手採訪的時候，漸漸變質了。

他昨天在企劃會議上報告目前的採訪結果時，充斥在心裡的全是解開柏木卓也死亡之謎的熱忱。雖然強烈懷疑可能是殺人，但他並沒有拋開自殺的可能性。他想要提起的問題是，由於城東三中在各種局面隱瞞了許多事實，一心只想維護校譽，才會徒然讓事件愈來愈複雜。

可是被導播和主播一口否決採訪報告，宣布不採用這個議題後，他的心就變了顏色。

這麼重大的問題，他們居然想用「處理不好太危險。」這種消極的理由葬送在黑暗裡？這是參與新聞報導的人該說的話嗎？

不僅如此，甚至有一名主播說，「老是報導校園問題，會讓觀眾厭倦。」

沒有什麼厭倦不厭倦的。這可是報導節目，不是娛樂。有個孩子被殺了——就算退讓一百步，縱使表面上是自殺，如果他是被汲汲營營於保身的無能學校教師逼死的話，那就是不折不扣的「殺人」。而他們居然要用一句「會讓觀眾厭倦」一句話帶過嗎？

開什麼玩笑？我要追。我一定要查出眞相，揪出必須爲柏木卓也的死負責贖罪的人，告發他！

我絕對、絕對不會鬆手。

33

一如往常，刑事課辦公室充滿了令人窒息的菸臭味。

名古屋刑警邋遢地靠在椅背上，嘴上像平常一樣叼著沒點燃的菸。雖然面對桌子，但眼神迷茫，幾乎快睡著的樣子。

其他辦公桌沒有人。課長席也是空的。

「喲。」

看到禮子，他發出和表情一樣鬆垮的聲音喚道。西裝外套敞開著，沒打領帶，襯衫衣角從腰帶跑了出來。

「這是誰吐的煙？」

佐佐木禮子實在忍不住要皺起眉頭。他從名古屋旁邊亂成一團的桌子輕輕拉出椅子，就要坐下，但桌上的文件和檔案一陣山崩，她急忙伸手扶住。

「剛才一大伙人聚在這兒。」

「名古屋兄，這樣就算戒菸也沒有意義啊。」

禮子把椅子推回原位，總算勉強遏阻了山崩。結果她只能站著。

「心意啊。」

名古屋睡眼惺忪地笑，捏起濾嘴被口水泡得濕答答的香菸，扔進腳下的垃圾桶。

「大家都去本部了嗎？」

「那邊現在應該也沒人，應該正在進行分區調查吧。」

今早凌晨，轄區內的餐飲店發生了強盜殺人事件。特別搜查本部設在署裡的訓示場，刑事課的主力全部移動到那裡去了。

「名古屋兄呢？」

「顧電話，總得留個人手嘛。」

名古屋打了個大哈欠。牙齒很黃，是尼古丁的顏色。

「那妳怎麼啦？眉毛翹得老高。」

至少也說「橫眉豎目」吧。

「我聽庄田說，HBS的記者也來找過名古屋兄，對吧？」

報導節目《前鋒新聞》一個叫茂木的記者。擅長教育問題的調查報導，是節目的招牌記者。

「妳會看那個節目？」

「還滿常看的。」

「那傢伙比電視上看到的更小隻吶。」

禮子不是想聽這種無關痛癢的感想。

「他問了什麼？」

名古屋扯開嘴角一笑，從桌上壓扁的菸盒裡掏出一根新的菸叼進嘴裡。

「不必這麼激動，我沒告訴他什麼了不起的事。」

這什麼話。禮子一陣惱怒。這樣說，豈不是在指控禮子是刻意來堵他的嘴巴，叫他不要說出不好公開的事嗎？

「妳見到那個記者了嗎？」

「我們說過幾次話，他一直打電話來。」

《前鋒新聞》是正經節目，節目的報導立場也令禮子很有好感。不過從以前開始，禮子就覺得茂木記者有些「過火」的地方，也認爲以記者來說，他似乎有些感情過剩。這次因爲城東三中柏木卓也的事，第一次與茂木記者本人交手，她發現自己的感想並沒有錯。

「他好像無論如何都要把柏木同學的事弄成殺人命案。」

「似乎是呢。」名古屋非常悠哉。

「嘴上說是採訪，但感覺他好像完全聽不進去我們的話，他已經有成見了。」

「沒辦法啊，誰叫那個老師把告發信撕破丟掉呢？」

「可是森內老師說她沒有那樣做。」

「那種說詞有誰會信啊？」

名古屋說的沒錯。

「佐佐木，嗳，先坐下吧。」

名古屋隨手拉開隔壁的椅子，這次文書和檔案整個崩塌倒下了。

「這是誰的座位？」

「我的地盤，我東西太多。」

「怎麼不稍微整理一下？」

「全是現在進行式的案子，沒辦法。」

要不要喝個茶？——名古屋問，禮子婉拒了。反正茶還不是要我泡。

「不用著急啦。既然電視台已經像那樣跑來蹚渾水，事情已經無法阻止了。只能任由他們愛怎麼做，忍過去就是了。」

電話響了，名古屋接起話筒，「是——是——」應答的聲音聽起來毫無緊張感。接下來也全是「是。」

完全聽不出是什麼事。這裡眞的是城東警察署的刑事課嗎？不是鄉下的派出所吧？而且還是三十年前的。

「好，了解。」名古屋掛掉電話後，察顏觀色似地看著禮子說，「還是想要喝個茶吶。」

禮子嘆了口氣，走向放熱水壺和茶具的茶水區。打開大茶壺蓋子一看，裡面只剩下葉子全散開的茶渣。

名古屋用粗嗓子喚道，「學校那邊很慌嗎？」

「亂成一團。」

昨天下午，茂木記者正式通知學校將把這件事製作成節目播放，津崎校長前往區教育委員會商討對策。今早校長打電話來，禮子得知了這件事。

「教育委員會的老師們說什麼？」

「一樣大吃一驚，根本提不出什麼建議，應該是打算把責任全推到津崎校長頭上吧。」

「記者也去採訪教育委員會了嗎？」

「好像還沒，不過遲早的事吧。」

「校長會被開除嗎？」

名古屋還刻意比了個切脖子的動作，接下禮子遞過來的茶杯。

「不曉得，要看節目內容吧。」

禮子看著味道無法期待的泛黃綠茶說，忍不住發出呻吟般的聲音。

「這還用說嗎？那個記者一定會追究三中教師的責任，又不能把那些不良少年抓來血祭嘛。他們是未成年人啊。」

說完後，名古屋歪了頭問，「那些小鬼的父母怎麼了呢？」

「聽說記者去採訪了。」

「哦？」

「茂木先生好像挨揍了呢。」

名古屋笑了出來，「被那個賣木頭的社長嗎？他是叫大出嗎？」

「這可不是什麼好笑的事，而且打人的現場好像還被攝影機拍到了。」

這也是茂木記者告訴津崎校長的消息。被記者找上門，激憤不已的大出勝接著闖進三中校長室，也對校長動粗施暴，而這個場面有可能也被偷拍了。因爲剛好在操場的學生看到茂木手拿攝影機躲在校長室外頭。

「那不就好了嗎？錯不全在校方身上，家長也有問題，這個事實也會昭告天下嘛。」

名古屋怎麼能說得這樣輕鬆，禮子實在不明白。

「我才剛從三中回來。」

「哦，妳去探情況了？」

「學校正在開教職員會議，沒見到老師……」

但是和校工岩崎說到話了。令禮子意外的是，岩崎對這次的事知之甚詳，很擔心津崎校長和森內老師的處境。

「我聽校工岩崎說，森內老師好像提出休假申請了。」

「哎呀。」名古屋睜圓了小小的眼睛，「那怎麼行呢？至少在節目播放之前，她必須待在現場才行啊。這種時候，逃避是最糟糕的做法。」

「我也這麼認爲，但森內老師好像幾乎都神經衰弱了。」

「廢話，騙子也會神經衰弱啊。自己編出來的謊話沒人信，壓力一定很大吧。」

這話扎在禮子的耳裡，那股刺痛讓她想起自己特地來找這種大叔說話的眞正目的。

禮子眼底浮現滿臉痘子，瘦得像骸骨一樣，沒有一絲青春期青少年該有的活力的三宅樹理。腦海深處再一次聽見她那流暢而膚淺的謊言。

——我聽到了。那是什麼時候……？放學後我在教室裡，聽到大出同學那三個人在竊竊私語。

——他們說，柏木那傢伙看了眞礙眼。

「其實我想請教一下名古屋兄的意見，因爲名古屋兄經驗豐富……」

這件事實在難以啓齒，她支吾起來。

「我無法相信某個事件關係者的話，努力設法拆穿他的謊言，沒想到對方又謊上加謊……」

我在說什麼啊？

「名古屋兄碰過這種難纏的騙子嗎？」

名古屋邋遢地放鬆著，半瞇著眼睛看禮子。

「妳說的關係者，是那些告發信的寄件人嗎？」

禮子很驚愕，他怎麼會知道？

名古屋得意地笑了，連笑法都邋遢到不行，「被我猜中了呢。」

「你怎麼……」

「噯，我耳朵靈嘛。」

他裝模作樣地把指頭插進耳洞裡掏挖說。

「難不成是庄田告訴你的？」

「妳把這件事告訴庄田了？」

禮子沉默，形同是承認了。

「放心，不是他。我不是說了嗎？什麼消息都逃不過我的法耳。別擺出那麼可怕的表情，我不會說出去的。」

然後在禮子回話之前，他乾脆地說，「是那所學校的女學生吧？」

完全被名古屋牽著鼻子走了。

「唔，嗯。」

「是跟那三個壞小子有什麼仇嗎？」

「我想應該是。」禮子垂下頭嘆息，「我了解她的心情。」

有道古怪的聲音，響起就像座墊洩了氣似地潮濕聲音。原來是名古屋也嘆了氣。

「妳太天真了。」

「可是……」

「不管動機是什麼，撒謊就是不對。做了壞事就要受到相應的懲罰，要不然這社會就沒法維持了。」

這說法太義正嚴詞，瞬間禮子懷疑自己眼花了。眼前這個人真的是那個名古屋嗎？

毫無疑問是名古屋，飄蕩在周圍的塵埃與尼古丁臭味。

「妳們是少年課的人，開口閉口就是健全教育青少年、學校是聖地、小孩子有可塑性，不能對他們採用嚴罰主義，但要我說的話，那全是胡扯。那些幹下非要我們出馬收拾爛攤子的案子的傢伙，如果從小就有父母師長嚴厲管教，多半案件也不會發生。然而妳們動不動就出面維護。」

「我們沒有維護，我們只是遵守少年法的精神。」

「那默默坐視那些壞小子幹出來的強盜傷害事件像那樣被搓掉，也是少年法的精神嗎？」

禮子感到訝異。名古屋的口氣裡帶著一絲怒意，這個大叔意外地對那件事很執著。

「那是兩碼子事。」

「哦，是嗎？那我也沒什麼好說的了。」

名古屋又掏出叼過的香菸含進嘴裡，一樣不點火。

「我只是……對那個難纏的撒謊者——可是其實不是出於惡意，而是被逼到非把說出口的謊話貫徹到底、比任何人都被自己的謊言深深傷害的那個女孩，不曉得該如何處置，所以很煩惱。」

難以置信，我居然說我在煩惱。

「所以妳才會難得那樣一臉溫馴地跑來向我尋求建議？」

是這樣沒錯，可是被這樣明確地說出來，教人生氣。

名古屋把椅子壓出聲響，稍微向禮子探出身體說，「那我來指導妳吧。」

禮子身子後退，在心情上，她連同坐著的椅子一起退後了三公尺。

「平常妳們對付的，那個叫大出的那些壞胚子，是明知道自己在幹壞事才幹的。不管本性再怎麼惡劣，他們也明白自己在幹的是壞事。明明知道，可是就是無法罷手。因爲他們的心還是精神，就是像這樣被接錯線了。除非把回路矯正過來，否則他們永遠都會像那樣明知故犯。壞事曝光就撒謊蒙混；蒙混不過去，就低頭賠罪，要不然就是豁出去耍賴。永遠就這樣惡性循環。」

名古屋把菸移到手指，將菸頭伸向禮子的臉。

「不過呢，妳說的那個女生，告發信的寄件者，跟這些壞小子不一樣。根本的地方不一樣。」

禮子忍不住嚴肅地反問，「哪裡不一樣？」

名古屋看著禮子的眼睛回答，「那個女生完全不認爲自己做錯了什麼事，也不覺得自己在做壞事。她認爲她是在做對的事，是在行使正義。所以不管任何人如何追究，她都不會開口的。」

禮子無從反駁。她閉著嘴巴，只是僵在那裡。

「趁這機會把膿擠掉吧，讓那個叫茂木的記者把一切徹查清楚就是了。把水桶整個翻過來，讓臭掉的水全部潑出去，一乾二淨。往後的事，到時候再來想。這就是我的建議。好了，去吧去吧。」

禮子從椅子上站起來，旋轉椅被推得往後滑，撞到東西停下來了。

禮子想要憤然離去。名古屋的意見太胡來了，完全沒有斟酌個人的背景。他完全不理解犯罪者的心理，更別提成長過程中的青少年複雜的心理。

然而禮子的腳卻在刑事課的門口停了下來。

「名古屋兄。」

名古屋臉撇到一邊。

「那是自殺吧？柏木同學是自殺的，這一點沒錯吧？名古屋兄也從來沒有懷疑過吧？」

名古屋仍是邋遢地坐著，仰望刑警辦公室的天花板。

「事到如今還說這做什麼？」

沒錯，羞恥與懊恨讓禮子的臉頰和耳朵熱了起來。這次她真的轉過身去，重重地踩出腳步聲經過走廊，結果背後有人大聲叫她。

「佐佐木刑警！原來妳在這裡。」

一名女警小跑步追了上來。

「有客人找妳。」

——這個人會不會衰弱而死？

面對森內惠美子，禮子第一個浮現的是這樣的念頭。光用消瘦不足以形容，她整個人的存在都要磨耗殆盡了。

兩人來到小會議室。少年課有其他課員，不能讓他們看到這種模樣的森內老師。或許禮子是過度擔心了，不過她用身體遮住森內惠美子似地把她帶了進來。

「妳今天是一個人來的？」

白上衣配黑裙子，胸口緊抱著黑皮包，森內惠美子縮得小小地點頭。她不肯正視禮子的眼睛。

「突然跑來，對不起。」

聲音搖顫。人如果急劇地喪失體力，會無法穩定地發聲。

「不用在意，我完全沒關係的。妳身體還好嗎？」

沒有化妝，連眉毛都沒有修整的森內惠美子頭一次看了禮子。

「呃……我……」

眼皮底下的眼睛也在顫抖。

「我有事想要拜託佐佐木小姐……」

「嗯，什麼事？」

森內惠美子舔了一下乾燥的嘴唇，下定決心似地吐了一口氣說了，「我想請妳幫忙調查。」

禮子忍不住「嘎？」了一聲，「調查？」

「是的，我懷疑我的信件被偷了。」

禮子直盯著女老師，整整看了五秒左右。她花了這麼久的時間，才理解了對方在說什麼。

「妳是說那封告發信？」

森內惠美子點點頭，求救似地伸手抓住禮子的左手腕。

「我真的沒有收到，郵局說信投到公寓的集合信箱裡了，可是我開信箱的時候，沒有那封信，所以我想會不會是在我拿到之前信就被偷了。」

她訴說的嘴巴口角堆起了白沫。禮子慢慢移動右手，疊在森內惠美子的手上。她的手冷得像冰。

「這的確有可能。」

過去連想都沒有想過，但以可能性來說並不是零。

森內惠美子的眼睛泛出微光，「就是吧？可以請妳調查嗎？」

「請等一下，我記得老師住在江戶川區，對吧？」

「是的。」

「那麼那裡就不是我們的轄區了，這必須拜託當地警署才行。那樣的話……畢竟是這種情況，我想他們應該不會輕易答應行動。」

森內惠美子眼中的光一眨眼就轉弱消失了。禮子急忙接著說，「所以還有沒有什麼別的證據？像是老師家有東西失竊、或是以前也有郵件消失不見。」

「我……想過了……」她虛弱地搖著頭說，「可是想不到，我沒辦法集中精神想事情……」

身心都是現在這種狀態的話，也實在難怪。

「那麼老師，妳知道有什麼人會對妳做這種惡作劇、這樣騷擾妳嗎？」

森內惠美子停止搖頭，眼神焦點凝聚起來了。

「——一定是那孩子。」

「那孩子？」

柏木——森內惠美子說。

瞬間，禮子背後一陣發涼。

「老師，柏木同學已經過世了。告發信寄來的時候，他已經不在人世了。」

「不，可是……」這次她明確地搖頭，像是逼迫禮子似地挨近身子說，「我覺得是那孩子幹的。是那孩子安排的，讓他死後發生這樣的騷動。」

比起目瞪口呆或驚訝，禮子眞的害怕了起來。等、等一下——她握住對方的手，但森內惠美子平板的聲音卻止不住，繼續說下去。

「那孩子討厭我，瞧不起我。他輕視我，覺得我無能，認爲我沒資格當老師。我都知道的，我總是感覺得到他這麼看我，可是我努力不表現在臉上。因爲我是他的導師，是大人，可是那孩子得寸進尺……」

「森內老師！」

「他當然有共犯，那孩子的父母或許跟他串通好了。寫下告發信，假裝寄給我，然後撕破寄給電視台。全都是那孩子計畫好，要他父母做的，一定是這樣的。那孩子特別有做這種事情的腦袋。」

一口氣說完後，森內惠美子倒抽一口氣似地沉默了。小會議室窗外傳來經過警署的汽車聲。

「妳是眞心這樣想的嗎？」

禮子問，森內惠美子轉開視線逃避。她輕輕甩開禮子的手，抱住自己身體。

「……老師，妳晚上好好睡覺了嗎？」

沒有回答，禮子可以看出森內惠美子的身體正在逐漸虛脫。不是剛才的名古屋那種邋遢的放鬆，而是耗盡一切能量，做爲一個正常人的功能就快停止了。

「老師有多痛苦，我也很清楚。要不要去找心理方面的醫師談談？」

一樣沒有回答。過了好長一段時間，她總算低低地這麼說了，「妳不能幫我調查嗎？」

「對不起，我剛才也說了，這種情況，警方很難行動的。尤其是郵局都已經確實調查過了。而且轄區不同，我也不能任意插手。」

森內惠美子沒有開口，而是掉下一顆眼淚。淚水沁入了禮子的心。

「可是老師，妳說要調查，我認爲這是個好主意。就算不找警察，或許也可以委託徵信社看看，還有公寓的管理公司。光是請他們調閱監視器影片，或許就能找到線索。」

禮子主動伸手抓住森內惠美子的手臂，溫柔地搖晃說。

「老師，振作點，不可以輸。妳沒有撒謊，對吧？妳眞的沒有收到告發信吧？那麼妳不能哭。」

沒有人相信我——森內惠美子說，是幾乎令人錯以爲是呼氣的細語呢喃。

然後她就這樣抱著皮包站了起來，對禮子行禮。

「提出莫名其妙的要求，對不起。我自己也知道我不太正常。已經可以了，我要回家了。」

「……老師。」

「我要辭掉教職，我再也受不了了。」

禮子也急忙站起來，摟著森內惠美子的肩膀送她到警署正門玄關。她舉手攔下路過的計程車讓後者上車。森內惠美子垂頭喪氣，再也不發一語。

冷不防想起來似地，禮子膝蓋陣陣顫抖。

——一定是那孩子。

被附身了。森內老師被柏木卓也的亡魂附身了，真的發生了。

——不，不只是森內老師而已。

我們全都被附身了。所有相關的人、整所學校，全被附身了。

*

操場的櫻花盛開，城東第三中學的三年級生迎接了畢業典禮。畢業生展翅飛向各自的未來，在校生則結束第三學期的結業典禮，開始放春假。

無論水面下是多麼地波瀾萬丈，日常生活仍然要過。四處掀起的波濤和漩渦尚未浮現表面。然而狀況就像人剛開始有了自覺症狀的時候，棘手的疾病早已經蠶食了體內一般，逐步惡化，具體成形。

過了盛開期的櫻花花瓣飄入庭院的風和日麗午後，睽違許久待在自家的津崎，接到了ＨＢＳ記者茂木悅男的來電。茂木單方面地告知專題報導的播放日期決定了。四月十三日星期六下午五點，《前鋒新聞》將報導城東第三中學的**問題**。

電話很短，只有通知。

津崎束手無策。

半晌之間，他站在窗邊眺望庭院。然後他走進書房，在長年愛用的書桌前坐下，打開抽屜，取出白信封和信箋，拿出了小硯盒。是他的書法老師送給他的寶貴硯盒。

得倒水來才行。

掛在廚房的歲時記月曆上，記載著春季的節日、當令時鮮、俳句的季語等等。春天是希望的季節，是再出發的時刻。

開學典禮是四月八日，已經圈起來了。

拿著水壺回來，再次坐到書桌前，津崎慢慢地磨起墨來。小鳥在屋外啼唱著。

確定墨色夠黑了，用毛筆蘸上，細細勻好筆尖。

津崎提起這隻毛筆，開始寫起辭呈。

34

整個畫面照出書桌的特寫。桌上整理得井井有條，擦拭得一塵不染，倒映出天花板照明的一部分。

鏡頭逐漸後拉，書桌周圍隨之入鏡。依科目整理、用書擋撐住的課本和參考書。插著原子筆和自動筆的筆筒。幾本厚重的辭典。書桌附屬的書架上的鬧鐘，並排的練習本和模擬試題集。

書桌左邊的牆上掛著月曆，一九九〇年十二月。

這時鏡頭外傳來女性的聲音。

「我想讓這個房間永遠維持這個樣子。月曆也不會再翻了。我現在還是覺得卓也就在這裡，每次打掃房間，開窗換氣的時候，我都會對他說話。」

木板地和小地毯。窗戶上的白色窗簾搖晃著。單人床、書桌和椅子。衣櫃的把手上用衣架掛著學生服。床腳是一雙整齊擺放的藍色拖鞋。

在這個畫面上，冒出低靜的音效與標題。

「柏木同學究竟發生了什麼事？——一名國中二年級生之死」。

「開始嘍！」

聽到呼喚，藤野涼子抬頭望向電視。

「喏，好好坐著看，妳可不是來這裡玩的。」

母親邦子催道，涼子不情願地坐了下來。因爲正好就在電視機正面，她迎面看到了標題。

剛決定好要在母親的事務所和邦子一起看《前鋒新聞》時，心情並沒有這麼沉重。

然而隨著播放時間接近，她漸漸感到胸口好像被什麼堵住、彷彿吞下一大團空氣似地，難受極了。不想看——這樣的感情湧上喉邊，盤踞在那裡，堵住了呼吸。

「剛才的聲音是柏木同學的母親吧？」

邦子說，眼睛盯著電視。

畫面正拍到城東三中的校舍與操場。好像是白天，但操場沒有人。是什麼時候拍的？

「去年十二月二十四日，首都圈下了一場大雪。」

是新的旁白，男性的聲音。

「是個美麗的白色聖誕夜。一夜過去，二十五日早晨，這裡，城東區立城東第三中學的側門附近留下了前晚的雪，積雪高達三十公分以上。就是這處雪堆底下，發現了一名男學生的遺體。」

畫面出現一張快照。是柏木卓也的照片，應該是開學典禮之後拍的。卓也穿著比身材更大一些的全新制服，對著鏡頭刺眼似地瞇著眼睛。

「這就是柏木卓也同學。得年十四歲又五個月，短暫的一生。」

卓也的母親登場了，畫面出現字幕。

「柏木功子女士　四十三歲」。

畫面沒有照出訪問者的身影，但她的視線顯然對著訪問者，一面微微點頭，一面開始說起來：

「最先通知我們的是學校。校長打電話來。我記得他應該是問，柏木同學今天來學校了嗎？」

旁白，「柏木同學自從十一月中旬開始，便拒絕上學。」

柏木功子說道：

「當時應該是早上八點多的時候。不去學校以後，卓也早上就很晚才起床，大概都要等到十點左右才會出房間，所以那個時候我還沒有看到卓也。我心想或許他突然想去學校了——因爲那天是第二學期的結業典禮——所以我去了那孩子的房間，可是房間是空的。」

說著說著，聲音漸漸混入了哭音。

「我說，卓也不在家，結果校長說出事了，我們現在就過去府上。」

畫面拍到側門，鏡頭細細地俯照卓也的遺體被雪掩埋的位置。旁白覆蓋上來：

「柏木同學沒有告訴父母，便在前晚深夜離開家裡。一晚過去，被人發現陳屍在校園內。」

旁白說警方調查之後，結論是柏木卓也是從屋頂墜樓而死，自殺的可能性很高。

鏡頭又回到柏木功子。

「當時卓也拒絕上學，我和外子都很擔心。我們跟卓也談過好幾次，但那孩子只說不用擔心，說他只是現在不想去學校而已。還說上學很累，很無聊，所以不想去，但是他會在家好好自習。可是他有時候會一個人發呆，面無表情，這讓我非常擔心。因爲現在就連年輕人還是小孩子也會得憂鬱症，所以我猜想卓也會不會也是這樣？那孩子身體本來就不好，所以是不是覺得不舒服，上學讓他很難過？我想了很多。當時我們也在考慮看情況，等過完年就帶他去醫院看醫生。」

畫面出現有卓也生活照的相簿。女性的手翻著相簿。

「導師還有校長都來家庭訪問，但卓也不肯見他們。感覺上老師也不想硬把卓也帶去學校，他們說，最好慢慢花時間，紓解他的心情。」

說到這裡，柏木功子一下子哽住，噙下淚水。

「他們一次也沒有提到霸凌，還是學校有什麼問題。」

柏木夫妻認爲卓也同學是自殺的——旁白接著說。

「一個念國中的孩子不去上學，也不跟朋友玩，成天關在家裡，這種狀態的確不正常。我們認爲他可能有什麼不能跟父母說的煩惱，正在爲此痛苦。卓也很容易想得太深，可是即使碰到討厭的事，他也不會告訴我們。他不想讓我們擔心，所以才不告訴我們。他就是這樣的孩子，雖然愛逞強，卻是個體貼的孩子。」

柏木功子的眼睛流下淚水。

「他想不開到甚至自殺，我們卻沒有發現。外子和我都覺得自己太沒用了，每天都哭著向卓也道歉。」

此時畫面切換，變成一名穿西裝，提著側背包的男子在路上行走的畫面。男子表情英氣勃勃，很快地來到城東三中的正門，轉向鏡頭，也就是觀眾，開口說了：

「我是《前鋒新聞》的記者茂木。」

這下觀眾就知道到剛才中間的旁白也是他配的了。

「就像這樣，一開始柏木卓也同學的死被認爲沒有犯罪成分，是一場單純的自殺。國中生的自殺本身就是一起重大的悲劇，也是我們《前鋒新聞》校園問題採訪班應該深入探究的問題，但是這個時候，我們並沒有立即追蹤柏木同學的死。」

語調俐落，表情卻是一片苦澀，就像在自責沒有立刻追蹤太輕忽了。

「可是進入新的一年，二月中旬左右，採訪班收到了一封觀眾來信，使得事態完全改觀了。」

涼子睜大眼睛，注視著接下來出現在畫面上的告發信。

「咦！那是什麼！」

倉田麻里子大聲怪叫，緊貼在她旁邊坐著的昌昌立刻模仿她。

「那是什麼——？」

「昌昌，不可以開玩笑。哥哥們是很正經在看電視的。」

「正經——？」昌昌笑了。麻里子來玩，就會陪她做很多事，她開心得不得了。

新學期才剛開始，三中就因爲這個節目，又是一場天搖地動。校長對學生發表談話，也分發通知單向家長說明狀況，可是向坂行夫沒有告訴父母。到現在什麼也沒說。爸媽兩人都忙著工作，而且上個月爺爺胃潰瘍住院（幸好沒有大礙），花了很多錢，母親當時看顧的疲勞現在才發作，身體不太舒服，向坂家此刻正值忙亂的關頭。

不管學校發生了什麼問題，行夫很健康，也好好念書。他的成績不能說好，可是他很努力，而且上學很快樂。也就是說不管發生任何事，都跟行夫無關，他認爲就算不告訴爸媽也無所謂。

星期六傍晚，如果是一般上班族家庭，應該是一家團聚的時刻，但向坂家不一樣。印刷工廠仍然傳來巨大的機械運作聲。本來他應該也要去幫忙的，可是他說：

「三十分鐘就好，我得看一下電視報導節目寫心得報告。這是我們的功課。」

行夫想到這個連自己都覺得太完美的藉口，現在人正坐在客廳裡。

「眞的嗎？你不會是騙媽，跑去看漫畫吧？」

母親露出可怕的表情說，但行夫裝傻到底。母親說晚點要讓她檢查心得報告，但不必擔心。反正媽睡過一個晚上就會忘記了。

照顧妹妹昌子的工作逃不掉，所以他讓昌昌去畫她喜歡的畫，一邊陪她，就在《前鋒新聞》即將開始的時候，倉田麻里子說著「晚安。」跑來了。

「我媽做了烤豬肉，送一些過來。」

她對行夫母親這樣說。不妙！行夫急忙把麻里子拖進客廳。

「麻里，妳在幹麼啊，妳忘記功課了嗎？新聞要開始了！」

他關上住家與工廠之間的門，把客廳門也關上，擦掉冷汗。

「功課？」

就是——行夫解釋，麻里子滿不在乎地笑著說，好高明的藉口。這種事她倒是領會得很快。

「我也沒跟我爸媽說，那張通知單也丟掉了。」

「咦，丟掉沒關係嗎？」

「有什麼關係？跟我家又沒關係。行夫也是吧？」

兩人是青梅竹馬，兩家人都很要好，所以在家裡都互稱「行夫」、「麻里」。不過小學的時候他們在學校這樣叫，結果被同學捉弄諷刺「你們是夫妻唷」、「肥豬夫婦」，所以在外面都互稱「向坂同學」、「倉田同學」。

「我覺得電視也沒什麼好看的，不過行夫要看的話，我也陪你看好了。」

就在這當中，節目的開頭場面已經過去了，兩人總算靜下心來看電視時，畫面正好照到那封告發信。旁白不僅念出告發信的內容，同時也列出了字幕，不過有幾個地方蓋掉了。好像是信中指控殺害柏木卓也的凶手的名字。行夫心臟怦怦亂跳。

接著《前鋒新聞》還介紹了寄來這封告發信的匿名觀眾來信，並特寫被撕破的告發信。

行夫轉頭望去，麻里子依然一臉悠哉。

然後校長在節目中登場。

「哇，是小狸子。」

記者陸續提問，校長一一回答。校長平常口才那麼好，這時卻回答得笨口拙舌的。他還偶爾偷看手邊像便條的東西，穿插支支吾吾的，「那是……」、「不，不是那樣的……」

校長渾身大汗，額頭都反光了。

「欸，行夫，這是怎麼搞的啊？」

麻里子天眞無邪地問。她一邊瞥著電視機，一邊陪昌昌畫圖，超人似地一心多用。

「我也不太清楚……可是有人說柏木同學不是自殺，而是被殺的。」

「咦？什麼意思？殺人命案？」

「蝦仁命案？」昌昌重複說。

「昌昌不要學這種可怕的字眼。哇，畫得好棒！這邊的花再畫多一點，紅色的比較漂亮。」

要一邊奉陪這兩個人，同時認眞看電視，也是一種超人行爲。可是行夫的心情比剛開始看的時候更要嚴肅多了。

行夫也有自知之明，他並不是個優秀的學生。他功課不好，可能是因爲肥胖，又或許是生來如此，動作遲鈍，所以運動成績也不好。即使如此，如果音樂還是美術成績好，那也夠傲人的了，但這部分也全軍覆沒，沒有半項過人之處。

所以三中的老師對行夫印象都不好。像學年主任的高木老師，她本來就是個很少笑的老師，但是一看到行夫，眼神就變得更是尖銳；至於社會科的楠山老師，他根本就放棄行夫了。那個老師感覺連行夫的名字也記不住，因爲他老是喊行夫「胖仔」。

二年級的導師森內更是露骨，在教室裡完全把他當成空氣。發成績單或考卷，不得不一對一面對行夫時，他可以看見老師整張臉寫滿了「受不了。」

可是……可是只有校長不太一樣，行夫這麼覺得。

一年級的時候，放學時間行夫在打掃教室，校長爲了某件事經過。當時在周圍吵鬧的同學很敷衍似地應付校長，校長也笑著跟他們說話，只有笨拙的行夫沒有加入，一直默默地掃地。結果校長就要離開的時候，出聲叫了他。

「向坂同學。」

然後對他說，「你眞是勤勞，這是很棒的美德。」

行夫想起小學帶了他們班三年的品川老師。品川老師也是個年輕的女老師，可是跟森內老師完全不一樣。她一次也沒有露出過那種「受不了」的表情。成績單的聯絡欄裡，她寫道「向坂同學對班上每個同學都很好，而且非常努力。」她一次又一次稱讚行夫這些地方，行夫因此了解到這是他的優點，才能夠想要去好好珍惜自己的好。

校長也是給他這種感覺。從此以後，行夫都會專心地聆聽校長演講。仔細一聽，校長的演講淺白易懂，而且有許多寶貴的教訓。

既然都能當上校長了，津崎校長在老師裡面一定也是特別聰明的人吧，所以不能拿來跟行夫比較。可是校長也圓圓胖胖的，年輕的時候，應該也不是很受女生歡迎、被稱讚「好帥」的類型吧。是因爲這樣嗎？

行夫覺得校長了解即使功課還是運動成績不好，不引人注目，每個人還是都各有長處的。因爲聽校長演講，校長總是在教導大家這樣的事。行夫覺得大家應該更認眞一點聽校長說話，可是不管他說什麼，也只有麻里子——是啊，還有阿健，只有他們兩個肯聽進去。

啊，不能忘記，藤野同學也會聽。她在很多地方都是特別的。

可是節目裡的校長看起來好像另外一個人，又慌張，又窘迫。而且這個訪談者？還是記者？不知道叫什麼，可是他的口氣爲什麼要這麼尖酸刻薄呢？對校長太沒禮貌了吧。

我覺得這跟我沒有關係，可是如果校長這麼爲難的話，我也不喜歡。

麻里子已經完全忘了電視，跟昌昌一起專心地畫畫圖。行夫覺得有點無法接受。麻里，妳去參加柏木的葬禮的時候，還哭得眼睛鼻子都快被眼淚沖掉了，不是嗎？那算什麼啊？因爲是葬禮，所以跟著大家一起傷心罷了嗎？

「啊，是森內老師耶，行夫。」

行夫不小心分了神，結果麻里子搖晃他的肩膀，她就只有這種時候眼睛特別尖。

跟校長不一樣，森內老師的名字沒有被報出來，只介紹是「柏木同學的級任導師」。畫面上也是人坐著，只拍到脖子以下，簡直就像森內老師被斷頭了一樣。怎麼不打個馬賽克就好了呢？這樣子好奇怪。聲音也經過後製，聽起來就像捏著鼻子在說話。

這麼說來，新學年開始後，就沒在學校看到森內老師了——

訪談者一樣用刻薄的語氣問，「不是妳把告發信撕破丟掉的嗎？」

大出俊次正在洗父親的車。

就算已經春天了，傍晚洗車還是很冷耶，搞屁啊。

爲了柏木卓也死掉的事，學校好像騷動不安。俊次也知道這件事。老師們心浮氣躁的，有眼睛的人都看得出來出事了。而且這次還有電視台的人跑來採訪，這星期初，校長也特地跑來家裡。

當時俊次人在遊藝場，所以不清楚詳情。可是當他混到很晚地回家時，劈頭就被老爸臭罵，叫他暫時不要去學校了。老媽說什麼公立果然不行，要找家可以現在就轉學進去的私立學校，成天出門在外面跑。

他問校長來做什麼，老爸又火冒三丈，說跟你沒關係。如果俊次追問，他就動手揍人。

「你知道我現在有多忙嗎？現在可是大出集成材能不能再擴張兩三倍的關鍵時刻。我有一堆重要的交易要處理，居然在這種節骨眼給我添亂子。」

所以說我是做了什麼啦？我啥都沒做啊。可是這種時候的老爸非常可怕，俊次不敢回嘴。上次被警察抓去的時候，他也被揍到差點沒命。

「別再幹什麼勒索偷東西那種丟人的事了！別人看了還以爲我沒有給你零用錢花！」

不是錢的問題，老爸根本就不懂。他自己還不是對包商的業務員跩得二五八萬似地，就跟那是一樣的。作弄那種沒膽的人渣，不是很有意思嗎？除此之外還有什麼好玩的嘛？

老爸開口閉口就是世上全是蠢蛋，還說老師全是傻子。讀什麼書，讀的書出社會以後有個屁用。所以千萬別被那些老師的嘴皮給騙了啊。你只要效法我，變成一個有種的男子漢就行了，因爲你將來要繼承我嘛。

那不就好了嗎？我在繼承老爸之前，要做什麼打發時間都行吧？

雖然不曉得是怎樣，可是這星期律師一直跑來，而且待在家裡無聊斃了，想要出門就被老爸吼，衰死了。這麼說來，風見律師剛才也來了吶。說什麼五點的電視怎樣的，我也想看，結果老爸居然叫我來洗車。

可惡，氣死人了。充那傢伙也說他媽在囉嗦，今天不能出來，橋田最近也都叫不動了。對了，橋田那傢伙，他才是被老師給騙了吧？本來計畫要把那個有事沒事專找咱們碴的楠山蓋布袋，都是那傢伙那副死樣子，才一直拖延。

這次要做得不被警察抓包，要是佐佐木那八婆又插手就麻煩了。

還是該再試一次藤野涼子？那女的自命清高，看了就噁，可是她老爸是警察，拉攏她沒壞處。女人這種動物，只要嚇個幾下，每個都會乖乖聽話。

家裡傳出大出勝的叫罵聲。雖然不曉得他在氣什麼、在罵誰，可是聽著那破鑼嗓，胃好像都要糾結了。俊次把水龍頭擰開最大，讓水猛烈地從水管噴出來，試圖蓋過父親的吼聲。

「俊次，你在這種地方做什麼呀？」

回頭一看，祖母站在近得嚇人的地方。她什麼時候跑出家裡的？

雖然四月了，但傍晚的風簡直是冷到骨子裡，祖母卻只穿了一件長至腳踝的薄棉洋裝，而且還打赤腳。

「在這兒玩水，又要被你爸罵嘍。」

祖母焦點渙散的眼神在半空中游移，還東倒西歪地靠近過來。大出家的停車位很大，停了父母各自的車和一台廂型車都還綽有餘裕。祖母飄到右邊去，靠到車上，接著踉蹌到左邊去，手撐在牆上，但還是一步步確實地朝著這裡前進。

簡直就是殭屍，嫌惡感令俊次的手臂爬滿了雞皮疙瘩。

奶奶就要摸上來的時候，俊次用力推出手去拂開了她。

「囉嗦啦！老太婆閃邊去啦！」

俊次的祖母約兩年前開始出現失智症的症狀。一開始父母都說是「老人痴呆」，也沒帶她去看醫生。可是祖母成天胡言亂語，半夜一個人四處遊蕩，要是丟著不管，甚至會三天不換衣服，洗冷水澡，把還濕答答的衣物摺起來收進櫃子裡，一天吃四五頓飯，給家人添麻煩的古怪行動愈來愈多，家人終於受不了，把她帶去風見律師介紹的醫院，結果被診斷是阿茲海默症。

從此以後，大出夫婦便爭吵不斷。老媽埋怨說她沒辦法一個人照顧奶奶，結果老爸就生氣。兩人像這樣大吵大鬧的時候，奶奶就把冰箱裡的東西全部挖出來，用手抓著吃得一乾二淨，或是跑到庭院隨地便溺，被附近的人看到。

約一年前開始，不曉得是看護還是護士的人到家裡來照顧奶奶。可是一星期只來三次，除此之外的時間，奶奶依然被丟著不管，剛過完年的時候還曾經在馬路上亂晃，差點被車撞到。

「怎麼不乾脆被車撞死算了，七老八十了還不死，臭老太婆！」

俊次記得當時老媽還這樣唾罵。她埋怨奶奶那副德行丟死人了，都不敢請客人到家裡來了。

老爸幹麼不把奶奶丟進醫院？明明成天吹噓錢多到花不完，可是用在奶奶身上太可惜，不想爲她花錢，是嗎？

受不了，又在吼了。差不多一點好嗎？俊次忍不住想要摀住耳朵，結果祖母的手伸了過來，以意想不到的迅速動作搶走了水管。

「阿勝，不可以玩水。會感冒的。」

奶奶連老爸跟我都分不出來了。

這什麼家嘛，他媽的！

三宅樹理跟父母一起看著電視。

父親和母親一臉悲痛，就彷彿在說這種情況，理想中的家長就應當如此。樹理坐在兩人中間，拚命努力不讓眞心表現在表情上。

她開心得要命，幾乎都要手舞足蹈起來了。

三個人坐在吃飯的餐桌看電視，所以從父母的角度，看不到樹理的腳。她的腳尖雀躍地動來動去，差點踢到母親的腳，讓她冷汗直淌。

狸貓臉校長結結巴巴的樣子也很好笑，但最有看頭的還是森內。那個愛慕虛榮、神氣兮兮、自信十足，自尊心比天高，內在卻空無一物的女人居然沒有勇氣在電視上亮相、亮名字，只敢讓脖子以下上鏡頭，光是這樣，看起來就像個虛假的爆料者，**可疑到了極點**。真蠢。她不曉得這種情形，痛下決心露臉登場才是上策嗎？這樣只會讓人覺得她提心吊膽是在隱瞞些什麼，沒骨氣的蠢女人。

而且——看看這場訪談的內容！

簡直就像夢。這樣啊，原來森內還捅出那種婁子來啦。謎團總算解開了，梗在心裡的疑問煙消雲散了。投書到《前鋒新聞》的匿名觀眾究竟是誰？眞是正義使者，是神明的代理人。

「我再問一次，妳眞的沒有收到告發信嗎？妳沒有把告發信撕破丟掉嗎？」

訪問者逼問。這個叫茂木的記者從一開始就採取戰鬥姿態。愚蠢的森內連這都看不出來，以爲對方是男人，只要扭扭捏捏地苦苦哀求，對方就會放她一馬。可是她的招數完全行不通。

森內，告訴妳一件好事吧。妳那點程度的女性魅力，是沒辦法買通記者的。

「我眞的沒有收到。」

她終於痛哭失聲了。

「如果我收到了，我絕對不會把它撕破丟掉。請相信我。」

畫面無情地切換，照出三中的校舍，此時加入記者的旁白：

「可是投遞失誤的可能性已經被否定了，這封被撕破的告發信的謎團尙未解開。」

這形同是在宣告森內撒謊，樹理強忍笑意。

接下來還有更令人開心的發展。雖然沒有指名道姓，但樹理寫在告發信裡的那三個人也成了俎上肉。

素行不良的三名學生。遲到慣犯、妨礙上課、受輔導的次數多不勝數，對同學和低年級學生動粗施暴成傷。是當地警署的名人。

更徹底的是，大出俊次的父親還毆打了前往採訪的茂木記者！

「看我告死你！開什麼玩笑！」

電視機裡流洩出爐火純青、一點都不像善良市民的怒吼聲。

「這個人是怎麼搞的？」

樹理的母親皺起眉頭，一副看到髒東西的模樣。

「簡直像流氓。」父親也同意。

「樹理，妳同學裡面眞的有這種人嗎？」

「有啊。可是我盡量不靠近他們。」

「老師都在做什麼啊？」

「好像不曉得該拿他們怎麼辦。像森內老師，根本就怕死他們了。」

橋田祐太郎和井口充的父母也上了鏡頭。雖然用馬賽克處理過，但他們不肯回答記者問題，淨是逃避的不負責任態度在電視上一覽無遺。大快人心。

令人吃驚的是，關於他們的報導不只有這樣而已。報導中說，這三個人在今年二月對城東第四中學當時一年級的男學生施暴，奪走財物，遭到警方輔導。

這已經不只是學生之間的欺凌與勒索、順手牽羊的次元了，這是強盜案件。節目說被害男生住院住了一個星期。事實上城東警察署也暫時拘留了這三個人，但大出俊次的父親帶來律師，要求和解，因爲和解成立，才沒演變成刑事案件。

「原本這並不是能用錢解決的問題。」

畫面上，被害人的父親回答茂木記者的問題說。這邊一樣也只有拍到脖子以下，不過跟森內不一樣，看起來一點都沒有畏縮的樣子。因爲他氣憤塡膺。

「我們其實是想要警方好好處理的，可是加害人的父親是那種人啊。萬一被他記恨在心，上門報復，後果就更不堪設想了。我兒子也怕得要命，結果我們也只能跟他們和解。」

鏡頭回到攝影棚，茂木記者與主播坐在一起。

「茂木記者，你追查出令人驚訝的事實了呢。」主播開口說。

「是的。其實剛開始採訪柏木同學之死還有告發信時，因爲不知道告發信究竟是什麼人寄的，而且城東警察署和城東第三中學對於追查眞相也相當不配合，有段時間我不得不放棄繼續追查。而且告發信中指名的學生是未成年人，這在這次採訪中，一開始就成了一個沉重的枷鎖。」

雖然長得不帥，可是感覺是個一咬上去就不會鬆口的執著男子——樹理給了茂木高度肯定。

「可是我們發現鄰校的第四中學學生遭到這樣的被害，而且加害人的父親與轄區警察署聯手掩蓋這件事，於是我們採訪班決定繼續追查到底。」

「可是即使他們眞的是會做出這種暴力行爲的非行少年，也不能因此就說他們與柏木卓也同學的死亡有關吧？」

主播如此試探。茂木記者表情冷靜，也沒有退縮的樣子。

「你說的沒錯，可是我們認爲在城東第三中學裡面，應該還有許多學生與家長遭到這三個人的暴力威脅，卻得不到教師與警察的支援與保護，爲此失望並認命，只能默默地隱忍哭泣。我們希望藉由報導，告訴那些人，我們媒體是站在他們那一邊的。這樣一來，或許也有可能得到柏木同學事件的新線索。我們如此期待著。」

「校方沒有把告發信的事告訴父母和學生，這也是個問題呢。」

「當然了。應該身負平等保護、教育所有學生責任的學校，居然像這樣屈服於部分學生與家長的蠻橫，自甘墮落地採取息事寧人主義，這絕不能坐視不見。」

關於這件事，我們將會持續追蹤報導，並期待各位觀眾提供線索——說出這樣的宣告同時，畫面打出專線電話與傳眞號碼的字幕。樹理把這些資料烙印在腦中。

「我們可以讓樹理繼續念這種學校嗎？」

父親對著蹺二郎腿的雙腳的方向說。他今天也一整天沉迷於「創作」，手指和指甲被顏料弄髒了。他說這次是一幅大作。

「是不是該考慮轉學比較好？樹理是個纖細的孩子，爸爸眞擔心呢。」

樹理裝出不安的表情低喃說，「我沒事的。」

狀況愈來愈有意思了，我怎麼能在這種時候轉學？

「我沒事的，爸爸。而且森內老師是個溫柔的好老師，被報成這樣太可憐了。」

「可是這個老師是個騙子。」父親嚴厲地說，「不負責任，而且缺乏認清事情嚴重性的能力。她根本就沒有資格擔任教職。」

「森內老師這陣子好像都沒來學校呢。對吧，樹理？」

「嗯，開學典禮也沒來，好像一直請假。」

「應該把她懲戒免職！」父親揚言說，「這個社會是怎麼搞的？」母親這麼嘆道。樹理離開兩人，進去廁所。

因爲笑聲衝口而出，她按下沖水開關。即使如此，感覺從嘴巴湧出來的大笑似乎還是會傳出門外，她急忙咬住毛巾。

然後盡情地咯咯大笑。

盡情地咯咯大笑。

一個人住的垣內美奈繪沒有必要顧慮任何人。她看著《前鋒新聞》，開懷大笑。她享受極了，滿意極了。

原來是這樣啊。對我的投書反應這麼遲鈍，是因爲演變成這種狀況啦？她總算恍然大悟了。

寄出投書以後，美奈繪好一段時間都準時收看這個節目，但是不管再怎麼等，都不見節目報導投書的事，這兩個星期她都已經死了心，轉移了目光。所以今早看到報紙電視節目欄時，她一時無法置信。

原來事情鬧這麼大了嗎？原來時間並非徒然過去。那封投書帶來了比美奈繪隱約期待的更驚人的成果。

看看森內惠美子那副德行。只有脖子以下上鏡頭，經過後製的聲音。她懂不懂光是這樣，就讓她看起來像是在逃避責任，懦弱到家？而且不管問她什麼，她都只會辯解。在全國電視網丟臉丟大了。

美奈繪悠閒地泡咖啡，連同不管再怎麼忍，仍舊不斷地湧上來的笑一起吞下去。倉促設定好的錄影機正散發出錄影的紅光。

森內惠美子這陣子確實一直萎靡不振。明明是平日，她卻似乎經常在家。所以在走廊和電梯錯身而過的機會也增加了，但是別說打招呼了，她甚至眼睛也不抬一下。每次美奈繪都在心裡呢喃，眞爽，活該！

可是她一直不明白理由何在，也無從得知。她眞是急得不得了。她也想過是不是該假意親切地問她，妳這陣子看起來沒什麼精神，怎麼了嗎？但想想那個女人不可能老實承認，還是算了。那個瞧不起美奈繪的女人，不可能洩露自己的弱點。

而這下總算明白了。這眞是美奈繪求之不得的發展，她眞想對著森內惠美子的臉罵一聲，活該！

三十分鐘的報導節目一眨眼就過去了，但結尾的地方，叫茂木的記者毅然宣告他們會繼續追蹤採訪，還打出字幕請觀眾提供線索。

美奈繪對著電視機畫面笑個不停。她實在是克制不住笑。操作遙控器，倒回錄影帶從頭再看一遍。再看一遍，再看一遍。愈看愈開心，整顆心舒展開來，躍上天際。渾身上下充滿活力。

現在那個女人在房間嗎？她正屏息看著電視嗎？還是老早就逃去別處了？

話說回來，電視台的態度怎麼那麼軟弱呢？管他是不是未成年，殺了人就是殺了人。把名字公布出來，在全國電視網讓他們受全民公審就好了嘛。教師也是一樣。惹出這種事來，還想逃避責任的傢伙，有什麼隱私權可言？

看到這個節目的眾多觀眾一定會贊成我的意見吧。爲了撥亂反正，不能猶豫。要是顧慮手段，只會錯失良機。

沒什麼好怕的，因爲你看看，操縱媒體竟是這麼容易。

她再三反覆看著錄影帶，回神一看，已經快九點了。還沒吃晚飯。得吃點什麼才行。好久沒這麼舒服地餓肚子了。附近的超市開到晚上十一點，去買點什麼吧。

站起來的時候，弄倒了堆在沙發旁小茶几上的雜誌和郵件。郵件大半都是廣告信，但只有最上面的一封不是。

「金永法律事務所　律師　金永康夫」

典史終於雇了律師，他正式要求離婚。

大概是一個星期前吧，先是來了通電話。從聲音的感覺來看，這個金永律師大概五十歲吧，總之不年輕，但也不是老人。語氣聽起來很溫和，他表明他是垣內典史的代理人，受他委託爲他辦理離婚事宜。律師說他想見個面談談，但美奈繪劈頭就拒絕了，打死我都不離婚。

她應該就這樣掛掉電話的。事到如今，她沒義務去聽典史和他情婦那套說詞。既然那個女的說她不拘泥名分，那不正好嗎？那就維持現狀吧。然後一輩子扶養我，害怕著我的陰影過活吧。如果不願意，典史自己回來就是了。

然而那個時候，律師發出了極爲平靜的聲音。是美奈繪從來沒有聽過的聲音。不是那種高高在上、安撫哄騙勸諫的口氣。至少聽在碰到這個突如其來的發展，比自己意識到的更加慌亂的美奈繪耳中就是如此。

「我已經從垣內先生那裡聽到狀況了。我是他的代理人，但是聽到截至目前的經緯，我深深認爲夫人的態度會如此硬化也是沒辦法的事，也好好地勸諫過他了。」

美奈繪戰戰兢兢地把話筒放回耳邊。金永律師似乎察覺到這點，也沒有刻意「喂喂」確定，而是維持著溫和的語氣繼續說下去。

「無論理由是什麼，要結束一場婚姻，對夫婦來說都是件痛苦的事。我看得出即使是垣內先生，也不是完全不感到痛苦。我會接下代理人的職務，是因爲想要解決現在這種不幸的狀況，讓垣內先生與夫人兩人都能步向明亮的未來，可以請夫人理解嗎？」

美奈繪還是應該在這時候掛電話的，然而她卻回話了。

「可是你不是站在垣內那邊的嗎？」

律師淡淡地應道，「我是代理人，但並不是只追求垣內先生單方面的利益。我想要盡量滿足兩邊的心情，找到一個雙方都能夠接受的妥協點。」

「我從頭到尾都無法接受，怎麼可能有什麼妥協點？」

「妳現在的確會有這樣的心情呢。」

律師委婉地同意，詢問能不能見個面？

「見面要幹什麼？」

「只透過電話，很難好好地溝通。」

「我不這麼認爲。再怎麼談，還不都在聽你單方面說些垣內自私自利的理由，只是浪費我的時間。」

「我了解夫人的那種心情。」

他只說了解，並沒有說要怎麼樣，也沒有說該怎麼樣。

「可以請夫人給我一點時間嗎？或者是夫人也在考慮要找一個代理人，不過即使是那樣，我還是希望與夫人見個面，談一談。」

連自己都感到意外，但美奈繪這麼回答了，「我會考慮。」說出口後，她急忙轉念想，這只是掛電話的藉口，我才不是真心的。

「麻煩夫人了。」

金永律師掛了電話。過了幾天，美奈繪收到了一封信。信裡附了律師的名片，還有親筆寫的信件，內容與電話中說的大致相同。

「我等您聯絡。」

文末這麼作結。

我才不上這種當——美奈繪心想。律師每一個都有著三寸不爛之舌。他們做的就是這種生意。所以美奈繪不會聯絡，也不打算見面。

她覺得如果見了金永律師，會被他說服。她覺得這個招數與典史截然不同的律師非常可怕。步向明亮的未來？哼。

論狀況，現在已經夠明亮了。託《前鋒新聞》的福，美奈繪心中的芥蒂消失了。今後的發展一定會更加大快人心吧。的確，不原諒典史，維持著憤怒，並不是一件易事。忍受孤單，懷抱著淒慘的心情過日子難熬極了。

可是美奈繪打算堅持到底。她不能敗給不對的事。憑什麼我就得一個人抽到壞籤？

——我已經沒有後路了。

那是指對森內惠美子的陰謀，還是指和典史的關係，美奈繪自己也漸漸迷糊了。然而唯有絕不退讓，也不能退讓的心情不斷地膨脹。

柏木家裡，宏之一個人面對電視機。

父母因爲害怕，說要等播完後再看錄影，可是宏之打算見證原本一直被隱瞞的事實透過電視昭告天下的瞬間。

他認爲節目爬梳了因爲時間徒然流逝而變得曖昧不明的相關事實，整理得很簡潔。應該能讓初次看到的觀眾留下深刻的印象。源於惡質霸凌的暴力事件、殺人或自殺、隱瞞這件事的校方——即使是會對這樣的模式皺眉說，「啊，又來了。」或是「已經夠了。」的觀眾，看到被撕破丟棄的告發信，也會驚愕不已吧。他們會訝異，這個國家的教育制度，竟已如此病入膏肓嗎？

即使如此，宏之還是有一個地方感到不滿。因爲身爲死者家屬的柏木家的說法，只採用了開頭母親的說詞。由於茂木記者採取行動，告發信的事才會曝光，受到衝擊的柏木家現在是如何地憤怒、悲傷，又期望些什麼，這些都沒有播出來。

明明都錄影了。父親整個人縮得小小的，對一切採取逃避姿態，所以是母親和宏之回答了訪談。談話期間一直哭泣的母親，只能承受短時間的錄影，但宏之說了很多話。事實上，茂木記者也在事後悄悄對他說，「跟你的對話是最充實的。」

「可是這段錄影這次不會用上。你的訪談會留到下一次。因爲這樣更有效果。」

宏之感到落空，不過既然專業人士這麼說，他就遵從了。然而現在像這樣重新看過整段節目，他覺得還是需要他的訪談。況且下次是什麼時候，根本不曉得。

「我只告訴你一個人。」

還有一件事，是茂木記者壓低了聲音告訴他的。他說這個事件的調查報導，曾經一度在《前鋒新聞》的企劃會議中遭到駁回。

「爲什麼？」

「上頭說不好處理。城東警察署從頭到尾堅持是自殺，事實上也沒有可以推翻自殺說法的物理證據。我們手裡有的，就只有一封不曉得寄件人是誰的告發信，而且還不是我們直接收到的。」

「不是有人撿到被人丟棄的告發信，然後投書到節目嗎！」

「是這樣沒錯，但觀眾的看法或許跟我們不同，或許也有人會對告發信本身的眞實性存疑，而且校方又卯起來否認。只拿一封匿名的告發信做爲證據，主張那三名不良少年是凶手，這太危險了。光是暗示就很危險了。畢竟他們還是國中生啊。」

可是我並沒有放棄——茂木記者安撫憤怒的宏之說：

「信中指名的三個人聽說都是出了名的不良少年。我認爲只要耐性十足地追查下去，一定可以挖出其他更大的把柄。畢竟世上無完人啊。然後呢，還眞的被我找到了。」

是發生在今年二月，隔壁的城東四中學生受害的強盜傷害事件。而且相當於主犯的大出俊次的父親用錢和恫嚇把這件事給壓下來了。城東警察署少年課嚇得腿軟，縮手不管。

「這下子情勢就逆轉了，就連我們節目頑固的製作人也不得不屈服了。」

既然是會犯下這種暴力事件的學生，家長又是這種人，或許也有可能與卓也的死亡相關。這份告發或許是眞的。警方和校方一定是儘管這麼想，但仍決定束之高閣，視而不見，讓它不了了之——只要看了節目的觀眾有一成這樣想，那就成功了，茂木記者這麼說。因爲電視的影響力確實驚人，但也不能過大評價。

一成太少了——宏之心想。正因爲如此，他才希望自己的訪談也能播送出去。結束訪談時，宏之對著鏡頭呼籲了，寫那封告發信的人，你現在正在看節目嗎？我認爲你一定在看。不要害怕，請你直接告訴我吧。把你知道的事情告訴我。舍弟過世，我的父母心也跟著死了。能夠拯救我們一家的就只有你了，請你務必聯絡我。拜託你。

這絕對不是只有嘴上說說而已。這不是面對記者，接受訪談這種難得的經驗，讓他的心在過度興奮之下脫口而出的話。宏之是打從心底這麼想的，他如此期盼著。

我想知道眞相。

獨一無二的眞相，他想知道那唯一的眞實。

廣告開始了，宏之關掉電視。這廣告是怎麼回事？無論先前的報導節目內容有多嚴肅，都會被緊接著播出的廣告稀釋掉。這豈不是會讓直到剛才都還在為世上的不公不義與邪惡憤怒，思考該如何設法改善、如何盡一份心力的觀眾的熱忱一口氣冷掉嗎？

廣告歌頌著愛、幸福、財富、安樂與美。廣告宣傳世上只充滿著這樣的事物，對每個人都同樣平等，只要伸出手，就能夠得到它們。不過不可以猶豫不決唷。要是三心二意，你的份就要不見嘍。所以啦，困難的問題就交給喜歡思考的人去煩惱，享受自己的人生當然更重要。

就算死了一兩個非親非故的國中生，那又如何？可能是被殺的？交給警察不就好了嗎？家屬？哦，請節哀順變。

從做爲短期話題被消費的意義來說，國中生的死與賓士新車是等價的，對於非親非故的諸位觀眾而言。

宏之莫名地氣憤起來，坐立難安，站了起來。他打開玄關門，本來想要向關在沒有電視機房間內的父母說一聲，又打消了念頭。他只是去附近逛逛而已。還要一一報備，太麻煩了。

星期六傍晚，小鎭悠閒地逐漸沉入暮色，他與採買回家的一家人擦身而過。幾名主婦站著聊天，有蔬果商把商品堆在小貨卡上做起生意來。

宏之垂著頭，不停地往前走，來到平交道。他看到一群肩膀揹著沉甸甸運動背包，穿著衣領完全鬆弛的運動服，開心聊天的國中生。他們在平交道的對面等紅綠燈。

難以置信。這些傢伙在這種地方做什麼？參加社團活動？你們知不知道你們學校出了什麼樣的問題？沒興趣嗎？卓也被殺的事，對你們無關緊要嗎？你們怎麼能那樣悠哉地笑？

宏之沒有過馬路，繼續走下去。走路變成了跑步，從對面騎來的自行車急忙閃避。他沒有停步，只想繼續前進。不管去到哪裡都行。

跑著跑著，他終於喘不過氣來，停下了腳步。他來到一處被寬闊的露天停車場和看似汽車修理廠的大工廠外牆圍繞的無人街角。

工廠今天似乎公休，鐵門關著。「快速車檢」的招牌微微向右歪倒。

電線桿上停著一隻烏鴉，受驚似地大叫了兩聲。

天色暗下來了，路燈閃爍亮起，停下來的宏之腳邊拉出了影子。

他調整呼吸，又要跨出去，注意到落在水泥路面的影子不只一個。往右延伸的淡影子，還有往左延伸的濃影子，因爲他就站在兩個路燈中間。

宏之注視著分裂成兩個的自己。

我想要知道眞相──濃影子呢喃道，向影子的本體徵求同意。淡影子蓋過那道呢喃說了，你想知道的是哪個眞相？

哪有哪一個可言？眞相只有一個，就只有一個。

沒錯，只有一個，可是你在矇騙你自己。你想知道的眞相只有一個，然後你已經得到了那個眞相，卻故意把它推到一旁，假裝那不是眞相，不是嗎？

光是痛失愛子的悲傷與罪惡感，你的父母就無法承受了。不管再塞給他們更多的什麼，他們都無法接受，而且從這個意義來說，不管給他們什麼都是一樣的。如果就像一開始相信的那樣，卓也眞的是自殺的，他們會責備把卓也逼上絕路的自己，就這麼過完一輩子吧。即使卓也其實是被殺的，他們同樣也會責備無法拯救卓也的自己，過完一輩子吧。所以你父母的痛苦，不是迷惘的痛苦，他們已經從看不見眞相的痛苦解脫了。無論事實為何，你的父母都只會為自己的無力而懊悔。

可是——你不一樣吧？

宏之，你為何會如此憤怒？你的憤怒，是為了卓也的憤怒嗎？

應該不是，因為你已經知道了。

卓也是自殺的，除此之外別無可能了，那傢伙不可能被別人殺害。除了他以外的任何人，有可能把他逼入絕境嗎？

茂木記者編排出一套明確的假說向宏之說明，教師和家長（很遺憾，其中也包括了你的父母）都不曉得，卓也同學因為與大出俊次這個流氓學生率領的不良三人組起衝突，被他們盯上了。會做出那類問題行為的青少年，絕對不會放過跟他們作對的人。

這不是什麼罕見的例子——茂木記者說。他看起來自信十足。因為我採訪過好幾個案例，知道這樣的實例。我非常清楚發生這種事的時候，校方會多麼拚命地尋求保身之道，滿不在乎地撒謊粉飾。

果然是這麼回事啊——宏之回答，還點頭同意。

可是他心中的一隅在說，不對。

茂木先生，你不懂卓也這個人，卓也不是個只有纖細心靈的膽小鬼而已，他是個策士。在我認識的人裡面，再也沒有比他更能銳利地看穿他人、操縱他人、不受他人擺布的人了。那傢伙不是從學校脫落了，而是拋棄了學校這東西。然後他一定在心裡嘲笑著不明白為何遭到拋棄，驚慌失措並擔心的老師們。

他一定喃喃笑道，一群白痴。

就算操縱這些蠢蛋，也沒有什麼好玩的。無聊。

然後他終於拋棄了這個世界，放棄活下去，所以他死了。可是他不只是死了而已，他選擇了讓自己的死能夠長長久久「活下去」的方法死去了。

即使不是親哥哥，這樣的想法也太居心叵測了。多殘酷啊、多冷酷啊，就算被這麼唾罵也沒辦法。
可是這才是眞實，我知道這就是眞實。
卓也才不是會被那種只在乎滿足眼前欲望的傻子們殺掉的貨色。
如果是卓也殺掉他們當中的誰還可以理解。如果是這樣，他可以一清二楚地看見那個過程。卓也一定是眉頭不皺一下，毫無反省之色地做掉他們吧。然後微笑著說，哦？原來人死掉是這種感覺呀。
可是反過來是不可能的，絕對不可能。
長久以來被卓也一點一滴地剝削，扼住脖子的我最清楚。
我懂——可是，
我不能說出那才是眞相。
要我一個人承擔可以。就跟過去一樣，只要我繼續忍耐下去就行了。可是只要說出口，一旦說出口就完了，因爲不可能有人理解的。
就連那個假裝理解的叫森內的女老師，其實也不是個能夠相信的大人。她是個既軟弱又不可靠，自身難保的女人。
只有我一個人知道就好的眞相，必須由我來封印的眞相。
那麼爲了今後也能繼續呼吸下去，爲了可以活得更容易一些，我需要一個替代的眞相。茂木記者說他要提供給我這樣的眞相。
只要那個記者送上來的眞相通行於世，我就可以變成一個單純爲弟弟的死悲傷的哥哥了。可以變成永遠深深哀悼、懷念死去的弟弟的好哥哥了。
然後卓也的死總算得以結束，能夠把那傢伙留下的最後的計謀畫上句點。

野田健一也來到了街上。他沐浴在晚霞淡淡的橘光中，佇立在城東三中的側門。

今天正門和側門都關著。社團活動全部中止，學生們一放學就通通被趕回家了。意思是叫大家回家去看電視。

即使如此，剛才經過時一看，職員室裡還亮著燈。老師們都集合了吧，一定是在商議該如何善後。

——聽說又要召開家長會議了。

提起這次的騷動時，健一的父親毫不驚訝地這麼說。

——爸爸會去。爸想好好了解一下你們學校出了什麼事，所以你什麼都不必擔心。

健一和父親一起看電視看到剛才。看完之後，父親提出了意外的問題，你想轉學嗎？不用，我在學校有朋友。就算今後狀況會愈來愈嚴重，我也不想只有我一個人逃走——健一這麼回答，父親高興地微笑。

母親的健康狀態依舊，但野田家中無風無浪。

母親不可能知道那天晚上發生的騷動眞相，父親答應健一死也不會告訴母親。即使如此，健一偶爾還是感覺得到，感覺得到母親有些害怕著健一。

我曾經一度想要殺害父母。差點踏入彼岸，雖然在最後關頭折返了，但我看到了彼岸。

那裡是一片母親肯定從未想像過的景色。

我再也不會踏進那裡了。可是我不會忘記看到的東西。所以雖然我的身體尺寸依然是隻小鳥，內在卻已經變成了猛禽。母親一定是害怕著這個事實吧。我不應該生出猛禽的，我生下的應該是一隻玲瓏的、可愛的、乖巧聽話的、孱弱的金絲雀才對。

這樣就行了。比起母親，我更想保護把我從彼岸帶回來的朋友。保護母親不是我的工作，我一直以來都誤會了。

——聽說有記者去學校，你有沒有被問到什麼？

——沒有。我看到有人帶著攝影小組抓住三年級生在訪問，不過我都躲到一邊去。

——你不會覺得不安嗎？

——什麼樣的不安？

父親有些遲疑。

——比方說你的朋友不小心把你的事告訴記者之類的。喏，電視記者正在拚命挖掘三中跟學生的問題。有可能變成絕佳的題材——父親低下頭補充說。

——不會有人做那種事的，絕對不會。爸，不可以想那種事。

健一斬釘截鐵地回答，但父親沒有微笑。雖然不是猛禽，但他的眼神就像在自己的地盤中發現從未見過的新種鳥類。

剛才的節目裡，鏡頭滴水不漏地拍攝了學校側門裡面，健一也循著鏡頭的動作似地細細觀看。那天他發現的柏木卓也的遺體，一邊想起他埋在雪堆裡的纖細身體。睜大的眼睛凍結著——

他感覺身邊有人，回過頭去。

一個年紀與健一相仿的少年在兩公尺外的距離站著。

兩人的身材非常相似，穿的薄外套顏色也一樣。瞬間健一以為看到了自己的分身，忍不住倒退了一步。

「對不起。」少年說。

他的語氣、表情，就和這種時候自己可能有的反應一模一樣，簡直像在照鏡子，不好意思嚇到你了。

「三中的學生？」

對方簡短地問。

健一默默點頭。

「這樣啊。」

少年應道，望向側門內側。他的視線移動，但腳一動也不動，就像在說他絕對不會再靠近半分。

「你看到電視來的？」

這次健一問。少年點點頭，視線緊盯著柏木卓也陳屍的一帶。

「你讀哪個學校？」

沒有回答。

「柏木的朋友？」

少年總算轉動脖子看健一了，然後朝他走近一步。兩人並排一看，他比健一更高出五公分左右。

——長得好像女孩子。

雖然自己也常被這麼說，但健一是第一次對別人有這種感想。

「我叫野田健一。」

電視沒有報出遺體發現者的健一名字。只是發現屍體，對節目來說似乎無甚價值，健一終究沒被記者追著要求採訪。

「是我發現柏木的，在那邊。」

他指著地面說，少年再次點頭，「我知道。」

好像在跟陌生人玩投接球。接下來要怎麼投？大力一點比較好嗎？丟高一點比較好嗎？

「你們是朋友？」少年先問了。

「你說跟柏木？」

「嗯。」

「我們同班。」

少年沒有反應，然後突然說，「我們同一個補習班。」

「這樣啊，你是哪所學校的？」
這樣質問年紀相仿的孩子，感覺有點做作。
「英明。」少年短短地答。
「哦，私立的。你很聰明唷。」
柏木卓也也很聰明。如果他認真念書，一定能名列前茅吧。
「他成績很好吧？」
是在問柏木卓也。
「如果他認真起來的話。」
「那麼他沒有認真過嘍？」
「死前他就不來學校了。」
是嗎——少年呢喃道，轉過身去，作勢要離開。
健一叫住他。
「你來這裡做什麼？」
少年轉過頭來，隔了一會兒應道，「忽然想來。」
「你跟柏木是朋友吧？」
少年低下頭去，鼻子很高挺。
「不曉得。」
那張側臉像是要說，真的不曉得，所以我很痛苦。健一忽然胸口一緊。
「沒辦法啊，他已經死了。」
這樣的話脫口而出。健一自己都慌了，我到底想說什麼？

「不曉得他是自殺還是不是。總覺得亂成一團，莫名其妙了。可是不管怎麼樣，有些事是只有柏木自己才知道的。別人是無能爲力的，打起精神來吧。」

這話多蠢啊。

少年抬起頭來，從正面定定地注視著健一的眼睛。健一看見倒映在對方眼中的自己。

心臟猛地一跳。

「謝謝你。」

聲音細得好勉強才能聽到，然後少年離去了。

留下落單的健一聽著自己的心跳聲。怦、怦、怦。遲遲無法平復。

爲什麼——我是在震驚什麼？

他的眼神，那種眼神。

是看過彼岸的眼神。

35

一星期過去後的星期一，十五日的放學後，津崎校長召開了緊急家長會議。

參加的家長多達兩百多名。比起柏木卓也剛過世時的會議，人數一口氣增加了。即使對學生的自殺無動於衷，聽到可能是殺人命案，也受到震撼了嗎？或者主要還是因爲有電視媒體參與其中？就算住家附近發生火災，除非波及自家，否則也漠不關心。然而如果火災出現在電視新聞上，就會立刻站起來跑去現場湊熱鬧。佐佐木禮子刻意地抱著這種刻薄的感想。

不曉得是從哪裡聽到消息的，ＨＢＳ立刻提出採訪要求。城東三中拒絕採訪，以「非關係者禁止進入」的立場舉行會議，但家長們出入會場體育館的景象還是被拍到了。許多人注意到攝影機，低頭快步經過；但也發生了幾名家長走近率領攝影小組的茂木記者，厲聲質問，楠山老師趕忙插進來制止的一幕。

柏木夫婦沒有來。

聽說昨天星期日，津崎校長拜訪了柏木家，但只能透過玄關對講機說話，沒能見到柏木夫婦本人。

「就算現在見面，也只是聽你們辯解，我們已經不能相信校方跟警方的說詞了。我們決定等ＨＢＳ挖掘出新的事實。」

卓也的父親柏木則之用模糊不清的細微聲音說。

卓也有個叫宏之、現在念大學的哥哥。告發信的事情曝光後，與津崎校長見面時，宏之就像要庇護被摧折得不成人形的父母，展現出強硬的態度，嚴厲指責津崎，但昨天他沒有出來應門。

「站在我們的立場，即使柏木先生和太太不能過來，也希望卓也同學的哥哥能來參加家長會議。」

會議開始前，津崎在校長室這麼說。

「當然，我們不認爲這樣就能改變他的想法，但或許可以讓他了解，我們並沒有欺騙柏木家的人。」

城東警察署派出來的出席者，有禮子的上司——少年課的課長、禮子、以及刑事課的名古屋，眾人爲了事先商討，在校長室集合。校長這番話是在課長與名古屋先離開校長室後，悄悄對禮子補充的。

「沒有欺騙他們？這話是什麼意思？」禮子平靜地問。因爲柏木家把校長「隱瞞」告發信的行爲視爲一種「欺騙」爲此憤怒。

「也就是說，我們對其他家長的說明，與對柏木家的說明並沒有不同。我們並沒有表裡不一，雙重標準。」

禮子理解了，但還是不得不說這並沒有多大的意義，校長好像終於也開始糊塗了。

「我認為柏木夫妻和哥哥最好不要來參加今天的會議。聽到他們不會來，老實說，我鬆了一口氣。」

「為什麼？」

津崎校長好像真的不懂，禮子忍住想要嘆氣的衝動。

「我們課長跟名古屋兄都是老狐狸了，所以在這兒完全沒透露半點聲色，不過……」

學生的家長一定會提出這樣的問題：城東警察署為什麼、是依據什麼樣的事實來斷定柏木卓也的死是自殺？有什麼不動如山的證據嗎？

「現場很乾淨，死因也是自高處墜落造成的腦挫傷，沒有任何可疑的外傷或無法解釋的遺留物，也沒有值得關注的目擊證詞。確實是如此。這些事實都淡化了這場死亡的犯罪性質。可是……」

禮子到現在都還記得。聯絡到柏木夫妻，從接到噩耗的夫妻口中聽到「最近卓也人很消沉，也拒絕上學，我們本來就在擔心他會不會自殺。」這樣的說詞時，名古屋呢喃了：

——啊，解決了。

「沒錯。那番話就是決定性的關鍵。」

禮子同情起校長來，聲音變小了。

「所以對於沒有遺書一事，我們也沒有深究。聽到父母的說詞時，就形同已經做出結論了。」

事情都已經演變成這種局面了，如果有家長提出質問，更是絕對不能撒謊。課長和名古屋都會據實回答吧。卓也同學的父母這麼表示，所以我們拋棄了犯罪的可能性。

如果聽到這樣的回答，柏木夫妻和柏木宏之會怎麼想？他們應該只會浮現這樣的感想吧！

居然想把辦案時的偷工減料怪到我們家屬頭上來嗎？想把責任推卸到我們身上來嗎？原來如此，所以警方才會不得不跟跟校方聯手湮滅告發信。

「……對不起。」

「妳不用道歉。」

過了一個週末，津崎校長的臉頰變得消瘦許多，但是這番對話讓他看起來益發憔悴了。

「確實就像妳說的。站在警方的立場，如果有人提問，也只能回答事實吶。」

「那場大雪是個瓶頸。如果有人說現場很乾淨，是因爲積雪掩蓋了犯罪的痕跡，若是當時更仔細地調查，也許可以查出些什麼，我們無法反駁。遺體的狀況也是一樣的。驗屍結果確實看不出可以推翻墜樓死亡可能性的地方。可是不管是自己跳下去的，還是被人威脅逼迫跳樓，遺體的狀態都一樣。即使是遭到追趕，爲了逃離而摔落也是一樣。」

可以了，可以了——津崎校長把雙手擋在胸前。看起來就像爲了從接下來不得不面對的殘酷現實利刃保護自己，不由自主這麼做似地。禮子在他的掌上看見了透明的防禦創傷。會議結束的時候，校長一定會遍體鱗傷吧。她只能祈禱那最好不會成爲致命傷。

「眞的對不起。」

禮子的聲音哽咽了。

「我主動請校長把三宅同學的事交給我處理，但我拖拖拉拉的，才會讓事情演變成這種局面……」

「那個時候我跟妳都沒有料想到事態居然會變得如此複雜啊。請不要道歉，那麼我們走吧。」

可能是爲了掩飾腳步的沉重，津崎校長的步伐變得比平常更細碎。這反而看了令人心痛。

家長會議一開始就火藥味濃重。

開頭津崎校長致詞與道歉，說明今天會議的主旨時，家長席就散發出不平靜的氣息。感覺隨時都會有突如其來的發言，或是有人站起來怒吼，令禮子繃緊了肩膀，連抬頭都難過。

「不要低著頭。」

坐在旁邊的名古屋用手肘撞她的側腹部。

「看起來好像我們做了什麼虧心事一樣，抬頭挺胸。」

城東三中那裡，除了校長、副校長、事發時是二年級學年主任的高木老師以外，還有楠山老師和保健室老師尾崎。

沒看到森內老師。

險惡地低聲細語的家長的臉、臉、臉。禮子感覺太陽穴痛了起來。

她在現場的臉孔中尋找藤野剛。她祈禱他在。他也是這所學校的學生父親，此時或許正在爲教師與城東警察署的疏失感到憤怒，但藤野了解事情發展至此的經緯。如果他在場，或許會在某些場面伸出援手。

她懷著一絲希望用視線搜尋，卻沒能發現藤野。

校長才剛結束發言，就像要撲上來似地，第一個問題冒了出來。楠山老師要遞麥克風過去也來不及，一名站起來的父親突然厲聲大喝。

「從校長剛才的話，我只聽得到溫吞的辯解，一點具體的說明也沒有。我們把自己的寶貝孩子交給這所學校，搞不好下一個被霸凌至死的就是自己的孩子，你們卻在那裡念標語似地淨說些漂亮話，教人怎麼能接受！」

贊同之聲四起，家長席激起一陣波濤。

「沒有柏木卓也同學在學校遭到霸凌的事實，他也並非遭到霸凌而過世的。」

津崎校長的臉頰緊繃著，但語氣還是很平和。然而反駁毫不留情。砲火同時攻擊上來。

「你怎麼能斷定！明明就有人寄出那樣的告發信了！」

「是學校隱瞞下來的，對吧？」

「你們把學生的生命當成什麼了！」

主持的楠山老師想要插嘴，但他粗厚的嗓聲也被頂了回來。

「警察也是一樣。你們說柏木同學是自殺的，也是從一開始就抱著這個結論辦案吧？警方跟學校套好了，對吧？如果是事故或殺人就麻煩了，所以決定當成自殺結案，對吧？」

「先有結論，再找證據！草率辦案！」

各位，請遵守順序發言——楠山老師揚起破嗓的聲音。

「你們好好調查過那些不良少年了嗎？他們額外也惹出很多問題吧？一開始柏木同學的事發生時，不是就應該第一個把那些傢伙抓起來問案嗎！」

校長伸手制止楠山老師轉向麥克風，「柏木同學過世的時候，我們沒有任何根據認爲這是一起命案，或必須懷疑什麼人。」

太馬虎了！有人噓道。

「那是因爲校方希望這樣吧？萬一城東三中發生刑事案件就糟了，因爲那樣老師們的立場就難堪了！」

「每一個學生都是各位家長最重要的心肝寶貝，對我們來說，學生比一切都更重要。我們絕對不會把學校的聲譽或體面放在第一優先，做出有損學生利益……」

「事實上不就是這樣嗎！柏木同學被殺了耶！」

啊啊，不行，禮子忍不住閉起眼睛。「柏木卓也可能遭人殺害」的疑心，現在已然變成「柏木卓也是遭人殺害」的「事實」，開始失控暴走了。媒體就是這樣才可怕。

「我想請教城東警察署。」

彷彿被暴風雪侵襲的大海般驚濤駭浪的會場中，有一道格外尖銳而冰冷的聲音響了起來。後方一名高個子男子站了起來。他身穿筆挺的西裝，一看就給人知性的印象。

麥克風傳過去，他確定開關打開後，接著發言。

「柏木卓也同學過世的那時候，不管那其實是殺人還是事故，警方都認爲沒有任何犯罪跡象，對吧？那麼警方斷定是自殺的根據是什麼？」
名古屋裝傻地看著半空中。課長沒有看禮子，轉向麥克風。
「我們排除了其他要素，做出了自殺的結論。」
「但是沒有遺書，對吧？」
「沒有。」
「死因是什麼？眞的是從屋頂墜樓而死嗎？」
「毫無疑問是墜樓。驗屍結果顯示，沒有任何可疑的傷痕。」
「柏木同學的父母對他的死抱持什麼樣的看法？警方當然問過父母了吧？」
這個問題果然來了。
課長淡淡地回答，「柏木同學的父母表示他從好一陣子以前就一直無精打采，擔心他有可能會尋短。」
會場一陣騷動。
發問的男子沒有放鬆追擊，「那麼我們可以解釋爲柏木同學父母的發言是關鍵嘍？」
「我們並非只根據柏木同學父母的發言做出結論。」
「可是這確實是做出自殺結論的重要根據吧？」
禮子倒抽了一口氣。
「是的。」課長回答。
「柏木同學的父母會如此擔心，具體的根據是什麼？比方說柏木同學曾經自殺未遂，或是說過什麼暗示自殺念頭的話嗎？」
這次課長看禮子了。她把臉湊近麥克風。會議開剛始時她自我介紹過，但她再一次表明身分和姓名後，慢慢地回答，「沒有這類事實。」

「而且也沒有留下遺書？」
「是的。」
「警方找過遺書嗎？」
「我們得到柏木同學父母的許可，請他們在場，檢查過柏木同學的房間。」
「什麼也沒找到？」
「是的。」
「他只是個讀國中的孩子啊！怎麼可能留下什麼完整的遺書——」
角落的座位傳來其他男性的聲音，但發問的男性瞥了那裡一眼，讓對方沉默了。
「我了解當時的狀況了。那麼我想請教那封告發信寄到以後的事。城東警察署仔細研究過告發信的內容後，對信中指名的三名學生進行訊問了嗎？」
課長想要開口，禮子先發制人搶答。
「……沒有。」
如果剛才的喧嚷是炸彈低氣壓，那麼這次的喧嚷就是大型颶風了。
發問的男子重新握好麥克風，「警方爲什麼、出於什麼樣的理由，沒有找他們問話？」
「因爲我們對告發信的內容存疑。」
「警方認爲不可信？」
「是的。」
「可是就算找他們問問也無妨吧？他們本來就是惡名昭彰的不良少年吧？再說那封告發信的內容非常具體。上面提到他們把柏木同學從屋頂推落，笑著逃走了。我不認爲這些全都是捏造出來的。」
就是啊！就是啊！——附和聲此起彼落。許多人點著頭，會場波浪起伏。

課長吸了一口氣，就要插嘴，禮子瞅了他一眼牽制，然後說了，「因爲內容具體就認定是眞的，我認爲是很危險的。」

「那是妳的想法吧？」

「柏木同學過世的時間，是去年聖誕夜深夜。根據正式的驗屍報告，推定死亡時刻是午夜零時至凌晨兩點之間。當晚並不是平常的夜晚。學校周圍的住家，有許多人家一直到很晚都還醒著。我們當時進行了綿密的訪查。可是疑似柏木同學死亡的時間帶，也就是晚上十一點到凌晨兩點之間，並沒有人聽到可疑的聲響或腳步聲，也沒有人看到學校有人影或有人出入。」

「寄出告發信的人，不一定就是住在附近的人。」

禮子爲了不輸給底下的喧嚷，提高了音量說，「當然。可是請從現實的角度想想看。如果寫告發信的目擊者證詞是眞的，當時他人在哪裡？信上寫到凶手推落柏木同學，笑著逃走了。可以一清二楚地目擊到這個場面的地方在哪裡？」

瞬間，會場鴉雀無聲。禮子掃視了家長席一圈。

「只有**現場**而已。或是距離現場非常近的地方，也就是這所學校的屋頂。這種事有可能嗎？這名目擊者爲什麼會在那種時間，待在那種地方？那是深夜的學校屋頂。目擊者在那種時間跑到那種地方，究竟是在做什麼？這不是可以用碰巧看到就可以說得通的狀況。」

寂靜的深淵，湧出家長相互質疑的呢喃聲。提問的男子瞪著禮子沉默著。

「從現實的角度去分析，我們不得不認定這封告發信的內容很可疑。此外，如果目擊者眞的看到如此衝擊性的事實，告發的時間點也太晚了。」

「……或許目擊者是害怕了。」發問的男子問。聲音變得低沉了些，「或許他沒有勇氣說出眞相。」

「目擊者獨自一個人承受著這麼重大的事實，默默地看著警方辦案，還有校方的處置，一直等到柏木同學的葬禮結束。不僅如此，他還一直沉默到**第三學期開始**。然後要寄出告發信時，還精心設法不讓自己的筆跡被看出，把信寄給校長和柏木同學的班導森內老師，還有另一個人——也就是寄給了三個人。這是爲了要讓告發信務必會寄到，並且受到處理，非常周到。我實在不認爲一個害怕的目擊者，能做出如此冷靜的行動。」

提問男子這才把視線從禮子身上移開。禮子祈禱他會就這樣坐下，接著說，「我身爲少年課的刑警，很熟悉信中指名的三名學生，他們的確是問題多端的孩子。我本身輔導過他們，也與他們家長溝通過。」

津崎校長看著她，高木主任的臉白了。

「各位家長當中應該也有人知道吧。柏木同學過世的時候，學生之間就已經傳出流言，說是那三個人逼死柏木同學的。那並不是什麼有根據的傳聞。不過柏木同學在拒絕上學之前，曾經在自然科教具室與他們起過衝突，流言就是由此而生。」

坐在前排的幾名女性看著禮子點點頭。

「對於柏木同學是自殺的結論，當時我並不懷疑，現在依然是同樣的看法。不過那個時候聽到這個傳聞時，我問過那三個孩子。我開門見山地問：你們跟柏木同學的死有關係嗎？」

會場掀起異於先前的波浪，課長板起臉來。

「他們三個都很明確地回答，說跟他們沒關係，還說他們跟柏木同學不熟。看來他們對於傳出那樣的流言，也是覺得很困擾的。」

「妳居然相信不良少年的說詞？哪個殺人犯會承認自己殺人啊！」

某處傳來不透過麥克風直接喊出的肉聲，音色就像在責怪。禮子不知道是誰說的，所以轉向聲音傳來的方向說，「他們是問題少年。就像電視節目報導的那樣，他們也惹出傷害四中的學生、強奪財物的禍事來。可是請各位冷靜想想，他們也一樣是國中生，還是少年而已。他們不是職業殺手。把同年級的學生叫到深夜的學校，或是帶到學校，逼他翻越屋頂的扶手，推落殺害，笑著逃亡——才國中的孩子如果做出這種工於心計、心狠手辣的事，能夠一臉滿不在乎嗎？大家認爲我們居住的這個地區，這所學校，眞有如此冷血無情的**兒童**犯罪者嗎？」

誰能反駁，就試試看啊？禮子懷著這樣的氣概。背部因爲負面的亢奮而變得冰涼。

「我不這麼認爲。不是不想承認，而是透過經驗理解這是不可能的事。少年犯罪有時候會發展成殘酷得可怕的悲劇。可是這些悲劇會曝光，都是因爲做出這些事的少年沒辦法滿不在乎地繼續過日子。因爲他們一定會不小心洩漏出自己的所作所爲，因爲他們沒有辦法承受。當我質問時，那三個孩子有點不知所措，但還是回答說沒有，說跟他們無關，我認爲他們的話値得相信，所以我不得不判斷告發信的內容是揑造的。」

發問的男子還是不坐下。雖然沒有具體的質問或發言，但家長席也傳出贊同或反對禮子的聲音，在會場迴響。

「——或許是內部告發。」

發問的男子唐突地說。

「什麼意思？」

發問的男子看禮子，他的視線筆直地撞上她。

「窩裡反。我的意思是，寄出那些告發信的或許是那三個人裡面的其中一個。就像妳說的，或許有人承受不了自己做出來的可怕行徑，再也無法隱瞞到底，所以用告發信的形式告訴外人事實。」

禮子僵住了，這是她完全沒有想過的說法。那三個人？

其中之一？

她的腦中瞬間掠過高個兒的橋田祐太郎的臉。

安靜！請安靜！楠山老師半是懇求、半是斥責地不斷叫喊著。發問的男子緊瞪著禮子坐下了。

「欸欸欸，把麥克風也傳過來啦！」

一名婦人吵吵鬧鬧地從中間左右的位置站起來。她的頭髮染得鮮紅，服裝招搖。

「既然都變成這樣了，警察不會置之不理吧？你們會調查大出同學他們吧？哎唷，說出名字也沒關係了啦，反正大家都知道嘛！」

津崎校長探出身子，「站在我們校方的立場……」

「沒有人指望學校了啦！這是殺人命案，是警察的事啦。警察會調查吧？不在場證明還有指紋什麼的我是不清楚啦，可是不把他們抓起來調查，怎麼會知道呢！怎麼樣啊，喂？」

這次課長牽制禮子走上前來，反正她也說不出話來了。

內部告發——

「我們會回去研究，妥善處理。」

課長這段回答，讓整個會場掀起不滿的怒號。

36

四月二十日，節目播放的下一個星期六午後，淺井松子前往三宅樹理家——內心懷著某個決心。

平常的話，都是樹理去松子家。樹理說松子家是雙薪家庭，可以不用顧忌大人。可是真正的理由好像不只如此。樹理是不想讓她的父母知道她有松子這樣的朋友——只有松子這樣的朋友吧。

樹理有時候會突然按捺不住似地吐露她對父母的不滿。父親愛裝模作樣、母親沒神經。兩個人都不肯好好聽樹理說話，卻一廂情願地拿樹理自誇。說這種事的時候，樹理的口氣真的怨毒極了，有時候讓松子看了有些害怕。

今天也是。如果松子說出她接下來準備要說的事，樹理一定也會變成那種口氣吧，可是不能因爲害怕就打退堂鼓。就算會被樹理討厭，她今天還是非得好好地說出來。她猶豫了很久，但她一直不斷地思考著，終於下定了決心。樹理常說松子沒大腦，一個人什麼事都做不到，而松子有時候也會覺得自己實在沒用，可是今天她不是那個沒用的松子了。她不是那個只會被樹理嘲笑，又胖又不像話的淺井松子。

松子一家三口非常親密。松子以爲他們是很普通的家庭，但是周圍的人經常這樣形容他們一家，也常說他們一家三口長得非常像。的確，父母也都很胖，一點都不輸給松子。然後三個人都很愛吃，所以他們在家總是會做各種料理，也常全家一起去吃電視雜誌介紹的餐廳。不管是像這樣全家一起外食，還是和父母一起做飯、吃飯，松子都最喜歡了。

會胖也是沒辦法的事呢——母親笑著說。誰叫妳是爸媽的孩子嘛。母親邊說邊拍肚皮。是呀——松子也跟著笑了。

即使如此，松子還是試過減肥一次。是剛上國中的時候。當時她跟那個大出俊次還有井口充同班。連新的制服都還沒有穿慣——或者說，連松子的名字都還沒有記起來，他們就開始捉弄她了。肥豬、相撲女、脂肪塊。她還曾經在走廊差點被他們絆倒，或是從背後扔抹布。小學的時候，松子的綽號也叫小豬，卻從來沒有被這樣攻擊性地咒罵過，所以松子簡直嚇壞了。回家跟父母傾訴的時候，她還哭了出來。

我想要變瘦——她說。

母親非常嚴肅地聆聽松子的話。父親也很傷心的樣子。兩人都答應如果松子想要減肥，會很樂意協助她，還說他們早就認爲或許哪一天松子會想要減肥。

不過兩人也都這樣說了：

——可是松子，不管妳是胖是瘦，那兩個叫大出跟井口的同學做的事情都是不對的。

——如果妳只是因爲不想被他們兩個說閒話，所以想要變瘦，那樣是錯的。

——對於妳自己的事，妳必須把自己的想法擺在第一優先。不能因爲別人做了不對的事，就拿那不對的事情當成基準去決定做什麼。

父母說他們一樣從小就很胖，所以也曾被欺侮或捉弄。松子第一次聽到這件事，嚇了一跳。

——那你們被捉弄的時候怎麼反應？

當然很生氣，也哭了，也努力想要變瘦。

——可是不管怎麼做就是瘦不了呀，我就是這種體質吧。

聽說父親也是如此。然後到了某個時期，他們忽然覺得無所謂了。

——這就是我嘛。

既然可以津津有味地享受美食，過得健健康康的，那就好了。

而且也有些朋友不介意我胖、願意跟我在一起。那些捉弄人、欺侮人的傢伙，都沒有發現他們在做那種事的時候，表情有多麼地下流難看。被那種傢伙說的話牽著鼻子走，豈不是太奇怪了嗎？

如果人家叫我胖子，我就老實地應說，是呀，因爲我吃得很多嘛，因爲我喜歡吃嘛。然後我也不再勉強讓自己瘦下來了。

漸漸地，可能是因爲沒反應不好玩，沒有人再來說什麼了。松子，妳也試著這麼做怎麼樣？

可是在爸跟媽小的時候，不管是再怎麼壞心眼的傢伙，就算會嘴上捉弄，也不會動手動腳。這一點是很大的不同。所以如果他們做得太過分，爸媽會去找學校商量——父母這麼說。

松子開始努力減肥，同時即使大出他們來鬧，她也盡量不去在意。松子很怕他們，所以一開始很難做到，但有一次她想起爸媽的話，仔細地觀察他們怪笑著咒罵松子的臉——

眞的，看起來好下流，原來下流就是在形容這種模樣。

她瞬間豁然開朗。我雖然胖，但我不想變成那種下流的人。這麼一想，松子的心活了起來。不管大出他們說什麼，她都漸漸不在乎了，她甚至覺得只能熱衷於這種事的他們好可憐。

結果眞的就像爸媽說的，他們漸漸不理松子了。

然後很快地，她也不減肥了。因爲減肥沒有成效。這也就跟媽媽說的一樣，是體質的關係吧。而且成天在意熱量，擔心體重，心煩氣躁的，也讓她覺得可笑。忍耐著不做自己喜歡做的事、快樂的事，得到的卻是這麼無聊沒意思的事物，這個方程式根本是錯的。

而且這次的事讓松子得到了寶貴的教訓。

會捉弄松子的不只有大出那些人而已。只要他們帶頭戲弄，即使沒有他們那麼過分，還是會有些同學說起一樣的話。就算沒膽帶頭動手，只要有人起頭，就跟著起鬨。當大出他們對松子失去興趣以後，那些同學也彷彿從來沒有這回事地一起收手了。

另一方面，也有些同學雖然才剛認識不久，但是看到松子被戲弄得太過分，就會爲她生氣、擔心。

老師也有很多種。有些老師會責罵欺負松子的傢伙們，但也有些老師視若無睹。有些老師擺出一副松子被欺負是自作自受的態度，也有些老師對松子生氣，叫她要堅強點、要反抗回去。

老師也不是完人。他們也不是完全了解什麼是對的，什麼是錯的。老師也不想做討厭的事，也想逃避麻煩事。然後有時候應該要從這樣的老師身上學到許多事的學生，反倒更清楚不對的事就是不對的。也有人明知道不對，卻故意去做。

從此以後，松子就不太爲自己的體型煩惱了。她會偶爾嘆氣，就只有沒辦法穿上風格可愛的衣服的時候。體質嘛，沒辦法。

和樹理變成朋友是二年級換班後的事，是樹理主動搭訕的。樹理從一開始態度就很親暱，毫不客氣。

松子很快就發現樹理很在意自己臉上青春痘的事。的確是很嚴重。有些女生會因此在背地裡嘲笑她，松子覺得她們很壞，但樹理的皮膚狀況之糟，甚至讓人覺得會引來談論也是沒辦法的事。

這也是體質吧——松子在家和母親聊到。那孩子是個什麼樣的孩子？她很好哇，跟她聊天很開心。那妳可以跟她變成朋友嘍？嗯。

沒錯，松子跟樹理是朋友。她一直這麼以爲。正因爲如此，樹理向她坦白**那件事**的時候，拜託她的時候，松子才會幫忙她。

更重要的是，她當時相信樹理想要做的事情是對的。

那個時候，樹理寄出那些告發信的時候，說信裡頭寫的都是眞的。我眞的看到了。我眞的看到柏木同學被殺了，可是一直怕得不敢說。可是我不能再沉默下去了。所以我要寄出告發信。

松子相信她的話，她想幫忙樹理做對的事，雖然有點害怕，可是也覺得興奮極了。

可是，現在她開始後悔了。

母親去參加了星期一的家長會議。她說她沒有發言，可是聽得很認眞，也把內容都告訴松子了。

松子聽到那封告發信應該是假的。母親說明，刑警說不可能有人目擊到那樣的場面，那太不自然了。

松子驚訝得整顆心都要翻過來了。這麼說來，確實如此。

不能被一個人的說詞、一個人的作爲牽著鼻子走。松子完全忘了應該已經學到的這個教訓。怎麼會這樣，她自己也覺得不可思議。是因爲樹理想要做的事是對的，所以她深信沒有可以懷疑的餘地嗎？

她忘了反問那眞的是對的嗎？

樹理眞的、眞的看到柏木同學遇害的場面了嗎？

難道樹理其實對我撒了謊嗎？

37

四月二十二日，星期一早上，一到學校，整個班上都在熱烈討論。藤野涼子總有些一頭霧水。

今天早上她差點遲到，都是瞳子跟翔子一大早爲了要穿去上學的春季毛衣大吵一架害的。父親已經去上班了，母親也說一早跟人有約，非常趕。然而兩個妹妹卻不肯停止那無聊的爭吵，最後吵輸的瞳子還扯翔子的頭髮把她弄哭，關在廁所裡面不出來。

涼子和母親聯手解決這場混亂，目送母親拉著兩個妹妹的手出門後，檢查門窗和火源，才總算可以上學去。她跑上三年級教室並排的三樓時，鐘都已經響了。眞是千鈞一髮。她第一次這麼驚險過關。

然後她喘著氣才剛在自己的位置坐下，立刻被團團包圍住。

「欸，藤野同學，妳二年級的時候跟淺井同學同班，對吧？」

「她是個什麼樣的人？是個怪人嗎？」

涼子睜大了眼睛，他們是在說誰？

淺井同學？是指淺井松子嗎？

「怎麼，妳沒看新聞嗎？報紙也登出來了。」

她想回答今早忙得沒時間看新聞，但大家都興奮極了，根本聽不進去。他們看出涼子無法提供消息，便又跑去別的小圈圈吵鬧起來。被包圍的好像都是本來跟淺井松子同班的學生。

三年級是依成績來分班。家長質疑這根本是露骨的能力分班，校方便含糊其詞，用其他說詞來解釋分班方法，但畢竟只是藉口。裡頭暗藏著各種手腳，比方說把可以確實推甄上公私立高中的學生編在B班，然後把能透過體育推甄上高中的學生編在D班，由各社團顧問而不是導師爲他們進行升學指導。

涼子所在的A班，全是能夠進入高水準高中，可望爲城東三中締造亮眼升學成績的資優生。相對地，淺井松子是D班學生。所以大家都抓住一二年級時與松子同班的學生想要問出消息。D班以外的班級一定也都發生了相同的現象。不，D班或許也一樣。畢竟新學年開始才剛過了兩個星期。

涼子聽著周圍吵鬧的議論聲，漸漸地也掌握狀況了。雖然從家裡一路飛奔而來的劇烈呼吸平靜下來了，心臟卻反而跳得愈來愈厲害。

二十日星期六下午三點左右，淺井松子遇上車禍，全身遭到強烈撞擊，重傷昏迷，目前仍未清醒，住在加護病房裡。

據目擊者說，是她自己跳到車子前面的。

會不會是自殺？

還是爲了逃離什麼人的追捕？

或是被什麼人推出馬路？

光是車禍就衝擊性十足了。可是至少對目前的城東三中的學生來說，他們無法把這件事獨立看待。家長也不能。

柏木卓也的死，還有它所引發的這次騷動，與松子的事故之間一定有什麼關聯。每個人都這麼想，這麼相信，所以無法不興奮。

寫下那封告發信的「目擊者」是不是就是她？

推測由此又分成兩派。松子眞的目擊到柏木卓也遇害的現場，出於想要告發的意圖寄出告發信，因此她才會被殺害了卓也的那三個人滅口——這是其中一派推測。

另一派則是認爲那封告發信的內容果然還是捏造的。淺井松子爲了想要教訓欺侮弱者的那三個人（同學們都知道她也曾經是大出等人霸凌的受害者），利用了柏木卓也的死，寫了假的告發信寄出。然而效果超乎預期，看見騷動擴大，她害怕起來，無法承受而試圖自殺。

前者的情況，「錯」在大出三人組一方。而後者的情況，不對的則是淺井松子。學生們根據每個人的立場、性情、想法、經驗的不同，支持的說法也各不相同。但是不管怎麼樣，這個假說、臆測，具有足夠的說服力撩撥城東三中的學生——尤其是三年級生的心。

一開始涼子爲了了解狀況，詢問同學，但是她漸漸地啞然失聲了。她睜大眼睛坐在位置上，躲進自己的內在，逐漸與周圍隔離開來。

興奮與好奇、恐懼與憤慨，涼子內心也湧出與其他同學一樣的感情。但是涼子有一點與其他同學有著決定性的不同。因爲涼子直接收到了那封告發信。雖然碰巧因爲父親介入，她沒有實際拆封閱讀，但是告發信的寄件人指名收件的人裡面，三中的學生裡就只有涼子一個。

這個事實讓涼子凍結了。

過去她從來沒有仔細深思過這件事，或許她是故意不思考這件事情。因爲那**其實**不是寄給我的嘛。因爲我的父親是警視廳的刑警，所以才會挑上我。寄件者指望的是我身爲刑警的父親。

一直到今天早上的這個時候，涼子一直都是這麼定義這件事的，已經解決了。當然，她知道學校正當混亂關頭，也想要知道眞相，但那完全只是身爲三中三年級生之一的想法。她曾經一起討論告發信的眞假，也加入談論寄件者是誰的圈子。但這也是身爲三中的三年級生、曾與柏木卓也同班的學生之一的，非常理所當然的反應。

涼子本身對於大出等人殺害柏木卓也的說法存疑。一方面是認爲他們三個實在不可能做到那種地步，同時也認爲柏木卓也不是會那樣聽任大出等人擺布的類型。

老實說，她並不了解卓也，對他的記憶也很模糊。跟他交談的次數，頂多也只有兩三次而已。但是古野章子告訴過她卓也的事。柏木卓也確實是個乖巧型的學生，但是他有自己的核心。至少章子這麼認爲，而涼子也相信章子的感覺。看穿唯一不認同戲劇社奇矯演出的章子眞心，半是調侃，但也半是安慰地對她說「我了解，妳是對的。」的柏木卓也，應該不是那種會唯唯諾諾任憑大出俊次那種人操縱的傢伙。

他──沒錯，他具有「知性」，只能用這種對國中生來說或許不相稱的詞彙來形容。柏木卓也的核心有著「知性」。

那麼那果然是自殺嗎？說出來或許不莊重，不過自殺才適合柏木卓也──比較像他。涼子這樣地得出自己的結論。然後她與章子討論，發現後者也有相同的想法。

「那麼問題就只剩下那些告發信是誰寫的了。」

章子這麼說，涼子也這麼想。只是想要鬧事取樂嗎？還是其實是吃盡大出等人苦頭的被害人，怨恨到甚至想用那種形式教訓他們？

「可是不管被欺負得有多慘，寫那種告發信還是不對的。那種手段不行，把沒關係的人都給扯進去了。事實上連小涼都……」

涼子只告訴章子一個人其中一封告發信是寄給她的，所以章子非常擔心涼子所承受的心理負擔。反倒是涼子滿不在乎地說，那是寄給我爸的。可是這樣的話，既然寄件人知道我爸是刑警，那寄出告發信的人果然還是學生嘍──

在兩名少女的推測中，告發信的寄件人沒有名字也沒有臉孔。雖然討論著或許是他、或許是她，但那完全只是「討論」。對涼子或章子來說，都只是沒有血肉的「討論」。

然而情況急轉直下。

淺井松子，直到去年都還是同班同學的少女。臉和名字連得起來，也可以輕易想起她的特徵。涼子知道她，她是遠比柏木卓也更要親近的存在。

除了胖以外，沒有特別顯眼之處的女生。

的確，淺井松子有點太胖了。涼子也想過松子怎麼不讓自己變瘦一點？如果要問她對松子有什麼看法，就只有這樣而已。反過來說，除此之外，松子沒有任何令她注意之處。

——我以前想過，她人實在太好了一點。

沒錯，淺井松子跟三宅樹理很要好，兩個人老是黏在一起。每次看到她們兩個在一起，涼子就想淺井同學人眞好，覺得她很善良。

三宅樹理不管再怎麼好意看待，都不是個容易相處的同學。自負固執，自我意識過剩，很多女生都討厭她，涼子也是其中之一。雖然不知道爲什麼，但她也時常感覺到三宅樹理似乎莫名其妙地把她視爲勁敵，而這並不是涼子多心。因爲章子和倉田麻里子都這麼跟她提過。她幹麼那樣跟小涼較勁啊？她瞪妳的眼神好可怕耶，小涼妳發現了嗎？

她當然發現了，然後視若無睹，要是牽扯上那種人就麻煩了。雖然沒辦法說出個道理，但涼子在少女本能的層次上，察覺到三宅樹理對自己來說是一個棘手到可怕的存在。還是保持距離爲妙。

然後她也認爲這麼想的不只她一個人而已，大家應該都想跟樹理那種女生保持距離。事實上教室裡就出現了這樣的現象。

在這樣的狀況中，只有淺井松子一個人親近樹理。

涼子覺得樹理待松子並不好，她總是用命令的口氣跟松子說話。有一次涼子碰巧在放學後聽到兩個人說話，打從心底目瞪口呆。沒有參加社團活動的樹理不想放學後一個人回家，居然叫音樂社的松子退出社團。

「反正妳演奏得那麼爛，有差嗎？」

才沒那回事，松子是音樂社不可或缺的社員。三中的音樂社很活躍，會在開學典禮、畢業典禮、運動會和校慶等各種活動上演奏音樂，所以學生也都知道社員的水準如何。

而且松子的音樂成績很好，她會讀樂譜。除了從幼稚園開始就學鋼琴的一些特別的學生以外，以一個國中生來說，會讀樂譜是一件值得驚異的事。這麼說來，她對古典音樂很熟悉，在音樂課的發言還曾經讓老師刮目相看。

而樹理居然爲了一己之私，命令這樣的松子退出社團。她當時的口氣完全就是強迫，而且根本就瞧不起松子。

「像妳這種胖子，就算拿著樂器也只是丟人現眼。我看適合妳的只有太鼓而已吧。」

松子也負責打擊樂器，但主要是吹奏單簧。她從一年級的時候就負責單簧，這證明了她吹得有多棒。樹理不可能不知道這件事，然而她卻滿不在乎地說出這種話來。

那個時候松子笑著說，「可是我喜歡音樂，所以我不想退出社團。」

不管樹理對她說什麼，她都笑咪咪地這麼應。然後還說：

「那樹理也加入音樂社嘛，這樣有社團活動的時候我們也可以一起回家了。」

樹理不理會這個提議。

「開什麼玩笑。一有活動就聚在那裡製造噪音，我才不想幹那麼蠢的事。」

即使如此松子還是笑著，涼子都傻了。換成是我，早就暴跳如雷了。絕交！

然後她發現了。三宅樹理除了松子以外沒有別的朋友，松子沒辦法拋下樹理不管吧。

我實在是學不來。淺井同學人眞是太好了。可惜的是，她的好完全感動不了三宅同學。

倉田麻里子曾經偷偷問過涼子。小涼，我跟淺井同學誰比較胖？跟我說實話。

這沒有什麼好瞞的。因爲不管怎麼看，都是松子比較胖，所以涼子這麼回答。結果麻里子開心地笑了，然後又突然沮喪萬分。

「我不可以說淺井同學的壞話。她人眞的很好，眞的超好的。」

超好的好孩子。

如果那樣的松子是告發信的寄件人的話。

男生裡面，有些人死纏爛打地嘲笑她的身材。當然，大出等人是其中的急先鋒。一年級的時候涼子不清楚，但二年級的時候她也目擊過現場好幾次。

不過就連那種時候，松子看起來也沒有把他們的嘲笑當一回事，爲此受傷的樣子。她似乎是用一種「啊，又來了。」的態度閃躲過去。感覺嘲弄的一方也知道她會有那種反應，所以也不是想看松子難過的樣子，只是看到她就喊聲「胖豬」，這樣罷了。這才是毫無知性可言。松子看起來非常明白捉弄她的那群人有多白痴。

可是——可是如果這只是涼子這麼以爲罷了呢？

如果松子其實深深地受傷的話呢？

傷口日漸加深，還沒有痊癒又被挖開，然後終於有那麼一天，松子再也無法忍受的話。

然後她寫下了那些告發信的話。

被指名爲收件人的涼子是不是應該更嚴肅地看待這件事？她是不是不該用父親是刑警——即使寄件者的目的就是這樣——當成藉口逃避？

如果松子其實是希望涼子收到告發信的話。

涼子是不是有義務回應？在收到告發信的時候，涼子是不是就該採取某些行動？她是不是應該好好地面對寄給自己的信，然後加以深思，採取行動？她是不是應該好好地觀察周遭？

然而我從一開始就全部推給父親、學校、老師，覺得跟自己無關，擺出一張局外人的臉孔。

那個時候——涼子聽到樹理叫松子退出音樂社那種自私的說法，目瞪口呆，忍不住朝那裡瞄，結果和松子四目相接了。松子回望過來。

松子的眼神在說，藤野同學，別露出那種表情，我沒事的。

雖然只有短短的一瞬間，但涼子認爲她確實接收到松子的心聲了，別對樹理生氣唷。眞是溫柔、善良的好孩子。可是噯，算了。既然如此，也不用我多管閒事吧，涼子這麼想。可是，這回這一次，她是不是不應該再袖手旁觀？

「小涼，妳怎麼了？」

同學把手搭在涼子的肩上看過來。

「妳的臉好蒼白。」

其他女學生也擔心地回頭看她。涼子擺擺手，想要說她沒事，發現自己在發抖。

這個時候教室的前門打開，高木老師走了進來。遲到了十五分鐘。

涼子她們二年級時擔任學年主任的高木老師，現在是三年A班的班導。即使處在這種狀況，考試戰爭也不會停下來等待。爲了三中，爲了新的三年級生，爲了成績優秀的學生們，校方派出了老手中的老手負責指導。

「你們在做什麼？快點坐下。」

然而就連老練的高木老師，今早的臉看起來也是緊繃的。這場泥沼究竟要持續到幾時？不管多有意義，今早她都不想聽這個老師的說教。涼子在老師正要開口之前舉手了。

「老師，我不太舒服，可以去保健室嗎？」

過去涼子除了體育課擦傷膝蓋去討ＯＫ繃以外，從來沒有去過保健室。

即使如此，尾崎老師看到涼子，仍然沒有露出吃驚的樣子。她完全沒有意外的反應，只是立刻摟住涼子的肩膀，帶她到兩張床中的其中一張，要她躺下來休息。

裡面的床有人躺著嗎？圍簾拉著。涼子從老師那裡接過體溫計，小聲地問，也是三年級的嗎？

尾崎老師點點頭，用和涼子一樣小的音量說，「是淺井同學的朋友。她努力來學校了，可是打擊果然還是很大吧。」

老師說的「果然」，不是在說隔壁床的學生，而是自己，涼子心想。或許尾崎老師知道我收到了告發信。她即使知道也不奇怪。

尾崎老師測量涼子的脈搏。

「有點快呢。」她輕輕點頭說，「藤野同學，妳現在在生理期嗎？」

「不是。」

「會想吐嗎？」

「不會。可是覺得很冷，頭暈暈的。」

「好像貧血呢。」

體溫計還沒有好，老師在床角淺淺地坐下。

「班上亂哄哄的嗎？」

涼子點了一下頭。

「怎麼樣都會跟柏木同學的事聯想在一起吧。」

「我不認爲是巧合。」

尾崎老師稍稍微笑。

「妳這樣能幹的學生不可以說那種話。不管什麼事，都是有巧合的。」

「可是老師……」

「不可以一廂情願地想，鑽牛角尖。別忘記妳們還只是國中生，還不是大人呀。沒必要去承擔跟大人一樣的責任。」
啊，老師果然知道。不僅知道，尾崎老師還讀出了我內心的想法。
這麼一想，涼子忽然悲從中來。連她自己都嚇了一跳，淚水止不住地流。
尾崎老師安慰似地輕拍她的肩膀，好像媽媽。
「今天不要勉強，回家好好休息比較好吧。要不要我幫妳打電話回家，請家裡的人來接妳？」
涼子搖搖頭，「我家沒有人在。」
「妳媽媽在工作？」
「是的，她是司法代書。她早上說過今天會很忙。」
司法代書？——尾崎老師驚訝地說：
「好帥唷！」
「哪裡會呀？」
涼子故意發出搞笑的聲音，變成半哭半笑了。老師從旁邊的面紙盒抽了一張給她，她擤了擤鼻涕。
「老師，妳誤會了。那是很樸素的工作。」
「才沒那回事呢。要考到資格就很難了。我有個朋友怎麼考都考不上，最後終於死了這條心呢。他說那不是隨便什麼人都做得來的工作。」
「可是我媽很隨便耶。」
笑著笑著，時間到了。拿出體溫計一看，沒有發燒。
涼子覺得冷靜多了。尾崎老師清楚淺井松子的車禍嗎？要不要問問？
這麼一想，又在意起隔壁床來了。涼子不小心斜眼偷瞄了一下。
尾崎老師又細心地看出了涼子的疑問。她在涼子耳邊呢喃似地回答了，「是三宅樹理同學。」

涼子瞪大了眼睛，老師點點頭。

「她們……很要好嘛。」

這次涼子毫不客氣地看隔壁床。拉緊的白色簾幕內，樹理是在哭泣，還是在睡覺？半點動靜也沒有。

或許她只能勉強到校，也沒去教室，直接就衝進這裡了。樹理受到的打擊不曉得有多大，畢竟松子是她唯一的朋友。

直到剛才，涼子還在回想樹理對松子總是高高在上、自私自利，現在卻完全同情起她來了。不，正因爲樹理與松子是那樣的關係，現在的樹理更顯得可悲。

之前樹理完全仰賴著松子這個柔軟的緩衝墊，但一旦剩下她自己，她連站立都沒有辦法了嗎？誰會願意去照顧樹理呢？

樹理她——她知道松子是告發信的寄件人嗎？還是有可能察覺？松子是不是向樹理坦白了什麼？

不太可能，難以想像。仔細想想，樹理跟松子兩個人在一起的時候，說話的好像總是樹理。松子不是應聲，就是被問話然後回答，此外根本沒有開口的份。她們是這樣的關係——

涼子望向尾崎老師，她也在看拉起的布簾。眼睛微微瞇著，似乎正在沉思。

瞬間，涼子心頭一驚。

保健室的電話響了。尾崎老師說了聲「失陪一下唷。」離開涼子身邊。她一邊把體溫計收進白袍口袋，一邊快步走向辦公桌。

尾崎老師剛才那表情是怎麼回事？

迎接涼子，摟住涼子的身體，撫慰她「好了，已經沒事了。」的表情、爲她把脈時的表情、看體溫計時的眼神，在在都充滿了溫柔體恤。尾崎老師就是這樣的老師。她的職責如此，人品也是如此。涼子的身邊雖然沒有，但她知道有些學生是所謂的「上保健室」而不是上學——也就是即使上學也不進教室，而是待在保健室，在保健室、在尾崎老師身上尋求導師無法給予（沒有餘裕給予）的溫暖。

可是剛才的尾崎老師眼神不一樣。她覺得一瞬間看到了老師不應該有的、在保健室任何情況都不需要的某種淩厲的神色。

是錯覺嗎？我今天眞的是整個人都失常了嗎？

尾崎老師在講電話。是、是，她應聲後放下話筒，然後回到涼子身邊，「對不起，我得去職員室一趟……」

老師看起來很爲難的樣子，她不想丟下樹理和涼子。

涼子撐起上半身，筆直坐好。

「沒問題，我會顧著。」

老師笑了，「哎呀，可是妳也是病人呀。」

「我已經沒事了，已經恢復了。」

她沒有撒謊。只是跟尾崎老師聊聊，她的心就一下子變得輕鬆了。

「老師回來之前，我會待在這裡。我不會讓三宅同學落單。或許會有別的人來，到時候我會把床鋪讓出來的。」

交給我吧——她拍拍胸脯說。

「那我五分鐘就回來。」

尾崎老師說，快步離開了。開門踏出走廊時，她稍微回頭看了一下。

她回頭的樣子又令涼子感到掛意。老師，沒事的，妳到底是在擔心什麼？

涼子看向樹理的方向，圍簾文風不動。

她嘆了一口氣，仰躺在床上，罩著白色枕套的枕頭洩出氣來。

她就這樣仰望著天花板好一會兒。平常的上課時間，這棟校舍裡有近四百名的國中生，然而卻如此安靜。靜得就像墓地一樣。

墓地會變成怪談的主題是很理所當然的，可是學校也經常被拿來當成題材，幾乎可與墓地匹敵，這是爲什麼呢？墓地很安靜，一片死寂是理所當然，所以如果有什麼聲音、有什麼動靜就很可怕。但學校儘管理所當然鬧哄哄的、有許多東西動來動去，但有時候看起來又彷彿安靜死寂。就是這種落差可怕嗎？

淺井同學的傷勢怎麼樣了？她還能再回來學校吧？她不會從學校去到另一個怪談題材的地點吧？我不該想這種不吉利的事呢。

涼子感覺有人在看她，轉動了視線。

下一瞬間，她跳了起來。

不知不覺間，圍著隔壁床鋪的布簾打開了約三十公分。三宅樹理正從那裡窺看著她。

樹理整個身體轉向涼子，頭的左側放在枕頭上，臉有一半沉進柔軟的枕頭，伸出來的手按住布簾邊緣。她兩隻眼睛眨也不眨地看著涼子。明明是從下方看向自己，涼子卻感覺到壓迫。就像被按住胸口似地一陣苦悶。

涼子在害怕。

幹麼用那種眼神瞪我？現在在這種地方，也有需要妳跟我較勁的東西嗎？爲了淺井同學的事？只有妳一個人跟淺井同學是好朋友，所以不能原諒我爲了淺井同學的事受到打擊衝進保健室嗎？

涼子硬生生嚥下一口口水。

樹理的視線沒有移動，直瞪著涼子，可是一語不發。

「三宅同學。」

涼子的喉嚨發出令她感到窩囊的沙啞聲音。

「妳還好嗎？尾崎老師去職員室了。可是她馬上就回來了，不用擔心。」

樹理完全面不改色，涼子的視線被她纏住了。樹理又乾又瘦，身材嬌小。才一陣子不見，她的青春痘好像又變得更嚴重了，連喉嚨周圍都長了一堆。

「三宅同學。」

涼子爲了甩開樹理的視線而移動身體。她把兩腳放下床沿，轉向樹理坐好。

「妳會冷嗎？要不要再加條毯子？」

樹理的嘴唇動了，嘴唇也有一半埋進了枕頭裡。可能是因爲這樣，聽不見她說了什麼。

「什麼？」

涼子盡可能溫柔地問。她也試著微笑，可是她知道自己擠不出笑來。

樹理的手動了。「唰」的一聲，布簾拉上了。晃動著回到原位的布簾在涼子的鼻頭前遮斷了視野。

布簾內側，短促而尖銳地，三宅樹理發出裂帛般的大笑。

她笑了。不是涼子聽錯了，三宅樹理在笑。

涼子只能呆坐原地。

38

隔天——

藤野涼子請假沒去學校，也蹺掉劍道社的晨間練習，這是從未發生的事。

前晚她無法入睡。她鑽進被窩裡，思考、思考再思考。然後早上一醒來就拜託母親。今天我不能去學校，媽可不可以也工作休假半天，給我一點時間？我有事想要商量。

還睡眼惺忪地站在廚房的母親邦子細細地端詳了涼子半晌，然後說了，「很重要的事？」

「嗯。」

「學校的事，對吧？」

「跟這陣子以來的騷動有關。」

母親眨了眨眼，就像一口氣清醒似地，表情變得凜然。

「那叫爸也一起來聽吧。」

涼子嚇了一跳，「爸回來了？」

「嗯，不過是早上四點多的時候。」

她完全沒發現父親的腳步聲和動靜。這麼說的話，一夜未曾闔眼只是錯覺，她還是稍微打了盹嗎？這麼說來，感覺似乎也做了什麼噩夢。

涼子沒去學校的事如果被發現，妹妹們一定會吵翻天——爲什麼姊姊可以請假？太奸詐了！——所以涼子趁著早上的忙亂假裝上學去了，躲在房間，直到翔子和瞳子吵吵鬧鬧地出門。都是這兩個臭傢伙，害我還得多花工夫。

「讓爸爸睡到中午吧。」

涼子說，但母親一到十點就去叫父親了。等兩個人都準備好了才能說，這種內容她不想說兩次——母親似乎從涼子這樣的表情看出了事態非比尋常。

父親剛好像也是一樣。洗好臉進客廳的時候，他的眼神從一開始就嚴肅極了。他坐到涼子面前，劈頭就問，「妳說有事商量，是關於那封告發信的事嗎？」

涼子點點頭，然後她從淺井松子的交通事故開始說起。

昨天發生的事——結果在學校無法告訴任何人的一切。還有自己的想法，無法甩開的疑念等等，一切的一切。

＊

尾崎老師一從職員室回來，涼子就回去教室，接下來和平常一樣上課。

一到下課時間，三年級的學生就像出了籠的動物般湧出走廊，或是出入彼此的教室，與知心的好友聚在一起，交換資訊，展開推理，忙著討論。其中也不是完全沒有眞正的動搖與不安，但至少在現階段，它被隱藏在興奮背後了。

知道涼子去了保健室的朋友認爲她是因爲淺井松子的事受到打擊，都對她展現好意，溫柔待她。一向能幹的藤野同學居然會那樣，眞稀奇——她知道同學都這樣看她，眾人的眼神裡感覺不到惡意。沒有人說涼子的反應「太誇張」、「想出鋒頭」。另一方面，也有些女生聽到松子車禍的消息而放聲大哭，早退回家，被大家拿來當話柄。居然像那樣鬼哭鬼叫，是想要強調自己有多纖細唷?哼。尤其女生對女生的批評更是苛刻。

在這方面，原來我是有「信用」的，涼子漠然地這麼想。藤野涼子不會招搖賣弄。

三宅樹理去了保健室的事，大家也都知道。

可怕的是——不，或許是理所當然，涼子想到的事，大家也早就都想到了，並熱烈地討論著。如果那些告發信是淺井同學寫的，她不可能是一個人幹的，三宅同學一定也參了一腳。反倒三宅同學才是「主犯」吧?她們兩個就是那種關係嘛。喂，是不是應該跟老師說一下啊?爲了淺井同學，是不是告訴老師比較好?

即使如此，涼子還是無法鼓起勇氣。她沒辦法下定決心開口，說出三宅樹理在保健室被白布簾圍起的床上大笑——還有瞪著涼子的雙眼泛著寒光。

是的，沒錯，事情就像大家所想的那樣，因爲三宅同學居然在保健室裡哈哈大笑。我親眼看到的，眞教人毛骨悚然。

說到樹理和松子兩人的關係，司令官永遠是樹理，松子總是被動的一方，松子就像樹理的家臣。

仔細想想，松子實在不可能一個人瞞著樹理執行「告發」這麼重大的計畫。涼子甚至無法想像她們一起做某件由松子提議、由松子主導讓樹理幫忙的事情。開口的一定是樹理，而松子聽從，乖乖幫忙。

告發信是不是也是這樣完成的？

被大出等人欺凌的不只有松子而已，樹理也是。沒有其他朋友，在學校也沒有一席之地，不只是大出等人，連其他的學生也冷漠地對她保持距離，甚至是明確地**遭到嫌惡**的樹理的被害情結一定比松子嚴重多了。爲了「報仇」而做出那種事，是需要經年累月的怨恨能量的。

沒錯，不只是對大出三人組的恨意，還有對學校本身、對校園裡的學生本身的怨恨。

淺井松子少了這些。

是三宅樹理寫的，然後叫淺井松子幫忙。沒錯，只要樹理拜託，不管什麼事松子都會笑咪咪地幫忙。

然而告發信卻以樹理自己應該也意想不到的形式落入電視台手中，被製作成節目，使得這個問題跳出了學校與學校附近社群的範疇。

涼子不知道樹理是用何種心情看待這件事。不過既然是她，或許會覺得有意思極了。可是隨著騷動擴大，只會在一旁幫忙的淺井松子自覺到她們犯下的過錯有多嚴重，害怕起來了。畢竟再怎麼說，松子都是個善良的好孩子。

告訴老師實話吧，松子是不是還這麼對樹理細語？

三宅樹理不可能允許這種軟弱。

她不可能允許，她是主犯，她不可能對共犯的背叛置之不理。

放任下去，事情遲早會從淺井松子的嘴巴洩漏出去，必須設法堵住她的嘴——

淺井松子的車禍，會不會其實不是什麼「意外」？

樹理的笑聲在涼子的耳底迴響著。短促的、撕裂空氣般的、彷彿朝著涼子射來的那道笑聲。

因爲一臉蒼白地衝進保健室的我很滑稽？因爲看在知道一切的妳眼中，我像個傻子？妳覺得可笑至極，實在忍不住要笑？

還是妳覺得得逞了、成功了？

可是——其實樹理是不是根本沒有餘裕去笑？

松子人還活著。雖然受了重傷，但保住了一命。她的嘴還沒有完全被堵住。等到她能開口了，她一定會把事實告訴身邊的大人吧。她可是差點被殺了，已經沒必要爲樹理盡人情了，也不可能會庇護她吧。

樹理沒有想到這個可能性嗎？她認定可以把一切就這樣推到松子身上嗎？所以才會像那樣笑嗎？還是她明瞭一切，自暴自棄了？那是豁出去的逞強的笑嗎？沒殺成，沒殺成松子，我失敗了。

自己的想像讓涼子背脊發涼。我們還只是國中生，眞能邪惡到那種地步嗎？

或者難道這不是「惡」？是反擊，是自我防衛，是正當的——復仇。

被關在學校裡，不允許出去外面的我們。即便學校裡待起來是多麼地不適、環境是多麼地刻酷，都被強制待在這裡的我們。

這種積鬱產生出來的事物。

涼子不停兜圈子地反覆思量，她的心扭曲顫抖。如果我是三宅同學，會怎麼做？如果我是淺井同學，會怎麼做？她看著鏡子，將三宅樹理的臉重疊在倒映其上的藤野涼子臉上。到底是什麼樣的心情，才能像那樣笑呢？

然後涼子忽然想到了，在保健室裡，尾崎老師用從來未曾有過的眼神望向樹理那件事。不只一次，甚至是兩次，這令涼子耿耿於懷。
會不會是老師也想到了我現在想到的事？
不，老師知道的會不會更多？她知道是樹理寫下告發信寄出去的。即使不是每一個老師都知道，至少校長和尾崎老師應該知道。
沒錯，校方是不是透過收到告發信後的那場面談，找到了寄件人是三宅樹理的證據……？

＊

一口氣喝完不曉得第幾杯的咖啡，涼子的父親藤野剛這麼問了，「三宅樹理這個人，是個不好相處的孩子嗎？」
涼子立刻回答，「嗯。」
「對老師來說，應該也是個不好處理的學生吧。」
「我想應該是。」
母親站起來，爲父親的杯子斟滿咖啡。她順便倒滿涼子的杯子，然後也幫自己倒滿後，放下咖啡壺。這段期間，她一直眉頭深鎖。
「我很清楚妳的想法了。」父親直直地注視涼子，「也了解妳不得不這樣想的過程了。妳的想法絕不奇怪，也沒有偏見，所以妳可以先放心。」
眞的？涼子反問，聲音不安得連自己都感到意外。
「眞的。」這次母親回答，「妳並沒有錯。如果碰到同樣的經驗，任誰都會這樣想的。」
然後她忽然放鬆了表情補充，「麻里的話或許不一定。因爲那孩子不會把事情往壞的方向想。她或許會覺得三宅同學是因爲淺井同學受傷，打擊太大，所以有點精神失常了，會覺得她很可憐。」

母親也觀察入微，涼子甘拜下風。

「是啊。不過聽妳的描述，三宅同學那種笑法確實不尋常，也就是媽說的那種意思的失常。」

或許三宅樹理眞的精神失常了。

「收到告發信時，爸對校長說，信中的內容很有可能是捏造出來的，不應該盡信，隨之起舞。還說與其拿告發信當成根據追究大出同學他們是否眞的殺害了柏木同學，更應該找出告發信的寄件者，設法矯正那名學生扭曲的心靈。爸也對妳說過這件事吧？」

涼子點點頭，回看父親的眼睛。

「校長贊成爸的意見，或者說，校長自己也這麼想。不過爸拜訪校長室的時候，當時在場的叫高木的學年主任說這肯定是惡作劇，不必理會。」

「很像高木老師會說的話。對了，她現在是我們班的導師。」

聽說她資歷很深——父親說，露出了苦笑。

「所以爸也恐嚇了一下，說如果老師們不理會這封告發信，寄件者很有可能對校方感到失望，直接寄信給媒體，萬一事情演變成那樣，那就不可收拾了。」

「爸是從校長那裡聽到要舉行面談的事還有結果嗎？」

父親搖搖頭，「我認爲要求校方告訴我這些，就過度干涉了，因爲我只是家長之一。那個時候我會提出那樣的意見，是非正式的做法。」

父親就像後悔不迭似地垂下嘴角。爸，難道你正在想早知道那時候就把寄給我的告發信默默丟掉就好了嗎？乾脆也不要讓我看到。

可是就算這麼做，也不可能阻止三中陷入現在這種窘境，不過涼子的立場和心情會有很大的不同。因爲這樣一來，她就不是收到告發信的「相關人士」，而只是單純的學生之一了。

總之——父親換了個口氣，「只要可以找出寄件者，確定告發信的內容是假的，接下來就是校方的責任了。那是教育與指導的問題，不論是以什麼樣的形式，都不是警察該插手的範圍，當時校長和爸都這樣認爲。唔，即使視情況需要借助轄區少年課的力量，也不是爲了處罰寄件者。這部分我想那位姓佐佐木的刑警也很清楚……」

「佐佐木刑警是那個面談時在場的刑警嗎？」

「她是個三十歲左右的女警。」

「那就是她了。」

感覺是個很爽朗的人。

「然後就像妳想的，我認爲校方已經查出告發信的寄件者了。」

聽到父親的話，涼子戒備起來。

「是三宅同學嗎？」

「以現狀來看，這應該是最適當的推測。」

梗在涼子胸口的事物有一部分消失了，果然。

藤野剛抓了抓睡醒後還沒梳理的頭髮，嘆了一口氣，「然而現在這種狀況是怎麼回事？津崎校長究竟在拖拖拉拉些什麼？如果早點處理好三宅樹理的問題，應該就不會演變成這種令人嘆氣的情況了。」

「可是那是因爲，寄給森內老師的告發信變成那樣……」

雖然也不是想幫學校說話，但藤野邦子一看到有人講話口氣重一點，就反射性地想要安撫——這或許是職業病了——她插嘴說，「沒有人料想得到那種事啊。誰想得到森內老師居然會撕破告發信丟掉，而且信還被人撿到，寄到電視台去。」

「就算是這件事，如果趁早處理那孩子的事，電視台記者找上門的時候，就可以向他說明告發信的內容是假的了。那麼一來，電視台的人也不會做出那種節目了。」

涼子問，「爸，你看到那個節目的錄影了嗎？」

「看了。」

父親好像對這個問題不太高興。涼子還以爲父親一定沒看，因爲他這陣子看起來忙得不得了。

「謝謝爸。」

涼子坦率地道謝，結果父親不曉得爲何好像畏縮了一下。

「我是妳爸，這是應該的。」

母親露出一抹微笑，在被父親發現之前很快就收了起來。

「校方的應對或許是太慢了，可是這也是沒辦法的事。對方是個國中女生，而且是個問題重重的學生，對吧？」邦子說，也只能觀察狀況，慢慢親近她，理解本人內心的苦惱，細細地問出她的苦衷。花時間是當然的。「而且學校是教育機關。就算亮出指紋、不在場證明什麼的也不能怎麼樣。難道要把她抓起來嚴刑拷打，逼她承認是她做的嗎？」

這我也知道——父親回嘴說。涼子縮起了脖子，要是演變成夫妻吵架就不好了。

「時機太不巧了，眞的就是不湊巧。只要告發信沒有曝光，這事應該遲早都可以平穩地解決才對。校長也眞是太可憐了，可是……」

現在最可憐的還是淺井同學啊——母親放低了聲音接著說，父親癟著嘴默不作聲。

「爸。」涼子出聲喚道，「我的另一個猜想，爸覺得怎麼樣？」

父母對望了一眼。

「淺井同學不是自己去撞車……而可能是被三宅同學……做了什麼的這個猜想。」

先是母親想要說什麼，被父親加重了語氣蓋過去似地說，「不要想到那種地方去。那真的完全只是猜想。知道嗎？」

這次換成母親推開父親似地探出身子。

「就算不是被人做了什麼，淺井同學也有可能是爲了自己做的事——就算只是幫忙三宅同學而已，她可能爲了自己做的事引發這麼嚴重的後果感到害怕，忐忑不安，失魂落魄，結果發生意外。可能性有很多的，涼子。不可以淨是去想裡頭最糟糕的一種。」

雖然連自己都嚇了一跳，但涼子笑了出來，「是啊。」

因爲我討厭三宅同學——她明確地說出口，所以才忍不住像那樣想，覺得若是她的話，的確很有可能會做出那種事。

「我本來就不喜歡她，昨天保健室那件事讓我更討厭她了。她那種笑法眞的好討厭，感覺好邪惡。所以……」

母親倏地起身坐到涼子身旁摟住她的肩。好久沒有被媽媽這樣摟抱了。

「也不要再這樣一直回想了。妳是妳，三宅同學是三宅同學。如果三宅同學做了什麼壞事，那是三宅同學自己的問題，好嗎？」

媽媽的手好溫暖。

「保健室的事，我是不是最好不要跟別人說？」

「妳不是已經說了嗎？告訴爸跟媽了。」父親輕笑著回答，「這下妳也放下心中的大石了吧？所以沒必要再告訴別人了。」

「小涼，妳明明自己剛才也說了，卻忘了最重要的一點。」母親也笑著搖晃涼子身體說，「淺井松子同學還活著。等到她好了，可以說話了，一定會告訴大家發生了什麼事。只要眞相大白，不管是難過、悲傷還是不好的事，現在這種不透明的狀況都會結束的，會從根本得到淨化。」
就等到那時候吧——母親說：
「淺井同學眞的很可憐，不過這或許是個好機會。現在任何一方都無法動手，複雜糾結的問題可以一口氣解決。不管是柏木同學的事、告發信的事，還是電視炒作的問題。妳不覺得嗎？」
如果淺井松子眞的肯說出眞相的話。
「即使如此，校長還是得負起責任吧。」
涼子睜大了眼睛，「校長會被開除嗎？」
「既然都鬧成這樣了，也是沒辦法的事吧。」
「可是校長又沒做錯什麼，他或許是有點小心翼翼過了頭……」
「在大人的社會，那種理由是行不通的。」母親嘆氣說，「還有森內老師的事，也會變成身爲上級的校長督導不周的責任吧。」
「媽是說撕破告發信丟掉的事嗎？那不是森內老師一個人的責任嗎！」
說完之後，涼子又問了，「對了，關於那件事，你們覺得眞的是森內老師撕破丟掉的嗎？」
父母都露出愣住的表情。
「應該是吧，對吧？」母親尋求應和。
「沒有其他可能了。」父親說。
確實如此，可是——
「我倒覺得森內老師的話，手法才不會那麼拙劣……」
「這不是覺得怎麼樣的問題，涼子，是事實的問題。寄給森內老師的限時信，還有誰可以撕破丟掉？在途中被偷了嗎？要是發生那種事，郵局會被罵死的。事實上告發信不就好好寄到妳手中了嗎？」

手法拙劣，是嗎……？藤野剛重覆道，笑了，「妳也想得眞多。」

涼子一臉神氣地抬起頭來，「因爲我們每天都在觀察小森森嘛。」

「妳們的觀察力不能當眞，妳們還不夠成熟。」

「有什麼辦法，我們還是青少年嘛。」

涼子總算能夠展露笑容了。

涼子請假在家，下午悠閒地度過。她睡了個午覺補充睡眠不足，看完了讀到一半的書。即使如此還有很多時間，所以她翻了一下冰箱。雖然肉會有點少，不過應該可以煮一頓燉牛肉。

妹妹們回家了。瞳子去朋友家玩，翔子去珠算補習班。瞳子，五點前一定要回家唷。翔子，有沒有忘了帶東西？姊，妳今天怎麼這麼快就回家了？今天沒有社團活動啦。咦——那烤餅乾給我們吃！

有這兩個小鬼在，根本不能想事情。可是不知爲何，今天涼子可以懷著溫暖的心情，照顧這兩個吵鬧的小惡魔。

是因爲即使只有一下子，但好久沒有獨占爸媽了嗎？做姊姊的總是只能不停地忍耐嘛。

電話響了。

么妹瞳子是個撒嬌鬼。姊姊在家的話，那我不要去朋友家玩了，我要跟姊姊在一起。她像條金魚大便似地黏在涼子身後。姊，念故事書給我聽嘛。教我寫漢字練習本嘛。

「喂，藤野家。」

涼子接起電話，瞳子緊緊地抓住她的毛衣衣襬。

一會兒後，瞳子忽然睜大了眼睛仰望姊姊問，「姊，妳怎麼了？」

涼子握著話筒，怔在原地。

電話是倉田麻里子打來的。我現在剛回到家，我聽到A班的朋友說小涼妳今天請假，所以打個電話慰問妳一聲，可是不只是這樣而已——

「聽說淺井同學在醫院過世了。」

三宅樹理也請假在家。

昨天結果她沒有回去教室，直接從保健室早退了。樹理的母親看到女兒虛弱無力的模樣，驚慌失措，讓女兒睡了。今天一早，樹理也沒有說什麼，但母親好像一開始就準備讓她請假在家。到了快中午樹理起床的時候，母親說她已經幫她打電話去學校請假了。

樹理默默點頭。

「要吃點什麼嗎？妳餓了吧？」

樹理默默搖頭。

「那媽晚點端稀飯來給妳。」

昨天的晚飯就是稀飯。樹理什麼也沒說，母親也爲她這麼做。女兒身體不舒服的時候，最優先的就是一定要爲她準備容易消化的食物。

樹理去上廁所，在洗臉台洗過臉，又回到房間鑽進床裡。一會兒後，母親過來探望，但她假裝睡著，沒有搭理。

躺著躺著，她眞的睡著了。現在的樹理，要她睡上多久都行。一直睡一直睡，就只有沒有意識的時候，她能夠獲得安寧。

只有與現實隔絕的時候，她的心能夠平靜。

即使如此，她還是動輒在睡眠中做夢，一再地做夢。那總是同一個夢，是松子的夢。松子大喊，松子啼哭，松子哭著跑掉。

樹理追了上去，死纏爛打地追上去，因爲她不能讓松子跑了。

夢結束在樹理的手碰到松子的背的瞬間。

樹理驚醒，窗外已經暗下來了。枕邊的鬧鐘指著晚上六點半。

頭暈腦脹，頭抬不起來。全身使不上勁。這具骨瘦如柴又醜陋，令樹理厭惡萬分的身體——這具甚至讓她覺得如果可以跟別人交換，要她出賣靈魂也行的身體，現在卻感覺一點都不像是自己的。就好像脫離了自己的控制，飄浮在半空中。

她翻身趴倒，靜靜地呼吸，呼吸聲被吸入枕頭。

樓下傳來母親模糊不清的低語聲。她在跟誰講話？在講電話嗎？樹理豎起耳朵，即使如此還是聽不見母親的聲音，於是她滑下床鋪，爬也似地靠近門口。把門打開十公分左右，母親的聲音變清楚了。

「這樣啊，啊啊，這樣啊……太可憐了。她的爸媽一定沒辦法接受吧，眞可憐。」

眞可憐，多麼空泛的口氣啊。媽媽總是這樣。她根本不在乎別人的感受，只有嘴上會說。

她在說誰可憐？她爸媽指的是誰的爸媽？

樹理的心跳加快了，期待讓臉頰火熱起來。誰的？誰的？是誰的？

「樹理好像受到很大的打擊呢，她跟淺井同學是朋友嘛。所以……嗯，嗯。」

淺井同學，是在說松子。

「守靈式和葬禮怎麼安排呢？我想樹理應該也會想去參加。」

可是我沒辦法馬上告訴她，她一定會無法承受吧。是啊，我們家樹理很纖細嘛。

松子死掉了。

靠在門上的樹理抓著門把，人慢慢地崩倒下來。她癱坐在地上，更深地陷入地板。鬆垮的睡衣裡頭，消瘦骨感的身體開始顫抖。骨頭吱咯作響，喀噠喀噠。

牙齒在打顫。

靈魂在打顫。

松子死掉了，死掉了，死掉了。

她再也無法開口了。

樹理想要笑，就像昨天在保健室床上嘲笑藤野涼子那樣。那個時候眞是爽呆了。僞善的模範生嚇得一臉蒼白的模樣眞教她好笑得不得了。妳那是在幹麼啊？有什麼事好嚇得那樣面無血色？我可不在乎呢。

沒錯，我不在乎，一點都不在乎。

松子在樹理面前被車子撞飛了。她鈍重的身體像顆橡皮球似地彈開，飛到難以置信的遠方去。那看起來就彷彿從重力當中解脫了，然而落下時又忽然恢復了重力。

——撞出好可怕的巨響。

松子的身體砸在水泥路面，噴灑出一地髒亂。

事後樹理稱讚自己。她覺得再怎麼稱讚都不爲過。她失了魂似地佇立在原地的時間，就只有松子浮在半空中，然後落下來的那一剎那而已。樹理立刻就恢復了自我，然後轉身拔腿就逃。那一眨眼間做出的迅速判斷。樹理沒有輸。輸給什麼？一切！

沒有人看見她，沒有人注意到樹理。

無人的小巷，無聲地流淚的松子。

那個情景，那道巨響，那絕對沒救了。松子死掉了，樹理這麼認爲。

星期一，她像平常一樣上學去。可是走在路上，她開始想吐，眼前逐漸模糊，浮現松子被撞飛的那個情景。啊啊，松子死掉了，她就要歡欣雀躍，卻作嘔欲吐，實在沒辦法去教室，所以她直接去了保健室。尾崎老師讓她進去休息。

——三宅同學。

妳的臉色好糟，妳果然知道了。淺井同學碰到車禍，妳打擊一定很大吧？

是的，老師，松子她……

——淺井同學一定會沒事的。

淺井同學一定會沒事的。

還以爲她穩死無疑的。還以爲根本用不著確定的，所以才能來學校的。

因爲學校裡永遠不會再有松子了。

——妳稍微躺一下休息吧。

尾崎老師放在額頭上的手好冰。

她覺得尾崎老師的眼神也很冰冷，明明不可能有這種事。

沒事的。沒事的。松子活不成的，她肯定會死的。這還用說嗎？松子老是說，「樹理覺得怎樣好就好。」或是「樹理怎麼說我就怎麼做。」

那妳就快點給我死吧。

看看藤野涼子那副蠢相。妳會冷嗎？要不要蓋毯子？裝什麼假好心，別逗我笑了。妳以爲我沒發現妳討厭我嗎？

乾脆也讓妳變成松子那樣如何？這麼一想，樹理就想笑得要命，再也克制不住。優雅地凌空飛躍的藤野涼子，狠狠地撞在水泥地上！最自豪的那張臉蛋砸得稀巴爛！

涼子？不對，是松子。松子，妳快點死掉啦。咦？松子不是已經死了嗎？

樹理混亂、大笑、害怕，可是沒有跟任何人說上任何一句話。對了，仔細想想，樹理也只對尾崎老師說了句「是的，老師。」後來就沒有再說什麼了。

藤野涼子離開保健室後，媽媽就來接她了。媽媽近乎囉嗦地一再向尾崎老師道謝，帶樹理回家。所以我跟媽媽說了什麼？還是沒說？我只是搖頭點頭而已？

樹理是沒辦法說話，因爲好像一開口就會大叫出來。因爲詛咒的咆哮會彷彿破籠而出的野獸，從樹理的意志控制不到的心底深處衝出來。松子，快點去死！早一秒鐘都好，快點去死！她覺得自己會像這樣一直吼叫，叫到喉嚨嘶啞爲止。

可是現在已經不要緊了。松子死掉了，終於死掉了。樹理安全了，全都結束了，順利成功了。

樓下媽媽還在打電話。好像是打去別家。對了，她是依照緊急聯絡簿，把這個消息繼續傳給下一個家長吧。鈴鈴鈴，淺井松子死掉嘍。

「好的，麻煩你了。」

媽媽掛了電話。樹理抓著門站起來。媽媽，她想叫，因爲說話也沒關係了。她已經自由了，已經不必擔心會不自由主地吼叫出來了。

媽媽，我肚子餓了。做點什麼給我吃，我不要吃稀飯了——

聲音出不來。

樹理的嘴巴空虛地啃咬著空氣。不管喉嚨如何使勁，把嘴唇擠成各種形狀，想要吐出聲音——

三宅樹理都再也無法發出隻字片語了。

39

緊閉的房門裡傳來對吼的怒罵聲。

小玉由利縮起脖子，懷裡抱著沉甸甸的檔案。她只是剛巧經過《前鋒新聞》的工作人員室前面而已。快點離開吧——

可是她停下腳步了。由利東張西望，確定雜亂地堆著裝器材與用品的紙箱和置物櫃的走廊沒有人影後，移動半步，靠到門上，豎起耳朵。

「怎麼能在這種時候停止採訪！」

哎，果然是茂木先生。聲音很大，語氣很硬，但沒有失去冷靜。他總是這樣惹怒對方，然後趁機撂倒。

「什麼採訪！想想你幹出來的好事！無中生有，捕風捉影，結果害死了一個國中生！」

這個激憤的嗓音，對由利來說有些陌生。是編輯組長嗎？還是新聞編輯室的室長？好像不是《前鋒新聞》的節目總監杉浦，可是由利昨天也看到那個人臉色難看地在跟茂木先生深談。

「無中生有？我當然有根據了。你是眼睛瞎了嗎？」

「你說那個什麼告發信嗎？那原本就是可信度令人質疑的東西，根本稱不上證據。」

是在說城東第三中學去年年底發生的二年級男生自殺的事。茂木記者親自出馬採訪，挖掘出那很有可能並非自殺，而是一起殺人嫌疑濃厚的「命案」，而且也有嫌疑犯，以及校方明知道這些事，卻隱而不宣。以這些內容製作了告發的節目，在四月新學期剛開始，就成功讓節目播出了。他維持著好戰的立場，在節目中宣告今後也將繼續追蹤報導此一事件，並呼籲觀眾提供消息。

然而節目播出後，節目當中雖然沒有指名道姓，但報導內容只要是城東三中相關人士，每個人都能立刻看出是在說誰的不良集團三人組。當中算是老大的少年的父親，立刻寄了一封存證信函到製作單位。信中說他們已經著手準備控告節目妨害名譽。

看在派遣人員的庶務小姐由利眼中，光是這樣就已經是非常嚴重的大事了。然而茂木記者拿著存證信函，淨是冷哼。由利佩服極了。她不喜歡茂木，但對於這個人的膽大包天，還是不得不另眼相看。她認為茂木一定是對他採訪到的相關事證自信十足。

事實上，由利因為茂木找不到人手幫忙，被硬抓去採訪那名父親時，差點被對方的怒吼和暴力行徑嚇死。茂木記者還挨揍了。由利其實覺得既然有那種父親，而且從前就是個不良少年，把一兩個性情軟弱的同學欺凌至死，也沒有什麼好不可思議的。她明白這是感情取向的思考，不是理智的邏輯思考，可是即使明白，她就是忍不住要這樣想。

或許茂木先生正在做的事，可能真的是對的——雖然不甘心，不過她有點這麼想。

可是就在上個星期。同一所學校，二年級時跟「自殺」的柏木卓也同班的少女也過世了。這次是無可懷疑的意外或自殺，因為有目擊證人。

然後茂木記者視為證明柏木卓也的死是殺人命案的告發信——指出「柏木同學是被不良集團殺害的，我看到現場了」的那封投書，似乎就是那名少女寫的。

聽說城東第三中學裡面，正被這個流言搞得滿城風雨。不只是學生，連教師都慌起來了。

當然，校方在公開場合上什麼也不承認。不論是兩名學生的死可能有關聯，還是告發信的寄件者是誰。關於後者，校方一下子說那封告發信是外部人士的惡質中傷，一下子又說是學生惡作劇，裡面的證詞是無憑無據的捏造，前後不一。從這點就可以看出現在那所學校有多麼地混亂，但總而言之，校方什麼都不承認。他們只是堅稱在《前鋒新聞》報導前，本校沒有命案也沒有嫌疑犯，這一連串的騷動全是《前鋒新聞》的片面報導所引起的。

上司會勃然變色地大罵也是難怪，這可是不折不扣的報導疏失。

平時也負責整理節目來函的由利很清楚。節目播出後，除了有如茂木記者信徒般的觀眾熱烈「支持」的投書與傳眞之外，數量雖然不多，但確實也有一些對節目的立場提出質疑的聲音。

「會不會有些操之過急了？」

「沒有明確的物證，就把國中生說得像殺人命案的嫌犯一樣，我覺得太過火了。」

由利還知道，比起過去茂木所報導的、揭發校方**真正**試圖掩蓋眞相的事件，其他核心台報導節目的工作人員反應也很冷漠。

——這次是不是不太妙？

這裡耳語，那邊呢喃。每個人都在擔心今後的發展。是不是別再繼續追蹤下去，就這樣裝死，等待風頭自然過去比較好……？

「要是在這時候拋下，死去的孩子怎麼能瞑目！」

茂木記者依然強硬地大力主張。

「我要繼續追查下去。沒有確實的證據可以證明淺井松子是自殺的，她也有可能是被封口的，不是嗎？」

你在想什麼！——對方的聲音走調了。

「你看看現實，好嗎？站在臆測上繼續臆測，你以爲你是在編推理劇嗎！」

推理劇嗎？由利微微苦笑。的確，茂木記者對這件事提出的推測相當戲劇性。就算學校老師一貫秉持息事寧人主義，也不可能爲了卸責，去堵住學生的嘴吧？還是茂木認爲大出俊次他們殺了柏木卓也，這次把告發此事的淺井松子也給除掉了？就算品性再怎麼惡劣，他眞的相信國中三年級的孩子能做到那種地步嗎？

茂木這次搞砸了。失敗了。也沒有好好求證，憑著成見去解釋事實，才會自討苦吃。

——眞是不見棺材不掉淚。

由利重新抱好檔案，躡手躡腳地離開吼聲不斷的門前。

我不想要女兒被人指指點點。由於淺井松子的父母如此強烈希望，城東三中的相關人士都沒有參加她的守靈式和葬禮。唯一的例外只有松子積極投入活動的音樂社伙伴，大家一起爲松子演奏送別的曲子。聽說社員一邊演奏一邊哭。即使如此，他們還是努力不讓旋律中斷，據說演奏的是松子喜歡的曲子。

葬禮後第三天，津崎爲了到松子的靈前上香而拜訪淺井家。他聯絡過許多次，但都被淺井的父母拒絕了，但今天他總算以一個人的條件獲得了允許。

被純白的布包裹著的骨灰罈旁邊，淺井松子的遺照開朗地笑著。照片好像是在音樂社拍的，她手裡拿著單簧管。

津崎無法正視她的遺照。

松子的父母憔悴得不成人形。津崎想起以前松子曾笑著有些害羞地對他說，我爸媽都跟我一樣胖。兩人體格確實都很胖碩，現在看起來卻瘦小極了。就彷彿內容物全漏光了。松子的死，也從父母的生命中挖走了重要的部分，再也不可能恢復原狀了。

不管有多空虛、有多麼沒意義，津崎還是得向淺井夫妻道歉。即使不是道歉就能挽回的事，他還是只能道歉。儘管知道自己的話失去力道，沒有傳進任何一處，消失在虛空之中，津崎還是只能吶吶地道歉、道歉、再道歉。

在漫長的沉默中聆聽著謝罪話語的松子母親，眨動哭腫了的雙眼悄聲說了，「校長。」

是的——津崎抬頭。

「校長也認爲那封告發信是松子寫的嗎？」

聽說整個學校都在傳這件事——依偎在她旁邊的父親也說。兩人都不看津崎，父親看著松子的遺照，而母親頹坐著，垂視自己的膝頭。

津崎猶豫著不知該如何回答。明知一定會碰上這個問題，但別說解釋了，他連聲音都發不出來。就跟三宅樹理一樣。

津崎昨天拜訪了三宅樹理家。她的母親慌得六神無主，津崎幾乎完全沒辦法和她談話，也沒能見到樹理，但是她好像眞的陷入失語狀態了。

接到樹理的母親通知樹理變成那樣的時候，職員室裡的教師反應很兩極。一種是純粹的震驚，還沒有結束。又發生這種事了。就彷彿這所學校、我們的學生被詛咒了，到底要怎麼樣才能脫離這樣的苦境呢？另一種是露骨的嫌惡與懷疑。

「三宅是打算像那樣徹底沉默吧，還可以順便引來同情，一舉兩得。」

是裝的啦——楠山老師不屑地這麼說。在場的職員全看向他，但楠山完全不爲所動，反而是看他的人偷偷摸摸地別開了視線。

津崎無法規勸楠山老師，說他的發言有欠妥當。既然津崎堅稱查不出告發信的寄件者，即使應該大聲勸阻教職員不該只憑傳聞和印象說這種話，他也辦不到了。

對於外界，他還能夠大聲主張。不曉得告發信的寄件者是誰。淺井松子同學的意外死亡與告發信無關。唯有這一點是絕對得死守到底的最後堡壘。但是在學校裡，津崎已經失去了這樣做的力氣。已經沒有人相信津崎了。

我太無能了——他只是這麼懊喪。

到底是哪裡做錯了？是哪裡失策了？他反覆再三地尋思。是柏木卓也死去的時候嗎？是剛收到告發信的時候嗎？是與佐佐木刑警商量，進行學生面談調查的時候嗎？是ＨＢＳ的茂木記者聯絡的時候嗎？是被他的採訪惹惱的大出勝闖進校長室大鬧的時候嗎？

不明白。他明白的只有時間不會復返，失去的生命無法挽回。

「我……」在仍然無法開口的津崎面前，就彷彿忘了津崎的存在，淺井夫人呢喃說，「我不認為……松子跟那封告發信……完全無關。」

津崎微微瞠目。夫人旁邊，淺井先生一邊撫摸著她的背，一邊垂頭落淚。

「因為……因為如果完全無關的話，她才不會死掉。」

緊繃的嘴唇總算動了，津崎發出聲音，「妳注意到什麼嗎？」

淺井夫人茫茫然地看津崎。

「是那個節目以後嗎？」

「是的。」

「我……我和松子一起看了節目。」

夫人說，當時淺井松子顯得非常驚訝，顯然大為動搖。

「她變得無精打采，消沉沮喪。我……一直以為……」

夫人腫起的眼睛再次湧出新的淚水。就好像驚訝自己居然還流得出眼淚似地，她用手背拭淚，直盯著淚痕看。

「我一直以為是自己的學校被電視報導，讓她受到打擊。我還跟她說，這跟妳沒有關係，打起精神來。」

我真傻——她忍住聲音哭了起來。

「她的食欲減少了。」淺井先生說著抬起頭來正視津崎，「我也和內子商量，說她好像深受影響。可是我們都完全沒想到要把女兒和告發信的事連結在一起。」

津崎為了忍住湧上喉頭的嗚咽，用力抿住嘴巴，然後點了點頭。

「我也認爲淺井同學不是那樣的學生。」

但津崎還是克制不住聲音的顫抖，還有語尾痛苦的扭曲。

淺井夫人望向丈夫，兩人用力握住彼此的手。

「校長。」

是三宅同學嗎？——夫人問。

「寫了告發信的，是不是三宅同學……？松子是……幫忙三宅同學……」

這開門見山的問題讓津崎渾身顫抖，「有什麼原因讓兩位這樣判斷？」

「松子跟那孩子是朋友。」

他們說，松子在家裡也經常談到樹理的事。後者來淺井家玩過好幾次，所以夫人也認識她。

「老實說，我們不怎麼喜歡那個孩子。可是只要我稍微透露這樣的意思，松子就會很生氣。她說我完全不懂樹理。」

很像松子會有的反應，津崎又嚥下嗚咽。

「意外——發生那一天。」

淺井夫人強調「意外」兩個字。

「那孩子，說她要去樹理家，出門了。」

夫人說松子看起來很煩惱的樣子，所以她以爲松子跟樹理吵架了。

「我以爲她是要去和好，所以表情才會那麼嚴肅。」

夫人問松子怎麼了，結果松子說沒什麼。但是——

「她說回來以後，或許會找我商量。」

夫人豐厚的手掌掩住了臉。即使掩住，仍然看得見痛哭的表情。

「所以我……沒有再追問更多，就讓那孩子去了。我覺得那樣比較好。她也……不是小孩子了，我覺得不能什麼事都要父母囉嗦地忠告……」

可是松子再也沒有回來了。

「她明明露出那麼害怕的表情……！」

夫人號哭起來，丈夫摟住她的肩。

「我沒有阻止她。我應該更仔細追問她出了什麼事的，卻沒有問她。我還跟她說路上小心，送她出門。我很擔心，可是覺得現在先別多問比較好……」

夫婦哭泣，津崎也垂頭流淚。夫人的後悔有多痛，津崎刻骨銘心。津崎沒有逃避那股痛，反而要用那種痛懲罰自己似地，把有關告發信的一連串狀況說了出來。

「我們在相當早的階段就猜想三宅同學可能是寄件者了，現在我們依然這麼猜想。我們認爲淺井同學可能是被三宅同學請託，幫忙了她……」

「松子才不會做那種事！」

淺井先生滿臉淚痕地怒吼。這次妻子把手放到他渾圓的膝蓋上。

「爸爸……」

「妳也說說話啊！松子才不會做那種事！就算是朋友拜託的，松子才不會幫忙做那種壞事！」

「所以說，」夫人搖晃丈夫的膝蓋，「那孩子應該不覺得那是壞事。她一定以爲告發信是眞的，內容寫的都是眞相。她是爲了想救樹理，才會答應幫忙的吧。」

津崎也這麼認爲。而且松子應該也沒料想到事態居然會變得如此扭曲、不可收拾。她一定以爲只要提出告發，接下來老師就會圓滿地解決問題。

她還只是個國中生，而且淺井松子是個信任老師的國中生。

淺井夫人從褲袋裡掏出手帕，用力抹臉，吐出顫抖的呼氣。

「校長，現在回想，確實不對勁。節目播出以後，我參加了家長會議，聽到警方說那封告發信有很多疑點，回來以後便告訴了松子。那孩子嚇壞了，吃驚的樣子很不尋常。她說警察眞的好厲害。」

松子不像佐佐木刑警推理的那樣，曾仔細分析過吧。這也難怪，直到刑警指出之前，津崎自己也完全沒想到那個疑點。

松子也發現了吧——樹理是不是對我撒了謊？所以她陷入煩惱，不停思考，終於下定決心要去確定。她打算確定了解眞相之後，再向母親坦白。

「她是個很善良的孩子。」夫人呻吟似地接著說，「又溫柔又大方，可是也因爲這樣，有點——思慮不周。我也是這樣，她是像到我吧，粗枝大葉的。只要是自己相信的人說的話，她馬上就會聽信了，校長。」

都是這樣的——津崎說，「即使是大人也會這樣。」

更別說松子把友情視爲比一切都更重要，只要朋友要求她保密，她就會嚴格守密，連父母也不會透露——就是這樣的年紀。

「都是我應對失據。」津崎在遺照前趴跪下來，「我應該更早和三宅同學談談的。然後做出應當處置的話，就不會演變成這種情況了。」

夫人握緊手帕地質問津崎，「校長，那如果那時候樹理跟松子招出是她們寄出告發信的，她們會怎麼樣？會被停學嗎？會被退學嗎？」

津崎想要否認，但夫人不理會，繼續逼問。

「不管是被學校停學，還是被交給警察，校長，我都無所謂的。只要松子人還活著，我一點都無所謂的！」

夫人趴倒下去，淺井先生攙扶她離開客廳。津崎一個人凍結了似地僵在原地。

淺井先生回來，擋在津崎和遺照之間似地坐下。

「那個叫三宅的孩子會怎麼樣？」

言下之意，是在詰問事情都到了這步田地，學校還要再包庇她嗎？

「淺井先生……」

津崎承受不住似地喚道，淺井先生抱住了頭說：

「我知道，我們也明白。松子是自己跳到車子前面的。有人看見了，所以確實是這樣沒錯。我知道的，我知道的！」

聲音破了嗓，有如慘叫。

「松子一定是太傷心、太害怕，甚至忘了衝出馬路很危險。她一定只想頭也不回地逃回家。」

不是自殺，是意外。

「可是她等於是被殺的，難道不是嗎？校長？」

津崎什麼也不能說。

「不只是我們而已，不只是松子而已啊，老師。司機也是被害者，難道不是嗎？校長？」

聽說司機來到淺井家，哭著下跪。司機與淺井夫妻年紀相當，有個和松子同齡的孩子。

「他一次又一次磕頭，不停地說對不起。我們眞是看不下去了。我好想跟他說不是你的錯。可是即使我們原諒他，那個人剩下的下半輩子，都得扛著害死了松子的罪惡感活下去。」

心地善良的淺井松子期望這種事嗎？津崎看著遺照心想。校長，司機先生太可憐了——他好像可以聽到松子這樣說的聲音。

「聽說三宅同學在學校被人欺負。不只是那三個不良少年，所有同學都討厭她，這是內子告訴我的。」

憤怒染紅了淺井先生的臉。

「可是校長，不能因爲這樣，做什麼都可以被原諒吧？還是學校就是這樣的地方？是這種道理可以通用的地方嗎？只要被欺負、被討厭，就統統都是被害者嗎？松子也一樣被人欺負啊。可是那孩子克服了困難。就被算人嘲笑是胖子、是肥豬，她還是笑咪咪的。每個人都是這樣變成大人的。我跟內子也是。所以我們……我們……」

聲音裂成片片，在淚水中模糊了。

「我們一直鼓勵松子，叫她不可以輸給無聊的欺負和惡作劇，難道我們做錯了嗎？我們到底該怎麼告訴松子才對？校長，你告訴我啊！」

淺井先生放聲大哭起來。

已經不曉得是第幾次了，津崎回想起來。與藤野涼子的父親談話時，與佐佐木刑警談話時。

即使三宅樹理眞的是告發信的寄件者，也不能輕率地究責。她比任何人都明白自己做出來的事有多嚴重，如果莽撞地責備她，可能會逼她轉向危險的方向。

——不能讓這所學校在柏木卓也之後出現第二個自殺者。

這個判斷眞的是對的嗎？津崎能夠斬釘截鐵地說那時候他心裡沒有半點「保身」的念頭嗎？不是不能再讓任何人自殺，他更重視的是不是**萬一再有人自殺就糟了**？

沒錯。就是這樣，所以他縮手了，接受了佐佐木刑警的提議，選擇了把事情交給她這個輕鬆的做法。

淺井松子會死，是津崎的畏縮害的。是津崎的膽小害的。

是我害死了淺井松子，津崎在心中不停地反覆。

結果我害死了第二個學生。

「電視台的記者一直打電話來，不曉得是要幹什麼。」

淺井先生喘著氣，滿面淚痕地說。

「是不是姓茂木的記者？」

「我不知道。因爲我不想理他。他們打算這回要把松子的事拿去做節目，對吧？別開玩笑了！」

茂木記者也聯絡了津崎，他確實是在刺探淺井松子的死和告發信的關聯。

「我才不會讓松子變成電視台的玩物。所以校長……」

即使是對憤怒與悲傷都快完全麻痺的津崎，淺井先生那尖銳的視線仍令他難以承受。

「如果校方打算把責任全推到松子身上，我們也自有想法。我就打開天窗說亮話吧。那個叫三宅的學生活著，而松子死了。如果學校爲了不能讓活著的學生死掉，就想把責任全部推到不能說話的死人身上，我告訴你們，事情沒那麼容易！」

津崎用力地抬起頭來，看著淺井的眼睛斬釘截鐵地說，「我在這裡嚴正地向你保證，學校絕對不會那樣做。」

走出戶外，一瞬間頭暈目眩。

津崎差點踉蹌，連忙踏穩雙腳。是因爲這陣子都沒睡好，也沒好好吃飯的緣故吧。

津崎從外套上按住心臟一帶，內袋裡裝著辭呈。

東京都的教育委員會早就要求他辭職了。表示暫時要岡野副校長擔任代理校長，等到狀況有解決的眉目以後，再選定新的校長。

岡野副校長在教育委員會評價不錯。比起經常不小心在學生面前吐露大人眞心話的津崎，岡野被認爲是更適合擔任校長的人才。

柏木卓也的死所引發的一連串問題，岡野副校長完全沒有參與，一切交由校長判斷與指示。乍看之下這似乎是副手寄予信賴的說法，但其實是不是只是打定了主意隔岸觀火？

昨天兩個人商量的時候他也這麼說。校長，我認爲盡快讓校內恢復平靜，才是目前的當務之急。事實呢？眞相呢？津崎反問，他這麼回答：

——事已至此，還有計較這些東西的餘地嗎？

「而且眞相的話，我們已經查明了。柏木卓也同學是因爲無法適應學校生活而自殺。大出同學等不良少年與他的死無關。告發信確實是捏造出來的，但不知道是什麼人寫的，**不知道又有何妨？**」

淺井松子的死是意外死亡，但使她情緒不穩，無法平靜地上學的原因，都是《前鋒新聞》炒作根本不存在的命案可能性，撩撥學生的不安。事實上校長，新三年級生的家長都開始擔心那個報導節目會影響到本校的校譽，擔心學生可能會無法順利推甄進入志願高中。這邊的問題更要嚴重多了——

岡野副校長說的沒錯。城東第三中學遭人陰險地陷害，而電視台誤會這件事，大肆偏頗報導，結果令學校遭到更大的創傷。

我們是被害者。

不要再傷害我們了，也不要再彼此傷害了。如果這樣傾訴，學生、家長、世人也會願意聆聽吧。

一切都會結束，津崎校長只要負起處理失當的責任，辭職就行了。

津崎在按住胸口的掌心使力。透過放著辭呈的信封觸感，他感覺到自己的心跳。

那心跳微弱得彷彿隨時都會消失。

40

淺井松子過世以後，一個星期過去了。

四月三十日，星期二。這天早上，城東第三中學在操場舉行了全校集會。學生們熟悉的景象——長度微妙地過短的西裝底下穿著老樣子手織背心的津崎校長「嘿咻嘿咻」地走上講台的景象，今天卻沒有上演。取而代之，岡野副校長站在那個位置。

大部分的學生並未因此感到不安。松子死後就傳出了小狸子津崎校長遲早會被開除的流言，實際上這幾天校園裡也都沒看見津崎校長的人影。反倒甚至有人惡毒地低語說，居然讓他撐了一個星期。

不過岡野副校長擔任臨時代理校長後，將在今天下午三點於第二視聽教室舉行記者會的消息，仍然令學生大為吃驚、騷動。記者會？電視台會來嗎？報社記者也會來？有哪家八卦雜誌會來採訪？

「就像大家都知道的，去年年底以來，本校接連發生了幾樁不幸。」

比津崎前校長高了十公分以上，輕了十公斤以上的岡野代理校長站到講台上，看起來比小狸子更有派頭多了。他一字一句清晰地發音，讓操場的每一個角落都能聽見，語氣也十分沉穩。如果渾身大汗地說話的小狸子是諧星，那麼岡野代理校長就是個台風穩健的舞台明星。

「雖然如此，原本這全是校內的問題，無論形式為何，只要有任何一點疑問，都應該在校內解決。但由於我們教職員判斷錯誤，結果引來外界媒體輕率的介入，導致事態陷入混亂，我們對大家感到非常抱歉。」

岡野代理校長慢慢地掃視學生隊伍，整整停頓了十秒以上。

「我們會召開正式的記者會，最主要的還是為了解開本校因某節目偏頗的報導而遭受的誤解。然後我們想要盡快恢復校內的和平，讓大家可以安心上學。我把這一點放在第一位。」

為了準備記者會，今天的課上到中午，課外活動一律停止，因此各位同學放學後應盡速回家。岡野代理校長如此淡淡地補充注意事項後——

「正因為是這樣的非常時期，我們更需要打起精神，大聲高歌。」

然後唐突地開始進行校歌合唱，結束了全校集會。

佐佐木禮子透過區的有線電視頻道看了記者會的現場直播。在少年課的刑警辦公室角落，獨自一個人。

到場的記者數目沒有預期中——或者說已有心理準備的那麼多。第二視聽教室的椅子到處都是空位。最前排坐了六、七名記者，但他們的樣子看不出緊張感。其中有一個禮子認識的教育雜誌女記者。她一向採訪嚴謹，報導公正。在學校教室被格格不入的西裝人士占領的記者會場中，她明亮的套裝身影顯得格外突出。

都內電視台前來採訪的，只有播出《前鋒新聞》的電視台ＨＢＳ。其他電視台顯然沒有把城東三中的事件看得多重要。他們把這件事視為《前鋒新聞》、尤其是茂木記者的躁進所招致的失敗吧。淺井松子的交通事故死亡也是，如果把它與柏木卓也的事分開來冷靜思考，非常有可能只是一場不幸的巧合。

即使如此，如果沒有其他重大新聞，這也是揭發他家電視台過失的絕佳機會，所以應該會大肆炒作，但現在也不是那種時機。正值會期的國會正為了執政黨議員的貪污問題纏鬥不休，而且昨天下午都內發生了運鈔車搶案，造成了死傷。其他還有凶殺案。就算不去蹚這灘根據曖昧不明的國中「霸凌事件」渾水，電視台也有追不完的題材。

不過——

禮子看著電視畫面，忍不住皺起眉頭，茂木記者沒有到場。

這該怎麼解釋？上頭終於出手制止他的暴衝了嗎？還是茂木本身有什麼企圖，故意不現身？他是打算藉此表達他認為校方的藉口已經不值一聽的立場嗎？

岡野代理校長穿著剪裁合身的西裝，儀表堂堂，風度翩翩，而且辯才無礙。從他的表情，看不出他對沒什麼記者捧場這件事作何想法。是感到落空？還是放心？表情雖然嚴肅，但語氣十分從容。

他首先大致說明相關事實。發生在去年年底聖誕夜的柏木卓也的「自殺」，沒有任何疑點。指控那是一起命案的告發信，完全是憑空杜撰的「黑函」。城東三中和城東警察署都**未能**查出寄件者的身分，但已經做出結論，認為那只是一場惡質的惡作劇。

禮子忍不住「咦」了一聲，告發信終於被貶為黑函了嗎？三中姑且不論，我們署裡有誰同意了那種結論？

她瞥了空著的課長席一眼，課長剛才帶著庄田出去了。

說明結束後，岡野代理校長的表情變得更加沉痛，表示校長津崎正男為了這一連串的不幸，以及為導致學校經營混亂而負起責任，已經辭職，由岡野擔任臨時代理校長。

關於津崎校長辭職一事，禮子在前天傍晚已經接到津崎本人來電，得知這個消息。津崎的聲音憔悴萬分，禮子想不到任何安慰或鼓勵的話。

津崎在電話裡說明岡野副校長就任代理校長之後，打算如何收拾殘局的大致計畫。不再繼續追查告發信的寄件者身分，也是計畫中的一部分。

「他打算怎麼解決？」禮子問，「事情都鬧成這樣了。」

「不曉得，或許意外地容易呢。」

津崎帶著虛弱的苦笑說。

原來如此，貶成黑函啊。把它說成一開始就根本不應該當眞的東西，一刀兩斷。

岡野代理校長在記者會上拿出備忘，但現在看也不看它，而是抬頭挺胸地繼續說道，「此外，關於這份黑函，曾經發生過過世的柏木卓也同學當時的導師森內，將郵寄送到的這份文書撕毀丟棄的事。」

這回禮子也忍不住「咦？」地發出疑問。這件事也這樣出招啊？到了這個地步，森內惠美子會承認她撕毀告發信丟棄嗎？津崎在前天的電話也沒有提到這一點。

「由於黑函一看就知道內容無憑無據，因此森內老師依自己的判斷將它丟棄了。可是無論內容再怎麼荒唐無稽，沒有向上級報告就擅自丟棄，這樣的態度難免招人非議，是過度輕率妄為了。而且事實曝光後，森內老師因爲過於懊悔自己的魯莽，沒有立刻報告她擅自丟棄黑函一事，使得校內的混亂加劇，這是無從辯解的事實。因此關於森內老師，我們在與教育委員會協議之後，做出閉門反省三個月的處分。本人雖曾口頭請辭，但森內老師還年輕，經驗尚淺，並且受到學生信賴，是個很受歡迎的好老師，所以我本人與校內同仁都認爲森內老師應該留在本校，今後繼續爲學生努力，因此共同慰留了她。」

不開除妳，但是妳要承認妳的確丟掉了告發信——這是交易。丟掉黑函並沒有錯，那是不值一哂的黑函，丟掉是當然的處置。但是沒有和學校上級商量，這就錯了。就這樣妥協吧，森內老師。

大人的解決方法嗎？禮子嘆了一口氣。

就算是津崎，只要他想，也可以用這招。他也不是沒有想過吧。可是這樣做的話，津崎自己無法接受。森內老師不是會做那種事的老師。這封告發信不是可以置之不理的東西——

禮子感到一股胸口深處被刨挖般的罪惡感。如果我不多管閒事地提議而是說，「接下來不是一介少年課刑警該插手的事了。」早早退場——或者快點從三宅樹理的口中問出告發信的眞相，事情就不會演變成這樣了。

津崎太不走運了，但是製造讓壞運氣趁虛而入的機會，禮子也有責任。

電視螢幕中的岡野代理校長咳了一下，繼續說下去：

「如同各位所知，森內老師丟棄的這封黑函輾轉流落到電視台的節目單位手中，引發了這次的騷動。這眞的是令人極爲遺憾的狀況。負責經營本校的津崎前校長與本人岡野，在擁有電視這個巨大影響力的媒體提出採訪要求時，就整理說明錯綜複雜的相關事實，並解開諸多誤會，努力要電視台打消製作節目與播映的念頭，然而還是力有未逮。結果電視台基於不確實的消息與臆測，製作出內容大幅偏離事實的報導節目並播放，對眾多家長與學生造成了衝擊，這令我們慚愧難當。我們萬分抱歉。」

岡野站起來深深一鞠躬，同席的各學年主任也同樣行禮。

鏡頭稍微往後拉，可以看到會場角落站著幾名西裝男子，每個人都一臉苦澀。是來觀看記者會現場的教育委員會人員嗎？沒有列席，是在藉此表達這完全是城東三中本身的醜聞的官方見解嗎？

「特別是——」

岡野代理校長語塞似地，嚴肅地皺起眉頭說：

「柏木同學的父母以自殺這種悲劇的形式痛失愛子，悲痛欲絕，我們卻徒然攪亂了他們的心情，這是再多的道歉都無法彌補的。同時被媒體只憑著一封寫著無憑無據流言的黑函、完全是惡質惡作劇的東西，抹黑成宛如殺人凶嫌一般，飽受傷害的本校學生及家長也是一樣的。對於這些同學及家長，今後我們也將傳達我們誠摯的謝罪之意，並盡力彌補他們所受到的傷害。」

然後，岡野代理校長補充說他的代理校長職務只是暫時的，僅有一個學期。當新校長就任時，他也將和津崎一樣，負起事發時身爲副校長的人應負的責任，向教育委員會自請處分。

記者會進入提問時間。岡野完全沒有提到淺井松子的名字，他打算怎麼處理她的問題？禮子重新坐好，仔細盯著電視機畫面。

記者們舉手發問。和岡野一樣，每個人的語氣都很淡然、平靜，也可以說是公事公辦。

「那麼津崎前校長的辭職理由，只是因爲無法阻止HBS的報導播出嗎？」

岡野停頓了一會兒才回答，「是因爲造成讓報導節目介入的狀況，還有引發一連串騷動的責任。」

「前校長是主動辭職的嗎？」

「是的。」

「柏木卓也同學的父母對於校方做出的結論有何看法？」

「柏木卓也同學的父母從一開始就認爲柏木同學的死，很遺憾地是一場自殺，已經如此接受了。」

「可是曾有人提出那也許是殺人命案吧？」

「那只是傳聞、是惡質的流言，柏木卓也同學的父母也已經了解了。」

這是禮子從津崎那裡聽說的，他說最爲激動、大聲怒吼說他們一直受騙了、要查出眞相的，是卓也念大學的哥哥；可是他並沒有在《前鋒新聞》中登場。站在茂木記者的立場，他應該會想讓卓也的哥哥憤怒的模樣出現在電視畫面才對。

那麼哥哥的心情也已經平靜下來了嗎？岡野代理校長之所以能夠從容不迫地回答，也不只是單純的作態，而是柏木家的問題眞的已經解決了嗎？

柏木卓也同學的父母已經了解了，是嗎？

其他記者舉手，「關於告發信中指名的三個學生，他們現在是什麼情況？」

岡野代理校長不是爲了確認事實，而是爲了繼續維持無比遺憾與抱歉的表情而**換氣**似地，看了一下手上的備忘後繼續說：

「這三名學生當中，其中一名像往常那樣上學，也繼續參加學校活動。其餘兩人從節目播出以後就一直請假沒來，現在依然沒有上學。」

他好像打算絕口不提他們的名字。站在校方的立場，這也是當然嗎？

「爲了讓他們兩人能夠盡快安心地返校念書，我們也正全力以赴，持續與他們的家長面談、溝通。」

「我們聽說三人中有一名學生家長準備控告《前鋒新聞》製作單位妨害名譽，校方知道這件事嗎？」

岡野繃緊了臉頰，「關於這一點，我們並沒有得到具體的消息。」

「視情況，城東第三中學也有可能成爲那場官司的被告，關於這一點，校方怎麼想？」

「這個問題礙難回答。」

「如果家長提出控訴，校方打算怎麼回應？」

「我們會誠心誠意地去面對。」

女記者舉手，「你說只有一名學生繼續上學，他與同學之間不會產生磨擦嗎？他們剛升上三年級，即將面對高中入學考試，應該都相當敏感才對。」

岡野的臉微微鬆開了，「學生們都非常懂事，十分鎮定，與那名學生之間也沒有發生問題。大家都敞開心房歡迎他。」

禮子苦笑。敞開心房，這未免也美化得太過頭了，說是避之唯恐不及還差不多。

不過繼續上學的不是大出也不是井口，而是橋田祐太郎，這是個重要關鍵。他毫無疑問也是惡童三人組之一，一直以來都被同學敬而遠之、排斥、白眼相對。但是如果這次的事成爲契機，讓橋田脫離大出俊次的勢力——事實上就是有這樣的趨勢，才會只有他一個人來學校——禮子相信他不會再回去，周圍學生的態度也可能有所改變。到時候橋田的同學們眞的會敞開心房接納他吧。即使不到那種地步，冷眼相待的情形也會消失吧。

那麼在沒有一件好事的一連串混亂當中，這是唯一的希望，橋田祐太郎或許能夠洗心革面。禮子想起橋田光子那張彷彿把自己失敗的人生完全投射在兒子身上、低垂的陰沉側臉。她來過警署，後來禮子也和她通過兩次電話。光子還是一樣軟弱，滿口怨言，而禮子也只能像平常那樣說些鼓勵的話，但自己多少幫上她了嗎？橋田太太，妳也沒有輸給兒子，好好振作起來了嗎？

禮子好幾次湧出了想要和祐太郎本人說話的衝動，但一直壓抑下來。無論理由爲何，身爲少年課刑警的禮子現在接觸他的話，有可能反而妨礙到他。

那孩子雖然那個樣子，卻有著意志相當堅定的一面，祐太郎本人一定也正爲現在的自己感到驚訝吧。不小心靠近大出俊次這個颱風，被拉扯進去，不可抗力地任憑擺布的這段期間，他是否也對自己當中沉睡著如此不屈不撓的堅定意志毫無自覺呢？

這是引發問題行爲的學生常見的模式。他們在達成某些事、付出某些努力、或是就算微小也無妨地獲得一個成果，建立起自信心、體驗到努力就能開花結果的經驗以前，先被眼前有趣、刺激的事吸引了，被想要做那種事的朋友吸引了。一旦被捲進去，就再也沒有機會發現自己擁有的能力與資質，也無法建立自我評價的基準，隨波逐流，不斷地往壞的方向、往敷衍一時的怠惰與享樂邁進。

可是橋田得到了清醒過來的契機，他重新發現了自己，發現自己意外地有骨氣。

明知會如坐針氈，仍繼續上學，光是這一點，他就比兩三下就屈服的森內惠美子要了不起多了。看到這樣的他，應該也有些同學能好好地看出橋田祐太郎正在改變、想要改變。這或許不是禮子過度樂觀的希望。

女記者接著發問，「那個報導節目播放後，同樣是剛升上三年級的同學，在過世的柏木卓也同學二年級的時候同班的女學生出車禍過世了，對吧？是上個星期的事。」

岡野點點頭，「眞的非常令人惋惜。」

「關於這名女學生，家長與學生之間似乎也傳出可能是自殺的說法，校長知道這件事嗎？」

應該不是因爲被稱呼校長才這麼做，不過岡野代理校長更加正襟危坐了。

「非常抱歉，請問妳是在哪裡聽到這樣的傳聞？」

女記者維持禮貌的口吻說，「我不能透露消息來源，但不只一處。」

「也有家長這樣反映，是嗎？」

「是的。」女記者點點頭，「此外，還有傳聞說車禍死亡的女學生可能是剛才校長說的『寄件者不明』的告發信的寄件者。我想校長應該知道。」

其他男記者插嘴說，「關於告發信，我記得津崎前校長的見解是，那是三中的學生所寫的吧？」

岡野轉向他，「津崎前校長並沒有發表那樣的見解。」

「可是他在上次的家長會議這樣提到吧？」

這名記者似乎訪問了出席那場會議的家長。

「那並不是校方的正式見解，是有家長提出那也是一種可能性。」

「可是調查之後，校方做出結論了，不是嗎？也有人說那可能是內部告發……」

那是禮子想忘也忘不掉的一段對話，岡野會怎麼接招？她忍不住稍微探出身體。

岡野代理校長不爲所動。

「校方並沒有查出寄件人的身分。剛才的問題提到的車禍死亡的女學生，當然也與告發信無關。爲了不幸過世的學生名譽，我必須嚴正聲明。」

他以凌厲的眼神環顧會場。

「我們強烈希望藉由今天這個場面，徹底消滅那類流言蜚語。因此我們才會決定在校內舉行記者會，希望各位理解。」

發動攻勢的男記者瞄了一下其他記者，然後坐下了。第一個發問的記者接著提問：

「那麼今後校方將會怎麼做？你們會繼續搜查或調查，找出寄件者嗎？」

「因爲沒有任何線索，我們認爲再繼續追查下去也沒有意義。」

「那麼這件事就這樣算了嗎？」

「告發信的內容是空穴來風的這一點已經非常清楚了，所以我們認爲沒有必要再繼續追究下去。對於各位家長和學生，不明白的事情就坦誠地報告不明白，我認爲這才是我們該有的正確態度。」

噢——記者點點頭。女記者又開口了：

「剛才提到的女學生，她車禍死亡的狀況沒有任何可疑之處嗎？」

「妳說的可疑之處是指……？」

「因爲有人懷疑是自殺……」

「我們從負責勘驗這場事故的城東警察署負責人那裡聽到，是女學生突然跳到行駛中的車輛前面而發生車禍。我想自殺的說法就是從這裡來的，但是從狀況來看，也不能說該名學生一定是故意跳出去的。也有可能是一時疏忽。」

「報導節目的影響呢？過世的女學生是不是看了節目，受到很大的打擊？」

「是的，這是事實。」

岡野像是咬住獵物似地回答：

「她是正值敏感年紀的女學生。剛才各位記者的問題中也提到，剛升上三年級的學生也是考生，他們很容易爲了一點小事受到影響，胡思亂想。此外，過世的女學生是個很善良溫柔的好孩子，我聽說柏木同學自殺的時候，她也非常傷心。光是同學死亡的悲劇就已經夠令人難受了，雪上加霜的是，自己就讀的學校還被電視媒體宣傳、貶低得彷彿犯罪集團一樣。這件事不可能不讓她受到影響。而且她的父母也表示她在車禍過世之前，就非常沮喪、鬱鬱寡歡了。」

另外的記者舉手，「關於森內老師的處置，三個月的反省期間過去之後，她就會復職嗎？」

岡野代理校長露出微妙作痛的表情，「關於森內老師，我們也再三與她懇談過，但她本人辭意堅定，今天校方已經受理了她的辭呈。」

「她是主動辭職嗎？不是被免職嗎？」

「本校做出的處分完全是反省，辭職是森內老師的意思，並不是免職。」

教育記者的女記者提問，「這次的騷動，有可能給即將面臨高中入學考試的學生帶來不好的影響嗎？」

「妳說的不好的影響是什麼意思？」

「比方說，我聽到傳聞說有幾所名門私立高中只是聽到城東三中的名字，就直接不錄取了。」

「這是傳聞吧？不是該校相關人士的發言吧？」

女記者有點退縮，「呃，是的。」

岡野代理校長毅然環顧眾記者說，「本次一連串令人憂心的狀況會對本校新三年級生的升學造成負面影響的疑慮，我希望能夠透過今天在場的各位的正確報導來掃除，絕對沒有這種事。沒有一所高中表示因爲這次的事件，而不錄取本校的學生。」

記者席後方舉起另一隻手，「校方預定舉行說明會，向家長說明今天記者會的內容嗎？」

「我們預定將今天在這裡向各位報告、以及回答的內容製作成書面報告，分發給各位家長。」

因爲如果舉行說明會，不曉得又會冒出什麼新問題，弄巧成拙。

「我們城東第三中學的職員將齊心協力，盡快恢復校內的平靜與秩序，打造一個可以讓學生開朗、安心向學的環境。」

記者會在岡野代理校長這番可以說是致詞也算是宣言的發言中結束了。

——結果這就是結論嗎？

醜事讓津崎一個人扛下，森內惠美子也離開了。柏木卓也和淺井松子不管再怎麼悲憤，也不會復生。

但是其他許許多多的學生還有未來，新三年級生還有迫在眉睫的入學考，不能永遠被絆在這灘泥沼裡。

——謠言遲早會風化。

等待狀況自然沉寂下來，或者說風化消逝。依現狀來看，岡野採取的這個方針應該沒錯。

話說回來，茂木悅男是怎麼了？他沒到場的原因可以想像得到，不管是從好的角度還是壞的角度。

不過他應該不會就這樣默默退場吧，禮子心頭的陰霾沒有散去。

事實上，三中的學生不需要等到風化這麼久的時間。

岡野代理校長的記者會看在學生眼裡，就像是一場儀式。如果儀式這種說法過於沉重，說是「活動」也行，而這場活動發揮出比主辦者所預期的更強烈的鎮定效果。

眞相不明，然而如今已經沒有人主動去提它了，就連藤野涼子也是如此。

眾人討論焦點的大出俊次和井口依然拒絕上學，三宅樹理也從校園裡消失了。老師們怎麼處理他們和她的問題，學生們不知道，也沒有人想要去知道。

他們和她原本就是校園裡的異端分子，是討人厭的一群。以柏木卓也的死爲開端，一連串的騷動讓每個人都飽受驚擾，但事過境遷一看，甚至有種「討厭鬼」從校園裡被一掃而空，大快人心的氛圍。

例外只有同樣是討厭鬼第三名的橋田祐太郎。也幸虧一直持續上學的他本來就極端話少，也不會主動跟周圍的人混在一起，或是找別人的碴。他近乎意外地順利回歸、融入「普通」的校園生活。他還參加籃球隊的活動，幾乎每天都參加練習。

橋田不是個天生的壞胚子，他只是不小心誤入歧途罷了，所以也有些朋友爲他的這種轉變感到欣喜。

然而在這種狀況下，卻也有件無論如何都揮之不去的沉重事物，也就是悼念淺井松子的心情。也有許多學生事到如今才驚覺，原來松子是個如此討人喜愛的女孩。

和她一起投入音樂活動的音樂社社員都爲了深切的悲傷與喪失的痛楚茫然自失。松子的死太沒有道理、太殘酷，不管怎麼勸解，伙伴們都無法咀嚼、消化它。

因此對三宅樹理幾乎是懲罰性的苛刻流言，在音樂社裡也格外地根深柢固，有時甚至會猛烈地浮出檯面。新的三年級生的社員裡，甚至有人主張老師們應該知道眞相，想要直接去職員室談判，或是造訪城東警察署。

對此，岡野代理校長也難以處置。松子的意外有目擊者。路過現場的行人看到意外現場，告訴了警察。在一連串不透明的事件連鎖中，只有這樁不幸擁有與學校無關的第三者的證詞。所以松子並不是遭人殺害——校方想要像這樣解釋給社員聽，但社員主張這不是他們的重點。問題在於淺井同學到現在還是被懷疑是告發信的寄件人！這豈不是等於把壞事都推給無法辯解的死人嗎！

安撫激動的音樂社員，為他們解開心結的，不是別人，正是淺井夫妻。

社員們經常到淺井家給松子上香。夫婦目睹女兒的好友們就和痛失愛女的他們一樣，無法承受喪友之痛而難過。

淺井夫妻開始思考。

松子是個溫柔的女孩。她會希望喜愛音樂，與她一同投入活動的伙伴們永遠就這樣被她的死所束縛，痛苦掙扎嗎？

夫婦倆開始找機會與音樂社的社員聊天。松子喜歡大家，她現在一定也期望大家放眼明亮的未來，也一定正在為大家的幸福祈禱。她一定希望大家演奏讓聽眾感到開心的音樂吧。所以請大家別再憤怒悲嘆，展望未來吧。

「聽說他們還叫大家不要再生三宅同學的氣，別再管她了。」

藤野涼子是從古野章子那裡聽到這件事的。章子在音樂社有個從小學就一直很要好的朋友。松子死後，那個朋友有段時間甚至傷心得食不下嚥，讓她很擔心。

「音樂社的人好像對松子的爸爸媽媽說，你們這樣就行了嗎？因為這不是太讓人震驚了嗎？淺井同學被那樣誣賴，做父母的居然要接受。」

淺井夫妻說他們並沒有接受。可是如果要讓真相大白，大概就得揭發與松子要好的朋友的罪。松子應該不希望那樣。

「那淺井同學的爸媽也認為捏造告發信的主犯是三宅同學嘍？」

明明知道，卻不想要懲罰三宅樹理嗎？因為——因為松子會傷心。

「主犯？這說法真像刑警的女兒。」章子笑道，「每個人都這樣想吧？妳一定也是吧？」

保健室發生的事，涼子就連章子也沒有說，所以她把「不是想，我是**真的知道**。」這話吞了回去。

兩人結束各自的社團活動，正踏上歸途。涼子與章子並肩走在一起。章子因爲全程陪一年級生做發聲練習，喉嚨似乎有些難受。

「然後呢，聽說淺井同學的父母提案，要舉辦一場追悼義演。」

「義演？」

「嗯，六月最後一個星期天，在體育館。學校好像答應了。不是售票，而是在會場入口放捐款箱，要把募到的錢捐給交通事故遺孤育英基金會。」

好像要演奏松子生前喜歡的曲子。

「音樂社的人都覺得必須拚命練習才行，好像打起精神振作起來了。對三年級生來說，那將會是告別演奏會，所以他們也都很努力，準備要好好表演。」

「這樣啊……太好了。」

涼子隸屬的劍道社，一直到六月底是三年級的活動期限。但今年因爲發生那些事，社團活動常常暫停，所以從新學期開始到現在，幾乎沒有進行過什麼像樣的活動。《前鋒新聞》騷動的時候，顧問老師也說記者有可能再來採訪，命令三年級生暫停社團活動。即使如此，涼子還是一定會去參加晨間練習，但她自覺集中力變得散漫許多。

章子參加的戲劇社因爲是文化社團，三年級可以一直活動到整個暑假結束。暑假尾聲預定舉辦三年級生的教室告別公演，章子本來也預定登台演出，但剛才她告訴涼子她在今天的會議上辭退了。

「本來要演安部公房的戲，可是總覺得不想了。」

章子的表情難得陰沉。

「我想到很多事。一、二年級的不是要任性說什麼這種莫名其妙的劇本演不起來，就是賣弄歪理地解釋劇本。我想要一個人慢慢想一想——比起上台演出，我想要以寫作爲優先。」

而且還得準備入學考——章子吐了一下舌頭說。

「章子要退出社團的話，我也一起好了。」涼子說，「然後我們可以每天一起念書。」

「嗯，這樣不錯呀。小涼，妳可以當我的家教嗎？」

章子連要報考的大學和科系都已經決定了，是她尊敬的劇作家從就學時就創立小劇團活動的大學。所以她是從要念的大學倒算回來，決定高中志願學校的。章子的成績絕不算差（她在B班排名前段），所以應該可以輕鬆考上吧。

我該怎麼辦呢……？眞羨慕有目標的章子。考慮到家裡的經濟狀況，而且底下還有兩個妹妹，她知道最好是進公立高中，可是那樣一來，受到學區限制，能報考的高中就有限了，而且學區裡沒什麼吸引她的學校。至少在現階段。

「原本要在這個月舉行的師生家長面談，也變成下個月了呢。」

「我倒是覺得被判了緩刑。」

章子「啊哈哈」地笑了，臉上的陰霾消失了，「小涼沒問題的啦。妳就選妳現在的成績能上的最好的學校嘛。只要上了好學校，大學的選項就多了啊。」

「眞隨便呢。」

「才不是，這樣才叫普通。像我爸媽就很擔心，說妳現在就這樣決定將來的目標好嗎？他們認定搞戲劇什麼的根本就是在追星，所以更擔——」

章子嘴巴半開，停下腳步，猛力拉扯涼子的制服袖子。涼子先看章子一眼，然後望向她的視線前方。

兩人就快走到當地傳統商店街的入口了，半年前才在轉角開店的便利超商門口就在眼前。那道自動門打開，大出俊次正走出來。

晚了一拍，俊次也注意到她們，停了下來。距離只有兩公尺。

雖然是老樣子了，但他的衣服看起來好貴——涼子心想。雖然只是襯衫配牛仔褲，但襯衫的領子樣式是時下最流行的，牛仔褲是復古款的吧。涼子不可能看得出來，但以前本人吹噓過他非復古牛仔褲不穿。那雙鞋跟被踏扁的運動鞋，她記得在萊布拉大街的專賣店櫥窗看過，應該要價三萬圓左右。

「幹麼？」大出俊次朝她們出聲，面無表情。沒有怪笑，也沒有突然瞪人。當然，也不是在問她們事情。只是毫無意義的搭訕。除了這句「幹麼」，他大概沒有可以跟別人招呼的詞了吧。

因爲沒有其他話可以說，涼子開口了，「沒什麼，午安。」

章子嚇了一跳似地看著涼子，什麼午安啊？

「回家唷？」

是啊——涼子點點頭。章子放開了涼子的袖子，身體挨近上來。章子曾經憤憤地說過，她其實很怕那種有理說不清的傢伙。涼子當時很吃驚地問，妳被他們糾纏欺負過嗎？章子說明，不是有沒有被糾纏過還是被欺負過的問題，我討厭那種沒辦法溝通的人，簡直像外星人。

涼子覺得可以了解，所以現在她也很自然地挺身護住章子。

哦？俊次用鼻子哼了一聲應道。涼子跨出步子，因爲她覺得只要說聲「再見。」經過就沒事了。然而大出俊次不曉得在想什麼，蹓達著在兩人身後跟了上來。

「聽說前陣子學校開了記者會？」

哦，他想打聽這件事啊？「好像是。可是我們也被趕回家了，所以不清楚。」

「我爸在有線頻道看到了。」俊次說，「他本來要殺過去，被律師阻止了。」

可以說是聰明的忠告吧。

「小狸子捲鋪蓋走路了吧？」

「嗯，副校長現在是代理校長。」

「兩邊都不是什麼好東西嘛，有什麼差嗎？」

「可是總得有人當校長。」

章子變成同手同腳走路了。雖然知道章子全身都在抗拒，涼子卻也因爲這個難得的好機會而忍不住好奇。大出好像想要知道現在學校是什麼情況。這是怎麼回事？

「學校已經差不多平靜下來了。」

涼子慢慢地走著，背對著大出俊次說。章子走在半步之前。

「怎麼？」俊次又說了，這次口氣凶狠，「只有我一個人吃虧唷？」

「可是你們不是要告電視台嗎？」

一時沒有聽見回應，所以涼子放慢腳步，輕輕回頭。俊次噘著嘴巴，眉頭擠出皺紋，小小的黑色瞳眸歪向一邊。眼神眞夠壞的。

「那個沒用的小狸子也要一起告。」他連話聲都變得尖酸地說，趿著運動鞋繼續跟上來。

「這樣啊。」涼子不當一回事。

「我說妳們兩個啊……」

大出俊次的音調變高了。話聲拖泥帶水的，裡頭卻暗藏著恫嚇般的音調。章子的背繃住了。

「反正妳們也覺得是我幹的吧？」

涼子輕碰章子的手，停下腳步。章子回過上半身，不安地與涼子對望。涼子對她微笑，然後轉向俊次。

「我不知道學校裡的人怎麼想。我沒有一一問過，也沒辦法每一個都去問。可是我並不這麼想，我想我的朋友也是一樣的。」

柏木同學是自殺的──涼子語調柔和地，但是明確地這麼說。

俊次直盯著涼子看。明明是直視，眼神卻是斜斜地射過來。這是因爲他從來不曾正視過什麼東西吧──

涼子心想。

「如果你介意，到學校來不就行了？那樣就可以自己確定了。」

俊次突然笑了起來，就好像涼子說了什麼笑話逗笑他似地。

「少蠢了，那種學校誰要去啊？」

「井口同學也沒有來，可是橋田同學來上學了，他一直都去參加籃球隊的練習。」

應該不是涼子看錯了，但是聽到兩人的名字瞬間——尤其是「橋田同學」的瞬間，俊次的眼神掠過令人心驚的怒意。

「兩個都是窩囊廢！」

逃避的人才窩囊吧？但涼子沒有笨到把這話說出口。倒是該怎麼繼續對話下去呢——

接著連自己都意想不到的話脫口而出。

「大出同學，你也吃了不少苦吧。你一定很為難。」

俊次好像驚訝到連怒意都煙消霧散了，但是驚訝也一眨眼就消失無蹤，變成了涼子熟悉的大出俊次的表情——邋遢扭曲的笑。

「有夠假的——明明就覺得我活該。」

涼子沒有敗下陣來，「我只是覺得明明沒有證據，就指控別人是殺人犯，這樣不對。只是這樣而已。」

再見——涼子這次真的道別，催促章子往前走。

結果背後傳來調侃般的聲音，「如果有證據呢？有證據的話妳怎麼辦？」

涼子瞬間停步，這次她必須用力才有辦法回頭。

「**有證據嗎？**」

她是在問大出俊次心裡有底嗎？這傢伙知道這話有多嚴重嗎？

我哪知道啊？——俊次不正經地笑。

「條子應該正在捏造吧，還是學校？」

「要是捏造證據，又會被拆穿是捏造的。大家才沒那麼傻。」

涼子丟下這句話，大步往前走。雖然沒必要轉彎，但她在下個轉角折了進去。章子也毫不猶豫地跟上。

一會兒後，兩人悄悄回頭。俊次已經不見了。

「啊啊，嚇死我了。」章子撫胸吐氣，「對不起，我超怕他的。」

「我懂，對不起唷。」

我也眞傻，到底想要問出什麼？同情他什麼？他那種人明明不可能懂我們的心情。

「小涼，妳發現了嗎？」章子壓低聲音問，「他眼睛上面有瘀青。」

涼子沒發現，「眞的嗎？」

「嗯。快消了，可是確實是瘀青的痕跡，應該不是我看錯了。他是沒來學校，到處閒晃，又跟人打架了嗎？」

他爲什麼會那個樣子呢？——章子低聲說。

「我從以前就一直不懂，像那樣過日子，到底有什麼好玩的？有什麼目的？我完全不懂。」

「給別人製造麻煩，讓他覺得好玩吧。」

「啊，我想到超討厭的事了。」章子按住額頭。

「我懂，我也想到一樣的事了。」

如果眞的是大出殺死柏木卓也的就好了。而淺井松子目擊到這一幕，加以告發，大出急忙堵住她的嘴，而大出那個荒唐的父親也參與其中，所以兩個人一起被警察抓去——要是這樣就好了。

邪惡，必須斬草除根。

連假期間，涼子勤奮念書。她仲裁了妹妹們的吵架五次（受不了，這兩個傢伙只要一整天在家就吵翻天！）烤了餅乾和蛋糕，和母親一起去逛街，要媽媽買了夏季裙子給她。父親幾乎不在家。

假期結束上學一看，A班的學生裡有兩、三個曬得特別黑。說是去夏威夷、關島、希臘玩。眞奢侈。不只是錢的問題而已，他們不用念書嗎？不過那幾個的話，應該不用擔心成績吧。

世上就是這麼不公平。

井口充來學校了！——第二節的下課時間，她聽到了這個新聞。井口跟以前一樣遲到，剛剛才來的，現在正乖乖地坐在D班的位置上。

涼子的腦中閃過連假期間以那種形式不期而遇的大出俊次。**兩個都是窩囊廢！**聽到橋田的名字瞬間，他的眼睛就像潑上顏料似地，清清楚楚地染得通紅。

井口來學校，算是對大出的背叛嗎？還是完全相反，是在爲大出開道？

他想知道學校的情況——當時的大出俊次，看在涼子眼中就是如此。那算是表現出他無處容身的寂寞嗎？不管再怎麼討厭，既然身爲國中生，除了國中以外，沒有地方容得下他。被活火山般暴跳如雷的父親大人命令「不准去學校。」他應該是很高興的，應該可以大搖大擺蹺課的，可是——

涼子沒有時間慢慢細想這件事。

因爲吃完午飯的午休時間，走廊發生了騷動。此起彼落的大叫與尖叫、疑似玻璃破掉的聲音，連待在教室裡都聽得到。同學們面面相覷，涼子全身緊繃。這次又是什麼？又發生什麼事了？每個人的臉上都這麼寫著，這裡可是學校耶。

一名男生氣喘吁吁地衝進教室裡來。

「井口跟橋田打架——！」

他指著走廊，身體折成兩半，快吐出來似地顫抖著。

「井口從三樓的窗戶掉下去了！」

41

這樣的騷動已經是第幾次了？臨時停課，城東三中的學生被趕回家了。

由於沒辦法全校學生同時離開，所以得在教室等著依序放學，結果藤野涼子從正門離開學校的時候，距離騷動發生已經過了一個小時以上。一起出來的三年A班同學全都一臉依依不捨地牛步前進，望向玻璃窗玻掉的西側樓梯三樓平台窗戶，或交頭接耳，竊竊私語，然後被守在正門的老師們斥責——

簡直就像從火災現場被趕回去的看熱鬧民眾。每張臉上都有些興奮，但每張臉都看不到嚴肅的表情。有些女生不舒服似地垂著頭，但沒有人哭，照顧她們的朋友也沒有跟著一起慌亂。每個人都很鎮靜從容。

大家都習慣突來的騷亂了嗎？在這所學校，「事件」已經愈來愈不稀罕了，幾乎都快變成家常便飯了。哪能動不動就跟著大驚小怪啊——是嗎？

「小涼！」

十字路口前的自動販賣機前，倉田麻里子正揮著手。旁邊站著向坂行夫和野田健一。

「我們在等A班同學出來。」

麻里子跑過來，握住涼子的手。行夫笑咪咪的，野田健一不知爲何顯得有些羞赧。

涼子的心底滲出一股鬆了一口氣、內心某處融化般的溫柔感情。直到剛才跟A班同學在一起的時候她毫無感覺，然而現在怎麼會冒出這樣的心情呢？

「我總覺得不想直接回家。」

行夫吶吶地說明。

「我說去圖書館看看吧，結果麻里說也找妳一起去吧。」

這樣啊──涼子點點頭。視線與健一對上，他慌忙地眨眼，然後突然挺直身體說，「好久不見。」

明明每天都來一樣的學校，這招呼也太好笑了，可是確實感覺好久不見了。沒錯，涼子有股懷念之情。

四個人開始緩步前行。去區立圖書館的路在城東三中的學區裡，所以其他也有許多學生在前後走著。大大小小的圈子、兩人結伴、三人同行、或一個人默默地走。其中有人招呼或被招呼，四個人變成六個人，六個人又變成八個人。留神一看，全是二年級時的A班同學。

雖然到了圖書館，但沒有人進建築物去。入口前的庭院樹叢邊擺了幾張長椅，非常適合坐下來聊天。然後那裡已經坐著四、五個學生了，仔細看看臉孔，除了一個人以外，一樣全都是二年A班的學生。

「咦，怎麼集合起來了？」

麻里子嚇了一跳高聲說。涼子也嚇了一跳。與其說是巧合，這──

大家七嘴八舌地說了起來。

「我都心理受創了，心理受創！」

「從柏木的事以後，也未免太慘了吧。」

「我已經受不了啦。」

「今天的騷動又是那個吧？橋田會對井口生氣，也是因為告發信的事吧？」

「對對對，井口同學一直沒完沒了地糾纏橋田同學，說寫那種胡說八道告發信寄去電視台的就是他，結果橋田同學頓時臉色鐵青，火冒三丈。」

「可是居然把人從窗戶推下去，太可怕了吧。」

「咦？是橋田同學推的嗎？不是不小心摔下去的嗎？」

「聽說是井口同學先打了橋田同學，兩個人扭打在一起。玻璃破掉，橋田同學的手臂這邊也被割了好深一道，渾身都是血呢。」

經過圖書館前的通學路線回家的學生頻頻瞄著聚在長椅處的前三年A班同學。結果一個人、又一個人離開馬路，加入其中。一樣是前三年A班的懷念臉孔。

涼子發現了，這是一場心理創傷的集會。我們前A班同學，不論大小，是何形式，都被柏木卓也的死所引發的一連串事件傷害了，比自己感受到的傷得更重。從一切起始點的那個事件開始一直被某種事物拉扯著擺脫不掉。那種傷、那種拉扯，與其他班級的學生有著決定性的不同。

因爲——不管關係再怎麼薄弱，柏木同學畢竟曾是我們的同班同學啊。

正因爲如此，其他班級的同學不懂的罪惡感、疼痛、懷疑或疲憊這些形形色色的情感揉雜在一起，籠罩在我們的上頭。那種感覺實在是教人喘不過氣，已經讓人受夠了。

我們想要和可以分享這種**感情**的人聚在一起，才會像這樣自然地湊在一塊兒。

「眞的沒半點好事呢。」

「這會不會是柏木的詛咒啊？」

「小森森也被開除了。」

「那不是開除，是她自己辭職的。」

「可是這種情況，她還有辦法去別的學校教書嗎？」

「得等到風頭過去吧……」

「小狸子呢？小狸子會怎麼樣？」

「他都那把年紀了，應該沒關係吧？」

「欸欸欸，井口的事也會上新聞嗎？《前鋒新聞》一定又會大力炒作吧。這次我們會不會真的變成全國知名的流氓學校啊？」

「橋田應該會被送進少年院嘛。」

「咦？不會太誇張了嗎？那是意外吧？橋田會被抓嗎？」

「楠山老師說井口沒有生命危險，那樣也要進少年院唷？」

「可是他受了重傷吧？搞不好會有後遺症什麼的。」

「看到現場的人說，井口倒在地上，腳都折到反方向去了耶。」

「嗚哇……」

「所以說啦，那些假告發信的事應該要好好解決的。都是老師們那樣舉棋不定，才會搞成這樣。」

「搞不好那不是假造的……」

「白痴，你還在說那種話唷？」

「不管了啦，我說眞的，寫告發信的人快點舉手自首吧。我不會跟別人說的。」

大伙同聲大笑。疲憊不堪的笑容一個接著一個，就像在彼此安慰、彼此煽動、彼此調侃，變得莫名狂躁。

「二年A班有一半都在這裡了吧？」

麻里子開心地數著人頭。

「有這麼多人，也可以來討論畢業作品了呢。要不要來討論看看？」

贊成！來討論來討論！有人叫道。

一個男生在長椅上翻身仰望天空，哀嘆似地說了，「我們能做的最好的畢業作品就只有一個吧？就是解謎啊。解決這個事件，解開柏木卓也的死亡眞相！他眞的是遭人殺害嗎？眞凶眞的就是大出俊次嗎？」

瞬間，眾人鴉雀無聲。

「所以妳們眞的要做嗎？」

話筒另一端，古野章子的聲音嚴肅無比。

涼子笑了出來，「怎麼可能？沒人當眞啦。」

這樣啊——章子的語尾變得含糊，沉默下去。

畢業作品是城東三中的**傳統**，是三年級生的課題。在畢業前必須以班級爲單位，做出一個完整的作品。

不過這裡說的「班級」並不是三年級的，而是回到二年級時的分班。在依成績（能夠進入可爲三中締造實績的好高中的順序）機械式無情分配的三年級班級，不可能萌生出團隊合作的精神，也沒有時間培養。而且如果要依三年級的分班去做一件事，頂尖的A班與吊車尾的D班成果可能差距太大，不好看；而且也有人私底下說得很露骨，說要D班有人帶頭完成什麼事，根本是天方夜譚。

不論是以現在的分班來做，還是以二年級時的分班來做，不管怎麼樣，三年級生都很忙。所以畢業作品也只是虛有其名，實際上大家都走規定路線，自行製作在畢業時領到的各班班刊。暑假前大家會在體育館集合，決定每一班的主題。

「可是有人提議我們的班刊用柏木同學的事來當主題。」涼子說，「他們說應該這麼做。爲了好好地面對柏木同學的事。」

我們一直以來都沒有這樣做，而是一直逃避著。雖然在葬禮上哭了，但總有一種事不關己的感覺。因爲柏木同學是個怪人嘛——倉田麻里子說出她的意見時，涼子也打從心底驚訝不已。然後她發現不只是自己，在場的前A班同學都與她的意見共鳴，更是驚訝了。

「我都有點起雞皮疙瘩了。」

「這樣哦？我倒覺得只是同班而已，沒必要那麼自責。」

章子的聲音聽起來比平常更平板。

「嗯，也不到自責那麼誇張啦。」

不曉得該怎麼說才好。涼子覺得焦急，用指尖輕敲著電話機。白天在圖書館庭院談話時，明明覺得一切是那麼地盡在不言中，共同分享著一切。然而現在想要重現當時的狀況，傳達給章子，卻是如此難以表達。

「該怎麼說才好？如果妳也在場，一定可以感同身受。」

「我經過了。」章子說涼子沒看她那邊，所以沒有發現。「我向妳揮手，可是妳太專心說話。」

「那妳怎麼不過來？」

「我進不去啊。」

咦？章子好像不太高興了。

「感覺前Ａ班團結一致，不歡迎外人打擾。」

才沒那種事——涼子在嘴裡支吾著。

「唔，我是無所謂啦。」

「沒注意到妳，對不起。」

「沒關係啦。」但章子的口氣聽起來仍耿耿於懷。「妳看到傍晚的新聞了嗎？」

「沒看到，我妹她們很吵。上電視了嗎？」

報得可大了——章子氣呼呼地說，「我們放學的時候，不是已經有直昇機來了嗎？聲音吵鬧得要命。」

從上空拍攝的城東三中的影像——

「我們學校看起來就像一所監獄，搞不好是故意拍成那樣的。」

章子看到的是兩台民營電視台的新聞，兩台都將這次的事件報導成柏木卓也自殺所引發的一連串事件後續，似乎也詳細解說了先前的來龍去脈。當然多半都使用了「也有這樣的說法」、「有這樣的傳聞。」

「還說已經死了兩名學生，這次的事是第三次了。或許是事實沒錯，可是那種說法未免太過分了，聽起來簡直像我們學校發生了連環命案一樣。」

章子會生氣也是當然的。死了兩個人，這次差點死了第三個人——雖然不算撒謊，但這樣的說法也不能說是正確。

「他們跟《前鋒新聞》站在同一陣線呢，怎麼跟先前立場不一樣了？」

涼子的父親藤野剛說，《前鋒新聞》那種躁進的製作方式，其他的電視台不可能輕易盲從，所以不必太擔心。實際上其他電視台的動向也是如此，然而這回怎麼一反常態？

「這次事件發生在眾多學生面前，對吧？有許多目擊者，發生了什麼事一清二楚。所以不管要報導什麼，都不必客氣吧？」

「可是那只是井口同學找橋田同學的碴而已吧？告發信的事已經解決了啊。」

「也可以解釋爲既然會發生這樣的糾紛，表示告發信的問題還是沒解決吧？」

章子發出不像她的輕浮冷哼。

「我開始覺得我無法奉陪了，眞是太扯了，眞不該進這種學校的。」

這種口氣也不適合章子。

「看到新聞，我阿姨還打電話來呢。那是小章妳們學校吧？妳怎麼會讀到那種流氓學校，眞夠可憐的。去她的！」

涼子奉陪生氣的章子埋怨了一會兒，總算理解了。雖然沒直接表現出來，但章子其實非常尊敬、珍愛父母，外人不負責任拿她就讀的學校當茶餘飯後的話題，因此讓她父母顏面掃地，這讓她不甘心極了。

「妳那個大嘴巴的阿姨對《前鋒新聞》沒有反應嗎？」

「她那人才不會看什麼專題報導節目呢。可是新聞的話，打開電視就會看到，不是嗎？而且什麼自殺他殺、告發信是真是假這類複雜問題她跟不上，但學生打架，把對方推出窗戶，想害死對方，天哪不得了，眞恐怖，這所學校究竟存在著什麼樣的問題呢？如果是這種簡短刺激的內容，簡單明瞭，她就看得懂。」

哇，好尖酸，這種時候的章子毫不留情。

可是她的觀察大概是正確的。站在遠處觀望的第三者，大概就是這種感覺吧，只對可以立即掌握的事情有反應。

——正因爲如此，不好的流言傳開的時候，會一眨眼傳得人盡皆知。

簡短又刺激的解釋跑得特別快。破風前進，令人們紛紛回頭觀望。

而在這時回望的眼睛和耳朵，萬一這次眞的認眞起來，湧出好奇心，想要更深入了解背景的話，將會變得如何——？

對於橋田與井口的爭吵，有些老師在班會花時間向學生解釋，也有些老師彷彿什麼事也沒發生過似地予以漠視，應對方式各有不同。不管怎麼樣，都沒人有空花太多時間在這種事情上，快點收拾忘掉吧——校方這樣的意志正確無誤地傳達給學生了。

涼子隸屬的三年A班導師高木甚至嚴禁學生談論這件事。這是一件非常不幸的事，可是拿這件事來聊天消遣，做爲一個人也未免太可恥了——被高木老師用這樣的冷酷眼神瞪視，學生們只能像群小烏龜似地縮起脖子。

莫名平靜地，近兩個月過去了。

直到六月最後一個星期六傍晚，涼子才得知橋田與井口後來怎麼樣了。因爲《前鋒新聞》播放了那個專題新聞的後續報導。

茂木記者從鏡頭上消失了。

記者是個打著樸素領帶的中年男記者。節目的氛圍也是，就算不到一百八十度，至少也改變了一百二十度。彈劾校方的態度消失，主播與記者的對話也很平淡。談論一連串事件中的疑點時，也不再使用刻意煽動懷疑的措詞。

「情勢改變了呢。」

一起看電視的母親邦子爲涼子道出了感想。

「其他電視台盛大報導橋田同學的事，所以得報點不一樣的嗎？」

「這意見還眞嚴厲。」

「電視不都是這樣的嗎？覺得觀眾會喜歡，就大家都報一樣的東西，結果內容變得大同小異，只好故意報不一樣的來譁眾取寵。」

廣告前的前半部分說明至今爲止的經緯，後半柏木卓也的哥哥在畫面上登場了。是上次的專題報導中沒有出現的人物，記者也說這是他們首次採訪到柏木卓也的哥哥。

他們兄弟長得不太像。從體格就大相逕庭。柏木卓也整體來說膚色白皙，身材纖細，鼻梁高挺，五官清秀，感覺像個女孩子。像他的手臂，搞不好比涼子還要細。

名叫宏之的這個哥哥個子挺拔，肩膀寬闊。臉龐也是，下巴線條厚實堅硬，是粗獷的類型。

記者首先詢問他對於弟弟的死，現在有何想法。

「老實說，我心情上還沒有完全接受。不只是我，我想我的父母也是一樣的。」

語氣彬彬有禮，語調平和。

「第一次接受這個節目採訪以前，我們一直以爲舍弟是自殺的，一直努力接受這個事實，然而它卻被徹底推翻，引發軒然大波。可是又找不到確實的證據，結果就這樣一直沒有明確的結論。身爲家屬，這種不明不白的狀況實在太令人煎熬了。可是我們又不想妄下論斷……一想到弟弟的同學們一定也很痛苦，我眞的覺得非常過意不去。」

可是事件還有疑點，如果能夠解決的話，家屬想要讓眞相大白嗎？記者問。柏木宏之微微歪頭思考。

「要怎麼樣才能解決？警方已經不肯繼續調查舍弟的死了吧？因爲已經做出是自殺的結論了。就連那封告發信，也沒辦法讓警方重新展開調查。可是如果想要從周邊追查，又會造成其他的犧牲。舍弟班上的女生那件事，我眞的覺得非常同情。」

淺井松子在節目裡被隱去姓名，以B同學代稱。

「B同學的死，是否與那封告發信有關，我無法判斷。我也不是沒想過就當成是她寫的，了結這件事，但那樣就太感情用事了……」

記者問家屬今後希望城東三中怎麼做，柏木宏之揚起一雙濃眉說：

「我對校方已經沒有任何期待了，期待也是白費力氣。就我來說，我只希望如果有人知道舍弟的死亡眞相，請他能夠挺身出來說明一切。因爲未成年，因爲受到保護，因爲不會被追究，即使是自己幹的好事，也可以就這樣隱瞞下去，我覺得這太沒道理了。我不認爲這是身爲一個人該做的事，那種想法太可悲了。」

結果卓也的哥哥還是在懷疑大出他們。接下來的話更明確地表現出這一點：

「像這次這樣鬧內鬨，彼此傷害，豈不是太空虛了嗎？這齣戲已經拖得夠久了，應該要結束了。誰都好，希望有人可以幫我把這話轉告給他們。」

畫面切換，主播與記者出現在鏡頭上。記者對柏木卓也的「內鬨」這句話做出說明。

「這次因爲爭吵而引發傷害事件的三年級少年A同學，是因爲被受了重傷的C同學指控告發信是他寫的，憤而動手傷人。」

「A同學本人對這件事——這場意外怎麼回答？」主播問。

「據說態度非常頑固，一開始遲遲不肯開口。即使是現在，似乎也還是不願意主動說明他的心情。不過

A同學不斷地主張告發信不是他寫的，他與柏木卓也的死完全無關。」

單肘倚在桌上的邦子聽到記者這話，坐直了身體。涼子緊盯著畫面。

「C同學目前狀況如何呢？」

「沒有生命危險，但因爲受了重傷，現在仍然不是能夠說話的狀態。C同學這邊可能需要時間吧。」

我們今後也會持續關注這件事的後續發展——主播說。正在奇怪她怎麼說得這麼急，好像時間來不及一樣，結果畫面沒有播到語尾結束就進廣告了。

邦子拿起遙控器關掉電視說，「原地打轉呢。」

「原來橋田同學到現在也堅持不是他寫的……」

涼子細心領會似地呢喃說。不是橋田同學寫的，這話若是咀嚼下去，會是什麼樣的咬勁和味道呢？沒嘗過的滋味，是「不知道」這三個字的味道。

「妳眞的覺得不是他？」邦子問。

「我覺得比大出同學更能相信。」說完後，涼子對表情嚴肅的母親笑道，「橋田同學一直都來學校唷。大出同學和井口同學都逃避了，但他沒有逃避。我覺得這是因爲橋田同學沒有做任何虧心事的關係。」

邦子「嗯、嗯」地點頭同意，「柏木同學的哥哥在接受這場訪談的時候，不知道橋田同學這麼主張嗎？還是即使知道也不相信？所以才會像那樣叫他們快點招出實話。」

涼子搖搖頭，「我覺得柏木同學的哥哥那話是在對大出同學說的。」

聽起來甚至有點在指桑罵槐。也有一種自嘲的憤怒，我能夠做的，頂多就只有這樣含沙射影了。

「對了，我們在討論，製作畢業作品的作文集時，要用這件事當主題呢。」

「不錯啊。」邦子說，「這樣才能整理心情吧，即使只有妳們同學自己也好。」

「可是現在這個樣子，根本無從整理啊。什麼都不明白嘛。」

「那麼整理一下明白什麼、不明白什麼怎麼樣？」

「就這樣？不用解決嗎？」

邦子稍微睜大了眼睛，「可是誰要來解決？妳們嗎？」

涼子順勢點頭。因爲母親顯得太驚訝，她露出難爲情的笑容。

「我們自己沒辦法嗎？」

「這個嘛……」邦子低吟，「妳們的心情也不是不能理解……可是沒辦法吧。」

「爲什麼？我們可是當事人呢。不管是大出同學他們、還是柏木同學，還有淺井同學跟三宅同學，我們都比採訪記者還是警方更要清楚。」

「這是兩碼子事啊。很多時候都是當事人才更不了解啊，也有當局者迷的情況嘛。」

太危險了——母親這麼認定。平常的話，涼子總是會聆聽母親的這類意見，這次卻莫名地湧出了頑固的不服輸念頭。

「之前我們一直把事情全部交給老師跟媒體處理，完全不肯參與，所以才會演變成這樣吧。我們是不是應該更早一點挺身而出才對？」

「涼子，妳……」

「每次我們學校被這樣報導，就感覺好像被抹黑了一樣。章子很生氣，她說從直昇機上空拍攝的學校，看起來就像一所監獄。只看到了報導的事件的外人就算有這種感覺，也沒什麼驚訝的吧。死了兩個學生的事也是，光是聽到這樣，就覺得可怕得不了了，難以置信，會覺得這所學校太糟糕了，簡直就是流氓學校，也是理所當然。」

妳想太多了——邦子苦笑說。

「想要追查眞相，眞的那麼不好嗎？」

「不是不好。可是妳們想要憑自己的力量去做，是沒辦法的。」

「可是我們一直等一直等，也沒有人要來幫我們解開眞相嘛！」

如果橋田祐太郎說的是眞的，那麼柏木卓也果然還是自殺的。告發信是假的，寫了告發信的是三宅樹理。淺井松子是被迫幫忙，因爲害怕而煩惱。然後她想不開而自殺——或者——或者淺井松子的死才是眞的命案——

「別再想了，涼子。」

邦子強烈警告似地說，「妳的想法沒有錯，可是心態錯了。妳還是個孩子，不管意志再怎麼堅強，頭腦再怎麼聰明，妳還是受限於孩子這樣的身分，沒辦法做到像大人一樣。」

母親從身體深處拖出難得展現的高壓表情，拂掉灰塵，高掛在臉上。媽也不想擺出這種表情的，妳明白吧？

涼子沉默了，吞進胸口的抗辯在那裡滾滾沸騰著。

「好了，我要準備晚餐了，妳來幫忙吧。」

邦子一下子便恢復平常的樣子，站了起來。

隔天深夜。

某處頻頻傳來警笛聲。音源不只一處，而是一層又一層重疊在一起。好吵，好刺耳，這夢怎麼這麼吵。把它趕走吧——

涼子在夢裡甩手，被子被拂開了。這時她醒了過來。

警笛聲不是做夢，聲音明確地從拉起遮光窗簾的窗外傳來。

涼子起身掀開窗簾開窗，瞬間警笛化成實體刺入耳中。

是消防車，數量驚人。是哪裡失火了？看不到煙，可是好像是在不遠處。
一直看著也只會不安，涼子走下客廳，看見在睡衣上披著開襟衫的邦子正睡眼惺忪地站在窗邊。看看時鐘，凌晨兩點多。警笛聲愈來愈激烈了。
「我出去看看，涼子，家裡拜託妳看著。」
邦子換上像樣點的服裝出門了。涼子一個人等著，父親好像沒有回來，妹妹們沒有醒來。
響個不停的警笛聲裡開始摻雜起擴音器的呼叫聲。可是聽不清楚內容，反而更令人心神不寧了。
過了十五分鐘還是二十分鐘，或者更久？邦子跑了回來，衝進玄關。
「不得了了，大火災！」她表情僵硬地說，「聽說是大出同學家失火了！」

42

大出家燒得一乾二淨。
起火時間是七月一日凌晨一點左右。花了五個多小時才滅火，屋齡三十五年的木造二層樓房屋大半，以及約十年前增建的車庫及倉庫全部燒燬。停車場當時有兩台車，前面的一台很快就開走了。但第二台在火災的混亂與驚慌當中，家人找不到車鑰匙，拖拖拉拉的時候，火勢變得更猛，結果只能任由車子被火焰吞噬。凌晨兩點過後，這台車的油箱爆炸起火，使得災害更進一步擴大，一時之間連附近居民都必須疏散避難。
話雖如此，幸運的是滅火之後，很快就發現火災被害僅限於大出家的住宅。右鄰以及後面相鄰的兩戶只有外牆焦黑，鄰家二樓突出的曬衣場雖然燒燬，但其他地方只浸了水，倖免於難。大出家左側的大出集成材公司建築及工廠屋齡比住家更短，是鋼筋水泥結構，而且有防火措施，因此這裡也除了浸水以外幾乎沒事。

此外，大出集成材目前收益最大的商品——住宅用高級柱材的原料木頭，本來就存放在其他的地點。所以如果只有這樣的話，大出家的人應該也可以接受所謂的「不幸中的大幸」這樣的安慰吧。然而現實卻非如此。而眾人發現到這件事，是火勢總算開始有轉弱徵兆的凌晨四點左右。當時距離火災發生已經過了近三個小時。

第一個發現的是大出集成材社長大出勝的妻子——佐知子。

「奶奶呢？奶奶在哪裡？」

大出家裡住著佐知子夫妻與獨生子俊次、勝的母親富子四個人。佐知子說的「奶奶」，就是今年七十三歲的富子。

「沒看見奶奶。奶奶在哪裡？櫻井在做什麼？」

富子年事已高，腰腿無力。她有糖尿病，而且年過七十以後，又罹患了輕度失智症。由於並非臥床不起，只要有人照顧，日常生活並沒有大礙。但除了上醫院以外，不會外出，而火災這種緊急時刻，一樣不能放任她一個人。即使聽到「失火了！快逃！」富子一個人能否主動避難也很難說。

大出家雇了兩名幫傭。原本只有一個人，包辦家中大小事，但富子需要人照顧以後，又增加了一名人手。富子身邊的日常瑣事，幾乎全交給這兩名幫傭。事後消防署詢問狀況時，佐知子遲遲不肯承認這件事，但根據兩名幫傭以及街坊鄰居，還有曾被社長叫去而進出過大出家住宅的社員以「請不要告訴太太是我說的。」這樣的條件提出的證詞，佐知子顯然對富子完全置之不理。

在火場被佐知子提到的櫻井伸江這名管家，在兩名管家當中也與富子特別親。也因爲才三十五歲左右，年輕力壯，而且單身，所以當富子身體狀況不好、不太對勁而必須緊盯著的時候，她有時也會在上班以外的時間留下來照顧。而她這樣的好心，卻被佐知子當成理所當然的服務，完全仰賴。所以當時明明不該是管家上班的時間，她卻忍不住說出指責櫻井伸江般的話來。

沒有人照顧。而佐知子本人、兒子勝、孫子俊次都沒有去救富子的話，富子當然沒有逃命，也逃不了，被丟在家裡了。

滅火後的現場勘驗中，從燒得最嚴重的停車場倉庫找到了大出富子被燒死的遺體。孱弱的老婦人的亡骸被燒得焦黑，有些部分都炭化了。

此外，現場勘驗後也發現了火源一樣是倉庫。不過消防署還要再幾天的時間，才能查出正確的起火原因——

這些來龍去脈，藤野涼子是在一日早上上學之前，綜合母親邦子從左鄰右舍那裡聽來的零碎消息，還有電視新聞報導的消息所整理出來的。

到了學校以後，她又得到了更詳細的附帶資訊。最有力的消息來源是從小學就認識大出俊次、住在與大出家同一個町的學生。有個祖父和父親都是當地義消的女生問到了火災現場充滿臨場感的描述，到處宣傳。

三年A班的導師高木在早上的班會嚴厲叮囑爲了這樁意想不到的慘劇激動萬分的學生們。

「這對大出同學來說眞的是一件憾事，但既然已經發生的事，也只能去接受，不是別人能夠做些什麼的。大家別忘了身爲考生的本分，不要過度談論。」

雖然冷漠，但名正言順。

依成績編班的三年級裡，A班原本就沒有多少學生重視大出俊次這個人。他是老師眼中的頭痛人物，也是被部分學生視爲蛇蠍般厭惡、如惡魔般恐懼的不良三人組頭目；對於腦袋聰明，也沒有會被他們纏上的要素，或是即便有也可以萬全防備、巧妙應付的A班學生來說，大出俊次只是個「劣等生」。而高木老師也是因爲明白這一點，才會說得這麼露骨、毫不保留吧。

涼子的立場更要複雜一些。

上課的時候，她能夠以三年A班的學生身分應對並思考，但下課時間與放學後，身爲前二年A班學生的心情就湧上心頭，就和橋田祐太郎與井口充那件事的時候一樣。

她想，這種壞事還要再持續下去嗎？

不過這次並非直接的暴力行爲，而是純粹的災害。這次的事並沒有讓前二年A班的學生互相吸引似地聚在一起，即使站在走廊或操場聊天，也沒有人的臉上露出當時的那種振奮。

不過並非沒有興奮，也有些男生明白地呢喃說，「活該。」

「誰叫他壞事做盡，昨晚的火災是天譴啦。爲什麼大出本人可以沒事？」

這是因爲大出俊次這個「活動暴力」而飽嘗痛苦，校園生活的基礎不斷地受到威脅的被害者逮到機會吐出來的眞心話。聽著令人不舒服，涼子卻也無法責備。

倉田麻里子似乎也有幾乎相同的感受。

「總覺得不太舒服呢。」她在走廊一隅壓低聲音說，「上次井口同學跟橋田同學發生那種事，這次又是大出家發生火災。感覺他們三個好像被詛咒了。」

或者說，搞不好眞的被詛咒了。

「誰會詛咒他們？」

涼子故意反問。麻里子一臉尷尬地抬眼看涼子。

「柏木同學……嗎？」

涼子沒有回話。因爲跟麻里子說話，怎麼樣都會掉進那種情緒性的思考，她不喜歡。一下課就匆匆一個人踏上歸途，免得被麻里子逮到。

令人驚訝的是，應該還在工作時間的母親邦子居然在家。

「妳回來了。」

「不待在事務所沒關係嗎？」

涼子放下書包問。

「今天休息，昨晚幾乎沒睡嘛。妳沒事嗎？」

不曉得——涼子坦白回答，「我聽到很多事。」

據說鄰近街坊都知道被燒死的大出富子是老人痴呆的患者。尤其是狀況不好的時候，她還會在路上遊蕩，也曾經在隆冬時節的寒冷傍晚只穿著內衣，光著腳在馬路上亂晃，被警方保護。那種時候的富子眼神空洞，說話顛三倒四。也有人聲稱有時候大出家會傳來老婦發出怪叫傾訴什麼的聲音。

但是另一方面，也有完全不同的說法。

——可是呢，直到三、四年前，富子奶奶人還很健朗的啊。在那個家裡，能好好教訓大出的，就只有那個老奶奶而已了。

——我奶奶說，以前婦女會都是富子奶奶在主持的呢。

——我聽說好像是幾年前在家跌倒，傷到腰住院，從此以後就開始痴呆了。然後也有傳聞說不是跌倒，而是被兒子還是孫子打了。

昨晚大出勝與顧客吃飯，後來也一攤接一攤喝酒，一直到凌晨近三點才回到家。他從計程車看到住家附近路上全被消防車堵死，嚇了一跳，聽到交通管制的警車巡查說前方發生火災。

「混帳東西，快讓我過！那裡是我家！」

據說瞬間大出勝大聲嚷嚷，就要動手毆打巡查，的確很像他的作風。

火源的倉庫不是常見的鐵皮屋，而是木造石棉瓦屋頂。即使如此，一看就知道不是給人住的地方。然而死去的大出富子不知為何很喜歡那個倉庫，經常跑進去。昨晚也是，勝不在家，佐知子在睡覺，俊次也關在房間（抗議式的拒絕上學仍持續著，他好像過著日夜顛倒的生活。）所以不會有人責備或是把老婦人帶回屋裡，因此半夜醒來的老婦人不受阻擋地一個人跑到她中意的地方去了。

「不過也不曉得那個老奶奶平常住在什麼樣的房間，話都隨他們說。」

邦子一臉睏倦地說，「年老力衰的老人家，待在狹小的地方好像比較安心呢。喏，一伸手就可以摸到牆壁，哪裡有什麼，也可以一眼就看到。」

「所以她才會跑進倉庫嗎？」

「大出家不是很大嗎？或許沒有其他比較小的房間了。」

以直線距離來說，大出家就在附近，所以涼子曾路過大出家幾次。確實是偌大土地上的一棟豪宅，不過相當老舊，與蓋在隔壁的公司建築物相比，別說是戰前戰後了，甚至有昭和初期與現代這麼遙遠的差距。

「總之沒有演變成比上次更大的騷動。」涼子輕輕聳肩說，「因爲是火災嘛。而且大出本人也沒事……」

雖然有點難以啓齒，但涼子接著說，「而且從在學校聽到的來看，那傢伙也不可能哇哇大哭，說奶奶死了他好傷心。」

所以大出本人不會像他的「被害者」們說的那樣，「誰叫他壞事做盡，遭到天譴了。」爲此驚恐戰慄吧。

「那個老奶奶眞可憐，對她好的只有幫傭而已嗎？」

「對了，聽說那個幫傭的櫻井伸江是我們國中的畢業生呢。」

「眞的嗎？沒想到會在這種地方有緣呢。」

「因爲熟悉當地，才會被派遣到大出家吧？」

話說回來，火勢沒有延燒開來，眞是不幸中的大幸——邦子慢慢地說。

然後她看向一旁，「這次眞的跟學校沒關係了吧？」

果然提出這個問題了。

「應該沒有。要怎麼有？」

「妳應該也有些朋友沒辦法像這樣理性判斷吧？」

「所以也有人說是天譴。」

要是天譴，那還眞是找錯人了——涼子補充。邦子近乎不莊重地大笑。

「是啊。不過只有那種程度的談論的話，應該不會鬧出什麼麻煩事吧。我放心了。」

「是啊，媽可以放心。」

應該吧——涼子對自己說。即使如此，她仍舊無法甩開內心的一抹不安。

最先回應那模糊的疑問與不安的，與柏木卓也那時候一樣，也和淺井松子那時候一樣，是校內的流言。因爲是流言，所以也和柏木卓也及淺井松子那時候一樣，不一定是事實。但是成爲流言源頭的事件有眾多學生親眼目睹，這一點大大地異於先前的例子。

那是大出家發生火災兩天後的事。大出勝到城東第三中學來了。以他來說極爲罕見的是，他不是闖進來也不是一路叫嘯進來，只是普通地進來了。帶著大家熟悉的風見律師。

大出勝拜訪校長室，與岡野代理校長面談了近一個小時，然後他與來時同樣安靜地離去了。

正巧那個時候，操場上三年C班的學生正在上體育課。又要出什麼亂子了?他們及她們回頭看到往正門走去的大出俊次個子魁梧的父親（走路方式跟兒子一模一樣），發現那張粗獷的臉上面無血色。

是因爲憤怒嗎?還是恐懼?離去的大出勝雙手緊緊地握著拳，看起來彷彿準備隨時要動手揍人，所以一定是前者。那麼爲何這次他沒有大吼大叫?這反而令人感到詭異。

流言就是從這時開始傳出的。不知道是誰先起的頭，也不知道是不是正確的消息。不過流言就如同侵襲大出家的火災那樣激烈，熊熊地燃燒起來。

大出家的火災是人爲縱火。

縱火犯可能是橋田祐太郎。

火災發生幾天前開始，大出家就接到恐嚇電話。

警方已經開始追查了——

包括藤野涼子在內的許多三年級生聽到這個傳聞時，馬上都覺得「怎麼可能。」意思是橋田祐太郎不可能縱火還是打電話恐嚇。比起縱火或恐嚇電話的可能性，大家第一個想到的是橋田祐太郎不可能幹那種事。事到如今，橋田做那種事幹麼？況且他根本不可能那樣做。因爲那傢伙現在——

想到這裡，眾人在彼此的眼中看到某種疑惑，沉默下去。因爲大家這才發現不只是自己，幾乎所有的同學都不曉得惹出那種事之後，橋田祐太郎現在怎麼了？甚至是他人在哪裡？

「橋田現在在哪啊？」

「不是少年鑑別所（註）唷？」

「警察署——不是吧。」

「咦？我聽說他回家了耶。」

「那如果他想也是辦得到嘍？」

「差點幹掉井口，下一個是大出嗎？簡直是終極反目嘛！」

種種推理、揣測、甚囂塵上的「我從朋友的朋友那裡聽到的」之中，涼子一放學就像潛水艇般無聲無息、頭也不回地回家了。這種時候不能被多餘的垃圾情報混淆。去向最確實的消息來源打聽吧，得先找父親剛商量才行。如果大出家的火災眞的有犯罪嫌疑，那就是放火殺人事件了。那麼父親或許會知道什麼。

妹妹們已經先回家了。而且就像老樣子，對現在的涼子眞的非常不湊巧地，兩人正在大吵。又哭又叫互扯頭髮，途中還忙著自我憐憫，「我怎麼這麼倒楣，老是因爲這樣的臭姊姊（或臭妹妹）而吃虧。」忙得不可開交。而且瞳子和翔子都競相拉攏涼子，兩人都噘起嘴巴主張自己的正當性。

「吵死了！」

涼子忍不住大喝。兩個妹妹頓時噤聲，凝固在原地。

「姊……」

瞳子一眨眼就淚眼盈眶。是從不同於先前的淚腺湧出來的新種淚水。涼子有時候會想，長女只有一條淚腺，舌頭也只有一條。到了次女，就有兩條淚腺和兩條舌頭；到了三女，就會變成三條淚腺三條舌頭，所以妹妹們才會一個比一個難纏。

「小涼……」翔子睜圓了眼睛。這狂妄的孩子最近不再叫「涼姊姊」，而是直呼她「小涼」了。好像是在主張自己與她是對等的。翔子眼角高高吊起，幾乎要把口水噴到涼子臉上地破口大罵，「吼什麼吼嘛！」

瞳子正式哭起來了。翔子庇護妹妹似地摟住她，瞪著涼子。

「我最討厭小涼了！一個人臭屁什麼嘛，哼！」

矛頭完全換了方向，現實的瞳子也緊抱住翔子。翔子接二連三舉出涼子的種種缺點，抨擊涼子是個壞心眼劣根性的爛姊姊。啊啊，受不了，我才討厭妳們哩！看看妳們，搞得我連通電話都不能打。

玄關鈴響了。

平常都會先用對講機確認的。可是現在被瞳子的哭聲和翔子的叫罵聲阻撓，涼子連正常思考都沒辦法，她小跑步到玄關直接開了門。

一張似曾相識、鼻梁上架著時髦細框眼鏡的小臉笑吟吟地衝著這裡笑。

頓了一拍之後，涼子想到他是誰了。涼子想要關門，但男子伸手按住了門。

「妳好。」茂木記者說，「我又不會把妳抓來吃，別露出那麼可怕的表情嘛。」

註：根據日本少年院法設立的少年收容設施。

涼子走在前面，茂木記者跟在後面。目的地是涼子家附近的小公園。公園很小，沒有遊樂器材，很多車輛往來，是一座幾乎沒有兒童會去的兒童公園，不過至少還有長椅可以坐。

茂木準備說明來訪理由、涼子設法不理會，正想要把他趕回去時，瞳子像個迷路的幼童般哭個不停，而翔子拿那樣的瞳子當擋箭牌，逮到什麼把柄似地不停地責備涼子。她的惡罵既笨拙又顛三倒四、毫無脈絡可言，然而其中的惡意幾乎可以殺死一貨車的家畜，惡毒到家。由於茂木一臉有趣地聽著那每一句唾罵，涼子眞是覺得丟臉丟死了。

漸漸地，因爲涼子遲遲沒有進屋，翔子和瞳子不放她溜走似地殺到玄關來了。茂木也親切地向翔子打招呼。翔子有點嚇到，交互看著涼子和茂木。

「客人？」

「對。我來請教妳姊姊一點事。不好意思打擾妳們了。」

瞬間，涼子立刻下了決定，我不要待在這裡。她說我們去外面吧，就這樣穿上鞋子出去了。關門時，她聽見翔子對著半空中告狀，「妳不可以沒跟媽媽講！」但她不管了。

不出所料，公園沒有人。兩張長椅擺成八字形，涼子在其中一張的邊角坐下。茂木站在另一張長椅旁。他只有一個人，沒有攝影師。手上沒有錄音機也沒有記事本，只有肩膀搭著一個皮革扁皮包。

「藤野涼子同學。」

茂木再次確認似地叫她的名字。涼子把嘴巴抿成一直線，默默地筆直仰望他。

「我想我應該沒必要自我介紹……」

「有何貴幹？」

他像要安撫涼子尖銳的口氣似地，帥氣地揚起嘴角微笑。

「嗳，敵意別這麼重。」

眼鏡反光，這個人是亂視。鏡片居然厚成那樣，涼子心想。

「我在《前鋒新聞》的採訪時，沒有機會見到妳。」

「家母說節目打電話來說要採訪，她拒絕了。」

茂木露出非常吃驚的表情，「令堂把這件事告訴妳了？咦，我還以爲她會隱瞞呢。」他的口氣顯得很意外，「我還以爲妳完全不曉得我曾經想要採訪的事。因爲如果妳知道的話，應該會答應才對……」

涼子打斷他堅決地說，「在我們家，重要的事都會大家一起討論，不會隱瞞。」

哦？茂木發出敬佩的聲音。聽了令人非常不愉快。

「我都知道，然後決定不接受你的採訪。」

「啊，這樣。那現在妳也不想理我嘍？」

茂木斜斜地看過來。

涼子理解到自己被迫交鋒了，他來向我打探消息。然後他知道我一定會對他想問的問題感興趣，得小心提防才行。不能被他利用。

「你還在採訪我們學校的事嗎？」

當然了——茂木記者立刻回答。

「你還要再拿我們學校的事情做節目？我聽說上次的節目風評很差，你在電視台裡的立場變糟了。」

茂木輕薄地挑了挑眉毛說，「妳聽誰說的？妳在電視台有朋友嗎？有人說我被抓去坐冷板凳了嗎？這個消息妳確實求證過了嗎？」

屈居劣勢，涼子沉默了。

「如果把傳聞當眞，會迷失了最重要的眞實。像妳這麼聰明的小姐，不可以做出這麼魯莽的事。」

茂木笑咪咪地說，眼睛也在笑，看起來就像眞心在爲涼子著想。

「可是淺井同學被那個節目害死了！你不用負這個責任嗎？」

涼子忍不住抗辯。說出口的瞬間，涼子就知道自己錯了。但是太遲了。茂木記者變得一臉嚴肅，「這話是什麼意思？淺井同學因爲我的節目揭露了眞相，所以沒辦法繼續活下去的意思嗎？還是被揭發眞相，覺得不妙的凶手們殺死淺井同學了？」

「不是那個意思！」

「那是什麼意思呢？爲什麼妳會覺得淺井同學是被那個節目害死的？如果妳有什麼這麼想的根據，請告訴我。」

我是孩子，對方是大人，而且是難纏的**消息靈通者**。不能輕率發言，不然只會被他趁虛而入。冷靜，冷靜下來。

「你想問我什麼？」

對方提出了意外的問題——至少是涼子從未想過的問題，「妳認識三宅樹理同學吧？妳們二年級的時候應該同班。」

涼子在內心提防著點點頭。

「是的。」

「妳最近見過她嗎？」

「我聽說她一直請假沒來學校。」

「好像是。聽說她拒絕上學。妳去探望過她嗎？」

他想要我說什麼？

「我們沒那麼要好……」

「沒去探望。哦，這樣。」他輕輕點頭，「三宅樹理同學跟生前的淺井松子同學是好朋友吧？」

反正他一定知道，涼子沒有反應。

「她怎麼會拒絕上學呢？」

「我不知道。」

「學校裡沒有人在傳這件事嗎？」

涼子表情不變地說，「如果把傳聞當眞，會迷失眞實。」

茂木記者笑了出來。他的笑容大方爽朗，如果毫不知情，一定會跟著他一起笑。

「沒錯，就是得這樣。」

他輕拍了一下手，忽然露出親密的態度，「哎」了一聲，邊嘆氣邊在長椅坐下。

「如果世上全是妳這麼聰明又正直的人就好了。幹這一行，很遺憾地就會了解到現實完全相反。幹麼，嘻皮笑臉的，我才不會被你那種無聊的奉承哄騙。涼子堅守內心的堡壘。

「七月一日大出俊次同學家發生的火災。」

茂木狀似刻意地把視線從涼子身上挪開，望著包夾公園的三叉路上行經的車子慢慢地說。

「縱火的嫌疑很濃厚。」

涼子沉默著，連眼睛也沒眨。

「咦？妳不驚訝嗎？還是妳已經知道了？」茂木看著她問。厚厚鏡片底下，他的眼睛同樣眨也不眨。

「電視新聞跟報紙都沒說。」

「我想今晚左右應該就會報了。因爲俊次同學的父親開始接受採訪了。」

大出俊次的父親會來學校，也跟這件事有關嗎？

「怎麼會知道是縱火？」

「火源是倉庫。」茂木說，整個身體轉向涼子，「是過世的俊次同學的奶奶遺體被發現的地方。火是從那裡開始燒起來的。」

聽說現場勘驗的時候，一目瞭然——他補充說。

「那不是平常會有易燃物的地方。」

「那是有人跑進去倉庫放火嗎？」

涼子問。茂木沒有回答，掃視周圍，「妳家是在那邊吧？大出同學的家在哪個方向？」

涼子模糊地比了個方向。

「滿近的，對吧？應該聽到汽車油箱爆炸時的巨響了吧？」

邦子出門去看情況之後沒有多久，好像就傳來一道悶悶的轟響，可是當時她並沒有特別在意。畢竟消防車和警車的警笛聲非常吵，廣播車不停地用廣播器嚷嚷著，聲音又大又破，根本聽不清楚，總之一片亂哄哄。

「不知道，也沒看到火。我家在上風處。」

「幸好風向相反呢。」

剛才的問題懸在半空中。

「有人在倉庫放火嗎？消防署調查後做出這樣的結論嗎？」

涼子忍不住急了起來，茂木對她微笑，又被擺了一道。

「很令人介意呢。」他擔心地對涼子點點頭。

「縱火是很嚴重的犯罪。」

「妳家——不會有事的。」

不是字面上的意思，有什麼弦外之音。「妳家」兩個字被刻意強調，意思是說有誰家會遭殃嗎？

不行不行，這樣會順了對方的意，上了他的鉤。「可是得小心才行。」涼子簡短地回應。

看到涼子小心翼翼的樣子，茂木似乎覺得憐愛，隔了一會兒後，他毫不保留地說出了非常重要的事。

「從沒有易燃物的地方開始起火，這一點首先就啓人疑竇。此外，現場還有潑灑汽油的痕跡。聽說那間倉庫冬天的時候會放置暖氣用的煤油，不過這個季節煤油桶是空的。而且煤油跟汽油的成分不同，一下子就可以看出來了。」

「不是汽車的汽油嗎？」

「不是。然後汽油是呈條狀潑灑，顯然是要把火引到別處。」

引火？——「引到哪裡？」

「從倉庫引到家裡。」

茂木等了一會兒，讓這話的意義滲透到涼子的腦中，然後接著說，「那棟房屋很舊了，對吧？聽說改建過，可是也只有裝潢的外層而已。電氣系統之類都維持原狀，也有些地方的電纜老舊，外層剝落。事實上燒到屋子的火就是沿著電纜燒開來，據說發現的時候，火勢已經一發不可收拾了。」

大出佐知子和俊次急忙逃生，忘了富子的存在。

「俊次同學的房間在二樓，所以如果再晚一步逃生，火就會燒到樓梯去了，千鈞一髮。」

大出的話，會從二樓直接跳下來逃走吧。涼子這麼想，但沒有說出來。

「所以從起火的狀態來看，是計畫性縱火的可能性很濃厚。」

茂木像要記錄在什麼上面似地加強語氣說，「而且還有另一個更重要的因素。大出同學家在火災發生前，曾經接到過威脅要殺他的恐嚇電話。」

茂木賣關子似地說到這裡，涼子也用沉默對抗。

「還是不驚訝？在學校已經傳開了？」

「那是什麼樣的電話？而且是什麼時候的事？」涼子反過來問，「我們在看到你的節目前，都不曉得大出同學的父親是凶暴成那樣的人。雖然聽過許多他不好的傳聞，可是跑到學校來吼人，還毆打校長，這不是正經的大人應該做的事，所以我們也完全無法想像。」

「我也挨揍了啊。」茂木摸摸臉頰說。

「既然他是那樣的人，如果眞的接到有人威脅要殺人的電話，怎麼可能忍氣吞聲？他應該會大吵大鬧，跑去報警還是跟你們這些記者宣傳吧？」

「就是說啊。」

茂木露出大表同意的表情。

「這一點也令人不解，不過那個父親也是個怪人。唔，要這樣說的話，俊次同學也是一樣的。」

聽說大出勝接到過兩次恐嚇電話，大出俊次接到過一次。佐知子沒有接到電話，但聽兩人提起過，所以知道。至於確切的時間，父子兩人的記憶都很模糊，不過總之是這一星期以內的事，三次都不是白天，而是過了晚上十點以後才打來的。

「每一次聲音都像用什麼東西摀住嘴巴說話似地，模模糊糊，很難聽清楚。對方單方面地撂下狠話後，立刻就掛斷了。內容大概是——」

——下次就輪到你了，我要殺了你。

——大出俊次嗎？我絕對不會放過你。

茂木用演戲般的聲音重現電話內容，還眞的用手摀住嘴巴。

「我也百分之百贊成妳的意見，納悶爲什麼接到第一通電話的時候，沒有去找警察商量？然後呢，我懷著再次挨揍的心理準備，又去突擊採訪大出社長了。」

茂木突然大笑起來，涼子嚇了一跳。

「唔，雖然是有了心理準備，可是我實在不想再被揍第二次，所以是打電話的。」

意外地沒骨氣。

「打電話是對的，社長的吼聲到現在還在我的耳底嗡嗡作響呢。」

就連涼子也忍不住稍微笑了出來，「社長說了什麼？」

「還不都是你害的！」

茂木揚聲假裝怒吼，笑了出來。

「他說那個節目播出以後，約半個月之間，家裡一直接到那樣的電話。是惡質的騷擾電話。實際上大出社長會吵著要告我們電視台，理由之一也是這些電話。說他們被吵到晚上根本睡不著覺。」

那類電話最近也絕跡了。世人似乎是健忘的。然而依大出社長的說法是「有些混帳就是腦袋螺絲沒鎖緊。」又忽然想起來似地開始騷擾了，他覺得沒必要跟這些神經病認真，所以就丟著沒管了。

「他們不怕嗎？」

「那個父親跟俊次同學在這方面是天不怕地不怕吧。」

會打電話騷擾的全是些可憐的膽小鬼，他們才不敢真的動手做什麼——

「俊次同學呢，」茂木收起笑容接著說，「說他認為騷擾電話是橋田同學打的。」

「是本人這麼說的嗎？」

「嗯，他接了我的電話。」

「可是橋田同學現在……」

「他在家。」茂木搶先回答了涼子的疑問，「妳們不了解詳情也是難怪，不過似乎有什麼誤會呢。他並沒有被關進牢裡，也沒有被警方拘留。井口同學很可憐，我也希望他能快點痊癒，不過那並不是計畫性的傷害行動，是吵架中一時失手造成的過失傷害。可是橋田同學還是國中三年級生，在家事法庭宣判審判結果前，他會在家裡跟母親一起生活。」

應該也沒辦法去學校吧——茂木說：

「只能低調地過日子。可是他會幫忙母親的店，也在家自修念書。我是聽城東署的少年課刑警說的，錯不了。」

是那個叫佐佐木的女警嗎？

「橋田同學會怎麼樣呢？」

「應該只會被判保護管束處分吧。」

涼子連自己都感到意外地，鬆了一口氣。《前鋒新聞》掀起騷動的期間，橋田祐太郎依然繼續上學。他努力表現出和老大大出及跟班井口不一樣的地方。不只是涼子而已，也有其他同學看到那樣的他，認同了他的努力。

「那他也可以繼續上高中嘍？」

茂木搖搖頭，「難說吶。應該很難吧，在經濟上。」

因爲得支付井口同學的醫療費和賠償金——茂木說。涼子胸口一涼。

「啊，這樣……」

「他母親一個人付不出來，他應該也打算要出去工作吧。」

「你不採訪這件事嗎？已經沒興趣了嗎？」

涼子尖起嗓子說，她激動起來了。

「就是說啊，爲什麼你不說服橋田同學？如果眞的就像你想的，他們三個人殺了柏木同學的現場被淺井同學看到並告發，所以他們把淺井同學也滅口了。然後橋田同學承受不了，想要離開大出和井口，所以井口爲這件事生氣，兩人打了起來。有過這樣的糾紛的話，現在的橋田同學一定願意把眞相說出來才對啊。你不這麼想嗎……？」

涼子一口氣傾吐完，茂木記者用一種莫名憐愛的眼神看著她。就像在看一個拚命背誦九九乘法的孩子。

涼子注意到他的眼神，閉上了嘴巴，我在胡說八道些什麼啊？

「妳們之間流傳的果然是**那樣**的說法呢。」

「咦？」涼子用雙手摀住嘴巴，「我們又沒認定是這樣……」

「可是這麼懷疑，對吧？」

茂木銳利地反問。涼子不是策略上的選擇性沉默，而是真的束手無策而沉默了。

「我得告訴妳，這次的懷疑，也不是輕易就可以解開的。」

聲音平穩，卻是一刀兩斷般的說法。

「不管放火燒大出家的是橋田同學還是三宅同學。」

「怎麼會跑出三宅同學的名字？」

「不必我再解釋，妳應該也知道才對。」

涼子怕了起來。眼前這個記者雖然是個討厭的傢伙，但是採訪經驗豐富，熟諳世事。他一定從涼子以外的許多家長和學生那裡問到許多消息，藏在懷裡備用，同時也有整理分析那些消息的能力。涼子想要在這裡隱瞞、保密不說的事，其實茂木老早就已經一清二楚了。

「校方完全不能仰賴。學校不願意追查真相，對於告訴妳們真相，更是畏縮不前。學校對教育委員會抬不起頭，害怕家長的眼光。讓疑問就維持著疑問，只要讓妳們平安畢業，鬆一口氣，老師們這樣就滿足了。」

雖然說得很難聽，但校方一直以來的應對的確一點都不可靠。

「可是警方呢？這可是縱火殺人事件呢，警方不可能置之不理吧？」

「警方會調查吧，也會抓到縱火犯問出動機吧，可是這樣就結束了。警方不會追究真正的問題、原因在哪裡，因爲那不在警察的管轄範圍內。而且妳們得不到消息，我們也是，因爲有少年法這堵高牆。」

涼子坐著，動彈不得。各式各樣的臆測與推測在腦中不停地盤旋，胸口深處亮度各異的感情如漩渦般盤旋著。

「三宅樹理是個什麼樣的學生？」

聽到問題，涼子抬起頭來。茂木用一種撫慰的眼神看者涼子。

「她跟淺井同學是好朋友。或許她們兩個一起目擊到柏木同學被殺害的現場，然後寫了告發信。」

涼子想要搖頭，茂木舉手制止。

「或者是兩個人都沒有目擊到柏木同學的殺人現場。」

沒想到他會說出這樣的話來，涼子睜大了眼睛。

「雖然沒看到，但或許她們有什麼其他的證據，所以才寫了告發信。」

其他的證據？什麼證據？

「害死淺井同學的是誰呢？是殺害柏木同學的三個人嗎？或者淺井同學雖然一起寫了告發信，但是看到事情鬧大，害怕起來，結果惹惱了三宅同學？」

然後茂木再一次問，三宅樹理是個什麼樣的學生？

涼子的心無聲無息地翻轉過來，感情與思考的混亂也消失了。

現在唯一明白的事，那就是她不明白。

現在的涼子不明白什麼是事實、什麼是正確的推測、什麼是錯誤的臆測。

沒錯，現在的涼子不懂。

「問這種事，你想要做什麼？」

自己的聲音聽起來透明清澈，這令她開心。涼子慢慢地從長椅站起來，眼睛直盯著茂木看。

「你想要像那樣從我們身上得到三宅同學的情報，再編造出一個把她逼上絕路的推測嗎？然後再做成節目嗎？看啊，扭曲的學校教育製造出這樣一個扭曲的學生！」

茂木想要開口，這次涼子打斷了他。

「已經夠了。」

沒錯。她最想說的就是這句話，就是這話。

「已經夠了，警方跟學校都不能依靠？那又怎麼樣？所以相信我們媒體嗎？你是這個意思嗎？所以把一切都告訴我們，把所有的情報交出來，我不會虧待妳們，是嗎？」

茂木的眼鏡反射出夕陽，他的眼睛看不見了。涼子沒有退縮，繼續說下去。

「你根本連半分半秒都沒有爲我們想過。你究竟知不知道你對我們、對我們的學校做了什麼？」

說著說著，身體抖了起來。涼子爲了克制顫抖，握緊了拳頭。

「你不可能了解我們的心情。三宅同學的心情、淺井同學的心情、還有橋田同學的心情，你什麼都不懂。你只是在利用大家，編造出對你有利的情節，拿來當成對抗你無論如何都想對抗的敵人的武器罷了！」

茂木記者用溫柔得幾乎令人脫力的聲音反問了，「妳認爲我的敵人是誰？」

涼子氣喘如牛。

「我的敵人，就是妳們的敵人啊。」

「才不是。」涼子可以明確地否定。

「就是的。妳不明白，因爲妳還是個孩子。」

「不明白的話，只要變得明白就行了吧？」

茂木的表情被純粹的驚訝打亂了。

「妳想做什麼？」

剛剛腦袋和內心的混亂，彷彿一場夢。那全是爲了這一瞬間而必要的緊張。準備完畢後的現在，涼子該說的話已經決定了。

「我們要自己找出眞相。」

涼子覺得自己變成了兩個人。她覺得這說出口的宣言變成了另一個涼子，在背後爲她撐腰。

「很困難的。」

茂木用反射的夕陽隱藏著底下的眼神，柔聲說道，「人會撒謊。謊上加謊，不會說出眞相，有罪之人更是如此。妳們不明白這一點，而我了解。我看過太多的例子了。」

「我認爲這些事也該由我們自己學到。」

請回吧——涼子說。

「今後由我——由我們主動去找你，當我們找到該從你身上問出來的事情時。」

茂木沒有動彈。兩人瞪著彼此，涼子抵死不肯退讓。

遠方傳來呼喚涼子的聲音。

先移動視線的是茂木，聲音靠近了。即使不回頭，涼子也知道是母親。是翔子打電話到事務所了吧。那孩子說了什麼？

「涼子！」

母親氣喘吁吁地跑來，抓住涼子的手。茂木慢慢地站了起來。

「你是ＨＢＳ的茂木先生嗎？」

茂木從容地從外套內袋取出名片夾。

「沒有得到監護人許可和在場，就向未成年人採訪，這種做法會不會太過分？」

「我爲此致歉。可是這並不是採訪，只是請她陪我聊一下而已。」

「嗯，是啊。」涼子說，視線依然緊盯著茂木。

茂木殷勤有禮地把名片遞給邦子，再次行禮說了聲，「失禮了。」悠然走了出去。

他微微回首，用只有涼子聽得到的細語聲說，「很難的。」

涼子仰起鼻頭，目送離去的他。

「妳還好嗎？」

母親擔心得都倒嗓了，女兒回握她的手。

「我沒事。讓媽擔心了，對不起。」

「翔子說妳跟不認識的男人走掉了。」

涼子笑了出來。這說法裡頭隱藏著妹妹幼稚的惡意。現在這個時候，翔子的腦中一定仍然塞滿了與小涼的爭吵吧。

「媽。」

涼子堅定眼神，望向母親。

「我已經明白了，我總算明白我應該做什麼了。」

（第Ⅰ部・完）

宮部
美幸

作品集／43
Miyabe Miyuki

所羅門的僞證 I：事件

所羅門的僞證．I, 事件／宮部美幸著；王華懋譯．- 二版．- 臺北市：獨步文化，城邦文化事業股份有限公司出版：英屬蓋曼群島商家庭傳媒股份有限公司城邦分公司發行，2022.12
面；　公分．--（宮部美幸作品集；43）
譯自：ソロモンの偽証．1, 事件
ISBN 978-626-7073-99-5（平裝）

861.57　　111016503

原著書名／ソロモンの偽証 I 事件・原出版社／新潮社・作者／宮部美幸・翻譯／王華懋・責任編輯／張麗嫺・特約編輯／陳亭妤・編輯總監／劉麗眞・總經理／陳逸瑛・榮譽社長／詹宏志・發行人／凃玉雲・出版社／獨步文化　城邦文化事業股份有限公司　104台北市中山區民生東路二段141號5樓　電話／(02) 2500-7696　傳眞／(02) 2500-1966; 2500-1967・發行／英屬蓋曼群島商家庭傳媒股份有限公司城邦分公司　104台北市中山區民生東路二段141號2樓・網址／WWW.CITE.COM.TW・讀者服務專線／(02) 2500-7718; 2500-7719・服務時間／週一至週五：09：30-12：00、13：30-17：00・24小時傳眞服務／(02) 2500-1990; 2500-1991・讀者服務信箱 e-mail／service@readingclub.com.tw・劃撥帳號／19863813 戶名／書虫股份有限公司・香港發行所／城邦（香港）出版集團有限公司　香港灣仔駱克道193號東超商業中心一樓　電話／(852) 25086231　傳眞／(852) 25789337　e-mail／hkcite@biznetvigator.com・馬新發行所／城邦（馬新）出版集團　Cite (M) Sdn. Bhd. 41, Jalan Radin Anum, Bandar Baru Sri Petaling,57000 Kuala Lumpur, Malaysia　電話／(603) 90578822　傳眞／(603) 9057 6622　e-mail／cite@cite.com.my・封面設計／Bianco Tasi・排版／陳瑜安・印刷／前進彩藝有限公司・2014年1月初版、2022年12月二版、2024年6月20日二版二刷・定價／650元
Printed in Taiwan　ISBN 978-626-7073-9-9-5・978-626-7226-0-1-8（EPUB）

城邦讀書花園
www.cite.com.tw

宮部みゆき